스칼렛

www.bbulmedia.com

Scarlet

스칼렛

www.bbulmedia.com

아름다운
너에게

SCARLET ROMANCE STORY

아름다운 너에게

신양범재 장편 소설

contents

프롤로그

숨을 헐떡이며 한여름의 열기로 달아오른 시멘트 벽에 몸을 기댔
다. 하얗게 작열하는 빛 때문에 현기증이 일었다. 손 그늘을 만들어
보았지만 소용이 없다. 빛이 공격적으로 눈 안 깊숙이 쏘아 댄다. 부
르르 몸이 떨려 왔다. 그녀는 길고 가파른 계단을 올려다보았다.

아, 이렇게 멀었나?

몸이 아픈 건지 속이 울렁거리는 느낌이 든다. 이건 꿈일까? 마치
현실이 아닌 듯 주변의 모든 것들이 왜곡되어 보였다. 특히 저 화려
하고 커다란 집은 그녀를 누를 듯이 우뚝 솟아, 마치 괴물처럼 보였
다. 어두운 회색의 벽에 무성하게 얽힌 아이비 넝쿨이 살아서 꿈틀거
리는 것만 같다.

자꾸만 국국 찔러 오는 두통을 간신히 누르고 그녀는 다시 걷기 시
작한다. 저 커다란 집 안에 갇힌 누군가가 그녀를 기다리고 있다는
것이 어렴풋이 기억난 까닭이다. 하지만 여전히 발걸음은 느리고 몸

은 무거웠다. 뜨거운 빛 때문에 의식마저 몽롱하다.

이상해. 이건 마치 하얀 악몽 속을 걷는 것만 같다. 끝나지 않는 영원 속에 갇힌 느낌.

미처 다다르지 못할 것 같던 집 앞에 서자 숨이 찼다. 살금살금 겁에 질린 고양이처럼 경계하며 그녀는 집 안으로 들어갔다. 오싹한 집 안의 냉기가 피부를 사정없이 찔러 댄다. 기억나지 않는 두려움이, 공포가 몰려왔다.

그 아이를 찾아야 해!

자신을 기다리는 아이를 기억해 낸 그녀는 떨리는 몸에 힘을 주었다. 도망치고 싶은 기분을 꾹 누르고 그녀는 계단을 따라 올라갔다. 높디높은 계단. 이 끝에 아이가 있다.

가서 아이를 데려오면 돼. 이번에는 무슨 일이 있어도 데려와야지. 그래야 이 악몽이 끝이 날 거야.

하지만 하늘보다 높아 보이는 계단은 끝이 없다. 어디선가 새된 아이의 비명이 들려온다. 온몸에 소름이 돋아 왔다. 높은 계단 꼭대기에 커다란 그림자가 나타났다. 검고 차가운 그림자. 이제 그녀는 주체할 수 없이 몸을 떨어 댔다. 그사이에도 비명은 점점 더 커져 갔다. 동시에 남자의 음울하고 낮은 웃음소리가 울렸다.

안 돼!

남자의 품 안에 아이가 있다. 아이와 한 몸이 된 남자가 그녀를 쫓기 시작한다.

안 돼! 도망쳐야 해!

그녀는 비명을 지르며 그림자를 피해 도망치기 시작했다.

❀

벌떡 일어나던 영신은 어딘가에 머리를 부딪치고 말았다. 하얀 별이 주변을 떠다녀 정신을 차릴 수가 없다. 책상 위에 엎드린 채 잠이 든 모양이다. 영신은 발치에 떨어진 스탠드를 주워 올려 살펴보았다. 다행히 깨진 데는 없었다. 한숨이 저절로 나왔다. 식은땀 때문에 목덜미가 끈적거렸다. 게다가 불쾌한 여운을 남긴 악몽으로 속이 울렁거렸다.

영채를 기다리다 잠이 들어서였을까? 오랜만의 악몽은 그녀를 불안하게 만들었다. 새벽 두 시의 정적이 더욱 무겁게 느껴졌다. 그녀는 다시 한 번 한숨을 쉬고는 휴대폰을 확인했다. 메시지도, 부재중 전화도 없다. 그녀는 영채의 방문을 열어 보았다. 작은 방이 어둠에 휩싸여 있었다. 겨우 하루 동안의 부재인데도 방은 주인을 잃은 것처럼 공허해 보였다.

어디에 있든, 누구와 있든 서로의 안전을 확인하는 건 두 자매 사이의 오랜 불문율이었다. 영채와 같이 살기 시작한 이후 3년간 한 번도 깨지지 않은 약속. 그런데 오늘 그 약속이 깨졌다. 온종일 응답 없는 번호를 눌러 댔다. 그래서 더 불안하고 무서웠다. 선잠을 잔 탓인지, 아니면 영채 걱정 때문인지 두통이 더 심해졌다.

가슴이 터질 것처럼 답답해져 왔다. 영신은 주방 입구의 냉장고를 열어 물통을 꺼내 입에 댄 채로 벌컥벌컥 마셨다. 갑작스런 차가운 기운에 머리 한쪽이 띵해졌다. 그녀는 이마를 냉장고에 기댄 채 눈을 감았다. 아찔한 느낌이 사라지고도 한참을 멍하니 서 있었다.

다시 꿈의 잔여물이 머릿속으로 밀려오며 손이 떨려 왔다. 더운 여름밤의 열기가 아직도 가시지 않았는데 손끝이 저릿할 정도로 추워졌다. 자꾸만 덮쳐 오는 불길함을 애써 밀어 두고 그녀는 떨리는 손으로 영채의 번호를 눌렀다. 익숙한 음악 소리가 끝난 후 하루 종일 유일하게 그녀를 상대해 주던 단조로운 기계음이 흘러나왔다.

— 고객님의 전화기가 꺼져 있으니…….

영신은 전화기를 쾅 하고 내려놓았다. 도대체 무슨 일이 생긴 걸까? 한 번도 이런 적이 없었다. 영채, 내 아름다운 동생 영채. 누구보다 사랑하는 동생 영채. 도대체 무슨 일이 있는 거니? 영신은 가슴을 내리누르는 초조함에 입술을 깨물며 거실을 서성이기 시작했다.

1

웬만한 일에는 끄덕도 않는 거친 사내들의 얼굴이 창백하게 굳어 졌다. 누군가 헛구역질을 하는 소리에 돌아보니 선배인 종혁이 인상 을 구긴 채 후다닥 나가고 있었다. 정도 사실 그리 속이 좋은 편은 아 니었지만 나중에 선배들에게 꼬투리 잡혀 두고두고 놀림받을 생각은 추호도 없었다.

신참인 김진경 경사도 그런 생각인지 창백한 얼굴임에도 미동 없 이 서 있었다. 힐끗 돌아본 그와 눈이 마주치자 무심히 시선을 돌려 버린다. 신참이라곤 해도 강력반에 들어온 지 1여 년이 지났다. 하지 만 여자라는 이유 하나만으로도 은근히 신경이 안 쓰일 수가 없었다. 특히 이렇게 잔인무도한 경우를 눈앞에 둘 때엔 더욱더 걱정이 안 될 수가 없다.

내가 지금 누구 걱정이냐.

정은 쓸데없는 생각을 접고 눈앞의 광경에 집중하려고 애썼다. 그나마 비위가 좋은 정민기 반장이 불쑥 사체 앞으로 다가섰다. 정이 처음 강력반에서 형사 생활을 시작했을 때부터 인연이 깊은 사이였다. 그동안 서로 다른 관할서에 있다 일 년 전 정 반장이 정이 있는 경찰서 강력반의 반장으로 부임해 오면서 다시 한솥밥을 먹게 된 처지였다. 무뚝뚝하고 표현은 없는 편이지만 정에게는 오랜 지기이며 편한 상관이었다.

정 반장이 남자의 손에 박힌 못을 자세히 살펴보고는 하체로 시선을 주었다. 무표정했던 얼굴에 순간 경악의 빛이 스쳐 갔지만 정 반장은 노련하게 그걸 숨겼다. 실오라기 하나 걸치지 않은 채 죽은 남자의 모습은 마치 십자가에 못이 박힌 예수의 모습을 재현한 것처럼 보였다. 다른 점이 있다면 남자의 상징이 깨끗하게 도려내져 있었다.

그의 몸 아래로 검고 진득한 피가 고여 굳어 있는 장면은 머리가 쭈뼛 설 정도로 으스스했다. 성기가 잘릴 때 살아 있었는지 눈을 크게 부릅뜬 채로 죽은 남자는 마치 아귀 같았다. 옆에서 진경이 인상을 쓴 채로 사체 주변을 살피고 있었다.

"한 달 새에 세 번째라."

"수법이 지난번과 똑같은데요. 벌을 주듯이 성기까지 잘린 것도 그렇고. 출혈량으로 봐서는 잘릴 때 살아 있었던 것 같습니다. 자세한 건 부검해 봐야겠지만 거의 확실할 겁니다."

과학수사팀의 수사관이 민기의 혼잣말에 대꾸를 했다. 3주 동안 세 건의 살인사건이다. 범행 수법이 그동안의 사건과 일치했다. 연쇄살인이라는 말을 입 밖에 내지 않은 건 그 말이 불러올 파장이 너무 커서였다. 하지만 이미 사람들의 뇌리는 그 불길한 단어로 가득 차 있었다.

지난 두 건의 피해자들과 마찬가지로 이번 사건의 피해자도 나이가 지긋한 50대의 건장한 사내였다. 겉보기에 평범한 가정의 평범한 가장. 특별할 것 없는 그들의 사생활에 어떤 비밀이 숨어 있기에 이런 일을 당해야 했는지 정으로서는 도저히 짐작도 가지 않는다.

"일단 신원조회 끝내고, CCTV 다 훑어 서로 가져와. 흩어져서 주변 탐문 시작하고 파출소에 얘기해서 이 부근 순찰 강화시켜. 평소와 다른 점이 있었는지, 아니면 낯선 사람이 있었는지 철저히 수사하도록."

정 반장의 말에 우울한 표정으로 서 있던 형사들이 고개를 끄덕였다.

"김진경, 넌 나하고 같이 서로 들어간다."

민기의 말에 진경이 얼굴을 찌푸린다. 창백한 얼굴이지만 눈빛만은 날카롭게 살아 있다. 큰 키에 호리호리한 몸으로만 보자면 차라리 모델을 택했어도 될 정도로 꽤 미인이었다. 하지만 그녀가 체력단련실에서 선보인 무술 실력은 누구보다 뛰어났다. 사실, 실력으로는 그들 중 누구보다 강력반에 가장 맞는 인물일 수도 있었다. 다만, 여자라는 것이 문제였다.

그동안 거친 말투와 행동을 스스럼없이 해 왔던 남자들만의 집단에 갑작스레 나타난 여자고 보니 더욱더 어울리지 못하고 겉도는 기색이 보였다. 일부러 더 과격하게 행동하는 파가 있는가 하면, 또 한편으로는 그녀의 눈치를 보는 사람들도 있었다. 그래서인지 정 반장역시 조심스레 다른 형사들과 그녀를 분리하려 들었다.

진경의 눈에 화가 어렸다. 정은 가볍게 그녀의 어깨를 툭 쳤다. 그나마 그녀를 가장 편하게 대해 주는 사람이 바로 그였다.

"처음엔 다 그래, 인마."

"농담할 기분 아닙니다. 그리고 전 더 이상 신입이 아닙니다."

"막내는 다음 막내가 들어올 때까지는 영원한 신입인 거 몰라? 나

13

도 그랬다. 넌 다 좋은데 유머감각이 너무 없어."

"이 상황에서 유머감각이 생기면 그게 변태죠."

뒤돌아 사체를 바라보는 진경의 말에 정은 피식 웃었다. 듣고 보니 그렇기도 하다. 당분간은 제대로 식사하기도 힘들 것 같다. 어디서 토하고 왔는지 종혁이 파랗게 질린 얼굴로 문 앞에 서 있었다.

"야, 얼른 나가자. 반장님 얘기 못 들었어? 탐문 나가야지."

그래도 정 반장의 말은 들었는지 퀭한 눈으로 그를 재촉했다. 정은 종혁과 같이 피해자의 아파트 위, 아래층은 물론이고 주변 동과 상가까지 탐문에 들어갔다. 그들 이외에도 관할서 순경들이 도처에서 탐문을 했는데도 영 소득은 없었다. 오히려 형사들이라고 말하는 험악한 인상의 그들을 더 경계하는 분위기였다.

하긴, 요즘 같은 세상에 길에서 보는 사람이 다 낯설고 무서운 건 당연한 것 아닌가 싶었다. 무심히 지나가는 누군가의 범행이라고 생각하니 소름이 쫙 끼쳐 왔다.

아무런 소득 없이 경찰서로 돌아온 게 저녁 10시가 넘어서였다. 오래 걸어서인지 발바닥이 아팠다. 그는 신발을 벗어 퉁퉁 부은 발을 주물렀다.

"야, 냄새난다. 저리 치워라."

옆자리에 앉은 강순천의 밉살스러운 말투에 정은 짜증이 확 났다. 다른 사람이 같은 말을 하면 농담으로 들릴 텐데 이 인간이 말을 하면 비꼬는 것 같아 비위가 상했다.

"너도 한 열두 시간 뺑이 쳐 봐라. 네 냄새에 비하면 이 정도는 향수지."

강순천은 그와는 경찰학교 동기생에 나이도 동갑이었다. 교육을 받을 때부터 뺀질뺀질한 것이 마음에 안 들었는데 같은 부서에 발령을 받은 후에도 여전히 껄끄러웠다.

"발 냄새 자랑할 거면 둘이 나가서 하고. 알아낸 거부터 좀 듣자."

무뚝뚝한 말투와 달리 정 반장 역시 낯빛이 초췌했다.

"이번 피해자는?"

"신원은 확인된 대로입니다. 서한기. 나이는 53세, 직업은 중소 조명회사 영업부장입니다. 가족은 부인과 딸이 있는데 부인은 계 모임 여행으로 중국을 가서 현재 연락이 안 되는 상탭니다. 여행사 쪽에 연락을 해 두었고요. 딸은 의류가게 직원으로 부모와는 동거하지 않는 것으로 확인됐습니다. 사체 확인은 딸인 서미현 씨가 해 주었고요."

"주변 관계는? 빚 같은 건 없어?"

"채무 관계는 깨끗합니다. 작은 회사라도 오랫동안 근무한 데다 나름 성실하다고 인정받았고 딱히 문제 될 만한 일은 없었답니다."

"사망 원인은?"

"지난 두 건과 동일합니다. 직접적인 사인은 과다출혈이고요. 출혈 원인은 아시다시피 거기가 다 잘려서……. 살아 있을 때 잘라냈다는 것도 똑같답니다."

"그래? 그렇단 말이지. 그럼 원한 가질 사람은?"

"현재까지는 없습니다. 회사에서도 그렇고, 가족도, 이웃에서도 모른답니다."

"그럼 주변 탐문은 어떻게 됐어?"

"아직 나온 건 없습니다. 특별히 수상한 사람을 목격한 이웃도 없고 아파트 CCTV는 입구 쪽만 작동하고 있어서 별달리 건질 게 없더라고요. 앞집, 위층, 아래층서도 특별히 소란스러웠던 적은 없었다고 합니다."

"후. 미치겠구만. 그럼 진경이 넌? 앞의 두 사건의 피해자들과 엮을 만한 건 찾아봤어?"

"전혀 없습니다. 접점이 있을래야 있을 수가 없더라구요. 사는 구만 같지 동도 완전히 다르고. 첫 피해자는 고등학교 교사, 두 번째 피해자는 트럭 운전수에 이번엔 조명회사 영업부장이라 직업적으로도 완전 무관합니다. 학교, 고향 다 찾아봤는데 접점이 없습니다."

"어쨌든 같은 범인이야. 분명히 우리가 놓친 게 있을 거야. 계속 찾아봐."

"네."

지난 두 사건과 똑같은 브리핑이었다. 사건만 하나 더 더해졌을 뿐 수사는 계속 제자리였다. 그 별거 없는 내용이라도 알아내기 위해 열 몇 시간을 돌아다니고 보니 짜증도 나고 어이도 없었다.

"참, 내일 인원 충원해 주기로 했다. 새로 발령받은 형사 올 거니까 잘해 봐."

"이런, 또 신입입니까?"

"아니. 경기도 경찰청 쪽에서 오래된 베테랑 형사야. 결혼 때문에 이쪽으로 전근을 원해서 오는 거야. 다들 오늘은 푹 쉬어라."

얼마 전 결원된 인원을 이제야 주는 모양이었다. 회의가 끝난 후 정은 자리에서 일어나 사무실을 나갔다. 어차피 집에 가서 자기는 글렀다는 생각에 지독한 발 냄새라도 없앤 후에 숙직실에서 자야겠다는 생각이 들었다.

대충 씻은 후 오래된 트레이닝복에 슬리퍼 차림으로 숙소를 나왔다. 피곤한데도 오히려 머리가 말똥말똥해졌다. 최근 들어 금연을 시도하는 중인데 조금 피울까 하는 유혹이 느껴져 그는 경찰서 입구에 있는 등나무 아래 쉼터로 발걸음을 옮겼다.

"어, 퇴근 안 하셨어요?"

벌써 간 줄 알았던 진경이었다.

"넌? 이제 가는 거야?"

"네. 선배는요?"

"여기나 거기나 잠만 자는 건 똑같은데 길바닥에 시간 낭비하기 싫다. 너나 어서 가 봐."

"내일 뵙겠습니다."

"오냐. 푹 자고 내 꿈 꿔라이."

"빨리 들어가서 주무시죠? 많이 피곤하신가 봅니다. 가 보겠습니다."

무뚝뚝하게 내뱉는 진경의 말에 피식 웃음이 났다. 비라도 올 모양인지 하늘이 별 하나 보이지 않을 정도로 어둡고 무거워 보였다. 드러난 팔에 약하게 소름이 돋는다.

결국 스스로를 위로하는 차원으로 담배에 불을 붙였다. 연기를 깊이 빨아들일수록 가슴이 오히려 뿌옇게 흐려지는 것처럼 답답해졌다. 그는 반쯤 피운 담배를 꺼 버린 후 몸을 쭉 폈다. 아까와 달리 노곤함이 몰려온다. 그는 힘껏 스트레칭을 한 후 숙직실로 향했다.

영신은 떨어지지 않는 발걸음을 무겁게 움직였다. 사흘째 계속된 영채의 연락 부재로 그녀는 미치기 직전이었다. 이틀간 연차를 내고 영채의 학교까지 다녀왔지만 누구도 영채의 소식을 아는 사람은 없었다.

그럴 수 있을까? 마치 세상에 존재하지 않았던 사람 같다. 그녀의 동생은 어떤 사람이었는지 영신은 더더욱 알 수 없어졌다. 이틀 전 경찰서에 실종신고를 했지만 여성청소년계의 여자 순경이 간단한 조사와 함께 가출신고서를 쓰게 한 것이 고작이었다. 실종으로 볼 이유가 없다는 것이 두루뭉술한 위로의 말의 핵심이었다.

그래도 도움을 청할 곳은 이곳뿐이었다. 뒤꿈치가 까질 정도로 돌아다녔지만 영채의 흔적을 찾을 수가 없었다. 그대로 집으로 돌아가기엔 왠지 억울해 그녀는 경찰서를 다시 찾은 참이었다. 막 경찰서 건물 안으로 들어서는데 후두둑, 커다란 소리와 함께 거센 비가 쏟아졌다. 때아닌 소나기엔 냉기가 느껴져 몸이 저절로 움츠러들었다.

영신은 파고드는 추위를 피해 서두르다 갑작스런 현기증을 느끼고 휘청했다. 그녀는 벽에 손을 짚은 채 잠시 현기증을 가라앉히려 심호흡을 했다. 이미 열두 시가 넘은 시간이라 경찰서 안은 한가했다. 답답한 마음에 왔지만 아무래도 헛짓을 한 모양이다. 갑자기 어깨를 짓누르는 절망감에 그녀는 눈물이 날 것 같았다.

"괜찮습니까?"

인기척을 느끼지 못했는데 바로 뒤에서 들린 부드러운 음성에 영신은 놀라서 퍼뜩 몸을 돌렸다. 키가 큰 남자가 걱정스런 표정으로 그녀를 내려다보고 있었다.

좀 전의 소나기를 맞았는지 앞머리에 작은 물방울이 맺혀 있다. 후줄근한 티에 무릎이 튀어나온 회색 트레이닝복 차림의 남자는 초라한 행색과는 달리 얼굴이 매끈한 조각처럼 보였다. 빛을 등지고 있어 뚜렷한 얼굴선이 더 날카롭게 날이 서 있었다. 영신은 그 이상스런 부조화에 문득 뒤로 물러섰다.

"어, 넘어집니다."

다리 힘이 풀려 물러서려다 오히려 비틀거리고 말았다. 아까보다 더 강한 현기증이 느껴졌다. 하루 종일 물 한 모금 먹지 못하고 돌아다녔으니 어쩌면 당연한 일일지도 모르겠다.

간신히 정신을 차리니 어느새 작은 사무실의 낡은 소파 위였다. 사무실에는 그녀 혼자뿐이었다. 문이 딸깍 열리며 아까의 잘생긴 남자가 안으로 들어왔다. 후줄근한 복장에 맨발이다. 그녀와 시선이 마주치자 스위치를 켠 것처럼 환한 미소가 떠올랐다. 묘한 위화감이 느껴졌다. 경찰서와는 전혀 어울리지 않는 외모였다.

"정신이 좀 들어요? 여기, 물 좀 마셔요."

그녀 앞에 따뜻한 물이 한 잔 놓였다.

"무슨 일입니까, 이 시간에?"

친절한 그의 음성에 왈칵 눈물이 쏟아지려고 한다. 오늘 처음으로 그녀에게 친절을 베풀고 관심을 준 사람이었다. 그래서인지 말이 술술 나왔다.

"사람 좀 찾으려고요."

그녀의 말에 남자가 놀란 듯 눈썹이 올라갔다.

"누구?"

"동생이요."

"동생? 무슨 일인데요?"

"3일 전 아침에 학교로 간 후로 집에 돌아오질 않아요."

"3일 전? 지금까지 가만히 있었어요?"

"아니요. 연락 안 된 다음 날 오전에 신고했는데 알아보신다고 하고는 연락이 없어서 찾아온 거예요."

"그렇군요. 동생이 이름이 뭡니까?"

"최영채."

"여동생이군요. 나이는?"

"22살이요."

"학생입니까?"

"네. 한국대 법대생이에요. 3학년이구요."

"음. 그렇군요. 오늘은 늦었으니 내일 아침 일찍 여성청소년계에 연락해 보도록 하죠. 이미 신고했다면 등록되어 있을 겁니다. 좀 기다려 봐요."

"도대체 언제까지 기다리라는 거죠? 이렇게 지쳤는데."

친절한 남자지만 영신은 저도 모르게 벌컥 화를 내고 말았다. 며칠간 누적된 피로감과 답답함이 한꺼번에 덮쳐 오는 것만 같았다. 머리와 등이 뻐근해졌다.

이 남자에게 화를 낼 일이 아닌데. 생판 처음 만난 여자의 이상한 행동에 놀라지 않았을까? 그녀는 입술을 깨물었다.

"죄송해요. 하루 종일 찾아다녔는데 어떻게 할지를 몰라서. 너무 막막해서."

이 남자에게 화를 낸 것이 갑자기 후회가 된다. 게다가 피곤해서 미칠 것 같았다. 순간, 영신은 저도 모르게 눈을 감고 말았다. 정신을 잃기 전 낮은 투덜거림을 들은 것 같았다.

코를 간질이는 따뜻하고 청결한 향에 영신은 기분이 좋아졌다. 부드럽고 따뜻했다. 한 번도 느껴 보지 못했던 편안함이었다. 위로하듯 어루만지는 따뜻한 온기. 그 온기를 향해 파고들던 영신은 천천히 눈을 떴다. 매끄러운 온기가 뺨에 닿는다. 몽롱했던 정신이 순간 찬물을 뒤집어쓴 것처럼 번쩍 깼다. 매끈하고 단단한 사람의 품 안이었다.

기겁을 한 그녀는 고개를 발딱 들었다. 윽, 하는 신음 소리에 신경쓸 겨를도 없이 그녀는 후다닥 자리에서 벌떡 일어났다. 혼비백산한 그녀와 달리 웬 낯선 남자가 그녀와 부딪힌 턱이 아픈지 손으로 문지르며 느긋하게 몸을 일으켰다.

남자의 벗은 상체에 영신은 터져 나오는 비명을 간신히 참았다. 이곳을 벗어나야 한다는 생각에 자리에서 일어서려던 그녀는 스르륵 흘러내린 시트 아래 자신의 몸을 보고 깜짝 놀랐다. 속옷만 입은 채였던 것이다.

도망치지도 못하고 그녀는 억눌린 신음을 뱉으며 이불을 당겨 자신의 몸을 가렸다. 어이없게도 그녀의 그런 행동 때문에 남자의 몸이 드러나자 그녀는 어쩔 줄을 모르며 낮은 비명을 질렀다. 다행히 남자의 몸이 완전히 보이기 전에 남자가 재빨리 이불을 당겨 덮어 더 민망한 상황을 간신히 피할 수가 있었다.

결과적으로 두 사람은 다시 같은 이불을 덮게 되었지만 영신은 차마 이불을 당길 수가 없었다. 영신은 입술을 깨물며 남자를 노려보았다.

"다, 당신 누구야?"

더듬더듬 떨리는 음성에 남자가 한숨을 내쉬었다. 얼굴을 반쯤 가렸던 긴 머리를 뒤로 쓸어 넘기자 눈에 익은 얼굴이 나타났다.

순간 연예인인가 하는 생각이 들었다. 남자는 갸름한 얼굴에 쭉 뻗은 코, 완벽할 정도로 아름다운 입술을 가지고 있었다. 약간 높은 광대뼈가 자칫 곱상해 보일 수 있는 분위기를 거칠고 남자답게 만들었다. 너무 잘생겨서 거부감이 들 정도지만 눈빛만은 날카로운 불꽃이 일렁인다. 그 눈빛에 영신은 저도 모르게 움찔하고 말았다.

이 남자가 연예인이든, 뭐든 그런 사람을 쫓아다니는 취미도 없고 설사 있다 하더라도 몸을 던질 정도로 어리석지도 않다. 너무 피곤했던 건지 간밤의 일이 어렴풋하기만 했다. 이 남자를 언제 만났지? 경찰서에 간 것까지는 기억나는데. 순간 후줄근한 차림으로 웃던 남자가 떠올랐다.

"이게 무슨 짓이에요?"

경찰인 줄 알았다. 그런데 아니었나 보다. 이 남자가 준 물을 마신 후 그대로 쓰러져 버린 것 같다. 약이라도 탔던 걸까? 경찰서에서 그런 일을 당하다니 정말 멍청하기 짝이 없다. 그의 복장을 보고 눈치챘어야 했는데. 영신은 머리가 곤두서는 느낌이 들었다.

무슨 일을 당했는지 기억도 안 난다. 너무나 멀쩡한 자신의 몸이 이상하게 느껴졌다. 그녀의 악다구니에 남자가 일어나 앉자 영신은 뒤로 물러나다가 멈칫했다. 이불을 조금만 더 당기면 그의 몸이 노출되든지, 그대로 두면 자신의 몸이 드러날 판이었다.

벌떡 일어선 남자는 몸에 붙는 삼각 브리프 차림이었다. 호리호리한 몸이 잔근육으로 덮여 그가 움직일 때마다 탄력 있는 모양새를 만들고 있었다. 놀라서 그를 바라보던 영신은 화끈 달아오른 뺨을 재빨리 돌렸다.

"괜찮습니까?"

난데없는 질문에 영신은 남자가 거의 알몸이라는 걸 잊고 그를 노려보았다.

"좀 민망한 상황이긴 하지만 어쨌든 아무 일도 없었으니 안심해요."

남자의 말에 영신은 기가 막혀 코웃음을 쳤다. 이불을 걷고 자신의 몸을 살펴보고 싶었지만 남자 때문에 차마 그럴 수가 없었다.

"자, 먼저 이 민망한 상황에서 빨리 벗어나도록 합시다. 일단 평상시의 점잖은 모습으로 만나기로 하죠."

날씨 얘기라도 하듯 남자가 농담처럼 말을 하고는 침대에서 내려서자 영신은 재빨리 몸을 돌렸다. 그 바람에 이불이 당겨져 등이 드러났다. 하지만 그녀가 미처 이불을 덮기도 전에 남자는 방을 나가 버렸다. 남자가 사라진 후 한동안 정신을 못 차리던 영신은 천천히 이불을 열어 자신의 몸을 살펴보았다.

벌거벗고 있지만 별다른 이상은 없어 보였다. 아픈 곳도 없었고, 몸에 자국이 남아 있는 곳도 없었다. 자신의 몸에 변화가 있었다면 이렇게 아무렇지도 않을 리가 없겠지. 안심이 되면서도 왠지 답답해졌다. 낯선 남자가 자신의 몸을 만지고 옷을 벗기는데도 정신없이 자고 있었다는 사실을 떠올리자 그것이 견딜 수 없게 느껴졌다.

그녀는 침대 밑에 떨어진 자신의 옷을 찾아 재빨리 입었다. 구깃구깃해진 셔츠와 바지는 어제의 비 때문인지 조금 축축한 느낌이 들었다. 찜찜한 기분이지만 어쩔 수가 없었다. 침대 옆 협탁 위에 그녀의 가방이 있었다. 대충 눈대중으로 살펴보니 건드린 흔적은 없었다.

안도의 한숨이 새어 나왔다. 그러나 지금까지 그녀에게 아무 일이 없었다고 해서 낙관만 하고 있을 수는 없는 노릇이다. 최대한 남자와 마주치지 않고 나가면 더 바랄 게 없었다.

영신은 살금살금 문을 열고 복도와 거실을 살폈다. 다행히 사람의 기척은 없었다. 하지만 온몸을 긴장한 채 현관으로 뛰려는 순간 남자가 갑자기 눈앞에 나타났다. 어느새 씻고 옷을 갈아입었는지 잘 다려진 셔츠에 검은 정장 바지 차림이었다. 잘 모르는 그녀가 봐도 한눈에 굉장한 명품이라는 걸 알 수 있었다.

"커피 내렸어요. 마시면서 얘기하죠."

도망치려던 그녀를 아는지 모르는지 태평한 소리를 하더니 안쪽으로 잡아끌었다. 그에게 끌려가며 영신은 이 상황을 슬기롭게 대처해야 한다고 자신을 다독였다.

하늘이 무너져도 솟아날 구멍은 있다. 호랑이에게 잡혀가도 정신만 차리면 산다.

이 상황에서 떠올릴 수 있는 속담들을 머릿속에 새기는 사이 그녀는 주방으로 보이는 곳에 서 있었다. 마치 잡지책에나 나올 듯한 그런 주방이다. 사진을 찍기 위해 연출한 것처럼 모든 것이 제자리에 딱딱 맞춰져 있었다. 너무 완벽해서 부자연스러운 그런 느낌.

이 남자의 정체는 도대체 뭐지?

"앉아요. 나도 급하긴 한데 이대로 오해한 채로 나갈 수는 없지 않습니까? 간단히 어젯밤 상황을 정리한 후에 서로 깔끔하게, 개운하게 헤어집시다. 오케이?"

가벼운 남자의 말투에 그녀는 얼굴을 찡그렸다. 남자가 잠시 시간을 확인하려는 듯 손목을 보자 그녀의 시선도 따라 내려갔다. 피아제 로고가 그녀가 선 곳에서도 선명하게 보인다. 어제 경찰서에서의 후줄근하던 남자와 지금 명품으로 휘감은 남자의 모습은 매치가 되지 않는다.

"아직 삼십 분 정도 여유가 있군. 그럼, 어디부터 시작한다? 먼저 기억나는 것부터 얘기해 보죠. 경찰서에 온 것, 나를 만난 것, 그리고 잠든 것."

잠든 것? 영신은 믿을 수 없다는 눈으로 그를 바라보았다.

"잠들었다고요? 그쪽이 준 물 때문이었잖아요."

"뭐? 무슨 물?"

"어제 경찰서에서 준 그 물이요. 약이 들어 있었던 거 아니에요?"

남자가 멍한 표정으로 몇 번 눈을 깜박였다. 정신 나간 사람 보듯 그녀를 한참을 보던 남자가 갑자기 식탁을 치며 몸을 수그렸다. 갑작스런 동작에 놀란 영신은 저도 모르게 움찔 뒤로 물러섰다.

발작을 일으킨 것처럼 엎드린 채로 한참을 몸을 떨던 남자가 큰 소리로 식탁을 치면서 웃어 젖혔다. 나중에는 눈물까지 나는지 손으로 연신 눈가를 닦는 걸 보고 영신은 입술을 깨물었다. 왠지 바보 취급을 당하는 것 같아 기분이 나빠졌다.

아까 도망쳤었어야 했어.

그녀는 곁눈질로 주방에서 현관까지의 거리를 가늠해 보았다. 미친 사람처럼 웃는 지금의 남자라면 그녀가 도망쳐도 모를 것 같았다. 그런 갈등 속에 있는데 갑자기 남자가 웃음을 뚝 그쳤다. 하지만 그녀를 보는 눈에는 여전히 웃음기가 남아 있었다.

"그래서 내가 그쪽을 납치했다? 음, 나쁘지 않은 상상력인데. 나름 기발하긴 한데 내가 왜? 그쪽의 뭘 보고?"

남자의 웃음기 어린 질문에 얼굴이 홧홧하게 달아올랐다. 남자가 손을 들어 과장되게 그녀의 위아래를 쭉 훑듯이 손짓을 했다.

"뭐, 몸매가 나쁘진 않습니다만 요즘 그 정도야 길거리에 흔하게 널린 게 사실이고. 아, 기분 나쁘게 듣진 말아요. 내가 좀 솔직한 사람이라서요. 그쪽 얼굴이 내 취향이긴 해도 이쪽도 뭐 납치까지 하기엔 좀 모자라고. 그럼 돈이 많나? 돈 많아요? 납치해도 될 만큼?"

솔직한 사람답게 솔직한 말이지만 듣는 사람으로선 상당히 기분이 나빴다. 영신은 인상을 쓴 채 그를 노려보았다.

"전체적으로 아가씨가 썩 마음에 드는 건 사실이지만 납치가 내 취향이 아니라서 말이지. 사실, 난 납치하는 쪽보다 그런 놈들 잡는 쪽이거든."

"무슨 소리예요?"

"말 그대로. 형사예요. 어제 봤잖아요."

"뭐라고요?"

형사라고? 명품으로 치장한 형사라니. 무슨 드라마도 아니고. 게다가 저 형사에 어울리지 않는 얼굴은 뭐란 말인가?

영신은 저도 모르게 손을 들어 얼굴을 꼬집었다. 꿈이라면 빨리 깨고 싶다. 이 이상한 남자와 계속 같이 있다가는 머리가 어떻게 될 것 같았다.

그녀의 반응에 남자가 빙긋 웃더니 주머니에서 지갑을 꺼내 놓았다. 무늬만 봐도 누구나 알 수 있는 명품 지갑이었다. 게다가 이게 절대로 짝퉁이 아니라는 데 그녀의 한 달 월급을 걸어도 좋았다. 부패경찰인가? 상식적으로 형사라면 이런 호화로운 아파트에, 명품으로 치장한 차림은 상상도 할 수 없을 것이다.

"확인해 봐요."

의심스런 시선을 던지는 그녀에게 남자가 지갑을 쥐여 주었다. 주저하면서 영신은 지갑을 열었다. 경찰 로고와 함께 조금은 딱딱한 표정인 남자의 사진이 박혀 있었다.

경사 서정, 서울지방경찰청이라는 고딕체의 글이 눈이 시릴 정도로 선명했다.

정은 여자가 신분증을 확인하는 모습을 재밌게 쳐다보았다. 자신의 어디가 납치범으로 보였는지 아무리 생각해도 어이가 없고 웃겼다. 곱슬머리인지 멋대로 헝클어진 머리가 그녀의 작은 얼굴 주변으로 부드럽게 흩어져 있었다. 후줄근한 차림에도 불구하고 그녀의 외모는 그의 눈길을 끌었다.

까무잡잡하고 매끈한 피부는 절대로 인공적으로 태운 게 아니었다. 원래의 피부색이 분명했다. 오똑하고 작은 코에 조금은 큰 입이지만 동그랗고 순진해 보이는 눈 때문에 전체적으로 귀여운 인상을 주었다.

그의 신분증을 본 여자는 충격에 빠진 듯 한동안 말이 없었다. 몇 번이나 눈으로 그의 신분증과 얼굴을 확인하더니 천천히 지갑을 내려놓았다.

"어떻게 된 거죠?"

기가 죽은 그녀의 음성에 살짝 동정심이 생겼다. 하긴 이런 상황이면 그런 생각이 가능할 것도 같다. 그는 간략하게 어젯밤의 일을 설명해 주었다.

갑자기 잠이 든 그녀는 전기 퓨즈가 나간 것처럼 아무리 깨워도 일어나지 않았다. 사내들이 드글드글한 숙직실로 갈 수도 없고, 그렇다고 여경 숙소를 찾아가는 것도 마뜩찮았다. 무엇보다 작은 소파에 추운 듯 몸을 움츠린 여자를 보자 측은한 마음이 든 그는 결국 여자를 안고 집으로 왔던 것이다. 그때가 이미 열두 시가 넘은 시간이었다.

침대에 눕히는데 여자가 몸을 떨며 안겨 왔다. 비를 맞은 강아지처럼 작게 낑낑거리는 걸 보고 도저히 지나칠 수가 없었다. 조금 젖은 옷을 벗기고, 커다란 이불로 감쌌지만 여자는 여전히 추워했다. 단순히 체온을 나누려 잠시만 곁에 누웠던 것이 아침까지 이어진 거였다.

잠에서 깼을 때의 기분 좋았던 여자의 느낌이 떠오르자 기분이 묘해졌다. 여자의 부드럽고 유연했던 몸의 느낌이 이제야 그에게 욕구를 불러일으킨다. 그의 설명에 멍해진 시선으로 입술을 깨문 채 서 있는 여자를 왠지 달래 주고 싶어졌다. 하지만 곧 출근을 해야 했고, 여자는 여전히 그를 경계하며 겁에 질려 있었다.

"죄송합니다."

푹 가라앉은 어조에 그는 한숨을 내쉬며 자리에서 일어났다.

"그만 나가야 하는데. 집이 어딥니까? 가는 길에 내려 줄게요."

"아니, 아니에요. 도와주셨는데 이상한 오해나 하고. 더 이상 폐 끼치고 싶지 않아요. 전 택시 타고 갈게요."

"집이 어딘데?"

"성북동이요."

"여긴 강남인데? 출근길이라 엄청 막힐 텐데. 요금도 장난 아니고."

강남이라는 말에 영신은 기겁을 했다. 어제 그 경찰서는 분명 강남 경찰서가 아니었다. 그녀가 사는 동네의 경찰서였다. 어째서 강남까지 와 있는지. 머리가 지끈거리며 아파 왔다.

　"어차피 가는 길이니까 같이 나가죠. 커피 좀 더 마셔요. 정신 번쩍 들 카페인이 필요한 얼굴이야. 텀블러에 담아 줄까?"

　"괜찮아요."

　그녀의 거절에도 정은 커피를 텀블러에 담아 내밀었다. 따뜻한 커피 향을 맡자 영신은 지금 자신의 꼴이 더 우스워졌다.

　"참, 동생 일은 오늘 가서 확인하고 다시 연락 줄게요. 연락처 좀 줘 봐요."

　정이 핸드폰을 꺼내 들며 그녀를 빤히 바라봤다. 영채에 대한 건데다 정의 행동이 친절하게 느껴져 영신은 얼떨결에 자신의 번호를 불러 주고 이름까지 알려 주었다.

　"최영신."

　잠시 정이 음미하듯 자신의 이름을 되뇌자 영신은 입술을 깨물었다. 왠지 실수한 듯한 느낌을 지울 수가 없었다. 하긴, 이 남자를 만난 후부터 모든 게 실수투성이였지만.

　늦은 시간인 줄 알았는데 의외로 이른 아침 시간이었다. 그의 차에 올라서야 시간을 확인한 영신은 이제 겨우 일곱 시라는 사실에 깜짝 놀랐다. 지친 자신이야 그렇다 치지만 그녀 때문에 제대로 쉬지 못했을 남자는 너무나 생생해 보였다. 구깃구깃해진 자신과 달리 생기가 넘쳐흘렀다.

　내키지는 않았지만 집 주소를 불러 준 그녀는 아파트에 도착할 때까지 눈을 감고 있었다. 정이 자신에게 말을 시키는 것이 싫었다. 하지만 그건 그녀의 기우였는지 그는 조용한 발라드 음악을 튼 채로 침묵을 지켰다. 눈만 감고 있을 뿐 신경이 곤두선 채 있었던 터라 차가 멈추자마자 눈이 반짝 뜨였다. 서둘러 인사를 하고 내리려는데 그가 팔을 잡았다.

"이거 갖고 가요."

아까 따라 준 커피다. 그녀가 커피를 받아 들 때까지 쳐다보자 영신은 텀블러를 겨우 받았다. 그런 그녀의 행동에 정이 빙긋 웃는다.

"그럼 다음에 봅시다."

그녀의 대답은 듣지도 않고 웃으며 손을 흔들고는 금방 아파트를 빠져나갔다.

이상한 남자. 왠지 싫지만은 않은 게 이상했다. 이상한 하루라고 생각하며 그녀는 엘리베이터를 타고 자신의 아파트 층을 눌렀다. 머리가 어질어질했다. 이틀 내내 영채를 찾아다니느라 잠을 못 잔 탓에 벌어진 일이었다.

그래도 형사가 연락을 주겠다고 하니 조금 마음이 편해진 건 사실이었다. 오늘까지 연차를 냈으니 오전에 잠깐 쉬고 오후에 다시 나가 봐야겠다고 생각했다.

현관문을 열고 들어서는데 거실에 불이 켜져 있었다. 후다닥 거실 중문을 활짝 열어젖힌 영신은 우뚝 멈춰 섰다.

"깜짝이야. 언니 뭐야, 연락도 없이. 아침부터 어디 갔다 오는 거야?"

잠옷 차림의 영채가 놀랐는지 소파에서 일어섰다. 영신은 할 말을 잊고 동생을 멍하니 바라보았다.

"너 어떻게 된 거야? 지금까지 어디 있었던 거야? 연락은 왜 안 되는 건데?"

속사포처럼 쏟아진 영신의 닦달에 영채가 눈을 껌벅였다.

자매지만 두 사람의 외모는 완전히 달랐다. 키가 작은 영신과 달리 170센티가 넘는 늘씬한 키에 호리호리한 몸매가 바람만 불어도 날아갈 것처럼 보인다. 그런데도 풍만한 가슴과 잘록한 허리선이 눈에 띌 정도로 아름다웠다. 등까지 곧게 내려온 검은 생머리는 만져 보고 싶을 만큼 부드럽게 보인다. 커다란 눈과 오똑한 콧날, 도톰하고 생기 있는 입술, 무엇보다 도자기처럼 매끈한 하얀 피부가 그녀와 대조를 이루었다.

그런 동생과 달리 영신은 어렸을 때 까만 콩, 아프리카 토인이라는 별명으로 불렸을 정도로 까만 피부와 구제불능의 곱슬머리를 가졌다. 외모에 딱히 불만은 없지만 영채를 보면 저도 모르게 기가 죽는 건 어쩔 수 없었다.

아름다운 나의 동생. 왠지 그 아름다움이 위태로워 보이는데도 평소와 다름없이 무심한 영채의 태도에 화가 울컥 올라왔다. 사흘간 미친 듯이 찾아다닌 자신이 바보같이 느껴졌다.

"뭐야? 왜 그렇게 화를 내? 새벽에 들어온 사람은 내가 아니라 언니잖아. 어디 갔다 이제 온 거야?"

차분한 영채의 말에 영신은 말문이 막혔다. 현기증이 일었다. 그녀는 비틀거리며 좁은 거실에 놓인 2인용 소파에 몸을 파묻었다.

"왜 그래? 무슨 일 있었어?"

걱정스런 영채의 말에 영신이 고개를 들었다. 마치 지난 사흘이 그저 이상한 악몽이었던 것처럼 느껴졌다. 늘 맞는 그런 아침 속에 있는 것 같지만 자신을 보는 동생의 눈빛은 미묘하게 달라 보였다. 그녀는 지끈거리는 관자놀이를 꾹 눌렀다.

"어디 갔었어?"

"아, 갑자기 바다가 보고 싶어서. 강릉 갔다 왔어."

"전화는?"

"충전이 안 돼서 내버려 뒀어. 미안해. 언니는? 왜 지금 들어오는 거야? 밤에 도착해서 바로 전화했는데 꺼져 있더라."

그녀의 휴대폰도 방전된 상태였다. 헛웃음이 났다.

"너 찾다가 피곤해서 소금인형에 갔었어."

"뭘 찾고 그래. 어련히 알아서 잘 들어올까. 언니도 참, 걱정도 팔 자다."

"약속해. 다시는 안 그러겠다고."

"참내. 알았어. 언니도 너무 오버하지 마. 내가 한두 살 먹은 애도 아니고. 벌써 22살이야. 가끔 혼자 있고 싶은 나이라고."

"네가 사춘기니? 얼마나 놀랐는지 알아? 다신, 다신 그러지 마."

목이 잠겼다. 영신의 눈시울이 붉어졌다. 잠시 두 자매 사이에 침 묵이 흘렀다.

"너 학교 안 가? 어서 씻고……."

어색해진 영신이 몸을 돌리는데 영채가 그녀를 껴안았다. 늘 강한 줄 알았는데 안긴 몸이 왠지 가슴이 아플 정도로 연약하게 느껴졌다.

"언니가 너무 좋아. 엄마 같아."

작은 속삭임에 영신은 눈물을 삼켰다. 엄마 같다니. 그녀가 해 주 지 못했던 일들이 떠오른다.

다시는 너한테 그런 고통 주지 않을 거야. 엄마가 되어 줄게. 누구 도 널 건드리지 못하도록 지켜 줄게.

영신은 가느다란 어깨를 아플 정도로 안으며 속으로 다짐을 했다.

상쾌한 하루의 시작이었다고 정은 생각했다. 최영신이라. 까무잡잡 했던 몸의 곡선이 떠오르자 그는 웃음이 났다. 오랜만에 마음에 쏙

드는 여자였다. 사실, 형사라는 직업상 그가 아무리 여자를 좋아한다고 해도 마음 놓고 연애를 할 만한 상황이 못 되었다. 제대로 된 연애를 한 게 대학 졸업 전이니 그동안 수도승처럼 살아온 자신이 신기하고 기특할 정도다.

최영신이라는 여자는 그런 그에게 죽었던 감정들을 떠올리게 한다. 왠지 설렘이 느껴졌다. 연애세포는 여자만 있는 건 아닌 모양이지? 귀엽게 생긴 얼굴이 자꾸 떠올라 웃음이 났다.

"어머, 서 형사님. 오늘은 더 멋지십니다. 역시 옷발 하나는 죽이시네. 모델이 울고 가겠어요."

지나가던 교통계 아줌마 순경의 말에 그는 씩 웃었다. 예전에 진경이 오기 전에 여자 순경이 필요했을 때 가끔씩 강력반과 같이 작전을 수행하던 사람이라 그와는 죽이 잘 맞았다.

"좋은 아침입니다."

"뭐 좋은 일 있으신가 봐요?"

"우리 일에 좋을 일이 뭐가 있겠습니까? 맨날 그렇죠, 뭐. 오늘도 수고하십시오."

그는 가볍게 손을 흔들고는 사무실로 들어갔다. 제일 먼저 출근한 줄 알았는데 이미 진경이 책상 앞에서 일에 열중이다.

"좋은 아침!"

그의 활기찬 인사에도 고개만 까딱하더니 대꾸 없이 바로 하던 일에 열중이었다. 너한테 뭘 바라냐?

"길 좀 비키지?"

퉁명스런 말에 돌아보니 강순천이었다. 당직을 한 탓에 어제 입은 옷 그대로다. 말끔한 정의 옷차림에 순천의 입가에 비웃음이 어린다.

"어디 나이트라도 가시나? 완전 물 찬 제비가 따로 없구만. 사모님

하고 한 곡 땡기셔야겠네."

"사모님이야 언제든 환영이지. 그나저나 넌 그 꼴이 뭐냐? 노숙자 코스프레냐?"

맞받아친 정의 말에 순천의 눈에 불꽃이 튄다. 이 녀석은 사사건건 그의 심기를 건드렸다. 잘난 얼굴도 짜증났지만 형사라는 직업에 어울리지 않는 옷차림도 문제였다. 그로서는 듣도 보도 못한 명품들이라고 여경들이 수군거리는 걸 우연히 들은 적 있었다. 심지어는 그런 차림이 문제가 되어 내사과에서 내사까지 했다는 소문도 있었다. 사실인지 아닌지는 모르겠지만 무지막지한 부동산 재벌의 아들이라는 근거 없는 낭설까지 돌았다.

거기다 경찰청 안에 서정을 사랑하는 사람들의 모임이라나 하는 말도 안 되는 여경들의 팬클럽도 있다는 말에 순천의 심기는 더 불편해졌다. 어쨌든 하고 다니는 꼴로 봐서는 부모 잘 만난 놈은 확실한 것 같았다. 상관없는 놈이면 그저 잘난 놈이네 했을 텐데 자신과 같은 강력반의 형사라는 사실이 죽도록 못마땅한 건 사사건건 동기라는 이유로 비교당하는 이유도 없지 않아 있었다.

"뭐야? 속옷이라도 싸다 줄 걸 그랬나? 아무리 내 속옷이 네 옷보다 비싸긴 해도 우리 사이에 그 정도 적선도 못 할 사이는 아니지. 안 그러냐?"

"이 새끼가!"

비꼬는 정의 말에 순천이 욕을 하며 앞으로 나서자 진경이 벌떡 일어섰다.

"그만하시죠! 아침부터 두 분 다 기운이 펄펄 넘치시나 봅니다. 반장님 보시면 참 좋아하시겠어요."

진경의 말이 무서운 게 아니라 정 반장은 좀 무서운 사람이긴 했다. 정도 키가 큰 편인데 민기는 그보다는 머리 하나가 더 있을 정도로 컸고 무시무시한 성격이었다. 그의 로맨스야 강력반에서 유명했지만 성질머리도 그에 못지않아 부딪히고 싶지는 않았다.

그 고약한 사내가 아내에게 꼼짝 못하는 걸 매번 모임에서 볼 때마다 정은 신기한 생각이 들었다. 서영이 특별한 여자이기도 했지만 아내를 대하는 민기의 태도는 마치 마님을 모시는 돌쇠 같은 태도였다. 볼 때마다 유별나다는 생각이 들 정도였다. 그나마 빵빵 터지는 사건에도 요즘 정 반장의 기분이 나쁘지 않은 건 얼마 전 둘째 딸이 태어난 이유였다.

정은 진경의 말대로 민기가 오기 전에 불쾌해진 기분을 떨치기로 했다. 강순천, 망할 놈의 인간은 자신만 보면 못 잡아먹어서 안달이니 저도 모르게 자꾸만 빈정거리게 된다. 정말 적응 안 되는 인간. 자기보다 작은 순천을 일부러 쓱 내려다본 그는 자리로 가서 앉았다.

7시가 되기도 전에 출근이 끝났고 민기가 와서 간단하게 해야 할 일을 지시했다. 할 일이라고 해 봐야 하루 종일 탐문하는 일이었지만. 종혁이 초가을 감기에 걸린 바람에 내근을 하기로 하고 정은 진경과 같이 나가게 되었다. 새로 온다는 형사는 곧바로 강순천과 합류할 거라는 얘기만 들었다.

정은 경찰서를 나가기 전에 여성청소년계에 들러 영신이 알려 준 동생에 대해 물어봤다. 신고는 이미 접수되어 있었고, 실종이라고 볼 만한 이유가 없어 일단은 가출신고로 처리된 상황이었다. 신경 좀 써 달라는 부탁을 한 후 그는 바깥으로 나왔다. 어제부터 추적추적 내리던 비가 가랑비로 바뀌어 있었다.

"무슨 일 있습니까?"

여성청소년계에서 하는 말을 들었는지 진경이 묻자 정은 피식 웃었다.

"그냥 아는 사람이 부탁 좀 해서."

"사람 찾는 것 같던데. 가까운 사람인가 봅니다. 선배님이 그런 부탁 하는 것 처음 봤습니다."

앞으로 가깝게 될 사람이지, 뭐. 정은 대답 없이 웃으며 차에 올랐다. 옆에서 진경이 이상한 눈으로 자신을 쳐다보는 걸 알았지만 영신을 떠올리자 저도 모르게 자꾸 웃음이 나와서 어쩔 수가 없었다.

빌어먹을. 기분 좋게 시작한 하루는 지긋지긋한 짜증으로 끝나고 말았다. 탐문 수사가 별 소득 없이 끝난 데다 경찰서로 돌아오는 길에 접촉사고까지 나는 바람에 정신이 없었다. 사무실에 들어오자마자 피곤하고 짜증난 심기를 건드리는 순천의 빈정거림에 결국 성질이 폭발하고 말았다.

저놈 멱살이라도 잡아야 속이 풀리지.

터지기 직전의 일촉즉발의 상황을 걸쭉한 사투리가 막았다.

"너거 뭐하는 짓이고? 뭐, 서울 형사들은 수준이 이따구밖에 안 되나?"

돌아보니 조금은 뚱뚱하다 싶을 정도로 몸집이 큰 사내가 못마땅한 눈으로 두 사람을 노려보고 있었다. 그리 크지 않은 키인데 살집인지, 근육질인지 정체를 알 수 없는 덩치로 인해 마치 거인처럼 커 보였다. 정은 투박하게 보이는 저 몸집이 단단한 근육질일 거라는 생각이 들었다.

"강순처니, 니 손 못 놓나?"

남자의 말에 순천이 속으로 욕을 하면서 거의 매달리다시피 정에게 달라붙어 있던 몸을 뗐다. 정도 그를 떨쳐 내고는 호기심 어린 눈으로 눈앞의 사내를 보았다.

"니가 서정이가? 소문대로 자~알 생겼네. 기생오래비 같다. 마이 듣제, 그런 말?"

탁 까놓고 하는 말에 화가 난다기보다는 웃음이 났다. 목소리가 기차 화통을 삶아 먹었는지 귀가 울릴 정도로 컸다. 경기도 쪽에서 온다더니 말투가 괄괄한 경상도 사내였다.

"김진경입니다. 황대석 경위님이죠?"

"아, 니가 진경이가? 말 마이 들었다. 잘 부탁한데이. 그럼 다 만난 기가?"

"김종혁 경사님하고 정 반장님은 만나셨습니까?"

"그 양반들이야 아까 만났제. 너거가 마지막이다. 고생 많았제? 드가자. 브리핑하고 신입생 환영회 해야제."

무슨 대학교도 아니고 신입생 환영회라는 말에 정은 어이가 없으면서도 대석의 거리낌 없는 태도가 마음에 들었다. 보아하니 순천이 같이 다니는 동안 많이 당했는지 기가 질린 표정으로 대석을 노려보고 있었다. 제대로 임자 만났구나 싶어 통쾌해졌다.

사무실에서는 정 반장과 종혁이 심각한 표정으로 얘기를 나누고 있었다. 그들이 들어오자 알은척을 하며 손을 흔들었다.

"뭐 좀 나왔어?"

"없습니다."

"대석이 너는?"

"저도요. 형님 아새끼가 하도 나대는 바람에 피곤하기만 하고. 어디서 못된 버릇만 배워서는 사람들 위협하는 거 하나는 예술적으로 잘합니다."

대석의 말에 민기의 표정이 어두워졌다. 날카로운 눈이 노려보자 순천이 찔끔했다. 하지만 민기는 아무 말 없이 한숨만 내쉬었다.

　예전 강진호 반장은 굉장히 부드러운 사람이었다. 무슨 일이 있으면 바로바로 불러서 대화로 푸는 사람이었다. 정민기 반장은 그와는 스타일이 완전히 달랐다. 젊기도 했지만 워낙 성격이 대쪽 같아서 자기 아래 사람이 경우에 벗어난 일을 하는 걸 무엇보다 싫어했다. 수년 전 자신의 아내가 관계된 사건에서 그런 민기가 천지분간 못하고 날뛴 적이 있었다는 게 신기할 정도였다. 순천을 무서운 눈으로 일별한 민기가 사람들을 둘러보았다.

　"우리가 하나 건지긴 했는데."

　"뭔데요?"

　"첫 번째 피해자인 최기철 말고 나머지 두 사람 말이야. 기록에는 없는데 예전 거주지에서 둘 다 가정폭력 때문에 신고 들어온 적이 있었더군. 바로 철회하긴 했는데 일지에는 적혀 있더라고."

　"그 외에는요?"

　"그게 전부야. 파다 보면 뭔가 나오겠지. 일단 가족들부터 새로 만나 봐야 할 것 같다. 최기철 부인과 자식들은 정이 네가, 한진만 씨 가족은 대석이 네가 만나 보고. 이번 피해자인 서한기 씨는 내가 종혁이하고 가 볼 테니. 다들 수고했다. 오늘은 일찍 퇴근하지."

　"그런 게 어딨노? 환영회 안 해 주나?"

　서운한 듯 대석이 항의를 하자 민기가 피식 웃었다. 오래전부터 아는 사이라 스스럼이 없었다.

　"그냥 한 잔만 하는 거다."

　"결혼하고 마이 변했다고 경수 행님이 카더만 진짜네. 팔불출이라고 욕할 만하네. 그 행님이 반장님한테 당한 거 생각하면 아직도 이 갈린다 카던데."

대석의 말에 민기가 어깨를 으쓱했다. 경수가 자신 때문에 고생한 걸 생각하면 화낼 일도 아니었다.

"나갈까?"

강력반만의 회식이었는데 예전 강력반에서 같이 있었던 김경수 경위와 박한수 경위까지 나오게 되어 더 떠들썩해졌다.

경찰서 앞 돼지껍데기집에서 부어라 마셔라 하는 내내 정은 영신에게 전화를 해야겠다는 생각을 했다. 퇴근 전 일부러 여성청소년계에 한 번 더 들렀던 것도 전화할 핑계를 만들기 위해서였다. 별다른 소식은 없었지만 그래도 전화를 하고 싶었다.

떠들썩한 술자리를 빠져나오려는데 진경이 사람들이 따르는 잔을 묵묵히 다 받아 마시는 걸 발견했다. 그는 다시 제자리에 앉았다.

"가시나가 들어왔다캐서 어쩔까 싶었는데 괜찮네. 너, 마음에 든다. 너도 형사 할 얼굴은 아인데."

"그거 성차별적 발언입니까?"

진경의 말에 대석이 큭큭대며 웃는다.

"단수로만 따지면 여기 분들이 저 못 따라옵니다. 선배님도 조심하십시오."

"그건 그렇지. 김진경 웬만한 무도경관들도 못 쓰러뜨려. 너는 한 주먹거리도 안 된다."

민기의 말에 대석이 테이블을 탁탁 쳤다.

"깡다구 있어서 좋다. 딱 내 스타일이다. 자, 더 마셔."

잔을 받는 진경의 손이 미세하게 떨리는 걸 정은 놓치지 않았다. 그는 일부러 화난 척 진경의 잔을 뺏었다.

"이거 여자라고 너무 특별대우 아닙니까? 저도 요즘 술 고픕니다. 저도 한 잔 꾹꾹 눌러서 주십시오."

"오, 기생오래비. 너도 마음에 든다. 생긴 거만 빼면. 그 얼굴로 형사는 왜 하노?"

대석의 말에 정은 피식 웃으며 진경의 잔에 있던 술을 쭉 마셨다. 평소 진경이 술을 거의 마시지 않는다는 걸 잘 알았다. 하지만 여기 남자들에 지지 않기 위해 진경이 끝까지 거절 않고 마실 걸 알았기 때문에 정은 일부러 흑기사를 자처했다. 그의 그 행동에 진경과 순천이 동시에 못마땅한 듯 노려보자 헛웃음이 났다. 그러든지 말든지 정은 진경의 술을 족족 빼어 마셨다.

그렇게 시간이 흐르고 사람들이 일어선 시간은 11시가 넘어서였다. 짧은 시간 안에 왕창 마신 탓에 정은 정신을 차리기가 힘들었다.

"오늘은 너 혼자 가도 되겠냐?"

"전 괜찮습니다. 선배님이나 조심하십시오. 대신 마셔 달라고 한 적 없습니다."

"넌 다 좋은데 유머감각이 너무 없어. 그거 다 받아 마시면 너 내일 목숨 보전하기 힘들다."

"죽어도 제가 죽습니다. 죽기는 선배님도 마찬가지 아닙니까? 선배님 주량도 저랑 피장파장이잖아요."

마지막 말은 어쩐지 고맙다는 투로 들려서 정은 킥킥대고 웃었다.

"잔말 말고 택시 타고 들어가. 도착하면 무사 귀환 보고하고."

"선배님은 어디로 가십니까? 제가 모셔다 드리겠습니다."

"난 여기. 내일 보자."

정은 엄지손가락으로 뒤쪽의 경찰서를 가리키고 비틀대며 걸어갔다. 그 모습을 진경이 뒤에서 한참을 보는 것도 모른 채.

당직실에 눕자마자 떠오른 생각은 영신에게 전화를 해야 한다는 거였다. 무거운 손을 들어 저장해 둔 그녀의 번호를 찾는 데도 한참이 걸렸다. 그녀의 전화번호를 찾자 저도 모르게 키득거리는 웃음이 났다. 약간 허스키한 낮은 목소리가 떠올랐다. 그 목소리가 갑자기 너무 듣고 싶어져 그는 통화 버튼을 꾹 눌렀다.

'소금인형'은 사람들로 꽉 차 있었다. 소란스럽던 내부가 갑자기 조용해지며 여자가 무대 위로 올라왔다. 짙은 와인색의 원피스는 여자의 몸매를 그대로 드러냈다. 속옷을 입었는지 의심스러울 정도로 매끈한 곡선이었다. 긴 머리가 얼굴 윤곽을 가려 표정을 알 수 없지만 자신을 향한 사람들의 시선에 무심한 듯 보였다.
맨발로 그녀가 위로 올라서자 음악이 흘렀다. 짙은 화장, 사람들의 흥분된 시선, 그리고 그런 것과 무관해 보이는 여자의 태도가 어우러져 소금인형 안은 묘한 분위기가 형성되었다.

정말 몰랐어요. 사랑이란 유리 같은 것
아름답게 빛나지만 깨어지기 쉽다는 걸……

여자의 독특한 음색이 두드러지도록 반주는 낮은 피아노 소리가 전부였다. 그런데도 순식간에 사람들은 여자의 목소리에 빠져들었다. 작은 몸에 어울리지 않는 낮고 허스키한 목소리가 사람들의 탄성을 자아냈다. 이 공간을 초월한 듯한 무심한 여자의 분위기와 끈적하다 할 정도의 목소리는 묘한 매력을 불러일으켰다.
노래를 부르는 내내 여자는 자신만의 세계에 빠져 있었다. 다른 사람이 범접할 수 없는 완고한 유리성 속에 갇힌 인형처럼. 그런 여자를 사람들은 넋이 빠진 채 바라보았다.

영신은 무대 뒤로 나와 곧장 드러난 어깨를 가리기 위해 스웨터를 입었다. 얼굴을 가렸던 머리를 묶자 짙은 화장을 한 땀에 젖은 얼굴이 드러났다. 싫다. 순간 짜증이 왈칵 밀려왔다. 노래를 부르는 것은 좋지만 사람들 앞에 나서는 건 싫었다. 그래서 자신도 모르게 짙은 화장을 하게 된다. 그녀의 노래를 좋아하는 사람들도 화장을 지운 모습을 알아보기는 힘들 것이다. 그녀는 눈동자를 가릴 정도로 긴 속눈썹을 떼어 냈다.

"수고했다."

어깨를 툭 치는 손길에 돌아보니 해준이었다. 오랫동안 그녀를 지켜 준 사람. 그런데 왜 편해지지가 않는 걸까? 영신은 그런 마음을 숨긴 채 마주 웃었다.

"네."

"한잔하고 들어가. 오랜만에 얘기 좀 하자."

"화장 좀 지우고요. 사람들이 알아보는 거 싫어요."

"안 그래도 너 만나게 해 달라는 사람들이 줄 섰다. 지우고 바로 와."

해준이 나가고 한참을 멍하니 있던 그녀는 사람이 들어오는 소리에 후다닥 움직이기 시작했다. 오늘은 따로 갈아입을 옷을 가지고 오지 않았다. 대신 맨발에 낮은 로퍼를 신고 스웨터까지 걸치니 야하게만 보였던 원피스가 얌전해져 아까와는 완전히 다른 사람이 되어 있었다. 해준이 문 앞에서 기다리고 있었다.

"어제 전화했었는데. 연락 안 돼서 걱정했어."

불편함이 더 강해진다. 그는 늘 그녀의 곁에서 보호하려 들었다. 고맙지만 한편으로는 부담스러웠다.

"미안해요. 일이 좀 있어서. 할 얘기 있어요?"

"아, 이거."

깔끔한 흰색을 명함을 그녀에게 내밀었다. 영신은 잠시 망설이다 명함의 끝을 잡았다.

"제법 큰 연예기획사야. 소속 연예인 중에 유명 가수가 많더라. 아이돌 키우는 기획사보다는 음악적으로도 괜찮은 것 같고. 좋은 기회 거 같아서 일부러 받아 놨어. 더 늦기 전에 데뷔하는 것도 생각해 봐."

"관심 없어요. 지금이 좋아요. 내가 부르고 싶을 때 부르는 게."

"사람들 앞에 나서기 싫으면 얼굴 없는 가수 콘셉트로 나가도 되고. 굳이 네 재능을 숨길 필요는 없잖아."

"고맙지만 안 들은 걸로 할게요. 오빠도 이런 거 신경 쓰지 말아요. 아, 그리고 내일은 못 와요, 일 때문에. 사무실 일도 요즘 바빠."

작은 의류회사의 하청업체에 근무하고 있는 영신은 딱히 불만은 없었다. 월급이 많진 않았지만 단출한 직원 수도 괜찮았고 격주마다 토요일도 쉬어 시간적으로도 여유가 꽤 있었다. 돈은 소금인형에서의 아르바이트비로도 충분히 도움이 되었다. 게다가 영채가 장학금을 계속 받고 있어 생활비만 조금씩 챙겨 주면 되었다. 아르바이트도 꼬박꼬박 해서 오히려 영채가 그녀에게 용돈을 줄 때도 있었다.

"사무실 관둬. 어차피 흥미도 없는 회사잖아."

"먹고살아야죠."

"내가 먹여 살릴게."

잠시 침묵이 흘렀다. 몇 번인가 농담처럼 프러포즈를 받았다. 그때마다 두 사람 사이엔 건널 수 없는 강이 있다는 걸 영신은 더 뼈저리게 느꼈다. 무거워진 분위기에 어색하게 웃었지만 해준은 말없이 그녀의 눈을 바라보았다.

"지금까지 오빠한테 신세 진 게 얼만데. 됐어요. 혼자 먹고살 정도 능력은 돼요, 나도."

"그런 말이 아니잖아. 이제 그만 나한테 와라."

"가야 돼요. 늦었어요."

"영신아!"

"정말 가야 돼. 다음 주에 봐요."

안타까운 표정의 해준에게서 도망치듯 영신은 재빨리 바깥으로 나왔다. 초가을 바람이 제법 쌀쌀했다. 영신은 왠지 더 추워져 손을 비벼 보았다. 영채의 잠깐 동안의 가출 이후로 자꾸만 안정이 되질 않는다. 그녀는 몸을 움츠린 채 스산한 거리를 멍하니 바라보았다.

부재중 전화를 확인한 건 아침이었다. 처음 보는 낯선 번호가 열 번이나 넘게 찍혀 있었다. 저장되어 있지 않거나 불분명한 전화는 되도록 받지 않았다. 그러면서도 지나치게 많이 찍힌 번호를 보니 궁금증이 일었다.

누굴까?

순간, 그 사람의 얼굴이 떠오른다. 생각만으로 끔찍했다. 다시는 보지 않을 사람. 남들은 끊을 수 없을지 모르지만 그녀는 끊은 인연이었다. 더는 두려워할 이유도, 도망칠 필요도 없다. 그녀는 재빨리 전화번호를 삭제했다.

아침 일찍 영채가 아르바이트를 하러 간 후 그녀는 그동안 쌓인 피로를 풀 겸 목욕탕엘 가기로 했다. 편안한 차림에 비닐로 된 목욕 가방을 들고 터벅터벅 걷는데 아파트 입구에서 갑자기 차가 빵빵거렸다. 깜짝 놀라 돌아보니 이상했던 그 형사가 화가 난 눈빛으로 그녀를 노려보고 있었다.

"뭡니까? 도대체."

"네?"

차에서 내려 다짜고짜 따지는 말에 영신은 뒤로 물러섰다. 어제 아침의 깔끔했던 차림과 달리 지금은 다시 후줄근해져 있었다. 그사이 자란 수염 때문에 조금 거칠게 보이는 것만 제외하면 여전히 잘생긴 얼굴이라는 건 부정할 수 없었다.

"전화 확인 안 해요? 열 통도 넘게 했는데."

그제야 부재중 전화의 정체를 알게 된 영신은 어이가 없는 표정을 지었다.

"왜 전화했어요?"

"왜라니? 와! 사람 잡을 여자네. 동생 일 알아보고 전화 준다고 하지 않았었나?"

답답한 듯한 말투에 영신은 미안한 생각이 들었다. 그러고 보니 경찰서에 전화를 했어야 했는데 정신이 없어 그대로 둔 게 화근이었다.

"아, 죄송합니다. 그쪽인 줄 몰랐어요."

"당연히 죄송해야지. 사람이 호기심도 없어요? 전화가 열 통 정도 오면 누가 날 이렇게 애타게 찾나 궁금하지도 않습디까?"

그런 의미의 죄송은 아니었지만 영신은 아무 말도 하지 않았다.

"동생 어제 아침에 돌아왔어요. 먼저 연락 못 드려서 죄송해요."

"사람이 말이지, 아무리 그래도 인지상정이라는 게 있지. 동생 찾아 준다는데……. 뭐요?"

잔소리를 계속하던 정이 그녀의 말을 이해하고 놀란 눈으로 바라본다.

"잠깐 바람 쐬러 갔다 왔대요. 폐만 끼쳤는데 이렇게 신경 써 주셔서 감사합니다."

순간 김이 빠진 듯 정이 눈살을 찌푸렸다. 뭐, 처음에 호감도 좀 있었고 그래서 신경이 쓰였던 건 사실이지만 전화를 그렇게까지 할 생각은 아니었다. 다만, 하다 보니 불통도 이런 불통이 없어 오기가 생겼던 것이다. 왠지 맥이 탁 풀렸다.

그는 물끄러미 영신을 쳐다보았다. 헐렁한 트레이닝복에 파란색 비닐 가방을 든 모습에 호기심이 생겼다. 그동안 신경 썼던 게 억울하기도 해서 그녀를 조금 골려 주고 싶어졌다.

"어디 가요? 아침부터."

"네? 아, 저, 목욕탕이요."

"그래요? 잘됐네. 나도 몸 좀 풀고 싶었는데. 요 며칠 장난 아니게 바빴거든요. 거기다 누구 때문에 엄한 일에 신경 쓰느라 더 못 쉬고."

그녀의 죄책감을 자극하려는 듯 떠보는 말에 영신은 인상을 썼다. 미안한 마음 반, 피하고 싶은 마음 반이었다. 하지만 그런 그녀의 마음을 아는지 모르는지 정이 그녀를 재촉했다.

"어디예요? 얼른 갑시다. 아침까지 먹고 가려면 시간 없어."

"네?"

얼떨결에 영신은 그에게 이끌려 아파트 상가 앞의 찜질방으로 갔다. 샤워 후 찜질복으로 갈아입고 나오니 정이 홀 입구에서 기다리고 있었다.

"찜질하기 전에 밥부터 먹읍시다. 금강산도 식후경이라고. 거기다 어제 술까지 마셨더니 지금 속이 요동을 쳐서 미치겠어요."

억지로 찜질방 식당에 끌려가 앉고서도 영신은 기가 막혀 한 마디도 못 하고 있었다. 자기 마음대로 미역국을 두 그릇 시키고는 나오자마자 허겁지겁 먹어 댄다. 생긴 건 멀쩡한데 하는 짓은 꼴통인 모양이었다. 왠지 잘생긴 외모가 아깝다는 생각이 들었다.

"원래 그래요?"

"응? 뭐가?"

하도 어이가 없어 묻는 그녀의 말에 정이 시치미를 뚝 뗐다. 지금 그의 이미지는 형사도 안 맞고, 지난번에 보았던 그 휘황찬란했던 강남의 아파트와도 맞지 않았다. 딱 동네에서 어슬렁대는 백수건달처럼 보였다.

"원래 그렇게 모르는 사람한테 막 들이대냐고요."

"아니, 전혀."

"그런데 나한테 왜 이래요? 신경 써 준건 고마운데 이건 좀 지나치네요. 다른 사람한테 피해 주면 안 된다는 거 모르세요?"

갑자기 정이 킥킥 대고 웃기 시작하자 영신은 자존심이 상해 그를 노려보았다.

"최영신 씨 말투 지금 선생님 같았어요. 딱 초등학교 1학년 선생님."

"뭐요?"

"선생님 하면 잘 어울릴 것 같기도 하네. 영신 씨, 애들한테 인기 많을 것 같은데."

"이보세요!"

"아, 도대체 왜 이러냐고? 그거야 옷깃만 스쳐도 인연이라는데 맨살 맞댄 인연이 보통 인연은……."

"무슨 소리에요, 지금!"

커다란 그의 목소리에 영신은 놀라서 퍼뜩 정의 팔을 확 잡았다. 그녀의 손안에 다 들어오지 않는 팔뚝이 단단하게 느껴졌다. 그 단단한 느낌에 더 놀라 그녀는 다시 손을 놓고 말았지만 화가 나 식식거리면 그를 노려보았다. 그런 반응에도 뭐가 재미있는지 정이 실실 웃어 댔다.

"뭐, 옛말은 항상 진리죠, 안 그래요? 그러니까 우리가 좀 깊은 인
연이냐 뭐 그런 말입니다."

"정말 형사 맞아요? 사기꾼 아니에요?"

"형사하고 양아치는 한 끗 차이라고 하기는 합디다. 그래도 내가
어디 가서 사기 치는 캐릭터는 아닌데."

저절로 한숨이 푹 나왔다.

"이보세요. 그동안의 일, 고맙고 미안한데요. 이러는 거 불편하고
부담 돼요. 어쨌든 고맙다는 의미로 밥은 내가 살게요."

"어허, 말은 끝까지 듣고 가야지."

"뭔데요?"

"우리 사귑시다."

"네?"

영신은 놀라서 저도 모르게 빽 소리를 질렀다. 주변에 있던 사람들
이 그녀를 놀란 눈으로 쳐다보자 놀라서 곤추세웠던 어깨를 움츠렸
다. 다른 사람들이 듣지 않도록 목소리를 낮춰 그에게 따졌다.

"미쳤어요?"

"왜? 당신한테 사귀자고 하는 남자는 다 미친 건가?"

"내가 누군지도 모르잖아요."

"최영신. 키는 한 160 될래나? 몸무게는 45? 46? 좀 말이 없지만
할 말을 못 하는 것 같진 않고 동생에 대해서는 지극하고. 성격은 아
직 파악 중인데 좀 성깔이 있는 것 같아서 살짝 걱정되는 것 빼고는
다 마음에 들고. 어쨌든 내 스타일이에요."

"그쪽 스타일이면 다 사귀자고 해요?"

"내가 좀 까다로워서 말이지. 딱 내 스타일이 당신이 처음이라, 아
무래도 그런 것 같은데."

"장난치지 말아요."

벌떡 일어나는 그녀를 따라 정도 일어섰다. 자신보다 훨씬 큰 정이 일어서자 영신은 갑자기 소인국 사람이 된 기분이 들었다. 게다가 그의 눈에 띄는 외모 때문에 사람들의 주목을 받는 것도 못마땅했다. 같은 찜질복 차림인데 화보라도 찍으러 온 듯한 느낌이었다.

"밥값은 그쪽이 내 준다고 했으니까 그냥 감사히 얻어먹겠습니다. 자, 그럼 다음 코스, 차? 커피?"

잔뜩 들뜬 아이처럼 기대에 찬 표정으로 손을 비비던 정은 갑작스레 울린 전화벨 소리에 인상을 썼다. 진경이었다.

"왜?"

― 신고 들어왔대요. 저 지금 현장으로 바로 갑니다. 선배도 그쪽으로 오세요.

욕설이 나오는 걸 간신히 참았다. 그런 정의 모습을 영신이 의아한 눈으로 쳐다보았다. 정은 진한 아쉬움이 느껴졌다. 들떴던 가슴에 실망감이 가득 찼다.

"아쉽지만 커피는 다음에 마시죠."

"네?"

"일이 생겨서 먼저 갑니다. 조만간 또 봅시다."

손을 들어 작별을 고하는 그의 뒷모습을 영신은 황당한 눈으로 오랫동안 쳐다보았다.

현장으로 가기 전에 집부터 들렀다. 어젯밤 술을 마신 후 숙직실에서 그대로 잠이 든 탓에 옷이 구겨진 데다 음식 냄새가 잔뜩 배어 있었던 것이다. 게다가 저녁엔 아버지와 저녁 식사 약속이 있었다. 아마도 지키지 못할 약속이 되겠지만. 최대한 빠르게 옷을 갈아입고 누나인 지연에게 전화를 했다.

"오늘 아무래도 같이 식사하기 힘들겠어. 기다리지 말라고 전화했어."

수화기 저편에서 한숨 소리가 새어 나왔다.

— 그만하면 해 볼 만큼 한 거 아냐? 생각보다 오래간다.

"아버지께는 누나가 잘 말씀드려. 죄송하다고."

— 그 정도 전화는 네가 해. 요즘 몸도 안 좋으셔. 안부 전화라 생각하고 직접 해.

"바빠. 부탁할게."

지연이 잔소리를 시작하기 전에 그는 전화를 뚝 끊어 버렸다. 오늘 저녁은 아버지 생신을 모르고 지나친 탓에 평소와 다르게 순순히 응했던 거였다. 딱히 좋은 사이는 아니지만 그렇다고 얼굴을 안 볼 만큼 나쁜 사이도 아니었다. 다만, 서로에게 서먹서먹해졌다고 할까? 가족인데도 때로는 이해할 수 없는 것들이 많았다. 저들이 저를 이해하지 못하는 것처럼. 그는 한숨을 쉬고는 고개를 저었다.

현장으로 들어가는 입구부터 어수선했다. 구경하는 사람들을 헤치고 폴리스라인 안으로 들어서는데 순천과 딱 마주쳤다. 그를 본 순천의 입술이 삐뚤어지는 걸 보니 또 복장에 대해 한마디 할 생각인가 보다.

"어이, 난 또 모델인 줄 알았네. 옷발 죽이네. 진짜 니 형사 와 하노? 연예인 하지. 내가 매니저 해 주께."

갑작스레 누군가 등을 아플 정도로 세게 쳤다. 맞은 등이 아파 죽겠는데 정작 때린 사람은 감탄의 시선으로 그를 훑어본다. 그 바람에 순천이 기회를 놓치고는 투덜거리며 안으로 사라졌다. 저도 모르게 웃음이 났다.

"형님 같은 매니저 만날까 봐 제가 연예인 못 하는 거 아닙니까?"

"자석이 말하는 꼬라지하고는. 내가 어때서? 어디 결혼식이라도 있었나? 멋지게 빼입었네."

"결혼식은요."

"안에는 드가 봤나?"

"아직이요. 안 내키는데요."

"뭐 봐도 별거 없데이. 속만 뒤집어지제. 지난번 사건 사진으로 봤는데 그거랑 똑같더라. 뭔 미친놈이고? 내 살다 살다 이런 놈은 또 처음이다. 갈수록 미친놈은 많아지는데 참, 큰일이다."

"그러게 말입니다. 반장님은요?"

"안에. 김진경이랑 같이 있다. 진겨이 그거 보통내기가 아니데. 눈 하나 깜짝 안 하고 보는데 순처니보다 백배는 낫다."

대석의 일방적인 평가에 정은 피식 웃었다. 안으로 들어가니 지난번과 별반 다르지 않은 상황이었다. 다만 더 몸부림을 쳤는지 주변이 핏자국으로 엉망진창이었다. 범인이 남긴 흔적인지 발자국이 아닌 문지른 듯한 흔적이 있었다. 한 명이 냈다고 하기엔 지나치게 그 자국이 많았다. 다수에 의한 연쇄살인인가? 문득 그런 생각이 떠올랐다.

진경이 방 안 주변을 살피고 있다가 그를 향해 고개를 끄덕였다. 정 반장은 심각한 얼굴로 순경의 보고를 받고 있었다. 대충 살펴도 같은 범인임을 알 수 있었다. 정 반장이 성큼성큼 걸어왔다.

"난 서로 먼저 들어가 봐야겠어. 계장님 호출이야. 아무래도 특별수사 본부를 꾸려야 할 것 같다. 검찰 쪽에도 보고 끝났고."

"그렇게 되는 겁니까?"

"그렇지, 뭐. 일단 탐문하고, 국과수 결과 나오는 대로 서에서 보자."

"네."

대충 현장 정리하고 정은 진경과 함께 탐문을 다녔다. 서로 들어가기 전에 국과수까지 들르고 나니 이미 저녁 시간이 지나 있었다. 사무실로 들어가니 못 보던 사람들이 와 있었다. 그중에서 정은 익숙한 얼굴을 발견했다.

검찰청에서 나온 강력계 담당인 장유현 검사는 이미 여러 번 일을 같이 한 적이 있어서 안면이 있었다. 그쪽도 성질이 지랄맞아서 보통은 아니었지만 일 하나는 확실하게 하는 사람이었다. 경찰청에서 파견 나온 수사관들과 강진호 계장의 얼굴도 보였다. 처음 강력반에 들어왔을 때 정은 강진호 계장 아래서 일을 배웠다. 그를 향해 강 계장이 눈짓으로 알은척을 하자 정은 고개를 숙여 인사를 했다.

대충 브리핑을 했지만 특별히 나온 건 없었다. 사인 역시 지난번 피해자와 같았고 문지른 듯한 흔적은 범인들이 비닐을 씌운 신발로 걸은 것 같다는 거였다. 신발 자국이 남지 않도록 두꺼운 판을 댄 탓에 신발의 모양이나 치수조차 특정할 수 없었다. 치밀하고도 계획적인 살인이었다.

이번 피해자는 가정폭력으로 신고된 기록이 없었다. 게다가 기존의 피해자 가족들도 극도로 그 일에 대해 말하기를 꺼렸다.

"앞으로는 잠잘 시간도 없을 겁니다. 범인 잡을 때까지는 죽어라 같이 뛰어 봅시다."

책임자인 장유현 검사의 말에 사람들이 고개를 끄덕였다. 사무실을 나오기 전 민기가 본인 팀의 사람들에게 따로 지시를 내렸다.

"지금은 가족들 빼고는 매달릴 게 없으니까 계속 찾아가 봐. 그리고 CCTV에서 나온 건 없어?"

"그냥 장식용으로만 달려 있던 CCTV더라구요. 녹화는 안 되고 있었답니다."

"별 병신 같은. 이래서 잘사는 동네 살아야 된다니까."

욕을 하는 순천이 마음에 들진 않지만 정도 솔직히 그런 기분이었다. 비록 자신을 보며 빈정거리며 한 말일지라도.

지휘권이 넘어가자 오히려 정 반장은 마음이 편했다. 그동안 쉬쉬하던 윗선에서도 더 이상은 무리라고 여겼는지 언론 통제는 하더라도 전방위적으로 수사에 착수하기로 했으니 오히려 한시름 놓게 되었다. 인력 부족이 심해서 그의 팀만으로는 할 수 없는 일이었다. 꼭 잡고 싶었다. 미치도록.

열흘의 기간 동안 두 번의 살인이 더 일어났다. 언론에서 경찰의 늦장대응이라느니, 무능한 초동수사라느니 대서특필하는 통에 경찰들만 연일 깨지고 있었다. 차라리 인터넷을 할 시간이 없는 게 다행이었다. 기사 밑에 댓글들은 원색적인 욕에서부터 비꼬는 욕으로만 도배되어 있었고 격려하는 말은 한 마디도 없었다. 죄를 지은 사람보다 경찰이 더 많은 욕을 먹고 있었다.

집에 돌아가 본 지가 언제인지 기억도 나지 않았다. 영신과 그렇게 헤어진 후로 만나기는커녕 전화 한 통 하기도 힘들었다. 어처구니없다는 시선으로 자신을 쳐다보던 그녀를 떠올리니 우스웠다. 그동안 여자에게 이런 호기심을 느낀 적은 없었다. 딱 두 번 봤을 뿐인데도 그녀의 뭔가가 그의 호기심을 자극했다. 외모만의 문제는 아니었다. 그래서인지 더 아쉬움이 컸다.

인원이 많아졌다고 해서 딱히 수사에 진척이 있는 건 아니었다. 그나마 공통점이라면 여섯 명의 피해자 중 네 명이 가정폭력으로 신고당한 전력이 있다는 것이다. 솔직히 아내나 자식을 때리는 작자들을 쓰레기라고 생각하지만 어떤 이유에서든 살인이 정당화될 수는 없었다.

"딸 이름이 뭐랬지?"

네 번째 사건의 피해자인 조진구의 딸을 만나러 가면서 정은 진경에게 물었다. 악바리 같은 진경도 지쳤는지 얼굴이 초췌해져 있었다.

"조현정입니다. 부인은 3년 전에 죽었고요. 이쪽은 딸 하나더라고요. 아직 미혼이고 작은 마트의 점원이에요. 현재 독립해서 혼자 살고 있어요."

진경이 그녀의 이미지와는 어울리지 않는 애니메이션 캐릭터의 그림이 그려져 있는 수첩을 보면서 읊었다. 유일하게 진경이 여성적일 거라고 생각될 때가 그 수첩을 볼 때였다.

"귀엽네."

"그냥 지나가십시오. 한 번은 웃겨도 두세 번은 식상합니다."

"알았다. 그나저나 강순천이 너한테 고백했다며."

얼마 전에 순천과 진경이 같이 탐문을 나갔다가 크게 싸우고 들어온 적이 있었다. 어디서 난 소문인지 순천이 진경에게 집적댔다는 소문이 경찰서 내에 파다했다. 순천을 응원하는 사람들도 있었고, 진경의 입장에서 불쾌해하는 사람도 있었다. 워낙 진경이 딱 부러지는 성격이라 오히려 순천을 동정하는 입장이 많았다. 진경의 입장에서는 미치고 팔짝 뛸 노릇이었다.

"할 말 없습니다."

"그 찌질이가 뭐랬는데?"

"그만하시죠. 유쾌한 얘기도 아닌데."

"넌 그놈이 왜 싫어? 뭐, 나한테 꼬인 거 빼고는 특별히 나쁘진 않잖아?"

"그만하라고 했습니다. 도와줄 것도 아니면서."

진경답지 않은 묘한 떨림이 느껴졌다. 정은 저도 모르게 진경을 쳐다보았다. 순천이 처음부터 진경에게 호감을 가졌던 건 강력반 전체가 알고 있었다. 반면에 진경이 그를 질색을 한 것도 말이다. 순천이 정에 대해 반감을 가진 것도 아마도 진경이 그와 정을 대하는 태도가 완전히 달라서였을 수도 있다. 정은 앞서 걸어가는 진경의 어깨를 잡았다. 뭘 어떻게 하겠다는 마음보다는 행동이 앞섰다. 진경이 놀랐는지 눈살을 찌푸렸다.

"어떻게 해 줄까?"

"무슨 소립니까?"

"도와주라며?"

"그런 뜻 아닙니다. 그만 가시죠? 오후에는 한창희도 만나야 합니다. 시간 없습니다."

"김진경! 너 순천이 마음에 안 들지?"

"알면서 묻는 건 무슨 심봅니까?"

"그러니까 내가 도와준다고. 원하는 대로 해 줄게. 솔직히 나도 그녀석 마음에 안 들어. 너한테 집적대는 것도 싫고."

"그것보다는 선배 옷차림 비꼬는 게 싫은 거 아닙니까?"

"뭐, 그것도 아주 큰 이유 중에 하나지. 어떻게 했으면 좋겠어? 열과 성을 다해서 협조해 주지."

잠시 망설이던 진경이 그를 똑바로 바라본다. 여자지만 강렬한 눈빛이다. 진경의 눈은 직설적인 데가 있어서 피해 버리면 안 될 것 같았다. 눈싸움에서 지면 남자로서 자존심이 꺾일 것 같을 정도로 도전적인 눈빛이었다. 그의 눈에서 뭔가를 읽으려는 걸까? 한참을 진지하게 보던 진경이 입을 열었다.

"저하고 사귀겠습니까?"

순간 귀를 의심했다. 정은 한참을 진경을 쳐다보다 그만 풋, 웃음소리를 내고 말았다. 그의 반응에 화가 났는지 진경의 눈 주변이 붉게 달아올랐다.

"웃지 마십시오. 진짜 사귀자는 게 아닙니다. 강 선배 마음 돌아설 때까지 연극 좀 해 달라는 겁니다."

"아, 미안. 그런데 너 너무 진지하다. 나 진짜 고백받은 줄 알고 심장이 철렁했다, 인마."

"먼저 갑니다."

"기다려. 답은 듣고 가야지. 좋다. 선배 좋다는 게 뭐냐? 남자친구 행세하는 게 뭐 어렵다고. 아무튼 앞으로 잘 부탁한다, 애인."

그의 말에 진경의 눈썹이 치켜 올라갔다. 돌아서기 전 더 붉어진 그녀의 얼굴에 정은 다시 키득거리고 말았다.

"오래돼서 기억이 잘 안 나네요. 도움이 못 되어 드려 죄송합니다."

겁에 질린 듯한 태도가 자꾸 걸렸다. 조진구의 딸인 조현정은 중키의 뚱뚱한 자신감 없는 여성이었다. 얼굴을 감싼 검은색 단발머리가 그녀를 더욱 답답하게 만들어 인상이 좋지는 않았다.

"경찰 기록에 신고한 당사자가 조현정 씨로 되어 있는데요? 그때 성폭력도 당했다고 본인 입으로 말하지 않았습니까?"

진경의 말에 현정이 고개를 번뜩 들었다.

"화가 나서 그랬다고 그때 다시 번복했다는 기록은 없나요?"

"그럼 기억하시는군요?"

진경의 덫에 걸린 현정이 입술을 깨물자 정은 약간 불쌍한 생각이 들었다. 가끔씩 진경은 가차 없을 때가 있었다. 얼굴만 놓고 보자면 상당한 미인에 몸매도 좋고 충분히 호감을 줄 수 있는데 진경 자신이 그런 걸 질색을 했다.

진경을 여자친구로 대한다? 왠지 헛웃음이 나왔다. 게다가 여자친구라는 말을 듣는 순간 제일 먼저 떠오른 사람이 어이없게도 최영신, 그 여자였다. 그는 쓸데없는 생각을 멈추려 조현정에게 집중했다.

"무슨 일인지 자세히 알려 주실 수 없나요? 아버지를 죽인 살인자를 잡는 일입니다. 조현정 씨를 괴롭힐 생각은 없어요."

"알려 줄 것도 없어요. 그냥 술을 드시고 난동을 부렸어요. 어머니하고 저를 죽도록 때려서 이대로는 죽겠다 싶어서 경찰서로 간 겁니다. 생명의 위협을 느낄 정도였어요."

"하지만 당시가 아닌 그 뒷날 가셨더군요. 그 정도로 위기의식이 있었다면 보통 바로 갔을 텐데요."

"……."

"그럼 성폭행은 어떻게 된 겁니까?"

"말했잖아요. 화가 나서 지어냈다고."

"혹시 아버지가 다른 사람에게도 그런 행동을……."

"몰라요. 그리고 그 사람 죽든 말든 저랑은 상관없어요. 솔직히 이 세상에 없다니 속이 다 시원하네요. 그딴 인간 아버지로 여기지도 않았고, 다시 볼 생각도 없어요!"

결국 눈물을 보이며 현정이 비명을 지르듯 내뱉자 진경이 말을 멈추었다. 지금까지 피해자의 가족들이 눈을 피하며 하고 싶은 말들이 이런 게 아니었을까? 평범해 보이는 가장들이지만 가정 내에서 문제가 있는 사람들이었다. 정과 진경은 울먹이는 현정을 물끄러미 바라보았다.

"이제 속이 시원하세요? 전 더 할 말도 없고, 들을 말도 없어요.

그만 가 주세요. 이렇게 자꾸 찾아오시면 저 직장생활 하기 힘들어져
요."

"혹시라도 더 하고 싶은 얘기가 있으면 연락 주세요."

명함을 억지로 현정의 손가락에 끼워 주고는 바깥으로 나왔다. 초
가을인데 비가 잦다. 멀쩡하던 하늘이 그새 무겁게 내려앉아 있었다.
그 때문에 온도가 평년 기온보다 낮아 정은 약간 추위를 느꼈다. 바
람을 피하려 점퍼를 여미는데 진경이 미동도 없이 허공을 노려보고
있었다.

"왜? 뭐 짚이는 거라도 있어?"

"찝찝해서요. 뭔가 잡힐 것 같은데 안 잡히는 것도 그렇고. 피해자
여섯 중 벌써 네 명이 가정폭력 가해잡니다. 어쩌면 성폭력 가해자일
수도 있고요. 성기가 잘린 걸 보면 그게 더 가깝다고 봐야겠죠. 접점
은 그거 하난데 문제는 피해자의 가족들이 연결되어 있다고 보기엔
비약이 너무 심하다 싶어서요. 알리바이도 확실하고, 서로 교류가 있
었다고 보기도 힘들고요."

"글쎄다. 어쨌든 네 말대로 그게 제일 가능성은 있지만 난 솔직히
조현정이나 다른 가족들이 그 사람들을 죽였을 것 같지 않아. 아무리
한 길 사람 속은 모른다지만 그 정도는 구별할 정도의 감은 있어. 분
명 다른 사람이 있을 거야."

"맞아요. 그 살인 네트워크를 연결한 사람이 분명히 있을 거예요.
우리가 모르는 교묘한 루트로요."

진경의 말에 정도 고개를 끄덕였다. 뭔가 오밀조밀하고 촘촘해서
뚫리지 않는 뭔가가 있는 것 같았다. 치밀하게 이 모든 걸 계획한 사
람이 있었다. 문득, 흥건했던 핏자국 위를 마음껏 누볐던 흔적들이 떠
올랐다. 들키지 않을 거라는 자신이 없다면 그렇게 대담할 수가 없다.

그들이 상대해야 할 적은 대담하고 똑똑하다.

"한창희는?"

"두 번째 피해자 아들입니다. 이쪽은 딸은 없더라고요. 부인과는 이혼한 상태고. 그 부인은 소재 파악이 안 됐습니다. 한창희는 수유 쪽에 있는 자동차 정비소에서 근무 중이고요. 17살에 가출한 후로는 가족 간에 교류가 없었던 모양입니다. 그러다 2년 전에 다시 만났답니다. 지난번 황 선배가 찾아갔다가 휴가 중이라 못 만났대요. 휴대폰도 꺼져 있고. 현재로는 제일 수상합니다."

"가정폭력은?"

"그런 건 없습니다만 이웃 사람들 말로는 그리 좋은 분위기의 가정은 아니었던 듯합니다. 부인과 아들을 자주 때렸었다는 말이 많더랍니다. 같은 동네에 쭉 살아서인지 그런 증언을 해 주는 이웃이 많았다고 황 선배가 그러더라고요."

"그래? 그런데 그런 아들을 왜 다시 찾았대?"

"피해자가 심장병으로 갑자기 쓰러졌었나 봅니다. 그래서 보호자 찾는 과정에서 연락이 됐었나 봅니다."

"흠, 그렇단 말이지. 늦기 전에 얼른 가자. 또 한바탕 쏟아부을 모양이다."

"야, 창희 어디 갔어?"

"잠깐 나갔는데. 사무실에서 기다리시죠. 위층입니다."

바빠서 정신이 없어 보인다. 두 사람은 어지럽게 흐트러진 작업장을 둘러 임시로 지어진 것 같은 건물의 이 층으로 올라갔다. 그들이 걸음을 옮길 때마다 삐걱대는 소리를 내는 것이 곧 무너지지 않을까 하는 생각이 들 정도였다.

휴게실인지, 사무실인지에는 더러운 소파가 놓인 게 전부였다. 목이 말라 물을 마실까 하다가 정은 정수기에 낀 더러운 때에 입맛만 다시고 말았다. 그들 이외에도 차를 고치러 온 사람들이 두엇 기다리고 있었다. 10분쯤 지나서 기름때가 낀 작업복 차림의 키가 큰 청년이 성큼 안으로 들어섰다.

"저 찾아오신 분이 있다고 해서요."

"한창희 씨? 경찰입니다."

경찰이라는데도 별로 놀라지 않는다. 오히려 웃음기가 보이기까지 한다.

"그거라면 확인하고 왔는데요."

그거라니? 정과 진경의 시선이 마주쳤다. 아버지의 죽음을 그거라고 표현하는 사람이 과연 몇이나 있을까? 지나가던 개가 죽어도 저 정도의 경박함을 보이지는 않을 것 같다.

"알고 있습니다. 오늘은 그 때문에 온 게 아닙니다."

"그럼 무슨 일로?"

주변의 사람들이 귀를 쫑긋 세우고 힐끔거린다. 정이 고갯짓으로 자리를 옮기자는 신호를 보내자 진경이 먼저 바깥으로 나갔다. 창희 역시 눈치는 빠른지 진경을 뒤따라 계단을 내려갔다. 작업장 앞이 바로 도로 가라 시끄러웠지만 적어도 사람들의 시선에서는 자유로웠다.

"일이 밀려서 시간을 많이 낼 수가 없습니다. 물을 게 있으면 빨리 해 주세요."

좀 지저분하긴 해도 제법 잘생긴 외모였다. 지금 그의 얼굴은 그리 밝지 않은 가정사를 떠올리기 힘들 정도로 어딘지 모르게 들뜨고 가벼워 보였다.

"확인하고 싶은 게 있어서 말입니다. 혹시 돌아가신 아버지와 사이가 어떠셨는지…….”

큭, 하는 웃음소리에 진경이 말을 끊었다. 어디가 웃음 포인트지? 당황한 두 사람은 눈을 가늘게 뜬 채 웃는 창희를 쳐다보았다. 미처 웃음을 다 그치지 못하고 창희가 입을 열었다.

“다 알고 오신 것 같은데 뭘 물어보세요? 그 새끼 그거 개새끼예요. 솔직히 죽은 거 잘됐다고 생각해요. 아니면 언젠가 내가 죽였을 것 같거든요.”

순간 주변의 소음들이 사라지는 것 같았다. 창희가 보인 증오심으로 기온이 더 떨어진 것 같았다. 경박스럽게만 느껴질 정도로 가볍던 눈에 날카로운 증오의 빛이 어렸다. 정은 바짝 긴장했다. 마치 범인을 눈앞에 둔 사람처럼. 진경도 그런지 입가가 잔뜩 굳어 있었다.

“매일 맞았어요. 엄마도, 저도. 좆 같은 새끼가 지치지도 않고 때리더라구요. 결국 엄마는 견디지 못하고 나가셨죠. 저도 더 있다가는 맞아 죽을 것 같아 도망쳤어요.”

“그럼 왜 2년 전에 돌아온 겁니까?”

“죽는 거 보려고요. 심장마비를 일으켰다기에 잘됐다 싶어 죽는 거 보려고 돌아왔어요. 그런 인간은 끝에 어떻게 죽는지 내 눈으로 확인하고 싶어서요. 그런데 질기게도 금방 낫더라고요. 그랬는데 누군가 죽여 줬다니 정말 절이라도 하고 싶은 심정입니다. 그런 인간은 인간도 아니에요. 죽어도 싼 인간입니다. 솔직히 범인한테 고맙다고 인사라도 하고 싶네요. 혹시라도 형사님들이 잡으면 꼭 만나게 해 주세요. 감사 인사 드리게.”

“한창희 씨!”

“더 할 말 없습니다. 앞으로 찾아오지 마십시오. 겨우 과거에서 벗어났습니다. 그 시궁창으로 다시 돌아갈 생각도 없고요. 그 인간 떠올리게 하는 어떤 일도 다시는 듣고 싶지 않습니다."

마지막 말엔 약간의 울분이 들어 있다. 두 사람을 힐끗 노려보고는 작업장으로 휙 몸을 돌린다. 정은 건들거리는 그 뒷모습을 노려보다 진경에게로 시선을 돌렸다. 얼굴이 창백하게 질려 있었다.

"괜찮냐?"

"정말 죽어도 싼 인간이 있을까요? 그러고도 용서가 안 되는 인간이. 그렇게 생각해도 될까요?"

뜬금없는 질문에 정은 눈을 깜박였다. 냉랭할 정도로 표정이 없던 진경의 얼굴이 겁에 질린 것처럼 보인다. 뜻밖의 모습에 그는 당황했다.

"인마, 왜 그래?"

그의 질문에도 한참을 멍하니 서 있던 진경이 고개를 흔들었다. 이상한 태도에 정은 걱정이 됐다. 하지만 돌아보는 시선은 어느새 평정심을 되찾고 있었다.

"그럴 리가 없죠. 그랬으면 제가 왜 형사가 됐겠습니까? 어떤 경우도 살인에 대한 변명이 될 수 없겠죠. 누구라도 어떤 이유로든 다른 사람의 생명을 가볍게 여기는 건 참을 수 없습니다."

그러고는 성큼성큼 앞으로 가 버린다. 정은 한참을 그런 진경을 바라보고 있었다.

영신은 끓어오르는 화를 참지 못하고 영채를 노려보았다. 지난번 연락 없이 강릉을 다녀온 후 영채는 버릇처럼 연락을 끊었다. 그러다 아무 일 없다는 듯 이삼 일 후에 집에 들어왔다. 오늘도 어김없이 3일째 연락이 없다 새벽에 들어온 동생을 보니 속에서 천불이 났다. 화가 난 그녀의 시선에도 아랑곳없이 영채가 빙긋 웃었다. 웃음 띤 예쁜 얼굴은 자신의 동생이 맞는데 지금 영채는 너무 낯설게 느껴졌다.

"뭐하는 짓이니? 너 벌써 세 번째야. 이러는 이유가 뭔데?"

"왜? 쫓아내려고?"

"최영채!"

"내가 어린애도 아니고 이러는 거 정말 피곤해. 사람 지치게 해."

"난 네 하나뿐인 가족이야."

"그래? 하지만 언니한텐 나뿐은 아니지."

빈정대는 영채의 말에 영신은 말문이 막혔다. 악몽 같은 기억이 떠올랐다. 목 안이 뜨끔거렸다. 커다란 돌덩이가 목구멍을, 가슴을 틀어막는 것만 같았다.

"아니, 내게도 가족은 너 하나야. 다른 사람은 없어."

"그래?"

"영채야, 무슨 일이야? 내가 도와줄게. 너 왜 이래? 혹시라도 언니한테 서운한 거 있어?"

"그런 일 없어. 그냥 숨이 막혀. 답답해. 언니가 나한테 이러는 거 싫어. 하루 종일 내 전화만 기다리고, 내가 언제 오나 감시하고. 나도 내 시간 갖고 싶어. 사람들도 만나고."

"남자친구 생겼어?"

"왜? 생겼으면 어쩔 건데?"

"뭘 어쩌겠다는 게 아니야. 그냥 네가 솔직했으면 좋겠어. 왜 갑자기 안 하던 행동을 해? 다 네 맘대로 해도 돼. 연락만 해 줘."

"이게 싫어. 답답하다고. 난 상관 말고 언니 인생이나 잘 살아. 언니가 잘 살았으면 좋겠어, 난. 이건 진심이야."

마지막의 떨림에 영신은 화가 수그러들었다. 하지만 그건 말뿐이었는지 영채는 냉정하게 자기 방으로 들어가 문을 쾅 닫아 버렸다.

영신은 종잡을 수 없는 영채의 태도에 혼란스러웠다. 두 사람이 친자매는 아니지만 친자매 이상으로 동생을 사랑했다. 그녀가 미처 보호해 주지 못했던 그때를 생각하면 지금도 치가 떨렸다. 영채는 늘 상냥하고 예뻤던 새어머니를 빼닮았다.

처음 영채를 만났을 땐 너무 예쁘고 앙증맞은 꼬마 인형 같았다. 늘 혼자였던 영신은 그런 영채가 너무 좋았다. 새어머니도 영신을 자신의 딸처럼 대해 줬다. 아버지는 항상 바빴고 그녀에게는 무서운 사람이었기에 무엇을 하든 혼자 해야 했던 영신은 두 사람이 집에 온 후부터는 훨씬 밝아졌다.

하지만 영신이 고등학교 3학년이 될 무렵 새어머니가 갑자기 아프게 되면서 모든 게 변하기 시작했다. 암 진단을 받은 지 3개월 만에 모든 게 끝났다. 암이라는 사실을 받아들이기도 전에 돌아가셨던 것이다.

영신은 초등학생인 영채를 돌봐 주고 싶었지만 자신의 일만으로도 벅찼다. 주변의 모든 것들이 무섭고 답답했다. 그러다 그녀가 없는 집에서 영채가 그런 일을 당했다는 걸 알았다. 죽고만 싶었다. 뭘 어떻게 해야 할지 알 수가 없었다. 결국 비겁하게 도망쳐 버렸다.

2년 전 영채가 자신을 찾아왔을 때 그녀는 아무 말도 할 수가 없었다. 그동안 짓눌러 왔던 죄책감에 숨이 막혔지만 아무렇지도 않게 안기는 영채를 보고는 안도의 한숨을 내쉬었다.

영채가 자기를 미워해도 어쩔 수 없다고 생각했다. 자신은 그 남자의 딸이니까. 하지만 영채는 그런 원망은 내비치지 않았다. 그런 그녀가 고마워서 눈물만 났던 자신이었다. 그래서 앞으로는 영채를 위해서는 무슨 짓이든 하겠다는 결심을 했다. 그때는 어리고 겁나서 해 줄 수 없었던 일들을 지금에라도 해 주고 싶었다.

영채가 자신을 용서했다고 생각했는데 그게 아니었던 모양이다. 영신은 느릿느릿 일어나 욕실로 갔다. 출근하려면 시간이 얼마 없었다. 샤워를 하고 나오니 거실 소파에 영채가 앉아 있었다.

"미안해. 언니한테 그러면 안 되는데."

왈칵 눈물이 쏟아졌다. 영채가 품 안에 안긴다.

"내가 미안해. 너한테 아무것도 못 해 줘서. 너 힘들어하는 거 알면서도 해 줄 수 있는 게 없어서."

한참을 그녀에게 안겨 있던 영채가 고개를 들었다.

"걱정 마. 내가 없어도 언니는 잘 살 거야."

"무슨 소리야?"

"아니, 혹시 내가 결혼하거나 하면 언니 혼자 남을 게 걱정돼서, 그래서 그래."

"정말 남자친구 생긴 거야?"

그녀의 말에 영채가 고개를 저었다.

"그냥. 그냥 그런 게 걱정돼. 언니는 나만 보고 있으니까. 늦겠다."

"영채야."

"나 오늘 강의 1교시부터야. 언니도 늦었잖아. 빨리 준비하고 나가."

시계를 보니 지금 나가지 않으면 영락없는 지각이다. 영신은 영채의 의도를 파악할 새도 없이 출근을 서둘렀다.

퇴근 즈음이 되자 그야말로 파김치가 되었다. 작은 회사이긴 해도 제법 일이 많아서 바쁜 날은 저녁도 거른 채 일할 때가 많았다. 돌아오는 지하철에서 내린 시각이 이미 아홉 시가 넘은 터였다. 일도 일이지만 최근 영채에 대한 걱정까지 겹쳐 진이 빠진 그녀가 털레털레 기운 없이 아파트 입구에 들어서는데 갑자기 커다란 그림자가 막아섰다.

"이제 와요?"

낯익은 음성에 영신은 고개를 들었다. 헤벌쭉 웃고 있는 남자는 바로 그 명품형사였다. 형사가 바쁘지도 않은가? 그러고 보니 열흘 만에 보는 얼굴이긴 했다. 여전히 잘생겼지만 오늘은 좀 지저분해 보였다. 그 이유가 구겨진 옷과 면도를 하지 않은 수염 때문이란 걸 금방 눈치챘지만 영신은 그를 상대하고 싶은 생각은 추호도 없었다. 특히나 오늘처럼 힘들 날은 더더욱.

"건드리지 마요, 오늘은. 피곤해서 숨 쉬는 것도 힘드니까."

"에이, 엄살이 심하다. 밥 먹으면 금방 힘 생길 텐데. 밥 못 먹었죠?"

"식욕 없어요."

"내가 사 줄게, 맛난 걸로."

"가요. 오늘은."

"그럼 내일은? 토요일이잖아? 저녁 같이 먹어요."

질긴 정의 말에 영신은 한숨을 푹 쉬었다.

"할 일 없죠?"

"많지."

"그런데 왜 그래요?"

"그쪽 마음에 든다고 했잖아요. 딱 내 스타일이라고."

"싫다고 얘기했어요, 난. 사람 가지고 놀지 말아요."

"노는 거 아니에요. 나도 진지한 건데. 그쪽이 너무 정색하고 나오니까 나라도 분위기 띄우려고 가벼운 척하는 거지."

"어쨌든 싫어요. 남자 사귈 생각 없어요."

"평생?"

"왜요? 평생 쫓아다니려고요?"

"그럴 수도 있고. 약간 집요한 데가 있어서."

그건 인정한다는 말이 나오려는 걸 영신은 꾹 참았다. 그 말을 했다가는 더 달라붙을 것 같았다.

"괜한 데 시간 낭비할 만큼 한가한 사람은 아니죠? 평생이 됐든, 잠깐이 됐든 그쪽은 아니에요. 대답 됐어요?"

그녀의 말에 정이 한동안 물끄러미 바라봤다.

"실연당했어요?"

뜬금없는 말에 영신은 인상을 썼다. 항상 대화의 방향이 그녀가 따라갈 수 없는 쪽으로 튀는 남자다. 화가 나서 고개를 세게 저었더니 정이 피식 웃는다.

"강한 부정은 긍정의 의미라던데."

"헛소리 말아요. 그런 거 아니니까. 너무 잘나셔서 지금까지 거절당해 본 적 없나 봐요, 그쪽은."

"대체로 그런 편이었죠. 거절할 기회를 준 게 그쪽이 처음이에요, 사실은. 가만히 있어도 여자 쪽에서 다가오는 타입이거든."

"잘났네요. 한 번쯤 거절당하는 것도 좋은 경험이 될 거예요. 비꼬는 거 아니에요. 그리고 싫다는 사람 쫓아다니는 거 범죄라는 거 더 잘 아시죠?"

어쩐지 말을 하다 보니 기분이 풀린다. 마음대로 지껄이고 나니 아침부터 꼬였던 기분이 풀어지며 기운이 조금 났다. 그래서인지 저도 모르게 웃음이 났다.

"왜 웃어? 사람 기운 빠지게 하고 자기는 웃네. 보기랑 달리 은근히 악취미인 거 알아요?"

기분 나쁘다는 음성을 듣자 저도 모르게 더 큰 웃음이 났다. 말도 안 되는 말장난이라고 생각했는데 이상했다. 스스럼없이 누군가와 이렇게 대화를 해 본 것이 고등학생 때 이후 처음이었다.

"그럼 마지막으로 밥이나 먹읍시다. 나도 범죄자 될 생각은 없으니까. 지난번에 얻어먹은 것도 있으니까 이번에 내가 살게요. 이래 봬도 아무한테나 막 얻어먹는 스타일은 아니에요. 뇌물은 절대 사절이거든요. 가요. 아는 밥집 있어요?"

"됐어요. 얻어먹은 걸로 칠게요."

"내가 배가 고파서 그래요. 혼자 먹는 건 싫은데."

풀이 죽은 정의 말에 영신은 한숨을 내쉬었다. 나쁜 사람은 아닌 것 같은데 자꾸만 편하게 대하게 되는 것이 영 마음에 들지 않는다. 왠지 그 앞에서는 자신이 마음을 놓아 버리게 되는 게 싫었다.

"알았어요. 요 앞에 24시간 하는 갈비탕집 있어요. 거기서 밥 한 그릇 먹고 다시 오지 않기예요. 아니면 안 가요."

"범죄자 될 생각 없다고 했을 텐데. 나름 자존심 있어요. 인연이면 언젠가 만나겠지. 이제 안심됩니까?"

"아, 네."

괜스레 유난을 떤 것 같아 미안해졌다. 거기다 집요하다더니 의외로 선선히 포기하는 모습에 조금 서운한 마음도 생긴다. 하긴 연예인이라고 해도 좋을 정도의 외모의 사람이 좋다고 쫓아다니는 경험이 그리 흔한 건 아니니까. 자신의 어리석음에 웃음이 났다.

갈비탕집은 늦은 시간인데도 손님이 많았다. 구석진 자리에 앉은 두 사람은 갈비탕을 시켰다. 음식을 기다리는 동안 영신은 멍하니 시끄럽게 켜진 TV에 시선을 두었다.

"무슨 생각 해요?"

퍼뜩 정신이 들었다. 정이 빤히 그녀를 쳐다보고 있었다. 식당 안의 불빛 아래서 보니 새삼스레 잘생겼다는 생각이 들었다. 조금 가슴이 두근거린다. 자신의 심장을 위해서도 자주 보면 안 될 남자였다.

"그냥요. 내가 뭐하나 하는 그런 생각. 헌팅 당한 것도 처음이고, 이렇게 맥없이 끌려온 것도 처음이라서요."

"헌팅은 아닌데. 먼저 찾아온 사람은 내가 아니라 그쪽이었는데."

"그러게요. 어쨌든 이렇게 마주 앉은 게 이상해요. 다른 때 같으면 뒤도 안 보고 도망갔을 텐데."

"남자들이 말 많이 걸어오나 봐요. 그래도 내가 아주 싫지는 않았나? 적어도 도망치지는 않았잖아."

피식, 웃음이 새어 나왔다.

"이렇게 대시해 온 사람 그쪽이 처음이에요. 세상 남자들 눈이 댁처럼 그렇게 낮지 않거든요."

"에이, 나 눈 높은 편인데. 내 이상형이 김태희예요. 이거 왜 이래?"

"그렇게 단순하게 살면 행복하죠?"

"그런데 왜 남자는 평생 안 사귀겠다는 겁니까? 실연당한 것도 아닌데."

마침 갈비탕이 나오자 영신은 안도의 한숨을 내쉬었다. 어쩐지 사람 마음을 살살 풀면서 말을 하게 만드는 타입이어서 저도 모르게 말을 많이 한 것이 후회스러운 참이었다. 식욕이 없어 깨작대는데 정이 자기 몫을 다 먹고는 그녀의 남은 갈비탕을 넘봤다. 영신은 웃으며 뚝배기를 그 앞으로 밀었다.

"배고팠나 봐요, 정말."

"요즘 바빠서 밥 먹을 시간도 모자라요. 어떤 미친놈 때문에."

"어떤 미친놈? 무슨 일 있어요?"

"그냥 그런 일 있어요. 요즘 뉴스에서 떠들어 대는 일. 하도 욕먹어서 수명 엄청 연장됐을걸요."

"아!"

영채 때문에 정신은 없었지만 연쇄살인이라고 언론에서 떠들어 대는 걸 보기는 봤다. 새삼 그런 얘기를 들으니 소름이 끼친다. 게다가 그 사건을 수사하는 형사라니. 먼 나라 얘기 같다.

"어떻게 그런 일을 해요?"

"뭘? 그냥 하는 거지. 다른 직장이랑 다를 거 없어요."

"아니, 그런 걸 어떻게 견디나 싶어서요. 나 같으면 못할 것 같아요. 끔찍해서."

끔찍해서…….

영신은 그런 게 싫었다. 그녀가 도망쳤던 그때 그게 나쁜 짓인걸 알면서도 모른 척했던 건 끔찍한 그 일이 현실이 되는 게 싫어서였다. 마주하고 인정하면 돌이킬 수 없는 현실로 못 박힐 것 같아서. 그게 견디기 힘들었다. 비겁한 자신과는 다른 사람이다. 진지하지 못하게 보였던 명품형사가 새삼 대단하게 보였다.

"다 할 수 있다 그러면 안 되죠. 그래서 적성이라는 게 있는 거지. 최영신 씨는 그런 거 안 해도 돼요. 내가 해 줄 테니까."

의지가 꺾이지도 않았는지 느끼하지 않게 작업 멘트를 날린다. 다시 웃음이 난다. 이 남자를 만난 후 영신은 어느 때보다 많이 웃었다는 걸 깨달았다.

"그래도 조심해요. 몸 다치지 않게."

"벌써 걱정해 주네. 사실은 나 마음에 있었던 거지?"

정말 한시도 빈틈을 보일 수가 없다. 하지만 그런 말에도 웃음만 나왔다. 영신은 말없이 그가 마지막 한 수저를 먹기를 기다렸다가 자리에서 일어났다.

"그럼 가요. 너무 늦었어요."

"커피라도 마실래요? 좀 섭섭하네."

"밤에 커피 마셔 봤자 잠만 못 자요. 들어가서 푹 쉬세요."

"그럼 어쩔 수 없죠. 그럼 악수 한 번만. 그 핑계로 마지막으로 손한 번 잡아 보게."

일부러 불쌍한 표정을 짓는 그의 익살에 영신은 웃으며 손을 내밀었다. 그녀의 손이 푹 감싸일 정도로 큰 손이었다. 곱상한 얼굴과 달리 굳은살이 단단히 박여 있는 손이 따뜻했다.

어쩐지 다시 보지 못한다고 생각하니 그녀 역시 아쉬운 기분이 들었다. 곧바로 손이 쑥 빠지더니 어느새 저만큼 가 있었다. 말없이 손을 흔들고 사라지는 정의 모습에 영신은 한참을 길가에 서 있었다.

강순천이 결국엔 진경에게 저돌적이다 못해 미친 듯이 들이댔다. 대석의 표현을 빌자면 발정 난 황소라는 거였다. 진경이 꾹꾹 누르고 참는데 대석이 오히려 한바탕 난리를 친 모양이었다.

이번엔 진경도 안 되겠다 싶었는지 평소의 그 냉랭하기 짝이 없는 어조로 정과 사귀고 있다는 폭탄선언을 해 버렸다. 졸지에 정은 자신이 농담처럼 한 약속을 지키게 되었다. 전날 밤에 영신을 만나고 난후 당한 일이라 씁쓸해졌다. 그 얘기를 들은 강순천이 사무실에 들어와 그를 향해 악다구니를 퍼부으려는 걸 무시하고 정은 진경과 함께 사무실을 나왔다.

그동안 사건의 진척은 아무것도 없었고 스트레스만 쌓여 갔다. 거기다 순천이 엉뚱한 데 정신 파는 바람에 사무실 분위기까지 엉망진창이 되고 말았다. 그나마 다행인 건 파견 나온 다른 팀의 형사들이 그 꼴을 보지 못한 거였다. 그랬다면 그냥 지나칠 문제가 아니었다. 흥분이 가라앉지 않은 듯 진경이 어깨를 들썩였다. 늘 냉정한 그녀답지 않게 얼굴까지 붉게 상기되어 있었다.

"죄송합니다. 그런 말 할 생각은 없었는데."

"뭐가? 내가 약속했잖아, 너 도와주겠다고. 당분간 순천이 저 자식이 지랄해도 참아. 무슨 일 있으면 나한테 말하고."

"네."

"한창희 감시 오늘은 우리 빠지지?"

"네. 저흰 내일 오전입니다."

"그래? 그럼 오후엔 쉴 수 있겠네. 어디 가서 점심이나 좀 먹자. 순천이 놈 상대하려면 기운 내야지."

사건 때문인지, 순천 때문인지 요 며칠 사이 진경의 눈이 움푹 들어가 있었다. 그의 말에 피식, 웃는데 입술이 약하게 떨린다. 강하기만 한 줄 알았는데 오늘은 어딘지 모르게 약해 보였다. 즉흥적으로 데이트를 신청한 것도 그 때문이었다.

"저녁에 데이트할래?"

"네?"

"어쨌든 애인이라고 밝혔으니 남들 해 보는 건 해 보자고."

"하지만 그건 임시로……."

"그러니까 더 확실히 해야지. 임시라고 대충 하다가 들통 나는 거야. 넌 잡혀 들어오는 애들 보고도 모르겠냐? 점심은 됐고 나중에 저녁 먹자, 그럼. 가서 몇 시간 쉬고 나와."

진경에게 조금 미안한 생각이 들었지만 토요일 오후에 집에 혼자 있기가 싫었다.

어제 저녁 그녀를 만나기 전에 약간의 기대감은 있었다. 자꾸 부딪치고 얼굴 마주하다 보면 익숙해지고 가까워질 것 같았는데. 머뭇거리는 태도에서 분명한 경계심이 느껴졌다. 그녀의 말대로 더 지나치면 범죄자가 될 수도 있었다.

생각보다 아쉬움이 커서 오히려 그가 놀랐다. 단순한 호감이라고 생각했는데 의외로 꽤 끌렸던 모양이다. 무심했던 영신의 태도만큼 마지막 잡은 손도 따뜻했지만 건조했다. 진경에게 미안했지만 하루 정도는 영신을 몰아낼 그런 시간이 필요했다. 정말 비겁하게도.

공연이 끝나고 해준이 억지로 집까지 데려다 주었다. 차 한 잔을 청하는 그를 거절하고 집 안으로 들어서니 썰렁한 기운이 느껴졌다. 오늘도 영채는 들어오지 않았나 보다. 전날 밤부터 또 연락이 끊어진 상태였다. 무슨 일인지 영문을 알 수 없어 불안했다. 차라리 남자친구라도 생겼으면 덜 불안할 텐데 그건 아닌 것 같았다.

영신은 자신이 잘못한 일이 자꾸 떠올라 미칠 것만 같았다. 그때 그렇게 나오지 말았어야 했다. 영채를 도울 사람은 그녀뿐이었는데. 영채가 그녀를 원망하는 게 당연했다. 이제 와서 그 벌을 받는다고 억울해하거나 서운해하면 안 된다. 그러면서도 눈물이 쏟아질 것만 같았다. 원망해도, 미워해도 눈앞에만 있었으면 하는 생각이 들었다.

익숙한 음악 소리에 눈을 떴다. 잠시 자기가 있는 곳이 어딘지 몰랐다. 소파 위에 엎드린 채로 잠이 들었는지 목이 뻐근하게 아파 왔다. 소리의 정체는 휴대폰이었다.

"네?"

— 언니?

"영채니? 어디야? 몇 시니?"

어두워서 시간 확인이 되지 않았다. 영신은 자리에서 일어나 거실

불을 켰다. 새벽 4시였다. 무슨 일이라도 생겼나? 동생의 목소리에 안심이 되면서도 갑갑증은 없어지지 않는다.

— 목소리 듣고 싶어서 전화했어. 당분간 집에 못 갈 거야.

"어딘데? 너 술 마셨어? 언니가 데리러 갈게. 어딘지 말해."

어딘지 모르게 흔들리는 목소리에 영신은 소리를 쳤다.

— 오지 마. 언니는 못 올 만큼 먼 데야. 언니…….

"영채야, 제발."

— 언니는 행복해?

"……."

— 그랬으면 좋겠다, 난.

영채야, 하고 부르는데 전화가 끊어졌다. 무슨 소린지 모르겠다. 영채에게 전화를 걸었지만 부재중 통화로 넘어갔다. 설마 이상한 짓을 하려는 건 아니겠지? 영신은 초조하게 발을 구르며 집 안을 오락가락하기 시작했다.

2

　일곱 번째. 정은 속으로 횟수를 세어보았다. 7이라는 숫자는 행운의 숫자인 줄 알았는데 오늘은 잔인하기 그지없는 사건의 번호가 되어 있었다. 이번에도 역시 보란 듯이 사람을 못 박아 놓았다. 그나마 유력한 용의자라고 여겼던 한창희가 이번 사건엔 확실한 알리바이가 생겼다. 계속 수사팀의 감시를 받고 있었으니 말이다. 다시 원점으로 돌아온 수사에 특별수사팀 전부가 망연자실해졌다.

　"골치 아파 죽겠다. 뭐 내 오고 나서 더 심해졌노? 이래서 일복 많은 놈은 어딜 가나 안 되는갑다."

　옆에서 대석이 투덜댔다. 수사본부에 임시로 배치받은 경관들도 다들 지치고 질린 표정이었다.

　"이러다가 열 채우겠다. 미친노무 새끼, 완전 똘아이 아이가?"

　계속된 대석의 투덜거림에도 대꾸할 기력이 없었다. 정은 희미하게 고개만 끄덕인 후 사무실을 나왔다. 퇴근 시간을 훌쩍 넘어섰는데도 강력반 사무실은 불이 환했다. 집에 못 들어간 지도 꽤 오래됐으니 옷이 후줄근했다. 집에 들러 옷이라도 갈아입어야 기분이 상쾌해질 것 같았다. 하지만 재수 없게도 문 앞에서 강순천과 딱 부딪히고 말았다. 진경과의 일 이후로 두 사람은 서로에게 한 마디도 하지 않았다.

빈정대던 꼴도 보기 싫었지만 잔뜩 무게 잡고 있는 꼴도 그리 마음에 드는 건 아니었다. 진경과 사귀던 사이도 아닌데 마치 정에게 자기 여자를 뺏긴 것처럼 굴었다. 진경이 순천을 싫어하는 이유를 알 것도 같았다. 그를 무시하고 안으로 휙 들어가는 순천의 행동에 정은 한숨을 푹 쉬었다. 스트레스 때문에 미칠 것 같았다.

"퇴근하세요?"

순천이 들어간 사무실 문을 바라보고 있는데 진경의 목소리가 들렸다. 그녀의 얼굴 역시 시간이 지날수록 더 초췌해지고 있었다. 수사본부에 근무하는 다른 형사들도 다 마찬가지긴 했지만 여자라 그런지 더 마음이 쓰였다.

"어, 그래. 넌?"

"저도 가야죠. 반장님께 인사하고 가려고요."

"밥 같이 먹자. 집에 가 봤자 식은 밥은커녕 쉰밥도 없다. 앞으로 나와."

그의 말에 동의인지 뭔지 모르게 진경이 살짝 고개를 숙이고는 사무실 안으로 들어갔다. 진경이 경관들 사이에 꽤 인기가 많았는지 그와 사귄다는 소문이 돌자마자 보는 사람마다 축하의 인사를 건넸다.

객관적으로 진경은 꽤 괜찮은 동료였고 여자로서도 매력적이라고 생각했다. 다만 그에게는 끈끈한 동료애 이외에 다른 감정을 일으키지 못한다는 것이 문제라면 문제였다. 진경 역시 그와 사귄다고는 했지만 여자로서 어필할 생각은 전혀 없어 보였다. 무덤덤한 두 사람을 놓고 뒤에서 쓸데없는 소문거리를 만들어 내는 사람들을 보면 어이없다 못해 웃기기까지 했다. 경찰서 앞에서 담배를 꺼내 무는데 진경이 나왔다.

"금연하던 거 아니었습니까?"

"왜? 여자친구 노릇 하려고?"

"아닙니다. 간접흡연 하기 싫어서요. 그게 더 안 좋답니다."

정은 피식 웃으며 꺼냈던 담배를 집어넣었다.

"뭐 먹을래? 오랜만에 비싼 거 사 줄게."

"그냥 앞에서 먹고 가죠. 피곤해서 밥이 넘어갈지도 모르겠고."

"집까지 모셔다 줄게."

"됐습니다. 돼지국밥집 가요."

늘 가는 곳으로 향하는 진경의 뒷모습을 보면서 정은 역시 두 사람 사이에는 불꽃이 없다고 생각했다. 잠깐 만났던 영신에게서 느꼈던 그런 호감이나 설렘이 전혀 없었다. 거절당했지만 오랜만에 느낀 그 감정은 그를 들뜨게 했었다. 그는 한숨을 쉬고 진경을 따라갔다.

바보스럽지만 어쩔 수가 없었다. 영신은 경찰서 앞에서 손을 비틀며 서 있다가 낯익은 남자의 모습을 발견하고 흠칫했다. 거절해 놓고 부탁을 하러 찾아온 것이 염치가 없다는 걸 알면서도 그녀가 아는 경찰이라고는 저 명품형사뿐이었다.

2주 전 그날 밤 모습과 똑같았다. 다만, 언론에서 떠들어 대는 사건으로 힘든 모양인지 잘생긴 얼굴이 살이 빠져 조금 홀쭉해져 있었다. 키가 크고 호리호리한 여자가 옆에 있었다. 둘이 어딜 가는 모양인지 얘기를 나누며 그녀가 서 있던 곳과는 반대쪽으로 향한다. 순간 마음이 급해진 영신은 저도 모르게 그를 불렀다.

"저기요!"

그녀의 목소리가 어둑한 밤 대기 속에 크게 울려 퍼졌다. 그 소리에 영신 자신이 움찔 놀랐다. 정과 여자가 동시에 돌아보았다. 어딘지 모르게 닮아 있는 두 사람이었다. 경찰서 앞의 가로등 불빛 아래 선 그녀를 알아본 정의 눈이 커졌다. 잠시, 여자와 몇 마디를 나누더니 곧바로 그녀에게 다가온다.

"여기서 뭐해요?"

"저, 알아보겠어요?"

자신 없는 그녀의 말에 무뚝뚝하던 얼굴에 웃음이 번졌다. 처음 만났을 때도 느꼈지만 참 친절하다. 영신은 새삼 그런 면이 마음에 들었다. 어쩌면 그런 걸 알기에 여기 이렇게 와 있는 건지도 모르겠다.

"갑자기 찾아와서는 사람을 치매 환자 취급이네. 왜요? 생각해 보니까 아까웠나?"

조금은 빈정대는 투지만 기분 나쁘지는 않았다. 그녀는 고개를 저으며 어설프게 웃었다.

"잠깐 시간 좀 있어요?"

"밥 먹을 건데. 급해요?"

영신은 고개를 끄덕였다. 어딘지 모르게 굳어 있는 그녀의 태도에 정은 돌아서 기다리고 있는 여자에게로 갔다.

"미안. 저녁은 다음에 먹어야겠다."

"누굽니까?"

"그냥 아는 사람. 먼저 들어가라."

진경은 돌아서는 정의 뒷모습에 눈살을 찌푸렸다. 정을 찾아온 여자는 작고 마른 여자였다. 귀엽게 생긴 얼굴에 까무잡잡하고 매끈한 피부가 인상적이다. 같은 여자의 눈으로 봐도 여성스럽고 매력적인 외모였다.

갑자기 가슴이 욱신거린다. 농담처럼 한 약속이지만 정은 충실히 지켜 주었고 순천도 더 이상 그녀에게 집적대지 않았다. 처음 정을 봤을 때 너무 잘생겨서 놀랐고 그 후로는 생긴 것 같지 않게 털털하고 웃겨서 놀랐다. 다른 형사들과는 달리 생활에 찌든 게 없어서인지 항상 여유가 있는 모습이 좋았고, 가볍게 놀리는 말과는 달리 속 깊게 챙겨 주어서 좋았다.

진경은 자신이 그를 좋아한다고 생각했다. 두 사람이 사귄다고 폭탄선언을 한 후에도 두 사람 사이에 변한 건 없었다. 이대로, 좋은 사람으로 남아 주길 바랐다. 더 가깝게 다가갈 마음 따윈 애초부터 없었다. 하지만 지금 진경은 그런 자신이 왠지 한심하게 느껴졌다. 거리에 부는 가을바람이 차갑게 느껴져 옷자락을 여미며 그녀는 재빨리 버스 정류소로 걸어갔다.

"자리 옮겨도 되겠어요?"

"아, 네."

아무래도 다른 여자와 경찰서 앞에 있다가는 또 무슨 소문이 돌지 몰라 정은 영신을 차에 태웠다.

"어디로? 집 쪽으로 가는 편이 낫나?"

"혜화동으로 가요."

어차피 오늘은 소금인형으로 가야 하는 날이었다. 정이 아무 말 없이 차를 출발시켰다. 그를 힐끗 보던 영신은 입술을 깨물었다. 그에게 연락을 하는 것을 백번쯤은 망설인 것 같았다. 하지만 하지 않을 수가 없었다.

영채가 다시 나간 후 연락을 아예 끊었다. 일주일 전까지는 두어 번 전화를 주었지만 이번에는 감감무소식이었다. 전화를 해 봤지만 휴대폰도 매번 꺼져 있었다. 도저히 그녀 혼자서는 영채를 찾을 방법이 없었다. 그때 떠오른 사람이 바로 정이었다. 휴대폰 위치 추적이라도 부탁해 볼 생각이었다.

그녀는 다시 정의 표정을 살폈다. 거절해 놓고 느닷없이 나타난 그녀가 기분 나쁜 건 아닐까? 하지만 운전에 열중한 모습만으로는 그의 기분을 알 길이 없다.

"아까 그분, 저 때문에 식사 못 하고 가셨겠네요. 미안해요."

뭐라도 말을 해야 할 것 같아 입을 열었다. 그가 힐끗 그녀를 보았지만 별다른 기색은 보이지 않았다.

"같은 동료니까 신경 쓰지 말아요. 그런데 무슨 일이에요? 동생이 또 속 썩여서 그래요?"

가벼운 농담이지만 영신은 입술을 깨물었다. 갑자기 울음이 터지려는 걸 간신히 참는 그 모습에 정이 알겠다는 듯 고개를 저었다.

"어떻게 된 거예요?"

"2주 전에 나갔어요. 연락 안 된 건 일주일쯤 됐고요. 지난주 토요일 밤에 전화가 온 게 마지막이에요. 휴대폰은 아예 꺼져 있고."

"싸웠어요?"

"지난번에 집 나간 이후로 몇 번씩 그래서 한마디 하긴 했어요. 한 번도 이런 일이 없었던 애라 불안해 죽겠어요. 갑자기 나더러 행복하게 살래요."

그 말을 하는데 무서운 생각이 왈칵 들어 결국 눈물을 쏟았다. 왜 이럴까? 다른 사람들 앞에서 눈물을 보이는 편이 아닌데 차분하게 물어 주는 그 말에 서러운 생각이 들었다.

나오는 눈물을 억지로 참으려니 어깨가 떨려 왔다. 갑자기 커다란 손이 어깨를 꽉 잡는다. 정이 돌아보지도 않고 그녀의 한쪽 어깨를 감싸 안았다. 어째서 이 남자가 위로가 되는 거지? 그의 커다란 손이 주는 온기가 너무 따뜻해서 영신은 그에게 기대고 싶어졌다. 그런 자신이 어이없어 억눌린 울음이 더 커져 갔다.

"이제 진정됐어요?"

한참을 울고 나니 어느새 차는 멈춰 있었다. 눈물은 멈췄는데 딸꾹질이 시작됐다. 그런 모습에 정이 피식 웃었다.

"더 울면 콧물 나오겠네."

물티슈를 뽑아서 발개진 눈가를 닦아 주려 하자 영신은 두 손으로 막았다.

"내가 할게요."

목소리가 완전히 쉬어 버렸다. 오늘 노래를 부를 수 있을까? 그가 순순히 손을 놓는다. 멀어진 그의 온기가 아쉬운 건 영채 때문에 약해진 이유이리라.

"무슨 일인지 자세히 얘기해 봐요. 정리 좀 해 보게."

그에게 한 달 전 즈음부터 변했던 영채의 행동들을 설명하는데 다시 눈물이 났다.

"진짜 사이좋은 자매네. 질투 나게."

"아니에요, 그런 거."

영신은 순간 튀어나온 자신의 말에 입술을 깨물었다. 표면적으로, 심지어는 그녀 자신까지 속일 정도로 완벽한 자매처럼 보인 건 사실이었다. 하지만 영채는 한 번도 자신의 속마음을 털어놓은 적이 없었다. 아이처럼 '언니가 제일 좋아' 하면서 안겨 올 때도 진심은 없었다는 걸 정에게 얘기를 하는 순간 갑자기 깨달았다.

어쩌면 영채는 그녀를 지금까지 용서하지 못한 게 아닐까? 늘 그런 두려움이 있었다. 그럴 리가 없다고 부정해 보려 해도 정에게 영채의 얘기를 하다 보니 그런 확신이 더 강하게 생겼다. 영채가 자신을 아직도 용서하지 못했음을. 어쩌면 영채는 영영 그녀를 용서해 주지 않을지도 모른다는 생각이 퍼뜩 들었다.

정은 이상한 표정으로 입을 꾹 다문 영신을 바라봤다. 갑자기 뭔가 깨달은 사람처럼 멍해졌던 영신의 눈에서 다시 눈물이 또르르 떨어졌다. 조바심인지, 화인지는 모르겠지만 울컥하는 심정이 되었다. 그냥 스쳐 가는 가벼운 인연이겠거니 했는데 뜬금없이 나타나 심경을 건드린다. 게다가 울고 있는 영신은 당장 안아 주지 않으면 안 될 정도로 약하고, 힘들어 보였다. 어떻게든 달래 주고 싶게 만든다.

그 때문일까? 그는 저도 모르게 손을 내밀어 매끄러운 얼굴을 쓰다듬었다. 잘 익은 열매 같은 피부가 부드럽고 따뜻했다. 퍼뜩 놀란 영신이 고개를 들었다. 두 사람의 시선이 마주쳤다. 서로에게 갇힌 사람처럼 두 사람은 미동도 없었다. 순간 그가 입술을 내렸다.

그에게서 옅은 담배 냄새가 났다. 그의 커다란 손과 단단한 몸과 달리 입술은 너무도 부드러워 영신은 작은 한숨을 토해 냈다. 달래듯이 다정하게 그녀를 위로해 준다. 부드럽던 입맞춤이 깊어졌다. 영신의 입술이 조금씩 벌어졌다. 촉촉한 그의 혀가 어루만지듯 입술 안으로 들어왔다. 그 매끄러운 느낌에 영신은 신음 소리를 내고 말았다.

커다란 손이 그녀의 양 볼과 머리를 넓게 잡았다. 이상했다. 끔찍할 것 같았던 그 행위가 그녀를 달래 주고 위로가 되어 준다. 두 사람의 호흡이 엉켜들며 영신은 숨을 헐떡였다. 단단한 팔이 그녀를 감싸 안았다. 가슴이 닿을 정도로 그와 가까워진 후에야 영신은 퍼뜩 정신이 들었다. 정이 흥분을 가라앉히려는 듯 입술을 떼고는 그녀의 어깨에 이마를 댔다.

"이럴 줄 알았어."

목덜미에 토해 내는 숨이 습하고 따뜻했지만 불쾌하지는 않았다.

이럴 줄 알았다니? 무슨 뜻이지?

영신은 떨림을 숨기기 위해 몸에 힘을 주었다. 그의 품에서 몸을 빼려 했지만 소용이 없었다. 그가 물끄러미 그녀를 내려다보고 있었다. 현기증이 느껴질 정도로 적나라한 감정을 담은 눈이었다. 질끈 눈을 감고 피하려는데 다시 그의 입술이 내려왔다.

"하지 말아요."

떨림을 감추려고 해도 목소리는 거짓이 없었다. 어깨를 잡은 손에 힘이 들어간다. 그제야 영신은 그가 낯선 사람이라는 걸 깨달았다. 그에 대해 아는 것이 아무것도 없다는 걸. 갑자기 덮치듯 가까이 와 있는 그가 무서워졌다. 마치 그녀를 삼켜 버릴 것 같았다. 뒤로 몸을 빼는 그녀를 정이 화난 듯 다시 잡았다.

"왜?"

다시 시선이 맞부딪혔다. 주변의 소음이 사라지며 그의 얼굴과 숨소리와 손의 온기만이 느껴졌다. 귀가 먹먹해지고 머리가 텅 빈 공처럼 진공상태에 빠진 것 같았다.

"나 혼자 느꼈다고? 이걸?"

아까와 달리 화가 난 그가 덮치듯 다가오자 영신은 저도 모르게 낮은 비명을 질렀다. 몸을 움츠리며 피해 보려 했지만 소용이 없었다. 겁에 질린 그녀의 행동에 정이 잡았던 팔을 놓았다. 그의 날카로운 광대뼈가 붉게 달아올랐다.

그녀의 행동에 열을 받았는지 갑자기 운전대를 쾅 하고 내리친다. 영신은 입술을 깨물며 몸이 조수석에 파묻힐 정도로 힘을 주었다. 더럭 겁이 났다. 처음부터 그의 행동을, 그가 보여 주는 호감을 용납해서는 안 되는 거였다. 그가 오해하도록 만든 자신의 잘못이었다.

난 절대 벗어나지 못할 거야.

10년이 지났는데도 그녀는 그 여름에 머물고 있다. 영채만큼이나 자신도 똑같이 제자리걸음이었다. 자신을 용서하지 못한 영채와 용서받지 못할 그녀. 그녀는 정이 남긴 느낌을 지우려 입술을 문질렀다.

"미안해요. 이러려던 게 아닌데."

정이 천천히 그녀를 돌아본다. 약간의 놀라움과 당황스러움. 순간, 어이가 없는지 피식, 웃음이 새어 나왔다.

"뭐가 미안한데요?"

"그쪽한테 내가……."

오해하게 해서. 자신마저 깜빡 속을 정도로 오해하게 해서.

그녀가 말을 잇지 못하자 정이 다시 웃었다. 화가 가라앉았는지 그녀의 흘러내린 머리카락을 쓸어 올려 주었다. 그 손길이 너무 상냥해 영신은 멀어지는 손을 잡고 싶은 충동을 느꼈다.

"덮친 사람은 난데 왜 그쪽이 사과해요?"

듣고 보니 그렇다. 하지만 심정적으로 영신은 자신이 그를 덮쳐 버린 것 같았다. 그를 만난 순간부터 쭉 그걸 원했던 것 같은 느낌. 그를 거부한 지금도 자꾸만 그의 손과 입술이 주던 따뜻함이 그리웠다.

"비겁해."

한동안 그녀를 지켜보던 그가 한마디 툭 던진다. 스스로도 인정할 수밖에 없는 진실. 그녀가 아무 말 못 하는 사이 그가 차에서 내렸다.

공영주차장이었다. 영신이 내리도록 조수석 문을 열어 주었다.

"내일 알아보고 전화할게요."

"미안해요."

자꾸만 웃는다. 그의 웃음이 유쾌하지만은 않아 영신은 입술을 깨물었다. 바보스런 자신을 계속 상기시켜 주는 것만 같았다.

"웃지 말아요."

"알았어요. 안 웃을게. 대신 밥 사 줘요. 나 지금 아사 직전인데."

"시간 많지는 않아요."

"밥만 먹여 주면 돼."

능청스런 명품형사로 돌아와 있었다. 그래서인지 영신도 여유 있게 그의 말을 받아칠 수 있었다.

"뇌물은 안 받는다면서요?"

"간단한 수고비. 이래 봬도 융통성 있는 사람이거든."

"가요. 사 줄게요. 부대찌개 잘하는 곳 있어요."

마로니에 공원을 지나 골목길에 주변의 건물들과는 다르게 오래된 낡은 건물이 있었다. 오래된 부대찌개집이지만 늦은 시간인데도 사람들이 많았다. 겨우 자리를 잡고 앉아 음식을 기다리는데 정이 그녀를 가만히 바라봤다. 눈물자국이 그대로 남아 있어 얼굴이 뜨거워졌다.

무심한 척하다 보니 영신은 버릇처럼 사람을 지나치게 되었다. 그게 습관이 되어서 사람을 만나는 것도, 기억하는 것도 잘 못하게 되었다. 그런 무관심들이 자신을 차가운 사람으로 만들었다고 생각했는데 이 남자에게만큼은 그런 가면들이 소용이 없었다.

지나치게 친절하고 상냥하다. 게다가 잘생긴 외모는 문득문득 심장을 두근거리게 했다. 다른 사람의 외모에 관심이 없는 편인데 그를 만나고 나서는 자신의 취향이 잘생긴 남자였나 보다, 하고 생각하게 된다. 영신은 그와 마주친 시선을 돌려 옆자리에서 떠드는 사람들을 물끄러미 바라보았다.

괜히 자존심 세우면서 한 번씩 튕겨 보는 여자들도 있었다. 연애하면서 그런 식의 밀당은 적당한 긴장감도 있고 나쁘지 않았다. 하지만 이 여자는 그런 것과는 전혀 상관없다고 생각했다. 그래서 그녀의 거절을 진지하게 받아들였던 거다. 그런데 오늘은 그녀의 의도를 잘 모르겠다. 단지 동생의 일이 전부인 걸까?

잠시 가까워졌다고 생각했는데 어느새 무심한 얼굴이다. 마치 자신만의 성 속에 갇힌 사람처럼.

당신의 진짜 모습은 뭐지?

음식이 나오자마자 그는 허겁지겁 밥을 먹었다. 최근 입맛이 없었는데 오늘은 식욕이 돌았다. 조금 짜긴 해도 맛은 있었다. 그와 달리 영신은 젓가락을 든 채 밥알을 뒤집고 있었다.

"다이어트 해요? 지금도 충분히 마른 것 같은데."

영신이 멋쩍은 미소를 지었다.

"입맛이 없어서 그래요. 더 먹을래요?"

"됐어요. 그쪽이나 먹어요."

"편하게 사는 것 같아요, 그쪽은. 단순하고, 뒤끝 없고."

"부러워요?"

"……."

"편하게 사는 법 알려 줘?"

"?"

"생각을 줄여요. 먹을 때는 먹는 것만, 잘 때는 자는 것만, 놀 때는 노는 것만, 일할 때는 일만 생각하는 거지. 다른 생각 못 끼어들게 열중하면 돼. 그게 바로 물아일체라는 겁니다. 요령만 익히면 돼요. 머리 비우고 지금은 이 숟가락과 자기 입에만 집중하는 거죠. 자, 한번 해 봐요, 생각보다 쉬울 테니."

"진짜 단순해."

"단순해야 편해진다니까. 얼른 먹어요. 화딱지 나서 억지로 퍼먹이기 전에."

물아일체를 수련하려는 듯 영신은 숟가락을 노려보았지만 결국 그대로 내려놓고 말았다.

"늦었어요. 가 봐야 돼요."

열 시 십 분 전이었다. 토요일 밤의 10시는 한창때 아닌가? 서둘러 일어나는 영신의 행동에 정은 한숨이 나왔다.

"차나 한 잔 합시다. 그리 늦은 시간도 아닌데 그 정도도 안 되나?"

"미안해요. 일하러 가야 돼요."

"지금 시간에?"

"내일 연락 기다릴게요."

멋없을 정도로 나무토막 같은 여자다. 정은 계산을 하고 나가는 영신을 쫓아 바깥으로 나왔다.

"감사 인사가 너무 짠 거 아닙니까? 토요일 밤에 일이라니, 핑계도 좀 그럴듯하게 대야지 믿어 주지. 그냥 차 한 잔이면 되는데. 더 바라는 거 없어요."

"정말 일하는 거예요."

"뭔 대단한 일인데 이 좋은 주말 밤에 한대? 노동력 착취 아니에요?"

정말 자신을 피하는 줄 아는 모양인지 말에 약간 짜증이 섞여 있었다. 너무 편해서 피해야 하는데 그게 잘 안 된다. 키스할 때의 그를 떠올리면 무서워야 하는데 이상하게 같이 있는 시간이 편하고 좋았다. 영신은 저도 모르게 피식 웃었다.

"같이 가서 볼래요? 나 일하는 데."

"그러니까 거기가 어딘데?"

마로니에 공원 앞 대로의 5층짜리 건물 지하에 소금인형이 있었다. 일 층은 작은 극단이 사용하고 있었고 그 위로 프랜차이즈 커피숍이 두 개 층을 차지하고 있었다. 영신을 따라 소금인형으로 들어선 정이 어리둥절한 표정을 지었다.

"설마, 알바?"

"비슷해요. 자리 잡고 앉아 있어요. 주말이라 홀엔 자리가 없을 거예요. 바(bar) 쪽으로 가요."

아니나 다를까 바 주변을 제외하고는 사람들이 꽉 차 있었다. 정을 바로 데려가 앉힌 후 영신은 무대 뒤쪽으로 갔다.

"누구?"

갑작스런 음성에 돌아보니 해준이었다. 그의 얼굴에 불쾌한 긴장감이 어렸다. 영신은 저도 모르게 뒤로 물러섰다. 이상하다. 10년 동안 한결같이 곁에 있어 준 사람인데 불쾌한 작은 낌새 하나만으로도 피하고 싶어진다. 불편하고 부담스러웠다. 게다가 어딘지 모르게 그의 행동이 잊으려 했던 악몽을 떠올리게 했다.

새삼 서정이라는 남자가 특별하게 느껴졌다. 이제껏 이렇게 다가오고도 그녀에게 불안감과 공포를 주지 않은 사람은 그가 유일했다. 동시에 그 사실이 해준에게는 미안해진다. 영신은 두려움과 죄책감이 뒤범벅된 자신이 이상하게만 느껴졌다.

"누구요?"

"바에 있는 남자. 너 남자 데리고 온 적 없잖아."

"아는 사람이에요. 그냥, 아는 사람."

"영신아."

"늦었어요. 준비할게요."

"얘기 좀 해."

갑자기 해준이 성큼 다가섰다. 순간 소름이 돋으며 현기증이 몰려 왔다. 공포가 혈관을 타고 온몸으로 번져 갔다. 하얗게 질린 영신의 얼굴에 결국 해준이 주춤 물러섰다. 그의 얼굴에 좌절감이 묻어났다. 남자와 함께 들어오던 영신의 얼굴은 편안해 보였다. 10여 년을 옆에 있던 자신보다 훨씬 가까워 보였다.

이성이 제 기능을 멈추고, 아무것도 생각할 수가 없었다. 질투가 이렇게 강렬한 감정이었던가? 예전과 같은 통제불능의 상태에 빠지기 전에 해준은 뒤로 물러섰다. 이제는 익숙해진 좌절감 때문에 해준은 속이 쓰렸다.

딱 한 번 그가 강하게 영신에게 대시한 적이 있었다. 그런 그의 애원에 못 이겨 같이 여관에 간 날, 결국 영신은 토하며 쓰러졌다. 그 뒤로 그는 그녀에게 손끝 하나 대지 않았다.

그때 울면서 그가 싫어서가 아니라고, 그저 자신의 몸이 이상한 거라고 했던 그녀였다. 그런 그녀가 다른 남자와는 나란히 서 있는 모습이 너무나 편안하고 자연스러워 보여 해준은 미칠 것 같았다. 그는 들었던 손을 내렸다. 떨고 있는 그녀를 피해 몸을 획 돌려 홀로 나가 버렸다. 그대로 있으면 결국 그녀를 다시 토하게 하고 말 것 같았다.

신경 쓰였다. 자신을 힐끗거리는 옆에 앉은 남자의 행동에 정은 시선을 돌려 사이다를 마셨다. 달았다. 탄산음료를 좋아하지 않는데 오늘은 술을 마시고 싶지 않았다. 영신의 아르바이트가 끝나면 맨정신으로 그녀를 데려다 주고 싶었다. 무엇보다 아까 자신이 느꼈던 그 기분을 술로 날려 버리긴 싫었다. 다시 한 번 확인하고 싶었다.

토요일 밤, 이런 라이브 카페에서의 아르바이트라. 영신의 이미지와는 좀 어울리지 않는다. 주방에서 요리라도 하는 건가? 아니면 서빙? 설마, 여기 주인은 아니겠지. 그런 쓸데없는 상상들로 머릿속이 바쁜데 옆의 남자가 시비조로 말을 걸었다.

"웬 사이답니까? 꼴사납게, 남자가."

주정을 하는 건가? 하지만 남자는 준수한 생김새처럼 꼿꼿한 자세였다. 취한 것 같지도 않은데 자신을 향한 뜬금없는 적의는 이해하기 어려웠다.

"한 잔 드려."

"됐습니다."

남자의 말에 바텐더가 술을 내밀려 하자 정이 손을 저었다. 못마땅한 듯 남자의 한쪽 입술이 말려 올라갔다. 평소라면 점잖게(?) 한마디 정도는 했을 텐데 영신이 아르바이트하는 곳에서 소란을 피우고 싶지 않아 참았다. 노려보는 남자를 무시하고 고개를 돌리는데 어두컴컴하던 무대에 희뿌옇게 조명이 들어왔다.

검은 드레스 차림의 야윈 여자가 무대 위에 서 있었다. 호기심에 여자를 훑어보던 정은 사이다를 마시던 빨대를 툭, 놓쳤다.

최영신!

짙은 화장과 얼굴을 반쯤 가린 검고 긴 생머리, 속옷은 입었는지 의심스러울 만큼 몸에 밀착된 검은 원피스 차림의 여자는 영신이었다. 그는 저도 모르게 입을 벌린 채 그녀를 멍하니 바라보았다.

나탈리콜의 love는 감미로운 느낌이지만 영신의 노래는 애절함에 가까웠다. 약간 허스키한 그녀의 목소리가 주는 느낌에 정은 가슴을 한 대 얻어맞은 사람처럼 숨을 헐떡였다. 그가 그녀의 외모에서 받은 인상은 귀엽다, 예쁘다, 여성스럽다, 아니 더 많은 찬사를 쏟아 낼 수는 있지만 지금 무대 위의 느낌은 절대 아니었다.

사람의 애간장을 태우는 목소리와 무심함, 짙은 화장이 만들어 낸 위력은 상상을 초월했다. 불끈 몸에 힘이 들어갔고 머릿속이 하얗게 비워졌다.

여우한테 홀린 기분이 이런 건가?

귀엽고 순진한 얼굴로 자신을 홀리더니 이번에는 미친놈처럼 흥분하게 만들었다. 그녀의 노래를 들으며 눈을 감고 있는 사내들이 그와 같은 생각을 할지도 모른다는 생각이 문득 떠오르자 그는 미치도록 조급증이 생겼다. 노래를 듣는 내내 그는 영신을 빨리 끌어내려 그녀가 숨겨 둔 여자를 눈앞으로 끄집어내고 싶은 생각뿐이었다. 하지만 노래를 부르는 동안 영신의 시선은 한 번도 그에게 닿지 않았다.

"누굽니까, 댁은?"

갑작스런 질문에 멍해 있던 정은 정신을 차렸다. 영신의 무대가 끝나고 귀에 익은 발라드가 경음악으로 연주되고 있었다. 돌아보니 아까부터 사납게 자신을 노려보던 사내였다. 아는 사이던가? 침묵을 지키는 정에게 남자가 자신을 소개했다.

"이해준입니다. 여기 사장입니다."

그제야 정은 고개를 끄덕였다. 자신을 노려보던 시선이 좀 전에 그가 영신을 보던 사내들에게 느꼈던 그것과 다르지 않다는 걸 깨닫는 순간 이 사내가 싫어졌다. 그저 그 이유 하나로.

"영신이하고 어떻게 아는 사입니까?"

시비를 거는 남자에게 신경 쓸 겨를 따윈 없었다. 그의 모든 신경은 아까 영신이 사라졌던 복도를 향해 있었다. 그녀가 다시 모습을 나타내기를 촉각을 곤두세운 채로 기다렸다.

"내가 왜 그런 질문에 대답해야 합니까?"

"건드리지 말아요. 당신이 건드릴 여자 아닙니다."

정은 그제야 주의를 그에게 돌렸다. 무심했던 영신의 태도가 이 사내에게도 별다르지 않았던 모양이다. 동정심보다는 안심하는 자신을 느꼈다. 그러면서도 소유욕을 드러낸 해준이 못마땅해 한 대 쳐 줄까하는 갈등이 생기는 찰나에 영신이 모습을 드러냈다.

무대 위에서와는 완전히 다른 모습이었다. 12시를 넘긴 신데렐라처럼. 화장기 없는 까무잡잡한 얼굴, 단정한 스웨터 차림의 그녀는 좀 전 노래를 부르던 여자와는 매치가 되질 않았다. 자신이 아는 그 여자라는 생각에 왠지 안심이 됐다. 무심히 시선을 비껴가던 그 여자가 아니라 그의 품에서 떨면서 어쩔 줄 모르던 그런 모습이어서 좋았다.

그를 발견한 영신이 잠시 멈칫거리다 가까이 다가왔다. 두 사람의 시선이 부딪쳤다. 내부가 어두웠지만 정은 영신이 얼굴을 붉혔다고 생각했다. 그와 다르지 않은 기분이라는 걸 알자 긴장이 풀렸다.

"아직 있었어요?"

"데려다 주려고."

"내가 데려다 줄게."

갑자기 들려온 해준의 말에 영신과 정이 동시에 돌아보았다. 두 사람 모두 그의 존재를 잊고 있었다. 마치 처음 보는 사람처럼 놀라는 영신의 모습에 해준의 얼굴이 더 굳어졌다. 영신이 해준을 향해 살짝 고개를 저었다.

"괜찮아요. 이만 갈게요. 내일 얘기해요."

해준이 정과 그녀를 번갈아 보았다. 세 사람 사이에 긴 침묵이 흘렀다. 하지만 곧 해준이 시선을 내렸다.

"조심해."

"갈게요."

"조심해, 영신아. 조심해."

영신은 해준의 말에 가슴이 아팠다. 그녀는 고개를 끄덕이고는 바깥으로 나왔다. 갑작스런 바람에 몸이 움츠러든다. 뭔가 어깨에 턱 하고 걸쳐지는 느낌에 돌아보니 정이 자신의 점퍼로 그녀를 감싸 주었다.

"왜 안 갔어요? 피곤해 보이던데."

"데려다 주고 싶어서 기다렸어요."

"안 그래도 되는데. 이젠 괜찮아요. 옷 입어요. 그러다 감기 걸려요."

얇은 면 티 차림의 그가 걱정스러워 점퍼를 내리려는 그녀를 정이 말렸다.

"그대로 입고 있어요."

영신은 말없이 점퍼를 다시 여미었다. 주차장에 도착할 때까지 정은 침묵을 지켰다. 지금까지 그에 대한 이미지대로라면 농담으로라도 노래를 들은 소감을 얘기할 거 같은데 화가 난 사람처럼 굳은 채였다. 정이 조수석 문을 열어 주었다. 문을 잡고 타려는 순간, 갑자기 그가 팔을 잡았다.

"당신, 누구지?"

가슴에 싸한 바람이 불어온다. 영신은 몸을 움츠리고 그의 옷 속으로 파고들었다. 이대로 있으면 자신의 모든 걸 그에게 보이고 말 것 같았다. 숨을 수 없다는 걸 알면서도 숨고 싶었다. 오랫동안 두 사람은 바람을 맞으며 서 있었다.

'당신, 누구지?'

그 한마디가 머릿속을 빙빙 돈다. 영신은 침대에서 벌떡 일어나 앉았다. 영채의 일만으로도 머리가 터질 것 같은데 서정이라는 남자는 상상을 초월할 정도로 그녀를 흔들어 놓았다.

결국 그녀는 잠자기를 포기했다. 이른 새벽 공기가 차가워 스웨터를 걸치고 거실로 나가는데 불길한 경고음처럼 전화벨이 울렸다. 흠칫, 놀라던 그녀는 후다닥 수화기를 집어 들었다. 이 시간에 전화할 사람은 영채밖에 없었다.

"여보세요? 영채니?"

― ······.

"어디야? 괜찮은 거야?"

― 언니, 잘 있어.

"무슨 소리야? 어딘데? 언니가 데리러 갈게."

― 언닌 못 와. 너무 멀리 왔어.

"영채야!"

― 잘 있어.

"미안해. 언니가 다 잘못했어. 그러니까 이러지 마, 제발. 어디야? 어디든 상관없어. 언니가 갈게. 어딘지만 알려 줘. 응?"

― ······.

"제발, 내가 잘못했어. 영채야, 언니가 미안해. 그러니까······."

― 이러니까 내가 언니를 미워할 수 없는 거야. 언니가 너무 좋아.

낮은 속삭임 후 잠시 침묵이 흘렀다. 영채야, 하고 부르는데 전화가 끊어졌다. 영신은 끊어진 수화기를 든 채로 동생의 이름을 불러 댔다. 하지만 귀에 거슬리는 신호음만이 그녀에게 경고하듯 울려 댈 뿐이었다.

몸이 사시나무 떨듯 떨려 왔다. 영채가 자신에게 복수를 하는 것 같았다. 비겁하게 도망쳐 버린 그녀를 단죄하는 것만 같았다. 미워할 수가 없다는 말이 미워서 죽겠다는 말로 들렸다. 영신은 두 손에 얼굴을 파묻고 몸을 잔뜩 움츠렸다. 한기가 깊숙한 곳에서부터 시작되고 있었다.

3

정은 출근하는 길에 정보과에 들렀다. 평소보다 환한 웃음으로 끼를 부려 최영채의 휴대폰의 위치 추적을 부탁했다. 다행히 그의 그 미소가 먹혀들었다. 정보과 여경관이 친절하게 마지막 통화 지점을 확인해 주었다. 휴대폰이 꺼져 있는 탓에 위치 추적은 힘들다고 했다. 마지막 통화 지점은 서울이었다. 그것도 멀지 않은 종로 쪽이었다.

그 결과를 받아 든 그는 잠시 망설이다 영신의 전화번호를 눌렀다. 간밤에 보았던 영신의 모습을 떠올리느라 그는 한숨도 자지 못한 상태였다. 바뀐 외모보다는 그녀가 숨긴 뭔가가 자꾸만 걸렸다.

'당신, 누구지?'

그의 질문에 영신은 끝까지 대답하지 않았다. 혼란스러운 건 그인데 휘청대는 건 오히려 그녀였다. 단지 경계심이 강한 것뿐일까? 그녀가 어떤 사람인지 종잡을 수가 없다. 신호가 끈질기게 가는데도 영신은 전화를 받지 않았다. 다시 거부인가? 눈살이 저절로 찌푸려졌다.

"무슨 일입니까?"

언제 왔는지 진경이 뒤에 서 있었다. 신호가 부재중 통화로 넘어가자 정은 종료 버튼을 눌렀다. 진경 역시 편하게 쉬지 못했는지 얼굴이 푸석해 보였다.

"그냥. 이제 왔냐? 들어가자."

"선배!"

"어? 왜?"

정이 느릿하게 몸을 돌렸다. 그답지 않게 굼뜬 행동에 진경이 인상을 썼다.

"저, 어제 그……. 아, 아닙니다. 기운 내십시오."

뭔 뜬금없는 소리지? 정이 의아해하는 사이 이미 진경은 사무실 안으로 들어서고 있었다. 정은 어깨를 으쓱하고는 뒤따라 사무실로 걸어갔다.

일곱 번째 피해자의 가족을 만나고 소득 없이 돌아오는 길에 대석에게 전화가 왔다. 흥분했는지 사투리가 더 심하게 들려왔다.

— 너거 어데고? 퍼뜩 와라. 별 거지 같은 새끼가 어찌 일요일도 없노?

그가 불러 준 곳은 그들의 관할 지역이 아니었다. 하지만 워낙 매스컴에서 떠들어 댄 데다 수사본부까지 차려진 마당이라 그쪽 관할서에서 사건이 터지자마자 바로 연락을 한 모양이었다. 진경과 곧장 현장으로 출동을 했다. 신고가 들어오고 제대로 대처를 못 한 모양인지 주변이 어수선했다. 동네 사람이란 사람은 다 나온 것 같았다. 아수라장이 따로 없었다. 게다가 TV 방송에 신문기자들까지 진을 치고 있었다.

간신히 사람들 사이를 헤치고 안으로 들어갔다. 그들이 마지막인 모양인지 이미 수사본부 사람들은 다 도착해 있었다. 작은 반지하 방에 사람들이 꽉 차 있었다. 과학수사팀에 수사본부 형사들까지 몰려 있어 오히려 방해만 되는 것 같았다. 정과 진경은 입구 쪽에서 주변 상황만 슬쩍 본 후 바깥에서 기다렸다. 정 반장이 잔뜩 찡그린 얼굴로 나왔다. 대문 앞에 몰린 사람들의 웅성거림에 낮게 욕설을 중얼거린다. 그의 뒤를 이어 다른 팀원들이 따라 나왔다.

"가족들은 어디 있어?"

"고등학교 2학년 딸이 신고했답니다. 일단 여경한테 딸려서 서로 보냈습니다. 충격이 큰지 넋을 빼 놨더라구요."

"부인은?"

"주인집 사람 말로는 부인은 없답니다. 동거인이 딸뿐이래요."

"이혼인지 사별인지 알아봐."

"네."

순천에게 지시한 정 반장이 정을 쳐다보았다.

"진경이 데리고 들어가서 딸부터 만나 봐. 순천이 너는 주변 탐문더 하고, 들어오기 전에 국과수 들러서 보고서 받아 오고."

정은 진경과 같이 차에 올랐다. 끝 모를 연쇄살인에, 머리까지 복잡하니 미칠 지경이었다. 그는 한숨을 푹푹 쉬며 시동을 걸었다.

고등학생이라고 하기엔 조금 어려 보이는 여자아이였다. 깔끔한 성격은 아닌 모양인지 목덜미까지 오는 머리에 기름기가 껴 있었다. 경찰서까지 데려온 여경이 안쓰러운 듯 이것저거서 챙겨 준 모양이지만 정작 아이는 멍한 상태였다. 하얗게 질린 얼굴로 컵을 꼭 잡은 모습을 보니 저절로 동정심이 생겼다.

하긴 아버지의 사체를 발견했으니 제정신이면 이상한 거겠지.

진경과 정이 앞으로 다가서자 아이가 퍼뜩 놀라 눈을 들었다. 눈물 자국은 보이지 않았지만 어딘지 모르게 불안하고 초조해 보였다. 여자아이 옆에 앉아 있던 여경이 한숨을 쉬며 일어섰다.

"많이 놀랐나 봐요. 돌봐 줄 친척도 없어서 큰일이에요. 집으로 보낼 수도 없고."

두 사람에게 들리게만 한 말이었지만 여자아이는 그 작은 속삭임까지 눈치챈 모양인지 결국엔 컵이 흔들리며 안에 들어 있던 따뜻한 차가 옆으로 흘러내렸다. 정은 무릎을 굽혀 컵을 잡았다.

"쏟겠다. 아저씨가 들어 줄게. 이름이 뭐니?"

"……."

"난 서정."

가슴이 두근거릴 정도로 여자아이에게 웃는 정의 모습에 진경은 고개를 돌리고 말았다. 놀란 여학생의 눈에 정이 어떤 인상을 줄지 너무도 뻔했다. 지금 그녀도 그걸 느끼고 있으니까. 지나치게 잘생겼다. 지나치게 친절하다. 문제는 그 지나침을 무시할 여자가 많지 않다는 거였다. 저 아이는 어떨까? 정의 그 매력이 통할까? 진경의 그 의문은 불과 몇 초도 지나지 않아 바로 풀렸다. 놀란 듯 정을 멍하니 보던 여자아이가 수줍게 입을 열었던 것이다.

"박소민이요."

"많이 놀랐지?"

"네? 네."

"이젠 괜찮을 거야. 넌 우리가 돌봐 줄게."

"아저씨가요?"

"음. 그렇지. 그런데 혼자니? 연락할 만한 사람 있어? 잠시 가 있을 친구 집이라도."

정의 말에 소민이 수줍게 고개를 저었다. 좀 전까지 그녀를 달래 주던 여경이 어이없다는 듯 고개를 젓고는 자신의 일을 하기 위해 자리를 떴다. 진경 역시도 그 마음이 이해가 갔다. 정이 마음만 먹는다면 어떤 여자든 홀려 버릴 수 있을 것 같았다. 심지어 저런 어린 아이라도 말이다. 지금 정의 표정이 그랬고 태도가 그랬다. 씁쓸하게 그 사실을 인정하며 진경은 그들과 거리를 두고 의자에 앉았다.

"엄마는?"

"몰라요. 어디 있는지. 집 나간 지 일 년 넘었어요."

"만나고 싶진 않니?"

"찾을 수 있어요?"

"네가 원하면 찾아볼게."

"아니요. 별로요."

"아버지하고 단둘이만 지내면서 힘들었겠다. 혹시 자주 들렀던 사람은 없어? 아버지 친구라도."

"없어요, 그런 거."

"혹시 이상한 사람이 주변에 얼쩡거리는 일은 없었어? 평소랑 달라진 일이라든가 그런 것들. 사소한 것들이라도 상관없으니까 기억나는 거 다 얘기해 볼래?"

"몰라요. PC방 갔다가 집에 오니까 그냥 죽어 있더라고요."

의외로 담담한 말투에 정은 속으로 놀랐다. 겁에 질려 보였는데 아버지의 죽음을 말하는 아이의 말은 냉랭하기 그지없었다. 멀찍이 앉아 있던 진경이 갑자기 앞으로 몸을 숙여 소민의 얼굴을 쳐다본다.

"아버지가 잘해 주셨어? 단둘이 있으면 서로 의지해서 가까웠겠다."

순식간에 소민의 표정이 차가워졌다. 아이는 진경을 노려보고는 다시 고개를 푹 숙였다. 정과 진경의 시선이 부딪쳤다. 다시 한 번 진경이 입을 열려는 순간, 정이 눈짓으로 그녀를 막았다. 그가 움츠린 소민의 어깨를 가볍게 톡, 쳤다.

"얘기는 다음에 하자. 너 내킬 때. 뭐 마실 것 좀 줄까?"

정의 그 말에 소민이 고개를 슥, 치켜들었다. 아이의 그 태도에 진경은 어이가 없었다. 정의 눈짓에 그녀는 자리에서 일어났다. 놀라서 겁먹은 줄 알았는데 아이의 태도는 의외였다. 그녀가 있으면 소민이 다시 입을 열지 않을 것 같았다. 닦달하고 싶은 마음을 간신히 참고 그녀는 정에게 소민을 맡기고 사무실을 나왔다.

"우리가 아버지 그렇게 만든 사람 잡을 거야. 그러니까 너도 기억나는 건 다 얘기해 줬으면 좋겠다. 혹시 주변에서 수상한 사람 못 봤어?"

"몰라요."

"그럼 아버지하고 사이 나쁜 사람은?"

"몰라요."

그 뒤로도 계속되는 질문에 소민은 계속 몰라요, 라는 말만 반복했다. 나오는 한숨을 간신히 참았다. 아이가 쌓아 올린 방어벽이 마치 쇠처럼 단단하게 느껴졌다.

"오빠!"

잠시 숨 좀 돌릴 겸 자리를 뜨려는데 소민이 그를 불렀다. 반가운 마음에 그는 다시 의자에 앉았다.

"왜? 할 말 있어?"

"오빠도 형사예요?"

"으응. 왜?"

"형사 하기엔 너무 잘생겨서요. 그런 말 많이 듣죠?"

정은 소민의 말에 눈살을 찌푸렸다. 고등학교 2학년의 여학생들은 다 그런 건가? 아버지의 죽음 앞에서도 사소한 이런 일들에 관심을 가질 수 있을까? 소민의 태도는 지금 상황과 전혀 맞지 않는다. 진경이 소민을 수상하게 여기는 것도 당연했다. 적어도 이런 어린 학생만은 그런 악의적인 행위에 동참하지 않길 바라던 정조차도 자꾸만 의심하게 만든다. 그는 낮게 한숨을 쉬었다.

"어, 응. 고맙다. 잠깐 기다릴래?"

"네."

돌아보니 언제 다시 들어왔는지 진경이 두 사람을 보고 있었다. 짙은 의혹이 깔린 진경의 눈빛에 그가 손짓을 했다. 두 사람은 사무실 바깥으로 나갔다.

"이상하죠?"

"음. 아버지의 죽음엔 관심이 없는 것 같다. 뭔가 알고 있는 것도 같고 종잡을 수가 없네."

"물어봐야 되는 거 아니에요?"

"뭘?"

"지난 피해자들처럼 소민이 아버지도 성적으로 학대했을 수도 있다는 생각이 들어서요. 어머니도 없이 단둘이 단칸방에서 생활한 것도 수상하고."

"직접적으로 물어보면 더 숨기려고 할 거야. 일단 주변 사람들 탐문 먼저 하는 게 나을 것 같다. 대부분 이런 경우에 알면서도 모른 척 하는 경우가 더 많아. 담임교사도 만나 봐야지. 뭔가 알고 있는지."

"이 사건 전체가 이상해요."

"뭐가?"

"죽은 사람들이요. 평범한 사람들이었는데 파고드니까 완전 나쁜 개자식이잖아요."

진경의 말에 정이 물끄러미 그녀를 쳐다봤다. 어쩌면 그럴지도 모른다. 하지만 개자식이라고 해서 마음대로 죽일 권리는 누구에게도 없다. 그런데도 정은 그 말을 할 수가 없었다. 어쩐지 화를 내는 진경의 그 기분이 이해가 가서 그 말을 하고 싶지가 않았다.

"최영신씨~"

멍하니 있던 영신은 자신의 이름을 크게 부르는 소리에 정신이 번쩍 들었다. 박 대리가 그녀에게 서류를 들이민다. 지나치게 가까이 온 그를 피해 영신은 살짝 고개를 뒤로 젖혔다. 나쁜 사람은 아닌데 가끔씩 이런 식의 부담스러운 행동을 할 때가 있었다.

"오늘 왜 그래? 하루 종일 정신 빼놓고 있네. 무슨 일 있어?"

"아니에요. 그런데 무슨 일로?"

"이거 재단실에서 좀 가져다 달래요. 좀 부탁."

"알았어요."

정신을 차리자 했지만 하루 종일 멍한 상태가 계속되었다. 영채의 전화를 받은 후 멍한 표면과는 달리 속은 용암이 튀는 활화산처럼 불안감과 초조함으로 들끓었다.

퇴근 시간이 될 때까지 그녀는 그대로였다. 가슴이 터질 것만 같았다. 영채의 그 연락 이후 정의 전화도, 해준의 전화도 받지 않았다. 줄기차게 전화를 하던 정도 지쳤는지 일요일 오후부터는 연락이 없었다. 스무 통이 넘는 전화를 무시했으니 그럴 만했다.

다만 해준은 저녁 무렵 집으로 그녀를 찾아왔었다. 그때의 일을 떠올리자 가슴이 뜨끔할 정도로 다시 아파 온다.

❋

끈질긴 초인종 소리에 죽은 것처럼 엎드려 있던 영신도 어쩔 수 없이 문을 열었다. 창백한 그녀의 얼굴에 해준이 놀란 모양인지 당장 병원엘 가자고 성화였다. 영신의 단호한 거부에 겨우 포기를 했지만 해준의 인상은 풀리지 않았다.

"너, 무슨 일 있지?"

"아무 일도 없어요."

"그런데 왜 그래? 어제 계속 기다렸어."

연락도 없이 소금인형엘 안 갔으니 당연한 거다. 어쩐지 미안한 마음보다는 얼른 그가 가 주기를 바랐다. 혼자 있고 싶었다.

"미안해요. 다음 주엔 안 빠질게요."

"그 얘기가 아니잖아!"

해준이 화를 버럭 냈다.

제발, 그냥 가. 날 내버려 둬요.

영신은 말없이 시선을 외면했다. 그 무심함에 해준이 이를 악물었다.

"10년 동안 넌 변한 게 아무것도 없어. 언젠가는 네가 나한테 올 거라고 생각했어. 내가 아니면 어차피 다른 사람도 안 된다고 생각했어. 그런데 넌 내가 아니어도 됐던 거야. 아니, 어쩌면 나라서 안 됐던 건가?"

"……."

"널 사랑해. 너를 만난 그 순간부터 넌 내 모든 것이었어."

"그러지 말아요. 내가 할 수 없다는 거 알잖아요. 오빠가 나 때문에 힘들어하면 내가 더 미안해져요."

"그럼 그 남자는!"

해준이 버럭 소리를 질렀다. 갑작스런 그 폭발에 영신이 움찔했다. 해준의 마음을 몰랐다면 거짓말이다. 사랑한다는 고백은 이미 오래전부터 들어왔다. 그의 말처럼 언젠가는 그를 사랑하게 되지 않을까, 그런 생각을 했던 것도 사실이다. 아니, 그녀가 누군가를 사랑한다면 분명히 그 사람은 해준이 될 거라고. 하지만 해준에 대한 감정은 예전이나 지금이나 마찬가지였다. 항상 고맙지만 미안한 사람. 짧은 기간 정이 다가온 그 거리보다 10년간 그가 다가온 거리가 훨씬 멀었다.

어째서 이 남자를 사랑할 수 없었을까?

영신은 가슴이 아팠다.

"미안해요."

"그런 말 듣자고 하는 거 아니야! 그 남자 만나지 마. 언제까지 기다리는 건 상관없어. 그러니까 그 남자만 만나지 마."

사랑한다면 그녀의 행복을 빌어 줘야 한다고? 감상에 젖어 불러 젖히는 세월 좋은 사랑 노래 따위가 아니다. 영신이 없으면 그 역시도 살 수 없었다. 지금껏 기다린 건 언제나 마지막이 자신이라는 확신이 있어서였다. 하지만 다른 남자와 나타난 영신은 그의 그런 기대를 산산조각 냈다. 불안함이, 초조함이 그를 흉포하게 몰아간다.

"안지 않아도 좋아. 평생 기다려도 상관없어. 그 남자 만나지 마."

결국 영신은 눈물을 흘리고 말았다. 애원하는 그의 심정을 너무 잘 알기 때문에 가슴이 아팠다. 정이 아니라도 그는 그녀에게 남자가 될 수 없었다. 그를 좋아하고 아끼는 마음은 오래된 지기에 대한 그런 정이었다. 하지만 그의 손길이 주는 그 불쾌함만은 어쩔 수가 없었다.

그녀가 정에게 느끼는 그 편안함이, 따뜻함이 해준에게 얼마나 부당한 일인지 잘 알면서도 그것만은 어떻게 해 볼 도리가 없다. 그 이상한 형사가 주는 편안함의 반만이라도 해준이 주었다면 그녀는 이미 그의 품에 안겼을 텐데.

"미안해요. 정말 미안해요."

해준은 눈을 질끈 감았다. 여전히 그의 가슴을 울리는 낮고 허스키한 그녀의 목소리가 증오스러웠다. 눈물을 머금은 영신이 그를 애타게 바라봤다.

"네가 내 눈앞에서 사라진다면 난 죽을지도 몰라. 차라리 지금처럼 아픈 게 나아. 영신아, 가지 마. 부탁할게."

해준이 나간 후 영신은 참았던 눈물을 왈칵 쏟고 말았다. 언제나 그런 불안감이 있었다. 언젠가는 그에게 더 깊은 상처를 주게 되지 않을까 하는. 그가 사랑한다고 말한 그 순간부터, 그에게 안기려고 결심했지만 결국 할 수 없음을 깨달은 그 순간부터. 그 마음의 반은 감사함이었기에 더욱 지금 미안했다. 정과는 상관없이 언젠가는 그녀 때문에 아파할 그가 너무 안타까워 영신은 눈물을 쏟고 말았다.

❊

"퇴근 안 해요? 오늘 정말 왜 그래, 진짜 무슨 일 있는 거야?"

박 대리의 말에 영신은 퍼뜩 정신이 들었다. 복사기 앞에서 멍하니 서 있었던 것이다.

"아니에요. 퇴근하세요? 주말 잘 보내세요."

"영신 씨도. 즐퇴~"

박 대리가 사라질 때까지 영신은 숨을 참고 기다렸다. 그녀가 멍하게 있는 사이 다들 퇴근을 했는지 사무실이 텅 비어 있었다. 그녀는 한숨을 쉬고는 휴대폰을 들었다.

지난 일주일 내내 동생의 핸드폰으로 전화를 했지만 항상 전화기가 꺼져 있었다. 혹시 몰라 메시지를 남겼지만 그에 대한 답 역시 없었다. 그래도 매일매일 그녀는 영채에게 음성 메시지를 남겼다. 어쩌면 한 번은 들어 주지 않을까? 자신의 목소리를 들으면 용서해 주지 않을까 하는 부질없는 기대만 잔뜩 안고 말이다.

"영채야, 잘 지내는 거지? 잘 있다는 목소리 딱 한 번만 듣고 싶다. 그냥 목소리만이라도."

텅 빈 사무실에서 또 한 번 메시지를 녹음한 후 영신은 자리에서 일어났다. 갑자기 일어나는 바람에 현기증이 났다. 일주일 내내 잠은 커녕, 제대로 먹지도 못했다. 휘청대는 몸을 간신히 책상을 잡고 버텼다. 차츰 현기증이 가시자 그녀는 사무실을 나왔다.

10월 중반인데도 갑작스런 한파로 이가 덜덜 떨릴 정도로 추웠다.

너무 추워. 얼어 죽을 것 같아.

입속으로 내뱉고 나니 더 시린 느낌이 들었다. 그녀는 두꺼운 코트의 목깃을 잡아 세워 목을 잔뜩 움츠렸다. 영채가 떠난 후 그녀는 내내 그런 한기 속에 있었다. 누군가의 온기가 그리워졌다. 문득 정이 주었던 그 따뜻함이 생각났다. 해준의 애원이 아니라도 그와 다시 만날 생각은 없었다. 더 이상 영채의 일로 도움을 받을 일도 없었다. 그런데도 이렇게 생각나다니. 갑자기 어이없고 우스워진다.

바보야, 정신 차려.

꽁꽁 얼기 전에 서둘러야겠다. 그녀는 차가운 공기를 밀어내기 위해 짧은 숨을 내쉬며 지하철로 달려갔다.

소민의 이상한 행동에 사람들이 당황했다. 정은 물론이고, 강력반의 젊은 남자 형사들에게 교태 어린 태도를 계속 보였던 것이다. 유독 진경에게만은 적의를 불태우는 것도 여전했다. 아버지의 죽음에 대한 애도는 애초부터 관심도 없었다. 어떤 부녀 관계였을까? 다들 답을 알고 있으면서도 소민의 태도는 그들을 불쾌하게 만들었다.

　"아는 거 말하면 어떻게 돼요?"

　"기억나는 거 있어?"

　"그냥요. 혹시 몰라서요. 말하면 오빠가 저 잘했다고 해 줄 거예요?"

　"당연하지."

　"에이, 아니다. 아는 게 없는데."

　"박소민."

　화를 내기도 하고 을러도 보고 설득도 해 보고 비위를 맞춰 봐도 애매한 태도만 보일 뿐이었다. 정은 슬슬 인내심의 한계를 느꼈다.

　소민을 맡아 줄 친인척이 없어 일단은 구청 쪽으로 연락을 했지만 나이가 많아서 고아원에서는 받을 수가 없다고 했다. 다행히 청소년 쉼터에 자리가 있어 정과 진경이 퇴근길에 소민을 데리고 쉼터에 온 참이었다. 여전히 소민은 재미있는 게임을 하는 것처럼 정을 시험했다. 정은 무덤덤한 표정으로 소민을 쉼터 측 복지사에게 인계하고 바깥으로 나왔다. 진경이 문 앞에서 기다리고 있었다.

　"여기 상담사하고 얘기했는데 아마도 성적인 학대가 있었을 가능성이 크대요. 확인되는 대로 연락 준다고 했으니 조금만 기다리면 될 거예요."

　"그래?"

　"네. 오늘은 그만 들어가도 되겠어요. 저도 갈 데가 있어서."

"밥 먹고 가자."

"안 돼요, 오늘은. 먼저 갑니다."

가끔 진경이 이런 식으로 사라지는 경우가 있었다. 기분도 우울한데 진경까지 그를 버리고 가자 정은 더 기분이 가라앉았다. 지난주 내내 미칠 듯이 바빴고 영신은 전화가 되지 않았다.

망할 여자 같으니. 자기 마음대로 흔들어 놓더니 그의 전화를 계속 받질 않았다. 혹시나 하는 마음에 동생의 일을 알아보러 여성청소년계에 갔다가 신고가 취소되었다는 얘길 듣고는 더 화가 났다. 처음부터 그에게 관심이 없다고 못 박았지만 어쩐지 농락당한 기분이 들었다.

그런 끌림이 그만의 착각이라고? 그 키스는 다분히 충동적이었지만 실수나 장난이 아니었다. 그녀와 입술이 닿은 순간, 그는 자신을 잊었다. 그녀가 숨기고 있는 게 뭐든, 그 깊숙이까지 들어간 듯한 그런 기분. 그건 그녀도 마찬가지였다는 데 자신의 모든 것을 걸어도 좋았다.

마음대로 하라지. 아쉬울 것 따윈 없다.

하지만 그는 결국 소금인형 앞에 서 있었다. 어리석은 자신에게 중얼중얼 욕설을 퍼부으며 정은 지하로 통하는 좁은 계단을 내려갔다. 술을 마시기엔 이른 시간임에도 불구하고 어둑한 홀은 사람들이 거의 다 차 있었다. 주말 저녁이라 그런가? 그런 여유는 잊고 산 지 오래라 정은 새삼스러워졌다.

지난 주말 영신이 무대에 섰던 걸 떠올리고 그는 조금 긴장됐다. 그녀가 그때와 같은 시간에 온다면 앞으로 세 시간 이상은 기다려야 할 것이다. 어떤 모습일까? 바에 앉은 채 그는 흐릿한 백일몽에 빠져 있었다. 누군가 담배를 피우는지 독한 향이 폐부를 자극한다. 잠시 유혹이 느껴졌다. 독한 알코올처럼, 독한 담배처럼 자꾸만 영신이 뇌리에 떠오른다.

술을 많이 마실 생각은 없었는데 무심코 마시다 보니 꽤 많은 양을 마셨다. 시간을 확인하니 열 시가 훌쩍 넘어 있었다. 그는 새로 스카치를 내려놓는 바텐더에게 물었다.

"오늘 공연 없습니까?"

"아, 최영신 씨요? 몸이 안 좋아서 당분간 쉰다고 하더라구요. 안 그래도 다른 분들도 계속 물어보세요. 다음 주에는 나올 거예요."

아프다고? 걱정보다는 화가 난다. 마지막 잔을 들어 한입에 털어넣은 그는 자리에서 벌떡 일어났다. 생각보다 많이 마신 건지 조금 휘청거렸다. 바깥은 헉 소리가 날 정도로 추웠다. 빌어먹을 날씨 같으니. 그는 비틀대며 택시를 잡았다.

"어디 가십니까?"

"강남이요."

집 주소를 부르다가 그는 말을 멈췄다. 억울했다. 그는 다시 도착지를 불러 주고 그대로 눈을 감았다.

"손님, 다 왔어요."

힘겹게 눈을 뜨니 영신의 아파트 앞이었다. 요금을 지불하고 비틀거리며 내리는데 다시 추위가 찾아들었다. 그는 핸드폰을 들어 영신의 번호를 꾹 눌렀다. 여전히 부재중 통화로 넘어갔다. 기억을 더듬어 영신이 사는 동을 찾았다. 동생의 가출신고서에 적힌 그녀의 주소는 한 번 보았을 뿐인데 그린 것처럼 그의 뇌리에 박혀 있었다.

702호. 그는 특별할 것 없는 베이지색의 현관문을 잡아먹을 듯 노려보았다. 마치 그러면 문이 열릴 것처럼. 지난주 내내 영신이 그랬던 것처럼 문은 꿈쩍도 않는다. 잠시 그 앞에 쭈그려 앉았던 그는 초인 종을 때리듯 눌렀다. 한참 후에 누구세요, 하는 낮은 음성이 들렸다. 누군지 확인도 않고 바로 문이 열렸다.

자다가 일어났는지 부스스한 머리에 조금 멍한 눈빛이 그를 발견 하고 순간 놀람으로 커졌다. 얼굴은 조금 여윈 듯했지만 까무잡잡하 고 부드러운 초콜릿 같은 피부는 여전했다. 시선이 마주친 채 두 사 람은 미동도 하지 않았다.

영채를 생각하다 깜빡 잠이 들었던 영신은 초인종 소리에 무의식 중에 문을 열었다. 예상치 못한 손님의 방문에 놀란 그녀는 잠시 멍 해졌다. 겨우 정신을 차리고 문을 닫으려 했지만 정이 한쪽 다리를 문 사이에 끼운 후였다. 문에 머리를 부딪쳤는지 그가 고통스런 신음 소리를 냈다.

"뭐예요?"

미처 말이 끝나기도 전에 몸이 뒤로 확 밀렸다. 순식간에 그녀는 현관 벽에 몸이 밀려 그의 몸에 압사당하기 직전이 되었다. 쿵 하고 그의 뒤에서 문이 닫혔다. 갑작스런 그의 행동에 영신은 무서워졌다. 부드럽고 편한 사람이라고 생각했는데 지금의 그는 위험하고 아슬아 슬해 보였다. 가까이 다가온 그에게서 희미하게 술 냄새가 풍겼다. 그 제야 그의 행동의 이유가 이해가 갔다.

"취했군요!"

이를 악문 그녀의 말에 그가 웃음을 터뜨렸다. 그가 웃을 때마다 닿은 몸으로 생생하게 그의 느낌이 전해진다. 왠지 그것이 고통스러 웠다. 여전히 웃고 있는 그를 노려보았다.

"비켜요."

"싫어."

그의 얼굴에서 웃음기가 순식간에 사라졌다. 사나운 그의 대답에 영신은 말문이 막혔다.

"사람 갖고 놀지 마."

"무슨 말도 안 되는 소리예요?"

"이거!"

미처 피할 새도 없이 그의 입술이 다가왔다. 벽에 밀려진 채로 몸을 바르작거렸지만 그의 힘을 당해 낼 수 없었다. 차라리 거친 행동 그대로였으면 끝까지 반항했을 것이다. 하지만 거칠었던 말과 달리 그의 두 팔이 부드럽게 그녀를 안았다. 등을 쓰다듬는 그 손길에 결국 영신은 흐느낌을 흘리고 말았다.

"이런 걸 나 혼자 느꼈다고?"

그녀의 귓불 가까이 낮은 속삭임과 함께 따뜻한 숨결이 닿는다. 가슴이 아팠다. 안타까웠다. 그가 주는 뜨거움이, 그가 주는 강렬함이.

입술이 만나고 혀가 깊숙이 섞여 든다. 알싸한 알코올 향에 영신은 어지러워졌다. 남자의 손길이, 입술이 이런 거였던가? 그동안 그녀가 느꼈던 것과는 다른 두려움과 기대감을 준다. 그것이 그녀를 견딜 수 없게 했다. 숨이 막힐 것 같은 순간, 정의 몸이 떨어져 나갔다. 그제야 영신은 그가 몸을 가누지 못할 정도로 취한 것을 알았다. 이마를 그녀의 어깨에 기댄 채 정은 축 늘어져 있었다.

간신히 정을 거실로 옮겨 내동댕이치듯 눕혔다. 눕히면서 가볍게 이마를 부딪쳤는데도 정은 쿨쿨 자고 있었다.

맙소사, 이렇게 취한 채로 오다니. 그런 그를 받아들인 자신은 또 어떤가? 둘 다 제정신이 아닌 거다, 이건.

그러면서도 그녀는 답답해 보이는 정의 점퍼를 벗겨 주었다. 거실은 난방이 되어도 조금 추운 편이라 여분의 이불까지 덮어 주었다. 옆에 쭈그려 앉은 채 그녀는 정을 내려다보았다. 영채가 나간 후 불안정하던 그녀의 마음이 처음으로 안심이 되었다. 취해서 인사불성인 이 남자가 곁에 왔다는 사실만으로 말이다.

어째서 이 남자에게는 두려움을 느끼지 못하는 걸까? 자신을 사랑하는 해준의 작은 손길에도 구토를 일으켰던 그녀였다. 해준이 느끼는 배신감만큼 스스로에 대한 배신감도 컸다. 왜 하필, 이 남자일까? 까칠한 얼굴에 면도를 못했는지 거뭇거뭇 수염이 웃자라 있다. 그런데도 그는 여전히 잘생겼고 따뜻했다.

영신은 그의 손바닥에 자신의 작은 손을 대어 보았다. 낮은 전류가 흐르는 것처럼 몸속의 한기가 물러난다. 왜 당신일까? 왜 나일까? 하필이면, 하필이면.

목 안에 가시가 박힌 것처럼 까끌까끌했다. 목을 돌리는데 근육이 딱딱해져 통증이 몰려왔다. 정은 중얼중얼 욕설을 뱉었다. 근육통뿐만이 아니라 지독한 숙취로 두통도 느껴졌기 때문이다. 젠장! 삐걱대는 몸을 돌리는데 부드러운 물체가 가슴에 콩 하고 부딪쳤다. 영신이 몸을 웅크린 채로 그의 옆에 누워 있었다.

가물가물한 기억 속에 어렴풋이 간밤의 일이 떠올랐다. 미친놈. 미친 거지. 그러면서도 옆에 누운 그녀가 믿기지 않아 그는 천장과 영신을 번갈아 쳐다보았다.

영신이 깨기 전까지 그는 미동도 없이 누워 있었다. 차가운 거절이라고 생각했던 그 무응답은 그저 마음을 숨기기 위한 거였나? 혼란스러움에도 불구하고 자신의 가슴에 닿는 낮은 숨결은 그를 자극했다. 그녀를 안지 않기 위해 초인적인 힘을 발휘해야 했다.

몸도 잔뜩 굳은 데다 생리적인 욕구까지 급해졌을 때 겨우 영신이 눈을 떴다. 잠시 자신의 옆에 누운 사람이 누군지 알아채지 못한 듯 눈을 깜빡이던 그녀가 화들짝 놀라 벌떡 일어나 앉는다.

"여기서 뭐해요?"

"얘기는 나중에 합시다. 지금 좀 급해서."

영신이 말할 틈을 주지 않고 그는 후다닥 일어나 화장실로 달려갔다. 망연자실한 채로 영신이 그 뒷모습을 쳐다보고 있었다.

볼일을 보고, 고양이 세수하듯 얼굴에 물만 칠하고 나오니 영신이 기다리고 있었다. 의연한 척하지만 커피 잔을 내려놓는 손이 가늘게 떨리는 게 보였다. 그는 나오는 한숨을 간신히 참았다.

"전화 왜 안 받았어요? 가출 신고도 취소했더군. 동생, 돌아왔어요?"

그의 질문에 영신의 떨림이 심해지더니 눈물이 뚝뚝 흘렀다. 단순한 질문이었는데 그녀의 반응에 정은 깜짝 놀랐다.

"무슨 일 있었어요?"

대답을 하지 않을 것처럼 고개를 젓던 영신이 입을 열었다.

"전화 왔었어요. 이젠 안 온대요."

어깨까지 바르르 떨자 정이 그녀를 당겨 안았다. 안 그래도 야윈 어깨가 더 약하게 느껴졌다. 일주일 내내 그 때문에 아파했던 게 그 작은 어깨만으로도 알 것 같았다. 그의 구겨진 셔츠가 흠뻑 젖을 정도로 영신은 울었다.

"왜 전화 안 했어요? 나한테 연락했으면 어떻게든 찾아봤을 텐데."

"어떻게 그래요?"

염치가 없어서 피했다기보다는 그를 만날수록 끌리는 게 두려웠다.

그의 앞에서는 불평하고 울어도 창피하거나 불편하지가 않았다. 뭐든 다 받아 줄 것처럼 따뜻하고 친절한 사람. 펑펑 우는 그녀의 머리카락을 그가 부드럽게 쓸어 주었다.

"속 시원해요, 이제?"

실컷 울다가 딸꾹질을 하는 그녀에게 그가 웃으며 물었다. 스스로가 바보가 된 것 같았다.

"웃지 말아요. 내가 얼마나 바보 같은지 그쪽은 모를 거예요."

"왜 몰라요? 이렇게 아플 거면 진작 연락해야지. 미련퉁이에, 울보에. 이럴 줄 알았으면 첫눈에 반하지도 않았을 텐데. 내가 괜히 손해 보는 것 같네. 동생, 내가 찾아볼게요."

"소용없어요. 영채, 다신 안 올 거예요."

발갛게 부은 눈가가 다시 촉촉해졌다. 그가 엄지손가락으로 부드럽게 닦아 주었다. 아까와는 다른 떨림이 느껴졌다. 그도 그걸 느꼈는지 두 손으로 열이 오른 작은 얼굴을 받쳐 올렸다. 영신은 약하게 고개를 저었다.

"하지 말아요. 이러면 안 돼요, 우린."

"왜?"

왜라니? 그와 만날 수 없는 이유는 셀 수 없이 많았다.

당신이 누군지 나는 모른다.

당신이 어떤 날 태어났는지, 당신의 가족이 어떤 사람들인지, 당신이 좋아하는 색이 뭔지, 당신이 싫어하는 음식이 무엇인지, 심지어 당신의 나이조차 모른다.

그녀가 아는 것이라고는 서정이라는 어딘지 모르게 부드러운 이름과 형사라는 직업, 잘생기고 친절하고 거부할 수 없는 온기를 가진 사람이라는 것뿐이다. 그런데 그에 대해 아는 단 몇 가지만으로 그가 욕심이 났다. 그냥 당신의 온기만 필요할 뿐인데.

입술이 닿는다. 가볍지만 뜨겁고, 애달팠다. 부드럽게 위로해 주는 작은 몸짓. 저도 모르게 흐느낌이 새어 나왔다. 몸 안의 냉기가 사라지고 열기가 차츰 올라온다. 오래전 시작된 한기가 물러난다. 텅 비었던 속이 활활 타는 불꽃으로 채워졌다. 영신은 그 단단함과 따스함을 놓치기 싫어 두 팔로 그의 몸을 꽉 안았다. 입술이 떨어지며 낮고 쉰 웃음소리가 들려왔다.

"하지 말라고 한 사람치고는 반응이 꽤 뜨거운데."

웃음이 섞였지만 그 속엔 그녀와 똑같은 만족감이 들어 있었다. 영신은 그 웃음을 개의치 않고 그의 품에 얼굴을 묻어 버렸다. 그의 커다란 손이 묶인 머리를 풀어 내렸다. 흘러내린 그 머리를 달래듯 쓸어내린다. 그 느낌이 너무 좋아 이 남자에게 모든 걸 털어놓고 싶어진다.

"당신은……."

"음?"

"너무, 따뜻해요. 그래서 그래요. 그쪽이 좋아서가 아니라."

그의 가슴에 얼굴을 묻은 채 웅얼거린 그 말을 정이 용케 알아듣고는 피식, 웃었다. 그의 품속에서 다른 문제들은 잊을 수 있을 것 같다. 얼마든지 도망쳐도 다 받아 줄 것 같다. 그 일에서, 영채에게서, 자신을 지금도 용서하지 못한 스스로에게서 말이다. 왠지 이 남자라면 그게 가능할 것 같았다.

"속 쓰린데 밥 좀 줘요."

그의 품에서 운 것 때문에 괜스레 어색해하는데 정이 너스레를 떨었다. 영신은 저도 모르게 웃음이 나왔다.

"밥 없는데."

"이 여자 좀 보소. 따뜻하다고 난로로 이용해 먹더니, 연료는 채워 줘야지!"

"나가서 사 줄게요."

"이 시간에?"

"24시간 하는 갈비탕집 있어요. 아, 지난번에 가 봤죠?"

"거긴 좀 별론데. 간단한 거라도 상관없으니까 그냥 집에서 먹죠."

"미안해요. 장 본 지가 오래돼서 냉장고도 텅텅 비었어요. 그리고 저 요리 엄청 못해요. 먹고 나서 후회 말고 나가요."

"그런 건 해 주고 얘기해야지. 뭐, 오늘만 날인가? 나갑시다."

계절에 맞지 않는 한파에 두 사람은 두꺼운 점퍼 차림으로 집을 나섰다. 아파트 현관을 나오는데 아니나 다를까 눈물이 날 정도로 매서운 추위가 덮쳐 왔다. 영신은 저도 모르게 몸을 움츠렸다.

"웃, 추워."

움찔하는 그녀의 어깨에 커다란 팔이 둘러졌다. 놀란 그녀가 피하려는데 정이 안은 팔에 힘을 주었다.

"따뜻한 난로 두고 왜 피해요? 난로는 난로로서의 역할을 다할랍니다."

영신은 피하려던 몸짓을 멈추었다. 이런 호강을 받아도 되는 걸까? 가슴을 짓누르는 죄책감보다 당장의 그 온기가 좋았다. 따뜻했다. 마치 봄 햇살을 쬐는 고양이처럼 만족스러운 기분이 든다. 그녀는 그가 자신을 안은 채 움직이기 쉽도록 팔을 뒤로 돌려 그의 옷자락을 잡았다. 정의 얼굴에도 그녀처럼 만족스런 미소가 번져 갔다.

"동생은 어떻게 된 거예요?"

정은 해장국, 영신은 갈비탕을 시켰다. 딱히 할 말이 없어 물수건을 조물락거리는데 정이 갑자기 물었다. 좀 전까지 만족스럽던 기분이 순식간에 사라졌다. 표정이 잔뜩 굳은 그녀를 정이 걱정스럽게 바라보았다.

"찾을 수 있는 데까지는 찾아볼게요. 사이좋은 자맨 줄 알았는데. 싸운 거예요?"

"아니요. 내가 잘못한 게 있어서 그래요."

"뭘? 아무리 언니가 잘못했어도 동생이 그러면 되나."

"그냥, 그런 게 있어요. 그런데 찾을 수 있어요? 그 애가 싫어할 텐데. 그냥 잘 지내는지 확인만 할 수 있으면 좋겠어요. 그런 것도 가능해요?"

"일단은 알아볼게요. 별일 없을 거예요. 아, 그리고 동생 사진, 휴대폰으로 보내 줘요."

"네. 고마워요."

왠지 든든해졌다. 정이 영채를 찾아 줄 것 같았다. 그저 잘 지내는지 확인이라도 할 수 있으면 바랄 게 없었다.

속이 쓰리다면서도 정은 해장국 한 그릇을 뚝딱 비웠다. 식사를 먼저 마친 그가 그대로 남아 있는 영신의 음식을 보고 잔소리를 했다.

"다이어트 해요?"

"아니요."

"그런데 왜 이렇게 남겨요? 음식 남기는 것도 죄예요. 세상엔 먹고 싶어도 못 먹고 사는 불쌍한 사람이 얼마나 많은데."

피식, 웃음이 났다. 그냥 해 보는 소리가 아니라 그의 진심일 것이다. 불쌍한 사람을 보면 절대 지나치지 않을 그런 사람.

"나, 궁금한 거 있어요."

"뭔데요?"

"몇 살이에요?"

"아, 나이. 그러고 보니 최영신 씨 나보다 어리던데. 나 말 놔도 되죠? 아니, 나 말 놓는다?"

어이가 없어진 영신이 고개를 절레절레 저었다. 하나씩 알아 가고 싶은데 저 남자는 성큼성큼 달려 나간다.

"우리 데이트할래?"

"무슨 데이트요?"

"우리 사귀는 거 아닌가?"

이런 걸 사귄다고 하는 건가? 그에 대해 알고 싶고, 같이 있고 싶고, 그가 옆에 있으면 기분 좋은 것이. 영신은 그를 물끄러미 바라보았다. 볼수록 잘생겼다, 하는 생각이 들었다.

"왜?"

"아, 아니에요."

"어디 가고 싶은 데 있어?"

"없어요. 추워서 나다니기 싫어요."

"그럼 집에서 편히 같이 쉬자는 말?"

은근히 낮아진 목소리에 영신은 정신이 퍼뜩 들었다. 마음이 멋대로 끌려가는 게 두렵다. 저 사람이 어떤 사람인지, 어떤 집안의 사람인지, 나쁜 사람인지, 좋은 사람인지 그런 것들에 대한 계산 따윈 아예 없다. 그저 서정이라는 남자가 좋아졌다. 그런 감정들이 덜컥, 무서워진다.

짧은 시간, 미묘하게 변해 가는 그녀의 표정에 그가 뺨을 살짝 두드렸다.

"복잡하네. 머리 굴리는 소리가 여기서도 들려. 편안해지는 법 알려 줬잖아. 지금 이 순간에 그냥 집중해. 그럼 다 편해져."

화들짝 놀란 영신이 몸을 일으켰다. 작은 접촉인데도 금방 마음이 흔들렸다. 그의 말대로 그에게만 집중할 수 있다면 얼마나 좋을까? 길을 걷는 것에, 물을 마시는 것에, 숨을 쉬는 것에, 잠을 자는 것에, 웃으며 얘기하는 것들에 마냥 집중할 수만 있다면. 하지만 무엇을 하든 영채가 떠올랐다. 문득, 영채가 바다가 보고 싶어 갔다던 강릉이 떠올랐다.

"바다 보러 갈래요?"

"바다? 춥다며."

"그냥요. 답답하기도 하고."

"오케이, 그럼 가는 길에 집에 들러서 옷 좀 갈아입었으면 좋겠는데. 영신 씨도 옷 따뜻하게 챙겨 입고 출발하지."

식당을 나와 영신의 아파트로 향하는데 정의 휴대폰이 울렸다. 어차피 쉬는 날이라 받지 않으려 했는데 발신자가 진경이었다. 종료 버튼을 누르고 싶은 유혹을 간신히 누르고 통화 버튼을 눌렀다.

— 선배!

평소의 진경답지 않은 허둥댐에 정은 인상을 썼다.

"왜 그래?"

— 소민이요. 도망쳤답니다.

"뭐? 언제?"

— 그쪽도 모른다고 하더라고요. 저 지금 쉼터로 가고 있어요.

"알았다. 나도 바로 갈게."

젠장, 정말 되는 일이 없다. 겨우 영신과 가까워질 수 있는 기회가 생겼는데 아쉬움이 컸다.

"바다, 다음에 가야겠네요. 급한 일 생겼나 봐요?"

통화를 들었는지 영신이 먼저 그의 등을 떠밀었다. 중얼중얼 욕설이 새어 나오는 걸 간신히 참았다. 소민이 없어졌다는데 가만히 있을 수는 없었다. 사건 참고인일 뿐이지만 계속 마음에 걸렸던 것이다.

"미안. 사건 참고인이 없어졌대. 찾으러 가 봐야 될 것 같아."

"그래요? 어서 가 봐야죠."

휴일을 방해받아 짜증이 난 그와는 달리 순순히 수긍하는 영신의 태도가 어쩐지 못마땅하게 느껴졌다. 어젯밤과 오늘 아침의 키스 이후로 그의 머리와 몸은 온통 그녀의 생각으로 아우성인데 정작 원인 제공을 한 여자는 무심하기 그지없었다.

"늦기 전에 어서 가요."

재촉하는 그녀의 행동에 괜히 더 서운해졌다.

"집까지 데려다 주고 갈게."

"괜찮아요. 안 바래다줘도 돼요. 그냥 동넨데."

"내가 안 괜찮아."

결국 정은 영신의 집 현관까지 그녀를 데려다 주었다.

"가요, 어서. 동료분 기다리겠어요."

"아쉽지도 않나?"

서운한 듯한 그의 말에 그녀가 피식, 웃는다. 그 웃음이 다시 또 멀어진 것 같은 느낌이 들게 해 정은 저도 모르게 그녀의 팔을 잡았다.

어, 하는 사이 그의 품 안이었다. 아침과는 다른 조금 다급한 입맞춤이었다. 영신은 숨을 참은 채 그에게 매달려 있었다. 겨우 입술이 떨어졌을 때 저절로 숨을 헐떡였다. 그 모습에 그가 가볍게 다시 입술을 댔다.

"그러지 말아요."

"왜? 버릇될까 봐?"

"어서 가요."

"이젠 전화나 잘 받아. 나중에 연락할게."

"조심해요."

돌아서려니 또 아쉽다. 엘리베이터가 올라오는 잠깐 사이 정은 다시 그녀의 입술을 훔쳤다.

진경은 지끈거리는 두통을 참지 못하고 물도 없이 타이레놀을 삼켰다. 효과가 나타나려면 시간이 걸리겠지만 그걸 기다릴 시간이 없었다. 그녀는 쉼터 안으로 성큼 걸어 들어갔다.

담당 복지사가 초조하게 그녀를 기다리고 있었다. 그녀를 보자마자 소민이 없어진 상황에 대해 숨차게 설명했다.

어제 저녁 그들이 소민을 데려다 준 후 입소를 위해 간단한 인적 사항을 기록하고 곧바로 쉬었다고 한다. 저녁 식사를 할 때도, 잘 때도 특히 신경을 쓴 모양인지 소민의 태도에 대해 잘 기억하고 있었다. 마치 아무 일도 없는 사람처럼, 아니 오히려 아이들과 스스럼없이 잘 어울렸다고 했다. 그리고 아침 식사 후 상담을 위해 숙소로 가니 이미 사라진 후였다.

쉼터는 말 그대로 쉼터라 강제로 잡아둘 수는 없었다. 처음부터 경관을 배치하지 않은 그들의 잘못이었다. 진경은 한숨이 푹푹 나왔다.

"혹시 소민이에 대해 이상한 점 같은 거 없었나요? 예를 들어, 성적인 학대가 의심되는 그런 징후들이요."

"글쎄요. 얘기할 기회가 거의 없어서요. 경계심이 꽤 강했어요, 우리한테는. 아이들하고는 잘 지냈지만."

"그래요? 혹시 아이들과 어떤 얘기를 했는지 알 수는 있습니까?"

"소민이 사라지고 아이들과 얘기를 해 봤는데 개인적인 얘긴 없었다 하더라구요. 게임 얘기만 했대요. 다른 얘기를 했어도 말해 주지 않을 거예요. 아이들끼리의 결속력이 생각보다 강하거든요."

"아, 네."

"그런데……."

복지사가 망설이며 말끝을 길게 흐렸다. 진경은 재촉하고 싶은 걸 간신히 참으며 침묵을 지켰다.

"소민이가요, 특히 남자아이들하고 잘 어울리긴 했어요. 입소하자마자 남자아이들과 붙어 있더라구요. 뭐, 이론적인 얘기긴 한데 가끔 성적으로 학대를 당하는 경우에 남자를 무서워하기보다는 오히려 더 끈적댄다고 해야 하나, 뭐 그런 식으로 행동하는 아이들이 있어요. 낯선 남자한테도 먼저 다가가서 아양을 떤다든가 이런 거요. 과도한 애착 증상이 나타나기도 하죠."

충분히 예상은 했던 일이다. 확실한 건 아니지만 전문가로부터 그런 말을 들으니 기분이 씁쓸해졌다.

"알겠습니다. 혹시라도 기억나시는 게 있으면 여기로 연락 주세요."

진경이 명함을 내미는데 복지사가 아, 하는 소리를 냈다.

"지금 기억났는데요. 어제 인적사항 기록할 때요. 같이 지낼 친인척이 있냐고 물었더니 언니가 올 거라는 말을 했어요. 친언니는 아닌데 자기를 도와주는 사람이 있다고. 그러니까 여기는 잠시만 있을 거라고 그런 말을 하더라고요."

경찰서에서 수사한 바로는 소민에게는 언니라고 부를 만한 친인척이나 친구 따윈 없었다. 누구를 얘기하는 걸까?

"혹시 이름도 말했어요?"

"아니요. 그냥 굉장히 예쁜 언니라면서 좋아하더라고요. 연예인보다 더 예쁘다고, 보면 선생님도 깜짝 놀랄 거라고. 엄청 자랑스러워했어요."

"같은 학교 애일까요?"

"모르겠어요. 학교생활도 그다지 적응을 잘했을 것 같진 않던데. 또래 학생 같진 않았어요. 순전히 제 느낌이지만."

"알겠습니다. 혹시라도 다시 돌아오거나 연락 있으면 바로 전화 부탁드립니다."

"그러죠."

진경은 인사를 하고 쉼터를 나왔다.

"벌써 얘기 끝났어?"

길 가에 세워 둔 차에 타려는데 갑자기 말소리가 들렸다. 정이 헐레벌떡 그녀에게 달려오고 있었다. 급히 서둘렀는지 머리가 헝클어져 있었다. 노숙을 한 것처럼 옷도 어제와 같은 점퍼와 구깃구깃한 바지 차림이었다.

그런 옷차림과 달리 얼굴 표정은 광이 날 정도로 밝았다. 안 그래도 튀는 얼굴인데 표정 때문인지 더 의식이 된다. 길거리를 지나가던 사람들이 그를 힐끔거렸다. 쳐다보는 사람보다 그런 주변 사람들의 시선을 인식하지 못하는 정이 진경으로서는 더 이상했다. 의외로 둔한 데가 있다.

"선배."

"어떻게 됐어?"

"아침까지는 있었나 봐요. 두 시간 전에 나가서 아직까지 연락은 없구요. 그런데 아는 언니가 있다고 했나 봅니다."

"언니?"

"네."

"걔 자매나 친척 없었잖아."

"그래서요. 학교 쪽으로 가 보려고요."

"일요일인데?"

"담임교사 연락처 알아내야죠. 일요일인데 당직 없을까요?"

"학교는 글쎄, 나도 잘 모르겠네. 일단 가 보자. 반장님께 연락했어?"

"나오면서요. 일단 알아보고 전화 드린다고 했습니다."

"학교부터 갔다가 와서 보고해야겠군. 그사이에 다시 돌아올 수도 있고."

"쉼터에 경관 배치해 두었어요."

이미 때 늦은 조치긴 했지만 말이다. 두 사람이 같이 움직이는 게 효율적이라 정은 자신의 차를 두고 진경의 차에 올랐다. 시동을 걸던 진경이 힐끗 그를 돌아본다.

"좋은 일 있습니까?"

"왜?"

"얼굴이요. 평소보다 기분 좋아 보여서요."

"그럴 일이 있다. 넌 잠 또 못 잤냐? 얼굴이 왜 그 모양이냐?"

"저도 그럴 일이 있습니다."

기분 좋은 정과 달리 진경의 두통은 더 심해져 있었다.

소민이 다니던 여고는 높은 언덕 위에 있었다. 일요일인데도 학교를 개방한 모양인지 운동을 하는 사람들과 학생들이 드문드문 보였다. 학교 건물로 들어가 교무실로 들어갔다. 교사인지, 당직자인지 나이가 지긋한 남자가 있었다. 불쑥 들어온 정과 진경을 향해 놀란 시선을 던졌다.

"누구시죠?"

"경찰입니다."

정과 진경이 신분증을 꺼내자 놀란 눈이 더 커졌다.

"무슨 일입니까?"

"2학년 4반 담임교사의 연락처를 알고 싶은데요."

"2학년 4반? 잠깐만요. 김하란 선생인데, 왜 김 선생한테 무슨 일 있습니까?"

"아닙니다. 그 반 학생 일로 물어볼 게 있어서요."

더 이상 질문을 하지 않도록 진경이 말을 딱 잘랐다. 남자는 책상을 한참 뒤지더니 연락처를 가져왔다. 호기심 어린 눈이 불쾌하게 그들 뒤로 따라붙었다.

"협조 감사합니다."

"그런데 무슨 일로……"

"수고하십시오."

두 사람은 호기심에 눈을 반짝이는 남자를 뒤로하고 교무실을 나왔다. 저절로 헛웃음이 새어 나왔다. 정이 투덜투덜 혼잣말을 중얼거렸다.

"참, 궁금한 것도 많다."

"원래 그렇죠, 뭐. 다른 사람의 불행이 곧 내 행복. 이런 세상 아닙니까?"

"그렇지."

이번엔 진경이 큰 소리로 웃었다. 정도 웃으며 진경을 돌아보았다. 어쩐지 안 풀리는 사건인데 돌아가는 꼴이 우습기도 했다. 도망친 참고인이라. 그 참고인이 정말 중요한 참고인인지는 두고 봐야 할 일이었다.

소민의 담임교사는 전화를 받고는 머뭇거렸다. 아직 수사팀에서 담임교사는 만나지 않은 터라 그럴 만도 했다. 의심스런 어조에 결국 담임교사가 사는 곳의 근처 파출소를 약속 장소로 삼았다. 경찰이라고 무작정 믿고 나올 만큼 호락호락한 세상은 아니라는 게 씁쓸했다. 파출소에서 그들의 신원을 확인한 후 세 사람은 장소를 근처 커피숍으로 옮겼다. 소민의 담임교사는 키가 작고 목소리가 조용했다.

"무슨 일이죠? 소민이 일이라뇨?"

"일요일에 불러내서 미안합니다. 사실은 소민이가 없어져서 학교에서 친한 학생이 있는지 알고 싶어서요."

"없어지다뇨? 금요일까진 학교를 나왔는데요."

"네. 사실은 지난주 토요일에 소민이 아버지한테 사고가 있었습니다. 친척이나 잠깐 신세 질 만한 친구가 없다고 해서 쉼터에 보냈는데 오늘 오전에 쉼터를 나간 후로 행방이 묘연해져서요. 혹시라도 소민이에게 친한 친구가 있습니까? 소민이 말로는 친한 언니가 있다고 했다던데."

"언니요? 글쎄요. 소민이가 워낙 친구가 없어서요. 학교에서도 그리 잘 적응하는 학생은 아니었어요. 있는 듯 없는 듯 조용해서 거의 눈에 띄지 않았거든요. 알다시피 집안 사정이 좀 그래서……."

하란이 끝말을 흐렸다. 의미심장한 그 말에 정과 진경의 시선을 마주쳤다. 진경이 눈짓을 하더니 입을 열었다.

"그렇죠. 사실 아버지가 그랬다고 해서 저희도 놀랐습니다. 전혀 그렇게 보이지 않던데. 화는 나지만 아무것도 해 주지 못해서 더 미안하죠."

"소민이가 말했나요? 심했죠, 사실. 아버지란 사람이 꽤 오래전부터 그랬나 보더라구요. 저도 몇 번인가 전화를 했는데 한 번은 저희 집까지 찾아왔었어요. 외부 기관에 도움을 청하고 싶었는데 소민이가 싫다고 하더라구요. 어른들 탓이 커요. 그대로 두는 게 아니었는데. 담임교사로서 솔직히 창피합니다."

"소민이는 왜 도움을 거절했을까요?"

"사실 저도 안 지가 얼마 되지 않았어요. 소문이 돌고 있었던 모양인데, 원래 제일 나중에 알게 되는 사람이 담임이거든요. 불렀더니 상관하지 말라고 하더라구요. 그런 일 없었다고."

"그럼 어떻게 알게 됐나요?"

"그게, 얼마 전에 소민이가 학교를 안 나왔길래 전화를 했었거든요. 혹시라도 아버지한테 무슨 일을 당했나 싶어서. 그 아버지가 펄펄 뛰면서 나가서 안 들어왔다고 하더라구요. 그리고 이틀 후에 학교를 나왔어요. 상담실로 불러서 물었더니 갑자기 어린 시절 얘기부터 술술 하더라고요. 놀라기도 했지만 어떻게 해야 할지 몰라서 상담교사한테 연락을 하고 학교에서도 회의가 열렸었어요. 소민이한테 경찰에 신고하자고 했더니 싫다고 하더라고요. 자기가 알아서 하겠다고."

"알아서 하겠다고요? 구체적인 얘긴 없었습니까?"

"그냥 알아서 하겠다고만 했어요. 그냥 신고할까 하다가 소민이가 신고하면 다시는 학교엘 나오지 않겠다고 하더라구요. 그래서 상담만 진행하는 걸로 결론 내렸어요. 그런데 소민이 아버지는 무슨 사고를 당했나요?"

갑자기 궁금한 듯 하란이 묻자 잠시 진경이 멈칫했다. 정의 얼굴을 돌아보는 시선에 망설임이 있었다.

"살해당했습니다."

정의 말에 헉하는 숨소리가 들렸다. 하란이 잠시 충격을 받은 듯 눈을 둥그렇게 뜨고는 입을 두 손으로 막았다.

"설마, 소민이가⋯⋯."

"왜, 소민이가 폭력적인 아인가요? 평소 행동에 혹시 그런 일을 할 만한⋯⋯."

"아니, 아니요. 그건 아니에요. 오히려 조용한 편이라서. 그냥 말이 그렇게 나왔어요. 그럼 범인은 누군지 아직?"

"네. 시체를 처음 발견한 사람이 바로 소민이었습니다. 혹시 소민이 주변 친구를 알 수 없을까요?"

"글쎄요. 내일 애들이 나오면 물어볼 수 있겠지만 아마도 없을 겁니다. 늘 혼자였으니까요."

"그렇습니까? 어쨌든 알아봐 주실 수 있겠습니까? 사건은 알리지 마시고요."

"물론이죠. 내일 바로 연락 드릴게요."

하란에게 명함을 준 후 두 사람은 자리에서 일어났다. 문득 생각난 듯이 진경이 하란을 돌아봤다.

"소민이 주변에 남자친구는 없었나요?"

"남자요?"

"혹시 아는 학생이 있으면 그것도 좀 부탁드립니다."

"네."

차에 오를 때까지 두 사람은 한 마디도 하지 않았다. 모든 걸 알면 서도 도와줄 수 없는 상황이라니. 막막함과 함께 씁쓸함이 느껴졌다. 한동안 침묵을 지키던 정이 무겁게 입을 열었다.

"소민이 남자친구, 가능한 얘긴가? 친부한테 어릴 때부터 지속적으로 성폭행을 당한 아이가 남자친구라니. 힘들지 않겠나?"

"소민이 태도를 보면 의심할 수밖에 없어요. 쉼터의 복지사도 그러더라고요. 성폭행을 당한 아이 중에 과도하게 애정에 집착하는 경우가 있다구요. 이 일에서 소민이의 역할이 뭐든지 간에 아버지를 죽인 게 그 애가 아닌 건 확실하다고 생각해요. 그건 여자애가 할 수 있는 게 아니었어요."

소민과 소민의 남자친구라. 씁쓸하지만 가능성이 아주 없진 않았다.

"남자라……. 실제로 그런 사건이 있긴 있었지. 의붓아버지한테 어릴 때부터 계속 강간을 당해 왔던 여대생이 남자친구와 공모해서 그 아버지를 죽인 사건. 그때 피의자가 법정에서 난 짐승을 죽였다고 말해서 화제가 됐었어. 알고 있어?"

"네. 끔찍한 일이죠. 전 이번 사건도 그 사건과 다르지 않다고 봐요."

"그럼 소민이가 그 여대생 같다는 건가?"

"아니요. 소민이는 그런 일을 하기엔 어리고 또 머리도 그렇게 좋은 애는 아니에요. 이건 좀 더 조직적이잖아요. 그 애 머릿속에서 나왔다고 하기엔 지나치게 영리해요."

"아마도 피해자의 가족이나 딸들이 연결된 접점이 있을 거야."

"직접적인 만남은 아니었을 거예요. 피해자의 가족들 전부 생활반경에 전혀 접점이 없으니까요."

"그럼 인터넷일 가능성이 높겠군."

"그쪽으로 알아봐야겠어요. 사이버 수사팀에도 연락해서 혹시라도 이번 사건과 관계된 게시물이 있나 검색 좀 돌려 달라고 하고."

두 사람은 제일 먼저 수사본부에 알아낸 사실을 보고했다. 반신반의하는 모습이었지만 어쨌든 현재로서는 제일 신빙성 있는 얘기였다.

소민이 얘기했던 언니를 찾는 것이 가장 급했다. 소민의 휴대폰 위치 추적을 할 수 있도록 영장을 받고 사이버 수사팀에서 24시간 이번 사건과 관련된 게시물이나 단어들을 감시하기로 했다. 음성적으로 숨어 있는 카페나 블로그도 대상에 포함되었다.

피해자 가족들의 SNS 역시 감시 대상이 되었다. 장유현 검사도 일단은 긍정적으로 받아들였고, 소민을 찾을 수 있도록 전 서울 지역에 수배했다. 말이야 가출한 학생을 찾는다는 명분이었지만 말 그대로 수배였다.

정신없이 몰아치니 밤이 다 되었다. 영신의 동생, 최영채에 대해선 알아볼 시간은커녕 생각할 시간도 없었다. 전날 마신 술 때문인지 결국 집으로 가길 포기하고 당직실에 잠깐 누웠는데 깜빡 잠이 들었다. 잠에서 깼을 때는 이미 새벽 3시가 넘은 때였다. 다시 잠을 청했지만 정신이 말똥말똥해져 정은 자리에서 일어났다.

정부의 에너지 절약 정책 때문에 밤에는 당직실을 제외하고는 난방이 금지되어 복도가 썰렁했다. 몸서리를 치며 강력반 사무실로 들어가니 진경이 자신의 책상에 엎드려 있었다. 추운 모양인지 몸을 잔뜩 웅크린 채였다. 가끔 이렇게 애쓰는 그녀를 보면 안쓰러운 생각이 들었다.

"야, 김진경!"

자는 중에도 긴장을 늦추지 않은 모양인지 금방 눈을 번쩍 떴다. 하지만 잠시 어리둥절한 표정을 짓는다. 그 모습이 안쓰럽기도 하고, 우습기도 했다. 그를 발견한 진경이 인상을 썼다.

"어, 선배? 집에 안 갔어요?"

"넌?"

"잠깐 이것저것 좀 찾다가요. 몇 시예요? 들어가 봐야죠."

"세 시 좀 넘었다. 정신 차리게 커피 한 잔 갖다 줄까?"

"됐습니다. 제가 뽑아 마실게요."

"됐어, 인마. 금방 갖다 줄게."

정은 복도로 나와 휴게실에서 커피를 두 잔 뽑아 왔다. 아직 잠이 덜 깬 모양인지 진경이 두 손에 턱을 괸 채 멍하니 앉아 있었다.

"여기. 그만 들어가라."

"어차피 늦었네요. 고맙습니다."

"뭐 좀 나왔어?"

"아니요. 선배는 왜 나왔습니까?"

"그냥, 자다가 깼어. 요즘 순천이 놈이 안 괴롭혀?"

"그 후로는 말도 안 겁니다."

"순천이 어디가 싫어?"

"선배는요?"

"나야 그 자식 비꼬는 거 싫어서 그렇지. 사실 좀 어리바리해도 나쁜 놈은 아닌 것 같은데. 솔직히 생긴 것도 그 정도면 준수하고 나한테 하는 거 빼고는 평소에 성격도 나쁘진 않잖아."

"갑자기 왜 중매 모듭니까?"

"그냥 그렇다고. 여자들은 어떤 남자가 좋은지 궁금해서."

"글쎄요. 그런 생각 해 본 적이 없어서."

"그렇지. 내가 너한테 뭘 묻냐? 얼렁 커피나 마시고 집에 가서 자라. 그런 데서 자면 입 돌아간다."

일어서 나가려는데 진경이 그를 불렀다.

"선배!"

"왜?"

"여자 생겼습니까?"

평소 강한 진경답지 않게 조금 긴장한 듯했다. 밤이 만들어 낸 착각일까? 진경이 약한 여자처럼 보인다. 체력단련실에서 보여 줬던 강인한 모습은 지금은 찾아볼 수조차 없었다.

"가라."

"대답, 해 주세요. 어쨌든 임시 여자친굽니다, 전."

"질투하냐?"

왠지 분위기가 이상해 정은 농담을 하며 웃어 보였다. 하지만 진경은 그럴 생각이 없는지 미동도 하지 않았다.

"그렇다면 어쩔 겁니까?"

순간 정은 말문이 막혔다. 좋은 후배였다. 여자라고 해서 특별히 의식하지도 않았다. 물론, 거친 사건 때마다 조금 신경 쓰이는 건 보통 남자들이 가지는 여자에 대한 배려 정도였다. 한참 동안 당황한 그의 표정을 유심히 보던 진경이 피식, 웃었다.

"선배는 다 좋은데 유머감각이 너무 없어요."

"뭐?"

"저 갑니다. 옷은 갈아입고 와야죠. 아침에 보죠."

진경이 몸을 휙 돌려 사무실을 나갔다. 어쩐지 자신이 진경에게 못할 짓을 한 것 같았다. 얼마나 미련스럽고, 눈치가 없었던가? 진경의 그 마음을 조금이라도 눈치챘다면 다른 방법으로 그녀를 도와줬을 것이다. 그리고 영신을 만나지 않았다면……. 그 생각을 하자 더 영신이 보고 싶어졌다.

"여보세요?"

영신은 벨이 울리자마자 후다닥 전화를 받았다. 너무 빨리 받는 바람에 저쪽에서 당황했는지 잠시 말이 없었다.

"여보세요?"

— 나야.

정의 목소리가 들리자 그녀는 몰래 한숨을 내쉬었다. 오늘 하루 그녀는 영채와 정의 생각 사이를 오락가락했다. 자신이 기다리는 전화가 그의 것인지, 동생의 것인지조차 구별할 수 없을 정도로. 혼란스런 기분에도 불구하고 그의 목소리를 듣는 순간, 정말 그의 연락을 기다렸구나 하고 깨달았다.

잠시 침묵이 흘렀다. 연락을 기다렸으면서도 막상 목소리를 듣자 뭐라고 해야 할지 알 수가 없었다. 게다가 평소 농담을 잘하던 그마저 숨소리만 낼 뿐이었다. 결국, 먼저 말을 건넨 사람은 오히려 영신이었다.

"무슨 일 있어요?"

— 아니. 안 자고 뭐했어?

"잠이 안 와서요. 당신은요?"

— 난 자다가 깼어. 참, 오늘은 동생 일을 못 알아봤네. 미안.

"괜찮아요. 어서 가서 자요. 목소리 잠겼어."

그녀의 말에 핏 하고 웃는 소리가 들렸다.

— 당신 목소리 정말 듣기 좋다. 최영신.

"……"

그답지 않은 감정적인 말에 영신은 가만히 있었다. 능청스럽게 농담을 하는 게 어울리는 사람인데 지금 그의 목소리는 조금 젖은 듯한 느낌이 들었다. 무슨 일이 있는 걸까? 왠지 얼굴을 봤으면 싶었다. 영채에 대한 걱정, 그를 보고 싶은 마음, 그리고 한밤의 이 적적함 따위 다 털어 버리게 당장 달려오라고 하고 싶었다.

— 빨리 자. 아침에 출근해야 하잖아.

"괜찮아요?"

— 왜?

"목소리가, 그냥 그렇게 들려요. 무슨 일 있는 사람처럼."

— 피곤해서 그래. 그리고 당신이 너무 보고 싶어서.

낮은 목소리가 전해 주는 그 마음에 영신은 울컥 눈물이 났다. 한동안 두 사람은 서로의 숨소리만 듣고 있었다. 커다란 한숨 소리와 함께 정이 먼저 입을 열었다.

— 잘 자.

"잠깐만요."

전화를 끊으려는 정의 인사에 영신이 다급하게 그를 불렀다.

— 왜?

"나도, 나도 보고 싶어요. 잘 자요."

그 말을 하고 영신은 전화를 뚝 끊었다. 왠지 입으로 뱉고 나니 더 현실 같아서 자신의 마음이 무서워졌다. 한 번 그의 온기를 느끼자 그 온기 없이는 살아갈 수 없을 것 같은 생각이 들었다. 몇 번의 짧은 만남, 그리고 강렬한 키스에 그녀는 푹 빠져 들었다. 뭔가에 홀린 사람처럼.

영채 때문에 약해져서였을까? 아니면 혼자라는 게 싫어서였을까?

비겁한 자기변명. 그저 서정이라는 남자가 좋을 뿐이다. 영신은 그의 말대로 잠을 청하려 애를 썼다. 하지만 정의 얼굴이, 영채의 얼굴이 내내 뇌리를 빙빙 돌았다.

정은 뚝 끊어진 휴대폰을 든 채 한참 동안 멍하니 있었다. 진경에게 상처를 주고도 자신은 영신에게 위로를 받았다. 죄책감을 느끼기보다는 보고 싶다는 영신의 말에 들뜨는 자신이 한심했다. 그럼에도 기뻤고, 설레었다.

　그의 삶은 단순했다. 사고도, 감정도, 생활도. 그저 순간에 열중하는 삶. 영신에게 편안한 삶에 대해 얘기했던 건 그가 오랫동안 괴로움을 숨겨 왔던 하나의 방법이었다. 그런데 영신을 만난 후 그가 느끼는 감정들은 그런 단순함이 아니었다. 복잡하고, 혼란스럽고, 급하고, 여유 따윈 없었다. 그런데 그런 감정들이 싫지가 않았다. 그것만으로도 최영신은 그에게 특별한 여자였다. 다시 목소리가 듣고 싶어진다. 밤처럼 낮은 그녀의 목소리가.

4

　소민의 담임교사에게 전화가 왔지만 별로 도움 되는 내용은 없었다. 소민이 아무래도 은근히 왕따를 당했던 모양인지 딱히 친한 친구도 없었고, 남자친구는 더더욱 없다고 했다.

　사이버 수사팀도 별 소득을 얻지 못했다. 일주일이 다 되도록 소민의 행방은 오리무중이었다. 그나마 살인이 더 일어나지 않은 것에 만족해야 했다. 수사본부에서 가족들의 연결 고리를 찾기 위해 피해자 가족들의 컴퓨터를 다 가져와 탈탈 털었지만 발견된 건 아무것도 없었다.

　잠시 소강상태가 지속되었다. 정은 시간 나는 틈틈이 정보과에 들러 영채의 휴대폰 위치 추적을 부탁했다. 하지만 계속 전원이 꺼져 있어 별 소용이 없었다. 영신에게 전화로 그 사실을 알려 주자 힘이 빠진 어조로 고맙다는 말을 했다. 얼굴을 보면 위로라도 해 주겠는데 그녀를 찾아갈 시간이 없었다.

그나마 다행이라면 진경이 변함없이 무덤덤한 태도로 그를 대해 주는다는 것이었다. 미련을 못 버린 듯 태도를 바꾸지 않는 순천만 아니라면 진경에게 다시 옛날로 돌아가자고 하고 싶은데 그럴 수가 없었다. 복잡한 이런 식의 신경전은 그를 더욱 지치게 했다.

별 진전은 없지만 오후에 탐문 수사를 마치고 정은 영신의 집으로 향했다. 데이트까지는 못하더라도 잠깐 얼굴을 보고 싶었다. 영신의 퇴근 시간에 맞춰 지하철역에서 만나기로 했던 것이다. 하지만 영신과 만나기로 한 지하철역에 도착하기 전 그는 정 반장의 전화를 받았다.

사건 현장은 영신의 집과 가까웠다. 이번엔 한국대학 교수였다. 국내 최고 대학의 법학과 교수. 하지만 죽은 모습은 그동안의 피해자와 다르지 않았다.

추운 날씨 때문에 피해자가 보일러 온도를 높여 놓았는지 방 안으로 들어가는데 후끈한 열기와 함께 지독한 냄새가 사정없이 그의 코를 공격했다. 그 지독한 냄새에 정은 저도 모르게 뒤로 두어 발짝 물러섰다.

방 안에 있던 사람들이 코를 막은 채로 살피고 있었다. 어지간한 진경도 참을 수 없었는지 수건으로 얼굴을 감싸고 눈만 내놓고 있었다. 정 역시 주머니에서 손수건을 꺼내 입과 코를 막았다. 그동안의 현장과 다르게 집 안의 집기들이 엉망으로 흩어져 있었다.

"지독하제? 완전 죽겠다!"

대석이 코가 막힌 채로 소리를 버럭 지르자 사람들이 돌아보았다. 그래도 웃는 사람은 한 사람도 없었다.

"신원 확인은 됐습니까?"

다들 말이 없는데 이제 도착했는지 장유현 검사가 코를 막고 들어오면서 물었다. 그도 지독한 냄새에 주춤한 인상이었다. 높은 방 안의 온도 때문인지 부패가 진행된 시신은 구역질을 유발했다. 다들 구역질을 참느라 대답을 못 하는데 대석이 나섰다.

"한국대 교수라캅니다. 이상협이라고 법대 교수라는데 자택이 요기가 아니라네요. 본가는 강남이라카는데 와 여기다 방을 얻고 사는지는 아직 모릅니다."

"누가 확인해 줬습니까?"

그 말에는 정 반장이 대답을 했다. 그의 얼굴에 우울한 그림자가 져 있었다.

"집주인입니다. 피해자의 처에게 연락이 닿아서 서에서 만나기로 했습니다."

"최초 발견자는요?"

"옆집 사람이랍니다. 냄새 때문에 주인한테 연락을 한 모양입니다."

"죽은 지 얼마 정도 된 것 같습니까?"

이번엔 사체 옆에 쭈그리고 앉아 있던 국과수의 부검의가 고개를 들었다.

"온도 때문에 부패가 빨리 진행됐습니다. 현재로는 정확한 판단은 하기 힘들지만 시반 상태로 봐서 사흘은 넘은 것 같은데요. 정확한 건 부검을 해 봐야 알겠지만."

"부탁합니다. 이전 피해자들과 일치하는 상첩니까?"

"아니요. 전시해 놓은 모양은 같지만 이전 피해자들은 성기만 잘려 나간 데 비해 이쪽은 자상이 엄청납니다. 물론, 사망 원인은 과다출혈이겠지만 이번엔 작정하고 죽인 것 같습니다. 엄청 화가 났든지, 개인적인 원한이든지. 이 정도면 거의 광적이죠."

그 말에 방에 있던 사람들의 시선이 교차됐다. 지금까지 보여 줬던 냉정한 심판과는 확연히 다른 증오심이었다. 시신에서 풍기는 증오와 분노의 냄새가 너무 강해 구토가 나올 것 같았다. 정은 시신의 상태와 방 안을 훑어본 후 바깥으로 나와 숨을 크게 내쉬었다. 뒤따라 나온 진경도 심호흡을 크게 했다. 구역질을 참은 모양인지 눈가가 빨갛게 변해 있었다.

장 검사와 정 반장의 지시를 받은 후 두 사람은 주변 탐문에 나섰다. 학생들이나 혼자 사는 직장인들이 많은 곳이라 집들이 거의 비어 있었다. 신고자인 집주인과 이웃집 사람을 만나 진술을 들은 후 두 사람은 5층짜리 건물의 거주자들을 다 만날 때까지 빌라에서 머물렀다.

마지막으로 102호 학생의 진술을 받은 시간이 열두 시였다. 시신은 수습해서 국과수로 보냈고, 수사본부의 형사들 역시 철수한 뒤였다. 서너 시간 이상 갇혀 있던 빌라를 나온 정은 다시 한 번 숨을 크게 내쉬었다. 차갑고 상쾌한 공기가 들어오며 빌라 안에서 느꼈던 탁한 공기가 폐를 빠져나갔다. 옆에서 진경도 답답함을 느낀 건지 그처럼 심호흡을 했다.

"괜찮냐?"

"네. 선배는요?"

"별수 있냐? 괜찮다고 해야지. 저녁 먹고 들어갈래?"

"됐습니다."

생각만으로도 속이 안 좋은지 진경이 인상을 썼다. 사실 정도 식욕이 당기진 않았지만 진경의 푸석한 얼굴이 마음에 걸렸다.

"김진경!"

앞서 걸어가던 진경이 평소와 다른 그의 음성에 걸음을 멈추었다.

"왜 부릅니까?"

"너 좋은 후배다. 나 너 좋아해."

"그런데 여자는 아니다?"

갑자기 진경이 피식피식 웃었다.

"선배 의외로 순진한 거 아닙니까?"

"농담 아니다."

"저도 농담 아닙니다. 저도 선배 좋아합니다. 하지만 남자는 아니
라는 말입니다. 서로 비긴 거 아닙니까?"

"순천이 놈 떼어 낼 때까지는 이대로 있자."

"아닙니다. 순천 선배한테 제가 미적지근하게 대했던 게 잘못이죠.
선배가 신경 쓸 일이 아닌데 제가 생각이 짧았습니다."

"왜 내가 신경 쓸 일이 아니야?"

"전 남자든 여자든 흐리멍덩한 사람 질색입니다. 선배도 여자 생겼
으면 그걸로 깨끗하게 저 정리하십시오. 제 일은 제가 알아서 해결하
겠습니다."

대꾸를 할 새도 없이 진경이 성큼 걸어가 버리자 정은 한숨을 내쉬
었다. 진경의 말이 맞았다. 역시 단호한 여자라는 생각이 든다.

서로 들어가 간단하게 브리핑을 하고 퇴근을 했다. 정은 그대로 영
신의 집으로 향했다. 사건 현장으로 가기 전 짧은 통화를 마지막으로
목소리를 듣지 못했던 것이다. 그녀의 집이 가까워질수록 마음이 더
급해졌다. 그녀를 보면 오늘 하루의 피곤함과 불쾌함이 다 사라질 것
만 같았다.

영채의 얼굴은 초췌하게 말라 있었다. 초인종이 울렸을 때 정이라
고 생각했다. 그렇게 영채를 기다렸으면서도 영신은 뜻밖에 나타난

동생의 모습에 흠칫했다. 이 주 만에 만난 자매는 한동안 서로를 마주 보았다. 영신이 말을 하기 전에 영채가 몸을 던져 그녀를 안았다. 영채의 체온이 너무 낮게 느껴져 영신은 저도 모르게 부르르 떨고 말았다.

"영채야!"

"아무 말 하지 마. 아무것도 묻지 마. 대답 안 해 줄 거니까. 그냥 이대로 안아 주라. 언니 냄새 그리웠어. 엄마 같아."

울컥, 눈물이 쏟아졌다. 이렇게 나타난 영채가 꿈처럼 느껴졌다.

영신이 우는데도 영채는 아무 말도 없었다. 아이처럼 안길 때와 달리 몸을 뗀 영채는 다시 차가워져 있었다. 영신은 영채의 얼굴과 몸을 살폈다. 눈이 움푹 들어갈 정도로 야위어 있었다.

"몸은 괜찮니?"

어디 갔었냐고 물으면 다시 나가 버릴 것 같았다. 영채의 심기를 불편하게 하는 말이 나올까 그녀는 말을 꺼내기도 무서웠다.

"응."

"말랐어, 너."

"언니는 안 그런 줄 알아?"

"이제 안 갈 거지?"

대답이 없었다. 문득 차가운 시선이 그녀를 향했다. 영채의 눈 속에서 들끓는 감정들이 정확하게 뭔지는 알 수는 없지만 영신은 용서해 달라는 말조차 꺼낼 수 없었다. 그 말을 하면 화를 낼 것 같았다.

"밥 먹었어? 배 안 고파?"

"괜찮아. 언니 요리 못하잖아."

"그건 그렇지. 그럼 좀 쉴래?"

"할 말 있는데."

"뭔데?"

"나 도와줄 수 있어?"

"당연하지. 네가 원하는 것, 내가 다 해 줄게."

영신의 말에 영채가 피식 웃었다.

"그럴 필요는 없어. 그리고 언니는 죽어도 그런 것 못할 거야."

"뭐?"

"돈 좀 줘. 현금으로."

뜻밖의 말에 영신은 눈살을 찌푸렸다. 지금까지 영채가 먼저 용돈을 달라는 말은 한 번도 한 적이 없었다.

"얼마나 필요해?"

"얼마나 해 줄 수 있어?"

"뭐 할 건데?"

"없으면 됐어. 내가 따로 구할게."

"아니야, 줄게. 내일 은행 열면 바로 찾아서 줄게."

"알았어. 고마워. 나 피곤해서 잔다."

그뿐이었다. 영채는 자신의 방으로 들어가 버렸다. 조용히 닫힌 문인데 마치 쾅 하고 닫힌 것처럼 영신은 움찔했다. 영채의 입에서 어떤 말이 나올지가 무서워서 무슨 말을 어떻게 해야 할지 알 수가 없었다. 마치 깨지기 직전의 살얼음판 위에 서 있는 기분이었다. 바보처럼 눈물이 줄줄 났다.

초인종이 울리고도 한참을 답이 없자 정은 조급하게 두 번 연속으로 벨을 눌렀다. 참새가 지저귀는 것처럼 뚜르르 길게 울리던 소리가 멈추기 전에 문이 살짝 열렸다. 영신이었다. 좋아하며 반겨 줄 줄 알았는데 어딘지 모르게 피하는 것 같은 반응에 그는 인상을 썼다.

"무슨 일······."

"잠깐만 기다려 줄래요. 옷 갈아입고 나올게요."

잠시 기다리는 사이 별의별 생각이 다 들었다. 한 순간 차가워졌다가, 한 순간은 그가 세상 전부인 것처럼 안겨 온다. 이게 장난이라면 정말 악질적인 장난이다. 사람의 마음을 갖고 노는 일만큼은 그로서도 용납할 수 없었다. 다른 여자였다면, 이런 식의 표변에 단번에 돌아섰을 것이다. 영신이 그럴 여자가 아니라는 걸 알면서도 그는 중얼중얼 욕설이 나왔다. 그녀에게 꼼짝 못 하는 자신에게 괜스레 열이 났다.

어두운 복도에서 열을 삭이고 있는데 문이 찰칵 열리며 영신이 나왔다. 추운지 두꺼운 패딩 점퍼 차림이었다. 그를 본 둥 만 둥 엘리베이터의 내림 버튼을 누른다.

"나가서 얘기해요."

시선을 맞추지 않는 태도에 화가 난 정이 그녀를 돌려세웠지만 어둑한 불빛이라 표정을 알기가 어려웠다. 뭐라고 하려는데 마침 엘리베이터 문이 열렸다. 그의 팔을 뿌리치고 영신이 먼저 엘리베이터에 올랐다.

맞은편에 등을 기댄 채 정은 바닥만 쳐다보는 영신을 뚫어지게 바라보았다. 잠자코 있던 정이 몸을 벌떡 세워 그녀의 얼굴을 잡아 올렸다. 눈이 퉁퉁 부어 있었다. 많이 울었는지 손에 닿은 볼도 붉게 열이 올라 있다. 순간 화가 가라앉는다. 정은 길게 한숨을 내쉬었다.

"왜 울었어?"

그의 질문에 영신이 입술을 깨물었다. 다시 울 것처럼 눈가에 뽀얀 물기가 어렸다. 그가 당기자 스르륵 끌려온다. 정은 떨고 있는 그녀의 어깨를 꽉 안아 주었다.

아파트 앞의 놀이터는 밤이라 그런지 스산하고 추웠다. 차가운 벤치에 앉히기 전에 정이 자신의 외투를 벗으려 하자 영신이 말렸다. 대신 그의 손을 꽉 잡는다. 잡힌 손이 차가워 정은 저도 모르게 두 손으로 비벼 주었다. 그 동작에 영신이 고개를 돌려 그를 바라봤다.

"미안해요."

"뭐가? 집에 누가 왔어?"

"영채, 왔어요."

"오늘?"

"네."

"그래서 운 거야? 못된 동생이네. 만나면 혼 좀 내 줘야겠다."

정말 영신의 동생의 볼기짝을 때려 주고 싶은 심정이었다.

진심으로 자신을 위해 화를 내는 그의 말에 영신이 피식 웃었다. 누군가 이렇게 그녀를 걱정하고, 그녀를 위해서 화를 낸다는 것이 위로가 되어 준다. 영채로 인해 무겁던 가슴이 조금 가벼워졌다.

"부모님은?"

하지만 이어진 그 질문에 영신의 몸이 굳어졌다. 목 안에 뭐가 걸린 것처럼 아파 온다. 간신히 입을 열었다.

"없어요. 우리 둘뿐이에요."

"힘들었겠네."

힘든 사람은 그녀가 아니라 영채였다. 그녀는 비겁하게 도망친 것밖에 없었다. 아무리 무서워도, 아무리 겁나도 영채를 지켜야 했다. 너무 늦은 후회지만 미치도록 가슴에 사무친다. 영신은 시선을 돌렸다.

"수갑 빌려 줄까?"

"?"

"묶어 놓고 다녀. 어디 못 나가게."

영신이 결국, 낮은 웃음소리를 냈다. 그 웃음소리에 정이 고개를 비스듬히 돌려 웃는 얼굴을 바라보았다.

"당신, 목소리 좋아. 웃는 소리도. 그러니까 울지 마."

"바보 같아요."

그러면서도 영신은 그의 품으로 파고들었다. 영신의 집에 있는 동생이 방해꾼처럼 미워졌다. 하루만 지나서 들어오지 하는 생각도 들었다. 이대로 영신을 안았으면 싶었다. 두 사람 사이엔 짧은 만남과 상관없는 깊은 감정이 있었다.

"안고 싶다."

그의 말에 영신이 움찔했다. 너무 솔직해서 이쪽에서 숨는 게 불가능한 남자였다. 영신은 고개를 들어 그의 얼굴을 보았다. 까칠한 얼굴이지만 어둠 속에서도 너무나 잘생겨 보인다.

욕심내도 될까? 비겁한 그녀가 그런 욕심을 내면 영채가 용서하지 않을 것 같았다. 그 생각이 떠오르자 그녀는 더 가까이 그를 당겨 안았다. 이 따뜻함을 놓기 싫다. 정이 그녀의 행동에 낮게 웃었다.

"따뜻해서 그래요."

"알아. 마음껏 난로로 사용해도 돼. 대신 다른 사람한테 따뜻하다고 달려들기 없기다. 당신 전용 난로는 나뿐이니까."

정은 추위로부터 보호하듯 영신을 자신의 점퍼 안으로 숨기듯 안았다. 이 여자가 자신의 온기를 탐하는 만큼 그 역시 그녀의 모든 게 탐났다. 추위는 여전했지만 두 사람은 서로의 품속에서 오랫동안 따뜻함을 나누었다.

영신을 올려 보내기가 죽기보다 싫었다. 한 시간이 넘도록 그녀를 안고 있었다. 그녀를 놓아주기 전에 숨이 막힐 듯한 키스를 나누었지만 그의 욕구불만은 여전했다. 그녀가 남긴 희미한 향기와 그의 손에 남은 보드라운 감촉이 집으로 가는 내내 그를 미치게 만들었다.

싸늘하게 식은 집 안으로 들어가니 허전함이 더해진다. 어서 사건이 해결되고 영신과 시간을 보내고 싶었다. 대충 씻고 자려는데 전화가 울렸다. 늦은 시간의 전화는 언제나 불길하다. 잠시 망설이다가 전화를 받았다. 지연이었다.

— 아버지 쓰러지셨어. 지금 병원이야.

그 말뿐이었다. 갑자기 골치가 지끈지끈 아파 왔다. 오래전부터 써먹던 수법인데 새삼스러워 우스웠다.

"장난치지 마."

— 장난 아니야. 한국대 병원 특실이야. 오든지, 말든지 네 맘이지만 이것 하나는 알아 둬. 한 번쯤은 네가 누군지 진지하게 생각해 봐.

뚝, 전화가 끊어졌다. 젠장. 덫인 걸 알면서도 그는 옷을 주섬주섬 챙겨 입고 병원으로 향했다. 병원은 다른 사람들이 다 잠든 시간에도 깨어 있었다. 서둘러 병실로 올라가니 지연이 지키고 있었다. 아버지는 병실 한가운데 침대에 산소마스크를 한 채로 잠들어 있었다. 간호사가 그를 살피고 있었다. 그제야 오늘의 이 해프닝이 진짜임을 깨달았다.

죄책감과 걱정이 뒤범벅된 그는 아무 말 없이 아버지를 내려다보았다. 그런 정의 모습에 누나인 지연이 일어섰다. 그와 꼭 닮은 외모였다. 키가 크고 호리호리한 체격에 여성적인 윤곽을 가진 섬세한 얼굴은 보는 사람으로 하여금 숨을 삼키게 만들었다. 두 사람이야 늘 보는 얼굴이라 별 감흥이 없었지만 그들이 서 있는 것만으로도 주변 사람들의 시선을 끌었다. 간호사가 그들을 흘끔거려도 한동안 두 사람은 서로를 노려보았다.

"어떠셔?"

간호사가 나가자마자 정이 물었다.

"보시다시피. 아직 안정된 상태는 아니야. 원래 중환자실에 계셔야 되는데 고집을 하도 피우셔서 병실로 옮긴 거야. 네 고집이 어디서 나온 건가 했는데 부전자전인 줄은 오늘 알았네."

"어떻게 된 건데?"

"나도 잘은 몰라. 사무실에서 쓰러지셨다고 연락받았으니까. 얼마 전부터 가슴에 통증이 있었는데 그냥 뒀나 봐. 김 비서 말이 그렇더라고. 나한테도 숨기라고 지시하셨대. 늦었으면 그대로 돌아가셨을 거라고 한 박사님이 그러시더라. 그래서 너 부른 거야. 아버지, 욕은 해도 늘 네 자리 비워 둔 거 알잖아."

"그런 거 몰라. 그런 자리 갈 능력도 안 되고 흥미도 없어. 내 자린 내가 선택한 여기야."

"언제까지? 밤낮도 없고 제대로 쉬지도 못하고 끔찍한 일들만 보는 게 뭐가 좋아? 뭘 증명하고 싶은데?"

"증명하고 싶은 건 없어. 그냥 내가 원하는 대로 살고 싶어."

"어머니 일로 아직도 서운한 거니?"

"그런 거 없어. 사춘기 소년도 아니고 나이가 몇인데 그런 일로 서운해하고 방황하겠냐. 벌써 잊었어."

"거짓말."

둘러말하는 법이 없는 건 지연도 똑같았다. 날카로운 말이 무기가 되어 그를 찔러 댄다. 어머니라는 이름은 그에게는 금기와 같았다. 딸만 넷인 집안의 막내아들. 어머니는 그런 그와 목숨을 맞바꿨다.

사랑하는 아내의 목숨의 가치. 그가 아버지에게 그 정도의 값어치가 있었을까? 정은 늘 그런 의문이 있었다. 그와 아버지 사이엔 늘 커다란 벽이 존재했다. 그가 멋모르던 어린 시절에조차 아버지는 그를 가까이 불러 안아 준 적이 없었다.

아버지가 아들을 볼 때마다 그를 통해 어머니를 본다는 사실을 알게 되면서 그는 집을 나왔다. 항상 먼발치에서만 그를 지켜보던 아버지가 그를 압박하기 시작한 것도 그때부터였다. 하지만 이미 어긋난 부자 관계는 돌이킬 수 없을 정도로 멀리 와 있었다.

"누난 다 좋은데 유머감각이 없어."

"넌 유머감각이 있는 게 아니라 실없는 거야. 제대로 된 삶을 살아. 쓸데없이 낭비하지 마. 그건 어머니를 욕보이는 거야."

"그만해. 괜찮은 거 봤으니 갈게."

"가지 마. 아침에 깼을 때 너 있었으면 하셨어."

"내 얼굴 보는 거 싫어하셨잖아."

"바보 같은 소리 마. 아버지한테 제일 소중한 자식은 너야. 언니들도, 나도 아닌 바로 너라고. 솔직히 말하면 나, 그런 네가 미울 때가 많아. 내가 아무리 노력해도 할 수없는 게 딱 하나 있거든."

"그게 뭔데?"

"바로 너. 난 네가 될 수 없어. 네가 미운데도 내 동생이라 좋은 이유는 너라서 그래. 아버지가 너한테 집착하는 만큼 나도 집착하게 돼. 우습지? 아들이라는 게 참 이상해. 생각해 보면 아무것도 아닌데. 특히 너처럼 멋대로인 애는 더 그렇지. 그래도 어쩔 수 없는 건 넌 아버지한테도, 나한테도 하나뿐인 아들이고, 동생이기 때문이야."

"나 때문에 누나가 부담 갖는 거 싫어. 난 지금이 좋아. 아버지를 미워해서도, 나 때문에 돌아가신 어머니 때문도 아니야. 그냥 이렇게 사는 게 좋아졌어. 내가 좋아하는 일, 잘하는 일을 하며 사는 거. 누나 말대로 어머니 일을 잊었다면 거짓말이겠지. 하지만 그것 때문에 내 인생을 낭비하는 바보짓은 안 해."

"그래도 아버지는 보고 가. 지난번 생신 때도 너 안 온 것 때문에 역정 내셨어. 그 역정 내가 받게 하는 건 너도 미안하지?"

"……오늘 밤은 내가 지킬게. 누나는 들어가."

"아니. 넌 좀 자. 얼굴이 엉망이다. 아버지 눈 뜨시면 깨울게."

"그럼 부탁할게."

특실이라 보호자 침실이 따로 마련되어 있었다. 정은 침대에 누워 어둠 속에서 들리는 소리에 귀를 기울였다. 어디선가 물이 떨어지는 소리가 똑똑 들렸다. 그리고 산소마스크를 해서 크게 들리는 아버지의 숨소리. 병실에 정적이 흐르는데도 기묘할 만큼 요란스럽게 느껴졌다. 두통이 찾아온다. 복잡한 건 질색인데 요즘 들어 주변 사람들도, 자신의 감정도 점차 복잡해지는 기분이다.

사춘기가 되기 전까지 멋모르는 부잣집 도련님으로 속 편히 살아 왔다. 하지만 나이가 들면서 주변 사람들이 아들 하나라고 오냐오냐 하던 그 속에는 그를 향한 복잡한 심경이 담겨 있었다는 걸 알게 되었다.

당연하게 받아들였던 관심과 애정들이 싫증 나고 사람들이 위선적으로 느껴진 건 한창때의 날카로운 감성 때문이었지만 그 뒤에 그가 선택한 길은 그것 때문만은 아니었다.

지금 생활이 힘들지만 좋았다. 강력반의 사람들과 부대끼는 것도 좋았다. 사무실에 앉아서 사람을 부리고 돈을 가지고 노는 일은 그의 스타일이 아니었다. 하지만 아버지와 지연은 그가 나가서 천덕꾸러기처럼 사는 것이 그런 상처 때문이라고 여겼다. 딱히 자신의 사정을 가타부타 설명하고 싶지 않아 오히려 오해만 사고 만 것 같았다.

전에는 그런 감정의 대립에 별달리 신경 쓰지 않는데 산소마스크를 한 아버지를 보자 가슴이 철렁했다. 늘 보던 완강한 모습이 아니라 늙고 지친 모습이었다. 그제야 자신이 했던 언사들이, 무심함이 후회가 됐다.

내일도 바쁜 날이 될 터라 잠을 자 둬야 하는데 자꾸만 머리가 복잡해져 그는 저도 모르게 신음을 내뱉고 말았다.

새벽녘에 아버지가 깨시고 부자는 어색한 해후를 했다. 못마땅한 얼굴은 여전했지만 예전 같은 호통은 없었다. 말이 없어도 아버지와 기분이 통한 건 처음이었다.

"그만 가 봐라."

"네. 몸조리 잘 하세요. 다시 오겠습니다."

"네놈 몸이나 잘 챙겨."

피식, 웃음이 났다. 집까지 갔다 오기는 시간이 모자라지만 바로 출근을 하기에는 여유가 있었다. 그는 일부러 영신의 집 앞까지 가서 그녀에게 전화를 걸었다. 잠을 못 잤는지 전화를 받는 목소리가 낮게 잠겨 있었다.

— 어디예요?

"출근하는 중. 아파트 앞인데."

— 나갈게요.

말이 떨어지기가 무섭게 영신이 전화를 끊었다. 잠시 뒤 헝클어진 머리를 그대로 풀어 헤친 채 영신이 그를 향해 뛰어왔다. 화장기는 없지만 까무잡잡한 얼굴이 아이처럼 귀여웠다. 그를 보자마자 늘 해 왔던 일처럼 안겨 온다. 기분이 좋았다. 푸석하게 올라온 곱슬머리를 두 손으로 쓰다듬었다. 애가 탈 정도로 부드러웠다.

"이렇게 일찍 무슨 일이에요?"

"그냥. 그렇게 됐어. 병원에서 오는 길이야."

"어디 아파요?"

그녀의 미간이 걱정으로 흐려졌다. 집게손가락으로 구겨진 미간을 펴며 그가 웃었다.

"나 아니고 아버지."

"아! 어디 편찮으신데요? 괜찮으세요?"

"지금은 괜찮아지셨어. 심장에 무리가 갔었나 봐."

"한숨도 못 잤겠네."

"아니야. 병원에서 잤어."

"좀 더 쉬다 오지. 수염도 안 깎고. 형사 아니고 깡패처럼 보이는 거 알아요?"

"그래도 잘생겼지?"

"말이나 못하면. 경찰서 가면 잠깐 쉴 데 있어요?"

"당직실."

"그럼 가서 좀 누워 있어요. 피곤해 보여요."

"괜찮아. 그냥 얼굴이나 보고 가려고 왔어. 잠 또 못 잤지?"

"그냥 그래요. 자다 깨다."

"동생한테 내가 혼내 준다고 얘기해 둬. 진짜 가만 안 둘 거야."

"그만 가요. 나도 출근 준비해야 돼요. 가서 30분이라도 눈 좀 붙여요."

억지로 그를 밀어내는 영신을 당겨 안아 입을 맞추었다. 처음에 수줍어하던 그녀도 곧바로 열정적으로 반응했다. 그 기분이 너무 좋았다. 30분 정도 안 쉬어도 상관없었다. 그녀가 그에게 안겨 오는 것만으로 힘이 났다.

"버릇되니 좋지? 당신 입술에 중독된 것 같아. 24시간 딱 붙여 놨으면 좋겠어."

그의 말에 영신이 얼굴을 붉혔다.

"실없는 소리 말고 얼른 가요. 나중에 전화할게요."

"알았어. 갈게. 오늘은 울지 않기다."

"조심해요."

그녀의 말에 정이 웃음을 터뜨리더니 쪽 소리가 나도록 다시 입을 맞추고는 차에 올랐다. 그의 차가 시야에서 멀어질 때까지 지켜본 후에야 영신은 집 안으로 들어갔다. 밤새 잠을 못 잔 탓에 어지러웠는데 그의 얼굴을 보는 것만으로도 기분이 훨씬 나아졌다. 게다가 영채가 집 안에 있다는 사실에 조금은 안심이 되었다. 왠지 오늘은 모든 일이 술술 풀릴 것만 같았다. 영채가 있고, 정이 있어서.

오전에 은행에 들러 적금을 깼다.

"두 달만 참으시면 되는데, 큰돈 필요하세요?"

"네. 좀 급해서요."

"그래도 너무 아깝네요. 그럼 적금 담보로 대출 받으시는 건 어떠세요? 그게 고객님께 더 이익이에요."

"아니요. 그냥 주세요."

자꾸만 대출을 권유하는 은행 창구의 직원의 말을 거절하고 그녀는 3년간 넣었던 적금을 깼다. 어차피 영채를 위해서 모은 돈이었다. 아주 큰돈은 아니지만 월세방 보증금 정도는 됐다. 아무리 생각해도 영채가 돈이 필요한 이유가 그것밖에 떠오르지 않았다. 따로 살 집을 구하지 않고서야 큰돈이 필요할 리가 없었다.

어쩌면 자신의 얼굴을 보며 사는 게 영채에게는 고통이 될 수도 있겠다는 생각이 들었다. 어쨌든 그녀는 그 사람의 딸이니까. 스스로도 용서가 안 되는 일인데 영채라고 용서가 될까? 오히려 지금까지 자신을 참아 준 게 용한 일이라는 생각이 들었다. 서운하게 생각하면 안 되는 거라고 계속 자신을 다독였다.

"통장에 넣어 드릴까요?"

"아니요. 현금으로 주세요."

"이걸 다요?"

"네."

돈을 오만 원권 지폐로 몽땅 찾아 가방에 넣었다. 큰돈이라 어떻게 할까 걱정하는데 영채에게서 전화가 왔다.

── 돈 찾았어?

"응. 집에 가서 줄게."

── 아니야. 내가 가지러 갈 거야. 지금 언니 회사 앞이야.

서두르는 영채의 음성에 영신은 다시 불안해졌다. 정말 회사 앞에서 영채가 기다리고 있었다. 그녀가 회사 입구에 가까워지자 낡은 흰색 승용차 안에서 영채가 내렸다. 운전석에는 처음 보는 젊은 남자가 앉아서 껌을 질겅거리며 씹고 있었다. 얼굴이 갸름하고 가벼워 보이는 남자였다. 영신의 시선이 남자를 향하자 영채가 그녀의 앞을 막아섰다.

"그 가방이야?"

"어, 응. 여기. 저 사람 누구야? 친구야?"

"아, 그냥 아는 사람."

"어떻게 아는 사람인데?"

아무리 봐도 학생처럼 보이지는 않는다. 영채와 어울리지도 않았고. 저 남자 때문에 영채가 바깥으로 나도는 걸까? 걱정스런 영신의 음성에 영채가 고개를 저었다.

"언니는 알 거 없어. 그럼 갈게."

"영채야! 저녁에 집에 올 거지?"

"몰라. 기다리지 마."

"영채야!"

"나중에 연락할게. 돈, 고마워. 갚을 수 있으면 꼭 갚을게."

영채는 미련 없이 차에 올랐다. 남자가 선팅이 안 된 창으로 영신을 힐끗 쳐다보았지만 영채는 눈길 한 번 주지 않았다. 차가 사라지긴 전 영신은 수첩을 꺼내 차 넘버를 주섬주섬 적었다. 혹시라도 나중에 영채를 찾는 데 도움이 될지도 모른다는 생각이 들어서였다.

숫자를 쓰는데 삐죽삐죽 눈물이 났다. 정에게 오늘은 울지 않겠다고 약속했는데 요즘은 몸 어딘가의 수도관이 터진 것처럼 계속 눈물이 났다.

마지막 피해자인 이상협 교수는 그동안의 피해자와는 전혀 접점이 없었다. 어제, 오늘 만나 본 이 교수의 아내와 딸은 상류층 특유의 거만한 분위기를 풍겼다. 가정폭력은커녕 근처에 서 있기도 어려울 만큼 차가운 스타일이었다. 남편의 죽음에도 굳이 애도를 하는 제스처 없이 솔직하고 냉정했다.

정은 오후에 진경과 같이 한국대 법학과 과사무실에 들렀다. 학생들과 주변 교수들의 진술을 대충 들었지만 특별히 평판이 나쁜 교수는 아니었다. 비교적 젊은 나이에 교수가 되었고 행정법 쪽으로는 꽤 이름이 나 있는 인물이었다.

"이상협 교수 수강생 명단 좀 볼 수 있을까요?"

"무슨 일로 그러세요?"

"아, 여기."

정이 신분증을 꺼내 들자 안경을 쓴 조교가 인상을 썼다. 벌써 소문이 돌았는지 얼굴이 어두워졌다.

"정말 연쇄살인이에요?"

"수강생 명단하고 연락처 좀 부탁합니다."

부드럽지만 단호한 말에 입을 삐죽이더니 잠시만요, 하고는 돌아서서 컴퓨터를 뒤져 주르륵 인쇄물을 뺐다. 명단을 받아 들고 나오는데 계속 호기심 어린 눈길이 따라붙는다. 요즘 어딜 가나 이런 시선들이 그들을 따라붙었다. 짜증이 불쑥 올라왔다.

"선배."

짜증난 기분에 걸음이 빨라졌는데 뒤에서 진경이 불렀다. 벌써 일을 시작한 모양인지 명단에 체크를 하며 서 있었다.

"뭐하냐?"

"여학생들 먼저 만나는 게 좋을 것 같아서 체크하고 있었어요. 그런데 여학생이 생각보다 많네요. 로스쿨 빼고, 기존 법대생 위주로 만나야겠어요. 피해자가 이번 학기엔 로스쿨 강의가 없더라구요."

"몇 명 정돈데?"

"대략 오십 명은 넘어요."

"환장하겠네. 일단 강의 있는 애들부터 만나 보고 빠진 학생들은 내일 또 와야지."

"네."

학생들을 만나는 건 생각보다 훨씬 힘든 일이었다. 강의실을 계속 바꿔서 강의를 하는 데다 시간도 각기 달라 하루 종일 만난 학생은 열 명도 채 되지 못했다. 대학교 측에 학생들을 한꺼번에 모아 달라는 요청을 해 봤지만 일언지하에 거절당했다. 이번 사건을 상당한 추문이라고 생각했는지 학교에서는 이 사건 자체와 연관되고 싶어 하지 않았다.

결국 그렇게 하려면 영장을 받아 오라는 말만 듣고 나왔다. 사실, 영장을 받아 오라는 건 말이 쉽지, 그 영장을 내줄 검사는 어디에도 없었다. 법조계에서 내로라하는 대부분의 인사들이 한국대 출신인 걸 생각하면 사실 불가능한 일에 가까웠다. 하긴, 장유현 검사라면 영장을 내주려고 하겠지만 그 윗선에서 걸릴 가능성이 상당히 높았다. 두 사람은 완전히 지쳐 늦은 저녁에 경찰서로 돌아왔다.

수사본부 쪽도 그리 좋은 상황은 아닌지 분위기가 우중충했다. 한 시간 뒤에 대석과 순천도 들어왔다. 그들과 마찬가지로 하루 종일 돌아다니느라 지쳤는지 두 사람 다 파김치가 되어 있었다.

"뭐 좀 나온 거 있습니까?"

퇴근길에 들른 장유현 검사가 대석에게 묻자 그가 고개를 저었다.

"없습니다. 근데 한창희 가가 없어졌다카네요."

대석과 순천은 피해자 가족들을 수사 중이었다. 용의선상에서 벗어났다고는 하지만 한창희도 그 대상에 포함되어 있었다.

"무슨 말입니까?"

"오늘 창희 가가 다니는 정비 회사에 갔더만 말도 없이 안 나온 지한 사흘 정도 됐다 캅디다. 정비소 차도 한 대 도난당한 기 그놈아 짓인 것 같다 카고. 안 그래도 도난 신고가 들어와 있대요. 그놈아 집은 사람 흔적도 없대예. 집주인도 못 본 지 꽤 됐다 카고."

"지난번 사건 때 첫 번째 용의자 아니었습니까?"

"그런데 갸가 일곱 번쨴가 여덟 번째 살인사건 일어날 때 알리바이가 확실했다 아입니까? 그래서 우리 눈에서 벗어난 거고. 어쩔까요?"

"수배 때려요. 어쨌든 의심 가는 놈이니."

"네. 한국대 쪽은 협조 가능하겠습니까?"

"이상협 교수한테 강의 듣는 학생들 연락처는 받았는데 학생 수가 많다 보니 제대로 조사하기가 힘드네요. 아무래도 한데 모아서 조사하는 방법도 생각해 봐야 할 것 같습니다."

정의 말에 장 검사가 인상을 썼다. 그가 그 대학 출신이라서가 아니라 국내 최고의 대학을 살인사건 조사로 쑤셔 놓았다가는 또 무슨 욕을 먹게 될지 몰라서였다. 지지부진한 수사에 안 그래도 검찰과 경찰이 욕이란 욕은 바가지로 먹고 있었다. 까딱하다가는 누군가 옷을 벗게 될 수도 있는 문제였다.

"뭐, 효율 면에서 따지자면 그렇겠지만 일단은 시간이 걸려도 한 명씩 만나도록 합시다. 오늘 만난 학생들 중에 특별한 증언 나온 건 없습니까?"

"없습니다."

"저도 최대한 알아보겠지만 당분간 수고 좀 해 주십시오. 다들 오늘은 푹 쉬시죠. 그럼 내일 봅시다."

장 검사가 나가자 정은 한숨을 쉬고 앉았다. 책상머리에서 펜대 굴리는 인간들의 머릿속이야 뻔했다. 장유현 검사를 잘은 몰라도 출신 학교 따지는 사람은 아니었다. 다만 괜한 벌집을 쑤실 생각은 없을 것이다. 그야말로 당분간은 형사들만 죽게 생겼다는 거였다.

지연이 아버지가 그를 찾는다는 문자를 보냈다. 퇴근하자마자 정은 곧바로 병원으로 향했다. 병실 안으로 들어서니 누나들이 다 모여 있었다. 지연과 정을 제외하고는 모두 기혼이었다. 어린 시절 살갑게 대하던 누나들은 어느새 자신의 가족들의 테두리 안에서 그를 남처럼 대했다.

아버지는 누나들이 결혼을 할 때 아예 결혼 자금을 유산이라고 따로 떼어 주었다. 어쩌면 그 때문에 그를 더 미워하는지도 모르겠다는 생각이 들었다. 평상시 그와 연락을 취하는 사람은 지연, 한 사람뿐이었다. 아버지를 지키는 사람도 바로 그녀였고. 하지만 그가 병실 안으로 들어서자 누나들이 반가운 척 말을 걸었다. 그 속의 진심은 그가 알아서 새겨 들을 일이다. 새삼, 서운함도 생기지 않는다.

"정이 얼굴 보기 힘들다. 그 잘생긴 얼굴 다 까먹겠어."

"얼굴이 왜 그래? 밥은 먹고 다니는 거야? 얼른 자리 잡고 장가갈 생각을 해야지."

"어이구, 어릴 때 오냐오냐해서 아직도 철이 없네."

지연만은 냉랭한 표정으로 그런 언니들을 바라보았다. 정 역시 이 상황에 대한 염증이 생겼다. 다들 내로라는 집안으로 시집을 갔는데도 부족한 모양이었다. 아버지가 헛기침을 하며 입을 열었다.

"시끄럽다. 정이 왔냐?"

"네. 몸은 좀 어떠세요?"

어젯밤과 오늘, 미처 발견하지 못했던 흰머리가 소복이 보였다. 원래 염색을 안 하는 양반이었다. 하지만 평소에 희끗한 머리는 그의 잘생긴 얼굴과 어울려 멋스러움을 풍겼는데 환자복의 아버지는 어딘지 모르게 초췌해 보였다.

"잠깐 쓰러진 건데 호들갑 떨지 마라."

"무슨 소리세요? 심장마비였어요, 아버지."

큰누나의 말에 아버지가 경고의 눈길을 보내자 입을 다물어 버린다. 시끄러운 딸들을 물리고 아버지가 정을 앞으로 불렀다.

"앉거라."

"네."

"밥은 먹었냐? 얼굴은 그게 뭐냐? 어디 가서 그 얼굴로 서창천이 아들이라고 하지 마라. 부끄럽다."

"그런 말 안 합니다. 걱정 마십시오."

"망할 놈. 한 마디도 안 지지. 네, 잘 챙겨 먹겠습니다, 하고 고분 고분하면 얼마나 좋아."

"아버지 닮았다고 하던데요, 누나가."

그의 말에 아버지가 작게 웃음을 터뜨렸다. 어렸을 때의 기억에도 아버지의 웃는 얼굴은 없었다. 왠지 어색했다. 그런데도 기분은 썩 나 쁘지 않았다.

"어머니 때문이냐?"

처음이었다. 아버지의 입에서 어머니가 나온 건. 정은 놀란 마음을 숨기지 못한 채 아버지를 물끄러미 바라보았다.

"네 어미 때문에 내가 널 차갑게 대한 건 너도 알 거다. 그 원망 때문이냐?"

"아닙니다."

"그럼 왜 네 걸 던져 버리려는 거냐?"

"제 것이 아니라 아버지 겁니다. 제 건 제가 만들겠습니다."

"계속 그 짓을 하겠다는 거냐? 너 나이가 몇이냐?"

"서른둘입니다."

"많진 않지만 적은 나이도 아니다. 사내라면 뭔가를 이룰 나이이기 도 하고. 네 사람도 들여야 할 나이지. 그 짓 해서는 언제 그런 걸 해 보겠냐? 돈이 무섭다는 건 네가 더 잘 알 거다. 너한테 입안의 혀처 럼 잘해 주던 누이들을 보면 그런 생각이 들지 않느냐?"

"상관없습니다. 아버지는 그럼 왜 그런 누이들을 두고 저만 고집하 시는 겁니까?"

"모르겠냐?"

"제가 아들이라 그런 겁니까? 서씨 성을 받은 아들이라서."

"아니다."

"그럼 뭡니까?"

"네 어미가 마지막 가는 길까지 지킨 핏덩이라서 그래. 그때 난 널 포기하려고 했다. 그런데 끝까지 네 어미가 너만은 지키려고 했다."

뭔가 울컥 올라온다. 아버지의 얼굴이 처음 보는 사람처럼 낯설게 느껴졌다. 아버지가 저런 모습이었나? 그가 아는 아버지는 늘 엄격하고 경직되어 있었다. 하지만 지금 아버지는 힘이 빠져 보인다. 어깨가 축 처진 모습이 마음에 걸렸다.

"왜 진작 말씀하지 않으셨어요?"

"사내가 일일이 그런 걸 얘기하는 게 우습지. 저절로 알게 될 줄 알았다."

"……."

"그래도 돌아올 생각이 없는 거냐?"

처음 형사가 되었을 때는 아버지에 대한 원망이 없지 않아 있었다. 거친 일에 자신을 맡겨 되는대로 살아 보고 싶었다. 그렇게 시작한 일인데 의외로 맞지 않을 것 같은 일이 그에게 잘 맞았고 재미도 있었다. 다들 힘들어서 피하는 일이지만 그는 범인을 잡기 위해 집중하는 그 치열함이 좋았다. 힘든 사건을 해결할 때 느끼는 성취감을 알게 되었고, 가끔씩 고맙다는 말을 들으면 내가 이 일을 잘하고 있구나, 하는 생각도 들었다.

진경의 말에 의하면 생활에 쪼들리지 않아서 느끼는 여유라지만 어쨌든 그는 그런 것에 상관없이 이 일이 좋았다. 이제 와서 아버지의 회사에 들어가 허수아비 노릇을 할 생각은 없었다. 목을 죄는 넥타이 차림은 생각만 해도 끔찍했다.

"죄송합니다."

"괘씸한 놈. 고집은 누굴 닮았나?"

"서씨 집안 자식이니 그 피가 어디 가겠습니까?"

그러고 웃는 아들에게 창천이 역정을 냈다.

"웃지 마라, 녀석아. 더 밉다."

오래전부터 아들이 자신의 아래로 들어올 생각이 없음을 알고는 있었다. 그 미련을 버리지 못한 건 아내가 죽기 전 우리 아들 잘 부탁해요, 하던 그 말이 내내 뇌리에 박혀 있어서였다. 아내는 그에게는 너무도 특별한 여자였다. 아내가 떠난 후 정은 아들이라기보다는 원수 같았다. 너만 아니었어도, 하는 생각이 안 들 수가 없었다. 그래서 아기 때도 제대로 한 번 안아 준 적이 없었다.

시간이 지나면서 미움은 희미해졌지만 얼굴을 볼 때마다 아내가 계속 밟혀 얼굴을 보는 것이 불편했다. 하지만 지금 웃는 아들을 보니 그동안의 고집이 다 헛된 것처럼 느껴졌다.

어제 꼼짝없이 죽겠구나 하는 생각이 들었을 때 이상하게 아내와 정의 얼굴이 제일 먼저 떠올랐다. 그리고 정이 무엇을 하든 상관없이 아내가 자신에게 남긴 마지막 선물이라는 사실을 새삼 깨달았다.

"저녁은 먹었냐?"

"못 먹었습니다."

"이놈아, 끼니도 제때 못 챙기면서 그 일이 뭐가 그리 좋아? 어서 밥부터 먹어라. 네놈 굶기면 네 어미가 나 욕한다."

"죄송합니다."

"됐다. 지연이 어디 갔냐?"

병실 앞 소파에 서 있던 지연이 아버지의 부름에 안으로 들어왔다.

"이놈 밥부터 챙겨 먹여라."

"네."

"난 그만 쉴란다. 밥 먹고 가서 푹 쉬거라. 대신 시간 나는 대로 들러. 형사든 뭐든 상관 안 할 테니 이제부터 네 할 도리는 하고 살아야지. 나도 내 할 도리는 하고 살 생각이다."

"알겠습니다. 그럼 쉬세요."

정은 아버지에게 인사를 하고 병실을 나왔다. 지연이 그의 뒤를 따랐다.

"저녁은 됐어. 알아서 먹을게."

"아버지 기대 무너뜨리니 기분 좋니?"

"그 기대 누나가 채워 줘. 난 그냥 아들 노릇 지금부터라도 열심히 할 테니까. 아버지 말씀대로 내 할 도리는 해야지."

"마음대로 해. 널 누가 말려. 그래도 저녁은 먹고 가."

"됐어. 가 볼 데도 있고. 아버지한테는 먹었다고 해. 시간 나는 대로 자주 올게."

"요즘 그 사건 너네 관할이지?"

"아, 응. 알고 있었네."

"내가 너에 대해 모르는 게 어딨어? 아무튼 조심해."

"갈게."

어쩐지 홀가분한 마음으로 정은 병원을 나왔다. 완고한 사람이 한번 쓰러지고 나니 마음이 많이 약해진 것 같아 씁쓸하긴 했다.

그는 집으로 곧장 가지 않고 영신의 집으로 갔다. 그녀의 얼굴을 보면 피곤하고 지친 심신에 그나마 위안이 될 것 같았다. 방해꾼인 동생만 아니라면 어제 그녀를 밤새도록 안은 채 얘기를 나누고 싶었다. 이 지지부진한 상태가 지속된다면 그녀를 납치라도 하게 될지도 모른다는 생각이 문득 들어 저도 모르게 웃음이 났다.

오전에 영채가 돈을 가져간 후 그녀는 하루 종일 정신을 빼놓고 있었다. 결국엔 디자인실로 가야 할 서류가 재단실로 가서 분실되는 바람에 호되게 질책을 받아야 했다. 다행히 금방 찾긴 했지만 엉망진창인 하루였다.

영채의 전화는 다시 하루 종일 꺼져 있었다. 같이 차에 타고 있던 남자가 계속 걸렸다. 영채에게 나쁜 짓을 할 것만 같았다. 똑똑한 아이라 그런 남자에게 빠지진 않겠지만 사람과의 관계는 알 수가 없다는 생각에 불안했다.

정에게 전화를 해서 도움을 청하고 싶었다. 안 그래도 정신없이 바쁜 그에게 짐을 주기 싫어 결국 포기했지만 불안함이 점점 더 커져 갔다. 그 때문에 그녀는 퇴근 후 집에 도착하자마자 잠을 청했다. 잠을 자면 적어도 이런 것들을 잊을 수 있을 것 같아서.

깜빡 잠이 들려는데 요란하게 초인종이 울렸다. 영채가 들어올 때 남의 집처럼 초인종을 울렸던 사실을 떠올리며 그녀는 후다닥 달려 나갔다.

"누구세요?"

"나야."

정이었다. 너무 보고 싶은데 지금 자신의 상태가 한심해서 그에게 보여 주기 싫었다. 잠시 망설이던 그녀는 헝클어진 머리를 손으로 정리한 후 문을 열었다.

"왜 이렇게 늦어? 동생 있어?"

"아니요. 들어와요. 늦었는데 가서 쉬지 그랬어요."

기운이 쭉 빠진 그녀의 음성에 정이 인상을 썼다.

"왜 이렇게 힘이 없어? 동생이 또 속 썩였어?"

"아니요. 그냥 좀 피곤해서 그래요. 웬일이에요?"

그녀가 보고 싶어 한달음에 달려온 그였다. 미적지근한 그녀의 반응에 서운해졌다. 매 순간, 그는 그녀가 좋아지는데 매 순간 그녀는 뒤로 물러서는 것만 같았다.

"왜 그래?"

"아무것도 아니라니까요."

신경질적인 목소리에 정이 그녀의 어깨를 잡았다. 입을 삐죽대는 모양이 곧 울 것 같았다. 울보 같으니라고. 그 얼굴을 보면 도저히 화를 낼 수가 없다.

"또 싸웠어?"

한숨을 쉬며 영신이 고개를 저었다.

"이리 와. 난로로 온기 충전해 줄게."

그녀를 당겨 정이 꽉 껴안자 영신이 한숨을 쉬며 두 팔로 허리를 감아 왔다. 가슴에 와 닿은 그녀의 입술이 느껴진다. 정은 그 부드러운 느낌이 좋아 더 힘을 주었다.

"소리 나요. 밥 안 먹었어요?"

점심 식사 후 계속 빈속이라 소리가 났는지 영신이 고개를 들었다. 그는 멋쩍게 웃고는 고개를 끄덕였다.

"라면 삶아 줄게요. 지금은 그것밖에 없어."

"내가 할게."

"됐어요. 남의 집 주방이라 괜히 수선스러워요. 잠깐만 기다려요."

영신이 라면을 끓이는 동안에 그는 소파에 앉아서 깜빡 잠이 들었다. 영신이 어깨를 흔들어 깨울 정도로 깊이 잠이 든 모양이었다. 눈을 뜨니 영신이 걱정스럽게 내려다보고 있었다.

"먹고 자요."

그는 손을 내밀어 영신을 당겨 안았다. 밥보다도 그녀를 맛보고 싶었다. 커다란 눈으로 자신을 내려다보는 그녀를 본 순간 참을 수 없는 욕구가 느껴졌다. 느슨해진 기분 탓인지 그는 훨씬 대담해져 있었다. 다행히 별다른 저항 없이 영신이 그의 품 안으로 쏙 들어왔다. 자신의 무릎에 그녀를 앉히자 영신의 얼굴이 빨개졌다.

"장난치지 마요. 라면 불어요."

"잠깐이면 돼. 이게 더 급해."

그의 말대로 급한 키스였다. 자잘한 입맞춤으로 시작한 키스가 금방 깊어졌다. 영신의 보드라운 입술을 벌리고 그의 혀가 깊숙이 들어갔다. 말캉하고 촉촉한 그녀의 속살이 느껴졌다. 두 사람의 혀가 엉키면서 숨소리가 거칠어졌다.

자칫 거친 그의 키스로 그녀가 다치게 되지나 않을까 겁이 날 정도로 그녀의 모든 것이 작고 부드러웠다. 그는 조심스럽게 영신의 몸을 쓰다듬었다. 하지만 자신의 가슴에 닿은 그녀의 부드러운 가슴의 감촉에 조급증이 생겼다. 그가 한 손을 내려 영신의 티셔츠 위로 봉긋하게 솟은 가슴을 만졌다. 헉하는 숨소리가 들리며 영신이 몸을 바르르 떨었다.

영신은 가슴을 만지는 커다란 손에 숨을 삼켰다. 키스만으로도 정신이 아찔한데 가슴에 손이 닿자 기절이라도 할 것 같았다. 티셔츠 위로 그녀의 가슴을 만지던 손이 셔츠 아래로 들어왔다. 편평한 배 위에 그의 따뜻하고 단단한 손이 느껴졌다. 몸이 사시나무 떨듯 떨려 온다. 다리를 벌린 채로 그의 무릎 위에 앉은 자신의 여성이 뼈아프게 의식됐다.

혐오스러워야 할 그 행위가 감당할 수 없을 정도로 쾌감을 주었다. 입술이 촉촉이 젖어 오고, 숨이 막혔다. 그녀의 가는 허리 주변을 쓰다듬던 손이 위로 올라와 가슴을 다시 쥐었다. 아까보다 더 직접적인 손길에 그녀는 몸을 움찔했다. 거칠게 울리는 숨소리가 그녀의 것인지, 그의 것인지 구분이 되질 않았다.

브래지어 위를 배회하던 손이 얇은 레이스 천을 걷어 냈다. 말랑한 가슴이 그의 손안에 가볍게 쥐어지자 작은 유두가 흥분으로 튀어 올랐다. 놀랍게도 그의 손바닥에서 전해지는 그 까슬한 느낌에 전율이 일었다. 그게 싫지가 않다. 이 남자가 주는 이런 느낌들이 낯선데도 좋은 것이 문제였다.

그의 손가락이 가슴의 끝을 희롱하자 영신은 크게 숨을 토해 냈다. 몸이 더 가까이 당겨졌다. 그제야 영신은 그도 자신만큼 흥분했다는 걸 깨달았다. 맞닿은 중심에 불룩한 남성이 느껴졌던 것이다.

문득, 이래도 되는 걸까, 하는 의문이 든 순간 그가 그녀의 티셔츠를 벗겼다. 차가운 공기가 맨살에 닿자 몸이 부르르 떨렸다. 달랑거리는 브래지어를 마저 벗긴 그가 몸을 옆으로 돌려 그녀를 소파에 눕혔다.

그의 입술이 가슴에 와 닿는 순간, 그녀는 낮은 신음을 내질렀다. 시원한 것 같으면서도 뜨거운 그 느낌에 영신은 신음 소리를 내며 이를 악물었다. 마치 과일을 먹듯 한입 베어 물더니 이번에는 혀로 그 끝을 살살 달래 준다.

난생처음 느끼는 감각은 너무나 강렬해서 현기증이 일었다. 그녀는 그가 아플 정도로 어깨를 잡은 손톱을 세웠다. 양쪽 가슴을 모두 다 먹어 버릴 것처럼 애무를 하던 정이 그녀를 번쩍 안고 일어섰다. 놀란 그녀가 두 다리로 그의 허리를 감자 그는 그녀의 방으로 곧장 들어가 침대 위에 그녀를 눕혔다. 상의를 완전히 벗어 던진 그녀와 달리 정은 점퍼도 벗지 않은 상태였다.

좀 전까지 자신을 만져 주던 그 다정함이 멀어져서였을까? 점퍼를 차림의 정이 고개를 숙이는 순간 영신은 오싹해졌다. 오래전 느꼈던 그 한기가 몰려왔다. 그녀의 얼굴이 두려움으로 굳어진 걸 그저 긴장으로 착각한 정은 점퍼를 재빨리 벗어 던졌다. 덮치듯 그의 몸이 다가온다.

머리가 빙글빙글 돌며 남자의 무게에 짓눌린 아이가 떠올랐다.

내가 도와줘야 해. 제발, 하지 마.

이제 눈앞의 남자는 검은 그림자로 변해 있었다. 사악한 괴물처럼 뱀의 눈을 가진 남자. 도망쳐야 한다. 영신은 눈앞의 남자를 할퀴고 말았다. 낮은 투덜거림과 함께 남자의 힘이 더 강하게 그녀를 짓눌러 온다.

어느새 작은 여자아이가 침실 구석에서 발버둥 치는 그녀를 지켜 보고 있었다. 그녀가 봤던 것처럼, 그리고 그녀가 버렸던 것처럼 아이 가 사라졌다. 그녀는 있는 힘껏 비명을 질러 댔다.

정은 망치로 머리를 얻어맞은 것처럼 놀랐다. 좀 전까지 그의 품 안에서 떨면서 반응하던 여자였다. 그건 꾸며 낼 수 없는 감정이었다. 두 사람의 만남의 시간보다도 깊은 공감이 만들어 낸 그런 관계라고 생각했다. 하지만 영신은 미친 듯이 그에게 달려들었다. 죽일 것처럼. 눈은 공포로 커져 있고 입은 계속 새된 비명을 질러 댄다. 진정시키 려 했지만 소용이 없었다.

"최영신!"

"손대지 마! 저리 가! 제발, 날 내버려 둬!"

미친 사람 같았다. 마치 그가 그녀를 겁탈이라도 하려는 것처럼 사 납게 그를 공격했다. 결국 정은 뒤로 물러섰다. 두 사람의 거친 숨소 리가 방 안을 울렸다. 궁지에 몰린 짐승처럼 영신이 침대 구석에 쭈그 리고 앉아 몸을 숨긴다. 황당한 이 상황에 무슨 말을 할 수 있을까?

정은 자신의 열을 식히기 위해 방을 나왔다. 식탁 위에 이미 불어 터진 라면을 보자 더 분통이 터졌다. 영신에게 맞았는지 입술이 따가 웠다. 손으로 닦아 내니 피가 묻어났다.

그 짧은 찰나에 무슨 일이 일어난 걸까? 이성을 잃을 정도로 두 사 람은 서로에게 빠져 있었다. 다른 건 아무것도 떠오르지 않았다. 오로 지 자신의 품에 있는 영신만 느껴졌고, 그건 영신도 마찬가지였다. 영 신의 행동을 어떻게 해석해야 할지 그는 감을 잡을 수가 없었다.

흥분과 충격은 쉽게 진정되지 않았다. 정은 한동안 좁은 우리에 갇 힌 짐승처럼 거실을 서성댔다. 머리가 터질 것만 같았고 가슴은 답답 했다. 이 거부를 어떻게 받아들여야 하지?

딸깍, 문소리가 났다. 영신이 스웨터 차림으로 서 있었다. 하지만 좀 전의 일로 그녀의 머리와 얼굴은 엉망이었다. 서성대던 그와 눈이 마 주치자 움찔, 몸을 떨었다. 정은 멀찍이 떨어진 채 그녀를 노려보았다.

"미안해요."

눈물이 가득 묻어 있다. 위로를 해야 할지, 화를 내야 할지 헷갈렸 다. 그는 심호흡을 했다.

"얘기할까?"

그의 말에 영신이 고개를 저었다. 비참함으로 얼룩진 얼굴을 보니 화를 낼 수가 없었다.

"혼자 있어도 돼요?"

그 역시도 잠시 혼자 생각할 시간이 필요했지만 막상 영신의 말을 듣자 기분이 더 나빠졌다. 감정이 격앙된 이 상황에서 얘기를 나눠도 소용이 없으리라는 걸 알면서도 그녀가 뭔가 변명을 해 주기를 바랐 다. 하지만 영신은 시선을 피한 채 겁에 질려 있었다.

"내일 올게. 그때 얘기 해."

무슨 말을 할 수 있을까? 그는 그대로 집을 나왔다. 더 있다가는 그녀에게 화를 내고 설명을 요구할 것이다. 그만큼 그녀의 행동은 이해할 수 없는 것이었다. 찬 공기가 훅 하고 덮쳐 왔지만 정은 몸속의 열기로 인해 그걸 느낄 여유조차 없었다. 차에 올라 한동안 그는 영신의 아파트 베란다를 올려다보았다. 어딘가 잘못되었다. 불길함이 스멀스멀 올라온다.

젠장, 도대체 뭐가 잘못된 거지?

유현의 말대로 한국대학교 법학과 학생들을 한꺼번에 모아서 조사를 한다는 건 불가능했다. 결국 진경과 정은 발이 부르트도록 학생들을 찾으러 다녔다. 꼬박 일주일이 넘게 걸렸지만 눈곱만큼의 소득도 없는 헛짓거리였다. 이상협은 학생과의 교류는 많았지만 추문을 일으킬 정도의 접촉은 전혀 없었다. 대부분의 학생들이 이 교수를 좋게 평가했다.

"이제 다 끝났나?"

"아니요. 한 명 남았어요. 최영채. 3학년인데 학교에 안 나온 지꽤 됐더라고요. 두 달 넘었나? 성적도 꽤 좋고, 엄청난 미인이래요. 그런데 이상협 교수하고는 별로 접점은 없어요."

최영채라는 말에 정은 정신이 번쩍 들었다. 영신의 동생이 한국대 법대생이었다는 걸 이제야 떠올렸다. 바로 그 영신의 동생이다.

지난 일주일 내내 그는 바쁘다는 핑계로 영신을 찾아가지 않았다. 좌절된 그의 욕구만큼이나 그때의 충격은 엄청났다. 선뜻 그녀를 찾는 것이 쉽지 않게 느껴졌다. 영신도 그 뒤로는 연락이 없었다. 그런데 최영채. 영신의 속을 썩이던 동생의 이름을 무심코 지나친 자신이 한심했다.

"휴학은 아닌데 얼마 전부터 강의를 빠지기 시작했나 봐요. 그래도 일단은 만나 봐야 할 것 같은데요. 주소 좀 알아볼까요?"

"김 형사, 그건 내가 할게."

"네? 하지만……."

"최영채, 내가 만나 볼게. 나중에 서에서 보자."

영신이 출근하지 않는 토요일이다. 늦은 밤에 소금인형을 가지 않는다면 계속 집에 있을 테고, 동생도 이미 돌아왔다고 했으니 만나는 데는 큰 문제가 없었다. 다만, 그 일 이후로 처음 보는 영신을 어떻게 마주하느냐가 그의 가장 큰 골칫덩이였다.

처음부터 피했어야 했다. 그의 온기에 약해져 확실하게 거절하지 못한 자신의 잘못이었다. 충격으로 굳어졌던 그의 표정이 생생하게 떠올랐다. 자신의 어처구니없던 행동을 무슨 말로 변명할 수 있을까?

어찌해 볼 수도 없이 그녀의 악몽이 순식간에 재현된 것이다. 그가 자신을 덮쳐 온 순간 정은 사라지고 그 남자가 자신을 빤히 쳐다보고 있었다. 뱀의 눈을 가진 남자. 그 남자의 피가 자신의 몸속을 타고 흐른다는 생각만으로도 구역질이 났다. 자신의 삶을 아직도 이렇게 흔들고 있다는 사실에 그녀는 분노했다. 죽이고 싶도록 미웠다. 그 사람도, 자신도.

하지만 정에게만은 그런 기분을 느끼지 않을 줄 알았다. 해준이 만졌을 때는 그 손길만 닿아도 자지러지던 그녀였다. 적어도 정은 그런 느낌은 주지 않았다. 안아 줄 때도, 키스를 할 때도 따뜻했고, 기분이 좋았다. 그래서 괜찮을 거라고 착각했던 것이다.

이건 벌을 받는 거야. 절대 도망쳐서는 안 될 일에서 도망친 벌. 죽을 것처럼 겁나도 당당히 마주했어야 할 일을 외면한 벌.

영신은 영채가 그녀를 결코 용서할 수 없는 이유를 깨달았다. 그녀라도 절대로 용서할 수 없었다. 그게 설사 자신에게 생명을 준 아버지라고 해도. 그녀는 자신의 피를 저주했다. 그 남자를 저주했다. 자신을 절망 속에 빠뜨리고, 다시는 일어설 수 없게 만들고, 누구에게도 안길 수 없게 만든 그 남자를 죽도록 저주했다.

다시 혼자만의 껍질을 쓰고 살아가야 한다. 그래서 토요일 오후 늦게 정의 전화를 받은 그녀는 놀라고 당황했다. 이젠 볼 일 따윈 없을 줄 알았는데. 전화를 받는데 목이 멨다.

"네."

— 나야, 잠깐 시간 좀 내.

"지금 나가요."

— 어디?

"소금인형. 혜화동 쪽으로 와요."

의외로 말하기가 쉬웠다. 일주일 내내 그 남자를 저주하면서 정을 몰아내고자 했다. 그 덕분일까? 다시 정은 처음의 낯선 사람으로 돌아가 있었다. 그동안 두 사람이 나누었던 온기와 짧았던 접촉들이 마치 꿈처럼 희미하게 느껴졌다.

그 남자의 딸인 이유로 그런 온기를 욕심내서는 안 된다. 평생을 냉기를 안고 살아야 한다는 것을 받아들이기로 했다. 그녀가 가져서도 안 되고, 가질 수도 없는 것이었다. 정이 주는 그 다정함과 따뜻함은. 잠시 영채의 일로 정신이 나간 것뿐이었다.

— 동생은?

"없어요."

— 또 나갔나?

"네. 당신이 왔던 날이요."

— 알았어. 그럼 나중에 그쪽에서 보지.

전화를 끊은 영신은 정의 묘한 어조를 떠올렸다. 영채의 일은 왜 묻는 걸까? 아직도 그녀를 걱정해 주는 듯한 그의 질문에 영신은 흔들리는 자신을 느꼈다. 바보처럼. 그런 마음을 숨기려 그녀는 일부러 짙은 화장을 했다. 평소에는 소금인형에 도착해서야 하는 화장이었지만 오늘은 자신의 얼굴을, 속마음을 드러내고 싶지 않았다.

11월 초인데도 이상기온 때문에 한파가 닥쳐 기온이 영하로 뚝 떨어져 있었다. 정은 움직이기 쉽도록 가벼운 오리털 파카 차림이었다. 신경 쓰지 않은 그 차림에도 사람들의 시선이 그를 향했다. 영신은 이 층 커피숍 창가에 앉아 커피숍 건물로 걸어오는 그를 발견했다. 찬 바람에 헝클어진 머리, 약간은 찡그린 얼굴이지만 사람의 시선을 끌었다.

숨겼던 그에 대한 감정이 너울처럼 울렁거리며 솟아오른다. 그의 얼굴을 보고 얘기하는 것이 얼마나 자신에게 위험한지 이제야 깨닫다니 어리석기 짝이 없다. 어떻게 그를 보고도 그가 주었던 그 온기를 떠올리지 않을 수 있다고 생각했을까?

영신은 그가 커피숍 안으로 들어오기 전 차가워진 손을 문질러 미약한 온기라도 취하려고 노력했다. 그래야 그를 보고 떨리지 않는 목소리를 낼 수 있을 것 같았다.

커피숍 안으로 들어온 정이 곧바로 그녀를 발견했다. 그녀의 달라진 모습에 잠시 멈칫하더니 곧 아무렇지도 않은 표정으로 앉았다. 그가 들어오는 모습을 보던 종업원이 다가와 주문을 받아 가고도 두 사람은 침묵을 지켰다.

"무슨 일이죠?"

그가 먼저 물어 주길 바랐는데 정은 계속 침묵을 지켰다. 뚫어지게 바라보는 그의 시선을 견디지 못한 그녀가 결국 먼저 입을 열었다. 떨고 있는 속마음과 달리 그녀의 입에서 나온 말은 바깥의 추위처럼 냉랭했다. 다행이라고 생각했다. 정의 눈썹이 치켜떠졌다. 그가 말을 하려는 찰나에 주문한 커피가 나왔다. 그 바람에 다시 침묵이 이어졌다.

"어떻게 된 거야?"

"뭐가요?"

"동생. 무슨 일이 있었던 거야?"

사실은 얼굴에 무슨 짓을 한 거냐고 묻고 싶었다. 짙은 화장을 한 영신은 예뻤다. 커피숍 안의 다른 남자들이 힐끗거릴 정도로. 하지만 정작 그녀의 표정은 알 수가 없었다. 평소의 건강해 보이는 혈색이 화장으로 인해 오히려 창백해진 데다 긴 속눈썹 때문에 순진해 보이는 그 눈동자는 보이지도 않는다. 게다가 도톰한 입술에 칠해진 붉은색은 지나치게 유혹적이었다. 당장 손으로 비벼 지우고 싶은 충동을 느꼈다. 그런 그의 마음을 모르는 영신은 커피 잔만 뚫어지게 쳐다보고 있었다.

"왜 그게 궁금해요?"

"사실은 지금 맡은 사건 피해자가 한국대 법학과 교수야. 그래서 그 교수 강의를 듣는 학생들을 다 조사하고 있어. 당신 동생이 마지막이야. 지금 어디 있어?"

"몰라요. 전화로 얘기했잖아요. 그날 이후로 안 들어왔어요."

"전화는?"

"연락 안 돼요."

"걱정 안 돼?"

어쩐지 말이 심술궂게 나왔다. 늘 동생 때문에 울던 그녀가 새치름하게 앉아 있는 걸 보니 화가 났다.

"다시 안 온대요. 그러고 떠났어요."

"가 있을 만한 데는?"

"없어요. 그런데……."

"뭐?"

"남자하고 같이 왔었어요. 차량 번호 적어 놓은 게 있어요."

정을 도와주려는 의도보다는 영채를 찾고 싶은 마음이 더 강했다. 영채와 정 때문에 지난 일주일은 지옥과도 같았다. 그나마 그녀가 부탁하지 않아도 영채를 찾게 될지도 모른다는 희망이 생겼다. 영신은 가방을 뒤져 차량 번호가 적힌 수첩을 꺼내 정에게 내밀었다. 차량 번호가 적힌 페이지를 찢은 그가 종이를 주머니에 넣었다. 잠시, 침묵이 흘렀다.

"얘기 끝났으면 갈게요."

"앉아."

채찍 같은 음성에 일어서던 영신이 놀라서 그를 쳐다봤다. 늘 여유 있고 친절했던 그의 표정은 없었다. 차갑게 노려보는 눈에 영신은 몸을 떨었다.

"시간 없어요."

"그래도 앉아."

가차 없는 음성이다. 왠지 그녀가 나가려고 하면 정이 가만있을 것 같지 않아 영신은 입술을 깨물며 자리에 앉았다.

"아직 남았어. 당신하고 나. 우리 둘."

"……."

"난 돌려 말하는 거 싫어하는 사람이야. 질질 끄는 것도 싫고. 일주일 내내 생각해도 그날 당신 행동, 내 머리로는 이해가 안 되는데 뭐든 말이라도 해 봐. 설명이든, 변명이든."

"할 말 없어요."

"왜 없어? 당신이 먼저 해야 할 말인데. 난 우리 둘이 충분히 합의된 일이라고 생각했어. 내가 틀렸어?"

"그만해요. 이런다고 달라지는 거 없어요. 당신이 틀리지도 않았고요."

"그럼 뭐가 문젠데?"

"내가요. 그냥, 내가 문제예요."

"당신 문제가 뭔데? 그걸 말해."

"가요. 어딘가 모자란 여자한테 재수 없게 당했다고, 그냥 그렇게 생각해요."

처음으로 돌아가 버린 그녀의 어조에 정이 이를 악물었다. 그녀에게 가까이 가는 것까지도 쉽지 않았다. 마음이 완전히 열린 것도 아니었다. 그런데 다시 원점으로 돌아가 버린 그녀를 보니 마구 흔들어 놓고 싶었다.

"복잡한 거 질색이야. 그런데 당신은 너무 복잡해서 머리가 아파. 당신 말대로 재수 없었다고 쳐. 다 좋아. 그런데 재수 없는 건 참을 수 있는데 당신은 떨칠 수가 없어. 복잡해도 상관이 없다고 생각될 정도로 당신만 남았어, 나한테는."

"그만해요."

더 이상 듣고 있을 수가 없어 영신이 귀를 막았다. 더 듣고 있다가는 울어 버릴 것 같았다.

"더 들어."

"아니요. 안 들을 거예요. 실수는 한 번이면 족해요. 더 안 할 거예요. 처음부터 당신이 따뜻하게만 하지 않았어도 그러지 않았을 거예요. 내가 잠시 정신이 나갔던 거예요."

"실수라고?"

불길할 정도로 그의 음성이 낮아졌다. 자리에서 벌떡 일어나 그녀의 손을 확 낚아챘다. 주변 사람들이 놀라서 쳐다보는데도 아랑곳없이 그녀를 잡아끌어 커피숍을 나왔다. 계산하라는 다급한 종업원의 말에 정이 지갑을 뒤져 아무렇게나 돈을 던졌다. 그사이에도 영신의 손목을 꽉 잡은 채였다. 그에게 끌려가면서도 그녀가 버티려고 힘을 주었다.

"뭐예요? 미쳤어요?"

"한 마디만 더 해. 들쳐 업고 갈 테니까."

그저 해 보는 위협이 아니었다. 게다가 길거리의 사람들이 힐끔거려 영신은 어쩔 수 없이 종종걸음으로 그를 따라갔다. 모직코트 안에 입은 몸에 달라붙는 원피스 때문에 그의 걸음을 쫓아가기가 더 힘들었다. 차를 세워 둔 곳까지 온 그가 그녀를 차 안으로 구기듯이 밀어 넣었다. 운전석으로 돌아가 앉은 그가 그녀가 도망가지 못하도록 문을 잠갔다. 딸깍 하는 소리에 영신이 그를 돌아보았다.

"뭐하는······."

"실수? 그냥 실수라고?"

그 말에 단단히 화가 났는지 다시 이를 갈듯 되뇌고는 그녀를 덮쳐 왔다. 영신은 비명을 지르려고 고개를 돌렸지만 강한 손에 의해 바로 제지를 당했다. 그의 입술이 그녀의 입술을 덮쳤다.

거친 키스였다. 어딘가 상처가 났는지 입술이 아팠다. 눈물이 비집고 나왔다. 영신은 손으로 그의 머리카락을 잡아당겼지만 정은 꿈쩍도 하지 않았다. 그동안의 키스와는 완전히 달랐다. 그녀를 따뜻하게 해 주지도 않았고, 두근거리게 하지도 않았다. 그냥 아프고 무섭기만

한 행위였다.

결국 고통 때문에 흘러내린 눈물이 두 사람의 입속으로 들어가자 정이 움직임을 멈췄다. 하지만 입술을 떼지 않은 채 가만히 있었다. 영신이 몸을 빼려는 순간 거칠었던 행위가 부드러워지며 그의 혀가 부드럽게 그녀의 상처를 쓰다듬었다. 부딪히면서 터진 입안의 상처를 핥아 주었다.

차라리 끝까지 그가 거칠게 나왔다면 더 거부하기가 쉬웠으리라. 영신은 그의 따뜻함을 떠올리게 하는 그 행위에 무너지고 말았다. 자신의 얼굴을 감싼 손이 주는 온기와 입술의 감촉에 그대로 녹아내렸다. 처음 그의 키스를 받았을 때처럼 정신이 아득해졌다. 마치 세상에 그와 단둘이 남아 있는 것 같았다. 그가 세상의 전부가 되고 자신이 그의 전부가 된 그런 느낌. 일주일 전 느꼈던 두려움은 어디에도 없었다.

숨을 쉬지 못해 폐가 터질 것 같았다. 거친 헐떡임이 동시에 두 사람의 입에서 새어 나왔다. 하지만 정은 그녀를 놓기는커녕 그녀의 목덜미에 입술을 꾹 눌렀다. 그의 입술 아래서 자신의 맥박이 정신없이 뛰고 있는 게 느껴졌다. 울컥, 눈물이 쏟아질 것 같았다.

작은 그 흐느낌에 정이 고개를 들었다. 촉촉해진 그녀의 입술을 손으로 가볍게 비벼 주었다. 붉은 립스틱은 어느새 모두 지워져 있었다.

눈물 때문에 화장이 지워진 영신은 평소 그가 알던 그 모습에 가까워져 있었다. 약해 보이지만 그를 미치도록 자극하는. 화려하고 섹시한 그녀보다 그는 이 모습이 더 좋았다. 그의 따뜻함에 온몸을 던져 안겨 오는 그녀가 훨씬 마음에 들었다. 화려한 화장과 복장은 마치 가면 같아 마음에 들지 않는다. 다시 돌아온 그 모습에 정은 저절로 안심이 되었다.

"난 또 그럴 거예요. 당신을 피하게 될 거예요."

쉰 목소리가 낮게 속삭이자 정은 저도 모르게 웃고 말았다. 그녀의 문제가 뭐든지 지금은 이대로도 좋았다. 그녀가 다시 품 안에 들어왔다는 것만으로 일주일간의 고통을 보상받은 기분이었다.

"얘기하면 달라질 거야. 당신의 그 문제, 모른다고 하지 마."

너무나 잘 알았다. 하지만 그 얘기를 그에게 할 수는 없었다. 아마도 얘기를 듣고 나면 정은 그녀의 비겁함에 치를 떨게 될지도 몰랐다. 스스로가 그런 것처럼. 그를 좋아했다. 아니, 바로 조금 전 커피숍 아래에 나타난 그에게 느꼈던 감정은 사랑에 가까웠다. 그래서 더 그를 실망시키기 싫었다. 자신이 남자를 받아들일 수 없다는 걸 알려봤자 서로가 괴로울 뿐이었다. 영신은 입술을 만지는 그의 손을 잡았다.

"우리, 그만해요."

그의 눈에 다시 분노가 돌아왔다. 돌처럼 굳어진 그의 얼굴을 그녀가 두 손으로 감쌌다. 말과는 다른 그녀의 행동에 정이 인상을 썼다.

"내가 감당할 수가 없어. 그래서 그래요. 더 상처받기 전에 끝내요."

"말도 안 되는 소리 하지 마. 정말 화낼 거야. 내가 감당할게. 당신이 못하면 내가 하면 돼."

고집스런 그의 말에 영신이 고개를 저었다.

"당신이 좋아요. 그래서 같이 있고 싶고, 안고 싶고. 그런데 내 몸이 그걸 못해. 그때마다 당신이 괴로워하는 걸 보고 싶지 않아요. 부탁할게요."

정은 대답 없이 눈을 감았다. 영신은 그의 얼굴을 감쌌던 손을 놓았다. 몸을 돌려 내리려는데 정이 눈을 뜨고 그녀의 손을 잡아챘다.

"무슨 일이 있어도 난 이 손 안 놔. 그러니까 당신도 놓지 마."

"갈게요."

"안 놓는다고 했어. 당신이 말할 때까지 기다릴 거야. 언제가 돼도 상관없어."

영신은 그 말이 너무나 고통스러웠다. 그렇게 기다려 준 사람이 그만은 아니었다. 이미 해준이 그녀 때문에 상처를 입었다. 정에게까지 그런 상처를 줄 수는 없었다.

"조심해요."

영신은 잡힌 손을 빼고 차에서 내렸다. 바람이 너무 차서 폐 속까지 얼어붙을 것 같았다. 그의 얼굴을 다시 보면 그 온기를 탐내고 곁에 있고 싶어질까 봐 영신은 한 번도 돌아보지 않은 채 서둘러 그 자리를 떠났다.

속이 부글부글 끓었다. 무력감과 분노가 뒤범벅이 되었다. 그는 자신의 감정을 주체하지 못해 핸들을 마구 두들겼다. 생각 같아서는 차를 박살 내고 싶은 심정이었다. 그녀의 말대로 그 역시 영신이 갖고 싶었다. 지난번과 같은 일을 당하면 견뎌 낼 자신도 없었다. 그 좌절감이 생각보다 컸다. 하지만 그녀를 포기하고 싶지 않았다.

난생처음 정은 자신이 사랑에 빠졌을지도 모른다는 생각이 들었다. 빌어먹을 여자 같으니. 그를 꼼짝없이 묶어 놓고는 좋아해서 상처를 주고 싶지 않다고? 그 말만으로 그는 겁을 먹고 있는데 말이다.

출구 없는 미로 속을 헤매고 있는 느낌이 들었다. 하지만 그는 땅을 파서라도 없는 출구를 만들어 낼 생각이었다. 절대로 영신을 포기하는 일은 없을 것이다. 그 생각을 굳히고도 그는 끓어오르는 화와 좌절감에 큰 소리로 욕설을 내뱉고 말았다.

5

영신이 준 차량 번호가 도난 차량이라 정은 깜짝 놀랐다. 그것보다
더 놀라운 건 그 도난 차량이 바로 한창희의 정비소에서 도난당한 그
것이라는 것이었다. 그 뒤로 도로에 버려진 채로 발견되었지만 한창
희와 영신의 동생이라니. 뜻밖의 사실에 놀란 정은 한동안 갈피를 잡
지 못했다.

"야, 정신 챙기라. 얼굴이 와 그카노? 하얗게 질렸다."

갑작스런 대석의 음성에 정신을 차렸다. 사람들이 자신을 보고 있
었다.

"뭔 일인데? 뭐 조회하더만, 알아낸 거 있나?"

수사 결과를 말해야 하는데 입으로 나오지 않았다. 잠시 생각할 시
간이 필요했다. 그는 고개를 흔들고는 사무실을 나왔다. 등나무 아래
에서 담배를 꺼내 물고는 불도 붙이지 않은 채로 한참을 앉아 있었
다.

영신의 동생, 최영채와 한창희.

영신이 자신에게 보였던 반응들이 소용돌이치면서 머리가 깨질 것 같았다. 지금까지 피해자들은 확인되지 않은 두 건을 빼고는 모두 가정폭력의 가해자들이었다. 어쩌면 성폭력이 포함되었을 수도 있었다. 이 상황에서 영신이 보인 그 반응을 그가 그렇게 생각하지 않는다면 그게 더 이상한 거였다.

그는 이를 악물었다. 영신에 대해 조사를 해야 한다는 사실이 내키지 않았지만 이대로 둘 수는 없었다. 그가 알아내지 못한다면 다른 누구라도 언젠가는 알아낼 일이었다.

"어, 선배 담배 피우는 거 아니었습니까?"

입에 문 담배를 그대로 던지는데 진경이 나타났다.

"끊었다."

그 말만 하고 정은 사무실로 다시 들어갔다. 강력반 사무실에서 영신에 대해 알아보는 건 위험부담이 컸다. 그는 관할서가 다른 정보과의 동기를 기억해 내고 전화를 걸어 약속을 잡았다.

내켜하지 않는 동기를 겨우 구슬려 영신에 대한 조사를 부탁했다. 하지만 무엇보다 영신을 먼저 만나야 했다. 전날 그렇게 헤어진 후 그녀에게 몇 번이나 전화를 할까 생각만 했었다. 분노가 끓어올랐다. 자신을 받아들일 수 없는 그녀에 대한 분노가 아니라 그녀를 그렇게 만든 작자에 대한 울분이었다. 정은 영신의 집 앞에서 한참 동안 서성이다 초인종을 눌렀다.

해준은 평소 같지 않은 영신의 행동에 눈살을 찌푸렸다. 어제 저녁 눈물자국이 있는 얼굴로 흐트러진 채 들어온 그녀를 본 순간부터 그는 안절부절못했다. 자신이 손을 내밀어 붙잡아 줄 수 없다는 걸 알기 때문에 더 미칠 것 같았다. 평소와 달리 데려다 주겠다는 말에도 거절하지 않았다. 게다가 오늘은 아침부터 나타나서 손님이 없는 홀 가운데 탁자에 엎드려 있었다.

영신은 부드러운 외모와 달리 약한 소리를 하거나 우는 모습을 한 번도 보이지 않았다. 때로는 그런 것들이 너무 무심해 그녀가 한 번 쯤은 울면서 기대 주기를 바랐다. 하지만 막상 무너진 그녀를 보는 건 기분이 좋지 않았다. 어차피 영업시간이 되지 않았기 때문에 해준 은 영신이 풀어진 모습 그대로 있도록 내버려 두었다.

"뭐 좀 먹어야지. 점심때 지났어."

엎드려 있던 영신이 고개를 들었다. 눈물자국은 없지만 운 사람처 럼 눈이 빨갰다.

"무슨 일 있어?"

"아니, 아니에요. 나 오늘 도저히 노래 못 부를 것 같아. 어디 좀 데려가 주면 안 돼요?"

뜻밖의 요구에 해준이 놀란 눈으로 그녀를 바라본다. 자신의 행동 이 얼마나 그에게 부당한지를 알면서도 영신은 당장 자신의 기분을 어떻게 해야 할지 알 수가 없었다. 뜬눈으로 밤을 새웠다. 어디든 나 가지 않으면 미칠 것 같았다. 하지만 갈 곳이 없었다. 그나마 생각난 곳이 소금인형이었다.

그녀의 연락을 받은 해준은 바로 소금인형으로 왔다. 전날 잠을 못 잤는지 그의 얼굴도 푸석했지만 일요일 아침의 이른 호출에도 아무런 불평을 하지 않았다. 아무 말 없이 그대로 무너져 몇 시간을 꼼짝도 않는 그녀를 계속 지켜봐 주었다. 해준에게 다 갚지 못할 빚인 걸 알 았다. 알면서도 이렇게라도 하지 않으면 오늘 자신이 미쳐 버릴 것 같았다.

"그래. 가자. 네가 가고 싶은 데면 어디든 데려다 줄게."

그 말을 하고 손을 내밀자 영신은 그 손을 잡았다. 그동안 잡지 못했던 손이지만 오늘만큼은 따뜻했다. 거의 정의 온기만큼 그녀에게 위로를 주었다.

어디로 가냐고 묻지도 않았다. 그저 자신이 모든 것을 잊을 수 있도록 멀리 떠나 주기만을 바랐다. 차창 밖의 풍경이 바뀌는데도 영신은 멍하니 눈만 뜨고 있었다. 두 시간을 넘게 달려 도착한 곳은 제부도였다. 마침 바다가 열려 있는 시간이라 해준은 제부도 안까지 들어갔다. 빨간 등대에 도착하고서야 해준이 영신의 어깨를 쳤다.

"바다야. 나갈래?"

해준의 말에 대답 없이 영신은 차에서 내렸다. 강한 바람이 가지런했던 머리를 순식간에 엉망으로 만들었다. 그런데도 영신은 아랑곳없이 등대로 쭉 이어진 산책로를 따라 걸어갔다. 그 뒷모습을 해준이 눈으로 좇으며 뒤따라오고 있다는 것도 인식하지 못했다.

그녀는 등대 주변에 조성된 산책로의 난간에 기댄 채로 거친 파도를 내려다보았다. 살을 에는 추운 날씨에도 불구하고 그곳을 찾은 연인들이 제법 있었다.

"감기 걸려."

해준이 차에서 가지고 온 무릎담요를 그녀의 어깨에 둘러 주었다. 그동안 이런 친절을 얼마나 철저하게 무시해 왔던가? 죄책감이 가슴을 짓누른다.

"미안해요. 나 진짜 나쁜 여자야."

"네가 나쁜 여자라도 상관없어. 그냥 옆에만 있어."

"오빠가 그러니까 내가 벌받는 것 같아요. 차라리 그냥 날 욕하지. 너무 잘해 주니까 하늘이 열 받았나 봐."

"그 남자 때문이야?"

망설이는 어조에 영신의 얼굴이 어두워졌다. 그의 얼굴을 떠올리는 것만으로도 심장이 터질 것처럼 아팠다. 자신의 손을 잡았던 그 단단하고 따뜻한 감촉이 떠오르자 그녀는 시선을 돌렸다. 찬 바람이 이대로 가슴을 뚫고 지나가 다시는 그런 온기 따위에 미련을 두지 않았으면 했다. 빈틈없이 꽝꽝 얼린 얼음처럼 견고한 냉기로 마음이 꽉 차버려 그의 손이 주는 그런 느낌 따위는 아무것도 아니게 되기를 바랐다. 얼굴을 때리는 거센 바람을 영신은 피하지 않았다.

"곧 물길이 닫혀. 돌아가자. 너 이대로 있으면 감기 걸리겠다."

어둑어둑해질 무렵까지 미동도 않는 영신을 해준이 불렀다. 햇살이 약해지자 추위가 더 강해져 주변 사람들은 이미 자취를 감춘 후였다. 영신은 추위 때문에 입술이 새파랗게 질린 채로 차에 올랐다. 해준이 꽁꽁 언 그녀를 녹여 주려는 듯 서둘러 히터를 켰다.

서울로 가는 내내 영신은 한 마디도 하지 않았다. 다만, 추위와 바람에 지친 그녀가 쉬도록 곧장 집으로 가려 하자 거절했다. 갑자기 술 한잔을 청하는 그녀의 말에 해준은 놀랐다. 소금인형 근처 작은 소주방에서 앉자마자 영신은 놀라운 속도로 술잔을 비웠다. 하지만 역시나 술은 처음 마신 모양이다. 다섯 잔쯤 되자 비실비실 쓰러졌다.

해준은 비틀거리는 그녀를 안아 차에 태웠다. 해준이 흩어져 내린 머리카락을 얼굴에서 치워 주었다. 평소와 달리 서로가 아팠던 그 거부감은 없었다. 취기 때문인지 영신이 배시시 웃었다.

"따뜻해요. 이렇게 따뜻한데 왜 잡지 못했을까?"

목소리에 회한이 서린다. 이제야 잡은 해준의 손은 따뜻했다. 지난 10년간 그녀가 외면했던 그 따뜻함을 하필 지금에서야 깨닫게 되다니 영신은 그런 자신이 바보스러웠다. 이미 정이 전해 주는 온기에 길들여져 자신을 지키던 이 손의 따뜻함에는 만족할 수 없게 되었다. 그녀가 중독된 남자가 정이라는 것이 이 순간만큼은 지독하게 후회가 되었다.

차라리 술에 취해서라도 해준에게 안겼다면 이런 후회 따윈 없을 텐데. 그 생각이 문득 들었다. 지금 같아서는 어떤 남자에게든 상관없이 안길 수 있을 것 같았다. 결국 바닷바람이 전해 준 건 텅 빈 가슴 속의 지독한 냉기일 뿐 채워짐은 아니었다. 그 남자가 죽도로 필요했다. 그러면서도 그를 받아들일 수가 없는 자신이 증오스러웠다. 자신을 그렇게 만든 그 인간이 죽이고 싶도록 미웠다.

해준은 영신의 말에 이를 악물었다. 술에 취해 제정신이 아닌 상태이지만, 그 말이 기뻐 매달리고 싶은 자신이 한심했지만 기회를 놓치고 싶지 않았다. 영신의 얼굴은 알코올 기운으로 열감이 느껴졌지만 손이 떨릴 정도로 부드러웠다. 그의 손길에도 피하지 않는 그녀를 보고 해준은 정말 이 기회를 놓치지 않기로 했다.

가벼운 입맞춤에도 영신은 가만히 있었다. 살짝살짝 그녀의 입술을 탐하던 해준이 혀를 내밀어 입술을 여는데도 저항이 없었다. 그녀가 주는 부드러움에 해준은 미칠 것 같았다. 가질 수 없다고 생각했기 때문에 더 급해지고 거칠어졌다.

하지만 흥분한 사람은 그뿐이었다. 영신은 거부를 하지 않았을 뿐 어떤 반응도 보이지 않았다. 두려워하지 않는 것만 빼면 그녀의 태도는 지난 10년과 달라진 게 아무것도 없었다. 가슴 한구석이 싸해졌다. 그는 손을 놓고 뒤로 물러났다.

"미안해요."

"취했다. 데려다 줄게."

해준은 끝까지 이기적이지 못한 자신을 질책했다. 나중에 후회할 줄 알면서도 지금은 그녀를 안을 수 없었다. 취기가 더 올랐는지 아파트 앞에 도착해서도 영신은 몸을 가누지 못했다. 차에서 내리는 영신을 안으려는데 갑자기 검은 그림자가 불쑥 나타났다. 그 남자였다. 해준과 영신을 발견한 눈에서 불꽃이 튀었다. 거칠게 다가온 정이 영신을 낚아채듯 안아 들었다. 해준이 손을 쓸 겨를조차 없었다.

"뭐하는 짓이야?"

"꺼져. 네놈을 죽이지 않는 걸 다행으로 여기고."

살 떨릴 정도로 이를 가는 소리였지만 해준은 잔뜩 비웃어 주었다. 자신도 그와 같은 심정이었기 때문이다.

"당신이 뭔데?"

"이 여자 난로. 그래서 이 여자 안을 수 있는 사람은 나뿐이야."

무슨 소린지 알아듣지도 못할 말을 중얼거리더니 정이 거의 정신을 잃은 영신을 안고 아파트 안으로 들어갔다. 해준은 두 사람이 사라지는 걸 멍하니 바라보고만 있었다.

생각 같아서는 당장에 영신을 깨워 뭐하는 짓이냐고 따지고 싶었다. 하지만 침대에 누운 영신의 얼굴이 너무나 초췌해 정은 이를 악문 채로 그녀를 내려다보았다.

하루 종일 그녀의 집과 소금인형을 왔다 갔다 했다. 꺼진 휴대폰으로 수십 통이 넘게 전화를 해 댔다. 다시 그녀를 만나면 무슨 말을 할까? 화를 낼까? 달래 줄까? 하는 쓸데없는 상상은 했지만 그녀가 다른 남자의 품 안에 있는 상상만은 하지 못했다.

술에 취한 채 다른 남자의 품에 있는 그녀를 본 순간 하루 종일 떠올렸던 생각들은 순식간에 사라졌다. 영신에게 화가 난 것보다 해준에 대한 맹렬한 질투심이 타올랐다. 그 녀석을 자신의 발밑에 놓고 자근자근 밟아 주고 싶었다. 영신의 몸에 닿아 있는 그의 손을 먼저 떼어 내는 데 정신을 쏟지 않았다면 분명 지금쯤 그 자식을 반쯤은 죽도록 패 버렸을 것이다.

영신은 여전히 인사불성이다. 이런 무방비의 상태로 다른 사내의 품에 있다니. 술 때문인지 얼굴이 발갛게 달아올라 있었다. 몸을 뒤척이는 그녀의 두터운 외투를 그가 벗겨 주었다.

영신이 눈을 몇 번 깜박거리더니 반짝 떴다. 눈은 떴지만 취기는 그대로였다. 그렇지 않다면 그에게 이렇게 웃을 수는 없을 것이다. 배시시 웃는 얼굴이 말갛다. 망할 여자 같으니. 화가 나서 벗긴 외투를 던져 버리자 영신이 제대로 가누지도 못하는 몸을 일으켜 그에게 기대 왔다. 순간 가슴이 털컥 내려앉는다.

"따뜻해."

그 일이 있기 전처럼 그에게 안겨 온다. 술 때문인지 몸에 약한 열감이 느껴졌다. 그 연약하고 말랑한 감촉에 그는 한숨이 푹 나왔다. 당신을 어떻게 할까?

몸을 돌리던 정은 답답한 느낌에 눈을 떴다. 그사이 깜박 잠이 든 모양이었다. 영신 역시 그의 품에서 정신없이 잠들어 있었다. 답답했는지 그녀의 셔츠 단추가 열려져 있었다. 하긴, 어제 외투 외에는 벗긴 게 없는 데다 술까지 마셨으니 답답할 만도 했다.

정은 한숨을 쉬고는 자리에서 일어났다. 영신이 편히 잘 수 있도록 자리를 봐 준 그는 욕실로 들어가 찬물로 세수를 했다. 정신이 번쩍 들 뭔가가 필요했다. 영신을 대할 때마다 막막하고 위태로워진다. 그도, 그녀도,

어디선가 사이렌 소리가 들렸다. 귀청을 울리는 그 소리에 정은 고개를 번쩍 들었다. 영신의 비명 소리였다. 비명 소리에 담긴 절박함에 정은 간담이 서늘해졌다. 후다닥 방으로 달려간 그는 영신의 어깨를 안아 올렸다.

"쉬, 괜찮아. 꿈이야."

정신은 들지 않았지만 다행히 그의 속삭임에 비명이 잦아들었다.

"영신아."

긴 속눈썹이 깜박거리더니 동그란 눈동자가 보였다. 그를 발견하고도 영신은 말없이 품 안에 있었다. 흠뻑 젖은 머리카락을 그가 쓸어 올려 주었다. 그 손짓에 정신이 드는지 힘겹게 몸을 일으켜 그에게서 벗어났다.

"어떻게 된 거예요? 왜 당신이 여기 있어요?"

간밤의 일을 떠올리는 것만으로도 분통이 터지는데 영신이 다시 그를 멀리하려 하자 더 화가 났다.

"적당히 해 둬."

거친 그의 말에 영신이 놀란 듯했다. 그녀는 자리에서 일어나 흐트러진 옷을 정리했다. 땀에 젖은 옷이 구겨져 별 효과는 없었지만 말이다.

"어떻게 된 건지 당신이 먼저 얘기해 봐. 왜 그 사장이란 작자와 같이 나타났는지. 그것도 인사불성이 되어서."

차가운 그의 말에 영신이 움찔했다. 간밤의 기억이 났는지 한숨을 내쉬었다. 그녀는 그에게서 시선을 돌렸다.

"할 말 없어요. 당신이 상관할 일……."

"말할 땐 눈을 봐. 당신이 무슨 생각을 하는지 알아야겠어."

"범인 취조하듯 하지 말아요. 당신한테 변명할 이유 없어요. 형사 노릇 하려면 경찰서나 가 봐요."

형사 노릇이라. 그제야 자신의 용건이 기억났다. 싫어도 해야 했다. 그 형사 노릇이라는 걸. 그는 한숨을 내쉬었다.

"옷 갈아입고 나와. 할 얘기 있으니까."

그가 나간 후 영신은 주섬주섬 옷을 챙겨 욕실로 들어갔다. 술에 취한 채 그대로 잠이 든 데다 악몽 때문에 식은땀을 흘려 온몸이 끈적거렸다. 새벽 시간이라 출근 전까지 시간이 꽤 남아 있었다. 바깥에서 기다리는 남자 따윈 지옥에나 가라지.

그녀를 안아 주던 그 온기는 거짓이 없었는데 두 사람의 마음이 자꾸만 어긋났다. 앞으로 점점 더 심해질 그런 일들이었다. 정은 솔직하고 건강한 남자였다. 그런 그에게 기약 없는 기다림을 강요할 수는 없었다. 힘들지만 지금 손을 놓는 게 나았다. 고집이 덜 센 남자였으면 좋았을걸, 하면서도 그의 그 고집이 좋았던 자신을 떠올리자 한심해서 웃음이 났다.

몸이 깨끗해지니 조금 살 것 같았다. 단정한 차림에 오랜 시간 공을 들여 머리를 말려 묶었다. 그와 대면하는 순간을 최대한 뒤로 미루고 싶었지만 결국, 그녀는 거실로 나갔다. 초조하게 서성대던 그가 휙 돌아보았다. 말끔한 그녀의 차림에 인상을 쓰고는 뭔가 투덜거린다. 들리진 않아도 불만에 찬 그 말이 좋은 말은 아닌 것 같았다.

"완전 무장을 했군."

정은 중얼중얼 속으로 욕설을 뱉었다. 그가 가까이 다가서려 하자 영신이 뒤로 물러났다. 그의 온기가 그리워 달려오던 여자는 다시 단단한 껍질 안으로 자신을 숨긴 후였다.

"와서 앉아. 얘기 좀 해."

"출근해야 돼요."

"겨우 여섯 시야. 오래 걸리지 않아. 당신, 동생 일이야."

못마땅하게 그를 노려보던 영신이 동생 일이라는 말에 겨우 움직였다. 그를 돌아 소파로 가더니 가장자리에 걸터앉는다. 정도 반대편 끝에 앉았다. 그의 무게에 작은 소파가 들썩이자 그녀가 불편한 듯 옆으로 몸을 피했다. 그의 입술에 씁쓸함이 번져 갔다.

"제대로 앉아. 그러다 떨어져."

"그럴 일 없어요. 무슨 말이에요? 영채 일이라니?"

말끔해진 외양과 달리 긴장으로 굳어진 얼굴에 마음이 약해진 정은 시선을 피했다. 일부러 목소리에 힘을 주었다.

"당신이 메모해 두었던 차량 번호, 조회해 보니 도난 차량이었어."

"뭐라고요?"

"말 그대로 훔친 차라고. 문제는 그 차가 우리가 수사하는 사건의 참고인이 다니던 정비소에서 도난당한 거라는 거지."

"무슨 말이에요? 알아듣게 해요."

영신이 벌떡 일어나 소리를 질렀다.

"앉아. 아직 시작도 안 했어."

영신이 이를 악문 채 그를 노려보았다. 여기서 약해지면 다 소용없어진다. 정은 무덤덤한 어조로 말을 이었다.

"그 참고인이 사실은 용의선상에 올랐던 작자야. 그런데 얼마 전 사건에서 알리바이가 생기는 바람에 우리가 놓쳤어. 그런데 당신 동생이 찾아왔던 지난주부터 행방이 묘연해. 목격한 사람은 당신이 유일하고. 당신이 본 남자가 이 사람이지?"

그가 사진을 내밀었다. 하지만 영신은 부들거리며 정만 노려보고 있었다. 한동안 미동도 없던 영신이 사진을 빼앗듯이 집어 들었다.

영채와 같이 왔던 그 남자다. 증명사진이라 조금 다듬었는지 피부가 더 하얗고 표정이 어색했지만 확실했다. 저절로 사진을 쥔 손에 힘이 들어갔다. 그 바람에 사진이 구겨졌지만 영신은 시선을 들지 못했다. 정과 눈이 마주치면 자신이 알아낸 사실을 들키고 말 것 같았다. 영채에게 확인하기 전에 그에게 먼저 말하고 싶지 않았다.

"그 남자 맞지?"

단정적인 어조에 영신은 고개를 저었다.

"기억 안 나요. 잠깐 본 거라."

"그래? 그런데 이번 사건에서 피해자들, 묘한 공통점이 있어."

"왜 그런 얘길 나한테 해요? 당신 사건 따위 관심 없어요. 영채는 이런 남자와 어울릴 애가 아니에요."

영신의 부정에도 정은 자신이 할 얘기를 했다.

"피해자들, 대부분 가정폭력의 가해자들이었어. 밝혀지지 않은 사람들도 그럴 가능성이 높아. 어쩌면 성적으로 가족을 학대한 사람들일 수도 있어. 그걸 인정한 사람은 몇 사람 안 됐지만. 그리고 우린 범인이 바로 그런 사실을 알고 그들을 벌주는 거라고 생각해. 일종의 복수지. 당신 동생이 어떻게 이 사건과 연관되었는지는 더 알아봐야겠지만 한창희와 같이 있다면 우린 당신 동생 역시 용의선상에 놓고 수사해야 할지도 몰라."

가슴을 얻어맞은 것처럼 영신이 크게 숨을 들이쉬었다. 정은 그녀의 태도에서 이미 답을 알았다. 빌어먹을. 생각보다 심했다. 영신이 충격받은 것 이상으로 그도 충격을 받았다. 자신에게 안겨 오던 영신이 발작처럼 비명을 질렀던 이유가 밝혀지자 머리가 어질어질했다.

영신의 떨리는 손이 그의 눈에도 또렷하게 보였다. 들고 있던 사진이 바닥으로 떨어졌다. 고개를 든 영신의 얼굴이 유령처럼 창백해져 있었다. 그녀를 이렇게 만든 작자가 이 자리에 있다면 죽여 버리고 싶을 정도였다.

영신이 떨리는 목소리로 입을 열었다.

"무, 무슨 소린지 모르겠네요. 그 아인 법대생이에요. 검사가 되고 싶다고 했던 아이란 말이에요. 그런데 용의자라고요? 말도 안 되는 소리 말아요!"

"영신아!"

"가요. 늦겠어요. 난 더 할 말 없어요. 그리고 잘 보니 이 남자 아니었어요. 그 차에 탔던 사람. 어쩌면 내가 당황해서 번호를 잘못 적었을 수도 있고요."

"아직 아무한테도 얘기는 안 했어. 당신한테 먼저 얘길 듣고 싶었어. 나한테 얘기하면 다른 사람이 당신 괴롭히도록 두지 않을게. 나중에 더 힘들어져."

"모른다고 했잖아요! 그런 일 없어요, 우린."

"지금 한창희와 움직이는 사람은 바로 당신 동생이야. 어쩌면 한창희 꼬임에 넘어갔거나 말할 수 없는 약점이 잡혔거나. 당신이 협조하면 우리가 먼저 도울 수 있어. 당신 동생이 더는……."

"닥쳐요! 당신이 뭘 안다고 함부로 지껄여! 그 애는 그 사람 몰라요! 영채는 그런 짓 할 수 있는 애가 아니란 말이야!"

갑자기 영신이 그를 향해 돌진했다. 갑작스런 감정의 폭발에 정이 뒤로 밀렸다. 작은 주먹이 사정없이 그의 몸을 향해 날아들었다. 정은 그녀의 가는 두 팔을 잡았다.

"진정해!"

"싫어! 당신이 영채에 대해 뭘 알아! 뭘 안다고 마음대로 지껄여!"

진정은커녕 영신의 반항은 더 거세졌다. 미친 사람처럼 소리를 질러 댔다. 결국 정은 그녀의 몸을 두 팔로 옥죄듯 안아 소파에 앉혔다.

그에게 잡혀 꼼짝을 못 하면서도 영신은 악을 쓰며 몸부림을 쳤다. 땀이 날 정도로 날뛰던 그녀가 결국엔 울음을 터뜨리며 무너져 내렸다. 그의 몸 밑에 깔려 엎드린 채로 영신은 죽을 것처럼 울어 댔다.

정은 그 울음소리에 간담이 서늘해졌다. 그녀의 고통이 그대로 전해져 온다. 그녀의 흐느낌이 그의 가슴을 울렸다. 힘을 풀고 영신을 돌려 안자 그녀가 몸을 뺐다. 깨끗해졌던 얼굴이 눈물로 얼룩지고 머리가 산발이 되어 있었다. 말끔했던 차림도 몸부림 때문에 엉망으로 구겨져 있었다.

"영신아!"

"나가요."

"얘기 좀 해."

"가라고요."

"최영신. 다음에 올 땐 당신의 연인으로는 못 와. 형사로 올 거야. 그러니까 지금 얘기해. 그래야 도와줄 수 있어."

"가!"

소리를 바락바락 지르며 영신이 그를 밀어냈다. 문이 쾅 하고 눈앞에서 닫혔다. 정은 이를 악물고 현관문을 가볍게 쳤다. 다시 이곳에 온다면 당분간은 형사여야 했다. 하루 동안 벌어 두었던 시간은 이미 다 써 버렸고, 더 이상 감추게 된다면 수사은폐밖에 되지 않는다. 그는 굳게 닫힌 문에서 흘러나오는 격한 흐느낌을 들으며 오랫동안 서 있었다.

아침 수사회의에서 정은 한창희와 최영채에 대해 알렸다. 진경이 놀란 눈으로 그를 힐끗 보았다. 오전이 가기 전에 두 사람에 대한 수배가 내려졌다. 그리고 오후가 되기 전 그는 영신와 영채에 대한 자

료를 받았다. 영신의 신분증 사진을 확인한 정은 이를 악물었다. 지금
보다 훨씬 앳된 얼굴이 우울한 표정을 짓고 있었다. 저도 모르게 사
진을 쓰다듬던 그는 진경이 다가오는 기척에 퍼뜩 손을 치웠다.

"뭡니까?"

"최영채 자료."

"벌써 나왔어요?"

그는 대꾸 없이 파일에 집중했다. 최영채, 22세. 한국대 법학과 3
학년이었다. 로스쿨이 생기기 전의 마지막 입학생이었다. 신분증 사
진인데도 굉장한 미인이었다. 소민이 말했던 예쁜 언니가 그녀였을
까? 소민이 있었다면 영채의 역할을 확실히 알 수 있었을 텐데. 아쉬
웠다. 그가 생각에 빠진 사이 진경이 파일을 들여다보았다.

"미인이네요. 가족이 언니, 최영신. 그리고 아버지가 있네요. 어머
니는 10년 전에 돌아가셨고."

"아버지?"

"네. 최정훈. 한창실업이라고 중소기업 대표라는데요."

진경의 손에서 파일을 낚아챈 그는 가족사항을 꼼꼼히 읽어 보았
다. 부, 최정훈. 아버지라니. 영신은 분명 자매뿐이라고 했다. 거짓말
을 한 이유가 뭘까? 답을 알면서도 인정하기 싫었다. 그는 이를 으득
갈았다.

"이 사람부터 만나야겠어."

이 개자식이라는 욕설이 나올 뻔한 걸 참고 그는 자리에서 벌떡 일
어났다.

"같이 가요."

"나 혼자 갈게."

"선배! 왜 그러는 겁니까? 도대체. 선배답지 않습니다."

항상 다른 사람에 비해 여유로운 사람이었다. 하지만 지금의 그는 혼돈의 한가운데 있는 사람처럼 종잡을 수가 없었다.

진경의 비난 어린 어조에 정이 움찔했다. 이성을 잃은 자신의 모습이 마음에 들지 않았지만 사방에서 숨통을 조이는 이 상황이 그를 미치게 했다.

"지금 최영채와 동거 중인 사람은 아버지가 아니라 언니인 최영신입니다. 이쪽이 먼저죠. 그리고 일주일 전에 최영신이 적금을 깨서 현금화했다는 것도 있습니다. 돈의 사용처는 모르구요. 이쪽이 더 의심스럽지 않습니까?"

진경이 떨어진 서류를 들어 그에게 들이밀자 정은 그런 후배를 노려보았다. 진경 역시 그런 그를 마주 보았다.

"너거 둘이 눈싸움하나? 잘하면 누구 하나 눈에 구멍 뚫리겠다. 누가 이기는지 한 번 보까?"

갑작스레 들려온 걸걸한 목소리에 정은 정신을 차렸다. 진경도 한 발 뒤로 물러서며 서류를 책상에 놓고는 자리로 돌아갔다.

"와 그라노? 사랑 싸움이가?"

"아닙니다. 저희 탐문 나갑니다."

"어디로?"

"최영채 가족들 좀 만나려고요."

"알겠다. 조심해서 댕겨오거라이."

정은 벗어 뒀던 옷과 서류를 집어 들며 문 쪽으로 갔다. 여전히 화가 났는지 진경이 고개를 돌리고 서 있었다.

"야, 김진경. 후딱 안 튀어 오고 뭐해?"

진경이 그의 말에 놀라 고개를 들었다. 하지만 그 시선을 무시하고 정은 바깥으로 나갔다. 찬바람이 부는데도 속에서 이는 천불 때문에 추운 줄도 모르고 그는 흐릿한 하늘을 노려보았다.

한창실업은 상계동쪽에 위치해 있었다. 그쪽으로 가는 내내 정은 침묵을 지켰다. 진경이 못마땅한 시선으로 계속 그를 힐끔거렸다.

"그만 봐."

"이유 말해 주십시오. 이건 경우가 안 맞습니다. 논리도 안 맞고요."

"알아."

"그런데 왜 이런 행동을 하시는 겁니까?"

"최영신."

"네?"

뜬금없이 나온 이름에 진경은 저도 모르게 목소리가 한 톤 올라갔다. 한참을 말없이 운전에 열중하던 정이 신호에 걸리자 차를 멈추고 그녀를 돌아봤다.

"최영신. 내 여자다."

"그때 저녁에 만났던 그 여잡니까?"

용케 퍼뜩 기억이 났다. 까무잡잡한 얼굴에 귀여운 인상의 작은 인형 같은 여자였다. 그때 여자를 대하던 정의 태도가 걸려 아직도 그녀의 뇌리에 남아 있었다.

"뭐라고 해야 합니까? 이럴 때 저는."

"아무 말 마. 미안하다. 이 지경까지 올 줄은 몰랐어. 영신인 이 사건과는 상관없어."

희망사항이겠지. 갑작스레 떠오른 용의자, 그 언니였다. 그런데 상관이 없다고? 진경은 한숨이 나오는 걸 간신히 참았다.

"어쩔 생각입니까? 숨긴다고 숨겨질 일이 아니지 않습니까?"

"알아. 반장님께는 시간 나는 대로 얘기할 생각이야. 하지만 오늘은 만나야 할 사람부터 만나고."

"최영신 씨한테 얘기한 겁니까? 동생의 일."

"오늘 아침에."

괴로운 듯 정이 이맛살을 찌푸렸다. 빵 하는 소리에 정신을 차리니 신호가 바뀌어 있었다. 시끄럽게 빵빵거리는 뒤차의 경적에 그는 출발했다.

"그럼 최영채와 한창희의 접점, 어떻게 알게 된 겁니까?"

"영신이가 동생을 찾아 달라고 차량 번호를 줬는데 조회해 보니 도난 차량이었어. 그래서 알게 된 거야."

그제야 의문이 풀렸다. 아침에 브리핑하면서 사람들이 정에게 어떻게 알게 된 거냐고 물었을 때 어물쩍 우연이라고 했던 그가 이상하긴 했다.

"그럼 최영신은 몰랐다는 거군요. 동생이 그렇다는 걸. 최영채의 행방은요?"

"영신인 몰라. 계속 찾고 있었으니까."

"그럼 그 돈은 뭡니까?"

"그건 나도 이제 알았어. 나중에 물어봐야지. 일부러 숨기지는 않았을 거야."

진경은 저도 모르게 코웃음이 나오는 걸 참았다. 그 말은 사실이라기보다는 그의 간절한 바람에 가까웠다. 정의 심정은 이해가 갔지만 부글부글 속이 끓었다. 진경은 입을 꽉 다문 채 앞을 응시했다.

최정훈은 조금 뚱뚱한 장년의 사내였다. 평범한 인상과 달리 어딘지 모르게 교활하게 보이는 눈이 정은 첫눈에 싫어졌다. 정은 그와 영신의 닮은 점을 찾아보려 했지만 하나도 찾을 수 없었다. 신분을 밝히는 그들을 의심스럽게 쳐다본다.

"무슨 일입니까? 경찰이 저를 찾아올 일이 없을 텐데."

"따님 일입니다."

"딸? 내 딸 말이오? 영신이 걔가 무슨 일을 저질렀단 말이오?"

딸들이 아니라 딸이었다. 정과 진경의 시선이 마주쳤다.

"큰따님이 아니라 둘째 따님 말입니다. 최영채."

잠시 말귀를 못 알아들은 듯하더니 아, 하며 최정훈이 고개를 끄덕였다.

"영채가 뭐요?"

"연락하고 계십니까?"

"집 나간 지 오래됐소. 아마 영신이하고 같이 지낼 거요. 그 애한테 물어보는 게 더 빠를 겁니다."

"친따님이 아니죠? 최영채 씨는."

"그렇소. 아내와 재혼하면서 그쪽에서 데리고 온 아이였소. 나하고는 피 한 방울 섞이지 않은 아이였지."

왠지 그 말이 변명처럼 들려 정은 이를 악물었다.

"최근에 연락받은 적 있습니까?"

"없습니다. 고등학교 졸업하면서 제 언니한테로 갔으니까. 영신이 일 아니면 그만합시다. 그 자식도 나하고는 인연 끊은 지 오래지만."

"최영채 씨한테 성적으로 접근하신 적이 있습니까?"

귀찮다는 듯 대충 대답을 하던 최정훈이 진경의 갑작스런 질문에 당황했다. 가끔씩 진경은 이런 식으로 사람의 허를 찔렀다.

"누가? 어디서 이상한 소릴 들은 모양인데 말도 안 되는 소리요. 망할 년, 거둬 주고 입혀 줬더니 은혜도 모르고. 누가 그런 소릴 했습니까? 영신이 년이요?"

"최정훈 씨!"

진경의 목소리가 얼음장처럼 차가웠다. 얘기를 하는 내내 정은 주먹 쥔 손의 힘을 풀려고 노력했다. 쥐었다 폈다 하는 손이 아플 정도였다. 그렇게라도 하지 않으면 눈앞의 남자를 죽도록 패 버릴 것 같았다.

"더는 할 말 없으니 가 보시오. 한 번만 더 이딴 소리 하면 명예훼손으로 고소할 테니 두고 보시오. 난, 이만 바빠서."

최정훈이 그들을 두고 사무실을 쏜살같이 빠져나갔다. 꽁지 빠지게 사라지는 그 뒷모습을 두 사람은 한참을 노려보았다.

"선배, 괜찮습니까?"

"그만 가자."

정의 눈에 적의가 어려 있다. 그 뜻이 뭔지 모를 수가 없다. 최영채에 대한 최정훈의 반응은 그들이 예상한 대로였다. 그래서 더 그들이 생각한 시나리오가 착착 맞아 들어간다. 마음이 무겁게 가라앉았다.

멍하니 하루가 지나갔다. 회사에서도 계속 실수를 연발했고 집에 오는 길에는 사람들에게 부딪혀 이상한 여자로 취급당하기도 했다. 영신은 정의 말을 믿을 수가 없었다. 아니, 믿고 싶지 않았다. 자신에게 이상한 말을 한 그를 하루 종일 원망해 봐도 답답한 마음은 풀리지가 않았다.

뭘 어떻게 해야 할지 알 수가 없었다. 영채를 만나 얘기를 듣고 싶었다. 아니, 아니다. 다시 도망치고 싶어 하는 자신의 비겁함이 꿈틀거린다. 그녀는 그런 자신에게 욕을 퍼부었다.

넌, 그럴 자격도 없어.

자신이 사는 동으로 들어서는데 여기저기 어지럽게 차가 주차되어 있었다. 관리인이 제대로 주차 관리를 안 했는지 길이 다 막혀 있었다. 평소와 다른 그 광경에 정신이 멍한 그녀조차 신경이 쓰일 정도였다.

그녀는 힘없이 엘리베이터에 올랐다. 어서 집에 가서 숨고 싶은 생각뿐이었다. 하지만 그녀가 7층에서 내리는 순간 좁은 복도에 쭉 서 있던 검은 점퍼 차림의 남자들이 일제히 돌아보았다. 그 동작이 너무 일사분란해서 영신은 놀라기보다는 현실 같지가 않아 오히려 멍해졌다. 마치 영화 속의 악당들이 자기 앞에 서 있는 것 같아 무서운 마음도 들지 않았다.

"최영신 씨?"

굵은 남자의 목소리에 퍼뜩 정신이 들며 그녀는 뒤로 물러섰다. 하지만 이미 엘리베이터 문이 닫혀 도망칠 곳이 없었다.

"경찰입니다. 최영신 씨 맞죠? 최영채 씨의 언니 되는."

"네, 네."

더듬거리는 말이 나왔다. 이런 일을 예상하지 못한 자신이 어리석게 느껴졌다. 형사로 올 거라던 정의 말이 떠올랐다. 그러나 검은 옷을 입은 사내의 무리 속에 정은 없었다.

"여기. 수색영장입니다."

영신은 눈앞에 펄럭이는 서류를 멍하니 바라보았다. 그만큼 현실감이 없어서였다. 수색영장이라니. 꼼짝하지 않는 그녀에게 한 남자가 다가섰다.

"문부터 열어 주시죠."

고압적인 명령에 영신은 간신히 문 앞으로 다가섰다. 손이 떨려 두 번이나 번호를 잘못 눌렀다. 그녀의 뒤에서 숨죽인 남자들이 뿜어내는 강한 기운에 질식해 버릴 것만 같았다. 삐리릭 하고 문이 열리는 소리가 들리자마자 남자들이 후다닥 안으로 뛰어 들어갔다. 후들거리는 다리를 지탱하기 위해 영신은 벽을 짚고 안으로 들어갔다.

"어디 좀 앉아서 기다리시죠. 시간이 좀 걸릴 겁니다."

키가 큰 남자가 단호하지만 부드럽게 권유했다. 정보다도 훨씬 큰 남자였다. 거친 인상이지만 그녀를 보는 눈빛에는 약간의 걱정이 어려 있었다.

민기는 쓰러질 것 같은 영신을 보자 예전의 아내가 떠올랐다. 안쓰러운 마음에 그는 영신을 부축해 거실의 소파에 앉혔다. 워낙 풀릴 기미가 없던 사건에 그나마 단 하나뿐인 실마리처럼 최영채가 나타났다. 그래서 수사본부의 분위기가 고조되고 급해진 게 사실이었다. 최영신의 창백한 얼굴을 보니 안 된 마음이 들었지만 지금 그녀를 살필 여유 따윈 형사들에게 없었다. 민기는 한숨을 쉬고는 형사들과 함께 집 안을 수색하기 시작했다.

영신은 뻣뻣하게 굳은 채 남자들이 순식간에 집 안의 모든 것들을 들쑤시는 걸 바라보았다. 마치 꿈속에서 일어나는 일처럼 현실감이 없었다. 그들을 처음 봤던 그 인상대로 마치 영화의 한 장면을 보고 있는 것만 같았다.

일사분란하게 조직적으로 집 안을 뒤진 남자들은 영채의 컴퓨터를 가져가는 것으로 모든 일을 끝냈다. 사내들이 우르르 빠져나간 후 엉망이 된 거실에 남은 사람은 자신을 정 반장이라고 소개한 남자와 정과 비슷한 또래의 남자 형사뿐이었다.

"최영신 씨."

영신을 부른 사람은 순천이었다. 그의 목소리에 영신이 고개를 들었다. 냉랭한 경멸이 어린 그의 시선에서 영신은 이미 그들이 영채를 범인으로 여긴다는 걸 알게 되었다.

"일주일 전에 최영신 씨가 동생, 최영채 씨한테 돈 천오백만 원을 건네셨죠?"

어떻게 알았을까? 영신은 엉뚱하게도 그 생각이 먼저 떠올랐다.

"네."

"왜 준 거죠?"

"네?"

"최영채 씨가 도피 자금으로 쓰기 위해 달라고 했던 거 아닙니까?"

도피 자금? 영신은 저도 모르게 웃음이 나오는 걸 참았다. 지금 남자가 하는 말이 너무 괴리감이 커서 받아들여지지가 않았다.

"아니요. 그냥 돈이 필요하다고 해서 줬어요."

"그냥 줬다고요? 꽤 큰돈인데. 아무런 의심도 없었습니까? 어디 쓸건지 물어는 봤나요?"

영채가 떠나 버릴 것 같아서 물어보지 못했다. 돈은 그녀가 줄 수 있는 한 얼마든지 구해 주고 싶었다. 영채가 돌아오기만 한다면. 영신은 입술을 깨물었다.

"아니요. 의심 같은 거 안 했어요. 그 애는 그럴 애가 아니에요. 이건 뭔가 잘못된 거예요."

"그건 최영채 씨 본인이 가장 잘 알겠죠. 어쩌면 언니인 당신도 알고 있었던 것 아닙니까?"

"……."

"그럼 어디 쓸 건지도 모르는데 그 큰돈을 덜컥 줬다 이거군요. 돈을 건네줄 때 남자와 같이 있었다고 했죠? 그 남자는 기억납니까?"

정이 보여 준 사진이 떠올랐다. 영신은 고개를 크게 저었다. 그게 오히려 순천의 비웃음을 샀다는 걸 알고 그녀는 입술을 깨물었다.

"한 번 더 보시죠. 차 안에 있었다던 남자, 이 사람 맞습니까?"

"기억 안 나요."

"자세히 보시죠. 이 남자 맞죠?"

영신은 순천이 가까이 내미는 사진에서 시선을 돌렸다. 꿈이라고 여겼는데 고통은 너무나 생생했다.

"최영채 씨는 지금 아홉 명이나 되는 사람들을 죽인 연쇄살인의 용의잡니다."

"……."

가슴이 찢어질 것처럼 아파 왔다. 그만하라고 소리를 지르고 싶은데 목이 꽉 막혀 목소리를 낼 수가 없었다. 영신은 자신을 공격하는 형사를 죽일 듯이 노려보았다. 하지만 순천은 더 가까이 다가왔다.

"최영채가 도주하는 데 당신이 조금이라도 도움을 줬거나 숨기는 게 있으면 그냥 넘어갈 일이 아닙니다. 동생을 돕고 싶으면 지금 말해요. 어리석은 짓 말고."

"그만하자. 최영신 씨."

비명이 터지려는 순간 정 반장이 순천의 말을 막았다.

"사진은 두고 가겠습니다. 기억이 확실히 나거든 그때 얘기해 주셔도 됩니다. 당분간은 저희가 자주 찾아올 겁니다. 그러니 어디 멀리 가는 일은 피해 주시고, 언제든 연락받을 수 있도록 부탁합니다. 혹시라도 동생한테 연락이 있으면 바로 저희에게 연락 주세요. 그게 최영신 씨가 동생을 돕는 최선의 길이라는 거, 잊지 마세요."

남자가 명함을 내밀었다. 하지만 받을 생각을 않는 그녀의 태도에 테이블 위에 내려놓았다. 잠시 뒤에 영신은 텅 빈 집 안에 우두커니 혼자 남았다. 마치 끝나지 않는 악몽처럼 주변이 어지럽기만 했다. 더 이상 숨을 곳도, 안전한 곳도 없다는 생각이 들자 경련처럼 몸이 떨려 왔다.

대석의 전화를 받은 정은 노발대발했다. 분명히 영신의 조사도 진경과 자신이 하겠다고 했다. 그런데 수사본부 사람들이 우르르 영신의 집까지 몰려가 헤집어 놨다는 걸 들었던 것이다. 진경이 흥분한 그를 진정시키려 애를 썼다.

"그만하십시오. 이런다고 최영신 씨한테 도움 되는 거 아닙니다."

망할!

정은 중얼중얼 욕설을 중얼댔다. 그는 곧장 영신의 집으로 갔다. 그녀가 어떤 일을 당했을지 생각만으로도 가슴이 터질 것 같았다. 차가 서자마자 그는 영신의 집으로 뛰어 올라갔다. 초인종을 눌러도 계속 답이 없자 이번에는 현관문을 두드려 댔다. 아파트 전체가 울릴 정도로 큰 소리였다.

"누구세요?"

그 소리에 당해 낼 재간이 없었는지 영신의 작은 목소리가 대답한다.

"문 열어."

이를 악문 목소리에 잠시 침묵이 흘렀다.

"문 열라고. 당장 얼굴을 봐야겠어."

"가요. 보고 싶지 않아요."

"부수고 들어가기 전에 열어!"

고함을 버럭 지르며 다시 문을 쾅 치고도 한참이 지나서야 느릿느릿 문이 열렸다. 눈물자국은 없었다. 하지만 영신이 정상적인 상태가 아니라는 건 멍한 그 표정만으로도 알 수 있었다.

집안이 엉망진창이었다. 치울 생각이었는지 영신의 손에 방바닥에 쏟아져 있던 것으로 보이는 책이 들려 있었다. 그런 영신에게 정은 아무 말도 할 수가 없었다. 진경의 말대로 이곳에 먼저 왔다면 영신이 이런 일을 당하지 않아도 됐을 텐데. 자신의 어리석음을 탓해 봤지만 이미 늦은 후회였다. 그는 영신에게 다가섰다.

"괜찮아?"

"당신이면 괜찮을 것 같아요?"

낮지만 날이 선 음성이었다. 영신이 시선을 피한 채로 허공을 노려보고 있었다.

"미안해. 내가 먼저 왔……."

"가요. 지금은 당신 얼굴 보고 싶지 않아요."

"영신아, 내가 잘못했어."

"뭘요? 당신이 뭘 잘못했는데? 원망 안 해요. 그러니까 제발 그냥 가 줘요. 당신 얼굴 볼 때마다 너무 아파 죽을 것 같아, 화가 나요."

"영신아."

"집 치워야 돼요. 그리고 영채 컴퓨터 조사 끝나면 깨끗하게 돌려주라고 해 줘요."

영신이 방으로 들어가 문을 닫았다. 혼자 남겨진 정은 저도 모르게 발을 굴렀다. 젠장할, 자신이 할 수 있는 게 아무것도 없었다. 경찰서로 가서 따질 일도 아니었다. 정당한 수사 절차였고, 영신만 아니라면 그도 똑같이 처리했을 일이다. 그는 이를 악문 채 바깥으로 나왔다. 진경이 차 앞에서 그를 기다리고 있었다.

"최영신 씨, 괜찮습니까?"

"……."

"이건 어쩔 수 없는 일입니다. 속상한 건 알겠지만……."

"그만해라."

"다른 사람들이 알면 더 복잡해지니……."

"그만하라고 했어!"

갑작스런 고함 소리에 진경이 말을 멈추었다. 워낙 강한 여자라 고함을 친다고 해서 놀랄 사람은 아니었지만 그를 바라보는 진경의 눈빛은 어딘지 모르게 상처를 받은 것처럼 보였다. 그녀에게 화를 낼 일이 아니었는데. 정은 자신의 행동이 후회가 되었다.

"미안하다. 하지만 네 걱정은 필요 없어."

진경은 딱 자르는 정의 말에 인상을 썼다. 그녀의 걱정이 필요 없다는 말이 왠지 아프게 들렸다.

"그럼 걱정하지 않게 잘 하십시오."

바깥의 기온보다 두 사람 사이의 온도가 더 차가워졌다. 두 사람은 말없이 차에 올랐다. 하지만 정이 시동을 건 것은 오랜 시간이 지나서였다.

다음 날 아침 영신은 결국 지각을 했다. 정신을 차리는 데 엄청난 노력과 시간이 필요했다. 정말 정신이 차려지는 거라면 말이다. 영채의 꺼진 휴대폰에 전화를 걸어 음성 메시지를 남겼다.

"여긴 걱정 마. 너만 잘 지내면 돼."

영채가 돌아와 경찰들에게 잡힐까 두려웠다. 한편으로는 동생이 돌아와서 자신은 이 일과 아무 상관 없다고 말해 주었으면 했다. 그런 것들이 얼마나 부질없는 망상인지 알면서도 영신은 그걸 바랐다.

일을 하는 동안 영신은 잠시 모든 것을 잊었다. 아니, 어제 자신에게 생긴 일들을 그저 악몽처럼 여기게 되었다. 자신에게 말도 안 되는 얘기를 해 준 정을 미워하지 않아도 됐고, 영채가 어딘가 여행을 간 거라는 생각이 들었다.

점심때 잠깐 해준이 안부 전화를 했고 조용히 하루가 지나갔지만 저녁 무렵이 되자 다시 신경이 곤두섰다.

어제와 오늘, 이틀간의 일들은 지난 10년을 견딘 것보다 더 힘들게 느껴졌다. 영채를 어디서부터 찾아야 할지 막막해졌다. 더 이상 정에게 도움을 요청할 수도 없다. 그를 떠올리자 가슴이 갑갑해져 온다. 사내들이 짓밟고 지나간 집엔 들어가기도 싫었다. 하지만 영채를 찾기 전에는 자신을 포기할 수 없었다. 그래서 그녀는 퇴근하자마자 소금인형으로 향했다.

그녀의 갑작스런 방문에 해준이 깜짝 놀랐다. 지난번 일 이후로 한숨도 못 잔 그였다. 영신 앞에서 당당했던 남자의 말에 아무런 대꾸도 해 줄 수 없었던 자신이 한심했다. 오랫동안 지킨 사람은 자신인데, 왜 그랬을까? 그래서 작고 창백한 영신의 얼굴을 보자 속에서 울컥 뭔가가 올라왔다.

"어쩐 일이야?"

"오늘 비는 시간 있어요? 노래, 부르고 싶은데."

"무슨 일 있어?"

"그냥. 그동안 쭉 못 불렀잖아요. 그런데 준비를 못 했어. 이 모습이라도 상관없어요?"

평범한 오피스 걸의 차림이었다. 하얀 블라우스에 무릎까지 오는 모직 플레어스커트, 두꺼운 모직 재킷. 그런 차림이 오히려 영신을 더 위태로워 보이게 해 해준은 가슴이 답답했다.

"나야 상관없지만, 네가 괜찮겠어?"

"네. 몇 시에 가능해요?"

"여덟 시쯤."

"그래요? 그럼 기다릴게. 저녁 먹고 올게요."

"영신아!"

"아무 일 없어요. 그냥 노래가 부르고 싶어서 그래요. 좀 있다 올게요."

영신은 그대로 소금인형을 나왔다. 해준의 얼굴을 보는 순간 자신의 행동이 얼마나 철없는지 깨달았다. 자신 때문에 항상 아파하는 그를 더 괴롭힐 수는 없었다.

처음 그녀의 목소리를 좋아해 준 사람도 해준이었다. 그녀가 부르는 노랫소리에 눈을 반짝이며 들어 준 사람도 해준이었다. 노래를 부르는 게 좋았지만 깊이 빠지지는 못했다. 하지만 소금인형으로 들어서는 순간 주말마다 자신이 의식처럼 가졌던 그 무대가 그동안 그녀를 지탱해 주었던 걸 알았다.

텅 빈 그 공간을 그녀가 채우는 동안에는 그녀는 최영신이 아니었다. 정도, 해준도 받아들이지 못하지만 그 빈 공간을 그녀 자신으로 채우는 그 일만은 할 수 있을 것 같았다. 적어도 영채가 돌아올 때까지는 버텨 내야 할 일이었다.

영신에게 전화를 해 봤지만 연락이 되질 않았다. 집은 텅 비어 있었고 회사에서는 이미 퇴근한 후였다. 정 반장이 다시 영신을 만나 보기를 원했다. 순천과 대석이 가겠다는 걸 억지로 정이 우겨서 진경과 함께 영신을 만나러 온 참이었다.

"어쩌죠?"

설마, 도망친 건 아닐까요, 하는 말이 나오는 걸 진경은 간신히 참았다. 옆에 서 있는 정의 표정만 봐도 폭발 직전임을 알 수 있었다.

"한 군데 더 있어. 가자."

그렇게 온 곳이 소금인형이었다. 원래가 문화생활과는 거리가 멀었고 술이라고 해 봐야 경찰서 앞의 돼지껍데기집이 전부인 진경이었다. 어둑하지만 넓은 홀의 자리는 화요일이라 드문드문 비어 있었다. 입구의 맞은편에 무대가 있는 걸 보니 라이브 카페인 모양이다. 최영신을 찾는다면서 어째서 여기에 왔는지 이해가 가질 않았다. 하지만 정은 들어오자마자 무대 바로 앞에 자리를 잡았다. 주문을 받으러 온 종업원에게 정이 신분증을 내밀었다.

"사장 좀 불러와요."

어두워선지 한참을 그의 신분증을 내려 보던 종업원이 고개를 끄덕이고는 사라졌다. 중키의 부드럽게 생긴 남자가 그들 테이블로 걸어오는데 갑자기 무대 위의 불이 켜지고 작은 여자가 올라섰다. 어디서든 볼 수 있는 블라우스와 모직스커트 차림의 작고 마른 여자였다. 무대가 어두운 데다 긴 머리가 앞으로 쏟아져 얼굴을 자세히 볼 수가 없었다.

처음에 진경은 손님 중의 한 사람이 여흥을 즐기기 위해 무대로 올라간 거라고 생각했다. 여자의 무심한 시선이 그들의 테이블에서 멈추더니 미동도 하지 않는다. 이상한 느낌에 돌아보니 정이 그대로 몸을 굳힌 채 여자를 잡아먹을 것처럼 뚫어지게 바라보고 있었다.

그제야 진경은 여자가 최영신임을 알았다. 예전에 봤을 때와는 인상이 좀 달라 보여 금방 알아차리진 못했지만 그녀를 보는 정의 시선을 모를 리가 없다.

바다의 깊이를 재기 위해
바다로 내려간 소금인형처럼

당신의 깊이를 알기 위해 나는
당신의 피 속으로 뛰어든 나는
소금인형처럼 소금인형처럼
흔적도 없이 녹아 버렸네.

낮고 허스키한 목소리가 인상적이었다. 후렴구의 끊어질 듯 이어지는 허밍이 가슴을 파고들었다. 정의 얼굴이 하얗게 질렸다. 노래를 부르는 영신의 얼굴 또한 창백했다. 작고 귀여운 얼굴과 달리 영신의 목소리는 독특했다.

저 노래가 저렇게까지 애절했었나? 진경은 가슴이 두근거렸다. 하지만 그런 그녀의 생각은 금방 뚝 끊어졌다. 숨소리도 내지 않고 앉아 있던 정이 갑자기 벌떡 자리에서 일어나 무대로 뛰어 올라갔던 것이다. 정이 영신의 손목을 잡아채 무대를 성큼성큼 내려오자 웅성거림이 이어졌다.

"뭐하는 짓이야?"

진경이 막아서기도 전에 그들의 테이블 옆에 서 있던 남자가 두 사람을 막아섰다. 하지만 정은 그를 가볍게 밀치며 영신을 잡아끌고 소금인형을 빠져나갔다. 남자가 두 사람을 쫓으려는 걸 진경이 막아섰다.

"넌 뭐야?"

"말씀이 거치시네. 경찰입니다."

"뭐?"

남자가 황당한 얼굴로 그녀를 바라보았다. 하지만 지금 진경의 마음만큼 황당하지는 않을 것이다. 솔직히 진경 자신도 왜 이 남자를 막는지 이해는 되지 않았지만 그냥 막아서게 되었다. 정의 그 얼굴을 본 이상 막아설 수밖에 없었다.

"비켜!"

"이러면 공무집행 방햅니다."

"뭔 개소리야?"

"한 대 치면 경찰 폭행죄도 추가됩니다. 참고하시죠."

펄펄 뛰는 남자를 주변의 종업원들이 간신히 말리자 진경은 그대로 바깥으로 나왔다. 사실 황당하기로 치면 진경이 더했다. 정의 돌발 행동에 가장 놀란 사람이 바로 그녀였다. 다혈질이 많은 형사들 사이에서 정은 오히려 느긋한 편이었다. 물 흐르듯 사람들을 맞춰 주는 스타일이었다. 하지만 오늘 본 정의 모습은 물이 아니라 불에 가까웠다. 아니, 불꽃 그 자체였다.

사람들이 지나다니는 길 한가운데 서서 11월의 찬바람을 맞으며 진경은 그 불꽃이 향한 곳이 어딘지 궁금해하며 거리를 바라보았다.

"놔요!"

"한 마디도 하지 마. 당신 칠 것 같으니까."

사나운 정의 말에 영신은 입을 다물었다. 어딘지도 모르고 끌려간 곳은 사람들이 없는 골목길이었다. 사람들의 말소리, 음악 소리가 멀어져 갔다. 그곳에는 두 사람만 존재했다.

영신의 노래를 듣는 순간, 정은 자신이 죽어 버릴 것 같았다. 손에 잡히지 않는 영신의 그 마음이 그대로 전해져 왔다. 영원히 사라져 버릴 것 같은.

"당신은 나를 사랑해."

단정적인 어조에 영신은 부정하지 않았다. 지금 그 사실을 새삼 인정한다고 해서 달라질 건 아무것도 없었다. 하지만 그의 입에서 나온 그 말은 왠지 그녀를 더 괴롭게 만들었다. 눈물이 왈칵 쏟아질 것 같았다.

"나를 죽도록 사랑하지. 당신이 불렀던 그 망할 노래처럼."

심기를 건드린 그 노래를 말하며 정은 이를 갈았다. 이대로 그녀가 사라져 버리면 어떻게 될까? 견딜 수 없을 것 같았다. 그녀에게 말을 하면서도 자신도 그녀와 다르지 않다는 걸 문득 깨달았다. 얼굴이 닿을 듯이 선 두 사람은 서로의 눈 속에 갇혀 있었다. 영채의 일도, 자신이 형사라는 것도, 영신이 영채의 언니라는 것도 다 사라지고 두 사람만 남았다.

"도망갈까?"

뜬금없는 정의 말에 영신이 정신을 차렸다. 낮은 속삭임은 너무나 유혹적이었다. 그와 함께라면 감당할 수 없는 이 답답함에서 벗어날 수 잇을 것 같았다. 그렇게 할 수 없다는 걸 알면서도 그 유혹이 너무나 강했다. 영신은 어깨를 잡은 그의 팔을 잡았다. 단단함이, 온기가 전해져 왔다.

"뭐가 달라져요?"

"몰라, 나도. 그냥 이대로 있으면 미칠 것 같아."

"그럼 같이 가요. 얼마나 견딜 수 있을까요? 우리 두 사람이. 사랑이 남아 있는 시간이 얼마나 될지 생각해 봤어요?"

"영신아."

"당신 말대로 어쩌면 난 당신을 사랑해요. 아니, 정말 사랑해요. 하지만 사랑보다 더 오래, 질기게 남는 감정이 뭔지 알아요?"

"……"

"당신이 미워요. 사랑하는 만큼 증오스러워요. 당신을 만나지 않았다면 덜 괴로웠을 거야. 그냥 혼자 견디는 게 어쩌면 더 나았을 것 같은데, 당신이 준 그 온기에, 그 친절함에 자꾸만 기대고 싶어져. 더 힘들어요. 그래서 용서가 안 돼."

그를 비난할 일이 아님을 알았다. 그녀의 가족이 문제였다. 그들을 가족이라 부를 수 있을까? 세상에서 가장 증오하는 사람과 가장 사랑하지만 지켜 줄 수 없는 사람. 그런 게 가족일까?

영신은 어깨 위에 놓인 그의 손을 억지로 떼어 냈다. 그의 체온이 사라지며 몸에 냉기가 돌아왔다. 뻥 뚫린 가슴에 찬 바람이 쌩쌩 불었다.

"당신의 일에 충실해요. 난 영채의 언니로 충실할 거예요. 그 애가 무슨 짓을 했든 상관없어요. 내가 하지 못했던 일을 이제라도 해 줄 거예요. 당신을 방해하고, 못되게 굴어도 어쩔 수 없어요. 그러니 당신도 형사로서 해야 할 일을 해요. 다만, 내 마음은 바라지 말아요."

"영신아!"

"지금은 어떤 질문에도 대답할 마음 없어요. 물을 게 있다면 내일 다시 와요."

밀치고 나가는 영신을 잡지 못하고 정은 멍하니 그 뒷모습을 바라보았다. 얇은 블라우스에 치마 차림인데도 춥지도 않은지 영신은 차가운 밤거리를 뚜벅뚜벅 걸어갔다. 그녀가 멀어지는 거리만큼 자신에게서도 멀어지는 것 같았다.

순간, 정은 가슴에 날카로운 통증을 느꼈다. 그녀의 말대로 내일, 그는 형사가 되어 있어야 했다. 그걸 각오했으면서도 그녀에게 확인받은 순간 진짜 가슴이 아팠다. 아버지처럼 심장마비가 올 것 같았다. 진경이 그를 찾아낼 때까지 정은 구석진 골목길에 쭈그리고 앉아 있었다.

6

진경이 아까부터 힐끗거리며 자신을 보고 있다는 알고도 정은 아무 말도 없었다. 예전 같았으면 잘생긴 얼굴 돈 내고 봐라 농담을 했을 텐데 요즘의 정은 농담은커녕 가벼운 미소조차 짓지 않았다.

최영신을 끌고 나갔던 그날 그를 발견한 진경은 입을 딱 벌렸다. 어디로 사라졌는지 몰라 소금인형 앞에서 서성대는데 최영신이 쫓기는 사람처럼 오는 모습을 발견했다. 진경이 다가섰지만 그녀의 얼굴을 보고는 아무 말도 할 수 없었다.

어쩔 수 없이 영신이 왔던 방향으로 따라가다가 구석에 쭈그리고 앉은 정을 찾아냈다. 눈물을 흘리지 않는데도 진경은 그가 울고 있다고 생각했다. 그녀가 봤던 불꽃은 활활 타올라서 재가 되어 있었다.

지금 두 사람은 최영신의 아파트 앞에서 잠복 중이었다. 어쨌든 영신과 정의 관계를 아는 사람은 진경뿐이었고 정이 그 사실을 밝히지 않는 한 진경 쪽에서 먼저 말을 꺼낼 수는 없는 일이었다. 그래서 잠복조에서 빠질 수가 없었다. 최영채가 그나마 마지막까지 연락을 취했던 사람이 바로 최영신이었기 때문에 다시 연락해 올 때를 대비해 돌아가며 잠복 중이었다.

마지막 피해자인 이상협 교수의 빌라에 최영채가 드나들었다는 인근 슈퍼마켓 주인의 증언이 확보된 상태였다. 워낙 최영채가 튀는 미모라 목격자가 정확하게 기억하고 있었다. 두 사람의 확실한 관계는 최영채가 나타나 입을 열지 않는 한은 알 수 없었지만 사건의 성격상 모종의 성적인 관계가 있었다는 추측을 가질 수밖에 없었다.

여전히 소민과 한창희의 행방도 오리무중이었다. 세 사람의 관계뿐만 아니라 다른 피해자들의 가족과의 접점도 계속 수사 중이었지만 어떻게 연결이 됐는지는 밝혀진 게 없었다.

피해자의 가족들이 약속이라도 한 듯 입을 조개처럼 꾹 다물었다. 거의 매일 찾아가고, 경찰서로 불러 심문을 해도 요지부동이었다. 서로를 알아보진 못하는 게 분명했지만 그 결속력만은 단단하게 느껴졌다. 그리고 그 중심에 최영채가 있었다.

최정훈은 여전히 최영채에 대한 자신의 죄를 부인했다. 그 인간을 볼 때마다 진경은 구역질이 났다. 딸들을 성폭행하다니. 게다가 한 명은 친딸이었다. 뻔뻔스런 인간의 얼굴이 얼마만큼 두꺼워질 수 있는지 어처구니가 없었다.

영신이 영채에게 전해 준 돈이라면 중국이나 일본으로 밀입국도 가능했다. 그런 가능성까지 염두에 두고 수사를 벌였지만 최영채의 그림자조차 찾을 수 없었다. 그러니 수사본부가 최영신에게 더 매달릴 수밖에 없었다.

"나옵니다."

생각에 빠져 있던 정이 순간 긴장했다. 며칠 사이에 바짝 말라 버린 영신이 추운지 몸을 웅크린 채로 바깥으로 나왔다. 긴 머리를 하나로 묶은 그녀는 추위를 피하기 위해 두꺼운 점퍼와 청바지 차림이었다. 화장을 하지 않았는지 그의 마음을 끌었던 갈색 피부가 그 매끄러움을 그대로 드러내고 있었다. 그녀가 아파트를 나서자 두 사람은 그 뒤를 따랐다.

지하철 입구에 들어서면서 영신은 자신을 따라온 사람들을 눈치챘다. 며칠 전부터 누군가 자신을 감시한다는 것도 알았다. 사람들이 꽉 찬 지하철 안은 복잡했다. 덩치가 큰 남자 뒤에 선 그녀는 힐끗 시선을 돌려 자신을 따라온 사람을 확인했다.

키가 큰 여자의 뒤쪽에 서 있는 남자를 발견한 그녀는 숨을 들이켰다. 두 사람 모두 일부러 시선을 바깥으로 향하고 있었지만 그녀에게 신경을 곤두세우고 있는 게 느껴졌다. 지금까지는 자신의 뒤를 밟고 있는 사람들을 구별하기가 힘들었다. 하지만 서정이라는 남자는 형사라고 하기엔 너무 눈에 띄는 게 문제였다.

팔다리에 힘이 쭉 빠졌다. 휘청거리는 몸을 지탱하기 위해 영신은 손잡이를 꽉 잡았다. 지하철이 설 때마다 꾸역꾸역 사람들이 밀려와 이젠 정과 여자 형사 쪽에서는 키가 작은 자신을 구별할 수 없겠지만 영신 쪽에서는 그들을 자유롭게 볼 수 있었다. 워낙 둘 다 큰 키였기 때문에 금방 눈에 띄었다.

아까부터 계속 뒤에서 몸을 부딪혀 대는 남자를 피해 영신은 입구 쪽으로 몸을 움직였다. 두꺼운 점퍼인데도 사람들의 몸이 자신에게 닿는 것이 싫었다. 지하철이 멈추고 그녀는 바로 내렸다.

정과 진경이 지하철에서 내리자마자 열차는 떠나 버렸다. 영신은 이미 계단을 올라가고 있었다. 정은 영신이 자신을 알아봤다는 생각이 들었다. 멀리 떨어져 있었지만 그녀의 존재를 손에 잡힐 것처럼 그가 느낀 것처럼 그녀도 자신을 느꼈다는 걸 그냥 알았다.

오늘 영신은 평소 출근 시간이 아닌 조금 늦은 시간에 회사로 향했다. 잠복조에서 빠질까 하는 생각도 했었다. 다른 사람들에게 피해를 주는 것도 싫었지만 어쩐지 자신의 눈 밖에 영신을 두는 것이 더 마음에 걸려 포기했다. 옆에 진경이 없었다면 그녀에게 다가가 달려들지도 모른다는 생각이 들었다. 지금까지는 잘 참고 있었지만 하루가 다르게 영신의 얼굴이 초췌해지는 모습을 보니 불쑥 화가 났다.

형사로서 충실하라고? 영신이 그렇게 말했다. 자신은 영채를 돕겠다고. 자기가 해 주지 못했던 일을 지금이라도 해 주겠다고. 무슨 뜻인지 그녀에게 따져 묻고 싶었다. 하지만 무엇보다 묻고 확인하고 싶은 건 차마 그의 입 밖으로 낼 수가 없었다. 묵직한 돌덩이처럼 그의 가슴을 내리누르는 질문. 정말, 정말 그녀가 그런 일을 당했는지 그녀의 입으로 확인받고 싶었다.

다른 사람들의 입에서 영신과 영채 자매가 아버지로부터 성적 학대를 당했을지도 모른다는, 아니 당했다는 확신에 찬 그 말을 들을 때마다 그는 이를 악물었다. 우습게도 영신에게 직접 확인받고 싶었다. 그를 거절했던 이유가, 비명을 질렀던 이유가 그래서였는지. 확인하고 나서 뭘 어떻게 할 수 있는 건 없었다. 오히려 미친 듯이 더 괴로워지겠지만 자기 여자의 몸이 그런 일을 당했는지 확인하고 싶었다. 자신이 머저리처럼 느껴진다, 끊임없이.

잠시 후에 영신이 회사에서 나오자 진경과 정은 방향을 틀었다. 진경이 영신을 따라가는 사이, 그는 영신의 회사로 들어갔다.

"무슨 일이시죠?"

"경찰입니다."

"네? 경찰? 무슨 일이시죠?"

"최영신 씨 왔었죠? 여기서 근무하는 걸로 아는데 왜 그냥 나간 겁니까?"

그의 질문에 잠시 당황했던 박 대리가 유 부장을 불렀다. 약간 머리숱이 적고 키가 작은 남자가 가까이 다가왔다.

"왜?"

"경찰이랍니다. 최영신 씨 일로 오셨대요."

박 대리의 말을 전해 들은 유 부장이 놀란 눈을 했다. 아파서 그만두는 거라고 생각했는데 그게 아닌 모양이었다.

"그게, 좀 전에 사직서 내고 갔습니다."

"사직서?"

"네. 아프냐고 물어도 그건 아니라고 하는데. 갑자기 급한 사정이 생겼다고. 그런데 무슨 일이죠? 최영신 씨가 뭐 크게 잘못할 사람은 아닌데."

"협조 감사합니다."

정은 유 부장의 말을 끊고 사무실을 나왔다. 진경에게 전화를 걸었다.

"어디야?"

"지하철입니다. 열차 기다리고 있어요."

"알았어. 바로 갈게."

왜 직장을 그만둔 걸까? 영채에게서 연락이 온 건 아닐까? 할 수만 있다면 그녀를 꽁꽁 숨겨 두고 싶었다. 아무도 그녀를 볼 수 없도록, 그리고 그녀의 동생조차 그녀를 찾을 수 없도록. 도망치자는 그의 말은 진심이었다. 그 생각을 하자 저도 모르게 씁쓸한 웃음이 나와 정은 자신을 한 대 쥐어박고 싶어졌다.

바람이 찼다. 지금 영신이 자신을 안는다면 차갑다고 펄쩍 뛸 정도로 그는 차갑게 굳어 있었다. 그녀를 보낸 그 밤 이후로, 가슴의 통증을 느낀 그 밤 이후로 말이다.

사직서를 내는 데 망설임은 없었다. 적금을 깨서 영채에게 주긴 했지만 따로 모아 둔 돈이 조금 있었다. 지금 당장은 영채의 일이 가장 급했다. 영채가 도움을 청한다면 뭐든지 할 생각이었다. 그래서 주변 정리를 먼저 하자, 하는 생각이 들었다. 후회 따윈 없다.

지하철 계단을 내려오는데 현기증이 느껴졌다. 계속 긴장한 탓인지 음식물이 들어오면 토할 것 같아 며칠간 아무것도 먹지 못한 상태였다. 잠시 눈을 감은 사이에 열차까지 놓친 그녀는 바보 같은 자신을 질책하며 정신을 차리려 애를 썼다.

열차 도착을 알리는 안내 방송에 그녀는 철로 가까이 다가섰다. 동시에 앞으로 나서던 옆의 남자와 부딪힌 그녀는 휘청했다. 평소 같으면 금방 균형을 잡았을 작은 접촉이었는데 현기증을 느끼고 있던 영신은 그대로 앞으로 꼬꾸라지고 말았다. 눈앞이 캄캄해졌다. 넘어지겠다, 하는데 누군가 팔을 잡아 주었다.

"괜찮아요?"

여자의 걱정스런 음성이 들려왔다. 현기증이 가라앉길 기다려 고개를 드니 자신의 뒤를 쫓던 여자 형사가 그녀를 부축해 주었다. 그녀와 부딪쳤던 남자가 당황해서 어쩔 줄을 모르자 여자 형사가 안심시키듯 고개를 끄덕였다. 남자를 보낸 여자 형사가 그녀를 일으켜 벤치에 앉혀 주었다. 움직일 때마다 현기증이 심해져 영신은 눈을 감고 있었다.

"여기요. 좀 마셔요."

키가 큰 여자 형사는 냉랭해 보이는 외모와 달리 목소리가 상냥했다. 영신은 말없이 그녀가 주는 물을 받았다.

"형사죠?"

그녀의 말에 멈칫하더니 여자가 고개를 끄덕였다.

"김진경입니다. 언제부터 알았어요?"

"집에서 나올 때부터요."

정은 어디로 간 걸까? 지금은 진경 혼자였다. 그에게 이런 모습을 보이지 않아 다행이라는 생각이 들었다.

"소용없을 거예요. 이렇게 나 감시해도 연락 안 와요."

"그건 모르죠."

"내 말이 맞아요. 시간 낭비, 인력 낭비예요. 그 시간에 차라리 쉬세요."

"돈은 왜 줬어요? 진짜 몰랐어요? 그렇게 큰돈은 마련하기도 쉽지 않았을 텐데. 덕분에 당신 동생은 시간을 벌었고 우린 더 궁지에 몰렸어요."

영신은 몸을 쭉 펴고 숨을 들이쉬었다. 이상하게도 기분이 나쁘지가 않았다.

"자매나 형제 없죠?"

그녀의 질문에 진경의 얼굴이 굳어졌다.

"상관없는 얘기 같은데요."

"아니요. 상관있어요."

결국 두 여자 모두 입을 다물었다. 다시 열차 도착 안내 방송이 나오자 영신이 자리에서 일어났다. 이번에는 현기증이 느껴지지 않았다.

"고맙습니다. 잘 마셨어요."

물통을 돌려주며 영신이 고개를 숙였다.

"저, 몸 좀 잘 챙겨요. 선배가 뛰어가지 않게."

망설이는 진경의 말에 영신이 멈칫하더니 도착한 열차의 열린 문으로 들어갔다. 진경은 계단에서 내려오는 정을 보고 다른 칸에 올라탔다. 영신이 볼 수 없는 뒤쪽이었다. 어차피 들켰지만 그렇다고 안 할 수는 없는 노릇이었다. 무슨 생각을 하는지 영신은 내내 어두운 터널에 시선을 둔 채였다.

진경과 눈이 마주치자 계단 위에 서 있던 정은 서둘러 열린 열차 문으로 들어갔다. 영신이 쓰러지기 직전 진경이 그녀를 잡은 걸 계단 입구에서 보았다. 생각 같아서는 당장 영신의 곁으로 달려가고 싶었지만 그는 참았다. 얼굴이 파리한 영신을 돌봐 주는 진경에게 절이라도 하고 싶은 심정이었다. 동시에 몸 관리 하나 제대로 못한 영신을 마구 혼내 주고 싶었다. 무엇보다 영신에게 부딪힌 놈을 한 대 때려 주고 싶었다.

자신 쪽에서는 들리지 않지만 두 여자가 잠시 얘기를 주고받는 모습이 보였다. 무슨 얘길 하는지 조바심이 났지만 그는 끝까지 참았다. 진경의 옆에 서자마자 그는 질문을 던졌다.

"무슨 얘기 했어?"

진경이 좁은 열차 문을 통해 옆 칸의 영신을 돌아보았다.

"그냥요. 우리가 따라다닌 거 알고 있더라고요."

그의 생각대로 영신이 자신의 존재를 알고 있었다. 형사로서 실격인데 기분이 나쁘지 않았다.

"그리고?"

"자기 감시해도 소용없다고. 아마 최영채한테서 연락이 와도 절대 말하지 않을 거예요."

"그리고?"

영신의 말 한 마디도 놓치고 싶지 않아 정이 계속 묻자 진경이 피식 웃었다.

"별로 말 많은 여자는 아니더라고요. 그냥, 그 말만 했어요."

"너 아까 화난 것 같던데. 그건 뭐야?"

진경이 시선을 피하더니 고개를 저었다.

"그냥 쓸데없는 얘기였어요."

정은 영신을 돌아보았다. 무슨 생각을 하는 걸까? 얼굴이 창백하다. 아까처럼 또 쓰러지지 않을까 걱정이 됐다. 저도 모르게 정은 진경에게 물었다.

"괜찮아 보였어?"

진경이 그를 힐끗 쳐다보았다. 하지만 그의 시선은 영신에게서 떨어질 줄 몰랐다. 소금인형에서 보았던 불꽃이 그 눈빛 속에서 너울거렸다. 뜨겁다. 난생처음 진경은 최영신이라는 여자에게 부러움을 느꼈다. 그 불꽃이 영신을 향해 있는 것이 질투가 났다.

"아니요."

무뚝뚝한 그녀의 말에 정이 인상을 찡그렸다. 곧 쓰러져 버릴 것 같다고 하면 정이 곧바로 영신에게 다가설 것 같아서 그 말은 빼 버렸다. 질투도 있었지만 그 말을 하면 일이 엉망진창이 될 것 같아서였다. 영신이 내릴 때까지 정은 한 번도 그녀에게서 시선을 떼지 않았다.

집에 도착할 때쯤 현기증이 더 심해졌다. 어질어질한 기분이 들어 영신은 엘리베이터 문이 닫히자마자 벽에 기댔다. 그 여자 형사의 말대로 정 앞에서는 아픈 모습을 보여서는 절대 안 된다는 걸 알았다.

점점 울렁거림과 답답함이 심해졌다. 몸이 아픈 걸 이제야 깨닫다니. 영채를 돕겠다고 했으면서 이래서는 정작 필요할 때 아무런 도움도 줄 수 없겠다는 생각이 들었다.

그녀는 간신히 집 안으로 들어가 침대에 누웠다. 자고 일어나서는 뭐라도 좀 먹고 기운을 차려야겠다는 생각을 했다. 머리가 핑 돌면서 눈앞이 캄캄해졌다. 사흘 만에 처음으로 영신은 잠이 들었다. 아무 생각도 없는 잠. 죽음처럼 깊은 잠. 그래서 이상하게 편한 마음이 들었다.

"뭔 일이고, 이게!"

대석이 짜증을 버럭버럭 냈다. 정의 팀과 손을 바꾼 후에 그는 순천과 함께 시동도 켜지 않은 차 안에서 추위를 참으며 영신의 아파트를 감시하고 있었다. 그거야 자신이 해야 할 일이라 참을 수는 있었다. 하지만 지금 그는 영신의 아파트가 아닌 응급실 앞에서 나오는 욕을 간신히 참으며 병원 건물을 노려보는 중이었다. 순천도 기분이 안 좋은지 있는 대로 인상을 쓰고 있었다.

최영신이 이해준에게 업혀 나온 시각은 열두 시가 넘은 시간이었다. 신호 위반에 가속까지 해 가며 해준이 영신을 데리고 들어간 곳은 대학병원 응급실이었다. 영신의 상태를 알아보려 응급실로 들어갔던 순천은 입도 벙긋 못 해 보고 그대로 나왔다.

"뭔 일인지 모른단 말인가?"

"형님이 들어가 보세요. 지금 물어봤다간 한 대 맞겠어요."

하필이면 인근에 대형 교통사고가 난 모양인지 환자가 떼로 들이닥쳤던 것이다. 응급실은 아수라장인 데다 영신이 들어간 지 얼마 되지 않아 상태를 제대로 아는 사람이 아무도 없었다. 게다가 바빠 죽겠는데 자꾸만 경찰이라고 멋대로 들어와 질문을 하는 순천을 간호사들이 노려보는 통에 아무리 순천이라도 배겨 낼 방법이 없었다.

"일이 왜 이리 지랄같이 돌아가노? 그 가시나는 저그 언니한테 연락이나 빨리 하지. 그거 잡기 전에 언니 먼저 죽겠다. 저 여자는 왜 돈을 줘 갖고 일을 이 지경을 만드노. 가족이라고 감싸다가 지 먼저 죽는 건 모르나."

답답한 마음에 대석이 투덜대자 순천은 동의도 하지 않고 담배를 꺼내 물었다.

"머하노? 여기 병원이다. 경찰 욕보일래?"

원래 담배를 피우지 않는 대석인지라 눈에 불을 켜고 그를 노려보자 순천은 물었던 담배를 구겨 버렸다.

"난 서에 전화 좀 할 테니까 넌 어떻게 됐는지 다시 알아보그라."

대석은 불만스런 표정의 순천을 두고 몸을 돌렸다.

"안 들어가십니까?"

진경이 가방을 들며 그에게 물었다. 정은 몸을 뒤로 젖힌 채 두 다리를 책상에 올린 상태로 멍하게 있었다.

"됐어. 당직실에서 잘 거야. 너나 빨리 들어가라."

"네. 그럼 내일 뵙겠습니다."

벌써 새벽 한 시를 훌쩍 넘긴 시각이었다. 오늘 당직인 종혁은 이미 소파에 자리를 깔고 누워 있었다. 초가을에 걸린 감기가 아직까지도 낫지 않아 고생 중이었다. 정이 종혁에게 다가가 두드리자 힘겹게 눈을 떴다.

"형, 들어가서 자요. 내가 지킬게요."

"그럴래? 죽겠다. 감기약이 무슨 마약 같아. 미안하다."

종혁을 당직실로 보낸 정이 아직 머뭇거리고 있는 진경을 돌아봤다.

　"안 가고 뭐해?"

　"저, 선배."

　망설이는 그 말에 정이 대답을 하기 전에 전화벨이 울렸다. 진경이 자동으로 전화를 먼저 받았다.

　"강력계 김진경 경사입니다."

　― 진겨이가?

　"황 선배?"

　― 그래, 나다. 반장님 계시나?

　"아니요. 오늘은 일찍 들어가셨습니다. 무슨 일입니까?"

　― 최영신 쓰러졌다. 지금 한국대 병원 응급실이다.

　"네?"

　순간 진경은 정을 돌아보았다. 진경의 시선에 정이 눈썹을 치켜 올리자 그녀는 시선을 돌렸다.

　"왜요?"

　― 몰라. 지금 알아보고 있다. 그럼 반장님한테는 내일 아침에 보고해야겠네.

　"네."

　전화를 끊는 그녀에게 정이 말을 걸었다.

　"대석이 형?"

　"아, 네."

　"무슨 일 생겼어?"

　진경은 잠시 머뭇거렸다. 머릿속으로 수많은 생각이 스쳐 지나갔다. 지금 정에게 최영신이 쓰러졌다는 걸 알리면 아마도 앞뒤 재지 않고 응급실로 달려갈 것이다. 그럼 대석과 순천이 정과 영신의 관계를 알게 될 거고, 옛 같은 상황이 연출될 가능성이 있었다. 그녀는 고개를 저었다.

"아닙니다. 그냥 다른 보고 사항 없냐구요."

"참, 싱겁기는."

"저 나갑니다."

"내일 보자."

진경은 사무실을 나오자마자 후회가 되었다. 사실을 말했어야 했나? 다시 문고리를 잡았던 그녀는 손을 놓았다. 잠시 생각할 시간이 필요했다.

진경이 응급실 앞에 도착하니 대석과 순천이 깜짝 놀랐다. 아직까지 불편한지 고개를 돌리는 순천의 행동에 진경은 쓴웃음을 지었다.

"니가 웬일이고?"

"상황이 궁금해서요. 최영신 씨는요?"

"정신을 잃었다 카더라. 아직 안 깨났다."

"누가 데려왔습니까?"

"그 여자 노래 부르는 업소 사장. 이해준."

마침 그 얘기를 하던 중에 진경이 나타나서 대석도 모르는 사실이었다. 순천이 말하고 싶지 않은 듯 씹어뱉듯이 말을 던지자 대석은 피식 웃었다. 이해준이라면 진경과는 안면이 있었다. 정이 영신을 데리고 나갔을 때 그녀가 막아섰던 남자였다. 정에 비하면 그리 잘생긴 얼굴은 아니었지만 그럭저럭 봐 줄 만한 외모였던 게 기억났다.

"밤새 이라고 지키고 있어야 되나? 이기 다 무슨 시츄에이션이고? 지랄도 풍년이라 카더만, 딱 그 짝이네."

"제가 있겠습니다."

"뭐? 니가 와? 넌 내일 오후 아이가?"

"압니다. 최영신 씨 이미 자기가 감시당하는 거 알고 있습니다. 그리고 쓰러진 사람이 어디 도망갈 일도 없고. 아침까지 제가 있을 테니 손 바꿔 주십시오."

"나야 상관없다만, 니가 고생이지. 안 내킨다."

"가세요."

대석이 못 이기는 척 발걸음을 뗐다. 주말 부부로 있다 겨우 가족이 같이 살게 됐는데 이번 사건으로 오히려 더 마누라가 얼굴 보기 힘들다며 며칠 전부터 투덜거렸던 것이다.

"그라면 아침에 일찍 올꾸마. 순천이 니는 있을 기가?"

"네, 먼저 가세요."

대석의 모습이 사라지자 순천이 진경에게 돌아섰다.

"무슨 속셈인데?"

"그런 거 없습니다."

"그럼 왜 갑자기 나타나서 네가 여길 지키겠다는 거야? 우리 일이 무슨 자원봉사냐? 왜 역할 분간 못 하고 오버야?"

"선배하고 상관없습니다. 그만 가십시오."

"못 가. 네가 말하기 전에는. 무슨 속셈이야?"

끝까지 그녀를 막아서는 순천을 보자 갑자기 화가 벌컥 났다.

"그만하십시오. 제가 선배 왜 싫어하는지 아십니까? 늘 불평불만에 한 번도 그냥 넘어가지 않죠. 다른 사람 말에 그냥 예스한 적 한 번도 없죠? 선배는 내가 서 선배를 왜 좋아하는 줄 아세요? 서 선배는 이럴 때 안 묻고 그냥 가 줍니다."

부당한 비난이란 걸 알았지만 진경은 참을 수가 없었다. 순천이 이

를 악물고 그녀를 노려보았다. 정과 순천을 비교해서는 안 되는 일이
었지만 사사건건 그냥 지나가는 법이 없는 순천의 태도가 그녀를 돌
게 만들었다. 하지만 돌처럼 굳어진 순천의 얼굴을 보자 자신의 말이
곧 후회가 되었다. 진경은 한숨을 내쉬었다.

"강 선배."

그녀가 부르는데도 순천이 몸을 휙 돌려 그 자리를 떠나 버렸다.
진경은 자신의 부주의함을 질책하면서 굳어진 그 뒷모습을 바라보았
다.

응급실 안은 엉망이었다. 다행히 영신의 자리는 구석진 곳이라 그
나마 그 소란스러움에서 조금은 떨어져 있었다. 진경은 침대를 가린
커튼을 젖혀 영신을 바라보았다. 아직까지 의식이 돌아오지 않았는지
잠이 들어 있었다. 비슷한 또래지만 영신이 풍기는 여리여리함 때문
에 그녀보다 훨씬 어리게 느껴졌다.

"누구십니까?"

갑작스레 들린 음성에 돌아보니 이해준이었다. 하지만 잠시 뒤 해
준이 그녀를 알아보고 눈살을 찌푸렸다. 그의 눈에 불쾌감이 어렸다.
경찰들이 이미 여러 번 소금인형에 드나든 탓에 해준도 대충 사건에
대해 알고 있었다.

"쓰러진 사람도 감시합니까? 이런 데 시간 낭비 마시고 가서 범인
이나 잡으시죠."

그 남자 형사처럼 이 여자 형사도 워낙 눈에 띄는 외모였다. 눈앞
의 여형사는 거의 해준만큼 키가 컸다. 큰 키는 아니지만 평균은 된
다고 생각했는데 어쩐지 자존심이 상한다. 그의 빈정거림을 무시하고
진경은 영신에게서 시선을 떼지 않았다.

"어떻게 된 겁니까?"

대답을 안 할까 하다가 해준은 마음을 돌려먹었다. 이 여형사에게 화를 낸다고 해도 상황이 변하는 건 아니었다. 거기다 어쩐지 여형사의 말투가 영신을 걱정하는 것처럼 들렸다.

"탈수에 심한 영양실조랍니다. 요즘에도 이런 일이 있다니 놀랍지 않습니까?"

"깨긴 했나요?"

"아니요. 아직. 뇌 쪽 이상은 아니라니 기다리면 깰 거라더군요. 그런데 당신 같은 형사가 왜 영신일 걱정하는 겁니까?"

해준의 그 말에 진경은 자신이 영신을 진심으로 걱정하고 있다는 걸 알았다. 지극히 주관적인 이해관계가 얽혀 있었지만 어쨌든 영신이 걱정이 되었다.

"쓰러진 건 어떻게 알았습니까?"

"오늘 밤에 소금인형으로 오기로 해서 기다렸는데 안 오더라구요. 전화를 해도 안 받고. 걱정이 되어서 집에 들렀더니 의식이 없더군요."

"다행이네요."

"왜 당신이 영신일 걱정하는 겁니까? 그냥 감시나 하시지."

"내가 아는 어떤 사람 때문에요."

그녀의 말에 해준의 얼굴이 굳어졌다. 정의 얘기라는 걸 두 사람다 알고 있었다. 한참을 영신을 보던 해준이 화가 난 어투로 물었다.

"그 작자는 왜 안 옵니까?"

진경은 대답하지 않았다. 이곳에서 정이 불꽃을 드러내면 모든 게 엉망진창이 된다고 대답해 봤자 이 사람은 모르겠지. 그리고 정도 그런 것에는 상관하지 않을 테고. 마음에 들지는 않지만 누군가는 진화 작업을 해야 했다. 그 역할을 떠맡은 건 자신이지만 진경은 우울한 기분을 어쩌지 못했다.

진경의 진화 작업은 결국 헛수고가 되고 말았다. 새벽녘에 정신을 차린 영신은 일반 입원실로 올라갔고 진경은 그 병실 앞의 의자에 앉아서 멍하니 밤을 새고 있던 중이었다. 순천에게서 전화가 온 건 깜빡 잠이 들었던 새벽 다섯 시쯤이었다. 갑자기 잠에서 깬 탓에 머리가 띵했다.

"네?"

잠이 덜 깬 상태에서 진경은 쉰 목소리로 전화를 받았다.

— 거기 서정 도착했어?

정의 이름을 듣자마자 진경은 자리에서 벌떡 일어서려 했지만 휘청거리고 말았다. 갑작스런 그 동작에 현기증이 생겼던 것이다.

"무슨 소리……."

순천의 대답을 듣기도 전에 정이 복도 끝에서 성큼성큼 걸어왔다. 성난 황소가 걸어오는 것 같다고, 순간 진경은 그런 생각이 들었다. 그녀는 본체만체 영신의 병실 문을 잡는 그를 진경이 막아섰다.

"선배! 안 됩니다."

"놔라."

"일 어렵게 만들지 마십시오."

"놓으라고 했어. 지금 너하고 말할 기분 아니야."

하지만 진경은 오히려 정의 손목을 단단히 잡았다. 정이 진경을 제압하지 않는 한 그녀를 밀치는 건 쉽지 않았다. 여자지만 무술로 단련된 진경이었다.

"놔, 내가 무슨 짓을 하기 전에."

"저도 못 놓습니다. 그러니까 선배가 포기하세요."

곧 폭발할 듯한 긴장감이 흐르는데 순천이 나타났다. 그 역시 분기탱천한 모습이었다. 키는 작지만 그도 형사인지라 순식간에 정은 두 사람 사이에 끼게 되었다. 진경과 순천이 마치 범인을 인도하듯 양쪽에서 그를 잡자 정의 얼굴이 일그러졌다.

"니들 둘 다 뭔 개수작이야?"

먼저 소리친 사람은 순천이었다. 헐레벌떡 달려온 덕분에 얼굴이 붉어져 있었다.

"둘 다 치기 전에 놔."

"너 미쳤어? 저 여자가 뭔데?"

"강 선배, 그만해요."

"너하고 상관없어."

"상관없다고? 저 여잔 사건 참고인이야. 그것도 중요한 용의자의 가장 가까운 가족. 그런데 담당형사가 바람난 여편네한테 하듯이 달려들어?"

갑자기 정이 순천의 멱살을 잡아 올렸다. 머리 하나는 차이 날 정도의 키 때문에 순천은 목이 막혀 캑캑댔다. 그런데도 순천의 입에서 빈정거림은 사라지지 않았다.

"뭐야? 정말 네 여자야? 저기 누워 있는 최영신이?"

"그래. 내 여자다. 그러니 넌 물러서. 죽여 버리기 전에."

젠장, 진경이 순천을 막아섰을 땐 이미 늦어 버렸다. 순천은 금방 자신이 들은 말을 이해 못 한 듯 눈을 깜빡이더니 킥킥대며 웃기 시작했다.

"미친놈. 장난쳐? 그럼 진경이는?"

"이거 놔. 얼굴을 봐야겠어."

"개새끼."

웃고 있던 순천이 갑자기 정에게 달려들었다. 두 사람 사이에 거친 난투극이 시작됐다. 진경이 말릴 틈도 없었다. 놀란 간호사들이 달려왔다. 이러다가 뉴스에 나겠다 싶어 진경은 병실 사이에 있는 샤워실로 들어가 물을 받아 와 두 사람에게 뿌려 버렸다. 정과 순천이 욕설을 하며 떨어졌다. 순간 주변에 정적이 감돌았다.

"일 보세요. 여긴 제가 정리할 테니."

공손한 진경의 말에 간호사들이 움찔하더니 자신의 자리로 돌아갔다.

"여긴 병원입니다. 앞으로 이런 행동 삼가 주세요."

그래도 한마디 꼭 하고 싶었던지 나이가 좀 있는 간호사가 뼈 있는 한마디를 했다. 흥분해서 식식대는 남자들을 대신해 진경이 사과의 의미로 고개를 숙였다. 다행인 건 때아닌 한밤중의 소란을 다른 사람들이 눈치채지 못한 것이었다. 진경은 여전히 얽혀 있는 두 남자를 노려보았다.

"따라오십시오."

그러고는 두 사람이 일어서는 것도 확인하지 않고 성큼성큼 바깥으로 나갔다.

병원 원무과가 있는 로비는 어둑했다. 세 사람은 로비를 지나 병원 앞에 서 있었다. 그냥 있어도 이가 덜덜 떨릴 정도인데 물을 뒤집어쓴 두 사람은 추위에 아랑곳없이 서로를 죽일 듯 노려볼 뿐이었다.

"너희 둘, 나 갖고 논 거야? 아니면 네놈이 양다리였던 거야? 김진경, 넌 처음부터 알고 있었지? 그래서 여기 온 거지?"

격앙된 어조로 순천이 물어뜯을 듯 소리를 질렀다. 싸늘한 정의 얼굴에 비웃음이 어렸다.

"뭐라고 하든 네놈 자존심은 못 세워 주겠지. 그리고 어느 쪽이든 네놈하고는 상관없는 일이야."

"뭐? 사람 마음 가지고 장난쳐 놓고 상관없는 일? 이 새끼가!"

"오버하지 마. 나랑 진경이 관계에 상관없이 너하고 진경이는 아무 사이도 아니야."

"닥쳐! 내가 김진경 좋아한다는 건 너도 알고 있었잖아. 처음부터 네놈의 그 뺀질뺀질한 얼굴 질색이었어. 우리가 똥줄 타게 일에 매달릴 때 네놈은 그냥 신기한 일에 재미있어하는 부잣집 망나니 역할에나 충실했지. 너 같은 자식은 형사 자격도 없어."

"넌 자격 있어? 불평불만 없는 적이 없지. 비꼬기나 하고, 협박하는 거 빼고 네가 잘하는 게 뭔데? 너야말로 양아치에나 어울리는 놈이지."

"제비처럼 다니면서 이번엔 사건 참고인까지 건드려? 그런데 어쩐다냐? 이번엔 그 잘난 얼굴에도 그 여자가 안 넘어갔나 보지. 저러고 누워 있는 걸 보면."

자신을 비난하는 순천의 말에 정이 멱살을 잡을 것처럼 성큼 다가섰다. 어이가 없어 가만히 있던 진경이 막아섰다.

"그만하시죠."

아까처럼 치고받을 생각은 없는지 두 남자는 대답 없이 죽일 듯 서로를 노려볼 뿐이었다.

"제가 말할게요. 강 선배, 서 선배가 제 남자친구 역할을 해 준 건 제가 부탁한 일입니다."

"뭐? 그걸 말이라고 해?"

"사실입니다. 강 선배, 내가 몇 번이나 거절해도 농담처럼 받지 않았습니까? 솔직히 생각 같아서는 성희롱으로 걸고 싶은 거 참았습니다. 이렇게라도 하지 않으면 선배가 포기하지 않을 것 같아 그랬습니다."

순천이 진경의 냉랭한 말에 움찔하며 이를 악물었다. 진경은 정을 돌아보았다.

"어디까지 망칠 생각이십니까? 이런다고 해서 최영신 씨가 좋아할 것 같습니까? 그 여자만 힘들게 하는 일입니다, 이건."

"왜 밤에 말하지 않았어?"

"이럴까 봐요. 선배 개인감정도 중요하지만 지금 최영신 씨는 사건의 가장 중요한 참고인입니다. 선배가 이러면 그동안 우리가 해 왔던 수사 도루묵 되는 건 시간문젭니다. 아무리 서 선배라도 그건 용서 안 됩니다."

정은 진경의 말에 반박할 수가 없었다. 감정적으로 대처해서는 안 될 일임을 알았지만 순천에게서 영신이 쓰러져 병원에 있다는 걸 듣는 순간 아무것도 생각할 수 없었다.

평소라면 순천에게 묻지도 않았을 것이다. 하지만 영신을 지키고 있어야 할 순천이 어슬렁거리며 사무실로 들어오는 모습에 그는 저도 모르게 무슨 일이냐고 물었다. 순천 역시 평소라면 대꾸도 안 했겠지만 천연덕스런 그 물음에 두 사람의 관계를 잠시 잊고 병원에 있는 영신의 얘기를 술술 불었다. 그 이야기를 듣는 정은 돈다는 게 어떤 건지 알 것 같았다.

정이 미친놈처럼 날뛰더니 그대로 사무실을 뛰쳐나갔다. 순천 역시 정의 그런 반응에 정신을 차리자마자 그를 쫓아와 이 사달이 난 참이었다. 정의 여자라. 차량 번호를 조회했더니 도난 차량이었다는 것부터 이상하다고 생각했었다. 그냥 우연히 알게 되었다고 정이 말했지만 그런 일에 우연이 있을 리가 없다.

두 남자가 말없이 물러서자 진경은 긴장한 몸에 살짝 힘을 뺐다.

"넌 수사에서 빠져. 반장님께 보고하겠어."

불쑥 순천이 경고하듯 입을 열었다. 정이 긴장하며 다시 몸을 곧추세웠다. 진경은 고개를 절레절레 흔들었다. 수면 부족에다 쓸데없는 이런 감정 소모 때문에 극도의 긴장 상태에 있으니 짜증이 머리끝까지 치솟았다.

"강순천. 이 일은 내 일이야. 얘길 해도 내가 한다. 넌 상관 마."

"지금까지 숨긴 놈이 이제 와서 네 일이라고? 사람 바보 취급도 정도껏 해."

"상관 말라고 했어."

"그만하십시오. 최영신 씨 만나려면 지금 잠깐 보세요. 새벽에 정신 차렸으니까 잠깐 얼굴은 볼 수 있을 거예요."

진경의 말에 잠시 망설이던 정이 순천을 노려보고는 병원 안으로 걸어갔다. 그녀는 한숨이 나오는 걸 간신히 참았다. 이번엔 순천 차례였다. 처음부터 확실히 못 박아 두지 못한 자신이 원망스러웠다. 강력반 내에서 괜히 관계가 껄끄러워질까 걱정해 미온적으로 대처한 자신의 잘못이 가장 컸다.

"얘기 좀 하시죠."

"저 녀석 감싸려는 거면 관둬."

"그런 거 아닙니다. 강 선배와 저, 나눠야 할 얘기 있지 않습니까?"

진경의 말에 순천의 얼굴이 어두워졌다. 병원 주차장을 향해 걷는 진경을 쳐다보던 그가 뒤를 따랐다. 오늘도 긴 하루가 될 것 같다. 진경은 희끄무레하게 밝아 오는 하늘을 보며 결국 한숨을 쉬고 말았다.

병실 안으로 들어서는데 해준이 정을 막아섰다. 작은 병실이라 해준의 등 뒤로 침대에 누운 영신이 보였다. 창백한 얼굴로 누워 있는 영신의 모습에 정은 제정신이 아니었다. 해준을 밀치려 하자 해준이 그의 팔을 잡았다.

"뭐하는 짓이야? 나가!"

"놔."

"무슨 자격으로 여길 온 거야? 영신이 이렇게 만든 사람이 누군데!"

"그 사람이 나란 건가?"

칠 것처럼 정은 해준을 향해 몸을 돌려 가까이 섰다. 그와 영신, 두 사람의 죄라면 서로를 사랑한 것, 그리고 이런 일이 일어날 거라는 미래까지는 예측할 수 없었다는 것뿐이다. 두 사람 누구의 잘못도 아닌 일들이지만 결국 모든 비난이 두 사람에게 돌아왔다. 소금인형에서 끌고 나온 그날 밤 그대로 도망쳤어야 했는데. 정은 이를 갈며 생각했다.

"하지 마세요."

작지만 단호한 목소리에 정과 해준이 동시에 돌아보았다. 영신이 잠에서 깼는지 초췌한 얼굴로 일어나 있었다.

"깼니?"

해준이 먼저 영신에게 다가서자 정은 이를 악물었다. 커다란 환자복 차림의 영신은 진짜 아파 보였다. 그녀를 미행하던 날 쓰러질 것 같은 영신을 보고도 모른 척했던 건 그녀가 그걸 원해서였다. 그랬는데 다 죽어 가는 모습으로 병원에 누워 있는 모습을 보니 화가 났다. 그녀에게, 자신에게.

"괜찮아?"

다정한 목소리로 영신의 안부를 묻는 해준의 음성이 거슬렸다. 영신의 등 뒤로 베개를 넣어 주는 그를 치지 않고 있는 건 순전히 영신 때문이었다. 할 수만 있다면 해준을 밀쳐 버리고 싶었다. 영신의 몸에 그의 손이 닿을 때마다 정은 움찔거리는 자신을 느꼈다.

"물 좀 줄까?"

"아니요. 미안한데 잠깐 자리 좀. 금방 얘기 끝낼게요."

해준이 잠시 망설이며 정을 돌아보았다. 정의 시선은 한 치의 흔들림 없이 영신을 향해 꽂혀 있었다. 해준이 말없이 병실을 나갔다. 남은 두 사람 사이에 잠깐 침묵이 흘렀다. 먼저 입을 연 사람은 영신이었다.

"물어볼 게 있나요? 그러기엔 너무 늦은 시간 같은데. 나한테 아무런 대답 못 듣는다고……."

"입 다물어."

시선을 피하는 그녀의 말을 정이 화를 내며 막았다. 단숨에 그녀 앞까지 다가온 그가 얼굴을 잡아챘다. 거친 그 손길에 턱이 아파 영신은 저도 모르게 낮은 비명을 질렀다.

억지로 고개가 들려지고 그를 올려다보게 되자 자존심이 상했다. 약해 빠져서 쓰러져 버린 자신이 한없이 원망스러웠고 잡힌 턱으로 전해져 오는 그의 체온을 다시 잡고 싶어 하는 자신이 한심했다. 그래서 영신은 더 화가 났다.

"무슨 짓이에요? 정말 제멋대로야."

"무슨 짓인지는 당신이 얘기해."

"할 말 없다고 했어요."

"할 말이 없다고? 지금도 내 손 아래서 덜덜 떨고 있으면서 할 말이 없다고? 입이 하는 거짓말에 당신의 몸도 따라 줬으면 좋았을걸."

비웃는 듯한 그의 말에 영신의 눈에 불꽃이 확 일었다. 그녀는 턱을 잡은 손을 잡아떼려 두 손으로 꽉 잡았다.

"놔요! 만지지 마! 당신이 뭔데 함부로 나한테 손대? 싫어!"

그녀의 거부가 정의 가슴에 불을 붙였다. 순식간에 정이 그녀를 덮쳤다. 몸이 뒤로 넘어지며 그의 입술이 아플 정도로 강하게 다가왔다. 비명을 지르려던 입술 사이로 뜨거운 혀가 들어와 사정없이 그녀를 헤집어 놓았다. 영신이 그의 얼굴이며 몸을 사정없이 할퀴자 정이 꼼짝도 할 수 없게 두 손을 잡아 머리 위로 올려 버렸다.

눈물이 날 만큼 거친 키스였다. 그녀의 모든 것을 앗아 가 버릴 것 같은. 정신이 몽롱해지며 주변이 빙글빙글 돌았다. 어느새 영신은 힘이 빠진 채로 그에게 자신의 모든 것을 내주고 있었다. 키스는 거칠게 시작했던 것처럼 거칠게 끝이 났다. 눈을 뜨니 정이 그녀를 내려다보고 있었다. 그의 눈빛에서 활활 타는 불꽃이 느껴졌다.

"나한테 그런 소리 하지 마. 언제라도 당신이 나를 원하는 걸 증명할 수 있어."

고통스러운 그의 음성에 영신은 입술을 깨물었다. 부정할 수 없었다. 하지만 원한다고 해서 그를 가질 수 있는 건 아니었다. 거친 키스로 부은 입술을 정이 부드럽게 쓰다듬어 준다. 영신은 몸을 바르르 떨었다.

차라리 분노에 찬 거친 키스라면 마음을 숨기기가 쉬울 텐데. 그저 원하는 게 아닌 죽을 만큼 당신을 사랑한다는 건 적어도 이 남자는 모를 테니까.

하지만 상처를 쓰다듬는 부드러운 손길은 그녀를 약하게 만들었다. 자신의 깊은 속마음까지 드러내게 될까 두려웠다. 그녀의 육체와 마음, 영혼까지도 그에게 다 주고 싶어 한다는 걸 들키고 싶지 않았다. 그의 숨소리와 미세한 떨림이 느껴진다.

이대로 안길 수만 있다면.

그녀는 약해진 자신의 마음을 외면하려 시선을 돌렸다.

"나를 봐. 당신이 나를 피할수록 더 화가 나. 내가 어쩔 수 없는 일로 나를 비난하지 마. 그냥 내가 당신을 지켜 줄 수 있도록 옆에 있게 해 줘."

거친 말투와 달리 너무 다정했다. 첫인상이 하나도 틀리지 않았어. 이 남자는 친절하다. 영신은 고집스럽게 시선을 돌린 채 그의 손을 떼어 냈다. 이번에는 순순히 그녀를 놓아주었다.

"아픈 당신을 괴롭히게 하지 마. 이젠 내가 옆에 있을게."

영신은 일어나 앉아 몸을 움츠렸다.

"달라질 건 없어요."

"그래, 달라질 건 없지. 처음하고 달라지는 건 아무것도 없는 거야. 난 당신을 좋아하고 당신도 나를 좋아해."

"그런 얘기가 아니잖아요."

"나한텐 그런 얘기야. 당신의 동생 일은 우리가 어쩔 수 없는 부분이야. 그건 인정해. 그렇다고 해서 우리의 감정까지 부정하지는 마. 더 이상 거짓말도, 숨는 것도 안 돼."

대답을 못 하는 영신의 머리 위에 정이 가볍게 입을 맞추었다. 그와 헤어질 때마다 장난스럽게 했던 자잘한 키스들처럼. 영신의 뺨을 부드럽게 쓰다듬어 주었다.

"갈게. 앞으로 더 힘들어질 수도 있어. 하지만 지금부터는 내가 옆에 있다는 것만 잊지 마."

영신의 대답은 듣지도 않고 정이 병실을 나갔다. 그가 남긴 온기는 따뜻했지만 두려움은 여전했다.

영신의 대답이 무서웠다. 거절의 말이 더 나오면 자신이 무슨 짓을 할지 두려웠다. 아픈 여자를 상대로 마음대로 화를 내고, 거칠게 키스를 하다니. 평소의 그였다면 생각도 할 수 없는 일인데도 정은 자신의 감정을 어떻게 표현해야 할지 알 수가 없었다. 바보 같은 놈.

"얘기 좀 하지."

병실 바로 앞에서 해준이 기다리고 있었다. 정은 인상을 쓰며 눈앞의 남자를 노려보았다. 마음에 안 들어. 이 남자가 보호자처럼 영신의 곁에 붙어 있는 게 죽도록 싫었다. 쓰러진 그녀를 발견해서 병원에 데리고 온 사람이 해준이라는 사실이 그를 더 열 받게 했다. 무시하고 가려는 그를 해준이 잡았다. 정은 잡힌 팔을 힐끗 내려다보았다. 완력으로는 얼마든지 이길 수 있는 상대다. 그는 가볍게 팔을 쳐 냈다.

"그쪽이랑 볼 일 없어."

"내가 있어."

"좋아. 하지만 시답잖은 소리면 가만 안 있어."

두 사람은 로비로 나갔다. 썰렁한 로비 안은 텅 비어 있었다.

"뭐야? 할 얘기란 게."

"영신이 앞에 나타나지 마."

저도 모르게 웃음이 났다. 자신이 해야 할 경고가 아니던가? 정의 눈이 다시 싸늘해졌다.

"당신이 뭔데?"

"난 지난 10년간 영신이 옆에 있었어. 그동안 영신일 지켜본 사람이 나야, 당신이 아니라. 아픔이 누구보다 많은 여자야. 그래도 지금껏 이렇게 힘들어한 적은 없었어. 그러니까 영신일 위해서 그만해."

"10년간 곁에 있었다고? 그래서? 당신이 영신이와 어떤 사이라는 건데? 친구? 애인? 아, 아니지. 애인은 나니까."

정의 차가운 말에 해준의 얼굴이 굳어졌다. 이 사내가 자신이 영신의 아무것도 아니라는 사실을 말하는 것이 너무 고통스러웠다.

"나한테 전부인 여자야. 당신 형사라지? 일을 이렇게 만들어서 어쩌자는 거야? 나중에 영채가 잡히기라도 하면 영신인 어떻게 할 건데. 그녀를 죽일 셈이야?"

이번에 고통스러워한 사람은 정이었다. 하지만 그렇게 깊이 생각하다간 자신이 미치고 말 것 같았다.

"그녀를 놔줘."

그에게도 전부인 여자다. 해준의 말을 들으며 정은 그 사실을 깨달았다. 다른 건 다 무시할 정도로 영신은 짧은 시간에 그의 모든 것이 되었다. 집착이든, 사랑이든 뭐라 이름 붙이든 상관없다. 영신을 포기하고 싶지 않았다. 그녀 쪽에서도 그를 놓을 수는 없었다. 무슨 일이 있어도 그렇게 두지 않을 거라고 정은 스스로에게 다짐했다.

"엉뚱한 미련 가진 사람은 내가 아니라 당신 같은데. 당신이 그녀가 주는 입술의 맛을 알아? 그녀의 까무잡잡한 피부가 얼마나 부드러운지, 만질 때마다 어떤 소리를 내는지 당신이 아냐고? 그걸 아는 것만으로도 난 너보다 훨씬 그녀에 가까운 사람이야. 그녀를 놔줄 사람은 내가 아니라 당신이야."

창백해진 얼굴로 해준이 주먹을 휘두르자 정은 쉽게 제압했다. 해준이 이를 악문 채 분노로 부들부들 떨었다. 자신의 말이 비열하기 그지없다는 걸 알면서도 그는 멈출 수 없었다. 영신 옆에 있는 해준이 마음에 들지 않았다.

"그녀가 허락한 사람이 당신이 아니라서 그래? 시간낭비 하게 하지 말라고 했지?"

정은 떨치듯 해준을 밀쳐 냈다. 해준이 무너져 내리는 걸 본 순간 그는 몸을 돌렸다.

사무실엔 진경 혼자 있었다. 순천은 보이지 않았다.

"괜찮으세요?"

"순천이는?"

"병원에요. 황 선배하고 같이 있어요. 만났습니까?"

"상관 마."

"말하지 않은 건 죄송합니다만 솔직히 선배가 절 비난할 일은 아닌데요."

정은 진경의 솔직함과 당당함을 좋아했다. 다만, 오늘은 진경의 그런 면이 얄밉도록 싫게 느껴졌다.

"반장님께 직접 보고하시죠."

"순천이놈이 알아서 고해바칠 텐데 내가 왜 그런 쓸데없는 수고를 해야 되냐?"

유치하지만 삐딱하게 말이 나왔다. 그런 그의 반응에 진경이 한심하다는 듯 한숨을 쉬었다.

"적당히 하시죠. 선배 지금 완전 꼴불견인 거 아십니까? 제 장난감 뺏긴 초등학생 같은 짓 그만하시란 말입니다. 이렇게 계속 꼴통 짓 하실 거면 수사에서 빠지십시오. 그게 도와주는 겁니다."

따끔한 진경의 말에 정은 뜨끔해졌다. 자신의 태도가 얼마나 비이성적인지 스스로도 잘 알았다. 초등학생도 안 할 짓이지. 그는 한숨을 내쉬었다.

"강 선배 아무 말 안 할 겁니다. 선배가 얘기하세요."

"네가 무슨 말 했어? 나 때문에 혹시 너 순천이하고……."

"말 되는 소릴 하십시오. 처음부터 교통정리 못한 제 잘못이라고 했습니다. 소용없는 짓이라는 거 처음부터 알았습니다."

"김진경."

"제 문제는 제가 알아서 처리할 테니 선배도 선배 일이나 잘 챙기세요. 선배가 꼴통 짓 하면 강 선배보다 먼저 제가 반장님께 보고하겠습니다."

진경이라면 충분히 그러고도 남을 사람이었다. 정은 피식 웃으며 후배의 어깨를 쳤다.

"고맙다."

"도난 차량 조회해 볼 생각입니다. 아무래도 이동하려면 차량이 필요할 테니까요. 이미 한 차례 훔친 적도 있고. 아침 일찍 교통계에 들러서……."

"고맙다고."

얼굴이 빨개져 당황하는 진경의 모습에 정은 껄껄 웃으며 사무실을 나왔다. 하지만 사무실을 나오자마자 얼굴에서 웃음이 사라졌다. 차가운 물로 세수를 해서 정신을 차려야 했다. 진경의 말대로 그의 행동은 수사에도, 영신에게도 아무런 도움이 되지 못한다. 그는 세면실로 가면서 그런 자신을 질책했다.

다시 눈을 뜬 건 늦은 아침이었다. 잠을 못 잘 줄 알았는데 신기하게 꿈도 꾸지 않은 채 푹 잤던 것이다. 영신은 하얀 병실의 천장을 바라보았다. 저렇게 아무것도 없이 텅 비어 있으면 좋을 텐데. 현실이 돌아오고 혼란스러움이 되살아났다.

새벽에 정이 방문한 후 해준의 얼굴을 보는 것이 미안했다. 그동안 해준을 받아들일 수 없었던 건, 그녀의 과거가 아니라 그에 대한 감정이 딱 그만큼이었다는 걸, 정을 다시 본 순간 깨달았던 것이다. 그 사실이 그의 얼굴을 보는 걸 더욱 미안하게 만들었다.

화장실도 급하고 좀 씻고 싶어 침대에서 일어나는데 해준이 들어왔다.

"왜? 필요한 거 있어?"

"아니요. 화장실 좀. 저 혼자 갈 수 있어요."

"그러다 또 쓰러져. 요즘 세상에 영양실조가 뭐냐, 창피한 줄 알아라."

농담이지만 영신은 웃을 수만은 없었다. 영신은 부축하려는 그의 손을 거절했다. 씻고 나오니 해준이 침대에 붙은 테이블에 죽 그릇을 꺼내고 있었다.

"죽 사 왔어. 병원 밥 별로잖아. 먹을 수 있으면 네가 먹고 싶은 거 다 먹어도 된대."

"지금은 입맛 없어요. 나중에 먹을게요."

"먹기 싫어도 좀 먹어 둬. 너 영채한테 연락 오면 이러고 누워서 어떻게 할 건데."

해준의 말에 영신이 멈칫했다. 무의식중에 다시 도망치고 있었다. 영채에 대한 생각에서, 끔찍한 그 일에서. 하지만 이번에도 도망치면 영채에게 영영 용서받지 못할 것 같았다. 정말, 영채가 그 일을 저질렀다면 어떤 마음으로 했을지 그녀가 누구보다 잘 알고 이해해 주어야 했다. 지난 10년 내내 그녀가 한 일이 바로 잠자기 전, 꿈속에서 그 남자를 수도 없이 난도질해서 죽이는 거였으니까. 정이 이번 사건의 피해자들이 다 그런 사람들이란 얘기를 해 주었을 때 동정심도 생

244

기지 않았다.

그녀는 말없이 전복죽을 꾸역꾸역 다 먹었다.

"나 가게 갔다 올게. 좀 쉬고 있어."

그녀가 죽 그릇을 다 비우는 걸 지켜보고서야 해준이 자리에서 일어났다.

"잠깐만요. 잠시 얘기 좀 해요."

"나중에 하자."

왠지 허둥대는 그 태도가 영신을 더 아프게 했다. 자신이 지금 할 말에 해준이 다시 상처받을 걸 알면서도 하려는 자신이 미웠다. 하지만 이대로 시간이 지나면 그에게 더 큰 상처를 주게 될 것이다.

"잠깐이면 돼요."

포기한 듯 해준이 한숨을 쉬었다.

"미안해요."

"그런 말 말라고 했지?"

"정말이에요. 지난 10년간 나한테 오빠 가족이나 마찬가지였어요. 그래서 나도 모르게 자꾸 기대게 되고 응석을 부렸던 것 같아요."

"고맙다는 말로 끝내자."

"그래서 그래요. 이대로 있으면 오빠가 힘들어요. 나 때문에 그러지 말아요."

"내가 상관없다고 했어. 그때도 얘기했잖아. 너만 있으면 된다고."

"옆에 있으면서 짐 되고 싶지 않아요. 지금까지로도 너무 고맙고 미안해요."

"그 남자 때문이야?"

"아니에요. 그 사람하고 상관없어요. 그동안 내가 너무 이기적이었어요. 오빠한테 아무것도 못 해 줄 걸 알면서도 옆에서 기댈 수 있게

해 줘서, 그게 너무 편해서 놓치기 싫었던 것 같아요. 나만 생각했어
요."

"상관없어. 그 남자 때문만 아니라면 난 괜찮아."

그 남자와 손을 잡고, 키스를 하고, 그에게 안긴 영신을 떠올리는
건 그에게 타는 듯한 고통을 주었다. 자신에겐 손 한 번 허락한 적이
없었다. 그것이 해준을 더 화나게 했다. 그녀의 그런 행동을 지금까지
참을 수 있었던 건 그녀에게 다른 남자 따위는 없을 거라고 여겼기
때문이었다. 세상 모든 남자들에게 다 똑같은 혐오감을 가졌다고 생
각했기 때문이었다.

그런데 서정이란 남자는 달랐다. 너무도 편하게 그녀를 만지고 가
졌다. 오히려 그녀에게 고통만 주는 남자인데. 해준은 그런 영신이 이
해가 안 됐다. 적어도 그에게 기회를 줘야 한다. 10년의 세월이 너무
나 불공평하다.

"그 남자랑 잤니?"

영신이 충격을 받은 듯 숨을 들이쉬었다. 얼굴에 핏기가 완전히 가
셨다. 비열한 질문이었다. 그런데도 해준은 그 표정 때문에 멈출 수가
없었다.

"그럼 너의 남자 혐오증도 사라진 거 아냐? 왜 나한테는 그 기회를
주려 하지 않는 거지? 그 남자보다 내가 우선권리가 있다고 생각하는
데. 고맙다고 생각하면 갚아. 나한테 그 기회를 줘 보라고."

따귀를 때리고 욕하는 게 차라리 나았다. 해준의 말은 그녀의 상처
를 파헤치고 그것도 모자라 다시 칼로 찌르는 것처럼 아팠다. 피가
줄줄 흘렀다. 헤픈 여자라고 욕해도 상관없었다. 다만, 늘 다정했던
해준이 자신 때문에 느낄 그 혐오감이 미안했다.

"갈게, 쉬어."

해준이 세게 문을 닫고 병실을 나갔다. 영신은 가슴을 움켜쥔 채 쓰러지듯 몸을 숙였다. 도망치고 싶다. 이 모든 것에서. 정도, 해준도, 심지어는 영채도 없는 곳으로. 숨이 막힐 것 같았다. 두 손에 얼굴을 묻은 채 영신은 꼼짝도 하지 않았다.

"그래서?"

정 반장의 말투는 차갑다 못해 주변의 공기를 얼릴 정도로 싸늘하고 건조했다. 화를 낼 건 예상했다. 예상보다 더 싸늘한 반응이지만 정은 감내하기로 했다.

"수사에는 방해되지 않도록 하겠습니다."

"어떻게?"

"……."

"넌 지금까지도 방해해 왔어. 도난 차량에 대한 이야기가 조금만 빨랐어도 우리가 최영채와 한창희를 따라잡을 수도 있었고. 그 차량 발견된 게 네가 조사한 그날인 걸로 아는데."

"죄송합니다."

"수사에서 빠져. 안 그래도 이 수사에 다 투입되는 바람에 중지한 수사도 있으니까. 혜화동 술집 살인미수 사건 맡아."

"싫습니다. 이 사건 수사하게 해 주십시오."

"잔말 말고 사건 해결될 때까지는 최영신 씨 옆에 얼씬도 마. 그 뒤는 상관 않겠다만 지금은 지시에 따라."

"반장님!"

"너답게 굴어. 네 행동 때문에 다른 사람들이 피해 보는 일 없도록 해. 수사에서 손 떼라. 너나 최영신 씨를 위해서도 그게 나아."

"형!"

친숙한 부름에 정 반장의 눈썹이 꿈틀했다. 더 화가 났는지 정 반장이 자리에서 벌떡 일어났다.

"잔말 말고 지시대로 해."

정 반장이 바람처럼 당직실을 나갔다. 정은 저도 모르게 벽을 향해 주먹을 내질렀다. 형사가 된 후 처음으로 그는 심각하게 회의를 느꼈다. 아픈 자기 여자 하나 돌봐 주지 못하는 게 형사라고? 젠장, 젠장. 욕만 나왔다.

결국 수사에서 빠진 정은 다른 사건을 배정받았다. 그동안 영채의 사건 때문에 다른 사건들이 미뤄져 있었기 때문에 어떤 사건이든 상관없었다.

혜화동에서 일어난 술집 살인미수 사건의 전말은 한심하기 그지없는 취중의 격투에서 시작되었다. 이십 대의 청년들이 술을 진탕 마시고는 옆에 앉아 있던 여자에게 집적대다 거부하는 여자에게 폭력을 사용한 일이 발단이 되었다. 잘 무마됐던 그 일이 일행 중 한 명이 그 술집 화장실에서 살해당할 뻔하면서 커졌다. 일행들이 그 여자를 도와줬던 놈이 범인이라고 주장했던 것이다.

하지만 당시 폭력을 당했던 여자의 신원 확인도 안 됐을뿐더러, 칼에 찔린 사내는 현재 중태라 깨어나지도 못한 상태다. 등 뒤에서 찌른 사건이라 깨어나도 기억이나 할까 싶었지만 말이다.

이미 조사해 두었던 내용들을 다시 한 번 훑고는 당시 증언들을 다시 확인하기 위해서 늦게 술집을 찾아 종업원들과 얘기를 나눴다. 별소득은 없었지만 시간은 술술 잘 지나갔다.

술집을 나온 그의 눈에 문득 거리 건너 소금인형 간판이 보였다. 그저 그런 거리였던 이곳이 순식간에 영신의 존재로 가득 찬다. 영신이 잘 있는지 미치도록 보고 싶었다. 하지만 정 반장의 엄포로 그는 병원에 출입 금지였다.

어차피 자신이 영신을 찾게 되겠지만 첫날부터 정 반장의 지시를 어겨 그의 권위를 손상시키고 싶지는 않았다. 정 반장은 상관이기도 했지만 그가 존경하는 선배이기도 했기 때문이었다. 그날 받은 진술들을 정리하고 나자 어느새 한밤중이었다. 사무실엔 당직인 대석과 그뿐이었다.

"니 수사에서 빠졌다매? 뭔 일 있나? 진겨이하고 순천이 놈은 뭘 아는 것 같은데 꿀 먹은 벙어리모양 입 꾹 다물고 있고. 정 반장이야 묻는다고 갈켜 줄 사람도 아니고. 니 입으로 말해 봐라. 뭔 일 있는 거 맞제?"

"아닙니다. 그냥 개인적인 사정입니다."

"뭔 개인적인 사정? 이 사건에 니 개인적인 사정이 있을 데가 어디 있다고. 아니면 나 혼자 지금 왕따 당하는 기가?"

"형님!"

"진짠가배. 서운하다, 자슥아. 지금 너거 텃세 부리는 거제?"

오해한 대석을 그대로 둘 수 없어 정은 한숨을 쉬며 입을 열었다.

"여자 문젭니다. 제 여자 문제."

"여자? 니 여자가 우쨌는데. 진경이랑 싸웠나?"

"진경이 아닙니다. 최영신, 그 여잡니다."

대석의 입이 딱 벌어졌다. 그 모습이 마치 커다란 곰 인형 같아 정은 피식 웃음이 나왔다.

"와 웃노? 웃을 일이가, 이기!"

"형님 표정 때문에요."

"우찌 된 일인데?"

"그렇게 됐습니다. 자세한 건 나중에 말씀드리겠습니다. 들어가겠습니다."

"서 형사야, 잠깐 기둘리라."

"네?"

"하나만 묻자. 이 사건 수사하고 나서 그리된 기가?"

"수사하고는 상관없이 만났습니다. 동생이 그렇다는 걸 알게 된 건 얼마 전이구요."

"그래? 그렇단 말이제. 그람 진겨이는? 그건 뭔데? 니가 진겨이 갖고 논 기가?"

순간 대석의 눈빛에서 정은 살의를 읽었다. 말은 거칠어도 대석이 진경을 좋게 생각한다는 걸 알고 있었다. 그는 웃으며 고개를 저었다.

"아니요. 그건 순천이 놈 때문에."

"그람 됐다. 내는 다른 건 다 용서돼도 사람 마음 가지고 노는 건 용서 못 하는 사람이다. 우쨌든 사건 해결될 때까지는 힘들겠네. 헤어질 생각은 없는 갑지. 우짠지 너답다. 기운 내거라."

"가 보겠습니다."

마치 끝도 없는 낭떠러지 위에서 떨어지는 기분이다. 아무리 발버둥 쳐도 허공만 느껴지는 그런 끝없는 추락. 영신도 그와 같은 기분일까? 그녀의 얼굴이 너무 보고 싶었다.

오히려 해준이 자신을 미워하는 게 낫겠다는 생각이 든 건 멍하니 병실에서 하루를 보낸 오후가 되어서였다. 그가 자신을 좋아했던 것만큼 자신을 미워해서 차라리 깨끗이 잊기를 바라고 싶었다. 기운은 없지만 링거를 맞은 탓인지 어지럼증은 느껴지지 않았다. 영신은 영채에게 전화를 해서 음성 메시지를 남겼다.

"이곳으론 오지 마. 형사들이 있어."

뭔가를 더 말하고 싶은데 말문이 막혔다.

왜 그랬니? 다른 사람을 죽일 정도로 가슴속에 분노와 증오를 품고 어떻게 지금까지 참았어? 차라리 나한테 터뜨리지. 언니가 다 받아 줬을 텐데.

하지만 영신은 그냥 종료 버튼을 눌렀다. 그녀의 그런 말로 위로될 일이 아니다. 많은 사람이 죽었고 여전히 영채는 분노와 증오에 휩싸여 있었다. 이 사건에 관련된 모든 사람들이 얼마나 아플지 그녀 마음대로 지레짐작해서는 안 될 일이었다. 다만, 그녀가 바라는 건 영채가 무사히 지내는 것뿐이었다.

해준의 말대로 병원 밥은 한술 넘기기도 힘들었지만 저녁으로 나온 죽을 꾸역꾸역 다 비웠다. 누군가에게 의지하는 건 이제 그만둘 생각이었다. 그러기 위해서는 약해진 몸을 추스르는 게 가장 급했다.

식사한 그릇을 내놓고 오는데 진경이 병실 앞에서 앉아 있었다. 감시당하고 있다는 걸 아는데도 진경은 일부러 시선을 돌려 그녀를 모른 척했다. 키가 큰 여자 형사는 강해 보였지만 피곤해서인지 얼굴이 초췌해져 있었다. 영신은 그런 진경에게 다가가 말을 걸었다.

"저녁 먹었어요?"

영신의 말에 진경이 깜짝 놀라 바라보더니 곧 어색한 미소를 지었다.

"좀 있다 교대하고 먹으려고요."

"피곤해 보여요. 병실로 들어와서 잠시 쉬세요."

"이러시면 곤란합니다. 신경 쓰지 말고 들어가세요."

"이러고 있으면 제가 더 곤란해요. 감시하려면 바로 옆에서 하는 게 훨씬 낫지 않나요?"

잠시 머뭇거리던 진경이 안으로 들어왔다. 영신은 해준이 사 두었던 과일을 깎아서 그녀 앞에 내밀었다. 당황한 얼굴에 홍조가 돌았다.

"어차피 혼자 다 못 먹어요. 좀 먹어요. 그리고 교대할 분 오실 때까지 누워 계세요."

"왜 이러는 겁니까?"

"이러면 안 되나요? 어차피 영채는 저한테 연락하지 않을 거예요. 뉴스에서 이미 수배가 내렸는데 바보가 아닌 다음에야 집으로, 나한테 연락하겠어요? 괜한 수고 하지 마시라고요."

"감사하지만 여기서 지키는 것만 하겠습니다."

"좋을 대로 하세요."

영신은 일부러 과일 접시를 진경 앞에 내려놓고는 침대로 올라갔다. 잠시 침묵이 흘렀다.

"TV 볼래요?"

"선배, 이 사건에서 빠졌어요."

두 사람이 동시에 입을 열었다. 영신은 정이 사건 수사에서 빠졌다는 소리에 인상을 찌푸렸다.

"왜, 왜 빠졌어요?"

망설인 끝에 나온 질문에 진경이 그녀를 똑바로 쳐다보았다. 이상하게 이 여형사의 시선은 정의 그것처럼 굉장히 솔직해서 오히려 더 편했다. 직감적으로 진경이 정을 좋아한다는 사실을 영신은 깨달았다. 하지만 진경은 너무 강해서 그녀처럼 그에게 짐이 되거나 기댈 것 같지는 않았다. 어쩐지 그 생각을 하니 진경이 부럽기도 하면서 질투가 났다.

"최영신 씨 때문에요. 사람들이 알게 됐어요."

"새벽에 나 찾아온 일 때문인가요?"

"네. 완전히 이성을 잃었었거든요. 그런 선배 모습 처음이었어요."

처음엔 너무 능글맞고 말이 가볍다고 생각했다. 게다가 지나치게 잘생긴 외모가 오히려 부담감을 주었다. 그 외모에 맞는 여유로움과 자신만만함이 못마땅했다. 하지만 시간이 지날수록 정이 보여 준 진심은 매끈함이 아닌 투박함에 가까웠다. 숨겨 두었던 그 속의 열기를 그녀에게 그대로 전해 주었다.

"바보 같네요, 그 남자."

저도 모르게 나온 말에 진경이 비난의 눈빛을 보냈다. 누구에게도 보여 주지 않았던 열정으로 영신을 바라본다는 것을 모른단 말인가? 진경은 정이 바보라고 생각되지 않았다. 오히려 눈앞의 여자가 억세게 운이 좋은 것처럼 느껴졌다.

두 여자는 각자의 생각에 빠져 멍하니 앉아 있었다. 시계를 본 진경이 자리에서 벌떡 일어나자 영신이 놀라서 고개를 들었다.

"나가야겠어요. 잘 쉬다 갑니다."

"과일 좀 먹고 가요."

"뇌물은 안 받습니다."

"뇌물인가요?"

이상하게 진경의 말에 영신은 웃음이 났다. 진경이 방을 나가자 영신은 한숨을 내쉬었다. 딱딱하게 보였던 여형사가 정을 많이 닮아 있었다. 차가워 보이는 외모와는 달리 친절하다. 뇌물이라는 말에 웃음이 났던 이유도 그래서였다. 농담을 하며 그녀를 웃게 만들었던 그가 더 그리워졌다. 그런 그를 떠올리는 바보 같은 자신이 한심해져 더 우울해지고 말았지만 보고 싶은 마음은 불가항력이었다.

쓸데없는 말을 했다고 생각하며 진경은 병실 복도를 서성댔다. 좀 있으면 교대할 경관이 올 시간이었다. 밤 시간 동안에는 순경을 배치해 두기로 했기 때문에 수사본부에서는 따로 형사를 대기시키지 않기로 했다.

"뭐 해?"

갑작스런 말에 돌아보니 정이 그녀의 어깨를 치고 있었다. 병원에서 그를 보리라 생각하지 못했기 때문에 진경은 인상을 찌푸렸다.

"여기서 뭐하세요? 선배는 여기 접근 금지인 거 모르십니까?"

"뭔 소리야?"

"반장님이 절대로 선배 이곳에 못 오게 하라고 지시하셨습니다."

정의 얼굴에 비웃음이 떠올랐다. 바보 같은 남자라는 영신의 말에 지금 이 순간만큼은 그녀도 동의하고 싶었다.

"얘기 안 했냐? 우리 아버지도 이 병원 계신다."

"네?"

"아버지 여기 계신다고. 그냥 온 김에 들른 거야."

"장난치지 마십시오."

"장난 아니라니까."

아버지의 상태는 그동안 많이 회복이 돼 모레면 퇴원할 예정이었다. 아까 병원에 도착해서 잠시 머리를 식히기 위해 아버지의 병실을 들른 참이었다. 영신을 만나기 전에 자신을 추스를 시간이 필요했다. 아버진 오랜만에 찾아온 아들을 향해 잔소리를 해 대긴 했지만 싫은 눈치는 아니었다.

아버지의 병실을 나온 그는 잠시 망설였다. 그녀를 찾을 건지, 아닌지. 상황은 복잡했지만 그녀에 대한 마음만은 확고했다. 어차피 수사에서 제외됐다. 차라리 잘된 일인지도 몰랐다. 이곳에 오는 그는 형사가 아니라 그녀의 연인이었다. 그는 좋은 방향으로 생각하기로 했다.

"안에 있어?"

"네."

"밥은 잘 먹어?"

"전 간병인 아닙니다."

"그렇지. 내가 쓸데없는 걸 물었네."

"죽 다 비웠더라고요. 어제보다 훨씬 기운은 차렸으니 그만 가시죠."

조바심 내는 정에게 슬쩍 진경이 영신의 상태를 말해 주었다.

"모르는 사이도 아니고. 병원 온 김에 본다고 어떻게 되는 건 아니잖아. 잠깐만 보게 해 주라."

평소의 장난스런 말투였지만 진경이 거절하면 바로 튕겨져 나올 단호한 의지가 엿보였다.

"좀 있으면 경관 올 겁니다. 10분 정도 시간 있으니 그 전에 나오도록 하십시오."

"땡큐."

정이 과장되게 경례하는 시늉을 했다. 안으로 들어가려는 정을 그녀가 불렀다.

"선배."

"응?"

"바보 같습니다."

그러고는 휙 하고 몸을 돌려서 병실 복도를 걸어갔다. 진경의 뒷모습을 보던 정은 피식 웃고는 병실 안으로 들어갔다.

앉은 채로 두 팔에 얼굴을 묻고 있던 영신은 문이 열리는 소리에 고개를 들었다. 수사에서 빠졌다는 얘길 들은 후 보고 싶다는 생각을 했는데 그가 눈앞에 있었다. 두 사람의 시선이 마주쳤다. 보고 싶던 마음과 달리 가슴이 아파 온다.

갈팡질팡하는 마음을 어떻게 하지 못하는 사이 그가 가까이 다가섰다. 그녀만큼이나 그의 얼굴도 여위어 있었다. 하지만 그의 몸 어디에도 약한 구석은 보이지 않는다. 오히려 더 날카로워져 있었다.

"몸은 좀 어때?"

"……."

"밥은 잘 챙겨 먹었어?"

"……."

"링거는? 이제 뺀 거야?"

"……."

"멍들었네, 손. 혈관이 약한가 봐."

"……."

갑자기 멍이 든 손을 잡으려는 정의 행동에 영신이 뒤로 풀썩 물러났다. 그녀의 거절에 정이 발치에 털썩 주저앉아 얼굴을 들이밀었다. 숨이 가빠지며 얼굴에 열이 올라왔다.

영신은 공간이 허락하는 한 뒤로 물러났다. 가까이 있으면 자신이 그를 껴안아 버릴 것 같았다. 잔뜩 인상을 쓴 이마의 주름을 문질러 없애 주고 싶어질 것 같았다. 영신은 그런 자신이 무서웠다. 이번엔 그가 발갛게 달아오른 그녀의 뺨을 쓰다듬었다.

"하지 말아요."

쥐어짜는 듯한 음성에도 정이 가까이 다가왔다. 코와 코가 맞닿을 정도로 어느새 그의 얼굴이 눈앞에 와 있었다. 시선을 피하고 싶지만 영신은 꼼짝없이 그의 눈 속에 잡히고 말았다.

처음 만난 그가 온화한 봄바람이었다면 지금의 그는 화상을 입고 말 것 같은 지독한 불길이었다. 그 불꽃에 델 듯한 두려움보다는 그 불꽃을 원하는 자신이 더 무서웠다.

"내가 당신의 마음을 끊임없이 증명하게 하지 마. 힘든 사람은 내가 아니라 당신이 될 테니까."

그의 손을 떼어 내기 위해 영신이 손을 잡자 정이 그 손을 자신의 입술로 가져갔다. 손바닥 한가운데 그의 촉촉한 입술이 느껴지며 몸에 열기가 전해졌다. 몸 가운데 있던 냉기가 물러가며 다시 불꽃이 살아났다. 영신은 잡힌 손을 잡아 빼려 했지만 꿈쩍도 하지 않았다.

"내 몸에 손대지 말라고 했어요. 이러는 거 싫어요."

"화나게 하지 마. 지금도 간신히 견디고 있는 거니까."

"당신한테 견디라고 한 적 없어요. 그냥 화내고, 욕하고 마음껏 퍼부어요."

"내가 견디는 건 그런 게 아니야."

목소리가 낮아지며 그의 숨결이 더 가까워졌다. 일부러 하는 행동임을 알면서도 얼굴에 느껴지는 숨결에 그녀는 눈을 질끈 감았다.

"먹고 싶어."

숨이 막혔다. 입술이 살짝 닿았다. 몸이 떨릴 정도로 부드러웠다. 따뜻했다. 그리고 아팠다. 영신은 입술을 깨물었다.

"먹어도 돼?"

갑자기 그의 숨결이 멀어졌다. 영신은 움츠렸던 몸을 펴고 눈을 떴다. 어느새 정이 병실 소파에 앉아 진경에게 주었던 과일 접시를 바라보고 있었다. 씩 웃는 모습을 보니 괜히 긴장했던 자신이 한심하면서도 놀리는 것 같아 화가 났다. 사과를 들어 소리 나게 깨물며 그가 싱긋 웃었다.

"맛있네. 저녁을 못 먹었더니 허기지네."

먹성이 좋은 건 알고 있었다. 늘 배고파하던 그의 모습이 떠올라 영신은 저도 모르게 희미하게 웃고 말았다. 그 웃음을 발견한 정이 안도의 한숨을 쉬는 것도 모른 채 그녀는 생각 없이 웃고 만 자신을 질책했다.

"수사에서 빠졌다면서요. 나 때문에."

무시하려고 했지만 진경의 말을 들은 순간부터 머리를 떠나지 않던 일이었다.

"누구한테 들었어? 김진경이야?"

"왜 아무것도 아니라고 안 했어요? 당신과 나 아무 사이도 아니라고 말하지 그랬어요."

"그게 아니니까. 당신이 부정해도 소용없어. 나도, 당신도 그걸 이미 아니까. 아무것도 아닌 게 아닌걸."

"변하는 건 없다고 했잖아요. 난 당신을 보는 게 힘들고 괴로워요."

"변하지 않아도 돼. 어차피 우리가 처음 만났을 때와 다른 건 당신 동생이 사고를 쳤다는 거 하나뿐이니까. 당신이 힘들고 괴로운 건 미안하다고 생각하지만 난 당신을 보지 않으면 힘들고 괴로워. 그러니까 괴로워도 힘들어도 당신 곁에 있어야겠어. 아무것도 못하는 것보다는 이렇게 보고 달래 줄 수는 있잖아."

그러고는 다시 사과를 베어 먹는다. 영신은 뜻밖의 고백에 할 말을 잃었다. 게다가 그의 말대로 그의 존재가 위로가 되어 준다. 접시를 깨끗이 비운 정이 그녀를 향해 빙긋 웃었다. 바보 같다. 그의 웃음에 화답해 줄 수 없는 자신이 미웠다.

"바보 같아요."

투덜대는 그녀의 말에 그가 더 큰 소리로 웃었다.

"오늘 그 말 많이 듣네."

"이젠 오지 말아요."

"그 말은 못 들은 걸로 할게. 시간 다 돼 간다. 진경이 녀석 욕 좀 하겠다."

아니나 다를까 정이 가기 전 잠깐이라도 영신의 손을 잡기 위해 침대 옆에 서자마자 문이 벌컥 열렸다.

"선배, 질문 끝났으면 그만 가죠."

진경의 뒤에 경관이 보였다. 일부러 경관 때문에 보여 주려는 쇼인지 평소 같지 않게 목소리가 한 옥타브 위로 올라가 있었다.

"잠깐 하나 더 남았어. 조금만 기다려."

"빨리 끝내세요."

문이 닫히자 정은 재빨리 몸을 숙여 영신의 입술을 덮쳤다. 화를 낼 사이도 없이 금방 끝난 키스였지만 그 느낌은 생생했다. 화를 내려는 영신의 얼굴을 그가 톡톡 쳤다.

"푹 쉬어. 얼굴이 반쪽이야. 한 번만 더 쓰러지면 가만 안 둬. 내일 올게."

"오지 말아요."

그녀의 화난 음성에 그가 킥킥 웃었다.

"간다."

"잠깐만요!"

왜 불렀는지 모르겠다. 영신은 문고리를 잡은 정이 돌아보자 입술을 깨물었다. 그냥 가 버리게 됐어야 했는데.

"왜?"

"……."

"진짜 간다."

"밥, 잘 챙겨 먹어요. 말랐어."

아까부터 입안에서 맴돌던 말이었다. 얼굴이 반쪽인 사람은 그녀만이 아니었다. 정의 얼굴에 묘한 표정이 어렸다. 갑자기 그가 성큼 다가왔다. 순식간에 그의 품 안이었다. 짧지만 그녀의 모든 것을 흔들어 놓을 정도로 강렬한 키스였다.

"이젠 가야 돼."

숨을 헐떡이던 그가 귓가에 속삭이자 영신은 몸을 부르르 떨었다. 자신도 모르게 그의 어깨에 얼굴을 기대고 있었다. 잠시 뒤 입술에 쪽 소리가 나도록 짧은 입맞춤을 하고는 어느새 정이 병실 문을 열고 나가고 있었다. 그 뒷모습을 보고 영신은 손을 들어 그가 남긴 흔적을 더듬고 있었다.

밥 잘 챙겨 먹으라는 말에 참았던 감정이 울컥 올라왔다. 무심했던 시선과 냉랭했던 말과는 달리 그녀가 내비친 솔직한 속마음이었다. 오랜만에 들어 본 그녀의 걱정스런 말이 그의 기분을 순식간에 하늘로 올려놓았다.

"수고하셨습니다."

경관의 인사가 들리자 정은 정신을 간신히 차렸다. 진경이 무슨 말을 했는지 정이 수사 때문에 그녀를 만났다고 생각했나 보다. 두 사람은 경관에게 인사를 한 후 바깥으로 나왔다.

"간 떨어질 뻔했습니다. 선배 파트너 하다가 수명 다 줄게 생겼어요."

"고맙다. 너뿐이다."

"공수표 남발하지 마십시오. 사기죄로 처넣는 수가 있습니다."

"까칠하기는. 원래 속이 비면 사람이 신경질 나는 법이다. 우리 밥 먹자. 그것도 맛있는 걸로."

"선배."

"어, 왜? 먹고 싶은 거 없어? 비싼 거 사 준다니까."

"조울증 있는 거 아닙니까?"

진경이 심각한 얼굴로 그를 쳐다본다. 하지만 정은 더 기분이 좋아졌다. 헤벌레 웃는 그의 모습에 진경이 고개를 저었다.

"진짜 바보 같습니다."

그 말에 정이 큰 소리로 웃었다. 영신의 한마디를 떠올려 바보처럼 웃음이 계속 났다.

7

　도난 차량 조회가 생각보다 오래 걸렸다. 의외로 도난 차량이 많은 데다 딱히 한창희나 최영채와 연결할 거리가 없었다. 하지만 뜻밖에도 단서는 새로운 곳에서 나타났다. 박소민의 핸드폰이 켜져서 계속 감시를 하던 경찰의 위치 추적에 걸렸던 것이다.

　위치가 잡힌 곳은 강남 쪽이었다. 이미 그쪽 관할서에 연락을 해 순찰차가 출동을 한 상태였다. 정이 수사에서 빠졌기 때문에 진경은 정 반장, 김종혁 형사와 같이 움직였다. 대석과 순천은 탐문 수사 때문에 외근 중이었다.

　다행히 길이 막히지 않아 30분 정도 지나서 도착했다. 휴대폰 전원은 다시 꺼졌지만 켰을 때 잡은 주소는 주택가였다. 이곳이 정말 화려한 강남일까 싶을 정도로 오래된 연립주택들이 밀집한 지역이었다. 재개발 때문에 빈 집도 꽤 있어 안전한 동네는 아니었다.

　그들이 찾은 집은 반지하 방으로 바람을 막기 위해 허술해 보이는 문틈 사이로 비닐을 꾹꾹 눌러 막아 놓았다. 눈에 띄지 않도록 경찰들이 순찰차를 멀찍이 세워 둔 채 집 앞에 모여 있었다.

정 반장이 긴장한 듯 보이는 순경에게 다가가자 아직은 어려 보이는 순경의 얼굴이 돌덩이처럼 굳어졌다.

"안은 확인했나?"

"아직. 지시가 있을 때까지 기다리라고 해서요."

"드나든 사람은?"

"아무도 없습니다."

"집주인은?"

"저기요."

순경이 가리킨 곳을 보니 호기심에 찬 동그란 얼굴에 주름이 가득한 중년 여성이 이 층 계단 중간에서 그들을 내려다보고 있었다. 정 반장은 순경에게 고개를 끄덕이고는 집주인에게 다가갔다.

"안녕하십니까?"

"이게 무슨 일이래요?"

"저 방에 살고 있는 사람, 누굽니까?"

"총각하고 여동생 둘인데. 한 이 주 전에 이사 와서 나도 잘은 몰라요."

정 반장이 눈짓을 하자 옆에 서 있는 진경이 사진을 내밀었다. 한 장씩 훑어보더니 여인이 고개를 끄덕였다.

"어, 맞네. 이 총각이 오빠고, 여기 예쁜 아가씨가 그 밑이야. 그 동생은 고등학생이라고 하더라고. 부모님이 돌아가신 지 얼마 안 됐다고 해서 그런 줄 알았더니 뭔 일이래요?"

"안에 있습니까?"

"글쎄. 방이야 내줘도 그 사람들이 어찌 사는지 알 수가 있어야지.

방 내준 뒤로는 얼굴도 못 봤어요."

"잠깐 좀 도와주셨으면 하는데. 안에 누가 있는지 확인 좀 부탁합니다."

"네? 그럼 뭐라고 해야 할지……."

"그냥 방 문제로 왔다고 하세요."

"아, 네."

집주인이 긴장한 얼굴로 계단을 내려와 반지하 방 앞에 섰다. 초인종이 따로 없어 두드리면 금방이라도 떨어져 나갈 것 같은 문을 세게 두드렸다. 긴장했는지 자기가 두드린 문소리에 주인 여자가 더 놀란 표정을 지었다. 한동안 대답이 없자 정 반장이 다시 두드리라는 신호를 했다. 이번에는 소리가 더 작았지만 불투명 유리 안쪽에 그림자가 나타났다.

"누구세요?"

오랜만에 듣는 목소리지만 진경은 소민의 목소리를 금방 알아들었다.

"주인아줌만데, 잠깐 문 좀 열어 봐요."

"왜요?"

"방세 때문에."

덜거덕거리는 소리와 함께 문이 살짝 열렸다. 진경과 정 반장은 문이 열리자마자 잡아당겼다. 놀란 소민이 작게 비명을 지르며 안으로 달려 들어갔다. 워낙 작은 방이라 도망칠 공간 따위는 없었지만 소민은 방 한쪽 구석에 몸을 숨기려 했다.

방 안에는 소민 외에는 아무도 없었다. 소민의 눈이 잔뜩 겁에 질려 있었다. 경찰서에서 보였던 모습이 아니라 이번에는 진짜 놀란 모양이었다. 이렇게 도망 다니면서도 잡히지 않을 거라고 생각했다는 게 진경으로서는 더 신기했다.

"소민이, 언니 알아보겠어?"

진경의 말에 소민의 얼굴에 적의가 떠올랐다. 소민의 지금 처지에 동정이 가면서도 진경은 한 대 때려 주고 싶은 충동이 느껴졌다. 진경의 뒤에 버티고 선 정 반장의 모습에 아이가 침을 꿀꺽 삼켰다.

"한창희, 최영채랑 같이 있었지. 어디 갔니?"

"몰라요. 그런 사람 없어요."

정 반장의 질문에 소민이 떨면서도 부정을 했다. 진경이 소민에게 다가서는데 바깥이 소란스러워지며 종혁이 큰 소리로 정 반장을 불렀다.

"반장님, 한창희 도망갑니다!"

그 소리와 함께 정 반장이 총알처럼 바깥으로 튀어 나갔다. 진경 역시 나가려다 그 틈을 타 도망치려는 소민을 잡을 수밖에 없었다. 같은 여자라고 쉽게 본 모양인지 소민이 그녀를 밀치려 했지만 진경에게 상대가 되지 않았다. 금방 그녀의 손아귀에 잡힌 소민이 악을 썼다.

"놔요!"

"그러다 다친다."

"아, 씨발. 아프단 말이야!"

잡힌 엄지손가락을 꾹 누르자 소민의 팔에 힘이 빠지며 욕설이 튀어나왔다. 그녀에게 잡혀 나가면서 소민은 온갖 욕설을 다 퍼부었다. 진경은 아이를 데리고 나와 순경에게 인도했다. 수사본부 형사들은 다들 한창희를 쫓는 모양인지 보이지 않고 관할서의 순경만 두 사람 있었다.

"어떻게 된 겁니까?"

"한창희가 돌아오다 우리를 본 모양입니다."

"어디로 갔습니까?"

"큰길 쪽입니다."

"얘는 저희 관할서로 부탁드립니다."

"네."

진경은 큰길로 뛰어갔다. 막상 뛰쳐나오고 보니 어디로 가야 할지 몰라 두리번거리는데 끽 하는 소리가 들렸다. 그녀와는 꽤 떨어진 맞은편의 길이었다. 지하철역 입구 앞에서 교통사고가 났는지 차들이 연쇄적으로 귀청을 찢는 소리를 내며 멈춰 섰다. 하늘로 붕 날아오른 사람의 모습을 본 순간 생각할 겨를도 없이 진경은 그곳을 향해 뛰기 시작했다.

그녀가 뛰어갔을 때는 이미 많은 사람들이 모여 있었다. 사람들 사이로 키가 큰 정민기 반장이 보였다. 차도에 쓰러진 남자 앞에서는 종혁이 손을 내밀어 상태를 점검하고 있었다.

형사 중 한 명이 119에 전화하는 소리를 들으며 진경은 정 반장에게 다가갔다. 가까이 가서야 쓰러진 사람이 한창희라는 걸 알았다. 머리를 다쳤는지 그 아래로 피가 흥건하게 고여 있었다. 순식간에 모여드는 구경꾼들을 밀어내느라 형사들이 진땀을 뺐다. 게다가 갑작스런 교통사고로 인해 꽉 막힌 도로에서는 자동차 경적 소리가 귀가 아플 정도로 울려 댔다. 자신을 밀어 대는 사람들을 제지하며 진경은 속으로 욕설을 중얼거렸다.

병원에 도착했을 때 한창희는 이미 동공이 열린 상태였다. 수술실에 들어가기 전에는 호흡정지로 심폐소생술까지 해야 했다. 수술을 한다고 해서 예후가 좋아질 것 같진 않다는 의사의 설명을 들었지만 당장 수술을 하지 않으면 며칠 남은 목숨까지 위험한 상태였다.

가족이 없는 한창희의 수술승낙서에 진경이 사인을 했다. 수사본부의 다른 형사와 순경에게 뒷일을 맡긴 후 그녀는 경찰서로 돌아왔다.

"우찌 됐노? 살았나?"

"수술 들어갔습니다. 의식이 안 돌아올 가능성이 더 높대요. 소민이는요?"

"지금 조사실에 있다. 그 가시나, 한 마디도 안 한데이. 지난번에는 종알종알 말도 잘하더만 입 벙긋도 안 한다 아이가. 지금 반장님이 들어가 있다."

"그래요?"

조사실 안에서 정 반장과 소민이 대치 상태로 있었다. 아니, 소민은 겁먹은 채 책상 아래만 쳐다보았고 정 반장은 그런 소민을 뚫어지게 바라보았다. 화가 난 정 반장의 눈빛은 평소보다 훨씬 살벌해서 보통의 남자라도 겁을 먹을 정도였다. 어린 여고생인 소민에게 그가 얼마나 무서울지 진경은 그 심정이 이해가 갔다.

하지만 정 반장은 고압적인 그 자세를 풀 생각이 없는지 팔장을 낀 채 침묵을 지켰다. 이럴 때는 능청스러울 정도로 여유 있는 정의 태도가 그립기까지 했다. 사무실에도 없는 걸 보면 이미 퇴근을 한 모양이었다. 그녀가 들어오는 기척에 소민이 얼굴을 들었다.

정 반장이 그녀에게 고개를 끄덕이고는 조사실에서 횅하니 나가 버렸다.

"괜찮니?"

진경의 질문에 소민이 의심스런 표정을 지었다. 하긴, 유독 진경에 대해서 적의를 불태우던 소민이었으니 그럴 만도 하다. 진경은 아이가 의심하지 않도록 덤덤하게 말을 이었다.

"많이 말랐네. 밥은 잘 챙겨 먹고 다닌 거니?"

"상관없잖아요."

불퉁한 대답이지만 입을 열었다는 생각에 진경은 빙긋 웃었다. 정이 능청스럽게 하는 그걸 자신이라고 못할 이유는 없었다.

"뭐, 네 말대로 상관은 없지. 그냥 말라 보여서. 잠깐이지만 우리가 좀 깊은 인연이잖아, 그래서 걱정도 좀 되고."

"웃기지 말아요. 아무도 나 같은 건 걱정 안 해요."

"왜 그렇게 생각해? 지나가던 개가 다쳐도 걱정하는 게 사람이야. 뭐, 나야 그렇다 치고 같이 있던 언니와 오빠도 네 걱정을 안 할까?"

"어딨어요?"

"응?"

진경이 말귀를 못 알아들은 듯 시치미를 뗐다. 아이의 얼굴에 조바심이 나타났다. 그때부터 진경은 침묵을 지켰다. 안절부절못하던 소민이 입술을 깨물더니 결국 눈물을 뚝뚝 흘렸다.

"많이 힘들지? 좀 쉴래? 얘긴 나중에 하자."

자리에서 일어나 조사실 문고리를 잡는데 소민이 작은 소리로 그녀를 불렀다.

"형사 언니."

"응? 필요한 거 있어?"

"오빠 어떻게 됐어요? 창희 오빠요. 아까 잡는다고 쫓아갔잖아요."

"……."

"못 잡았어요?"

대답이 없자 소민의 표정이 조금 밝아졌다. 진경은 그 질문에 가타부타 대답 없이 물었다.

"어떻게 만났어?"

소민이 바싹 긴장하는 게 느껴졌다. 한창희의 일은 아직 말하지 않는 게 낫겠다 싶었다. 하지만 소민도 생각이 있는지 끝까지 입을 열지 않았다. 그동안 소민은 머리 좋은 아이와는 거리가 멀었다. 조금 약긴 해도. 그런데 지금 소민은 극도로 조심했고, 예민하게 반응했다. 누군가에게 언질을 받은 것이 틀림없다. 저절로 최영채가 떠올랐다.

한국대 법학과에 다니는 수재. 게다가 뛰어난 외모를 가져 사람을 홀리기에 딱 좋은 조건이었다. 특히 이렇게 한창 예민한 나이의 상처입은 약한 여자아이라면 더욱 빠져들기 쉬웠을 것이다.

이브의 선악과처럼 달콤했겠지. 얼마나 유혹적이었을까? 지옥 같은 삶을 빠져나올 두 번 다시 없을 기회라고 생각했겠지.

진경은 소민을 안쓰럽게 바라보았다. 세 사람이 머물던 반지하 방에 경관을 배치해 두었지만 최영채가 그곳에 다시 나타나지 않으리라는 걸 진경은 확신했다. 그러기엔 지금까지 최영채의 행동이 지나치게 똑똑했다. 다만, 앞으로 혼자 움직여야 하니 쉽지는 않을 것이다. 말이 없는 소민을 두고 나가려는데 저기, 하는 작은 소리가 다시 들렸다.

"왜? 할 말 있니?"

"그 오빠 어디 갔어요? 정이 오빠요."

기가 막혀 순간 코웃음이 나오려는 찰나 잘 참아 준 자신이 대견스러울 정도였다. 정이 소민에게 남긴 인상이 어땠는지 굳이 말하지 않아도 알지만 무척 강렬했던 모양이다. 어쩌면 최근 세태처럼 얼짱이라면 무조건 신봉하고 보는 어린 10대들의 습성인지도 모르겠지만. 진경은 대답 없이 조사실을 나왔다.

조사실 바깥에 정 반장이 서 있었다. 그녀를 보더니 묻는 듯 눈썹이 올라가자 진경은 고개를 저었다.

"여자들은 무슨 생각인지 잘 모르겠어. 특히 저맘때 애들은."

한숨 섞인 정 반장의 말에 진심으로 그 의문이 배어 나와 웃음이 났다.

"서 선배 찾던데요. 이번 심문은 서 선배한테 맡기는 게 어떻겠습니까?"

"수사에서 빠진 놈이야. 시간이 지나면 마음 바꿔 먹겠지. 우리도 노련한 형사들 많다고."

노련하지만 거칠어서 10대의 예민한 여자애를 상대하기엔 턱없이 부족했다. 게다가 진경 자신도 정 반장의 말처럼 저 또래 아이들을 상대할 자신이 없었다. 어쩌면 같은 여자이기 때문에 더 경계할 수도 있었고, 스스로가 여자애의 마음을 풀 정도로 마음의 여유가 없다는 걸 잘 알았다.

영신에 대한 감시가 더 심해진 걸 정은 금방 알아차렸다. 별 진전 없는 술집 살인미수 사건을 조사하고 밤이 되어서야 병원에 도착해서 병실로 들어서려는데 바깥에서 지키고 있던 순경이 막아섰다.

"왜 이래?"

"신분 확인 좀 부탁드립니다."

정은 어이가 없었지만 신분증을 꺼냈다. 영신은 그저 최영채가 혹시 연락을 할지 모른다는 가능성 때문에 감시를 당하는 것뿐이었다. 그래서 그동안 그녀의 사생활에 직접적으로 피해가 갈 만한 행동은 수사본부에서도 최대한 자제했다. 직감적으로 정은 일이 생겼구나, 하는 생각을 했다. 그의 신분증을 확인한 순경이 고개를 끄덕이고는 경례를 붙였다.

"무슨 일이지?"

"저도 잘은 모릅니다. 오후에 지시가 내려왔는데 최영신 씨 병실 드나드는 모든 사람들을 조사하라고 해서요."

"그래? 그럼 수고."

"그런데 무슨 일로?"

"잠깐 물어볼 게 있어서 들렀어. 수고해."

정은 자연스럽게 경례를 붙이고는 병실 안으로 들어갔다. 영신이 창가에 서 있었다. 매일 오겠다고 얘길 했는데도 늘 저녁 무렵 나타나는 그를 보면 깜짝깜짝 놀라는 표정을 지었다. 그가 가까이 다가가자 영신이 그를 피해 침대 위로 올라갔다.

며칠 전보다 훨씬 건강해 보였지만 여전히 표정은 어두웠다. 피하는 그녀의 행동에도 아랑곳없이 정은 침대 가까이 다가섰다. 이젠 그가 얼굴에 손을 대도 뿌리치지는 않았다.

"밥은?"

"먹었어요. 왜 왔어요?"

매번 같은 질문이 지겹지도 않나? 변하지 않는 영신의 태도에 그는 한숨을 쉬었다.

"군고구마 나왔더라. 좀 먹어 봐."

병원에 오는 길에 군고구마를 보니 추위를 많이 타는 영신이 좋아할 것 같아 덥석 사고 말았다. 하지만 영신은 종이봉투를 멀뚱히 쳐다만 본다.

"안 좋아해요."

"그래도 좀 먹어."

정이 그녀의 차가운 손바닥 위에 봉투를 놓았다. 따뜻했다.

"까 줄까?"

"됐어요."

"최영신."

정이 조용히 이름을 부르자 영신이 입술을 깨물었다. 영신이 어떤 심정인지 그로서는 다 이해할 수 없었다. 그리고 동생의 일로 자신을 밀어내는 것도 이해는 갔다. 하지만 적어도 영신의 마음속에 자신이 차지하는 크기는 그가 가진 그 마음만큼은 된다고 생각했다. 가끔 시선을 돌리기 전에 그녀의 눈빛에서 자신만큼 애타는 마음을 느낄 수가 있었다. 그걸 부정하는 그녀가 오늘따라 더 서운했다.

"까 줄까?"

"밥 먹었어요."

"내일 퇴원이지? 몇 시쯤 올까?"

"안 와도 돼요. 내 일은 내가 알아서 한다고 했어요."

이쯤 되니 정도 화가 부글부글 끓어올랐다. 지난주 내내 이 모양이었다. 두 사람 모두 벽을 향해 서서 혼잣말을 하는 것 같았다. 영신은 영신대로 아무렇지도 않게 찾아오는 정을 어떻게 대해야 할지 갈팡질팡했고 정은 자신의 말에 찬바람이 쌩쌩 부는 영신의 태도가 못마땅했다.

"당신이 이런다고 달라지는 건 없어."

"내가 할 말이에요. 이젠 질릴 때도 되지 않았어요?"

정은 순간 나오려는 화를 간신히 참으며 영신의 어깨를 잡았다. 지금도 영신은 자신의 키스에 녹아내린다. 언제든지 그걸 증명할 수 있었다. 저도 모르게 그에게 기대 오는 그녀를 보면서 아직도 끝나지 않은 감정이 있다고 위안을 받으면서도 왠지 자신이 나쁜 놈처럼 느껴졌다. 그는 거칠게 그녀의 앞에 놓인 봉투에서 고구마를 꺼냈다.

화를 낼 줄 알았는데 정이 고구마를 까기 시작했다. 그런 모습을 영신은 가만히 쳐다보았다. 바보 같은 남자. 아무리 말해도 알아먹지를 않는다. 그러면서도 저도 모르게 매일 저녁 그가 들어오는 모습을 보면서 안도하는 자신이 한심했다. 반가운 마음을 숨기는 게 생각보다 힘들었다. 잘생긴 얼굴이 많이 말라 있었다. 그녀가 회복되는 만큼 그가 말라 가는 것 같았다. 뜨거운데도 아무 소리 없이 깐 고구마를 그녀 앞에 내밀었다.

"안 먹어요."

"받아."

왠지 거역할 수 없는 어조라 영신은 고구마를 받아 들었다. 그녀가 뜨거울까 봐 휴지를 말아 손잡이를 만들어 주었다. 그러고는 자신의 것을 까서 먹기 시작한다. 그 모습에 영신은 왠지 서글퍼졌다.

"정말 단순해."

"알아. 그래서 당신이 좋아하잖아."

능청스러운 대답에 영신이 약하게 웃었다. 정말 미워할 수 없는 남자. 서글프지만 영신은 인정했다. 그를 만난 건 그녀의 인생에서 행운인 것과 동시에 견딜 수 없는 형벌 같았다. 그의 말대로 정말 도망가고 싶었다. 단둘만 있을 수 있는 곳으로, 이 모든 걸 잊을 수 있는 곳으로.

"우리, 도망갈래요?"

그의 손에서 고구마가 툭 떨어졌다. 자신의 생각이 말이 되어 나온 걸 알고 영신은 실소를 금치 못했다. 하지만 말로 뱉고 보니 더 현실감 없게 느껴져 가슴이 아팠다.

"언제든지."

"더 먹어요."

영신은 그가 떨어뜨린 고구마를 치우고 자신의 고구마를 내밀었다. 말없이 고구마를 받아 든 정이 맛있게 먹기 시작했다. 하지만 시선은 여전히 그녀를 향해 있었다. 그를 들었다 놨다 하는 자신이 싫지만 그녀 역시도 그의 대답에 롤러코스트를 탄 것처럼 어지러웠다. 당장 그의 손을 잡아끌고 도망가고 싶은 자신을 억제하며 영신은 정에게서 시선을 돌렸다.

아침에 출근한 정은 어수선한 강력반의 분위기에 긴장했다. 어제 영신의 병실에서 예상은 했지만 수사에 전환점이 될 만한 큰 일이 생긴 게 분명했다.

"어, 왔나?"

먼저 말을 건 사람은 대석이었다. 밤샘 조사라도 했는지 얼굴이 까칠해 보였다. 자신만 수사에서 빠져 제때 출퇴근이라 미안한 생각이 들었다.

"네. 밤새셨어요? 얼굴이 시체 같습니다."

"박소민이 와 있다 아이가. 그 가시나 그거 사람 간 보면서 살살 골리는데 죽겠다. 요즘 아들은 와 그라는데? 내 딸이면 퉁퉁 두드려 패서 인간 만들었을 긴데."

"어떻게 된 겁니까?"

"어제 휴대폰 켜져 갖고 잡으러 갔었다 아이가. 한창희도 잡았다."

"한창희도요?"

"잡으면 뭐하노? 반시체 돼서 누워 있는데. 짜증나 죽겠다, 아주."

이제 남은 사람은 최영채였다. 그는 영신에 대한 걱정으로 속이 타들어 갔다. 그가 없는 동안에 회의가 끝났는지 다들 흩어져 사무실을 나섰다. 정은 나가려는 진경을 간신히 잡았다.

"얘기 좀 하자."

"나가 봐야 됩니다."

"알아. 시간 많이 안 뺏어. 어떻게 된 거야?"

잠시 망설이던 진경이 어제의 일을 간략히 얘기해 주었다.

"그럼 세 사람이 지금까지 같이 지냈던 거네. 그런데 최영채는? 안 나타났어?"

"네. 제 생각이지만 그 집 지키고 있어도 나타날 것 같지는 않습니다."

"소민이는 아무 말 없고?"

"황 선배 얘기 들었잖아요. 절대 입 안 열어요. 소민인 한창희 사고, 아직 모릅니다. 그거 알면 마음이 바뀔지도 모르겠지만. 최영신 씨는 괜찮습니까?"

"그렇지, 뭐."

"저 나갑니다."

"그래. 수고해라."

정은 진경을 보낸 후 사무실로 돌아왔다. 정 반장이 인상을 찌푸린 채로 자기 책상에 앉아 있었다.

"저도 나가 보겠습니다."

"아, 그쪽은 뭐 좀 나왔어?"

"목격자가 없어서 별 진전은 없습니다. 종업원들이 기억을 전혀 못 하더라고요. 주변 CCTV도 조사해 봤는데 별거 없고요."

"그래?"

"그럼 나가 보겠습니다."

"잠깐. 기다려 봐. 너 박소민 유치장에 있는 거 알지?"

"좀 전에 들었습니다."

"얘기 한번 해 볼래?"

"저 수사에서 빼셨잖습니까?"

"그건 여전히 유효하다. 그런데 박소민이 너를 찾더라고. 그래서 한번 얘기해 보라고. 뭐 싫으면 말고."

부탁하고 싶으면 그렇다고 할 일이지 뭔 놈의 자존심인지 정 반장이 심드렁하게 얘기를 하자 정은 피식 웃고 말았다.

"해 보겠습니다."

"조사실로 데려오라고 해야겠네."

"아닙니다. 제가 유치장으로 가겠습니다."

유치장은 수사과 안에 같이 위치하고 있었다. 밤새 잡혀 온 사람이 꽤 되는지 유치장 안이 어제보다 붐볐다. 그가 가까이 다가가자 몇몇 여자 수감자들이 고개를 들었다. 소민은 한쪽 구석에서 잠에 빠져 있었다. 이런 일을 겪기엔 아직 어린데 정으로서는 안타깝기만 했다. 순경에게 소민이 깨면 연락을 달라고 한 후에 그는 사무실로 돌아왔다.

길다면 길고 짧다면 짧은 형사 생활이었지만 난생처음으로 그는 자신이 하는 일이 옳은지 의문이 생겼다. 자신이 어릴 때부터 성적 학대를 당했다면 정상적으로 살아갈 수 있었을까? 자꾸만 영신의 얼굴이 떠올라 괴로웠다. 혼란스런 머리를 정리하지도 못했는데 소민이 깼다는 연락이 왔다. 정은 자신의 마음도 정하지 못한 채 유치장으로 향했다.

정을 본 소민의 얼굴이 확 밝아졌다. 소민을 유치장 밖으로 꺼내 조사실이 아닌 강력반 사무실로 데려왔다.

"여긴 왜 와요? 또 물어볼 거 있어요? 저, 정말 아는 거 아무것도 없어요."

"아니. 밥 먹게 해 주려고. 먹고 싶은 거 있니? 오빠가 사 줄게."

"그리 배고프진 않은데. 아무거나 주세요."

늘 '몰라요, 글쎄요, 아무거나요.' 하는 게 입버릇인 아이였다. 뭘 물어도 분명하게 대답하는 경우가 한 번도 없었다.

"콩나물 국밥 먹을래? 아침에 먹으면 속도 든든하고."

"네. 오빠도 같이 먹을 거예요?"

"그래. 나도 아침 안 먹었거든. 잠깐만 기다려."

경찰서 옆 단골 식당에 밥을 시키고 정은 소민의 얼굴을 물끄러미 바라보았다. 고생스러웠는지 얼굴이 야위어 있었다.

"밥 잘 안 챙겨 먹었구나. 말랐네."

"정말요? 살 좀 더 빠져야 되는데. 저 정말 살 빠져 보여요?"

정은 소민의 반응에 헛웃음이 나오는 걸 참고 고개를 끄덕였다.

"다행이다. 저도 사실 좀 빠졌다고 생각은 했었어요."

"돈이 있었을 텐데. 오빠하고 언니가 돈을 아꼈나 봐."

의심스런 시선이 그를 향했다. 정은 일부러 아무렇지도 않은 표정을 지었다.

"세 사람 같이 지낸 거 다 알아. 네가 아니라고 해도 소용없고."

"……."

"최영채한테 돈이 꽤 있었던 건 알지? 그 돈, 최영채 언니가 준 거야."

"그런 건 몰라요. 돈 관리는 영채 언니가 했어요. 돈이 있었는진 모르겠지만 뭔가 사야 된다고 하면서 쓰지도 않았어요."

"뭘 산다고 했는데?"

"그거야……."

뭔가 말하려던 소민이 갑자기 말을 멈추었다. 너무 말을 많이 했다고 생각했는지 시선을 피했다.

"몰라요. 전 어려서 알 필요 없다고 했어요. 창희 오빠한테 물어

봐요."

이번엔 소민이 그를 떠보는 것 같았다. 창희에 대해서 아무런 언급도 하지 않았다는 걸 정이 알고 있지 않았다면 넘어갔을 것이다. 그는 희미하게 웃었다.

"그 오빠는 너랑 최영채가 꾸민 거라던데."

"거짓말 마세요. 창희 오빠가 그랬을 리 없어요."

같이 지낸 동안 세 사람 사이에 끈끈한 동료애가 생긴 걸까? 정은 자신을 노려보는 소민을 마주 보았다. 오랜 침묵이 흘렀다. 마침 시킨 밥이 오자 정은 자리에서 일어났다. 배달원이 나가자 정은 그때까지 의기소침해 있는 소민을 불렀다.

"뜨겁다. 식혀서 먹어."

"오빠는 애인 없어요?"

다시 예전의 소민으로 돌아온 모양이다. 정은 피식, 웃었다.

"왜?"

"그냥. 오빠처럼 잘생긴 사람은 어떤 여자랑 사귈까 궁금해서요. 영채 언니하고 잘 어울릴 것 같은데. 그 언니 연예인보다 더 예뻐요."

"소민이는 예쁜 사람이 좋아?"

"당연하죠. 성형수술 한 애들 말고 자연 미인이 좋아요, 전."

"그렇구나. 그런데 최영채가 그렇게 예뻐?"

"네. 솔직히 웬만한 연예인 급은 될걸요. 그리고 그 언니는 성형 같은 거 하나도 안 했어요."

"그래?"

"네. 머리도 얼마나 좋은데. 한국대 법대 다녔어요."

"그걸 어떻게 믿어? 그냥 너한테 자랑하려고 지어낸 거 아냐?"

"아니에요! 그 학교 교수를 만났다니까요. 예전에 TV에 나왔던 사람이라 저도 얼굴 아는 사람이에요. 그런 걸 어떻게 꾸며요?"

이상협 교수 얘기라는 걸 알았지만 정은 일부러 모른 척했다. 소민의 태도로 봐서는 그가 살해당했다는 걸 모르고 있는 것 같았다.

"그 집에 갔었어?"

"아니요. 언니가 그 교수 만날 때 우린 뒷자리에 숨어 있었어요. 영채 언니가 굉장히 화냈던 기억은 나요. 그 교수도 언니한테 화를 냈구요."

"그랬구나. 그런데 어떻게 만났어?"

"네?"

"최영채. 어디서 만나게 된 거야?"

"그건 말 못 해요. 아무리 오빠라도요."

"최영채가 말하지 말라고 했어?"

"아니요. 창희 오빠가요. 말하면 한 번 죽었던 사람 두 번 죽이는 거라고. 그냥 우리끼리 알고 있으면 된대요."

두 번 죽이는 일이라니. 정은 생각에 잠겼다. 다른 피해자들의 가족들과의 접점을 소민이 알고 있음이 틀림없었다.

"그런데 저 감옥 가요?"

"뭐?"

"사실, 전 언니랑 오빠 따라다닌 것밖에는 한 게 없는데. 휴대폰도 못 쓰게 하고 맨날 방에서 기다리라고 해서 솔직히 좀 지겨웠거든요. 그래도 감옥 가요?"

말문이 막혔다. 가벼운 어조와 현실을 직시하지 못한 태도에서 두려움이 느껴졌다. 약은 아인 줄 알았는데 지금 이 상황이 무섭긴 무서운 모양이었다.

"밥 다 먹었니?"

"언니가 전 감옥 안 갈 거래요. 전 언니, 오빠가 무슨 일 하는지 몰랐어요."

"아버지 일은 네가 말했니?"

순간 소민의 눈이 얼음장처럼 차가워졌다. 갑작스런 적의에 정은 당황했다. 소민이 자리에서 벌떡 일어섰다.

"밥 다 먹었어요. 저 다시 유치장으로 가도 되죠?"

자신을 돌아보지 않는 소민의 반응에 정은 더 얘기해 봤자 아무 소용이 없다는 걸 알았다. 소민을 유치장까지 데려다 주고 사무실로 돌아오니 정 반장이 기다리고 있었다.

"뭐 좀 얻었어?"

"아니요. 말은 그럭저럭 하는 것 같은데 정확히 알려 주는 건 없어요. 그런데 최영채가 뭔가를 사려고 했다고 하더라고요. 그것 때문에 돈을 아꼈다고."

"그래? 뭘 사려고 돈을 아꼈다? 짐작이 안 가네."

"수사 다시 시작하게 해 주십시오."

"안 돼. 넌 박소민 심문만 맡아. 그리고 최영신 씨 근처엔 사건 해결 전까지는 얼씬도 말고."

"반장님!"

영신을 위해서 뭐라도 하고 싶었다. 최영채를 먼저 찾아내 자수라도 하게 만들고 싶었다. 하지만 정 반장의 반응은 냉랭했다.

"뭐라고 해도 안 되는 건 안 되는 거야. 넌 이미 객관성을 잃었어. 수사할 자격이 없어."

"그럼 반장님은요?"

"무슨 소리야?"

"형수님 일 잊었습니까? 그때 강 반장님은 끝까지 형님 수사에서 빼지 않으셨어요."

"그래서? 너하고 나하고 같다고? 서영인 피해자지, 가해자가 아니야."

"영신이도 아닙니다."

"문제는 그 가족이라는 거지. 그게 어떤 건지 누구보다 내가 잘 알아. 그 끝이 어떻게 되는지 내 눈으로 똑똑히 봤으니까."

정 반장의 부친의 일은 정도 어렴풋이 알고는 있었다. 오 년 전쯤 연쇄살인으로 한창 시끄러웠을 때 지금의 아내를 만난 정 반장이 자신을 이해해 주지 않을까 조금 기대했던 정은 실망이 컸다.

"그럼 영신이 만나는 것까지 막지는 마십시오. 전 이 사건과 아무런 관계도 없는 사람 아닙니까?"

"서정."

"형님도 그때 형수님 놓지 않았잖습니까? 저한테는 최영신이 그런 사람입니다. 무슨 일이 있어도 그 여자는 놓지 못합니다."

정의 말에 정 반장이 한숨을 푹 내쉬었다. 이미 오래전의 일이긴 해도 서영을 만나지 못했던 잠깐 동안 그도 죽을 것 같은 시간을 보낸 적이 있었다. 지금도 서영은 가끔 악몽을 꿨다. 그런 아내를 안아서 달래 줄 때면 그 역시 그때의 기억으로 우울해지기도 했다. 옆에 안전하게 누워 있는 아내의 얼굴을 볼 때마다 매번 그는 믿지도 않는 신들에게 감사의 기도를 했다.

"수사 방해되지 않도록 조심하겠습니다."

"필요하면 네가 그 여자를 감시하게 될지도 몰라. 속여야 할 수도 있고. 그럴 수 있어?"

그런 생각까지는 해 보지 않았다. 다만, 지금은 영신의 옆에 있는 것만 생각하기로 했던 그였다. 그의 침묵에 정 반장이 한숨을 내쉬었다.

"그럴 각오가 되어 있으면 몰라도 그게 아니라면 당분간은 만나지 마. 어차피 한창희도, 박소민도 다 잡았으니 최영채 잡는 데 오랜 시간은 안 걸려. 그러니 너도 조금만 참아."

"전 지금까지 형사로서 불만 같은 거 가져 본 적 없습니다. 뭐, 순천이 놈 말대로 죽도록 목숨 바치진 않았어도 나름 충실했다고 생각합니다. 그동안 제 행동이 이 정도의 믿음도 못 줄 정도로 형편없었는지 궁금합니다."

"후……."

정 반장이 땅이 꺼져라 한숨을 쉬었다. 그의 입에서 어이없다는 듯 웃음이 새어 나왔다.

"여자만 잘 꼬시는 줄 알았는데 나까지 꼬시냐? 네놈 어떤 놈인지 뻔히 알지. 그런데 사람 마음이 자기 거라도 자기 마음대로 되는 게 아니라 그런 거야."

"믿어 주십시오. 수사 참여하겠다는 말, 더는 안 하겠습니다. 그냥 영신이하고 만나지 말라고는 하지 말아 주십시오."

"그럼 선택이 필요할 때는? 한 여자의 연인이나 형사 둘 중의 하나를 선택해야 한다면?"

정은 한참 정 반장을 바라보았다. 그 답을 당장은 할 수 없음을 알았다.

"그때 형은 어떤 선택을 했습니까? 저 역시 제가 맞다고 생각하는 답을 고르겠습니다."

정 반장이 한참 동안 침묵을 지켰다.

"이게 뭔 짓인지. 여자에 빠져서 꼴통 짓 하는 놈은 나 하나로 끝날 줄 알았더니 너도 만만치 않구나. 어쨌든 나가 봐라."

"네."

정은 정 반장에게 고개를 숙이고는 바깥으로 나왔다. 머리가 복잡했다. 복잡한 건 질색인데 영신을 만난 후 모든 것이 다 복잡하기만 해서 머리가 터질 것 같은데도 그는 그걸 감당하고 있는 자신이 신기했다. 오전 중에 잠시 영신의 퇴원을 위해 병원에 들를 생각이었다. 무슨 일이 있어도 그가 먼저 그녀를 놓는 일은 없을 것이다. 무슨 일이 있어도.

"짐은 다 싼 거야?"

오랜만에 듣는 해준의 음성에 영신은 놀라서 돌아보았다. 일주일 전 그녀를 비난했던 그 모습은 찾아볼 수 없었다. 수척해진 얼굴을 보니 가슴이 아팠다. 그냥 미워하는 마음 그대로 오지 말지. 안타까워졌다.

"네."

"오늘 퇴원인 줄 몰랐어. 왜 연락 안 했니?"

영신은 대답하지 않았다. 해준도 굳이 그녀의 대답을 기다리지 않았는지 침대 위에 놓인 가방을 잡았다.

"짐은 이게 다야?"

"그러지 말아요. 혼자 할게요."

영신이 가방을 뺏었다. 분노와 배신감으로 얼룩졌을 그의 마음을 잘 알기에 영신은 더 냉정해지기로 했다.

"그땐 내가 미안했다. 그 남자 때문에 어떻게 됐었나 봐. 너한테 그렇게 말하면 안 되는 거였는데. 그때 일은 깨끗이 잊어 줬으면 좋겠다."

"그 때문이 아니란 거 잘 알잖아요."

"끝까지 이럴래? 나한테 네가 어떤 사람인지 몰라서 그래?"

"그래서 그래요. 내가 그런 사람이 될 수 없는데 오빠가 자꾸 그런 사람으로 만들어 버려서. 이건 그 사람하고도 관계없는 일이에요. 그냥, 내 감정이 그래요."

"그 사람 아니었으면 네가 나한테 이러지도 않았어. 왜 자꾸 거짓말을 해?"

"언제까지 이럴 거예요? 의심하고 몰아세우고. 옆에 있으면 그런 게 없어지나요? 나한테 오빠는 남자가 아니었어요. 그건 그 사람이 없었어도 똑같은 거예요."

"영신아, 제발!"

쥐어짜는 해준의 음성에 영신은 이를 악물었다. 해준을 좋아하기 때문에 그가 더 상처 입기를 바라지 않았다. 정을 받아들이지도 못하는 어정쩡한 상태에서 해준까지 괴롭히고 싶지 않았다.

"가세요."

"집까지 데려다 줄게."

"아니요. 그냥 가요."

"그 남자 오는 거니?"

해준은 끊임없이 정의 존재를 상기시키면서 그녀를 괴롭혔다. 그를 옹졸하게 만들어 버린 사람은 바로 자신이지만 영신은 이번에는 화를 냈다.

"와요, 그 사람. 그 사람 앞에 오빠 보여 주고 싶지 않아요."

차라리 나를 욕하고 그냥 가요, 제발. 영신은 마음으로 애원을 했다. 해준의 얼굴이 돌처럼 굳어지며 그녀를 노려보았다.

"역시 그 사람 때문이구나."

"그만하고 가요, 제발!"

결국 영신이 소리를 질렀다. 그녀의 반응에 해준이 불쑥 다가섰다.

익숙한 두려움이 몰려오며 그녀는 몸을 떨었다. 그 모습에 더 화가 났는지 해준이 어깨를 아플 정도로 움켜쥐었다. 영신은 터져 나오는 비명을 막기 위해 입을 막았다.

"나한테도 기회를 주라고 했어! 너한테 바쳤던 내 10년은 어떻게 보상할 거야? 내가 그렇게 멍청한 놈으로 보여?"

"가요! 사람 부르기 전에."

"그놈한테 어떻게 안겼는지 나한테도 그래 보라고!"

피하기도 전에 해준이 그녀에게 달려들었다. 영신은 비명을 질렀지만 그의 손바닥에 입이 막혀 소리가 되어 나오지 못했다. 버둥대며 그의 품 안에서 벗어나려고 할수록 몸을 옭죄는 손아귀 힘이 더 강해졌다. 고개를 돌려 피하는 그녀의 얼굴에 상처가 날 정도로 거친 입술을 비벼 댔다.

그녀는 두 손으로 해준의 뺨을 할퀴었다. 하지만 미친 사람처럼 해준은 통증도 느끼지 못하고 그녀의 입술을 잡아먹을 듯 빨아 댔다. 정신을 잃을 것 같은 순간 해준이 떨어져 나갔다. 영신은 바닥에 쓰러진 채 숨을 헐떡였다. 해준이 당겨 찢어진 블라우스를 두 손으로 움켜쥐고 일어섰다. 정이 무시무시한 얼굴로 해준의 멱살을 잡고 있는 걸 본 순간 안도감에 눈물이 나오고 말았다.

정의 주먹에 해준이 맥없이 나동그라지며 코피가 터졌다. 병실로 들어와 영신에게 덤벼든 해준을 본 순간 정은 이성을 잃었다. 온몸에 살의가 솟아났다.

"이 새끼야, 죽어! 감히 누굴 건드려?"

거친 욕설과 함께 정이 나동그라진 해준을 다시 잡아 얼굴을 쳤다. 이번에도 해준은 맥없이 나뒹굴었다. 그의 몸에 올라타 주먹을 날리는데 작은 두 손이 그의 팔을 잡았다.

"그만해요!"

"놔! 이런 새끼는 죽어야 돼."

영신의 울음소리에 정은 간신히 정신을 차렸다. 해준이 그의 아래
서 숨을 헐떡이며 기침을 해 댔다. 이빨이 빠졌는지 입에서 피가 줄
줄 흘렀다. 정은 일어서려는 해준의 얼굴을 다시 한 번 정통으로 쳤
다. 영신과 해준이 동시에 비명을 터뜨렸다.

"제발, 그만해요. 제발."

"괜찮아? 얼굴 좀 봐."

벌떡 일어난 그가 흥분을 감추지 못하고 영신의 뺨을 잡았다. 해준
이 남긴 붉은 자국이 얼굴 곳곳에 얼룩을 만들어 냈다.

"난 괜찮아요. 그러니까 그만 가요."

생각 같아서는 해준을 패 죽여도 시원찮은 기분이었다. 쓰러진 채
로 신음 소리를 내뱉던 해준이 비틀대며 일어서는 모습을 무시하고
정은 영신을 안아 들고 그녀의 가방을 챙겨서 바깥으로 나왔다. 그가
조금만 늦었다면 무슨 일이 일어났을까? 생각만으로도 간담이 서늘해
졌다.

병실 바깥에서 지키던 순경이 영신을 안은 채 나오는 정의 모습에
눈이 휘둥그레졌다. 열린 병실 문틈으로 피를 줄줄 흘리는 해준을 발
견한 순경은 후다닥 안으로 뛰어 들어갔다. 놀란 순경을 두고 정은
병원을 나와 영신을 차에 태웠다. 생각 같아서는 해준을 성추행 현행
범으로 집어넣고 싶었지만 영신 앞에서는 그 말을 하고 싶지 않았다.

정의 집 앞에서 영신이 버텼다.

"왜 이래요?"

"들어가. 들어가서 얘기해."

영신은 고집스럽게 그녀를 잡아끄는 정을 노려보았다. 지금 그녀가 원하는 건 아무도 없는 곳에 숨는 것뿐이었다. 그런데 정이 그녀를 그의 아파트로 데려온 것이다.

"장난치지 말아요."

"장난 아니야. 들어가. 당신 추운 거 싫어하잖아. 여긴 따뜻해."

"싫어요."

해준의 입술이 영신의 얼굴에 붉은 얼룩을 남겨 놓았다. 그걸 볼 때마다 정은 불끈불끈 화가 치밀었다.

"억지로 끌고 들어갈 거야. 계속 이런 식이면."

거친 그의 말에 영신이 주춤했다. 안 그래도 잔뜩 겁을 집어먹은 그녀를 위협할 생각은 아니었는데 해준에 대한 화 때문인지 영신에게도 말이 곱게 나오지 않았다. 정은 억지로 영신을 집 안으로 밀어 넣었다.

그의 말대로 따뜻했다. 넓은 거실 창으로 환한 볕이 들어왔다. 그 밝은 느낌에 영신은 인상을 썼다.

"어, 오셨어요?"

반강제로 정의 손에 이끌려 거실로 들어서는데 주방에서 나이가 지긋한 아주머니가 젖은 손을 닦으며 나왔다. 정은 속으로 욕설이 나오는 걸 간신히 참았다.

본가에서 보내 준 도우미 아주머니였다. 이틀에 한 번 꼴로 낮 시간 동안 청소를 위해 온다는 걸 깜박했던 것이다. 아니, 청소뿐만이 아니라 이 집에서 그가 어떻게 지내는지 감시하는 역할도 겸한 그런 사람이었다. 그의 사람이 아닌 지연의 사람. 씁쓸한 웃음이 났다.

"아, 네."

아주머니가 호기심 어린 눈으로 그의 뒤를 기웃거리자 정은 영신의 앞을 막아섰다. 아까 해준 때문에 잔뜩 흐트러진 그녀의 모습을 보여 주고 싶지 않았다. 도우미가 돌아가서 지연에게 어떤 얘기를 전할지 생각만으로도 골치가 아팠다.

"손님이 오셨네요. 점심 준비할까요?"

"네. 그래 주세요."

방까지 준비해 달라고 했다가는 당장에라도 지연이 달려올 것 같아 그는 입을 다물었다. 도우미가 주방으로 사라지자 정은 영신을 돌아보았다. 창백한 얼굴로 거실 가운데 어색하게 서 있었다. 그는 가방을 내려놓고 그녀를 자기 방으로 데려갔다.

"좀 누워 있어. 옷은 저녁에 당신 집에 가서 챙겨 올게."

"여기 있기 싫어요."

눈물을 글썽이며 하는 말에 그의 마음이 약해졌다. 얼굴에 난 붉은 자국을 보니 더 그랬다. 그는 손을 내밀어 빨간 자국을 쓰다듬었다. 영신이 그를 돌아보았다. 정은 한숨을 쉬며 그녀를 당겨 안았다.

"미안해. 그런데 당신을 지키는 게 이 방법밖에 없어. 당신이 다른 사람한테 시달리는 게 싫어. 감시당하는 것도 싫고."

영신은 대답 없이 그대로 안겨 있었다. 셔츠가 젖는 게 느껴졌다. 소리 없는 떨림이 느껴졌다.

"참지 마. 영신아, 내 앞에서는 아무것도 참지 마."

정의 말에 결국 울음이 터지고 말았다. 해준에게서 느꼈던 두려움과 영채의 부재가 주는 불안함이 범벅이 되어 그녀를 미치게 만들었다. 정의 품 안에서 영신은 그런 것들을 다 쏟아 낼 것처럼 큰 소리로 울어 댔다.

"그 자식, 어떻게 할까? 당신이 원하면 신고 접수시킬게."

어느 정도 진정이 되자 정이 그녀의 퉁퉁 부은 얼굴을 들어 가만히 보았다. 다른 남자의 거친 키스가 남긴 자국은 그를 미치게 했다. 영신은 힘없이 고개를 저었다.

"하지 말아요. 내 탓인데, 뭐."

"뭐가 당신 탓이야?"

"그 사람 오래전부터 나만 보고 있었다는 거 알고 있었어요. 어쩌면 내가 사랑을 하게 되면 그 사람일 거라고 나도 그렇게 생각했어요. 처음부터 내가 나빴어요. 그 사람 기분을 알면서도 모른 척했어요."

과거의 일이지만 기분이 나빴다. 그것도 아주. 정은 인상을 쓴 채영신을 노려보았다. 자신의 옆에 없는 영신을 상상할 수 없는데 그녀는 해준을 사랑하려고 생각했단다. 입을 열면 말이 거칠게 나올 것 같아 정은 침묵을 지켰다.

"그 사람 입장에서는 어쨌든 내가 배신한 거잖아요."

"말도 안 되는 소리 마!"

결국 목소리가 커졌다. 화를 낼 생각은 아니었는데 마치 영신이 오랫동안 사랑했던 사람이 해준인 것처럼 느껴져 질투가 났다. 그때 영신이 말렸어도 더 패 주고 그대로 경찰서로 연행했어야 했는데 하는 생각이 들었다.

"어떻게 알게 된 사이야?"

"네?"

"그 자식."

대답이 없는 그녀의 턱을 정이 가볍게 잡아 올렸다. 단순히 그녀가 아르바이트하는 곳의 사장은 아닐 거라고 생각은 했었다. 처음 그를 대하던 태도도 그랬고 영신의 말도 그랬다. 하지만 복잡해진 영신의 얼굴을 보니 자기가 끼어들지 못할 그런 시간이 두 사람 사이에 있는 게 느껴져 짜증이 났다.

"나 도와준 사람이에요. 쭉 좋아해 주고."

죄책감을 담은 목소리에 정은 화가 나 턱을 잡은 손에 힘을 주었다. 그녀의 눈 속에 해준에 대한 염려가 담겨 있는 게 싫었다.

"그렇다고 그런 짓을 할 권리는 없어."

"알아요. 다시 만나는 일 없을 거예요."

어쨌든 다시 만날 일 없다는 말에 정은 안도의 한숨을 내쉬었다. 영신이 싫다는 말을 하기 전에 그는 그녀의 입술에 소리가 나도록 키스를 했다.

"쉬어. 점심은 혼자 먹어야겠다. 아주머니한테 말해서 챙겨 둘 테니까 나중에 꼭 먹어."

"누군데요?"

"있어. 나 감시하는 사람. 갔다 올게. 함부로 문 열어 주지 마."

정이 나간 후 영신은 그의 커다란 침대에 몸을 뉘었다. 이런 호사를 누려도 되는지 자신이 없었다. 눈을 감고 있던 그녀는 갑자기 어릴 때 읽었던 동화가 떠올라 힘이 빠진 채로 피식 웃고 말았다.

옛날 옛날에 일곱 마리 새끼 양이 엄마 양과 살고 있었습니다.

그렇게 시작되는 우화였다. 장을 보기 위해 집을 비우게 된 엄마 양이 새끼 양들에게 낯선 동물들에게 문을 절대 열어 주지 말라고 했었던가? 늑대가 항상 그 새끼 양들을 노리고 있어서였다. 문득, 바깥의 늑대보다 자신의 안에 있는 늑대가 두려워졌다. 문을 열어 주기 전에 이미 자신을 잡아먹어 버린 그런 짐승.

영신은 갑자기 두려움을 느끼고 몸을 움츠렸다. 금방 정이 나눠 준 온기가 사라지고 추위가 느껴졌다. 냉기가 없는 따뜻한 나라로 도망가고 싶어졌다. 자신을 바라보던 그 뱀 같은 눈빛이 없는 낙원으로.

— 니 뭐하는 새끼고! 지금 어딨노?

전화를 받자마자 우렁찬 목소리가 귀청을 찢을 것처럼 들려왔다. 도우미에게 영신을 부탁하고 집을 나오는 길이었다.

— 니 뭐하는 짓이고?

"형님."

— 형님이고 나발이고 니 병원에서 이해주니 팼다며. 지금 여기 난리 났다. 전화는 와 안 받노? 니 미쳤나? 확 돌아뿐 거 아이가?

해준의 일 때문에 정신이 없어 전화를 확인해 볼 생각도 못했다. 보고가 바로 올라갔나 보다. 정은 대석의 고함 소리를 끝까지 들었다. 여전히 화가 가라앉지 않은 모양인지 수화기 저쪽에서 식식대는 숨소리가 거칠게 들려왔다. 한숨이 저절로 나왔다.

"그럴 만한 이유가 있어서 그랬습니다."

— 그럴 만한 이유가 뭔데?

"그 자식이⋯⋯."

정은 말을 하다가 끊었다. 영신에게 했던 해준의 행동을 떠올리자 다시 불끈 화가 치솟았다. 좀 더 패 주지 못한 게 아쉽기만 했다.

"그 자식이 뭐랍니까? 고소라도 하겠답니까?"

— 이해주니 그냥 귀가했다. 보고는 병원 지키던 순경 아가 했고. 가 말로는 니가 때렸다던데. 와? 이유가 뭔데? 그리고 최영시니 어디 있노? 아파트 앞에서 지키고 있던 아들도 지금 최영시니 찾는다고 난리 났다. 언제까지 숨길 수도 없고 반장님이 우리 쪽 형사가 보호하

고 있다고 둘러댔는데 장 검사라도 아는 날이면 사달 나는 거 시간문
제다.

"죄송합니다. 들어가서 얘기하겠습니다. 그리고 이해준 일에 대해
선 할 말 없습니다."

— 지금 내랑 농담 따묵기 하나? 최영시니, 니 여자라는 거 알아도
이건 아니지. 그리고 반장님이 사건에서 손 떼게 한 것도 그 여자 때
문 아이가? 사내 자슥이 자존심도 없나? 여자 하나 때문에 직장에서
이기 먼 우사고? 부끄러운 줄 알아야제.

"끝났습니까?"

— 니 한 대 맞아야 정신 차릴끼가?

"정신 멀쩡합니다. 잘못은 그 자식이 먼저 했습니다."

— 그러니까 그기 먼데!

밝히고 싶은 마음은 그가 더 강했다. 하지만 여기서 더 영신의 상
처를 들추고 싶지 않았다.

— 니 그카다가 짤린다. 아니믄 진짜 순처니 놈 말대로 너거 집이
삐까리 번쩍하게 부자라서 짤리도 상관없는 기가?

"형님!"

— 그거 아니라고? 그람 말해 봐라. 뭔 일인데?

순천이라면 몰라도 대석은 같이 일한 시간은 짧았지만 신뢰가 가
는 사내였다. 정은 손으로 얼굴을 거칠게 쓸어내렸다. 젠장맞게도 뭐
하나 뜻대로 되는 게 없었다. 지금의 그는 연인으로서도, 형사로서도
다 실패작이었다.

"그 자식이 영신이 덮쳤어요."

— 뭐?

"병실에서 그러는 거 보고 제가 열 받아서 팬 겁니다."

— 진짜가?

"그런 일로 장난할 사람으로 보이십니까?"

— 아이다. 알았다. 그람 반장님한테도 그케라. 지금 반장님 열 받아서 제정신 아이다. 단디 벼르고 있으니까 살고 싶으면 사실대로 말하는 기 좋을 기다.

"아니요. 형님도 비밀 지켜 주십시오. 영신이가 원하면 몰라도 다른 사람이 알게 하고 싶지 않습니다."

— 뭐고, 진짜. 해골 복잡하네. 최영시니는 괜찮나?

"네. 잠시만 시간 좀 주십시오. 금방 들어가겠습니다."

— 연락 됐다칼 테니까 퍼뜩 들어온나. 같이 죽을 거 아니믄 정신 줄 단디 챙기고 후딱 들어와서 변명이든, 뭐든 니 내키는 대로 한번 해 봐.

"좀 있다 뵙겠습니다."

전화를 끊고 나자 갑자기 피로감이 몰려왔다. 고개를 들어 자신의 아파트를 올려다보았다. 자신의 공간에 영신이 있는데도 답답했다. 답이 안 나왔다. 출구 없는 미로에 갇힌 것만 같았다. 그는 피곤한 얼굴을 손으로 쓸어내리고는 차에 올랐다. 눈이 올 것처럼 하늘이 내려앉아 있었다. 그의 기분처럼 곧 떨어져 내릴 듯 무겁게 보였다.

그가 경찰서에 들어서자마자 정 반장이 그를 조사실로 밀어 넣었다. 자신이 죄인 취급을 당하는 게 자존심이 상했지만 정은 한 마디도 하지 않았다. 그런 그를 정 반장이 침묵 속에서 노려보았다. 차라리 길길이 날뛰며 욕이라도 하면 덤벼 볼 텐데.

이번 일로 상사와 동료들에게 신뢰를 잃었다고 생각하자 속이 쓰렸다. 그렇다고 용서를 구할 만큼 잘못한 일은 아니라는 생각에 그도 입을 꾹 다물었다. 아무리 생각해도 해준을 더 패 주지 못한 일만 억울했다.

"최영신, 지금 어디 있어?"

"제 집에 있습니다."

"뭐?"

정 반장이 어이가 없다는 듯 한숨을 쉬더니 자신의 머리를 감싸 안았다. 정과 영신이 얽힌 걸 안 순간부터 살얼음판이었다. 수사본부의 다른 사람들이 알지 못하도록 숨기는 것도 한계가 있었다. 이해준에게 폭력을 행사하고 거기다 최영신까지 데리고 사라진 그의 행동을 말도 안 되는 변명으로 둘러치면서 정 반장 자신도 납득이 안 됐다. 그런 일을 저질렀으면 와서 빌어도 시원찮을 텐데 오히려 입을 꾹 다문 채 침묵을 지켰다.

"이해준은 왜 때렸어?"

"정당한 이유가 있었습니다."

"뭔 정당한 이유? 들어나 보자."

영신의 요구만 아니라면 그도 당장에 말하고 싶었다. 정 반장의 성격상 그런 일을 그냥 넘길 사람이 아니었다. 영채의 일로 힘들어하는 그녀에게 더 짐을 올려 주고 싶지는 않았다.

"죄송합니다."

"여자한테 미친 건 이해해 줄 수 있다 쳐. 그런데 왜 다른 사람은 패고 다녀? 네가 깡패야? 그리고 그 여자는 지금 이 사건에서 제일 중요한 인물이야. 그런데 왜 네가 데리고 가? 네가 수사 안 한다고 방해하겠다는 거냐?"

"그런 거 아닙니다. 죄송합니다. 영신이가 사람들한테 시달리는 게 싫었습니다."

"그럼 때린 이유는?"

"그럴 만한 이유 충분히 있었습니다."

"그럼 말을 하라고!"

결국 정 반장의 입에서 고함이 터져 나왔다. 참을 수 없는지 자리에서 벌떡 일어나는 폼이 단단히 열을 받은 모양이었다.

"경찰이 사람을 패고 다녀? 우리가 네 뒤치다꺼리하는 사람들인 줄 알아? 파견 나온 애들 알면 어쩔 건데? 장 검사라도 알게 되는 날에는? 기자라도 알면? 바로 잘릴 수 있는 거 몰라?"

"상관없습니다."

갑자기 주먹이 날아왔다. 피할 틈도 없었지만 피할 마음도 없었다. 넘어진 의자를 일으키며 입술을 손으로 슥 닦아 보니 제법 많은 피가 흘렀다. 맞은 사람만큼 때린 사람의 표정도 굳어 있어 정은 그대로 다시 자리에 앉았다. 얼굴이 아픈 것보다 동료들에게 이런 처신밖에 하지 못하는 자신이 미안했다.

"이 일이 너한테는 언제든지, 아무렇지도 않게 잘려도 되는 일이야?"

"아닙니다, 그런 건."

"그럼 왜 그러는 건데? 네가 최영신 씨한테 미친 건 좋다. 그런데 네가 지금 하는 짓은 그 여자한테 남자로도, 형사로도 다 실패야. 왜 몰라?"

"시간이 필요합니다."

"어쩌라고?"

"잠시 휴직하고 싶습니다. 이 사건 해결될 때까지. 영신이 돌려보낼 생각 없습니다. 다른 사람들이 마음대로 헤집게 하고 싶지도 않고."

"여기가 학교냐? 네 맘대로 결석하고 싶을 때 안 나오게. 강순천 말대로 집안 믿고 개기는 거냐?"

순간 정은 반장에게 주먹이 나가려는 걸 이를 악물고 참아야 했다. 다른 건 다 참아도 정 반장까지 그런 식으로 얘기하는 건 참기가 힘들었다. 이를 악문 채 그는 정 반장을 노려보았다.

"그런 적 없습니다."

"상관으로서 용납 안 되는 건 당연하고, 솔직히 그동안 너 계속 봐왔던 사람으로서도 이해가 안 간다. 이건 너답지 않아. 항상 한발 뒤에서 여유 있는 시선을 가졌던 그 사람으로 돌아와."

그게 된다면 정은 이미 영신과 만나는 걸 포기했을 것이다. 눈을 감아도, 잠을 자다가도 벌떡벌떡 그녀 생각에 깨어났다. 숨을 쉬는 것만큼 그녀를 생각하는 게 너무도 당연하고 자연스러웠다. 짧은 기간이지만 그녀가 없던 자신을 떠올리는 것이 불가능할 만큼 영신은 자신에게 전부였다.

"그럴 정신 있으면 처음부터 이 지경이 되지도 않았을 겁니다."

자조적인 그의 음성에 정 반장이 헛웃음을 지었다. 자신도 5년 전 아내를 만났을 때 반은 미친 상태였다. 당시 파트너였던 경수와 강진호 반장에게 엄청 깨지면서도 그는 서영을 놓지 못했다. 하지만 서정은 다혈질에 성질 급한 그와는 달리 서글서글하고 여유로운 사람이었다. 이런 놈도 사람한테 미칠 수 있구나, 하는 생각이 들었다.

"이 일 새어 나가면 너뿐 아니라 우리 팀 전체가 문제 돼. 그동안 수사했던 것도 도루묵이고."

딱히 방법이 없었다. 정이 형편없는 형사였다면 더 쉬웠겠지만 하필 지금 강력반에서 가장 믿을 만한 사람이었다. 대석이 오고 나서 조금은 제자리를 찾고는 있지만 자신이 팀을 맡고 나서 왠지 겉돌기만 하는 것 같아 마음이 편치 않았던 터였다.

정 반장은 혼란스런 표정을 짓는 정을 물끄러미 바라보았다. 이 녀석에게 이런 표정이 있다니, 우습기까지 했다. 처음 신입으로 들어왔을 땐 웬 샌님인가 했는데 능청스럽게 잘도 따라오더니 어느새 베테랑이 되어 있었다. 강순천이 열등감을 가지고 하나하나 꼬투리 잡는 심정이 이해가 갈 정도로 잘난 놈이긴 했다.

"그럼 네가 최영신 감시해."

"네?"

"지금 최영채는 혼자 남았어. 도움을 청하면 최영신밖에 없다는 건 너도 알 거야. 그러니 옆에 있고 싶다면 일도 하면서 하라고. 네놈 고집 못 꺾을 바에야 이 수밖에 없지."

"하지만……."

"왜? 그 여자 속이고 싶지 않다고? 끝까지 좋은 남자로 남고 싶다고? 어정쩡하게 굴다간 넌 천하에 나쁜 놈밖에는 안 돼. 이거 못 받아들이면 정식으로 징계위원회에 회부하겠어."

초강수를 두는 정 반장을 정은 한참을 쳐다보았다. 영신에게 있어 그런 남자가 되고 싶었다. 정 반장의 말대로 솔직하고 좋은 남자. 그는 자신이 진짜 나쁜 놈인 것 같았다. 그가 그녀에게 하는 행동은 결국엔 자신의 이기심 이외에는 아무것도 아니었다.

"할 거야, 말 거야?"

"하겠습니다."

쥐어짠 음성이 나오자 정 반장도 그리 기분은 좋지 않은지 인상을 쓰고는 고개를 끄덕였다.

"그리고 박소민 심문은 계속 맡아. 술집 살인미수 사건은 2팀으로 넘겨. 서류는 알아서 챙겨서 주고."

"네."

정 반장이 나간 후에도 그는 오랫동안 조사실에 앉아 있었다. 절망감이, 무력감이 물 먹은 솜처럼 무겁게 그를 침식해 온다. 탈출구가 보이지 않았다.

소민을 만난 건 늦은 오후였다. 다시 수사를 하게 되었다고 했을 때 진경 빼고는 다들 의심쩍은 표정이었다. 특히 순천의 표정은 가관이었다. 빈정거림이 가득한 표정을 정은 간신히 무시했다. 진경이 가까이 다가왔다.

"선배, 축하드립니다."

"뭘?"

툭 쏘는 그의 음성에 진경이 어깨를 으쓱했다.

"뭐 어쨌든 왕따에서 벗어난 거 아닙니까?"

"너 그동안 나 왕따시켰냐? 뭐 어쨌든 축하는 고맙게 받으마. 한창희는 깼어?"

"아니요. 의사 말로는 다시 깨어나기 힘들답니다. 수술은 그냥저냥 됐는데 뇌부종이 심해서 예후가 안 좋대요."

"소민이는?"

"뭔 생각인지 한 마디도 안 하고 있습니다. 선배하고 얘기한 후로는 아무리 협박하고, 설득해도 입도 벙긋 안 합니다."

"그래?"

"네. 최영채하고 처음 접촉이 어떻게 이루어졌는지만 알면 나머지 피해자들 가족과 연결 고리를 찾을 수 있을 것 같은데 절대로 입을 안 열어요."

정은 고개를 끄덕이고는 유치장이 있는 수사과로 향했다. 그가 유치장 앞에 서자 구석에 앉아 있던 소민이 고개를 번쩍 들었다. 다시 시선을 돌려 모른 척하긴 했지만 언뜻 비친 눈빛에 반가움이 묻어 있는 걸 정은 놓치지 않았다.

순경에게 문을 열게 해서 소민을 불러내자 일부러 느릿느릿 걸어오는 게 우스웠다. 이번엔 강력반 사무실이 아닌 조사실로 들어갔다. 여러 번 들어온 곳인데도 거부감이 있는지 소민의 표정이 굳어졌다.

"배 안 고파?"

"네. 하루 종일 아무것도 안 하고 가만있는데요, 뭐."

"그래도 뭐 먹고 싶은 건 있을 거 아냐?"

"먹고 싶은 거 특별히 없는데. 그럼, 햄버거……요."

"어떤 걸로?"

"치킨버거요. 콜라도."

"오케이."

정은 조사실을 나와 진경을 불렀다.

"네?"

"나가서 치킨버거 좀 사 와라. 콜라도 같이."

"네?"

어이가 없다는 듯 그를 노려보는 진경을 두고 정은 다시 조사실로 들어갔다. 진경이 뒤에서 얼마나 화를 내고 있을지 눈에 선했다.

"먹여 놓고 이상한 거 물어보기 없기예요."

"언제 그랬나, 내가?"

"지난번에 그랬잖아요. 이것저것 캐묻고. 전 아는 게 아무것도 없어요."

단단히 각오를 했는지 처음부터 아예 모른다고 잡아떼는 소민의 말에 정은 저도 모르게 웃고 말았다.

"좋아. 오늘은 안 물을게. 그럼 네가 나한테 궁금한 거 있으면 물어봐. 오빠는 그런 거 좋아하거든."

"진짜요?"

"응. 뭐가 제일 궁금한데."

"애인 있어요?"

여고생다운 질문이었다. 남녀공학 출신인 그는 교생이나 새로운 선생님이 올 때마다 여학생들이 애인 있어요, 첫키스 언제 했어요, 하고 물어보는 게 유치하게만 느껴졌었다.

"응."

영신이 들으면 펄쩍 뛰겠지만 정은 웃으며 대답했다.

"그렇구나. 예뻐요?"

"글쎄, 내 눈에는 세상에서 제일 예쁘지."

"피이. 그럼 키스는 해 봤어요?"

"해 봤지."

"그 언니 몇 살이에요?"

"스물아홉."

"엑, 완전 삭았네. 그런 여자가 뭐가 좋다고."

"그냥 좋아. 넌 남자친구 없어?"

"없어요, 그런 거. 요즘 애들은 예쁜 애들만 좋아하거든요."

"너 정도면 귀엽고 예쁘기만 한데. 보는 눈이 없네."

"에이, 오빠 눈 되게 낮은 거 아니에요?"

그러면서도 기분이 좋은지 얼굴에 홍조를 띠며 소민이 부끄러워했다.

"요즘 애들은 친구들이랑 뭐하고 놀아? 우리 땐 주로 오락실 갔었는데."

"그냥 노래방 가기도 하고. 술 마시기도 하고."

"술도 마셔?"

"요즘 술 못 마시는 애가 어딨어요? 다 한두 잔씩은 마시죠."

"넌 술은 세?"

"그냥 그래요. 아버지 술 마시는 거 봐서 그런지 전 싫더라구요."

"아버지가 술 많이 마셨니?"

"네. 마시면 완전 개념 되거든요. 엄마가 도망간 것도 그것 때문이 잖아요."

일상적인 질문이라고 생각했는지 소민이 술술 대답했다.

"엄마는 언제 나가셨어?"

"저 중학교 2학년 때요."

"네가 힘들었겠다."

"뭐, 그렇죠. 아저씨는 혼자 살아요?"

"지금은."

"나도 혼자 살고 싶다."

소민의 중얼거림에 정은 입을 다물었다. 어차피 지금 소민에게 남은 사람은 아무도 없었다. 철이 없는 건지, 그냥 무의식중에 나온 말인지는 모르겠지만 동정심이 생겼다.

"혼자 사는 것도 좋지만 친구들하고 사는 것도 좋을 것 같아요. 마음대로 놀고."

"같이 살고 싶은 친구 있어?"

"네?"

갑자기 말이 끊어지며 소민의 표정이 어두워졌다. 정은 일부러 시치미를 떼고 몸을 앞으로 내밀었다.

"최영채하고 같이 지내기는 어땠어? 불편했니?"

"아니요. 잔소리가 좀 많고 예민하긴 해도 나쁘진 않았어요."

"어떤 잔소리?"

"뭐, 그냥 휴대폰 켜지 마라, 마음대로 나다니지 마라. 그런 거였죠."

그동안 소민의 핸드폰의 위치 추적을 할 수 없었던 건 역시 최영채의 지시 때문이었다. 그래도 소민은 영채가 마음에 들었는지 나쁜 말을 안 했다.

"같이 있던 오빠는?"

"뭐, 창희 오빠는 그냥 편한 타입이에요. 제 생각이지만 언니를 좋아했던 것 같아요. 바보같이. 언니 같은 사람이 그 오빠처럼 어리바리한 사람을 좋아할 리가 없죠."

"어디서 만났어?"

"그냥 오다가다요."

말이 없어지며 소민이 입을 다물었다. 항상 어디서 만났느냐는 질문에는 조개처럼 입을 다물어 버렸다. 정은 부드럽게만 대해서는 안 되겠다는 생각이 들어 자리에서 일어났다. 그에겐 지금 고통당하고 있는 영신이 가장 중요했다. 그녀를 위해서 빨리 최영채를 찾아야 했다. 소민에겐 미안했지만 필요하면 협박이라도 할 생각이었다.

"너, 한창희 어떻게 됐는지 궁금하다고 했지?"

"네. 근데 안 잡힌 거 맞죠? 그 키 큰 형사 언니도 그렇고 아무도 대답 못 하는 거 보면. 그 오빠 보기엔 어리바리한데 달리기는 잘하나 봐요."

"잡혔어. 그런데 지금 병원에 있어."

"네? 에이, 거짓말."

"거짓말 아니야. 의식도 없고 의사 말로는 깨어나지 못할 수도 있대."

소민이 의심스런 시선으로 정의 얼굴을 뚫어지게 쳐다보았다. 하지만 흔들림 없는 그의 시선에 눈 주변이 붉어졌다.

"한창희 못 깨어나고 최영채 안 잡히면 넌 어떻게 될 것 같애?"

"네?"

"죽은 사람이 아홉이야. 범인은 너희 셋 중 누구라는 건 너도 알고, 나도 알고."

소민이 침을 꿀꺽 삼켰다. 입술 한쪽이 바르르 떨리는 걸 보니 약간 겁을 먹은 듯 보였다.

"전 사람 안 죽였어요. 그런 거 보지도 못했고."

사실 정이 말한 세 사람이 범인이라는 건, 정황증거만 있을 뿐 증거자료는 하나도 없었다. 세 사람의 지문 역시 현장에서 발견되지 않았다. 그동안의 수사로 볼 때 최영채가 치밀하게 계획한 것처럼 보이지만 어쨌든 눈으로 확인할 수 있는 증거는 하나도 없었다. 그러니 소민의 입에서 한창희와 최영채의 범행을 목격했다는 말이 나오거나 아니면 본인도 같이 있었다는 자백이 나오지 않는 한은 심증뿐이라 기소하기는 힘들었다.

"그래도 최영채가 끝내 안 잡히면? 너도 알지? 결국 같이 있었던 네가 그 죄 뒤집어쓰게 되는 거야. 그건 어쩔 수 없어. 네가 아무리 아니라고 해도 증거가……."

"안 그랬어요. 난!"

"그럼 누가 그랬어? 네가 말하면 우리가 잡을게. 너 억울하게 당하는 일 없게."

"그건……."

"네가 나이가 어려도 이런 경우엔 감옥에 갈 수밖에 없어. 어쩌면 평생 그 안에 있어야 할지도 몰라."

"난 몰라요. 그냥 그 언니하고 오빠 따라다닌 것밖에는 죄 없어요."

"그 언니하고 오빠가 사람 죽인 건 봤어? 그걸 못 봤으면 아무 소용 없어. 괜히 죄 없는 사람한테 네가 덮어씌운다고 할 수도 있고."

"봤어요!"

"언제?"

"그 교수 아저씨 죽일 때요. 아니, 죽이는 건 못 봤는데 말하는 건 들었어요."

소민이 울음을 터뜨리며 두 손에 얼굴을 묻었다. 문이 열리며 진경이 햄버거가 든 봉지를 들고 오다가 심각한 분위기에 눈을 동그랗게 떴다. 정은 진경을 내보내고 문을 닫았다.

"어떻게 된 건지 기억나니?"

"그 언니가 꼭 그 인간은 죽여야 한다고 했어요. 겉으론 점잖은 척해도 진짜 나쁜 놈이라고."

"어떻게 나쁜 놈인데?"

"언니를 불러서 성폭행했대요. 믿음을 배신했다고 그랬어요."

"성폭행?"

"네. 그래서 자기가 이렇게 된 거라고. 자세히는 몰라요. 저한테 그런 얘길 한 건 아니라서. 창희오빠한테 하는 말을 들었어요. 나는 아버지 죽고 나서 그 사람들하고 같이 있었던 거라 그리 친하지는 않았어요. 쉼터에서 나 빼 준 것도 사실은 경찰한테 얘기할까 봐 그런 거라고 자기들끼리 얘기하더라고요."

"만난 건 어떻게 만났는데?"

"그건 죽어도 말하지 말랬어요."

"왜?"

304

"그건 남은 사람들 두 번 죽이는 거라고. 자기가 다 벌받을 거라고. 다른 사람들은 지금처럼 살게 내버려 두는 게 우리가 할 일이라고. 그런데 저 혼자 도망가고."

소민이 큰 소리로 엉엉 울기 시작하자 정은 가까이 다가가 어깨를 잡았다.

"난 아무 잘못 없어요. 그 언니가 처음부터 다 그런 거예요. 창희 오빠도 그 언니가 시키는 대로 다 했던 거고. 진짜 그 오빠 죽어요?"

"한창희가 안 깨어나도 그 언니가 시켰다는 것만 알면 괜찮을 거야. 그러려면 어떻게 만났는지 알아야 하거든."

"상담소요."

"뭐?"

"사실은 저 오래전부터 상담소 다녔어요. 무료로 하는 여성 성폭력 상담손데요. 그 언니가 거기서 자원봉사 했어요."

"어디 있는 건데?"

"수유리에요. 일부러 먼 곳까지 갔던 거였는데. 그곳 선생님한테 소개받고 언니한테 상담 몇 번 받았어요. 그 언니가 나한테 아버지가 어떻게 됐으면 좋겠냐고 해서 죽어 버렸으면 좋겠다고 했는데. 그랬는데 그 언니가 마음대로 죽인 거예요."

마지막 말은 신빙성이 별로 없지만 어쨌든 피해자 가족들과의 접점을 드디어 찾아냈다는 생각이 들었다.

"지난번에 최영채가 뭘 산다고 했었는데 그게 뭔지 알아?"

"몰라요. 그건 저도 못 들었어요. 창희 오빠가 그런 건 못 구한다고, 잘못하면 잡힌다고 했는데 그 언니는 마지막엔 꼭 그걸 써야 한다고 하더라구요. 내가 자는 틈에 얘기를 해서 뒷부분만 들었어요. 둘이 그 일로 자주 다퉜어요. 창희 오빠가 위험하다고 말렸거든요."

최영채가 뭘 구하든 간에 아직 마지막이 남았다는 건 죽일 누군가가 더 있다는 얘기다. 도대체 무엇을 구하고 있는지, 누굴 죽일 생각인지 정은 궁금해졌다.

"말해 줘서 고맙다. 이제부턴 우리가 알아서 할게."

"저 괜찮은 거죠?"

딱히 괜찮진 않겠지만 적어도 소민이 자신의 의지를 가지고 살인 행각에 동참했던 건 아닌 걸로 보이고, 아버지로부터 성폭행을 당했던 전력이 어느 정도는 참고가 된다면 결과가 그리 나쁠 것 같지는 않았다.

"그래. 그럴 거야."

"영채 언니 잡을 거예요?"

"그래야지."

정은 영신을 떠올렸다. 마음이 갈팡질팡 흔들렸다. 이젠 빼도 박도 못하게 최영채가 범인으로 특정됐다. 그는 바깥으로 나와 숨을 크게 들이쉬었다. 햄버거 봉지를 든 채 벽에 기대 서 있던 진경이 몸을 일으켰다.

"들었어?"

"뒤에 조금요. 반장님께 연락할까요?"

"응. 나 잠깐만 담배 좀 피우고 올게. 애 좀 챙겨 줘."

얼마 전 담배를 끊었다고 했던 정을 기억한 진경이 말을 하려다 입을 꾹 다물었다. 지금 그에게는 담배보다 더 강한 뭔가가 필요할 거라는 생각이 들어서였다. 화난 듯 복도를 걸어가는 정의 뒷모습을 그녀는 한참 동안 바라보고 있었다.

"식사해요."

노크 소리와 함께 문이 빠끔히 열리자 영신은 누웠던 자리에서 일어났다. 정이 나간 후 계속 누워 있었지만 복잡한 머리 때문에 쉴 수가 없었다. 헝클어진 머리를 대충 손으로 정리했다.

"주방에 챙겨 놨어요. 그런데 우리 형사님하고 가까운 사인가 봐요?"

속이 뻔히 보이는 질문에 영신은 그냥 어색하게 웃으며 고개를 저었다.

"아팠어요? 얼굴이 말이 아니네. 누가 보면 머리 쥐어뜯고 싸운 줄 알겠어."

"좀 다쳐서 그래요. 고맙습니다."

"이름이?"

웃으면서 살살 묻는데 화를 낼 수도 없어 영신은 그냥 이름을 말해 주었다.

"당분간 여기 있을 거예요? 그럼 자주 보겠네. 이틀에 한 번 꼴로 와서 살림 봐주거든. 젊은 남자 혼자 사는 데다 직업이 그러니 안 챙기면 금방 엉망 되지. 그래도 깔끔한 사람이라 난 편하긴 한데. 아가씨는 어떻게 만났대요? 여자 데리고 온 건 처음이라."

"그냥 친구예요. 좀 있다 저도 가야죠."

도우미가 간다는 말에 실망한 표정을 지었다.

"어이구, 벌써 저녁 시간이 다 돼 가네. 난 본가 들어가 봐야 돼서. 먹고 치우는 건 좀 부탁해도 되죠?"

"네."

혼자 남은 영신은 거실에 앉아 창밖을 멍하니 바라보았다. 탁 트여서 주변이 환하게 보였다. 무겁게 내려앉은 하늘도 그대로 보였다. 집 안이 따뜻한데도 혼자 있으니 소름이 돋을 만큼 한기가 느껴졌다. 그녀는 휴대폰을 들어 영채의 전화번호를 눌렀다.

"잘 지내지? 보고 싶다. 몸 아픈 덴 없어? 연락, 안 해도 되니까 무사히만 있어."

이런 말들이 무슨 소용이 있을까? 당장 내 앞에 나타나라고 하고 싶었다. 영채의 얼굴을 보며 묻고 싶었다.

왜 그랬어? 도대체 왜 그랬어? 우리 잘 살아가고 있었잖아. 왜 그랬어?

그 마음들이 다 이해가 가는데도 그 행동들은 그녀가 이해할 수 있는 범주를 넘어선 것이었다. 갑작스레 들려온 음악 소리에 영신은 화들짝 놀라 정신을 차렸다. 영채가 자신의 음성 메시지를 들었나 하는 생각이 퍼뜩 들었지만 발신 번호를 확인한 그녀는 입술을 깨물었다. 해준이었다. 지금 그의 목소리를 들으면 원망의 말이 쏟아질 것 같아 그녀는 끈질기게 울리는 그 소리를 무시했다.

[나야. 어디 있니? 집에 갔었어. 잠깐만 시간 내 줘. 부탁할게.]

짧은 메시지였지만 영신은 가슴이 아팠다. 그의 말을 들어줄 수 없었다. 그의 행동은 그때의 여름을 떠올리게 했다. 아무리 떨치려고 해도 떨칠 수 없는 악몽을 부추겼다. 영신은 오래도록 해준의 문자를 노려보았다.

정의 집을 나선 건 거의 저녁 무렵이었다. 멍하니 정신을 빼고 있다 보니 꽤 시간이 지나 있었다. 그의 곁에 있는다고 해서 문제들이 사라지는 것도 아니고, 오히려 정의 얼굴을 볼 때면 자신의 지금 처지가 떠올라 괴롭기만 했다. 사실 그의 잘못이 아닌데도 자꾸만 원망하게 되는 건 어쩔 수가 없었다.

영신은 그의 집을 나와 택시를 탔다. 눈이라도 한바탕 쏟아질 것처럼 하늘이 무겁게 보였다. 집에 도착할 즈음 결국 하늘이 그 무게를 이기지 못했는지 눈이 쏟아졌다. 11월의 첫눈은 무거운 하늘과 달리 가볍게 주위로 흩어진다. 얼굴에 닿은 그 느낌이 차갑지만 포근해서 영신은 잠시 눈을 맞았다.

"영신아!"

자신을 부르는 희미한 소리에 돌아보니 해준이 아파트 입구에 서 있었다. 퉁퉁 부은 얼굴에 입술이 터져 있었다. 아침의 일을 떠올리게 하는 그 모습에 영신은 움찔 뒤로 물러섰다. 기분 좋던 눈이 뺨에 닿아 녹으며 온몸에 소름이 쫙 돋았다. 겁먹은 그녀의 몸짓에 다가오려던 해준이 멈칫 걸음을 멈추었다.

"미안. 아깐 내가 제정신이 아니었어."

"왜 왔어요?"

"잠깐만 시간 좀 내 줘. 너한테 아무 말도 않고 있다가는 미쳐 버릴 것 같아."

그의 괴로움이 전해져 왔다. 해준의 행동은 용서가 되지 않았지만 그렇다고 해서 마구잡이로 취급할 사람은 아니었다.

"상가 안 커피숍에서 기다려요. 가방 두고 내려올 테니."

"고맙다."

해준이 사라지고 나서야 영신은 몸을 돌렸다. 집 안으로 들어서는데 오싹할 정도로 추웠다. 그녀는 실내온도를 한껏 올려놓고 바깥으로 나왔다.

아까보다 눈발이 굵어져 있었다. 그녀는 이미 온몸을 충분히 감싼 점퍼를 두 손으로 잡아 목이 조일 만큼 당겼다. 익숙하지만 너무나 싫은 냉기가 몸 가운데서 스멀스멀 올라와 아무리 두꺼운 옷도 소용이 없었다. 정의 온기가 필요했다. 그가 주는 체온만이 자신을 녹여 준다는 걸 알면서도 그걸 가질 수가 없었다. 그런 상황들이 끔찍할 정도로 싫었다.

커피숍 안으로 들어서니 구석에 앉아 있던 해준이 벌떡 일어났다. 저녁치고는 이른 시간이라 커피숍 안은 텅 비어 있었다. 엉망인 해준의 얼굴 때문인지 종업원이 의심스런 시선으로 그들을 흘끗거렸다.

영신이 맞은편에 앉자 해준은 눈도 못 마주치며 사과를 했다.

"미안하다. 이런 시간에 찾아와서. 뻔뻔스럽다는 거 아는데 그냥 있을 수가 없었어."

"……."

"몸은, 괜찮니?"

그가 남긴 흔적이 얼굴에 그대로 남아 있었다. 해준을 사랑할 순 없었지만 적어도 지난 10년간 그녀가 믿고 의지한 사람이었다. 그 믿음을 잃은 거에 비하면 얼굴의 상처는 아무것도 아니었다.

"괜찮아요."

"미안해. 용서해 달라는 말도 못하겠다. 내가 잠시 정신이 나갔었나 봐."

"그만해요. 할 말 다 했으면 일어서요. 얼굴 보는 거 힘들어요."

"영신아."

"갈게요."

"영신아, 잠깐만. 하나만."

"……."

"예전처럼 대해 달라는 말 따위 안 할게. 네가 뭘 하든 상관 안 할게. 소금인형엔 와 줘. 그래야 내가 숨통이 트일 것 같아. 네가 싫다면 얼굴도 보이지 않을게. 그냥 지금처럼 소금인형에만 와 주면 돼."

"이젠 노래 안 불러요. 이유가 없어졌어요."

그랬다. 도망치기 위해, 자신이 누군지 잊기 위해 다른 사람의 시선을 감수하고도 무대에 섰었다. 자신이 최영신이 아닌 다른 누군가가 되기 위해서 그게 필요했었다. 자신의 혈관 속을 타고 흐르는 그 더러운 피를 다 뽑아 버리지 않는 한 끝나지 않을 일임을 깨닫게 되고는 노래가 소용이 없어졌다. 더 이상 도망칠 곳은 없었다.

"나 때문에 죄책감 가지지 말아요. 정말 오빠를 사랑해 주는 여자 만나서 행복해요. 그럴 자격 충분히 있어요."

자신이 줄 수 없었던 그 행복을 그가 다른 곳에서 찾기를 바랐다. 자신의 기억 속에 또 다른 고통을 채우고 싶지 않았다. 해준의 대답은 듣지 않고 영신은 곧바로 커피숍을 나왔다.

잠깐 사이에 제법 눈이 내려 어둠 속에 하얀 길이 반사되었다. 사람의 발자국이 아직 찍히지 않은 길을 걷는데 누군가 막아섰다. 정이었다. 이를 악문 모습을 보니 해준과 같이 있는 걸 본 모양이었다. 그와 시선이 마주쳤다. 추위가 더 심해지는 것 같았다. 영신은 몸을 움츠리며 눈을 감고 말았다.

어떻게 구워삶았는지 정 반장이 최영신에 대한 감시에 정을 붙이겠다고 한 말은 문제없이 먹혔다. 다만, 못마땅한 듯 쳐다보는 순천의 눈에는 불만이 가득해 보였다. 진경은 모른 척 시선을 돌렸고 대석은 짧게 한숨을 쉬었다. 다른 동료들의 반응에 일일이 신경 쓸 만큼 여유로운 상황이 아니라 정은 그대로 사무실을 나왔다.

집으로 가기 전에 영신의 옷가지를 챙기기 위해 그녀의 아파트로 온 참이었다. 차에서 내리다가 커피숍 창으로 영신과 해준을 발견했다. 영신이 이곳으로 돌아왔다는 것도 화가 나는데 해준과 같이 있는 모습을 보니 당장에라도 뛰어가 멱살잡이라도 하고 싶은 심정이었다.

이번엔 얼굴 몇 대가 아니라 몸의 뼈를 몇 대는 부러뜨릴 것 같았다.

이를 악물고 참으며 상가 입구에 서 있었다. 굵은 눈송이가 뺨을 적시는데도 그는 영신이 나올 때까지 기다렸다. 자신의 시선을 피하는 그녀의 몸짓에 참았던 화가 울컥 올라왔다. 성큼 앞으로 다가가 팔을 잡자 눈을 떴다.

"왜 여기 있어? 집에서 쉬라고 했잖아."

참으려고 했지만 어쩔 수 없이 화가 난 마음이 그대로 드러났다. 나올 때만 해도 그녀가 자신의 집에 있어 줄 것 같았다. 어쩔 수 없는 상황들이지만 그녀가 그 공간에 머물러 준다는 사실만으로도 위안이 되었다. 하지만 이곳에서 해준과 같이 있는 그녀의 모습에 눈에 불이 난 것처럼 뜨거워졌다.

"신세 질 이유 없어요. 내 집 두고 거기 있기 싫었어요."

지금 날씨만큼이나 냉담한 말이었다.

"그건 그렇다 쳐. 그런데 저 자식은 왜 만난 거야?"

"그 사람과 나 사이의 일이에요. 일일이 변명할 이유 없어요."

"변명해 봐!"

"싫어요."

"너한테 난 대체 뭐야?"

그의 질문에 영신이 움찔했다. 자신의 눈 속에서 그가 그 답을 찾을 것 같아 영신은 얼어붙은 채로 허공을 노려보았다.

"아무것도 아니에요."

"까불지 마. 거짓말도 통하는 사람한테나 하라고. 너한테도 안 먹히는 거짓말을 나한테 하겠다는 거야, 지금?"

시선을 맞추지 못하는 그녀를 정이 마음껏 비웃었다. 그런 태도를 원했으면서도 가슴이 아픈 건 역시 어쩔 수 없다. 자신이 그에게 상처를 주는 게 싫었지만 그런 자신 때문에 영신 역시도 상처받고 있었다.

"당신을 보는 게 힘들고 아프다고 했어요. 나를 괴롭히고 싶지 않다면서 당신이 하는 행동은 나를 미치게 하고 있어요."

눈발만큼이나 싸늘한 말. 처음의 그녀를 떠올리게 할 정도로 무심한 어조에 정은 확 돌아 버리고 말았다. 자신에게서 반쯤 몸을 돌린 그녀가 용서가 안 됐다. 거짓말로 자신을 납득시키고 그를 물러나게 할 생각이라는 걸 빤히 아는데도 그녀의 말 한 마디 한 마디가 그를 견딜 수 없게 만들었다.

"하지 말아요."

그에게 잡혀 품 안으로 끌려가며 영신은 발악을 해 보았다. 이렇게 라도 하지 않으면 다시 약해질 것 같았다. 그의 입술이 그녀를 덮쳤다. 사람들이 다니는 상가 앞인데도 정은 상관없이 그녀의 입술을 훔쳤다. 숨이 막힐 것 같았다. 저도 모르게 입술이 벌어지자 그의 따뜻한 혀가 들어와 입안을 헤집었다. 마치 그녀의 모든 것을 빨아들일 것처럼 그렇게 빨아 댔다.

영신은 약해지는 자신을 느끼고 그의 팔을 아플 정도로 잡았다. 눈발이 더 강해지고 지나가던 사람들이 키득거리거나 수군대며 지나가는 것도 몰랐다. 결국 그녀의 항복을 받아 내고서야 정이 물러섰다. 영신은 몸을 가누지 못해 그의 품에 기대고 말았다.

"길거리에서 무슨 짓이래?"

"요즘 애들은 왜 저러는지. 참, 나라가 왜 이 모양이야."

"멋있다, 야. 완전 좋겠다."

정신을 차리고 나니 사람들의 숨죽인 비웃음과 속삭임이 귀에 들어왔다. 정이 그런 사람들의 반응을 무시하고 영신의 몸을 덮치다시

피 안은 채 아파트 쪽으로 잰걸음으로 걷기 시작했다. 영신이 할 수 있는 건 그의 품에 얼굴을 숨기는 것뿐이었다.

다행히 집 안은 따뜻해져 있었다. 영신은 자신을 잡은 정의 팔을 뿌리치고 먼저 집 안으로 들어갔다. 뒤따라온 정이 거실 가운데 서서 자신을 내려 보자 집이 답답하게 느껴졌다.

"짐 싸."

"싫다고 했어요. 안 가요. 거긴."

"왜?"

"여기가 내 집이에요."

"설마 정말 당신 동생 연락을 기다리는 거야? 입으로는 연락 안 올 거라고 하면서 그동안 연락하고 있었던 거야?"

말도 안 되는 비난인 걸 알았지만 영신은 입술을 깨물었다.

"왜요? 그러면 안 되나요? 영채는 내 동생이에요."

"살인자야, 지금 상황에선!"

벼락 치는 듯한 고함 소리에 영신이 멈칫했다. 해서는 안 될 말이었다. 그 말이 사실인 것과 그의 입에서 나온 건 별개의 문제였다.

"그럼 나는 뭔데요?"

싸늘해진 영신의 말에 정은 한숨을 쉬었다. 화가 나서 나온 말이었다. 아니, 영채에 대한 원망이 더 컸다. 그래도 영신에게 해서는 안 될 말이었다. 두 사람은 아까보다 더 멀어져 있었다.

"미안해. 화가 나서 나도 모르게."

"아니요. 당신 말이 맞아요. 지금 상황에선, 영채가 그렇다고 생각하겠죠. 그러니까 돌아가요. 복잡한 거 싫다고 했죠? 나도 헷갈리는 건 싫어요. 살인자의 언니에 형사의 애인이라니. 말이 안 되잖아요."

"영신아, 말이 잘못 나왔어."

"언제까지 질질 끈다고 끝이 바뀌지는 않아요. 안 되는 건 안 되는 거예요. 영채가 잡히면 난 당신을 원망할 거예요. 그 애가 무슨 짓을 했든지 상관없어요. 그 애한텐 나밖에 없으니까요. 나한테도 영채뿐이에요. 그러니까 가요."

"너, 정말."

정은 슬슬 다시 화가 나기 시작했다. 자신의 말이 진심이 아니라는 건 영신도 잘 알고 있을 터였다. 지금 그녀를 마주 보는 게 너무 힘들었다. 하지만 그녀를 보지 않는 건 더 고통스러웠다. 복잡한 상황이라는 걸 그도 알았다. 어쩔 수 없이 그를 원망할 수도 있었다. 정 자신도 영신의 동생이 영채라는 사실이 원망스러웠으니까. 하지만 영신의 싸늘한 태도만은 참을 수가 없었다. 자꾸만 밀어내는 그 태도는 그의 참을성을 바닥나게 했다.

"좋아, 당신 말대로 하지."

거친 정의 말에 영신이 놀라서 고개를 들었다. 마치 처음 보는 사람처럼 정이 그녀를 내려다보았다. 친절하고 따뜻한 그는 어디에도 없었다. 눈이 유리알처럼 차갑게 느껴진다. 집안이 따뜻한데도 오싹 소름이 돋아 왔다.

"그럼 형사로서 묻겠는데 도대체 무슨 일이 있었던 거야? 최영채한테, 그리고 당신한테."

영신이 휘청할 정도로 단도직입적인 질문이었다.

"부모님이 없다고? 그럼 최정훈이라는 인간은 대체 뭐야? 그 인간이 당신 동생만 건드린 거야? 아니면 당신한테도 손을 댔어?"

이번엔 정말 뺨이라도 맞은 것처럼 영신은 뒤로 물러섰다. 열이 나던 얼굴이 창백하게 질려 갔다.

"나쁜 자식."

"대답해."

영신은 바들바들 떨며 그가 가까이 다가오지 못하도록 자꾸만 뒷걸음질 쳤다. 어지러울 정도로 구토가 올라왔다.

"당신 아버지가 당신도 건드렸어?"

이번 질문은 자신도 어쩔 수 없이 나온 것이었다. 그동안 쭉 참고 있었던 말인데 한 번 뱉고 나니 자제가 되지 않았다. 갑자기 영신이 속을 게워 내기 시작했다. 미친 듯이 자신의 모든 걸 쏟아 낼 것처럼 토했다. 놀란 그가 어깨를 잡았지만 그녀는 속수무책으로 떨어 댔다.

나쁜 새끼, 넌 이기적인 개자식이야.

정은 스스로를 욕하며 쓰러지는 영신을 잡았다.

자신의 치졸함에 스스로도 치가 떨렸다. 그녀에게 그걸 확인하고자 하는 이기적인 남자가 자신 속에 있다는 것에 정은 충격을 받았다. 그걸 알면서도 멈출 수가 없었다. 항상 스스로가 여유 있고 인내심 있는 스타일이라고 여겼다. 여자들에게 순결을 강요하는 그런 이기적인 남자도 아니었다. 그런데 영신에게는 이런 것들이 아무 소용이 없었다. 그녀의 상처를 감싸 주지는 못할망정 가장 잔인하게 파헤치다니.

돌이킬 수 있다면 무슨 짓이든 하고 싶었지만 이미 영신은 정신을 잃은 후였다. 조심스레 그녀의 손과 얼굴을 닦아 주었다. 편해 보이는 옷을 찾아 갈아입히고 침대에 눕힌 후에 그는 아파트를 나왔다. 당분간은 그녀의 곁을 지켜야 했다. 영신이 깨기 전에 돌아오려면 서둘러야 했다. 집에 도착해 짐을 싸는데 초인종이 울렸다. 자정을 훌쩍 넘긴 시간이었다. 어떤 정신 나간 인간인지 정은 무시하려고 했지만 초인종은 끈질기게 울렸다.

"누구야?"

"나야, 문 열어."

인정머리 없는 말투는 지연이었다. 내키지 않았지만 그는 문을 열었다.

"뭐야? 지금 시간이 몇 신데. 이런 시간 피해 주는 기본 상식도 없어?"

"너 올 때까지 기다렸어."

"뭐?"

"네 얼굴 보기가 나라님 얼굴 보기보다 더 힘드니 이 정도는 해 줘야 할 것 같아서."

"뭔 소리야? 그리고 왜 날 기다려? 전화는 뒀다 국 끓여 먹게?"

"전화로 할 말은 아닌 것 같아서."

머리가 지끈거렸다. 정은 몸을 돌려 안으로 들어갔다. 듣지 않아도 대충 무슨 말이 나올지 알 것 같다. 지연이 형사를 했으면 정말 잘했을 것 같다는 생각이 들었다. 끈질기고 독했다.

"여자 데리고 왔었다며?"

"돌겠네, 정말."

"어떤 여자야? 아주머니 말로는 심각해 보인다던데. 진지하게 사귀는 거야?"

"그것 때문에 지금까지 날 기다렸다고? 요즘 아버지 회사 사정 안 좋니? 할 일 없어 죽겠지?"

"서정."

"할 말 없어. 안 그래도 골치 아파 죽겠으니까 누나까지 안 거들어도 돼."

"어떤 여잔지만 말하면 갈게."

"때 되면 알아서 대령할 테니까 그냥 가라. 화내기 전에."

"아버지도 궁금해하셔."

이번에 쓰러지신 후로 아버지가 부쩍 그에게 관심을 가졌다. 회사로 불러들이지 못한다는 걸 깨닫더니 이번엔 그의 사생활에 관심을 가졌나 보다.

"적당히 해 둬. 내가 한두 살 먹은 애도 아니고."

"네가 서씨 집안 장손인 이상은 당연히 아버지도, 나도 관심 가질 수밖에 없어."

"그래서 이 시간에 친히 오셨다고? 기가 막히다 못해 웃음이 나온다."

"왜? 당당히 밝히지 못할 정도로 형편없는 여자야?"

지연의 말에 정의 눈이 차갑게 굳어졌다. 위험하다. 하지만 지연은 정의 표정을 보고도 눈 하나 깜빡하지 않았다. 평소 온화한 정이 한 번 화를 내면 주변이 꽁꽁 얼어붙을 정도로 무섭다는 걸 그녀도 알았다. 하지만 지연 자신이 정과 비슷한 성향이라 그런 게 아무렇지도 않았다.

"알고 싶으면 조용히 기다려. 한 번만 더 이런 식으로 찾아와서 그 여자 모욕하면 누나라도 안 봐줘."

그의 싸늘한 말에 지연이 갑자기 씩 웃었다. 아까보다 훨씬 더한 피로감이 몰려왔다. 왜 그의 주변엔 이렇게 기가 센 여자들이 넘쳐나는지.

정의 그 말에 지연은 그 여자가 정에게 어떤 의미인지 알았다. 정이 이렇게 화를 내는 것도, 이런 식으로 말을 하는 것도 보기 힘든 일이었다. 더구나 여자 때문이라니 예전의 그였다면 상상도 못 할 일이었다.

몇 번 정이 여자를 만났던 걸 알고 있었다. 하지만 다 가볍게 만나서 즐기는 정도였다. 정은 연애를 즐기는 타입이지 빠져드는 타입은 아닌 줄 알았는데 지금 정은 그 여자에게 푹 빠져 있었다. 어떤 여자인지 궁금해졌다. 정이 굳이 밝히지 않아도 충분히 알아낼 수 있는 일이지만 동생의 생각을 알고 싶었던 지연은 그의 반응에 만족한 듯 고개를 끄덕였다.

"알았어. 그런데 오래 기다리게 하지는 마. 안 그래도 아버지가 네 혼처 알아보라고 하셨거든. 아버지껜 그냥 적당히 둘러댈 테니 되도록 빠른 시일 내에 시간 내도록 해. 그럼 쉬어."

그러더니 지연이 몸을 돌려 집을 나갔다. 정은 인상을 쓴 채 한참을 닫힌 문을 노려보았다.

속이 쓰렸다. 심한 구토로 목도 아팠다. 영신은 정신이 들자마자 낮은 신음을 내뱉었다. 정의 말에 정신을 잃다니. 한심하고 바보스러웠다. 하지만 그의 말은 마치 칼처럼 날카롭고, 얼음처럼 차가웠다. 자신을 갈기갈기 찢어 버리는 것처럼 고통스러웠다.

정신이 없는 틈에 정이 옷을 갈아입혔는지 깨끗한 옷을 입고 있었지만 영신은 오물을 뒤집어쓴 것처럼 찜찜했다. 어서 이 더러움을 씻어 내고 싶었다. 몸이 저릿저릿할 정도로 뜨거운 물에 몸을 담갔다. 욕조에 앉아 멍하니 있는데 문득, 이대로 손목을 그으면 어떨까 하는 생각이 들었다. 영채가 누군가를 죽였다는 것도 잊고, 정에게 그런 추궁을 듣지도 않는 그런 편안한 상태가 되지 않을까?

죽고만 싶었다. 울컥 그런 심정이 된 자신이 한심해서 눈물이 삐죽삐죽 나왔다. 차라리 숨어서 딱딱한 갑옷을 입고 무표정하게 살던 그때가 훨씬 나았다. 아무도 자신을 몰랐을 때가 좋았다. 그의 따뜻함을 느끼지 않았을 때가, 영채의 그 가면을 알아차리지 못했을 때가. 그녀가 감당하기엔 너무나 큰 형벌이었다. 도망친 대가가 너무 커서 차라리 죽음을 바랄 정도였다. 그녀는 물속에서 웅크린 채로 두 손에 얼굴을 묻고는 엉엉 울고 말았다.

정은 한참을 바깥에 서 있었다. 하지만 추위가 몸을 얼릴 듯 공격해 오자 결국 집 안으로 들어갔다. 간단하게 짐을 꾸린 가방을 거실에 둔 그는 영신이 자는 모습을 확인하기 위해 그녀의 방으로 갔다. 불을 끄고 나간 기억과 달리 방엔 불이 환했다. 하지만 흐트러진 이불 아래엔 아무도 없었다. 이미 오래전에 나갔는지 온기도 느껴지지 않는다.

그녀의 부재를 확인한 순간 정신이 멍해지며 아무것도 생각할 수가 없었다. 그는 온 집 안의 방문을 열어젖혔다. 마지막으로 욕실 문을 연 그는 영신의 모습을 확인하고 안도의 한숨을 내쉬었다. 하지만 욕조 안에서 울던 영신이 깜짝 놀라 소리를 질렀다.

"나가요!"

날카로운 목소리가 떨려 나왔다. 이미 욕조의 물이 식어 버려 추위가 느껴지던 참이었다. 갑자기 문이 열리며 정과 마주치자 영신은 이가 부딪힐 만큼 한기를 느꼈다. 몸은 추운데 얼굴이 터질 것처럼 홧홧하게 달아올랐다. 잠시 멈칫거리던 정이 문을 닫았다. 그녀는 재빨리 욕조에서 일어나 몸을 닦고 잠옷을 입었다. 손끝이 추위로 곱아 단추를 잠그는데 자꾸만 미끄러졌다.

거실에서 정이 서성대고 있었다. 영신은 시선을 피하며 벽에 몸을 기댔다. 아니면 자신이 떨고 있다는 걸 들킬 것 같았다.

"괜찮아?"

"왜 왔어요?"

냉정하게 말하려고 했지만 떨어진 체온 때문에 목소리가 떨렸다. 가까이 다가오는 그를 피하자 정의 얼굴이 붉어졌다. 화를 내는 게 차라리 나았다.

"몇 신데 목욕이야? 그러다 또 쓰러지면 어쩌려고?"

"상관없잖아요. 일하기엔 너무 늦은 시간 아니에요? 잠자는 시간까지 감시당해야 하나요? 감시하는 건 상관없는데 사생활은 지켜 줘요."

또 그의 화를 돋우고 있었다. 피하는 그녀에게 성큼 다가서자 영신이 가늘게 떨고 있는 게 보였다. 입술이 파랗게 질려 있었다.

"지금 최영채가 연락할 만한 사람은 당신밖에 없는데 잠자는 시간뿐이겠어? 할 수 있으면 24시간 밀착 감시라도 해야지."

영신은 이를 악물었다. 빨리 방으로 들어가 몸을 녹이고 싶었다. 조금만 더 있다가는 그의 앞에서 벌벌 떠는 꼴을 보여 줄 것 같았다.

"머리 말려. 감기 걸리겠어."

하얗게 질린 그녀에게 정이 한마디 툭 뱉고는 소파로 가서 앉자 영신은 자신의 방으로 뛰어 들어갔다. 추위로 온몸이 뻣뻣해졌다. 그녀는 이불로 몸을 둘둘 말았다. 너무 추워서 어떻게 할 수가 없었다. 아무리 이불 속으로 파고들어도 몸의 한기는 더 심해졌다. 이가 따닥따닥 소리를 낼 정도로 한기기 심해지자 영신은 이불을 깨물고 말았다.

급한 마음에 욕실 문을 열고 영신을 봤을 땐 숨이 멎을 것 같았다. 온통 젖은 그녀는 말랑말랑한 크림처럼 보드라워 보였다. 미처 숨기지 못했던 그녀의 작은 몸이 사진처럼 그의 뇌리에 박혀 버리고 말았다. 그의 생각대로 그녀의 몸은 달콤한 맛이 날 것 같았다. 그런 그녀를 안을 수 없다는 절망감이 그를 더 화나게 했고 일부러 그를 도발하는 영신의 태도도 마음에 안 들었다.

그래서 더 차갑게 대하고 말았다. 영신이 추위에 질려 있다는 걸 눈치채지 않았다면 더 닦달을 하고 싶었을 정도로 모든 상황이 다 마음에 안 들었다. 망할 여자. 따뜻하다고 안겨 올 때는 언제고 지금은 냉기가 돌 정도로 그를 밀어낸다.

젠장, 잠이나 자야지.

하지만 작은 소파라 금방 목과 등이 아파 와 그는 자리에서 벌떡 일어났다. 게다가 한밤이 되자 기온이 더 내려가 거실은 추웠다. 이불이라도 얻어 덮어야지, 안 그러면 감기에 걸릴 것 같았다. 그리고 영신이 잠이 들었는지 궁금하기도 해 그는 일부러 그녀의 방문을 두드렸다. 방 안에서 불빛이 흘러나오는데 영신이 대답이 없자 그는 화가 나 문을 열었다.

그의 예상과 달리 영신이 이불 속에서 덜덜 떨고 있었다. 그 모습을 본 정은 화가 났다는 걸 잊고 안으로 뛰어 들어갔다. 젖은 머리가 흘러내린 그녀의 모습에 그가 혀를 찼다.

"담요 어딨어?"

덜덜 떨면서 영신이 장을 가리키자 정은 곧바로 담요와 이불들을 꺼냈다. 생각 같아서는 자신의 체온으로 녹여 주고 싶었지만 머리를 말리는 게 더 급했다. 담요와 이불로 그녀를 몇 겹이나 감싼 다음에 그는 욕실로 가서 드라이를 가져와 코드를 꽂았다.

"괜, 찮, 아, 요."

말도 제대로 못하고 떠는 주제에 그를 피하려 버둥대는 그녀를 그가 꽉 잡아 따뜻한 바람을 머리에 갖다 댔다. 그 바람까지도 차게 느껴지는지 몸의 떨림이 더 심해졌다. 그녀의 머릿속을 대충 말린 정은 자신의 옷을 벗어 던졌다. 그의 행동에 영신이 기겁을 했다. 하지만 그는 영신이 꽉 잡고 버티는 이불을 당겨 벗긴 후 그녀를 껴안았다. 맨살에 닿은 그녀의 체온이 차갑게 느껴졌다. 그런데도 영신은 그를 벗어나기 위해 버둥거렸다.

"비, 비켜요. 하, 하지 말아요."

"당신까지 벗기기 전에 입 다물어."

그의 위협에 영신이 입을 다물었다. 얇은 잠옷을 통해 그의 따스한 온기가 느껴졌다. 이불과 담요로 두 사람 몸을 둘둘 감싼 채 침대에 눕자 그녀는 손을 들어 그를 밀어냈다.

"가만있어. 떨어지고 싶어?"

"그, 그냥, 이, 이불만 있으면 돼요."

"이게 빨라. 말도 못하면서 뭔 불평이야. 한마디만 더 하면 정말 당신 옷까지 벗길 줄 알아. 그게 더 빠르거든."

결국 영신은 그가 하는 대로 두었지만 자꾸만 얼굴에 와 닿는 정의 가슴 때문에 미칠 것 같았다. 좀 전까지 그녀를 죽일 것처럼 잔인한 말을 내뱉더니 이제는 누구도 해 주지 못하는 일을 해 준다. 그의 온기를 나눠 준다.

떨림이 완전히 가시는 데는 시간이 꽤 걸렸다. 떠느라고 힘을 준 탓에 몸에 온기가 돌아오자 영신은 기진맥진해져 졸음이 쏟아졌다. 이 남자를 벗어나야 하는데, 그렇게 잔인한 말을 내뱉은 사람인데도 그의 온기만은 거절할 수가 없었다. 그런 자신이 한심한데도 그녀는 그가 주는 온기 속에서 잠이 들고 말았다.

정은 얼굴이 붉어진 채로 잠이 든 영신을 내려다보았다. 그의 속까지 얼릴 정도로 차가워졌던 그녀의 몸이 따뜻해졌고 얼굴은 발갛게 달아올랐다. 그의 가슴에 입술이 닿지 않도록 이리저리 피하더니 이젠 강아지처럼 가슴에 기댄 채 잠이 들었다.

그녀의 가는 숨소리가 들릴 때마다 가슴이 간질거린다. 바보 같은 행동을 한 그녀를 질책하고 싶은데 애처럼 잠든 그녀를 보니 저절로 화가 풀렸다. 다른 건 몰라도 그녀가 그의 온기만은 거절할 수 없다는 것을 깨닫자 하루 종일 개떡 같았던 기분이 훨씬 나아졌다. 내일은 그녀에게 사과해야겠다는 생각이 들었다.

누가 무슨 이유로 그녀를 건드렸는지는 중요하지 않았다. 지금 자신의 품 안에서 새근거리며 자는 그녀가 바로 현실이었고, 그가 받아들여야 할 여자였다. 그리고 지금처럼 그녀의 상처를 감싸 주면 되는 거였는데 쓸데없는 남자의 이기심에 잠시 눈이 멀었던 것뿐이다. 처음부터 그랬어야 했는데.

정은 팔에 힘을 주고 눈을 감았다. 하루 종일 긴장한 탓에 그도 노곤함을 느꼈다. 잠시 뒤 그는 영신을 꽉 껴안은 채로 잠이 들었다.

8

그동안 수사는 진척이 꽤 있었지만 최영채의 행방은 여전히 묘연했다. 소민의 증언으로 다른 피해자의 가족들과 최영채의 연결 고리를 파악하긴 했지만 가족들은 최영채를 모른다고 딱 잡아뗐다. 게다가 상담소 소장이라는 여자는 상담일지를 공개할 수 없다는 이유를 들어 며칠간 속을 썩였다. 결국 영장을 받아 일지를 조사했지만 영채와 가족들의 이름은 어디에도 없었다.

그 과정에서 소장이라는 여자와의 관계가 껄끄러워지면서 언론에서도 말이 나왔다. 알고 보니 소장이라는 그 여자도 어릴 때 성폭력의 피해자였고, 그 경험을 토대로 자신을 극복했다, 뭐 이런 식으로 꽤 유명한 인사였다.

영채와 만났다는 건 인정했지만 피해자 가족들과의 연결 고리는 끝까지 모른다고 잡아뗐다. 결국 소장의 집까지 뒤지고 나서야 상담소에 대한 수사가 일단락되었지만 어쨌든 개운한 일은 아니었다. 저녁에 잠깐 영신의 아파트 앞에서 정은 진경에게서 수사 진척 상황을 전해 들었다.

"얼굴이 왜 그 모양입니까?"

말을 끝낸 진경이 의아한 눈으로 그를 쳐다보았다. 죽어도 영신의 곁에 있겠다던 사람치고는 얼굴이 초췌했다. 상황이 상황이긴 해도 같이 있으면 서로에게 위로가 되어 주지 않을까, 그런 기분은 어떤 걸까, 진경의 입장에서는 궁금하기도 했는데 지금 정의 얼굴을 보니 반쯤은 죽은 사람 같았다. 저런 게 사랑이라면 진경은 도저히 못할 것 같다.

"피곤해서 그렇지. 너도 남 말 할 입장은 아닌 것 같다."

아닌 게 아니라 진경도 죽을 맛이었다. 상담소 수사뿐만이 아니라 피해자들의 가족들을 다시 불러 처음부터 조사를 시작했다.

현재까지는 소민을 제외하고는 영채에 대해 입을 다물고 있긴 해도 상담소가 가운데 물려 있으니 가족들도 불안해하는 걸 느낄 수 있었다. 하지만 같은 아픔이 주는 유대감은 엄청났다. 그들의 결속이 강할수록 형사들의 초조함도 커져 갔다. 진경 역시 갈팡질팡했다. 차라리 이대로 최영채가 잡히지 않았으면 했다.

"들어가십시오. 저도 오늘은 이만 퇴근합니다."

"그래, 수고했다."

정은 진경을 보내고 잠시 거리에 서 있었다. 영신의 한기를 달래 주던 밤 이후로 두 사람은 같은 공간에 있을 뿐, 전혀 다른 시간을 살고 있는 것 같았다.

❋

그날 아침, 늦잠을 잔 사람은 정이었다. 잠귀가 밝고 예민한 편이라 금방 깨는 편인데 그동안의 피로가 누적됐는지 영신이 침대를 빠져나간 것도 모르고 쿨쿨 잠이 들었던 것이다. 일어나니 이미 영신은 완벽한 전투태세로 그를 기다리고 있었다. 밤새 한기에 떨어 낯빛이 초췌한데도 그 눈빛이 너무 또렷해 정은 깜짝 놀랐다.

"괜찮아?"

정이 거실에 우두커니 앉아 있는 그녀에게 손을 뻗는 순간 영신이 벌떡 일어나 그를 노려보았다.

"건드리지 말아요."

"뭐?"

아침에 일어나면 조금은 변해 있을 줄 알았다. 그의 품에서 어느 때보다 편안해하던 그녀가 아니었던가? 그래서 자신의 어리석음을 사과하고 앞으로 그런 일이 없을 거라고, 꼭 너만은 곁에 두고 지켜 주겠다는 말을 하려고 했는데 영신의 차가운 태도가 그걸 막았다. 정은 한숨을 내쉬었다.

"또 뭐가 문제야?"

"그런 식으로 말하지 말아요."

"그럼 어떻게 말해? 이유나 알게 속 시원히 말 좀 해 봐."

"전부 다 문제예요. 당신과 나, 영채. 안 그래요?"

물론 문제였다. 하지만 따지고 보면 그들의 잘못은 아니었다. 상황이 그렇게 돌아간 것뿐. 영신도, 자신도 그 일에 대해 어떤 책임을 질 필요는 없었다. 답답하기는 그도 마찬가지였다. 괴로워하는 그녀를 마음대로 달래 주지 못하는 것도 그를 지치게 했다.

"돌아가요. 같이 있다고 해서 해결되는 건 없어요. 오히려 상황만 복잡해져요. 영채를 기다리면서, 그리고 당신을 보면서 죄책감 느끼고 싶지 않아요."

죄책감이라. 동생에 대한 걱정만이 전부라고 생각했는데. 자신과 동생 사이에 낀 채 그런 생각을 하고 있는 줄은 몰랐다. 정은 안쓰러운 마음에 가까이 다가가 손을 내밀었다. 하지만 손이 닿기 전에 영신이 그 손을 밀어냈다.

"건드리지 말라고 했어요."

"최영신!"

"성추행으로 고소당하고 싶어요?"

"뭐?"

정은 잠시 자신의 귀가 이상해진 거라고 생각했다. 그녀의 입에서 나온 말에 그는 바보처럼 입을 벌렸다.

"못할 것 같아요? 어디 한번 시도해 봐요."

"웃기지도 않아."

"웃으라고 한 말 아니에요. 당신이 마음대로 나를 휘젓는 게 싫어요. 차라리 예전처럼 누구도 내 몸에 손댈 수 없었을 때가 더 나았어. 다른 사람의 체온이 따뜻하다는 걸 몰랐을 때가."

마지막은 어딘지 스스로를 비난하듯 들려 정은 아무 말도 할 수 없었다. 입술을 깨물고 허공을 노려보는 영신을 한참을 쳐다보다 정은 자리에서 벌떡 일어났다. 그녀가 원하는 장단에 맞춰 주자는 생각이 들었다. 그의 인내심이 어디까지 갈지는 모르겠지만 어쨌든 영신의 저 고집이 꺾일 때까지는 그냥 두고 보자 싶었다.

"좋아, 당신이 원하는 대로 해 줄게. 하지만 난 여기 있을 거야. 당신이 내 집으로 가지 않는 한은."

"가요."

"내 일을 하라고 했지? 그리고 그 일은 당신을 감시하는 거라고 어제 분명히 말했어. 당신 말대로 난 형사야. 그것도 꽤 괜찮은 형사였어. 요즘 좀 엉망이긴 했지만. 그래서 다시 명예회복 좀 해야겠어. 당신 감시하다 최영채를 찾아내면 현재로는 최고의 시나리오 아니야? 이제 여기 있을 이유가 돼?"

영신이 원망의 시선으로 그를 노려보았다. 정은 그대로 몸을 돌려 바깥으로 나갔다. 계속 마주 보고 있으면 무슨 말이 나올지 자신도 두려워졌다. 달래 줘야 하는데 자꾸 상처만 주는 게 싫은데도 그렇게 되고 만다. 피우지도 않을 담배를 꺼내 물고 정은 추워서 몸이 떨릴 때까지 바깥에 서 있었다.

❀

어린아이처럼 두 손에 턱을 괸 채로 영신은 물끄러미 거리를 지나는 사람을 바라보았다. 앞에 앉은 남자의 존재를 잊은 사람처럼 그녀는 하루 종일 그렇게 앉아 있었다. 그런데도 그 남자는 상관없다는 듯 그냥 그녀를 쳐다보기만 한다.

"일 안 해요?"

"이게 내 일이야."

"편한 직장이네."

사흘 만에 처음 나누는 대화였다. 말다툼을 한 날 이후로 그는 한시도 그녀의 곁을 떠나지 않았다. 그런 그가 얄미워 영신은 일부러 이곳저곳을 막 돌아다녔다. 그래도 마음에 걸리는 건 자신 때문에 제대로 먹지 못하는 그였다.

텅 빈 냉장고를 확인한 그는 마트에 들러서 인스턴트 음식들을 잔뜩 사다 날랐다. 영신도 요리를 잘하지는 않았지만 매번 냉동식품을 데워 먹는 그를 두고 그대로 볼 수는 없었다.

어쩔 수 없이 그녀는 새로 장을 봐 국과 반찬을 만들었다. 그녀가 차린 음식을 정은 아무 말 없이 먹었다. 영신 역시 다시 쓰러지지 않기 위해 식사를 거르지 않았다. 그 후 두 사람은 매일 아침 같이 밥을 먹었다. 그 후엔 영신이 가는 곳마다 정이 그림자처럼 따라다녔다. 한 마디도 나누지 않은 채.

답답한 속을 풀려는 건지, 아니면 정을 골탕 먹이려는 건지 모르겠지만 지하철을 타고 종점과 종점을 왔다 갔다 하던 영신이 오늘은 아파트 앞 커피숍에 아침부터 진을 치고 앉았다. 덕분에 정도 편안하게 그녀를 바라볼 수 있었다.

영신은 창밖으로 지나가는 사람들을 보던 시선을 거둬 정을 돌아보았다. 오랜만에 마주 본 그는 여전히 잘생겼지만 얼굴이 야위어 있었다. 불면의 밤이 그에게 남긴 흔적이리라. 이불을 내주었지만 방보다 추운 거실에 누워 있는 그를 생각하면 그녀 역시 마음이 편하지 않았다.

정은 피하지 않고 영신의 시선을 받았다. 그런 솔직한 시선이 영신은 처음부터 좋았다. 하지만 지금은 가슴만 아팠다.

"영채가 잡히면 어떻게 되는 거죠?"

너무 무덤덤한 어조라 정은 잠시 멍해졌다. 동생의 얘기에 늘 감정을 주체하지 못하며 떨던 영신이 하는 말이라고 믿기지 않았다.

"재판을 받겠지. 죄를 지었으니."

"그렇겠네요. 그 죽은 사람들 어떤 사람들이었어요? 그 가족들한테."

이미 해 준 얘기였는데 왜 묻는지 의도가 파악이 안 됐다. 정은 의심스러운 시선으로 영신을 쳐다보았다. 커피숍 안이 따뜻한데도 추운지 영신이 몸을 움츠렸다.

"가족들에겐 있으니만 못한 인간이었어."

"그래요."

수긍을 하듯 고개를 숙이더니 한참을 생각에 빠져 있던 영신이 눈을 들었다.

"그런 인간이라도 함부로 죽이면 안 되는 거겠죠?"

정은 말없이 영신을 바라봤다. 동생에 대한 변호라도 하고 싶은 걸까? 그렇다고도, 아니라고도 할 수 없는 질문이었다. 자신을 가만히 보던 영신이 다시 창으로 시선을 돌렸다.

"그게 어떤 건 줄 알아요? 고통보다 더 끔찍한 기억이 평생을 따라다니는 게 얼마나 힘든 건지. 잊었다고 생각했는데 어느 순간 정신을 차리면 너무 생생해서 아직도 소름이 끼쳐. 차라리 죽어 버리면 아무것도 느끼지 않을 텐데."

갑자기 정신이 번쩍 들었다. 정은 저도 모르게 자리에서 벌떡 일어났다. 이를 악문 그를 보고 영신이 자리에서 일어났다.

"가요. 점심 먹어야죠. 나 때문에 당신까지 벌을 받을 필요는 없어요."

"영신아."

그가 자신의 이름을 불러 주는 게 좋다. 하지만 영신은 말없이 굳어 있는 그를 두고 커피숍을 나왔다. 사랑하는 남자를 앞에 두고 죽음을 떠올리는 자신이 싫었다.

12월의 공기는 싸늘해서 그녀의 냉기를 더욱 단단하고 견고하게 해 주었다. 옷깃을 여며도 소용없는 속으로부터의 냉기. 영신은 잔뜩 몸을 움츠렸다. 그 때문에 옆으로 달려온 꼬마와 부딪친 그녀는 깜짝 놀랐다. 네 살쯤 되었을까. 작은 아이가 넘어진 채로 울먹이는 모습을 보자 영신은 몸을 숙여 아이를 안아 올렸다. 통통해서 꽤 무거웠다.

"괜찮니?"

아이에게서는 좋은 냄새가 났다. 그리고 따뜻했다.

"아줌마가 미안. 못 봤네."

"어머, 죄송해요. 요즘 뛰어다니는 게 재미있는지 눈 깜짝할 새에 없어져요."

차도 바로 앞이라 위험하기도 했는데 오히려 영신에게 부딪힌 게 다행인 모양이었다. 아이의 엄마가 아이를 받아 들었다. 영신은 웃으며 손을 흔들었다. 사랑받는 아이를 보니 괜히 질투가 났다. 얼마나 행복할까? 저렇게 아무런 조건 없이 사랑 받는다는 건.

아이 엄마가 아이를 내려놓자 아이가 다시 그녀에게 아장아장 달려왔다. 그 모습에 영신은 저도 모르게 웃고 말았다. 아이가 기분이 좋은 듯 그녀에게 달려들었다. 영신은 아이의 무게에 잠시 휘청거렸다.

잠시 멍해져 있던 정은 영신을 따라 커피숍을 나갔다. 아이를 향해 웃는 그녀의 모습에 뭔가가 가슴에서 울컥 올라왔다.

잠시 그녀를 지켜보는데 갑자기 엄마와 같이 가던 아이가 뛰어와 영신에게 안기려 했다. 제법 큰 아이라 영신이 중심을 잡지 못하고 뒤로 넘어지려는 순간 그는 골목길에서 나오던 차를 발견했다. 생각할 겨를도 없이 그는 그녀를 향해 뛰었다. 귀청이 찢어질 것 같은 비명 소리와 차의 경적 소리가 동시에 울려 퍼졌다. 그는 영신과 아이를 안고 길 가운데로 굴렀다. 그는 정신을 차리자마자 영신의 안전을 확인했다.

"최영신, 괜찮아?"

다행히 차가 급정거를 해 그도, 영신도, 아이도 멀쩡했다. 놀란 아이의 엄마가 사과를 했고 운전자는 욕설을 해 댔다. 하지만 정은 영신의 몸만 살폈다.

"다친 데 없어?"

영신은 다친 데는 없지만 놀라서 부들부들 떨고 있었다. 그날 이후로 그에게 닿는 걸 싫어했는데 지금은 그가 몸을 만져도 거부하지 않았다.

"병원부터 갔다 오자."

"괜찮아요. 당신은 괜찮아요?"

"어, 응. 괜찮아, 난. 이 정도는 끄떡없지."

말을 하는데 갑자기 몸이 기우뚱했다. 놀란 영신이 그의 몸을 잡았다.

"왜 그래요?"

순간 머리가 핑 돌더니 정은 자신을 잡은 영신에게 몸을 기댔다. 넘어지며 머리를 부딪힌 모양이었다. 자신의 이름을 부르는 영신의 목소리가 아득해져 갔다.

응급실은 만원이었다. 하지만 울며 날뛰는 영신 때문에 정은 금방 진료를 받을 수 있었다.

쇼크 때문에 잠시 정신을 잃었던 그는 병원에 도착한 순간 정신을 차렸다. 그냥 쉬었으면 싶은데 검사를 하느라 오히려 더 피곤하고 머리가 아팠다. 그 정도의 충격에 정신을 잃었다는 것이 조금 겸연쩍었다. 설명을 하러 온 의사가 울고 있는 영신의 모습에 고개를 절레절레 저었다.

"애인한테 엄청 사랑받으시나 봅니다."

부러움 섞인 비꼼이 정은 싫지 않았다.

"다행히 뇌에는 크게 이상이 없습니다. 가벼운 뇌진탕 증상이니 오늘 하루만 병원에서 쉬면서 경과 보시고 내일 퇴원하면 될 것 같습니다. 병실이 나는 대로 바로 올려 드리죠."

의사의 설명에도 영신은 침대에 엎드려 울었다.

"그만 울어. 아무 이상 없다잖아. 내일은 퇴원해도 된대."

"의사가 뭘 알아요? 갑자기 정신을 잃는데 죽는 줄 알았어요. 내가 얼마나 놀랬는데……."

"미안. 어쨌든 검사도 이상 없으니까 괜찮을 거야. 그러니까 그만 울어, 응?"

자신에 대한 걱정으로 어쩔 줄 모르는 영신에게 미안했지만 한편으로는 그녀의 마음을 확인해 기분이 좋아졌다. 영신이 눈물을 닦고 그의 이마에 손을 짚었다.

"두통은 어때요?"

"좋아졌어. 당신 손 차다. 추워?"

오히려 정이 그 손을 잡아 비벼 주자 퉁퉁 부은 얼굴로 피식 웃고 만다. 울음 섞인 웃음이라도 지금 정에게 더할 나위 없는 위안이 되었다.

"지금 누굴 걱정해요. 바보 같아."

"괜찮아, 난. 그리고 지금까지 징징 짜던 사람이 나한테 할 말은 아니지."

"누워 있어요. 오늘 하루는 안정 취해야 한대요."

"손잡아 주면."

그새 뺀 손을 그가 다시 잡자 영신은 모른 척 그대로 두었다. 그가 정신을 잃은 순간 아무 생각도 할 수가 없었다. 영채의 일도, 정이 형사라는 것도, 그리고 지금 두 사람이 처해 있는 상황들도 순식간에 사라졌다. 오로지 머릿속에 남은 건 정뿐이었다.

그가 무사하지 못하면 그 자리에서 자신도 죽고 말 것 같았다. 영채를 배신하는 일인데도 그게 자신의 마음이었다. 숨겨 뒀던 마음의 베일이 걷히자 더 이상 감출 수가 없었다. 아무 이상이 없다는 의사의 말에도 계속 눈물이 나왔다. 영신은 무사한 그에게 감사했다.

"미안해요. 나 때문에."

"왜 당신 때문이야. 그냥 사고야, 이건. 지금 상황처럼. 우리가 어쩔 수 없는 그런 사고."

그의 말에 다시 영신의 눈에 눈물이 고였다. 그의 말대로 어쩔 수 없는 사고라면 얼마나 좋을까? 영신은 말없이 그의 손을 잡았다. 따뜻해서 놓고 싶지 않았다. 그러면서도 끊임없이 괴롭고 죄책감이 느껴졌다.

두통 때문에 먹은 약이 효과가 있었는지 정은 금세 잠이 들었다. 그사이 그녀는 화장실로 가 퉁퉁 부은 눈을 찬물로 식히고 돌아왔다. 저녁을 훌쩍 넘기고도 병실이 나지 않았다. 영신이 간호사를 만나 병실을 재촉하고 오는데 정의 전화가 울렸다. 잠시 망설이다가 급한 전화일까 싶어 영신이 받았다.

"여보세요?"

— 어, 죄송합니다. 전화 잘못했나 보네요.

수화기 저편의 여자가 당황한 듯 전화를 끊더니 금방 다시 벨이 울렸다. 그 키가 큰 여자 형사가 떠올랐지만 목소리가 확실치 않았다.

"네."

— 혹시 서정 씨 휴대폰 아닌가요?

진경은 아니었다. 잠시 망설였지만 여자의 목소리는 거침없는 구석이 있었다.

"네. 맞는데요."

— 누구시죠?

"네?"

목소리만큼이나 거침없는 질문에 영신은 잠시 당황했다. 당연하다는 듯 물어보는 그 목소리에 그녀는 인상을 썼다. 다른 여자에게 걸려 온 전화는 불편했다. 잠들어 있는 정의 모습을 보니 오히려 여자들의 전화가 없었던 게 이상하다고 해야 할까 싶은 생각이 들기도 했다. 아프지만 여전히 그의 외모는 가슴 두근거릴 정도로 잘생겼다. 영신이 대답을 하지 않자 저편에서 재촉했다.

— 누구냐고 물었는데.

"최영신이라고 합니다. 그런데 전화하신 분은 누구신지."

그녀의 대답에 뜬금없는 웃음소리가 들렸다. 잠시 뒤 들린 여자의 목소리가 나긋해졌다.

— 아, 혹시 지금 어디예요?

"네? 병원이에요."

— 병원? 어디 병원이에요? 정이 다쳤어요?

"조금요. 지금 자고 있는데. 누구신지 알려 주시면 전화 왔다고 전해 드릴게요."

— 어디 병원이냐니까.

성격이 어지간히 급한 모양인지 영신이 대답을 끝내기도 전에 뚝 끊겼다. 정신이 하나도 없었다.

영신은 전화기를 내려놓고 잠든 정을 바라보았다. 거짓말로 자신을 속이는 것도, 정을 속이는 것도 관두자 싶었다. 지금 자신의 마음에는 거짓이 없었다. 영채를 대하는 마음 역시 변화는 없었다. 잠시의 시간이지만 그녀는 이 남자 곁에 있겠다는 결심을 했다.

영채가 돌아오면, 그건 그때의 일이었다. 언제나 첫 번째의 선택은 영채가 되리라는 걸 그녀도 알기에 정에게 약속은 할 수 없었다. 자신의 못난 행동에 대한 벌을 받을 준비가 되어 있었다. 그렇기에 정이 주는 잠시의 호사를 누리기로 했다. 그 뒤의 형벌을 견디기 위해.

저도 모르게 꾸벅꾸벅 졸았는지 또각또각 들리는 구두 소리에 영신은 벌떡 일어났다. 잠이 덜 깬 그녀에게 다가온 여자가 말을 걸었다.

"둘 다 엉망이네."

놀라서 올려다보니 정과 꼭 닮은 키가 큰 여자가 그녀를 내려다보고 있었다. 꿈이라도 꾸는 걸까? 정이 여장을 했다면 딱 저런 미인일 것 같았다. 하지만 쳐다보는 눈이 차가웠다. 놀라서 일어서는데 저도 모르게 비틀거렸다.

"최영신 씨?"

"네. 누구시죠?"

"저기 누워 있는 말썽쟁이 누나예요. 서지연이라고 해요. 그리고 말 놔도 되죠?"

"네? 네."

"어떻게 된 거지?"

다짜고짜 돌진하는 태도는 정과 다를 바 없었다. 다만 좀 더 차갑고 가까이 대하기가 어려웠다. 키가 큰 데다 높은 힐까지 신고 있어서 거의 정만큼이나 커 보였다. 낮은 운동화를 신은 그녀가 기죽을 만했다. 선생님한테 꾸중을 듣는 학생이 된 기분이었다.

"사고가 있었어요."

"무슨 사고? 크게 다친 것 같진 않은데."

"그게, 제가 넘어지는 바람에 잡아 주다가……."

"당신 때문이라고?"

아래위로 탐색하듯 쭉 훑어 내리는 시선에 영신은 입술을 깨물었다.

"죄송합니다."

"뭐야? 언제 왔어?"

두 여자의 말에 깼는지 정이 어느새 눈을 뜨고 일어나 앉았다. 잠을 푹 잔 덕분에 얼굴에 혈색이 돌아와 있었다.

정은 눈을 뜨자마자 지연에게 닦달을 당하는 영신을 발견했다. 당황한 영신의 표정에 저절로 인상이 찌푸려졌다. 그는 누나를 향해 퉁명스럽게 내뱉었다.

"어떻게 알고 왔어? 홍길동이냐? 요즘 자주 휙휙 날아다닌다."

"그렇게 만든 사람이 누군데. 어떻게 된 거야?"

"그냥 작은 사고였어. 그런데 왜 상관없는 사람은 잡고 있어?"

"이 여자 말로는 자기 때문이라는데. 틀렸어?"

이 여자라는 말에 영신을 돌아보니 얼굴이 빨개져 있었다. 사람을 부리는 일에 익숙한 누나의 말투에 영신이 적응하려면 꽤 오랜 시간이 필요할 것 같았다.

"그런 거 아니야. 나 괜찮은 것 같은데. 퇴원 안 되나?"

누나를 무시하고 정은 영신의 손을 당겼다. 스스럼없는 그 행동에 지연의 눈썹이 치켜 올라갔다. 지연 앞이라 손을 떼려고 하면서도 영신이 가까이 다가왔다.

"안 돼요. 오늘은 무조건 쉬라고 했잖아요. 아까 병실 빨리 올려 달라고 했으니까 조금만 기다려요."

"진짜 괜찮은데. 집에 가면 더 편하게 잘 수 있을 것 같아."

"그래도 안 돼요. 내일 의사 만난 후에 나가요."

집안에서는 제멋대로더니 최영신이라는 여자의 말에는 끔뻑 죽는구나, 아주. 그런 정의 모습에 지연은 괜스레 불편해졌다.

"병실이 없어? 한 박사님께 연락해?"

"또, 쓸데없는 짓 한다. 괜찮다는데 왜 그래?"

지연의 말에 정이 인상을 썼다. 죽어도 가족의 도움은 싫다 이거지. 지연은 그냥 이런 상황이 맘에 들지 않았고 당황스러웠다. 도우미한테 그냥 얌전한 여자 같다는 말을 들었을 때의 인상과 좀 전에 본 기가 죽어 있던 영신의 인상이 크게 다르지 않았는데 정이 그녀를 대하는 태도는 완전히 달랐다.

생소한 동생의 태도에 그녀는 다시 영신을 꼼꼼히 살펴보았다. 뭔가 특별한 것이 있나? 그녀의 눈에는 없지만 정에게만 보이는 그런 건가?

까무잡잡한 피부에 귀여운 얼굴이었다. 조금 마르고 작긴 했지만 몸매도 괜찮았고. 하지만 그런 것에 흔들릴 정이라면 영신보다 훨씬 아름다운 여자들은 넘쳐 났다. 그녀의 눈엔 그저 그런 평범한 여자였다. 도대체 뭐가 좋다는 건지. 그녀로서는 이해가 되지 않았고 성에 차지도 않았다.

"병실 없다며?"

"괜찮아. 아침 되면 바로 나갈 거니까."

"그래도 편히 쉬어야지. 머리를 다쳤다는데. 뭔 짓을 하고 다니는지……."

"왜 이래? 부담스럽게. 누나 그냥 가라. 머리 아파."

짜증을 내는 그의 손을 영신이 잡아 누르자 정이 말을 멈췄다. 리

모컨으로 조종하는 건가? 금방 정이 순해졌다. 동생의 그런 모습이 도저히 적응이 안 됐다.

"잠깐 앉아서 얘기 나누세요. 당신은 누워 있어요. 흥분하면 머리만 더 아파요."

영신의 말에 정이 순순히 다시 눕자 지연은 어이가 없었다. 당황했던 아까와 달리 영신이 그녀를 똑바로 보더니 싱긋 웃었다. 바로 사라진 미소긴 했는데 어쩐지 정에게 보여 주던 그런 미소 같아 불편했다. 뭐, 좀 묘한 매력이 있는 것도 같긴 했다.

"커피라도 뽑아 줄까요?"

"됐어. 늦은 밤에 웬 커피. 난 그만 가 볼게."

사람을 무시하는 듯한 태도에 정이 인상을 쓰자 영신이 그를 다독거렸다. 왠지 정을 마음대로 조종하는 것 같아 지연은 더 심술이 났다. 가족들한테는 작은 틈도 안 보이려는 녀석인데 이 작은 여자의 손짓 하나에 로봇처럼 순종했다. 지연의 눈에는 꼬리를 흔드는 작은 강아지처럼 보였다. 쿵쾅거리며 응급실을 나서는데 영신이 따라 나왔다.

"저기요."

"왜?"

"죄송합니다. 사고든 어쨌든 저 때문에 일어난 일이었어요. 다신 그런 일 없게 할게요."

"왜 그런 소릴 나한테 하는데."

"누나니까. 걱정하시는 것 같아서요."

"걱정은 무슨. 내가 보기엔 저 녀석보다 아가씨가 더 아파 보이는데. 그래서 간병이나 할 수 있겠어? 사람 붙여 줄까?"

거침없다. 늘 솔직하던 정의 성향이 조금 더 거칠게 나온다면 저런 게 아닐까 하는 생각이 들었다. 자꾸만 처음 만났던 정이 떠올라 웃음이 났다.

"괜찮아요. 감사합니다."

"감사는 무슨. 어쨌든 다음에 봐요. 둘 다 몸 좀 챙겨. 엉망진창이네. 연애하다가 죽을 일 있나."

지연이 길가에 대기 중인 차로 다가가자 기다리던 남자가 문을 열어 주었다. 지연이 차에 오르기 전 그녀를 힐끗 돌아보았다. 영신은 차가 사라진 후에도 한동안 바깥에 서서 어둠을 바라보았다.

새벽녘에 빈 병실이 났지만 정이 고집을 부려 바로 퇴원을 했다. 영신이 화를 내는데도 도저히 병원은 못 있겠다며 그녀를 설득했다. 의사도 주의 사항을 일러 주면서 따로 잡지 않은 걸 보면 그리 심각한 상태는 아닌 모양이었다. 그래도 좀 더 병원서 쉬었으면 했던 영신은 멋대로인 그의 태도에 조금 화가 났다. 택시를 잡으러 가는데 영신이 먼저 가 버리자 그가 쫓아왔다.

"어, 환자라고 대접해 줄 땐 언제고 퇴원했다고 막 버리고 가냐?"

"그러게 더 쉬라고 했잖아요."

"괜찮은데 왜 쉬어? 그리고 병원이 더 불편해. 당신도 한숨도 못 잤잖아."

"하루 못 자는 게 뭐가 대수예요."

"됐어. 빨리 집으로 가."

택시에 올라 영신의 집 주소를 그가 부르자 영신이 정정을 했다. 강남의 그의 아파트였다. 정이 놀란 눈으로 그녀를 바라보았다.

"왜?"

"우리 집은 좁아요. 당신 집으로 가요."

그녀의 집이 좁아서 불편하긴 했지만 자신의 집에서 불안해하는 그녀도 싫었다.

"나 때문이면 상관없어. 그동안 쭉 지냈더니 불편한 것도 없어졌고."

"내가 불편해서 그래요."

집으로 가는 내내 정은 영신의 어깨에 기대 있었다. 어리광이든 뭐든 마음껏 누릴 수 있을 때 누릴 생각이었다. 도착하자마자 두통약을 먹고 자리에 눕자 영신이 그를 아이처럼 돌봐 주었다. 그가 잠이 들 때까지 옆에서 지켜 주었다. 아픈 것도 나쁘진 않다고 정은 약 기운에 그 생각을 떠올리며 까무룩 잠이 들었다.

정의 고른 숨소리에 영신은 방을 나왔다. 정신없던 하루라 자신의 머리를 정리할 시간이 필요했다. 정이 정신을 잃는 순간 이성 따윈 이미 저만치 날아간 지 오래였다. 영채에게 무슨 일이 생기면 견딜 수 없듯이 그에게 무슨 일이 생겨도 견딜 수 없을 것 같았다.

옴짝달싹할 수 없는 덫에 갇혀 버린 기분이 들었다. 영채와 정의 사이에서 그녀는 몸도, 마음도 찢어지는 듯한 고통을 느꼈다. 영채의 일을 떠올릴 때마다 그를 원망하게 되고, 자신을 원망하게 되는데 멋대로 마음이 설쳐 댄다. 정리는커녕 더 복잡해지는 머리에 그녀는 고개를 마구 저어 생각들을 털어 내려고 했다. 새벽 어스름을 뚫고 해가 떠오를 때까지 그녀는 거실의 소파에 그렇게 앉아 있었다.

"어, 왜 여기서 주무세요?"

어깨를 잡은 손에 놀라서 눈을 뜨니 정의 집안일을 해 주는 도우미였다. 소파에 앉은 채로 졸았는지 머리가 띵했다. 일어서는데 현기증이 느껴졌다.

"얼굴이 하얗게 질렸네. 곧 쓰러지겠어. 들어가서 쉬어요."

그녀의 창백한 얼굴에 놀란 도우미의 말에 영신은 희미하게 미소를 지었다. 잠깐 앉아 있을 생각이었는데 그만 잠이 푹 들었나 보다. 시계를 보니 11시가 넘어 있었다. 정도 아직 깨지 않은 모양이었다.

"죄송합니다. 저 가 볼게요."

"어딜 가요? 몰골이 말이 아닌데."

그러고 보니 꼴이 말이 아니긴 하다. 어제 넘겨졌을 때 입었던 옷 그대로라 엉망으로 구겨진 채였고 사고가 난 후에는 계속 울었던 탓에 얼굴은 퉁퉁 부어 있었다. 게다가 소파에 쓰러져 잔 탓에 머리가 멋대로 뻗쳐 산발이 되어 있었다. 거울을 보지 않아도 자신의 상태를 알 것 같았다.

"잠깐 욕실 좀 쓸게요."

"그래요. 참, 무슨 일인지. 우리 형사님은요?"

"아, 자고 있어요. 죄송한데 죽 좀 부탁드려도 될까요?"

"왜? 어디 아파요?"

"제가 아니고 그 사람이요."

"세상에. 실장님한테 얼른 전화해야겠네."

실장님이 누군지 안 봐도 뻔했다. 영신은 호들갑을 떠는 도우미를 두고 욕실로 들어가 세수를 한 후 헝클어진 머리를 빗고 나왔다. 정의 방에 들러 잠들어 있는 그를 확인하니 가슴이 답답했다. 모든 게 자기 탓처럼 느껴졌다. 더 쉴 수 있도록 헝클어진 이불을 덮어 주고 방을 나왔다. 구겨진 옷 위에 벗어 두었던 외투를 걸치는데 주방에서 도우미가 나왔다.

"가려고요?"

"네. 저 사람 깨면 밥 좀 챙겨 주세요."

"그거야 내 할 일인데, 뭐. 밤새 간호했나 보네. 아가씨도 간단하게 요기라도 하고 가요."

"전 괜찮아요. 고맙습니다. 안녕히 계세요."

영신은 인사를 하고 바깥으로 나왔다. 오랜만에 날씨가 풀려 그럭저럭 견딜 만했다. 집에 도착한 그녀는 목욕을 한 후 옷을 갈아입었다. 정이 깼는지 걱정이 돼 전화를 했지만 통화가 되질 않는다. 신호는 계속 가는데 부재중 통화로 넘어갔다. 여태 깨지 않은 건가? 걱정이 됐다.

잠시 그가 나을 때까지는 곁에 있고 싶었다. 영신은 전화를 끊고 짐을 챙겼다. 이 선택이 잘한 것인지에 대한 판단은 하지 않기로 했다. 지금은 그저 그가 안전하기를 바라는 것만 하기로.

집 안을 대충 정리한 그녀는 현관으로 나갔다. 정의 집으로 가서 그의 상태를 빨리 확인하고 싶었다.

"최영신!"

문을 열자마자 갑자기 들려온 고함 소리에 영신은 깜짝 놀랐다. 뛰어왔는지 정이 숨을 헐떡이며 그녀를 노려보고 있었다. 헝클어진 머리에 트레이닝복 차림이었다.

"여기서 뭐해요? 미쳤어요? 머리 다친 지 얼마나 됐다고 뛰어요, 뛰길! 죽으려고 환장했어요?"

헉헉대는 그의 모습에 영신은 저도 모르게 바락바락 소리를 질러댔다. 정이 몸을 숙여 그녀에게 기대 왔다. 놀란 영신이 그의 몸을 꽉 껴안아 지탱해 주었다. 그 느낌이 좋아 정은 일부러 더 자신의 무게를 그녀에게 실었다.

"왜 그래요? 어지러워요?"

"몰라. 토할 것 같아."

"뭐요? 그럼 빨리 병원으로 가요. 어제 의사가……."

"그래서 그런 거 아니야. 너무 뛰어서 그래. 나 물 좀."

그를 부축해 집 안으로 들어와 앉힌 후 영신이 급히 물을 가져왔다.

"여기요. 머리는 안 아파요? 어지러운 건?"

대답도 없이 물을 벌컥벌컥 마시더니 탁자 위에 탁 하고 내려놓는다. 도대체가 아프다는 자각이 없다고 영신은 입을 삐죽이며 생각했다. 이마에 손을 짚는데 정이 그 손을 잡았다.

"아파요?"

"그래, 많이 아파. 죽을 것 같은데 어떡할 거야?"

"그러게 병원부터 가자고 했잖아요. 일어설 수 있겠어요? 부축해 줄게요. 아니면 119라도 불러요?"

그가 아프다는 말에 영신이 당황했다. 갑자기 정이 그런 그녀를 당겨 안았다. 그녀를 품 안에 가둔 그가 그녀를 물끄러미 바라보았다. 죽을 것 같다는 말과는 달리 장난기가 가득한 그 시선에 영신의 얼굴이 빨개졌다.

"나 죽으려고 작정했지?"

"무, 무슨 소리예요? 아픈 사람이 여긴 왜 와요?"

"아픈 사람 버리고 도망친 사람이 누군데!"

정말 영신이 도망쳤다고 생각했는지 농담처럼 들리지가 않았다. 영신은 저도 모르게 웃고 말았다.

"사람 괴롭히고 웃는 거 악취미라고 했지. 당신 때문에 수명이 10년은 단축된 것 같다고."

"미안해요."

정은 그녀의 반응에 안도의 한숨을 쉬었다. 머리를 다친 건 별게 아니었지만 그동안의 피로가 쌓였는지 정신없이 자고 편한 기분으로 일어난 그였다. 잠에서 깨자마자 그는 영신부터 찾았다. 하지만 도우미 아주머니에게 영신이 돌아갔다는 말을 듣는 순간 정신이 아득해졌다. 손에 잡히는 옷을 입고 그대로 이곳으로 달려온 참이었다.

어젯밤의 일이 그의 착각인지 빨리 확인해야 했다. 미친 듯이 그를 걱정하고, 안겨 오던 그녀가 그의 바람 때문에 나타났던 그런 착각인지 알아야 했다. 자신의 품 안에 안긴 그녀의 작은 몸이 더 이상은 거짓으로 굳어져 있지 않은 걸 알고 그는 겨우 안심했다. 어긋나 있던 아귀가 딱 맞는 느낌이 들면서 그제야 그는 숨을 제대로 쉴 수 있었다.

"머리 안 아파요?"

눈을 감은 채 이제야 겨우 느낀 안도감을 마음껏 만끽하고 있는데 그런 그가 걱정스러운지 영신이 품 안에서 꼼지락거리며 얼굴을 살폈다. 자신의 이마에 닿은 그녀의 작은 손이 차가웠지만 시원해서 좋았다.

"왜 그랬어?"

"네?"

"왜 나 괴롭혔어? 그런다고 포기할 놈도 아닌데. 당신만 힘들지."

결과적으로 두 사람 다 힘들기만 했지만 지금도 마음이 편하진 않았다. 그냥 지치고 아픈 그를 괴롭히는 게 죽기보다 싫었다. 자기가 괴로운 건 참을 수 있는데 정까지 그런 고통을 겪는 게 싫어졌다.

여전히 두 사람의 앞날은 한 치도 예상할 수 없을 정도로 불투명했다. 다만, 그에 대한 감정만은 너무나 선명해 더 이상 눈을 돌릴 수가 없었다. 현실의 무게 따위는 잠시 접어 두고 싶을 만큼 지금 그녀의 감정은 솔직하고 진지했다. 잠시의 유예기간. 하지만 영신은 복잡한 생각은 접어 두기로 했다.

"맞장구친 사람도 있는데요, 뭘."

그 말에 정이 눈을 떴다. 장난기가 쏙 빠진 눈빛은 너무 진지해서 마주 보기가 두려웠다. 시선을 돌리려는 그녀의 얼굴을 정이 잡았다.

"앞으로 어떻게 될지는 나도, 당신도 몰라. 지금보다 더 힘들고 견디기 힘들어질 수도 있어. 동생의 일이 당신한테는 어떤 건지 잘 알아. 그래도 도망치지만 마. 어떤 일이 있어도 내가 지켜 줄 수 있게 그냥 이 자리에만 있어. 당신이 울면 안아 주고 위로해 주고, 쓰러지면 다치지 않도록 받쳐 줄게. 내 옆에만 있어."

영신의 눈에 물기가 비치자 정이 혀를 찼다. 정말 못 말릴 울보였다. 영신이 그의 가슴에 얼굴을 묻었다.

"내가 이래도 되는 걸까요?"

"무슨 소리야?"

"영채요. 나 때문이에요. 나 때문에 저렇게 된 거예요."

"그런 게 어딨어? 결국 선택은 본인의 몫이야. 지금 당신 동생은 잘못된 선택을 한 것뿐이고 그건 우리가 어떻게 할 수 없는 거야."

"아니에요. 내가 도망쳐서 그래요. 영채 탓이 아니에요. 저렇게 된 건."

정은 풀어졌던 몸이 긴장하는 걸 느꼈다. 영신이 지금은 자신의 얘기를 해 줄 것 같았다. 영신이 무슨 일을 당했어도 상관없다는 생각은 여전했지만 그녀의 입에서 직접 확인을 받으려니 온몸의 털이 곤두설 정도로 긴장이 됐다.

순간, 그 얘기를 듣고 자신이 영신의 아버지를 죽이러 갈지도 모른다는 생각이 퍼뜩 들며 자신도 영채와 별반 다르지 않다는 걸 느꼈다. 분노와 함께 좌절감이 느껴졌다.

"영채의 엄마와 제 아버지는 재혼이었어요. 내가 14살, 영채가 7살이었어요. 인형처럼 예뻤어요. 항상 혼자라 그렇게 예쁜 동생이 생긴 게 얼마나 좋았는지 몰라요."

❃

그때는 행복했다. 적어도 새어머니와 지낸 몇 년간 영신은 진짜 가족이라는 게 이런 거구나, 하는 생각을 했다. 새어머니는 상냥하고 아름다운 분이었다. 처음부터 영신에게 감정적으로 거리를 두지도 않았다.

영신이 무서워했던 건 오히려 아버지였다. 친모가 살아 있을 때도, 그리고 돌아가신 후에도 영신과 아버지는 가까운 부녀 사이가 아니었다. 특히 친모가 살아 있을 때 아버지는 감정적인 폭발을 가끔씩 보여 단둘이 남게 되자 영신은 더더욱 아버지를 피하게 되었던 것이다.

그나마 재혼 후 새어머니의 존재로 인해 집안이 편안해졌다. 새어머니가 데려온 딸인 영채 역시 그녀를 친언니처럼 따랐다. 꽤 차이가나는 자매였지만 그런 영채가 귀여워 영신은 늘 동생을 데리고 다녔다.

하지만 고등학생이 되고 조금 늦게 사춘기를 겪게 된 영신이 바깥으로 돌기 시작하면서 잠시 영채에게 무심한 적이 있었다. 왠지 집에 가는 게 싫어 혼자서 거리를 쏘다니다가 늦게 들어가면 항상 영채가 그녀의 방에서 울면서 잠이 들어 있었다. 귀찮다는 생각이 들면서도 그런 아이가 안쓰러워 어쩔 수 없이 안고 잠이 들기도 했었다.

한참 예민한 시기를 보내던 때 하필이면 새어머니가 암 진단을 받았다. 눈 깜짝할 새였다. 충격으로 정신이 없는데 병의 진행은 그 충격보다 더 빠르게 새어머니를 덮쳤던 것이다. 결국 진단 후 3개월 만에 새어머니가 돌아가셨다.

영신은 더 자기 속으로 파고들었다. 그때는 주변을 돌아볼 겨를 따위는 아예 없었다. 혼자 남은 어린 영채를 신경 쓰지 못했던 게 가장 큰 후회가 됐다. 자신의 괴로움에 빠져 바깥으로 도는 내내 영채가 아버지에게 그런 일을 당했다는 걸 안 그녀는 죽고만 싶었다. 아무런 힘도 없는 그녀가 부딪쳐 싸우기엔 너무나 큰 일이라 그녀는 그대로 도망치고 말았다.

다른 사람도 아닌 아버지와 영채. 온몸의 피가 싸늘하게 식는 느낌이었다. 차라리 모르는 사람이라면 그렇게 도망치진 않았을 텐데. 지금에 와서야 변명이지만 죽을 만큼 무서웠다. 아버지를 보는 것도, 영채를 보는 것도 할 수가 없었다. 무작정 집을 나왔다. 발바닥이 까지고, 근육통이 생길 정도로 돌아다녔다. 차라리 죽어 버렸으면 싶었다.

그때 만난 사람이 해준이었다. 본의 아니게 그의 차 앞으로 뛰어들었던 그녀를 해준이 구해 준 것이다. 그녀를 위해 방을 구해 주고, 돌봐 주었다. 학교로 돌아가 졸업을 하도록 설득했다. 딱 한 번, 아버지가 학교로 찾아온 적이 있었다. 그때 영신은 뒤도 돌아보지 않고 도망쳤다. 그 후로 아버지도, 영채도 잊고 살았다.

그런데 3년 전에 불쑥 영채가 그녀 앞에 나타났다. 다 자란 영채는 빛이 날 정도로 아름다웠다. 그녀의 어디에도 상처 같은 건 보이지 않았다. 그래서 다행이라고 영신은 그렇게 자신을 위로했다.

동생이 행복하게 살아가도록 돕는 게 자신의 빚을 갚는 거라고 생각했다. 벌은 그냥 자기의 죄책감이면 다인 줄 알았는데 그게 아닌 모양이었다. 영채는 여전히 그 지옥 속에 있었던 것이다. 이번에도 영신은 자신의 괴로움에만 빠져 동생을 버린 거나 다름없다는 걸 깨달았다.

❀

"내가 도망치지 않았다면, 그때 그 사람한테 맞섰다면 이런 일은 애초에 일어나지도 않았을 거예요."

영채에겐 미안한 일이었지만 정은 영신이 그런 일을 당하지 않았다는 것에 안도했다. 영신이 들으면 화를 내겠지만 그녀에 대해서만은 그는 누구보다 이기적이었다. 그래서 그때의 영신의 두려움, 아픔이 더 이해가 됐다. 누구나 그런 일이 있으면 길을 잃을 수밖에 없다. 보통의 사람이라면 상상도 못 할 그런 고통을 영신이 참아 왔다는 게 안쓰러웠다.

"당신도 어렸어, 그때는."

"그건 변명이 안 돼요. 그 애한테는 나밖에 없었는데."

그의 옷이 다 젖도록 영신은 정의 품 안에서 울었다. 생각보다 말이 어렵지는 않았지만 되새길수록 미칠 듯한 후회가 올라왔다. 만약에 영채를 지켰다면, 도망치지 않았다면, 수많은 만약 속에 그녀가 한 건 아무것도 없었다. 돌이킬 수 없는 뼈아픈 후회가 그녀를 견딜 수 없게 했다.

아픈 사람은 정이었는데 오히려 그가 영신을 돌봐 주었다. 퉁퉁 부은 얼굴에 차가운 수건을 가져다주며 그가 손을 잡았다.

"동생, 내가 찾아 줄게. 다치지 않도록."

지키지 못할 약속이 될지는 모르지만 정말 그렇게 하고 싶었다. 영채 역시 방황하고 있는 게 아닐까? 일단 한번 시작하자 멈출 수 없는 일이 되어 버린 복수. 정은 영신을 위해서 꼭 영채를 찾고 싶었다. 그가 영신의 달아오른 **뺨**을 부드럽게 쓸어 주었다.

"당신 첫인상이 어땠는지 알아요?"

그의 손길에 영신이 잠긴 목소리로 말했다.

"너무 친절했어. 그래서 멀리할 수가 없어요. 너무 따뜻해서."

다시 눈물이 차올랐다. 정은 그녀의 눈에 물에 적신 수건을 올려 주고 잠이 들 때까지 지켜보았다. 당신을 위해, 영채를 위해 내가 뭘 할 수 있을까? 여전히 문제는 그대로였다. 하지만 적어도 지금은 그녀에게 자신의 온기를 나눠 줄 수 있다. 그는 차가워진 그녀의 손을 꼭 잡았다.

영신이 잠든 후 그는 진경에게 전화를 했다. 그동안 수사의 진척 사항도 궁금했고, 무엇보다 영채의 소식이 궁금했던 것이다. 다행히 시간이 있었는지 진경이 영신의 아파트 앞으로 찾아와 수사진행 상황을 알려 주었다. 여전히 피해자의 가족들은 침묵을 지켰고, 소민은 그의 심문이 있었던 날 이후로 울기만 한다고 했다. 한창희는 인공호흡기에 의지해 생명을 유지하는 실정이고, 상담소의 소장도 영채에 대한 일에는 입을 꾹 다물었다. 그리고 영채가 뭘 사려고 했는지는 아직까지 밝혀지지 않았다는 게 진경의 브리핑이었다.

"그쪽은 연락 없습니까?"

"응."

"최영신 씨 괜찮습니까?"

"응."

"저……."

"왜?"

"저, 선배는요?"

진경의 말에 정은 저도 모르게 웃고 말았다. 자신도 괜찮은지 안 괜찮은지 구별이 가지 않는다. 그냥 영신의 곁에 있으니 그걸로 만족스러웠다.

"괜찮지 않을 이유가 있나. 너나 몸 챙겨. 나중에 시간 나면 서로 들를게."

"네."

진경과 헤어진 그는 집으로 돌아와 영신이 깰 때까지 소파에 앉아 생각에 잠겨 있었다.

잠에서 깨어 문을 열고 나타난 영신은 울다가 잠이 든 탓에 얼굴이 퉁퉁 부어 있었다. 방문 앞에서 머뭇거리는 그녀에게 그가 웃으며 다가갔다. 퉁퉁 부은 두 눈이 안쓰러워 정은 얼굴을 쓰다듬으며 장난을 걸었다.

"그 눈으로 보이기는 해? 아주 부어서 붙었네. 아래위."

"놀리지 말아요. 안 그래도 창피해요."

"그러니까 이젠 울지 마. 뭐, 필요한 거 있어?"

"아니요. 좀 씻으려고……."

갑자기 정이 부은 눈에 입을 맞췄다. 스스럼없는 그의 행동에 영신은 얼굴을 붉혔다.

"이젠 울지 마."

낮은 속삭임에 다시 눈물이 나올 것 같았지만 그녀는 웃으며 고개를 끄덕였다.

붓기를 가라앉히려 영신은 오랫동안 찬물로 얼굴을 적셨다. 이렇게 행복해도 되는 걸까? 이런 따뜻함을 느끼면서, 좋아하는 사람과 같이 지내도 되는 걸까? 거울에 비친 얼굴을 보는데 왠지 미워 보였다.

너만 행복하면 되니?

죄책감이 불쑥 올라온다. 정이 그녀를 기다리는지 욕실 문을 두드렸다. 거울에 비친 얼굴을 젖은 손으로 마구 문지르고 그녀는 바깥으로 나갔다. 정이 문 앞에 서 있었다.

"왜 이렇게 오래 걸려? 또 운 거 아니지?"

안절부절못하는 그의 말에 웃음이 났다.

"안 울었어요. 이젠 집에 가야죠."

"또 밀어내려고? 이번엔 그냥 안 넘어가."

그의 낯빛이 단번에 굳어졌다. 그동안 오락가락한 자신의 행동을 생각하면 변명의 여지가 없다. 영신은 고개를 저었다.

"그런 거 아니에요."

"그럼? 왜 집에 가라는 거야?"

처음 만났을 때의 능청스러움과 여유가 사라지고 지금은 조급함만 남아 있었다. 영신은 그를 달래려는 듯 손을 잡았다.

"당신 집에서 같이 지낼게요."

"뭐?"

"여기서 지내면 불편하잖아요. 아픈 사람이 편한 데서 지내야죠. 당신 챙겨 먹이고, 편하게 재워 줄 자신 없어요, 난. 다 나을 때까지, 그때까지 간호만 해 줄게요."

가벼운 뇌진탕이었고, 하루 푹 쉰 덕분에 몸은 이상이 없었다. 하지만 정은 아무 말도 하지 않았다. 영신을 보호할 수 있도록 자신의 집에만 와 있어 준다면 더 바랄 게 없었다.

"옷 갈아입어야 돼요."

"오래 못 기다려. 금방 갈아입고 나와."

흥분한 티를 내지 않기 위해 정은 짧게 입을 맞춘 후 돌아섰다. 영신이 말없이 집을 나간 것을 안 순간부터 마음이 계속 불안하기만 했다. 영영 다시 못 볼 것 같았는데 이젠 알아서 자신의 집으로 와 준다니 기쁘기만 해야 하는데 자꾸만 불길한 생각이 끼어들었다.

영채가 돌아오면 두 사람의 관계는 어떻게 되는 걸까? 문득, 영신을 위해 동생을 찾겠다고 하면서도 영채가 영영 나타나지 않길 바라는 자신을 느끼고 그는 경악했다. 하지만 이기적인 그 마음이 그의 진심이었다.

다시 그의 집으로 돌아간 건 늦은 오후였다. 말로는 괜찮다 하는데 정의 안색이 조금 창백했다. 영신은 도우미가 차려 놓은 밥을 데워 먹인 후 그를 침대에 억지로 눕혔다. 그녀의 말을 고분고분 들으면서도 정은 계속 투덜댔다.

"괜찮대도 그러네."

"그래도 쉬어요. 머리 다치고 그렇게 뛰어다니다 정말로 쓰러지면 어쩌려고 그래요. 오늘 하루라도 그냥 누워 있어요."

"갑갑해. 이렇게 늘어져 있는 거 성미에 안 맞아, 난."

"어쩔 수 없어요. 아픈 사람이 하고 싶은 대로 하는 게 어딨어요. 의사가 시키는 대로 해야지. 약은 먹었어요?"

"아직."

"정말 이럴 때 보면 진짜 애 같아. 어렸을 때 말 진짜 안 들었죠?"

"잘 아네. 어렸을 때도 그랬는데 지금 새삼 잘 들을 리가 있나? 진짜 아무렇지도 않거든."

아이처럼 떼를 쓰는 정에게 영신이 고개를 절레절레 저었다.

"어쨌든 안 돼요. 나 때문에 다쳤는데 또 쓰러지면 내가 못 견뎌요."

"당신 때문이 아니라고 했잖아. 한 번만 더 그런 말 하면 정말 화

354

낼 거야."

"알았어요. 내가 잘못 말했어요. 어쨌든 쉬어요."

"그럼 옆에 있어."

"알았어요. 어서 자요."

억지로 그녀를 옆에 앉혀 두고 정은 손을 잡았다. 그녀를 옆에 두고도 안지 못한다는 건 꽤 스트레스였다. 키스하고, 안겨 오는 것 이상으로 그는 그녀를 원했지만 영신에게 그걸 강요할 수는 없었다. 시간이 지나면 영신이 그를 더 익숙하게 대하고, 자연스럽게 받아들일 날이 오겠지. 그는 작은 손의 부드러움을 느끼며 잠이 들었다.

약 때문인지 정은 금방 잠이 들었다. 영신은 그의 잠든 모습을 확인한 후에 방을 나왔다. 그녀의 집과는 비교도 할 수 없을 정도로 넓고 깨끗했다. 처음 그의 집에 왔을 때 머물렀던 방에 짐을 푼 그녀는 영채에게 음성 메시지를 남겼다.

"당분간 집엔 아무도 없을 거야. 잘 있지?"

잡히지 마. 그 말이 나오려는 걸 참았다. 익숙한 죄책감이 다시 찾아든다. 둘 중 누구의 편이 되어야 하는 거지? 지금은 영채도, 정도 선택할 수 없었다. 멍하게 있으니 머리가 복잡한 생각으로 들끓기 시작했다. 도우미가 이미 깨끗하게 청소를 해 두었지만 영신은 주방의 식기들을 다 꺼내 새로 씻고 말렸다.

"뭐 해?"

주방 식기들을 깨끗이 닦아 제자리에 넣어 두는데 정이 부스스한 얼굴로 나타났다. 괜찮다는 말과는 달리 뇌진탕의 후유증이 생각보다 큰 모양이었다. 미안한 마음이 들었다.

"깼어요? 저녁 먹을래요?"

"좀 전에 먹고 잤는데. 나 돼지 만들려고 작정했구나."

"어떻게 알았어요? 통통하게 살 찌워서 잡아먹으려고 했는데 들켰네."

맞장구치는 그녀의 말에 정이 킥킥거리며 웃었다.

"뭐 해?"

"그냥 청소요."

"아주머니 있는데 왜 당신이 청소를 해. 그런 건 아주머니 시켜."

"머리 식히느라 움직였어요."

정이 한숨을 쉬며 그녀의 손에 들린 그릇을 치웠다. 그의 품에서 영신은 가만히 서 있었다.

"빨리 끝났으면 좋겠다."

낮은 한숨처럼 나온 말에 영신은 움찔했다. 끝이 있는 일이라는 게 무섭다. 차라리 끝이 없다면 잊고 살 수도 있을 텐데. 선택의 순간에 그에게 돌이킬 수 없는 상처를 줄 것 같아 벌써부터 무서워졌다.

"저녁 먹어요."

영신은 정을 밀어서 식탁에 앉혔다. 복잡하게 생각해 봐야 지금은 영채에게도, 정에게도 아무 도움이 되지 않는다. 그녀는 정에게 싱긋 웃어 보였다.

아무렇지도 않을 리가 없다. 이 답답한 상황이 빨리 끝나기를 바라는 그의 마음과는 달리 영신은 영영 끝나지 않기를 바랄 수도 있다는 걸 알았다. 영채와 그가 영신에게 무거운 짐을 지워 준다는 걸. 그걸 알면서도 그는 어서 이 답답함에서 벗어나고 싶었다. 배가 고프지 않은데도 그녀가 주는 밥을 꾸역꾸역 밀어 넣으며 정은 그런 그녀의 마음을 헤아려 보려 했지만 머리만 아파 왔다. 정말 머리가 아팠다.

9

수사는 계속 답보 상태였고 영채의 행방은 오리무중이었다. 영신도 표면적으로는 안정을 되찾은 것처럼 보였지만 정에게는 그게 더 불안했다. 웃는 모습이지만 뭔가를 참고 있는 것 같아 위태했다.

어쨌든 그녀가 자신의 집에 머물기 시작한 후 그는 경찰서로 출근을 했다. 소민은 다시 두꺼운 껍데기 속으로 숨어들어 그를 만나도 아무 말도 하지 않았다. 다른 가족들의 상황 역시 마찬가지였다. 사정을 다 알고 나니 그들을 조사하는 게 내키지 않았다.

다만 영채가 구하고자 했던 물건이 무엇인지 궁금하긴 했다. 무엇을 위한 물건인지 정은 그게 궁금했다. 수사본부에서는 그녀가 더 접촉한 사람이 있는지 확인하기 위해 상담소를 방문했던 다른 사람들까지 수사 범위에 넣어 조사하느라 일이 더 많아졌다.

녹초가 되어 집에 돌아오면 그나마 영신이 있어 위로가 되었다. 정 반장과 진경만 그가 영신을 보호하고 있다는 걸 알았다. 장 검사나

다른 팀원들이 알면 난리가 날 일이었다. 들켜도 상관없다고 생각했다. 정 반장에겐 미안했지만. 그녀를 지킬 수 있다면 모든 사람들이 등을 돌려도 상관없었다.

그녀가 머무는 동안 도우미에게 쉬라고 권유했지만 소용이 없었다. 꼬박꼬박 나타나 이것저것 물어보는 통에 여간 곤란한 게 아니었다. 정이 영신의 부탁에 도우미에게 직접 얘기를 해도 소용이 없었다. 정의 말대로 누나 쪽 사람이라 마음대로 안 되는 모양이었다. 오늘도 도우미는 스스럼없이 그녀에게 이것저것 캐물었지만 영신은 웃으며 말을 얼버무렸다.

"참, 오늘 실장님도 들른다고 하셨는데. 저녁 준비 같이 할까요?"

"네?"

"서 실장님이요. 우리 형사님 누님. 정말 남매가 인물이 어찌 그리 훤한지. 요즘 연예인이라고 TV에 나오는 사람들은 상대도 안 돼요. 회장님은 두 분 보고만 있어도 배 부르실 거야."

갑작스런 아주머니의 말에 영신은 깜짝 놀랐다. 병원에서 만났을 때도 기가 죽어 말 한마디 제대로 못 했는데. 괜히 겁이 났다. 동생의 집에 온다는 지연을 막을 수도 없고 마음만 무거워졌다. 정이 퇴근을 빨리 했으면 싶었다.

그녀의 간절한 바람과 달리 지연은 저녁 시간 전에 기세등등한 모습으로 나타났다. 여전히 당당했고, 아름다웠다. 하지만 정과는 달리 접근하기 힘든 차가움이 느껴졌다. 그녀를 훑어보는 눈에 희미한 웃음기가 섞여 있었다. 비웃음일까? 정과 닮은 외모지만 전혀 편하지 않았다.

"오랜만이네. 얼굴은 그때보다 좀 낫네. 정이는?"

"아직 퇴근 전이에요. 차라도 내올까요?"

도우미의 말에 지연이 고개를 저었다.

"아니요. 아주머니는 그만 가 보세요."

도우미가 퇴근하자 지연이 어정쩡하게 선 영신을 쳐다봤다.

"손님 접대가 너무 소홀하네. 커피나 차라도 내놔야 하는 거 아니야?"

"뭐 드릴까요?"

갑작스런 지연의 요구에 영신이 물었다.

화낼 줄도 모르나?

말간 얼굴에 오히려 어이가 없어졌다. 도우미가 알려 준 거나, 처음 병원에서 본 인상만으로는 도저히 어떤 여잔지 알 수가 없었다. 물론, 개인적으로 좀 알아본 일도 걸렸고. 그래서 성질이라도 건드려 보자 했는데 영신은 조용한 호수처럼 잔잔하기만 했다.

"저녁이니 차가 좋겠네."

차를 마시겠다는 말과 달리 영신이 가져온 차에 손도 대지 않는다. 한동안 영신을 빤히 바라보던 지연이 입을 열었다.

"생각보다 뻔뻔하네."

"네?"

"옛말 틀린 거 없다더니. 얌전한 고양이가 부뚜막에 먼저 올라간다고. 최영신 씨, 동거 중인 남자의 누나와 마주하는 거 낯 뜨겁지 않아요?"

얼굴이 달아올랐다. 그와 같이 지내는 게 다른 사람들에게 어떻게 보일지 영신은 이제야 확연히 깨달았다. 동거라. 말 그대로 동거이긴 했지만 지연이 생각하는 그런 관계는 아니었다. 정이 왜 자신을 곁에 두려는지 무엇보다 잘 알았고, 영신 역시 그의 곁에 있고 싶었다.

그 기간이 언제가 될지는 누구도 몰랐다. 또한 이 관계가 어떻게 끝날지도. 괜스레 서글퍼졌다. 지연의 말대로 그의 애인으로서 같이 지내는 거라면 얼마나 좋을까?

"죄송합니다."

"죄송? 최영신 씨가 나한테 뭐가 죄송한데?"

그냥 미안했다. 앞으로 정에게 줄 상처가 미리 미안했고, 그 상처로 인해 지연에게도 피해를 주게 될 것이 미안했고, 정에게 진정한 연인이 되어 줄 수 없는 게 가장 미안했다. 우울해진 그녀의 표정에 지연이 혀를 찼다.

"이상해. 그 녀석 복잡한 건 딱 질색인데 아가씬 그 취향은 아닌 것 같거든. 그냥 딱 봐도 너무 복잡해 보여. 그런데 옆에 둔다고? 진심이야?"

질문이라기보다는 스스로를 납득시키는 말 같았다. 영신은 지연을 빤히 쳐다보았다. 지연 역시 그녀를 쳐다보았다.

"뭐, 진심이든 아니든 내가 상관할 바는 아닌가? 내가 데리고 살 것도 아니고. 그런데 이거 하나는 꼭 묻고 싶은데."

"뭔데요?"

"당신, 정말 최영채 언니야?"

"네?"

"정이 일이라면 내가 모르는 게 없다고 생각해. 아무리 저 녀석이 발악해도 내 동생이고, 아버지 아들인 이상은. 당신, 지금 정이 맡은 사건 피의자인 최영채 언니잖아."

순간 숨이 턱 막혔다. 지연이 어이없다는 듯 작은 소리로 웃었다.

"드라마에 돈 좀 있다고 잘났네 어쩌네 하면서 가문 따지고, 학력 따지고 이런 거 보면 어이없고 우스운 사람이야, 난. 그런데 이건 아니잖아. 이런 관계가 결국엔 어떻게 끝날지 생각만으로 골치 아프고 짜증나. 지금 기분이 얼마나 갈까? 나중에 뒷감당은 어떻게 할 생각이지? 그 책임은 누가 질 건데? 사람들이 두 사람을 가만 놔둘 것 같아?"

날카로운 추궁에 영신은 말문이 막혔다. 죄책감과 억울함이 가슴에 들끓었다. 하지만 지연의 입으로 듣는 정과 그녀의 관계는 굉장히 추접스럽게 느껴졌다.

"충고 고맙습니다."

차라리 드라마처럼 돈 봉투나 던져 줬으면 거절하는 기쁨이라도 맛봤을 텐데 이건 너무 솔직해서 뭐라고 따질 마음도 생기지 않았다. 그녀의 반응에 지연이 코웃음을 쳤다.

"뭐야? 여기까지 왔으면 적어도 당당하게 몇 마디 대꾸 정도는 해야지. 일 저지른 사람치고 너무 싱거운 거 아니야? 실망이네."

"죄송합니다. 지금 할 수 있는 건 이 말밖에 없어요. 그 사람과 같이 있는 마음은 확실하지만 앞으로 어떻게 될지는 나도, 그 사람도 모르니까요. 지금은 그냥 그 사람 옆에 있고 싶어요. 나 때문에 아프게 하고 싶지 않아요."

"왜 이렇게 어설퍼? 대책도 없이 그냥 이러고 있겠다고? 그러다 나중에 누구 하나 죽어 나가면? 그땐 어쩔 건데? 골치 아픈 사람들이네, 정말. 어쨌든 아픈 사람이 누가 될지는 모르겠지만 그 사람이 내 동생이 된다면 이쪽도 가만있을 수는 없어."

순간, 영신은 지연이, 정이 부러웠다. 이렇게 당당하게 동생을 지키려 드는 지연이 부러웠다. 저런 용기의 반만이라도 자신에게 있었다면 얼마나 좋았을까? 그랬다면 이런 일들이 얼마나 우스운 해프닝이 되었을지. 만약에, 만약에 그녀가 도망치지 않았다면. 허망한 후회만 생긴다.

"그쪽, 비위 상할 정도로 빈틈투성이야. 차라리 강한 여자였으면 좋았을걸. 그랬으면 마음껏 깨부수는 재미라도 느낄 텐데. 시시하다."

지연이 자리에서 벌떡 일어나자 영신도 따라 일어섰다. 떨지 않으려고 노력하는 것만이 전부였지만 지연 앞에서 약한 모습을 보이기는 싫었다.

"갈게. 저녁은 다음에 정이하고 같이 먹어."

폭풍이 지나간 것처럼 영신은 정신을 차릴 수가 없었다. 지연의 말에 틀린 구석은 하나도 없었다. 지금 같이 있는 마음은 거짓이 없어도 언젠가는 그를 다치게 하고 만다. 그와 같이 지낸다고 해서 그들을 둘러싼 상황이 바뀌지는 않았다. 억지로 잊으려 해도, 모른 척하려 해도 지연의 말처럼 현실이다.

짓눌려 있던 가슴이 부글부글 끓어올랐다. 미칠 정도로 억울하고 화가 났다. 책임을 질 사람은 처음부터 나쁜 짓을 한 그 사람인데 왜 영채와 자신이 그 벌을 받아야 하지? 왜 그녀가 사랑하는 사람이 이런 고통을 당해야 하는 걸까? 이건 말이 안 돼.

참을 수가 없었다. 숨 막힐 듯한 분노로 현기증이 일고 숨이 막혀 왔다. 영신은 자리에서 벌떡 일어났다. 당장 그 남자를 보고 따지고 싶어졌다.

왜 그랬어? 도대체 왜!

오랜만에 보는 그 집은 여전히 높이 있었다. 택시에서 내려 걸어가는 내내 그 여름의 기억이 떠올랐다. 머리가 어지러울 정도로 더웠던 그때와 달리 지금은 한기가 들 정도로 추운 날씨였지만 그래도 몸속의 냉기는 똑같았다. 달려 올라왔는데도 지독하게 추웠다. 커다란 대문을 노려보던 영신은 초인종을 눌렀다.

— 누구세요?

"최정훈 씨 만나러 왔습니다."

— 누구신데요?

"최영신이라고 하면 알 거예요."

그녀의 대답에 지체 없이 문이 철컥 열렸다. 늘 느꼈지만 차가운 느낌의 철제 대문이었다. 여전히 대문에서 집까지의 거리는 멀었다. 그녀가 현관에 다다르기 전에 먼저 문이 열렸다. 50대 후반의 여성이 긴장된 표정으로 서 있었다.

"어서 와요."

잠시 머뭇거리던 영신은 대답 없이 안으로 들어갔다. 추위와 떨림이 점점 더 심해지며 구토가 일었다. 온몸에 소름이 돋아 왔다.

오랫동안 보지 못한 그 사람의 이미지는 검은 그림자뿐이다. 지금 그 사람은 어떻게 변해 있을까? 뱀처럼 차갑고 빛나는 그 눈동자를 아직도 가지고 있을까? 그녀를 이곳으로 오게 한 분노보다 강한 두려움이 올라왔다. 이를 악문 영신은 약해 빠진 자신을 한 대 치고 싶었다.

여기서 물러나면 다 끝장이야. 넌 도망칠 자격도 없어.

그녀는 성큼 안으로 들어섰다.

"어디 있어요?"

"여기다."

갑자기 돌려온 목소리에 돌아보니 서재 앞에 그 사람이 서 있었다. 그녀에게 피와 살을 준 사람, 하지만 누구보다 증오스러운 남자. 그녀의 상상과 달리 그녀의 아버지는 평범했다. 평범한 장년의 사나이.

"차, 준비할까요?"

여자의 말을 무시하고 영신은 서재로 들어갔다. 그 남자를 스쳐 지나는데 머리가 핑 돌았다. 온몸의 피가 싸늘하게 굳어졌다.

"앉아라."

그녀의 방문에도 놀라지 않았는지 정훈은 침착했다. 영신은 멀찍이 선 채 그가 앉기를 기다렸다. 꿈속처럼 괴물의 모습이어야 하는데 지금 눈앞의 남자는 너무나 평범한 얼굴이었다. 마치 10년 전의 그 눈빛이 그녀가 만들어 낸 착각인 것처럼 느껴질 정도로 너무나 멀쩡해서 미칠 것만 같았다. 그 가면을 벗기고 싶었다.

당신은 그런 얼굴 할 자격이 없어. 그런 표정을 지을 자격도.

"왜 그랬어요?"

갑작스런 질문에 정훈이 놀란 듯 눈을 치켜떴다. 몸을 떨면서도 영신은 그 앞으로 다가갔다.

"왜 그랬어! 그런 짓을 했으면 최소한 변명 하나 정도는 있어야 하는 거 아냐?"

저도 모르게 소리를 바락 지르자 정훈이 어이없는 시선으로 영신을 바라보았다. 그 눈빛이 너무 싫었다. 난 아무런 죄도 없어, 하는 그런 눈빛. 영채가 죽이기 전에 자기가 먼저 그를 죽일 것 같았다. 자신도 그런데 영채는 오죽했을까 하는 생각이 들었다.

"무슨 말도 안 되는 소리냐? 그동안 나가서 잘 배워 처먹었구나."

"왜 그랬어? 영채한테 왜 그랬어? 왜! 아직 어린애였는데, 아무것도 모르는 어린애였는데. 나도, 그 애도 당신 딸이었잖아. 그런데 왜 그랬어?"

"미친년. 당장 나가! 하나 있는 딸년이라고 제 발로 돌아오기에 다시 받아 줄랬더니 어디서 이상한 소리로 생사람을 잡아? 당장 나가지 못해!"

"왜 그랬냐고! 왜?"

순간 영신은 참지 못하고 책상에 있는 물건들을 집어 던지기 시작했다. 손에 잡히는 물건들을 마구잡이로 던지기 시작하자 점점 더 견딜 수 없는 기분이 들었다. 책상의 물건들이 사라지자 이번에는 책꽂이에 있는 물건들까지 모조리 던지기 시작했다. 정훈이 날아오는 물건들을 피해 서재를 빠져나갔다.

그가 나간 줄도 모르고 영신은 방 안의 모든 것들이 산산조각이 날 때까지 비명을 지르며 발악을 했다. 숨이 막혀 죽을 것만 같았다. 그때의 두려움이 사라지며 그동안 숨겨 뒀던 분노가 드러났다. 이미 너무 늦어 버린 일인 걸 아는데도 참을 수가 없었다. 10년 전에 이렇게 싸우지 못한 자신에 대한 분노가 더 강해 죽고만 싶었다.

와장창, 소리가 나며 손목에 통증이 느껴졌다. 스탠드 램프가 깨지면서 유리에 베인 손목에서 피가 흘러내렸다. 이대로 죽어 버렸으면 싶었다. 가슴의 통증이 너무 심해 영신은 다시 비명을 질러 댔다.

"아악!"

"뭐하는 짓입니까!"

"어서 데리고 나가요!"

어디선가 사람들이 우르르 몰려들었다. 몸부림치는 그녀를 덩치가 큰 남자들이 양쪽에서 잡았다. 영신은 더 크게 비명을 질러 댔다. 남자들이 아플 정도로 잡아 누르는데도 영신은 비명과 몸부림을 멈추지 않았다. 끝도 없을 것 같은 이 고통을 끝내고 싶은 생각뿐이었다.

"최영신 씨! 진정해요."

누군가 자신의 이름을 크게 부르자 영신은 멍해졌던 정신이 서서히 돌아오는 걸 느꼈다. 주변에 경찰과 형사들이 둘러서 있었다. 그녀를 부른 사람은 진경이었다. 진경의 얼굴이 이상하게 창백하게 보인다.

영신은 다가온 진경이 손을 내밀자 뒤로 물러섰다. 현실이 느껴지며 견딜 수 없는 고통이 느껴졌다. 가슴 한가운데를 누군가 칼로 푹 찌르는 것처럼 날카로운 통증이었다.

그녀는 비명을 지르며 그대로 쓰러지고 말았다. 어둠이 덮쳐 오는 게 반가웠다. 아득하게 멀어지는 의식이 차라리 안심이 됐다. 이 모든 것이 꿈이라면. 그 여름에 이곳을 헉헉대며 걸어 올라오던 그때로 다시 돌아가게 될 것만 같았다. 그런데도 머릿속의 비명이 끝도 없이 이어져 그녀는 저도 모르게 더 큰 소리로 비명을 질러 대고 말았다.

비명을 지르며 순식간에 쓰러진 영신의 모습에 사람들이 깜짝 놀랐다. 진경은 안쓰러움에 가슴이 아팠다. 최정훈은 영채의 마지막 목표물일 가능성이 높아 이미 오래전부터 그의 집과 회사에서 잠복 중이었다. 처음 영신이 나타났을 때는 자신의 눈을 의심했다.

영채에게서 연락이 온 게 아닐까? 아니면 아버지라고 핏줄만은 어쩔 수 없는 건가? 별의별 생각이 다 들었다. 하지만 관할서에서 최정훈의 집에서 신고가 들어왔다는 얘길 들었다.

마치 미친 여자 같았다. 산산이 부서진 서재처럼 영신 역시 산산이 조각나 있었다. 그 고통이 너무 생생하게 느껴져 진경 자신이 무너질 것 같았다. 간신히 버티고 있던 그녀의 신경도 너덜너덜해질 것만 같았다. 얼마나 오랫동안 그 고통과 분노를 참고 살았는지 그 생각을 떠올리는 것만으로도 답답해졌다.

쓰러진 영신의 몸은 차가웠다. 손목을 다쳤는지 피가 제법 흘렀다. 구급차를 기다리는 동안 그녀는 손수건을 꺼내 벌어진 상처를 눌렀다. 정과 같이 있다고 해서 안심했더니 그게 아닌 모양이다. 과거가 이렇게 무거울 수 있을까? 이렇게 버거울 수 있을까? 벗어나지 못하는 족쇄처럼 너무나 견고했다. 스스로의 경험으로도 충분히 알고 있는 그 사실을 확인한 순간 진경은 씁쓸해졌다. 그녀는 정에게 전화를 했다.

— 여보세요.

"선배."

— 왜?

급한 어조를 보니 정도 영신을 찾고 있는 모양이었다. 창백한 영신의 얼굴을 힐끗 본 진경은 입술을 깨물었다.

"한국대 병원 응급실로 오세요. 최영신 씨 그쪽으로 갈 거예요."

— 뭐? 영신이 어디 있어, 지금!

"병원에서 만나죠. 그때 얘기 드리겠습니다."

더 이상 말을 했다간 정이 더 날뛸 것 같아 진경은 전화를 끊었다. 신고한 지 오 분도 되지 않아 앰뷸런스가 도착했다. 진경은 정신을 잃은 영신과 함께 앰뷸런스에 올랐다. 그녀는 차가워진 영신의 손을 잡아 주었다. 정이 해 주지 못하는 일을 해 주는 거라고 되뇌면서도 어쩐지 자신의 손처럼 차가워 진경은 저도 모르게 부르르 떨고 말았다.

그의 불안함을 잠재울 수 있는 건 영신뿐이었다. 하루에도 몇 번씩 이 일의 끝을 생각하는 그지만 적어도 그녀와 있을 때면 그런 것들을 잊을 수 있었다. 그녀를 평생 안을 수 없어도 상관없었다. 그냥 옆에만 있을 수 있다면.

퇴근 후 돌아온 집은 텅텅 비어 있었다. 억지로 눌렀던 불안함이 스멀스멀 올라왔다. 짐도 그대로이고 주방엔 저녁 준비까지 되어 있었는데 영신만 없었다. 전화를 해도 계속 먹통이었다.

영신의 아파트로 가는 내내 이를 악문 탓에 턱이 경직될 지경이었다. 무슨 일이 생겼는지 무서워졌다. 정말 동생이 나타난 게 아닐까 하는 생각이 들었다. 자신을 버리고 영채를 선택했다는 생각이 들면서 그는 정말 벌벌 떨었다. 그런 선택을 한 그녀를 이해할 수 있기 때문에 더 그랬다.

하지만 영신의 집 역시 사람의 흔적은 없었다. 어쩔 줄 모르는데 마침 진경의 전화가 왔다. 철렁 가슴이 내려앉았다. 그는 미친 듯이 병원으로 차를 몰았다. 응급실로 뛰어 들어가는데 누군가 그를 불렀다.

"선배."

진경이었다. 영신이 누운 침대로 안내하는 그녀의 표정이 무겁게 가라앉아 있었다. 괜찮냐고 묻고 싶은데 그 말조차 나오지 않았다. 정은 침대 옆에 선 채 정신을 잃은 영신을 바라보기만 했다.

"몸은 괜찮답니다. 스트레스가 심했나 봐요. 손목은 다행히 상처가 깊지는 않아서 소독만 했어요. 지금 막 안정제 맞고 잠들었습니다."

"무슨 일인데?"

"나가서 얘기하죠."

이를 악문 그의 질문에 진경이 그렇게만 말하고 바깥으로 나갔다. 정은 파리한 얼굴로 누워 있는 영신의 손을 잡았다. 찼다. 추운 걸 지독히도 싫어하는 여자였다. 붕대가 감긴 손목이 아이처럼 가늘었다. 무슨 일이 있었던 걸까? 아침까지 그를 향해 웃으며 손을 흔들어 주던 여자였다. 그는 손을 비벼 주며 얇은 시트로 그녀의 몸을 꽁꽁 감쌌다. 얼굴 위에 흐트러진 머리카락을 가지런히 쓸어 주었다.

당신을 어떻게 지키지?

그는 응급실 앞으로 나갔다. 싸늘한 밤공기인데도 추위는 느껴지지 않았다. 진경이 추운지 몸을 웅크린 채로 어두운 길가에 서 있었다.

"어떻게 된 거야?"

"최정훈 집에 왔더라고요."

"뭐?"

"마침 그 집 앞에서 잠복 중이었어요. 최영채 마지막 목표가 그 인간이 될 거란 건 선배도 알 거예요."

모를 리가 없다. 다만, 잠복까지 하면서 지키고 있는 줄은 몰랐던 사실이다.

"왜 나는 뺐어?"

"반장님이요. 선배가 더는 얽히게 하고 싶지 않았나 봅니다. 그냥 최영신 씨 감시하는 걸로 끝내자고 하시더라고요."

"그래서? 영신인 왜 거길 갔는데?"

"몰라요. 신고가 들어와서 들어갔더니 최영신 씨가 있었습니다."

정신을 잃기 전 영신이 했던 그 고통스런 몸짓을 정에게는 전하고 싶지 않았다. 궁지에 몰린 영신의 그 몸부림은 아직도 그녀에게 잔상을 남기고 고통을 주었다.

"그 자식이 무슨 짓 했어?"

"그건 아니에요. 최영신 씨 쪽에서 만나러 온 거예요. 다툼이 있었나 봐요. 최영신 씨가 흥분해서 쓰러진 거고."

"망할!"

정말 망할 일이었다. 정작 벌을 받을 인간은 마음이 편한데 당한 사람은 그 상처로 지금까지도 괴로워하고, 도망쳐야 하다니. 정이 거칠게 얼굴을 쓸어내렸다.

"선배는 누군가 죽이고 싶은 적 있으세요?"

"뭐?"

"전 있습니다. 지금도 죽이고 싶은데 그게 안 되니까 형사가 된 겁니다. 그런 나쁜 놈들 잡아넣으려고. 그런데 이 일을 할수록 세상이 너무 불공평하게 느껴져 화가 납니다. 진짜 나쁜 놈들은 잘 살고 있는데 정작 당한 사람들은 고통 속에서 사는 게 미치도록 화가 납니다."

지금 이 순간 정 역시 영신의 아버지라는 작자를 죽여 버리고 싶었다. 하지만 진경의 말대로 그들은 형사였고 그런 놈을 잡아야 하는 사람이었다. 하지만 그들이 정작 쫓고 있는 사람은 상처받아 그 분노를 풀 길 없는 여자였다.

"들어가 보세요. 전 그만 가겠습니다."

아무 말도 못하는데 진경이 번쩍 손을 들어 작별을 고했다.

"김진경!"

"네?"

"고맙다."

그의 말에 진경의 굳은 얼굴에 잠시 미소가 돌더니 다시 싸늘해졌다. 진경의 상처가 무엇인지 알지는 못해도 그도 그 상처 속에 있었다. 마치 전염병처럼 퍼져 그도, 영신도 만신창이가 되는 그런 오래된 상처. 한 번 벌어지기 시작하자 영신뿐만 아니라 그까지도 잠식해 죽여 버리고 말 것 같은 무서운 상처였다. 정은 진경이 사라진 거리를 물끄러미 바라보았다.

긴 속눈썹이 파르르 떨리며 영신이 눈을 떴다. 잠시 멍해 있던 그녀의 눈빛에 초점이 돌아왔다. 정은 고개를 숙여 그녀와 시선을 맞추었다. 잠시만이라도 그녀를 그의 시선 속에 가두고 싶었다. 그가 주는 온기를 느끼게 해 주고 싶었다. 영신이 손을 내밀어 그런 그의 얼굴을 쓰다듬었다.

"미안해요."

"그런 말 말랬잖아."

두 사람은 오랫동안 그대로 있었다. 시선을 마주하면서도 정은 그녀가 더 깊숙이 숨어 버린 느낌을 받았다. 한동안 누워 있던 영신이 자리에서 일어났다.

"집에 가요. 여기 있기 싫어. 추워."

병원 안은 오히려 아늑한 편인데도 영신은 추워했다. 그녀의 말에 정은 고개를 끄덕였다. 집에 도착해 더울 정도로 실내온도를 한껏 올렸다. 영신의 옷을 갈아입히고 침대에 눕혔다. 다친 손목을 보니 다시 분노가 불끈 솟았다.

"왜 갔어, 거긴?"

"……."

말이 없는 영신의 태도에 한숨이 나왔다. 지친 그녀에게 자꾸 아픈 기억을 되새기고 싶지 않았다.

"좀 자."

인형처럼 누워 있는 그녀의 얼굴을 쓰다듬고 그는 방을 나왔다. 갈수록 점점 더 힘들어졌다. 그녀를 지켜보는 것이 마치 형벌처럼 느껴졌다. 자신의 마음에 확신은 있는데 견딜 자신이 점점 없어진다. 이일의 끝에서 그녀가 지금보다 더 망가지면 그 자신이 못 견딜 것 같았다. 그런데도 그녀를 떠나보내는 일은 죽어도 못 할 것 같아 미칠 것 같았다.

지금은 그저 그녀를 지켜보는 것밖에는 할 수 있는 일이 없었다. 그녀의 옆에 있어 주는 것밖에는. 정은 복잡한 생각을 털어 내기 위해 샤워실로 들어갔다. 뜨거운 물 아래 서서 골치 아픈 생각들이 씻겨 나가길 기다렸다.

영신은 계속 뒤척였다. 무슨 정신으로 거길 갔는지는 자신도 몰랐다. 그런데 그 화가 아직도 안 풀렸다. 너무 억울해서 미칠 것 같았다. 자신도, 영채도 이런 일을 당해서는 안 됐다. 그 남자가 다 짊어져야 할 짐인데 왜 자신들이 괴로워하는지 생각할수록 괘씸하고 억울했다. 게다가 이제는 그녀의 남자까지 그 짐을 같이 지게 되었다. 정의 손은 따뜻하게 그녀를 안심시켜 주는데 자신은 그에게 불안함만 주었다.

더 이상 과거에 휘둘리지 않겠어. 그 남자의 그림자 아래 살고 싶지 않다.

그녀는 충동이 이끄는 대로 하기로 했다.

찰칵 하는 문소리에 정은 튕기듯 일어났다. 문 앞에 작고 어두운 실루엣이 있었다. 그는 인상을 찌푸리며 침대 옆의 등을 켰다. 영신이 문 앞에 유령처럼 서 있었다. 놀란 그가 다가가려 하자 영신이 먼저 안으로 불쑥 들어왔다. 방 안에 들어와서도 가까이 올 생각은 없는지 문에 기댄 채 그를 바라보았다.

"나는 비겁한 사람이에요."

"뭐?"

"그때도, 지금도. 내가 할 수 있는 게 없다고 생각했어요."

"영신아."

"그러면서 그 사람한테 마구 휘둘려서 나도, 영채도 엉망으로 만들어 버리고 말았어. 그리고 이젠 당신까지."

"그만해."

"후회해도 너무 늦어서 돌이킬 수 없는 걸 아는데 너무 화가 나요. 그래서 갔는데, 아무리 미친 듯이 날뛰어도 변한 건 없었어. 여전히 영채는 헤매고 있고, 난 당신한테 안기는 게 무서워요. 내가 무슨 짓을 할지 몰라서. 당신을 사랑하는데 밀어내는 게 무서워서 가까이 갈 수가 없어."

목소리가 떨리며 영신이 몸을 움츠렸다. 정은 한숨을 내쉬었다. 지금 그녀에게 가까이 가면 자제할 자신이 없어 자신도 무서웠다. 그는 뒤로 한 걸음 물러서 그녀를 빤히 바라보았다.

"힘들어서 그래. 푹 자고 나면……."

갑자기 영신이 그에게 달려들었다. 예상치 못한 그 몸짓에 정은 그대로 침대에 털썩 주저앉았다. 벗은 가슴에 그녀의 눈물이 느껴졌다.

"약속해 줘요."

"영신아."

"안아 줘요. 내가 발버둥을 쳐도, 비명을 질러도 그냥 안아 버려요. 이대로라면 난 평생 동안 그 남자 그림자 속에서 못 벗어날 것 같아."

가슴이 철렁 내려앉았다. 낮의 일로 영신의 모든 것이 엉망진창이 된 것 같았다. 10년간 삭였던 분노가 그녀를 파괴하고 만신창이로 만들었다. 정은 영신의 턱을 잡아 올렸다. 눈물로 범벅된 그녀가 고개를 저었다.

"보지 말아요. 이런 얼굴 싫어."

"이런다고 해결되진 않아. 시간이 필요한 일일 뿐이야. 당신도, 나도, 그리고 당신 동생도."

영채는 이미 선을 넘어 버렸지만, 차마 그 말을 할 수는 없었다.

그에게 중요한 사람은 영신이었다. 그녀가 무너지는 걸 보고 싶지 않았다.

"10년이 지나도 소용없었는데 지금 와서 무슨 시간이 더 필요해요. 난 더 이상 이렇게 살긴 싫어. 죄책감을 느끼는 것도 싫고, 두려운 것도 화가 나. 억울해서 미칠 것 같아!"

"진정해. 지금 당신은 충격 때문에 제정신이 아니야. 그런 당신을 안는다면 나도 그 인간과 별다를 바 없어지는 거야."

"싫어요!"

영신이 덤비듯 그의 몸을 타고 올라왔다. 그 바람에 정은 그녀의 몸 아래 깔려 넘어지고 말았다.

"내 몸에 흐르는 피 다 뽑아 버렸으면 좋겠어! 내 몸을 갈기갈기 찢어 버렸으면 좋겠어! 그 사람한테 받은 거 다 없애 버리고 싶어, 짓이겨 버렸으면 좋겠어!"

그의 품 안에서 내지른 말에 정은 충격을 받았다. 부들부들 떠는 그녀의 몸처럼 자신의 몸까지 떨려 왔다. 영신의 입술이 그를 덮쳤다. 제대로 하지도 못하면서 그를 죽일 것처럼 덤벼들었다. 그 몸짓이 너무 열렬해 정은 그만 눈을 감고 말았다. 스스로를 혐오하고 있는 그녀를 안을 수는 없었다. 이대로 그녀를 안으면 정말 영신을 영영 잃고 말 것 같았다.

그는 이를 악문 채 자리에서 벌떡 일어났다. 두 손으로 그녀의 어깨를 잡고 떼어 놓으려는데 영신이 계속 달라붙었다. 그의 손을 피해 그녀가 자꾸만 부딪혀 왔다. 부드러운 몸이 닿을 때마다 미칠 것 같은 고통이 느껴졌다. 결국 정은 그녀의 몸을 돌려 침대에 내리눌렀다. 그에게 두 팔이 다 잡힌 채로, 그의 몸 아래 깔린 채로 영신이 비명처럼 소리를 질렀다.

"싫어! 차라리 죽고 싶어! 이런 내가 싫어서. 그 사람이 준 이 몸이 너무 싫어. 더럽고 혐오스러워!"

"그만해!"

화가 난 정이 두 팔을 한 손으로 그러잡아 올리고는 얼굴을 가볍게 쳤다.

"그 남자 그림자 속에서 살기 싫다고? 지금 당신 스스로 그 속으로 들어가고 있는 거 모르겠어?"

멍한 얼굴로 그를 올려다보던 영신의 눈에 다시 눈물이 고였다. 정은 내리눌렀던 몸을 풀어 그녀를 안아 주었다.

"당신을 사랑해. 내가 당신을 안는다면 그래서 안는 거야. 그 남자 그림자 따위를 떨치기 위해서가 아니라고. 당신이 그 남자의 딸이라는 건 아무 상관도 없어. 당신은 최영신, 내가 사랑하는 여자일 뿐이야."

영신이 그의 품 안으로 파고들며 다시 울음을 터뜨렸다. 한참을 죽을 듯이 울어 대는 영신에게 정은 아무것도 해 줄 수가 없었다. 영신의 아버지란 작자에 대한 분노를 삭이는 게 고작이었다. 울음이 잦아들 즈음에야 정은 그녀의 얼굴을 다시 볼 수 있었다. 얼굴이 빨갛게 부어올라 있었다.

"울보네, 정말. 잠깐 기다려."

꽉 껴안은 팔을 겨우 풀고 그는 욕실로 가서 수건을 적셔 왔다. 피부가 뜨겁게 달아올라 있었다. 차가운 수건이 닿자 영신이 움찔했다.

"정신이 좀 들어?"

"미안해요."

잠긴 목소리엔 여전히 눈물이 섞여 있다. 그는 영신을 안아 무릎 위에 앉혀 아이처럼 달래 주었다. 젖은 수건으로 얼굴을 가린 채 영신은 그의 품 안에서 흐느꼈다. 어떤 말로 이 여자를 위로해 줄 수 있을까? 정은 헝클어진 머리카락을 쓸어 주었다. 가슴이 아팠다.

정신이 나간 것처럼 아무것도 생각할 수가 없었다. 그저 자기가 더럽다는 생각만 들었다. 참을 수 없는 악취를 풍기는 것 같았다. 그 남자가 준 피와 살이 도는 인간이라는 것이 견딜 수 없는 혐오감을 일으켰다. 아무렇게나 내던져서 쓰레기처럼 경멸당하고 싶었다. 영채에게 한 그 남자의 행동보다 도망친 자신의 행동이 더 더럽고 증오스러웠다.

그래서 정이 억지로 그녀를 안았으면 싶었다. 다정한 그가 아니라 그 남자가 영채에게 했듯이 강제로 그녀를 안으면 차라리 죄책감이 덜할 것 같았다. 그 남자를 벗어나고 싶어 정을 찾았는데 결과적으로 정을 그 남자의 그림자로 삼을 뻔했다는 사실을 깨닫자 고통이 밀려왔다.

달라진 건 아무것도 없었다. 지금에 와서 그 남자에게 토악질을 하고, 욕을 퍼붓고, 상처를 줘도 결국 영채와 자신의 상처는 그대로라는 걸 깨달았다. 차가운 수건이 부은 얼굴을 가라앉혀 주고 정의 따뜻한 몸이 그녀를 안정시켜 주었다. 자신이 한 짓이 어떤 짓인지 알게 되자 영채에게도, 정에게도 더 미안해졌다. 정이 그녀의 체온으로 따뜻해진 수건을 들어 올리자 두 사람의 시선이 마주쳤다.

"한 번 더 적셔 와야겠다."

"가지 말아요. 이젠 괜찮아요. 그냥 안아 줘요."

다시 바짝 긴장하는 그의 반응에 영신은 저도 모르게 씁쓸하게 웃었다. 그녀의 남자는 너무나 솔직하고 괜찮은 사람이었다. 그래서 그를 사랑했다. 영신의 웃음에 정이 고개를 저었다.

"정말 악취미야."

"알아요. 그래도 가지 말아요."

정이 들고 있던 수건을 치우고 그녀를 안은 채로 침대에 누웠다.

"푹 자. 그러고 나면 정신이 맑아질 거야."

정의 말에 영신은 그를 안은 팔에 힘을 주었다.

"따뜻해서 좋아요, 당신은."

"알아. 내가 당신 전용 난로잖아."

"사랑해요."

머리를 쓰다듬던 정의 손길이 순간 멈추었다. 영신은 눈을 감은 채 그의 가슴에 얼굴을 묻었다. 그의 심장 고동 소리가 규칙적으로 들려왔다. 귓가에 들리는 그 소리가 너무 좋았다. 이렇게 이 남자가 좋을 수 있다니.

"사랑해요."

낮은 그녀의 고백에도 정은 말이 없었다. 안은 팔에 힘이 들어가더니 탁 하고 불이 꺼졌다. 영신은 그가 주는 따뜻함에 의식을 잃는 것처럼 서서히 잠이 들었다. 처음으로 상처가 느껴지지 않았다.

영신이 잠든 후 정은 한참을 뒤척였다. 그녀가 자신을 좋아하는 건 알았지만 뜻밖의 고백은 의외로 충격이었다. 온전히 기대 온 그녀를 안으면서도 믿기지가 않았다. 상처투성이인 여자이고 어렵기만 한 여자였는데 어느새 그의 전부가 되어 있었다.

어머니에 대한 일을 알게 되면서부터 복잡한 건 질색이었는데 영신에 대해서는 그런 게 아무래도 상관없었다. 그보다 훨씬 더 복잡하고 골치가 아픈 여자인데도 눈앞에 보이지 않으면 더 미칠 것 같다.

눈을 감고 있는 내내 영신의 낮은 목소리가 들려준 속삭임이 그를 들뜨게 해 잠을 이룰 수가 없었다. 그녀로 인해 그는 과거의 모든 것들이 아무렇지도 않은 일이 되었는데 영신은 그로 인해서 과거가 살아나서 망령처럼 따라다니게 되었다. 그런 그녀가 안쓰러워 그는 밤새 영신의 어깨를 쓰다듬어 주었다.

머리가 복잡해 죽겠는데 지연까지 끼어들어 정은 그야말로 사면초가였다. 혹시라도 영신이 다시 최정훈을 찾아갈까 봐 일부러 경찰서로 가는 시간을 최대한 줄였다. 그러다 보니 자연히 일찍 들어오게 되면서 그동안 지연이 계속 그의 집에 드나들었다는 걸 알게 되었다. 같이 지낸 지 이 주일이 지났는데도 영신은 그 일에 대해서는 입을 꾹 다물고 있었다. 그게 왠지 더 서운했다.

오전에 최정훈의 뒤를 쫓았다. 그가 알게 된 이상 잠복조에서 빠지는 건 있을 수 없는 일이었다. 정 반장과 진경의 권유에도 불구하고 그는 그 일을 맡았다.

사건이 꽤 오랫동안 공백 상태였고 이미 범인이 밝혀진 마당이라 수사본부는 해체되었다. 게다가 지지부진한 이 사건 때문에 계속 일어나는 강력 사건들을 버릴 수는 없었다. 이제 강력반은 다른 사건들의 수사도 재개한 형편이고 보니 이 일에 인력과 시간을 다 쏟는 것도 빠듯했다.

현재 최영채에 대한 수사는 공개수배와 영신과 최정훈에 대한 감시 등 최소한의 인력만 배치한 상태였다. 그러니 더욱 그가 빠지면 안 되는 상황이었다. 그나마 영신에 대한 감시 업무로 그는 시간이 널널한 편이었다.

오전 잠복근무를 마친 그는 진경과 함께 간단한 신고처리만 한 후 곧바로 집으로 돌아왔다. 영신이 아버지를 찾아간 이후 늘 불안했던 것이다. 거실로 들어서던 그는 지연을 보고 깜짝 놀랐다. 지연이 태연하게 앉아 우아한 표정으로 차를 마시고 있었다. 그런 누나를 보고 우뚝 멈춘 그를 미처 피하지 못하고 영신이 등 뒤에 와서 부딪혔다.

"왜 왔어?"

"오면 안 될 이유라도 있어? 그동안 자주 왔는데. 영신 씨가 얘기 안 했나 봐. 나한테만 말 없는 줄 알았더니 너한테도 그런가 보지? 일관성 있어 좋네."

영신이 멋쩍은 듯 웃었다. 그날 밤 이후 표면적으로 영신은 편안해 보였지만 그런 그녀가 오히려 더 불안했다. 지연이 그동안 무슨 말로 영신을 괴롭혔을지 생각만으로 짜증이 확 올라왔다. 말간 얼굴로 웃는 영신에게조차 화가 났다. 그가 째려보자 영신이 시선을 피했다.

"너 웃긴다? 그동안 너 몰래 내가 뭔 짓이라도 했을까 봐 겁나?"

"뭔 짓 했는데?"

"뭐, 돈 봉투라도 내밀었나? 것도 아니면 우리 집하고 너희 집은 수준이 다르다 몰아붙이고 무시했나? 직접 당한 본인한테 물어봐. 내가 어쨌는지."

"장난치지 마. 그럴 기분 아니야. 기다리라고 했잖아. 왜 마음대로 드나들어?"

"너 보러 온 거 아니야. 준비 아직도 덜 됐어?"

정을 가볍게 무시하며 지연이 영신에게 친한 척 말을 걸었다. 정이 퇴근하기 직전 나타나 영신에게 외출 준비를 일방적으로 명령했던 지연이었다. 영신은 지연과 같이 나갈 생각이 없었는데 화를 내는 정을 보니 거절하면 남매간의 싸움이 커질 것 같았다. 울며 겨자 먹기로 외출 준비를 위해 방으로 들어가는데 정이 따라 들어왔다. 화가 났는지 미간을 잔뜩 찌푸린 채 그녀를 노려보았다.

"왜 말 안 했어?"

"뭐라고 해요?"

"말했으면 오지 말라고 했을 거야."

"누나잖아요. 나 때문에 못 온다는 건 말이 안 돼. 그리고 이렇게 화낼 것 같아서 그랬어요."

"뭐라 그래?"

"왜요? 정말 아까 그런 말, 행동 했을까 봐?"

"했어?"

"누나를 그렇게 몰라요?"

알고 있다. 지연은 뒤에서 일을 꾸미는 스타일은 아니었다. 뭐든지 정면으로 공격하는 스타일이었다. 진경처럼. 그런 누나지만 영신 앞에서 얼쩡거리는 건 마음에 걸렸다. 작은 말 하나라도 그녀가 상처받는 것이 싫었다. 어쩔 땐 그도 상처를 받을 정도로 무자비하게 솔직한 사람이었다.

"옷 갈아입어야 돼요."

"괜찮아?"

하루에도 몇 번씩 물어 오는 말이었다. 영신은 피식 웃고는 문 앞으로 가 그를 당겨 안았다.

"이러고 나면 괜찮아져. 알잖아요."

"꼼짝 못하게 만드네. 그 수법에 안 넘어가, 오늘은."

"그냥 넘어가 줘요, 오늘만. 진짜 늦겠어요. 옷 갈아입어야 돼."

"어디 가는데?"

"그건 나도 몰라요. 누나한테 물어봐요. 어서 나가요."

영신이 서둘러 자신을 몰아내자 정은 그대로 밀려 거실로 돌아갔다. 여전히 꼿꼿하게 앉아 차를 마시는 지연을 보니 한숨만 나왔다.

"무슨 수작이야?"

"형사 그거 못쓰겠다. 왜 다 의심이야, 처음부터 끝까지."

"그럼 아무 이유 없이 누나가 지금 여기 있는 거라고? 그걸 지금 나한테 믿으라는 거야?"

"믿든 말든 그건 네 사정이지."

"어디 갈 건데?"

"백화점."

"거긴 왜?"

"다음 주 아버지 취임 30주년인 거 몰라? 취임 축하 파티 준비. 보아하니 너한테 얘기해 봤자 꿈쩍도 안 할 것 같아 영신 씨라도 데려가면 너도 부록으로 딸려 오겠지 싶어서. 외모는 그럭저럭 쓸 만한데 스타일이 내 취향이 아니야. 사람이 발랄한 맛이 없어."

"수작 맞네. 안 가. 나도, 영신이도. 우리가 거길 갈 이유가 없어. 그리고 영신이가 왜 누나 취향에 맞춰야 돼? 내 여자지, 누나 여자야?"

"네 여자면 우리 집안하고 얽히는 거 당연한 거 아냐? 그러니 당연히 취향도 따라 줘야 하는 거고. 그리고 아버지 취임 기념식에 아들인 네가 빠지는 게 말이 돼? 너 오지 않으면 억지로라도 쟤 끌고 갈 거야."

"왜 자꾸 영신일 끌어들여?"

"안 될 이유라도 있어? 최영채 언니라서? 부끄럽긴 하니? 사건담당 형사와 용의자 언니. 무슨 삼류 소설도 아니고 완전 웃긴 거 알아?"

지연의 말에 정이 튕기듯 일어섰다. 자신에 대해 뒷조사하는 건 상관없는데 영신의 뒷조사까지 하는 건 참을 수 없었다. 노려보는 그의 시선에도 지연은 태연했다.

"앉아. 잘하면 너 나 한 대 치겠다?"

"어떻게 알았어?"

"너에 대해서는 다 안다고 했잖아. 그리고 모르는 게 더 우습지, 지금 상황에선."

"영신이한테 쓸데없는 말 지껄인 거야?"

"그만할래? 네가 그럴수록 괴롭히고 싶어지니까."

"어디 그래 봐. 내가 가만있나."

"가만 안 있음 어쩔 건데? 네가 아무리 날고 기어도 안 되는 건 안 되는 거야."

정은 주먹을 꽉 쥐었다. 안 되는 건 안 되는 거라고? 안 그래도 미칠 것 같은데 지연의 말이 칼날처럼 가슴에 와 박혔다.

"모르면 상관 마."

"상관 않게 좀 해 봐."

"영신이한테 한 마디도 하지 마. 그리고 우린 안 가."

"안 가면? 아버지가 이 일 알게 하고 싶어? 그 양반 심장이 이번엔 견뎌 낼라나 싶어."

"왜 이래, 도대체! 영신이 만나지 말라는 거 아니었어? 그런데 왜 불러들여?"

"어머, 걔가 너한테 그렇게 말했어? 내가 만나지 말랬다고? 앙큼하네. 생긴 거하고 다르게."

"영신이가 그랬을 리가 없잖아. 누나 말이 지금 딱 그렇잖아."

정은 지연을 노려보았지만 꿈쩍도 않는다. 아버지가 지연을 믿는 이유를 알 것 같았다. 그와는 다르게 이런 게임을 즐기고 이기는 걸 좋아했다. 반면 정은 이런 식의 줄다리기는 딱 질색이었다. 사람 마음을 갖고 노는 건 그의 성미에 맞지 않았다.

"그런 생각 있었으면 너한테 바로 말했어. 내가 돌려 말하는 거 봤어?"

지연이 돌려 말하는 법은 없었다. 그건 그도 마찬가지였고. 그런데도 정은 의심스런 시선으로 지연을 쳐다보았다.

"지금 같이 있는 마음은 확실한데, 네 여자가. 뭐, 상황이 썩 마음에 드는 건 아닌데 그 자세가 좋아서 그냥 봐주려고. 기죽어 있는 건 줄 알았는데 그냥 조용한 성미인 것도 그럭저럭 마음에 들고. 그런데 네가 이런 식으로 나오면 불똥이 어느 쪽으로 튈 것 같아? 너? 아니면 최영신?"

"어쩌라는 거야?"

"와서 축하만 해 줘. 진심 아니라도 상관없어. 그냥 건성이라도 모습만 보여."

"그게 무슨 의미가 있어?"

지연이 우습다는 듯 정을 바라보았다. 한 살 차인데 마치 어린아이처럼 가소롭다는 표정이었다.

"그게 바로 네가 아버지 아들이라는 의미야. 그 정도는 알아서 챙겨!"

그러더니 벌떡 자리에서 일어났다. 언제 나왔는지 영신이 거실 입구에 서 있었다. 남매의 싸움에 당황한 표정이었다. 하지만 지연은 두 사람의 표정에 아랑곳없이 영신을 잡아끌었다.

"준비 됐어? 그럼 나갈까?"

"기다려. 같이 나가."

"됐어, 넌. 여자끼리 가야 마음껏 입어 보고 사지. 남자가 끼면 괜히 불평만 하고 머리 아파."

말릴 사이도 없이 영신이 지연에게 끌려 나갔다. 정은 기가 막혀 두 사람이 사라진 문을 한참을 바라보았다.

지연은 활기찬 여자였다. 게다가 외모에서 풍기는 당당함도 크게 한몫해서 주변 사람들을 꼼짝 못하게 하는 구석이 있었다. 지난 일주일간 하루도 빠지지 않고 나타나서 할 얘기도 없는데 그냥 앉아 있다가곤 했었다.

간간이 정의 어린 시절 얘기를 들으며 영신은 왜 지연이 찾아올까 하는 의구심이 들었다. 다정한 남매 관계도 아니고, 그렇다고 지연이 살갑게 동생을 챙기는 것 같지도 않았다.

하지만 시간이 지나면서 겉보기엔 차갑지만 불쑥 내뱉는 말 한마디에 정에 대한 애정이 느껴졌다. 정과 꼭 닮은 얼굴을 보는 것도 익숙해지니 좋아졌다. 엿들을 생각은 없었는데 정의 아버지의 취임 축하 파티라는 말을 들었다. 상황이 복잡해서 주변을 돌아볼 여유는 없지만 자기 때문에 정이 가족들과 틀어지는 건 싫었다. 그래서 지연이 하는 대로 두자 싶었다.

쇼핑이 익숙지 않은 그녀와 달리 지연은 시간이 지날수록 더 생기가 돌았다. 평소엔 입지도 못할 화려한 드레스를 여러 벌 입혀 보고는 마음대로 결제를 했다. 옷을 다 산 후에는 그녀의 얼굴을 찬찬히 훑어보았다. 그 시선이 너무 직선적이라 잠시 영신은 허둥댔다. 정의 시선처럼 솔직한데 이쪽은 불편한 게 문제였다.

"음, 옷은 이만하면 됐고 머리도 좀 손보는 게 좋겠네. 염색하고 웨이브 넣으면 볼 만해지겠어."

"파마 잘 안 나와요."

"걱정 마. 뽀글뽀글은 이쪽도 싫으니까. 자연스럽게 웨이브만 줄 거야. 외모에 얼마나 자신 있는진 모르겠지만 솔직히 촌스러워."

촌스럽다는데 할 말이 없다. 긴 생머리인 이유는 그저 편해서였다. 딱히 어울린다거나 예쁘다는 생각을 해 본 적은 없었다. 청담동의 미용실에 들어선 지연은 스타일리스트에게 자신의 요구를 딱 부러지게 말했다.

"너무 날리게 하지 마. 그런 건 질색이니까. 얼굴이 귀여우니까 좀 어려 보이는 것보다는 약간 성숙해 보이게 해 줘요."

머리가 끝날 즈음 영신은 정의 말을 들을 걸 하는 후회가 생겼다. 다른 사람들이 멋대로 머리를 만지고 다루는 게 싫어 가능하면 미용실을 피하던 그녀였다. 미용실 특유의 냄새에 두통이 생길 것만 같았다.

"어때요? 마음에 드세요?"

미용사의 말에 영신은 거울 속의 자신을 바라보았다. 지연의 당부에도 불구하고 가벼운 컬이 들어간 갈색머리는 오히려 그녀를 더 어려 보이게 했다. 부드럽게 웨이브 진 머리카락이 작은 그녀의 얼굴을 감쌌다. 가까이 다가온 지연이 거울 속의 그녀를 향해 고개를 끄덕였다.

"나쁘진 않네. 좀 더 어른스럽게 보이면 좋았을걸."

"워낙 동안이시라. 그래도 너무 잘 어울리네요. 머릿결이 워낙 좋으셔서 웨이브도 멋지게 잘 나왔어요."

미용사의 오버하는 칭찬의 말에도 지연은 그냥 어깨를 으쓱했다. 미용실을 나와 차에 오르는데 전화벨이 울렸다. 부재중 전화가 10통이 넘게 들어와 있었다. 미용실에서 소지품을 맡겨 두는 바람에 전화를 받지 못했던 것이다. 지연이 통화 목록을 보고 고개를 저으며 웃었다.

"속 꽤나 타나 보지. 아예 저녁까지 먹고 보내 줄까 보다."

지연의 농담에 영신 역시 웃음이 났다.

— 어디야, 지금!

통화 버튼을 누르자마자 정이 버럭 소리를 질렀다. 그녀의 부재에 정이 극도의 불안함을 느낀다는 걸 잘 알고 있었다. 영신의 얼굴에서 미소가 사라졌다.

"집으로 가는 중이에요. 금방 도착해요."

— 어디 갔었는데?

"백화점, 미용실."

— 뭐? 미용실은 왜? 머리 자른 거 아니지?

"아니에요. 나중에 봐요. 금방 가요."

옆에서 계속 비웃는 웃음소리를 내는 지연 때문에 영신은 전화를 바로 끊었다.

"최영신 씨."

지연이 정색을 하며 그녀를 불렀다. 좀 전의 웃음이 사라지고 진지한 눈이 그녀를 바라보았다. 또 무슨 말을 할까 살짝 겁이 난다.

"네?"

"웃겨! 당신도, 정이도."

그 말뿐이다. 어쩐지 정과 영신이 안타깝게 느껴졌다. 태풍의 눈처럼 조용하지만 언젠가는 휩쓸릴 두 사람이 위태하게 느껴졌다. 영신의 말대로 아파도 두 사람이 확실한 마음으로 끝까지 같이 가기를 바랐다. 왠지 두 사람 모두 아플 것 같아 지연은 시선을 돌려 버렸다. 덜 아픈 사람이 자신의 동생이길 바라면서도 저 조용한 여자가 아픈 게 자꾸 마음에 걸렸다. 자신답지 않은 그 마음에 그녀는 실없이 웃고 말았다.

그녀를 아파트 앞에 내려 주고 지연은 바람처럼 사라졌다. 떠나기 전 다음 주 약속 잊지 말라는 당부만 단단히 했다. 집 안에서 기다리던 정은 혼자 들어온 영신에게 화를 쏟아 냈다.

"왜 전화는 안 받아? 따라오란다고 무조건 따라가는 건 뭐야? 나도 감당 못 할 사람이야, 저 누나는."

"옷 얻어 입었는데, 공짜로. 거기다 엄청 비싼 거예요."

"으이그, 자랑이다. 그걸 말이라고 해? 기분은 괜찮아?"

"괜찮아요. 머리 이상하지 않아요? 어색해."

그제야 정은 영신을 찬찬히 훑어보았다. 지연이 그녀를 끌고 간 건 기분 나빴지만 영신의 그런 변화는 마음에 쏙 들었다. 갈색 머리가 부드럽게 웨이브 져 그녀의 얼굴 주위로 흩어져 있었다. 그녀의 여성스러움에 가슴이 아렸다.

"예뻐. 예전 머리도, 지금 머리도 난 다 좋아. 자르지만 마."

정은 부드럽게 흘러내린 머리를 가볍게 쓰다듬었다. 영신의 모든 것이 부드럽게 그를 자극한다. 몸이 긴장하는데 영신이 웃으며 뒤로 물러섰다.

"조금 자를 걸 그랬어요. 밝아 보이게."

놀리는 그녀의 말에 이번엔 정이 웃었다. 영신이 그의 허리를 안으며 안겨 온다.

"화내지 말아요. 나 때문에 당신이 가족이랑 멀어지는 건 싫어."

씁쓸한 말에 정은 그녀의 어깨를 잡았다. 영신의 그 말에 반박할 수 없었다. 그녀에게 가족이란 그로서는 상상도 할 수 없는 그런 고통이라는 것을 알기 때문이었다.

"그럼 끌려다니지 마."

"알았어요. 그런데 다음 주에 정말 가야 되나? 중요한 자리 같던데."

"가기 싫으면 안 가도 돼. 자꾸 누나가 뭐라고 하면 그날 우리 둘이 어디 도망가지, 뭐."

"가기 싫은 것보다는 내가 가도 되는지 그게 걱정돼서 그래요."

"그런 걱정을 왜 해? 안 가면 돼. 그나저나 옷은 얻어 입었으니 그 옷 입고 밥이나 먹으러 가자. 우리 제대로 된 데이트 해 본 적 없잖아."

정의 말에 영신은 고개를 끄덕였다. 그와 있는 동안에는 기쁘게 해 주고 싶었다. 자꾸만 위태하게 흔들리는 자신을 보여 주기 싫었다. 그가 원하는 것은 무엇이든 할 생각이었다.

"오케이, 그럼 옷 갈아입고 나와."

영신은 지연이 사 준 옷 중에 제일 덜 화려한 원피스를 골랐다. 어깨와 팔 부분이 시스루로 된 검은색 원피스는 그녀에게 잘 어울렸다. 그녀의 야리야리한 몸매를 더욱 강조했다.

세트로 산 검정색 숄을 들고 거실로 나가니 정이 기다리고 있었다. 샤워를 한 모양인지 깔끔하게 면도까지 한 상태였다. 검은색 정장을 차려입은 그의 모습에 가슴이 두근거렸다. 처음 만났을 때의 그를 떠올리게 한다. 그동안 바빠서 정은 늘 점퍼 차림이라 그런 모습을 잊고 있었다.

참, 잘생겼다. 영신은 그가 돌아볼 때까지 가만히 선 채 그를 관찰했다. 그녀를 발견한 정이 멈칫했다. 그가 아무 말 없이 가까이 다가왔다. 뚫어지게 쳐다보는 그 시선에 영신이 어색하게 웃었다.

"안 나가요?"

"아, 응."

정은 참았던 숨을 간신히 뱉어 냈다. 귀여워 보이던 외모가 확 달라져 있었다. 소금인형에서 봤던 그 느낌과도 달랐다. 깊숙이 가둬 뒀던 자신을 버린 그녀는 너무 밝고 예뻐서 자칫 방심하다간 덮쳐 버리고 말 것 같았다.

영신에게 저런 원피스를 사 준 지연이 고맙기도 하고 원망스럽기도 한 그런 마음이다. 그날 밤 이후로 그녀를 만지는 것도 조심스러운데 오늘은 만지지 않고는 견딜 수 없을 것 같았다. 그는 자신의 그 마음을 숨긴 채 영신이 들고 있던 숄을 받아 어깨에 걸쳐 주었다.

"춥지 않겠어?"

"조금이요. 그러니까 빨리 갔다 와요."

영신이 준비하는 동안 미리 예약한 레스토랑엔 늦은 저녁이지만 사람이 많았다. 창가 자리에 앉은 두 사람은 식사를 주문했다. 오늘따라 그녀가 더 신경 쓰여 정은 식사에 집중할 수가 없었다. 미치도록 안고 싶었다.

"왜 그래요?"

"뭐가?"

"화난 사람처럼 말이 없잖아요. 당신답지 않게."

당신을 원해. 밤새 내 품에 당신을 가둔 채 그 체온을, 그 살결을 느끼고 싶어.

정은 자신의 생각에 어이가 없어져 피식 웃었다. 지금 두려워서 도망치는 사람은 그녀가 아니라 바로 자신이었다. 위태롭게 이어져 온 이 평화를 깨고 싶지 않다. 그런데도 분홍색 립스틱을 바른 꽃잎 같은 입술에 속이 바싹 타들어 갔다.

"그냥. 피곤했나 봐."

"그럼 말을 하지, 뭐하러 나와요. 어서 먹고 들어가요."

"아, 그래."

태도가 이상했다. 그녀를 보고도 예쁘다, 밉다 말이 없었다. 평소의 그였다면 농담이라도 몇 마디 건넸을 텐데 말이다.

무슨 일이 있는 걸까? 아니면 정말 피곤한 걸까?

영신은 걱정스럽게 정을 쳐다보았다.

집에 도착하자 안심한 사람은 정이었다. 더 이상 그녀와 같이 있다가는 숨도 못 쉴 것 같았다. 걱정하는 영신의 말을 듣는 둥 마는 둥 그는 방으로 들어갔다. 옷도 벗지 않고 침대에 누운 그는 한숨을 내쉬었다. 몸에 미열이 느껴졌다. 인내심이 강한 편이라 생각했는데 오늘은 참는 게 쉽지 않았다.

사랑해서 안고 싶고 만지고 싶었다. 그것이 그녀에게 상처를 줄 거라는 걸 알면서도 오늘은 그런 기분이 자제가 되질 않는다. 기다리자, 기다리자 하던 다짐이 순식간에 무너졌다. 그가 그런 내색을 하면 또 영신이 아파할까 걱정도 됐다.

젠장, 좋은 남자가 되는 게 이렇게 어렵다니. 그는 고통스러울 정도로 뻐근해진 몸에 힘을 빼기 위해 호흡을 골랐다.

편히 쉬라는 인사에 대꾸도 없이 정이 방으로 들어가자 영신은 어쩐지 자존심이 상했다. 저녁을 먹는 내내 시큰둥하더니 집에 오자마자 쫓기는 사람처럼 후다닥 방으로 들어가 버린 그가 야속하기만 했다.

아무리 생각해도 마음에 걸렸다. 어디가 아픈 건 아닐까? 피곤하다는 말을 잘 안 하는데 피곤하다며 힘이 빠진 것도 그렇고 어정쩡한 태도도 이상했다.

영신은 망설이다 정의 방으로 가 노크를 했다. 그녀의 노크에도 방에선 답이 없었다. 바로 잠이 든 걸까? 걱정이 된 그녀는 살짝 문을 열어 안으로 들어갔다. 어둑한 방에 스탠드만 켜져 있었다. 옷도 벗지 않은 정이 침대에 널브러져 있었다. 그녀의 기척에 놀란 듯 얼굴을 가렸던 팔을 치우며 벌떡 일어난다. 이상한 그 태도에 영신은 그에게 다가갔다.

"잤어요? 어디 아파요?"

걱정스런 표정으로 영신이 그의 이마에 손을 짚으려 했다. 순간, 정이 그녀의 손을 잡아 멀찍이 떨어뜨렸다.

"괜찮아. 피곤해서 그래. 당신도 가서 자. 누나 쫓아다니느라 피곤했을 거야."

"난 괜찮아요. 열 있어요?"

다시 손을 내미는 그녀를 이번에는 그가 확실히 밀어냈다. 그 거절에 영신은 움찔했다. 정은 항상 그의 품에 안겨 오는 그녀를 좋아했다. 하지만 지금 그의 태도는 평소와 달리 차가웠다.

영신은 일부러 그의 앞으로 가까이 몸을 들이밀었다. 아니나 다를까 그가 눈에 띄게 뒤로 물러나 앉는다. 그가 자신을 거부했다고 느낀 순간 영신은 눈물이 쏟아질 것 같았다. 눈물이 흐르기 전에 도망쳐야 했다. 영신은 후다닥 침대에서 일어섰다.

"방해 안 할게요. 자요, 그럼."

"영신아."

차갑게 내칠 때는 언제고 부르는 소리가 다정해서 결국 영신은 눈물을 보였다.

"피곤하다면서요. 쉬어요."

"기다려."

말로는 그녀를 잡으면서도 정은 여전히 멀찍이 서 있었다. 영신은 입술을 깨물었다. 자신을 밀어내던 그녀에게 지친 것일까? 자기 탓이라는 걸 알면서도 서운한 마음이 앞섰다. 영신은 문 앞까지 뒷걸음질 쳤다.

"내가 자신 없어서 그래. 지금 너 만지면 참을 자신이 없어."

문을 열기 전 들려온 그의 말에 영신은 깜짝 놀랐다. 그의 얼굴이 아픈 사람처럼 보였다. 자신이 그에게 준 고통이 어떤 건지 영신은 그제야 알 것 같았다. 저도 모르게 눈물이 넘쳐흘렀다.

그녀의 눈물에 정은 이를 악물었다. 처음으로 자신이 얼마나 약한 남자인지 깨달았다. 눈가를 비비던 그녀가 천천히 다가왔다.

"나가, 오늘은."

그의 말에도 아랑곳없이 영신은 곧장 다가와 그의 허리에 팔을 둘렀다. 정은 그녀의 어깨를 잡아 밀어냈다.

"하지 마."

"괜찮아요. 당신이 원하면 나도 좋아요."

"영신아."

"그 남자 때문이 아니에요. 마음대로 던져도 좋은 몸이라고 생각하지만 당신한테는 안 그래요. 사랑해서, 그래서 같이 있고 싶어요."

"……."

정은 몸에 힘을 준 채 버텼다. 하지만 영신의 부드러운 입술이 다가오자 억눌린 신음을 뱉고 말았다. 영신의 입술은 따뜻하고 촉촉했다. 야들야들한 새싹 같았다.

그녀의 그 느낌에 결국, 그는 항복하고 말았다. 열이 오른 뺨을 그의 커다란 손이 감쌌다. 입술이 열리며 작고 귀여운 혀가 느껴졌다. 서로의 혀가 닿은 순간, 그는 오로지 그녀만을 느끼게 되었다.

키스를 시작한 건 그녀였지만 영신은 그에게 금방 이끌려 갔다. 그의 키스는 따뜻했고 숨이 막힐 정도로 두근거렸다. 아직까지 두려움은 없었다. 그가 그녀를 당겨 무릎 위에 앉혔다. 영신은 재킷 안 그의 가슴에 손을 가져갔다. 차가운 손에 셔츠 아래의 따뜻한 그의 체온이 느껴졌다. 그의 호흡이 가빠지며 작은 떨림이 느껴졌다.

"추워요? 내 손이 차서……."

"그래서 그런 거 아니야. 네가 좋아서 그래."

그가 다시 얼굴을 당겨 자잘한 키스를 퍼부었다. 그의 이런 다정함이 너무 좋다. 자꾸만 그의 품속으로 파고들게 만들었다. 영신은 그의 재킷을 벗기고 셔츠의 단추를 열었다. 그의 맨살이 주는 그 온기가 너무나 필요했다.

그사이 그의 입술이 목덜미로 내려왔다. 움푹 파인 쇄골에 입술이 닿자 영신은 움찔했다. 맥박이 미친 듯이 뛰는 그곳에 정이 한동안 입술을 대고 있었다.

"이게 좋아. 당신이 살아 있는 게."

울컥 눈물이 날 것 같았다. 자신은 세상에 존재하지 않았으면 하는데 그런 자신을 좋다고 말해 주는 정이 너무 좋았다. 영신은 입술을 깨물며 그의 품 안으로 더 파고들었다.

낮은 웃음소리와 함께 다시 키스가 시작됐다. 아까와 달리 격렬하게 혀가 얽혀 들었다. 온몸에 열이 나면서도 한기가 인 사람처럼 떨려 왔다. 낯선 소용돌이 속에 있는 자신의 몸이 현실 같지가 않았다.

감각이 날카롭게 치솟고 예민해졌다. 그 남자 따위는 이미 머릿속에 남아 있지도 않았다. 오로지 정이 주는 느낌만이 그녀를 살아 있게 했다. 그때, 멋대로 던져 버렸던 그녀를 정이 안아 주지 않아 이제야 고마웠다. 그녀가 그를 사랑하는 마음으로 다가올 수 있게 한 그이기에 더 상처를 주기 싫었다.

영신은 어깨에 키스를 퍼붓는 그의 입술에 몸을 젖혔다. 한기가 사라지고 자신의 내부에서 따뜻한 열기가 올라왔다. 영영 꺼지지 않을 것 같은 불꽃이 느껴졌다.

두 사람의 숨소리가 얽혀 들며 영신은 가슴을 만지는 정의 손길에 몸을 부르르 떨었다. 어느새 등 뒤의 지퍼가 내려가고 원피스가 흘러내렸다. 속살이 드러나자 영신은 부끄러워 몸을 움츠렸다. 하지만 정은 흥분한 듯 가슴을 속옷 위로 한 움큼 깨물었다. 속옷 위인데도 소름이 돋을 정도로 자극적이었다.

정 역시 셔츠를 벗어 던졌다. 맨살이 만나자 두 사람의 열기가 한데 어우러졌다. 서로의 몸을 만지며 두 사람은 침대로 무너져 내렸다. 그가 영신의 몸 위로 올라왔다.

느낌이 이상해진 건 그때였다. 덮치듯 자신의 몸 위에 올라탄 그가 무겁게 짓누르는 순간 가슴이 덜컥 내려앉았다. 영신은 그 느낌을 이겨 내기 위해 몸에 힘을 주었다. 좀 전까지 열에 들떠 반응하던 육체가 이제는 두려움으로 뻣뻣해져 최대치의 경고음을 울리고 있었다.

이겨 내야 해. 참아야 해. 그를 위해서, 자신을 위해서.

하지만 어두운 구석에 뱀의 눈을 가진 남자가 그녀를 노려보았다. 그 옆에는 작고 어린 여자아이가 원망의 눈물을 흘리고 있다. 영신은 울음이 터지려는 걸 주먹으로 틀어막았다.

여기서 무너지면 결국 그 남자한테 지는 거다. 다시 그 지옥 속으로 끌려가는 거야.

미처 그녀의 상태를 눈치채지 못한 정이 고개를 숙여 가슴을 핥자 아까와는 달리 소름이 끼쳤다. 그녀는 떨리는 손으로 그의 머리를 바싹 당겼다. 부들거리는 팔과 몸이 흥분해서 그런 거라고 그가 여겨주기를 바라며 영신은 정의 몸을 꽉 껴안았다.

흥분했던 정은 이상한 느낌에 고개를 들었다. 좀 전까지 미친 듯이 매달려 오던 영신의 몸이 뻣뻣해져 있었다. 찬물을 뒤집어쓴 것처럼 정신이 돌아왔다. 영신이 눈을 감은 채 떨고 있었다. 흥분이 아닌 두려움이라는 건 금방 알 수 있었다.

이런 상태의 그녀를 안을 수는 없었다. 정은 이성을 잃기 전 재빨리 일어났다. 그의 몸이 떨어져 나가자 영신이 눈을 떴다. 어느새 눈물이 그렁그렁해져 있었다. 흥분을 숨기려 침대를 떠나려는 그를 영신이 잡았다.

"가지 말아요."

말없이 침대에서 내려서는 그를 영신이 뒤에서 껴안았다. 몸이 차가워져 있었지만 단단한 등에 닿은 그녀의 가슴은 너무나 부드러워 그를 미치게 했다.

"나."

"제발, 날 이대로 두지 말아요."

떨고 있는 그녀의 음성에 정은 한숨을 쉬며 몸을 돌렸다. 떨고 있는 그녀를 안아 주었다. 가슴에 와 닿은 그녀의 부드러운 육체에 정은 이를 악물었다. 여전히 그녀는 두려움에 떨고 있었다. 앞으로 몇 번이고 이런 일을 겪어야 하는지 알 수 없지만 어쨌든 이런 상태의 그녀를 안을 수는 없었다.

"난 괜찮아. 조금만 시간을 줘."

"싫어요. 가지 마요."

"영신아."

"제발, 부탁이에요."

"천천히 시간을 가지자. 고집부리면 당신이 다쳐."

"다쳐도 상관없어요."

그녀의 말에 불끈 화가 솟는다. 그녀가 주는 느낌은 미칠 정도로 좋은데 이 여자는 또 자신을 아무렇지도 않게 던져 버리려 했다.

"그런 말 하지 마. 나한테 넌 세상 누구보다 소중한 사람이야. 그런 네가 너를 아무렇지도 않게 여기는 건 결국 나를 욕보이는 거나 똑같아."

그의 말에도 영신이 고집스럽게 고개를 흔들었다.

"지금은 시간이 필요한 것뿐이야. 언젠가는 좋아질 거야."

영신은 잡은 팔을 놓지 않았다. 억지로 손을 떼어 내려는 그에게 더 달라붙었다.

"가지 마. 내가 그랬잖아. 그 남자 때문이 아니라고, 당신을 사랑해서 내가 갖고 싶다고. 그러니까 가지 말아요."

화를 내는 영신의 모습에 정은 한숨을 내쉬었다. 눈물이 그렁그렁한 채로 영신이 그를 노려보았다. 화가 나기는 그도 마찬가지였다. 이 길로 당장 최정훈에게 달려가 죽여 버리고 싶었다.

한편으로는 영신의 말대로 억지로라도 그녀를 안을까 하는 생각까지 들었다. 이대로라면 영영 그녀가 상처를 극복하지 못할 것 같았다. 하지만 자신의 몸 아래서 벌벌 떠는 그녀를 안고 과연 자신이 만족할 수 있을까? 온전한 그녀를 원했다. 그들 사이엔 어떤 과거의 망령도 떠돌아서는 안 됐다. 정이 원하는 건 바로 그거였다.

고집스럽게 그를 안은 채 놓아주지 않는 영신 때문에 그는 다시 침대에 주저앉았다. 침대 주변에 그들의 옷이 어지럽게 흩어져 있었다. 그는 구겨진 원피스를 들어 영신에게 내밀었다. 생각 같아서는 입혀 주고 싶었지만 그녀를 건드리면 다시 손을 뗄 자신이 없었다.

"방으로 돌아가. 당신 잘못이 아니야, 이건. 그것만 기억해."

"싫어요."

반은 벌거벗은 채로 영신이 그를 놓아주지 않았다. 일어서려는 그에게 영신이 온몸을 던졌다. 중심을 잃은 그가 침대에 넘겨졌다. 영신의 그 몸 위에 올라타자 흥분이 가라앉던 몸이 다시 들끓기 시작했다. 정은 이번엔 진짜 화를 냈다.

"최영신!"

하지만 영신은 그런 그에게 아랑곳없이 그의 입술을 핥았다. 애처롭지만 그를 자극하기엔 충분했다. 평소의 느긋하던 성격이나 이성 따위는 그녀에 한해서만은 해당되지 않았다. 상체를 완전히 드러낸 채 몸을 비벼 대는 그녀를 느낄수록 그의 몸은 제멋대로 날뛰기 시작했다.

밀어내는 그의 손을 영신이 잡아채 그의 머리 위로 올려 버렸다. 힘이 없는 게 아닌데도 그는 그녀를 밀치지 못했다. 한 손으로도 그녀를 밀어낼 수 있지만 몸이 마비된 것처럼 움직일 수 없었다.

바지 안의 남성이 멋대로 아우성을 쳤다. 팬티만 입은 영신의 몸이 그런 그를 마음대로 자극하고 있었다. 영신이 그의 입술을 핥자 그는 참았던 숨을 토해 냈다. 그 틈을 타 영신이 혀가 깊숙이 들어왔다. 아득해져 오는 정신에 더 이상 이성은 남아 있지 않았다.

영신은 다시 열기가 올라오는 걸 느꼈다. 그에게 말한 대로 사랑하기 때문에 그를 원했다. 하지만 더 이상 그 남자에게 지기 싫은 마음도 있었다. 치가 떨리도록 추악한 과거가 자신을 잡고 놓아주지 않는 걸 용서할 수가 없었다.

그래서 포기할 수가 없다. 지금 포기하게 되면 영영 그를 안을 수 없을 것 같았다. 자신을 이토록 원하고, 또 자신이 미치도록 사랑하는 이 남자에게 상처를 주기 싫었다.

경험이 없다고 해서 정이 느끼는 그 고통을 모른 척할 정도로 순진

하지도 않았다. 살짝만 밀어내도 상처를 받던 그녀처럼 그도 상처받았다는 걸 알았다. 그래서 더 그를 가지고 싶었다. 그의 입술은 여전히 따뜻했고 그의 몸은 안전한 느낌을 준다.

그녀의 아래 깔린 채로 정이 그녀의 가슴을 움켜쥐자 영신의 숨소리가 커졌다. 그가 주는 단단하고 부드러운 느낌이 그녀의 몸에 불을 지펴 주었다.

그가 자신을 안기 쉽도록 그녀는 몸을 내렸다. 가슴과 가슴이 맞닿았다. 벌어진 허벅지에 그의 몸이 고스란히 느껴졌다. 영신은 손을 내려 그의 바지 혁대의 버클을 풀었다. 정이 숨을 헐떡이며 눈을 떴다. 얼굴이 빨갛게 상기되어 있었다. 그에게서 시선을 떼지 않은 채로 영선은 바지와 팬티를 동시에 벗겨 내렸다. 정이 작게 욕하는 소리가 들리자 그녀는 저도 모르게 웃고 말았다.

자신의 속옷까지 완전히 벗자마자 그녀는 그의 몸 위에 앉았다. 흥분한 남성이 좁은 여성을 자극하며 들어오려고 아우성을 쳤다. 하지만 처음이라 그를 받아들이는 게 쉽지 않았다. 영신은 이를 악물며 그의 몸 위에 앉으려 했지만 뜻대로 되지 않자 그만 작게 비명을 지르고 말았다. 그런 영신을 위해 정이 그녀의 허리를 잡아 주었다.

남성이 좁은 여성을 열었다. 지독한 아픔이 온몸을 관통했다. 하지만 그 속에 그녀의 과거는 없었다. 쓰라릴 정도로 강렬한 생생함과 눈앞의 남자만 있었다. 영신의 고통스러워하는 모습에 정이 힘을 주더니 그대로 허리를 들어 단번에 깊숙이 들어왔다. 영신은 무너지듯 그의 품으로 쓰러졌다. 눈물이 찔끔 나온 그녀의 얼굴을 그가 닦아 주었다.

"괜찮아?"

"괜찮아요."

"잠시만 있어. 당신이 나를 받아들일 수 있도록."

영신은 그의 말대로 움직이지 않고 가만히 그의 위에서 눈을 감았다. 생생한 아픔이 오히려 반가웠다. 자신의 몸을 가득 채운 그가 느껴졌다. 아픔과 함께 예상치 못한 이상한 감각이 등을 타고 스멀거리며 올라왔다. 저도 모르게 신음 소리가 나며 영신은 허리를 움찔거렸다. 정이 탄성을 내지르며 그녀를 잡았지만 영신은 야릇한 그 느낌을 떨치고 싶어 계속 몸을 움직였다. 통증 사이로 견딜 수 없는 감각이 느껴졌다.

그를 온전히 차지했다는 생각이 들었다. 누구도 끼어들지 않고 그를 가지게 되었다. 어설픈 그녀의 동작에 결국 정이 그녀를 안아 자신의 몸 아래로 내렸다.

지금 움직임을 주도하는 사람은 정이 되었지만 영신은 거부하지 않았다. 어느새 그의 몸 아래에 깔려 있었지만 영신은 눈을 감고 그가 자신을 채우는 그 느낌에 완전히 빠져 있었다. 마지막으로 그녀가 기억하는 건 정의 짧은 외침이었다.

그녀의 몸으로 쓰러져 내리는 그를 안으며 영신은 웃었다. 그 남자 따위 지옥이나 가라지. 그녀와 그 사이엔 더 이상 그 남자가 있을 곳은 없었다. 10년 만에 처음으로 영신은 그 남자의 그림자를 느끼지 않았다. 자신의 육체가 온전히 자신을 위한 것임을 깨달았다. 더 이상 혐오스러운 그런 게 아니라 그녀 자신이라는 걸.

영신은 따뜻하게 안아 오는 팔에 몸을 밀착시켰다. 만족한 듯 신음 소리를 내는 그의 허리에 팔을 두른 채 그녀는 편안한 잠에 빠져들었다.

처음 눈을 떠서 느낀 건 이런 상황이 상당히 어색하다는 거였다.

영신은 간밤에 자신이 저질렀던 일을 떠올리며 입술을 깨물었다. 후회는 없지만 자신의 행동이 부끄러웠다. 정은 그녀를 꽉 껴안은 채로 잠이 들어 있었다. 어깨 위에 놓인 손을 살짝 들어 몸을 빼려는데 비명이 나올 정도로 통증이 느껴졌다. 움직일 때마다 숨이 막힐 정도로 아팠다.

비명을 지르는 육체 때문에 소리를 내지 않기 위해 이를 악문 그녀는 살금살금 그의 품 안을 빠져나왔다. 벌거벗은 몸을 가리기 위해 옷을 입으려 침대 아래로 내려서던 그녀는 통증에 그대로 주저앉고 말았다.

"뭐해?"

눈물이 찔끔 났다. 갑작스런 목소리에 그녀는 놀라서 고개를 들었다. 정이 침대에서 몸을 틀어 턱을 괸 채로 침대 아래의 그녀를 내려다보고 있었다. 놀란 영신은 그의 셔츠를 들어 가슴을 가렸다.

그녀의 행동에 정이 웃으며 벌떡 일어났다. 벗은 몸이 부끄럽지도 않은지 그대로 그녀를 안아 올렸다. 다시 맨살이 닿자 영신의 온몸이 붉어졌다. 시선을 맞추지 못하는 그녀의 모습에 뭐가 그리 좋은지 그가 웃어 대며 침대에 올려 주었다.

몸이 침대에 닿는 순간 다시 통증이 느껴졌다. 그 모습에 그의 표정이 심각해지더니 몸을 이불로 덮어 주었다.

"기다려."

자신은 옷도 입지 않고 성큼 욕실로 들어가더니 잠시 뒤 가운을 입고 나타났다.

"목욕물 받는 중이야. 잠깐만 기다려."

"내가 할 수 있어요."

"제대로 서지도 못하잖아. 많이 아파?"

그의 질문에 영신의 얼굴이 순식간에 달아올랐다. 얄밉도록 솔직한 남자였다. 한마디 해 주려는데 정이 손을 내밀어 그녀의 볼을 쓰다듬었다.

"미안해. 그리고 고마워. 내가 할 수 없는 일을 당신이 해 줘서."

발갛게 달아오른 뺨에도 그의 손만은 여전히 따뜻하게 느껴졌다. 그녀의 기분을 그가 알아준다는 것이 기뻤다. 두 사람 사이에 더 이상 어떤 그림자도 없다는 사실을 그가 알았다는 게 기뻤다. 눈물이 나려는데 그가 볼을 톡톡 쳤다. 고개를 들자 시선이 마주쳤다. 영신은 저도 모르게 몸을 움직여 그의 팔을 잡았다.

"사랑해요."

정이 웃으며 입을 맞추었다. 친절한 남자. 영신은 그의 느낌이 너무 좋아 손을 내밀어 그에게 안기려다 여전히 남아 있는 통증에 신음 소리를 내고 말았다. 정이 그녀를 번쩍 안아 올렸다.

"뭐예요?"

"따뜻하게 해 줄게."

그러고는 욕실로 들어가 따뜻한 물속에 그녀를 내려놓았다. 그의 말대로 따뜻했다. 기분이 좋았다. 영신은 자꾸만 웃는 그를 쫓아내고 그가 남긴 온기를 새겼다.

10

지연이 집 안으로 들이닥치고서야 영신은 취임 기념식에 대해 까맣게 잊고 있었다는 걸 깨달았다. 하필이면 정은 비상근무로 퇴근이 늦는 날이었다. 오늘도 늦을 정을 위해 식사 준비를 하던 영신은 깜짝 놀랐다.

"이럴 줄 알았어, 내가. 완전히 잊고 있었지?"

"무슨 일······."

"참나, 어디가 그리 잘 맞나 했더니 천하태평인 건 아주 쌍으로 똑같네. 이번 주 아버지 취임 축하 자리 있다고 했을 텐데. 이 녀석은 도망친 거야?"

"오늘 갑자기 비상이래요."

"가지가지 한다, 정말. 그런 직업이 뭐가 좋다고. 당신이라도 어서 챙겨."

"하지만······."

"하지만이 어디 있어? 지난주에 산 옷 중에 까만 드레스로. 없는 사람일수록 더 당당하게 보여야 하는 거야."

지연이 그녀를 재촉했다. 얼떨결에 지연의 잔소리를 들으며 영신은 완벽하게 준비한 채로 그녀의 차 안에 앉아 있었다.

"제가 가도 되나요?"

"그럼 누가 가는데? 언제까지 연애만 하고 있을 것도 아니고. 두 사람 아주 자신만만할 정도로 확실한 거 아니었어?"

빼도 박도 못하게 지연이 으름장을 놨다. 이젠 익숙해질 법도 한데 너무 직설적이라 여전히 적응이 힘들었다.

"보면 참 순진해. 그 녀석 뭐 믿고 같이 사는 건지. 남자란 말이지, 머리로 사는 동물이 아니야. 아랫도리로 사는 인간들이라고. 몸이 익숙해지면 지겨워질 테고, 그럼 자연히 마음도 같이 멀어지는 거야. 그러기 전에 잡아."

지연의 말에 영신은 움찔했다. 그날 밤 이후로 영신은 그의 방에서 같이 지냈다. 두 사람 사이에 그림자가 사라지자 그 일이 너무 자연스러웠고 이제는 그가 없는 생활은 생각도 할 수 없었다. 정도 초조할 정도로 그녀를 원하는 마음을 더 이상 숨기지 않았다. 다만, 마음 한구석에서 불쑥불쑥 튀어 오르는 영채의 생각만 아니면 완벽한 생활이었다. 그런데 갑자기 지연이 나타나서 들쑤시는 느낌이 들었다.

"아들이 안 되면 손자라도 기대하시는 아버지 위해서야. 답답한 당신 도와주는 게 아니라. 그 녀석 성격상 선보란다고 볼 인간도 아니고 당신한테 미쳐 있는데 다른 여자를 거들떠보기나 하겠어. 어쨌든 쇠뿔도 단김에 빼랬다고 아주 기회지, 뭐. 가만히 보면 당신도 괜찮거든. 말도 잘 듣고."

영신은 쌀쌀맞을 정도의 말에서 느껴지는 지연의 마음에 저도 모르게 웃음이 났다. 정이 말도, 행동도 솔직하다면 지연은 솔직한 말 뒤로 진짜 자신을 숨기는 것같이 느껴졌다. 갑자기 지연의 행동들이 귀엽게 느껴졌다.

"결혼했어요?"

"나? 뭐하러 그런 귀찮은 걸 해. 감당하지 못할 일은 안 하는 주의야, 난."

지연은 조곤조곤 말을 하는 영신이 신기했다. 가만히 있다가 허를 찌르는 게 나름 귀여웠다. 정이 자신 때문에 어머니가 돌아가셨다는 걸 알고 방황할 즈음에 그녀 역시도 나름의 방황은 있었다. 정과 그녀는 일 년 터울이었다. 그녀를 낳은 후 건강이 나빠진 어머니가 다시 임신을 하면서 결국 그 사달이 난 거였다.

'쟤가 남자로 태어났어야 되는데. 이게 무슨 일이래? 아들 하나 보겠다고.'

'딱 하는 짓이 제 아빈데. 아들이었으면 얼마나 좋았을까.'

정이 방황하는 동안 지연이 들어야 할 말 역시 잔인했다. 그녀도 한 번쯤 정처럼 훌쩍 도망치고 싶다는 생각을 하긴 했었다. 하지만 주변의 말들이 족쇄가 되었다. 아들이 되기를 원하면 그렇게 되어 주리라 결심했다. 뭐, 결국엔 자신이 아무리 발버둥 쳐도 정이 될 수 없다는 걸 깨달았지만 적어도 지금 자신의 위치는 자기가 이뤄 낸 건 확실했다.

하지만 정이 자신의 길을 찾아간 대신 그녀는 지금 자리가 과연 자신의 자리인지 의문이 아직도 있었다. 남의 자리를 꿰차고 앉아 있는 느낌이 문득문득 들 때가 많았다.

정의 자리를 뺏은 기분이 없어지려면 정이 원하는 건 뭐든 들어주고 싶었다. 물론, 정이 그걸 원하지 않았지만. 그래서 영신을 통해서,

가능하다면 먼 미래에 영신과 정의 아이들을 통해서라도 돌려놓고 싶은 게 지연의 솔직한 심정이었다.

무엇보다 최영신이라는 여자가 볼수록 마음에 들기도 했다. 조용하긴 해도 여느 여자들처럼 그녀의 거침없는 말에도 기가 죽기보다는 그냥 들어 주는 게 괜찮았다. 그녀의 동생이 걸리긴 했지만 조사해 보니 친자매도 아니었다. 뭐, 그냥 웃는 모습도 나쁘지는 않다고 영신을 힐끗 보며 지연은 생각했다.

"성격 좋다는 얘기 안 들어요?"

"뭐?"

"시원시원해서요. 나도 그러면 좋을 텐데. 자신 있게 마음대로 말할 수 있었으면."

어쩐지 아쉬워하는 영신의 말에 지연은 그녀를 물끄러미 바라보았다. 어딘지 모르게 처음 만났을 때처럼 영신이 어두워져 있었다. 마치 후회하는 말처럼 들렸다. 하지만 다시 돌아보고 그녀에게 웃어 주는 영신은 정에게 사랑받는 여자였다. 그게 안심이 됐다.

연회장에 모인 사람들을 본 영신이 쭈뼛거리자 지연이 팔을 당겼다. 안으로 들어가려는데 휴대폰이 시끄럽게 울려 댔다. 정이었다. 영신의 휴대폰을 지연이 뺏어 갔다.

— 어디야?

"호텔."

— 누나? 왜 둘이 같이 있어? 영신이 바꿔.

"잊었어? 오늘 취임 기념식 있다고 했잖아. 넌 바쁘다며? 그래서 내가 영신 씨 데리고 왔어. 늦게라도 오려면 호텔로 와. 제대로 차려 입고 나타나. 아버지 창피 주지 않으려면."

그러더니 전화를 뚝 하고 끊어 버렸다. 아예 전원까지 확실히 꺼서 영신에게 휴대폰을 건네주었다.

"전화받지 마. 이런 데서 울리면 그것도 실례야."

화를 내기도 전에 그녀를 잡더니 안으로 데려갔다. 회사 사람들과 가족들이 모인 조촐한 자리였다. 지연은 영신을 제일 앞에 준비된 테이블에 앉혔다.

테이블은 금방 사람들로 찼다. 정과 닮은 사람은 지연뿐이었다. 지연이 건성으로 소개한 위의 세 누나들은 정이나 지연과는 완전히 다른 타입이었다. 처음 만나서 놀랐을 텐데도 티를 내지 않고 웃는 모습이 오히려 이상했다. 지연과 정에게 길들여 있어 마음을 숨기는 사람들이 어색하게 느껴졌다.

사람들의 질문에 그녀가 정신이 없을 즈음에 정의 아버지가 나타났다. 정이 나이가 들면 저런 모습일까 싶었다. 희끗한 머리가 멋스러운, 키가 크고 날렵한 신사였다. 날카로운 눈이지만 웃을 때 주름이 그런 인상을 지워 준다. 지연이 그녀를 소개하자 잠시 영신을 내려보더니 고개를 끄덕였다.

"얘기 들은 대로군. 불편하지는 않나?"

"네."

"날 닮아서 고집이 센 녀석이라 맞춰 주기 힘들 텐데. 평생 혼자일 줄 알았더니 알아서 짝 찾았다니 다행이네."

지연이 이미 언질을 해 두었는지 가족에 대한 얘기는 묻지 않았다.

"조만간 따로 자리 마련해라. 처음부터 어색한 자리라 미안하네."

지연에게 그렇게 이르고 창천은 단상으로 올라갔다. 형식적인 식이 진행되는 동안 영신은 옆의 빈자리를 의식했다. 어지간히 조바심이 났을 텐데. 전화를 해 주고 싶은데 자리를 뜰 수가 없었다.

행사에 집중하지 못한 영신이 연신 입구를 쳐다봤다. 여러 사람들의 축하 인사가 끝난 후 창천이 답례 인사를 위해 단상에 올라갔다. 그 순간 영신은 정이 연회장 안으로 걸어오는 걸 발견했다. 옷은 아침에 입고 간 야상 점퍼 그대로였다. 지연 역시 그를 본 모양인지 낮은 투덜거림이 들려왔다.

주변을 둘러보던 정이 영신을 발견하고 곧장 그녀에게 다가왔다. 단상에 올라서 짧은 소감을 얘기하던 창천이 그런 아들의 모습에 말을 멈추자 사람들의 시선이 그들을 향했다. 영신은 팔을 잡아 일으키려는 정의 손을 밀어냈다. 그가 인상을 썼다.

"앉아요."

"일어나."

"아직 아버님 얘기 안 끝났어요. 그때까지만 있어요."

정이 속으로 욕설을 중얼거리는데 옆에서 지연이 피식 웃는 게 보였다. 그런 누나를 한껏 노려본 정이 어쩔 수 없이 영신의 옆에 앉았다. 그가 앉자 창천이 남은 인사말을 다시 이었다.

아버지의 연설이 끝날 때까지 정은 영신의 손을 아플 정도로 잡고 있었다. 자신과 영신을 힐끗거리는 누나들의 시선에 그는 미치기 직전이었다. 지연은 괜찮았지만 다른 누나들의 위선에 영신이 다칠까 겁이 났다. 차라리 탁 까놓고 얘기해 버리는 지연이 훨씬 나았다.

"옷 꼬라지하고는. 꼭 그러고 나타나야 돼?"

"어머, 왜 그러니? 우리 정이야 뭘 입어도 다 잘 어울리지."

"언니는 당연한 소릴. 요새 얼굴도 좋아진 것 같네. 옆의 아가씨 덕분인가?"

"너무 잘 어울린다. 정이가 벌써 결혼이라니. 시간 참 빨라."

지연의 말에 지금껏 영신을 살피던 세 누나가 사근사근하게 말을 걸었다. 영신이 놀란 눈으로 세 사람을 바라보았다. 갑자기 지겨운 듯 지연이 자리에서 일어섰다.

"아버지께 인사드려."

내키지는 않았지만 정은 누나들과 같이 있기 싫어 자리에서 일어섰다. 지연 빼고는 다들 나이 차가 있어 이미 큰누나는 대학생인 아들이 있는 중년의 나이였다. 예전에 그를 귀여워해 주던 그런 누나들은 이미 과거에만 존재하고 있었다. 세월이라는 것이 이럴 때는 무섭게 느껴진다. 정은 영신의 손을 잡은 채 지연을 따라갔다. 창천이 두 사람의 잡은 손을 유심히 쳐다봤다.

"왔나?"

"네. 축하드립니다."

"건성으로 하는 인사면 집어치우고."

"그럴 리가 있겠어요? 제가 헛소리 못하는 건 아버지 닮은 거 아실 텐데요, 물론 고집도."

"아가씬 지루하진 않았어?"

창천은 투덜대는 아들을 무시하고 영신에게 시선을 돌렸다. 순하고 귀여운 인상이 마음에는 들었지만 지연이 일러 준 가정사가 마음에 걸렸다.

느긋한 대신 무슨 일에든 데면데면하던 아들이 아버지 앞에서조차 손을 잡을 정도면 그 마음의 크기가 작지는 않을 것이다. 무엇보다 사람 보는 눈이 날카로운 지연이 마음에 들어 하는 것 같아 일단은 지켜보기로 했다.

"네."

"좋은 말씀 잘 들었다는 빈 소리 못하는 건 정이하고 똑같죠?"

옆에서 참견을 하는 지연의 말에 영신은 자신의 말이 무례할 정도로 짧았다는 걸 알았다. 그녀는 얼굴을 붉혔다.

"죄송합니다. 이런 자리가 익숙지가 않아서."

"괜찮아. 어차피 나도 그런 공치사는 별로 좋아하지 않거든. 저 녀석이 정이 놈 때문에 심술 나서 놀리는 거니까 알아서 들어요."

"네. 감사합니다."

어울리지 않는 인사였지만 만족했는지 창천이 미소를 지었다. 그 미소가 정과 너무 비슷해서 영신은 순간 가슴이 두근거렸다. 호기심 어린 사람들의 시선을 무시하고 저녁 식사만 끝낸 후 정과 영신은 호텔을 나왔다.

"기다려!"

돌아보니 지연이 손짓을 하며 가까이 다가왔다. 정이 지연과 얘기하는 사이 영신은 로비를 걸어갔다. 시간을 보려고 휴대폰을 꺼냈더니 아까 지연이 꺼 버린 그대로였다. 다시 전원을 켜자 문자 메시지가 들어와 있었다.

[메일 확인 요망]

번호조차 뜨지 않은 메시지. 머리를 한 대 얻어맞은 것처럼 띵해졌다. 확인하지 않아도 영채라는 걸 알 수 있었다. 잠시 잊었던 현실들이 어지럽게 소용돌이치기 시작했다. 영신은 저도 모르게 휘청이고 말았다.

"왜 그래?"

흔들리는 몸을 잡아 주는 손에 영신은 정신을 차리려고 애를 썼다. 정에게 자신의 상태를 들키면 안 된다. 그녀는 억지로 웃었다.

"갑자기 추워서요."

"추위 진짜 많이 타. 이쪽으로 와. 난로 대령할 테니."

영신의 마음을 아는지 모르는지 정이 그녀를 당겨 안았다. 평소와

달리 그의 온기가 그녀에게 전해지지 않는다. 손끝이 하얗게 질릴 정
도로 추워졌다.

"이젠 따뜻해졌어?"

"네. 따뜻해요."

그러기를 바랐다. 영신은 그가 자신의 냉기를 눈치채지 못하도록
시선을 피했다. 시선이 마주치면 자신의 거짓말을 들키고 말 것 같았
다. 다시 찬바람이 불기 시작한 자신의 가슴을.

"누나가 왜 불렀어요?"

"응. 시간 한번 내라고. 아버지가 조만간 식사하자고 하셨대. 당신
한테는 미리 얘기해 두었다고. 아주 자기 마음대로야."

"……."

"약속은 천천히 잡아도 돼. 나도 춥다. 얼른 집에 가자."

그녀의 침묵을 거절로 생각했는지 정이 그렇게 말하며 손을 잡아
끌었다.

집으로 가는 내내 영신은 차창 밖을 멍하니 바라보았다. 그런 상태
의 영신을 보며 정은 인상을 찌푸렸다. 그녀에 관해서 그는 누구보다
예민했다. 그녀의 숨소리, 발자국 소리만 들어도 이젠 그녀의 감정들
을 눈치챌 수 있을 정도다.

아까 자신에게 안겨서도 영신은 부들부들 떨고 있었다. 창백한 얼
굴이 억지로 미소를 짓고 있지만 눈은 그를 보고 있지 않았다. 일주
일간 느꼈던 편안함이 순식간에 사라졌다. 정은 흔들리고 있는 영신
을 힐끗 쳐다보았다.

집에 도착하자마자 영신은 메일을 확인하고 싶었지만 그럴 수가
없었다. 메일을 보면 자신이 어떤 식으로 행동할지 자신이 없었다. 정

이 의심할 만한 행동은 피해야 했다. 그를 속이는 건 괴로웠지만 영채가 잡히는 건 도저히 견딜 수 없을 것 같았다. 그에게만은 상처를 주고 싶지 않은데 그렇게 될까 봐 무서웠다.

옷을 갈아입으려는 그녀에게 정이 키스를 했다. 영신은 저도 모르게 피하고 말았다. 영채의 연락에 동요하는 자신의 상태가 그대로 드러날 것 같아 불안했다. 그런 영신의 행동에 정이 인상을 찌푸렸다.

"무슨 일이야?"

"아니에요. 피곤해서 그래요."

"정말?"

낮은 목소리에 뜨끔해졌다. 영신은 억지로 생긋 웃으며 고개를 끄덕였다. 그와 시선을 마주한 채 이렇게 웃을 수 있는 자신이 이상했다.

"남자친구의 가족들과 만나는 게 매일 있는 일은 아니잖아요. 나도 모르게 긴장했나 봐."

"그래? 아무튼 고생했어."

"씻어요. 옷도 갈아입고."

정이 방을 나가자마자 영신은 자리에 주저앉았다. 그의 눈을 똑바로 보고 거짓말을 한 자신이 너무 싫었다. 다시 그러고 싶지 않았다. 일부러 다른 욕실에서 씻은 후 침대에 누워 자는 척을 했다. 씻고 온 정이 자신을 안는 게 느껴졌다. 얼굴에 와 닿는 그의 입술에도, 어깨를 부드럽게 쓰다듬는 그 손길에도 그녀는 끝까지 눈을 뜨지 않았다. 잠시 뒤 그녀의 이마에 입을 맞춘 정이 고른 숨소리를 내며 잠이 들었다. 그제야 영신은 눈을 떴다.

무서워, 죽을 것처럼. 이 온기를 놓는 것이, 다시 현실로 돌아가는 것이.

그녀는 숨소리를 죽인 채로 그의 품 안에서 밤새 벌벌 떨고 말았다.

정이 출근을 하자마자 영신은 메일을 확인했다. 오랫동안 사용하지 않아 수백 통의 메일이 쌓여 있었다. 하지만 영채의 메일은 없었다. 다시 처음부터 샅샅이 훑어보는데 「도와줘」하는 제목이 눈에 들어왔다. 떨리는 마음으로 메일을 열었다.

「그 남자 만나게 해 줘. 지금은 방법이 없더라. 집으로 데리고 와. 언니와 나의 집. 그곳은 지금 아무도 없어. 일주일 뒤 오후 1시 집에서 만나. 기다리고 있을게. 언니가 나한테 해 주는 마지막 일이야. 그때 해 주지 못했던 일, 지금은 해 줄 수 있어?」

열 번도 넘게 반복해서 읽고 또 읽었다. 머릿속에서 천둥이 치는 것 같았다. 현기증을 느끼고 그녀는 책상에 엎드렸다. 그동안 잊었던 구역질이 꾸역꾸역 올라온다.

한참을 엎드려 있다가 그녀는 자리에서 일어났다. 어질어질한 기분에 자꾸만 헛발을 딛게 된다. 어쩔 줄 모르고 방 안을 서성대던 그녀는 정신을 차리고 영채의 메일을 지웠다. 하지만 그 내용은 머릿속에 토씨 하나 빠지지 않고 사진 찍듯 찍혀 있었다.

'그때 해 주지 못했던 일, 지금은 해 줄 수 있어?

속이 타들어 갔다. 영채가 원하는 건 뭘까? 그 남자의 죽음? 그걸 바라는 사람은 영채만은 아니지만 자신이 그걸 지켜볼 수 있을까? 증오심과 달리 그녀의 이성이 그런 생각에 제동을 걸었다.

어떻게 하지?

그녀는 미친 사람처럼 집을 나왔다. 무작정 걷다가 택시를 탔다. 그렇게 오고 보니 그 집 앞이었다. 악몽 속에 있던 그 집은 현실에서는 여느 집과 다를 게 없다. 영신은 차가운 녹색 빛을 띤 그 대문을 노려보았다. 마치 그걸 부수면 모든 것이 해결될 것처럼.

정은 영신의 모습에 인상을 썼다. 어젯밤부터 이상하다고 생각했다. 일부러 자는 척하는 그녀를 깨우지 않은 건 불안해하던 그 눈빛 때문이었다. 어젯밤 그녀는 그에게 안기기 전의 그 모습으로 돌아가 있었다.

아침 일찍 집을 나온 그는 출근을 하지 않고 집 앞 대로에서 그녀를 기다렸다. 그녀를 의심하는 자신이 싫지만 그녀의 불안한 행동이, 형사로서의 그의 직감이 그를 가만두지 않았다.

한 시간, 두 시간. 괜한 의심이었다고 안심하는 순간 그녀가 아파트를 나왔다. 정은 저도 모르게 억눌린 신음을 내뱉고 말았다. 두꺼운 점퍼로 온몸을 꽁꽁 싸맨 영신이 위태로운 모습으로 택시에 오르자 그는 그 뒤를 따랐다.

최정훈의 집에는 아직도 잠복근무 중인 형사들이 있었다. 정은 자신의 모습이 들키지 않도록 멀찍이 떨어져 형사들과 영신의 모습을 지켜보았다.

무슨 생각인지 영신은 입술이 파랗게 질린 채 최정훈의 집을 노려보았다. 울컥, 화가 올라왔다. 정신 차리라고 어깨를 잡아 마구잡이로 흔들고 싶은 충동이 올라왔다. 하지만 지금 그가 뛰쳐나가면 모든 게 엉망진창이 될 터였다. 영신이 대문을 노려보는 내내 그 역시 영신을 노려보았다. 오후가 될 때까지 꼼짝도 않고 섰던 영신이 돌아서자 그도 겨우 몸의 힘을 풀 수 있었다.

영신이 무사히 집으로 들어가는 걸 확인한 그는 한숨을 내쉬었다. 그녀를 의심하는 자신도, 자신에게 뭔가를 숨기는 영신도 그를 화나게 했다. 영신만큼 차가워진 얼굴로 그는 허공을 응시했다.

이튿날에도 영신은 정이 나가자마자 집을 나섰다. 최정훈의 집 앞에서 몸이 꽁꽁 얼 때까지 서 있었다. 마침 그와 잠복 중이던 진경이 영신의 그 모습에 놀라서 인상을 썼다. 안 그래도 어제 잠복하던 형사들에게 영신이 최정훈의 집에 나타나 이상한 행동을 했다는 보고를 듣긴 했었다.

어제 정은 그 말을 듣고도 아무 말도 없었다. 하지만 아침에 출근을 하지 않은 정이 진경에게 곧장 최정훈의 집으로 오라는 연락을 했다. 와 보니 아니나 다를까 영신이 있었다. 그들이 지켜보고 있다는 걸 모르는지 영신은 두 시간이 넘도록 오들오들 떨면서 그 집이 부서지길 바라듯 그렇게 노려보았다. 진경은 한숨을 쉬며 정을 돌아보았다.

"선배?"

"묻지 마. 나도 몰라."

영신에게서 시선을 떼지 않은 채 정이 말을 딱 잘랐다.

이게 다 무슨 짓인지. 진경은 다시 영신을 쳐다봤다. 파랗게 질린 얼굴로 이를 악문 채 대문을 노려보는 그녀가 이해가 가질 않는다. 차라리 그때처럼 쳐들어가서 악이라도 바락바락 쓰는 게 나을 것 같았다. 그런 영신을 바라보는 정의 표정도 그녀에 못지않았다. 정말 답답했다. 차 문을 열고 나가려는 진경을 정이 잡았다.

"뭐야?"

"저러다 쓰러져요. 그대로 둘 겁니까?"

"그냥 둬. 잠복 중인 거 잊었어? 우리가 기다리는 사람은 최영채야."

"선배! 최영신 씨 지금 꽁꽁 얼었어요."

"알아. 그래도 지금은 안 돼."

자기도 꽁꽁 얼어 버린 얼굴을 하고서는 정이 그답지 않게 차가운 목소리를 냈다. 결국 진경은 다시 고쳐 앉았다.

"딱 30분만 기다립니다. 더는 안 기다립니다."

"……."

다행히 30분이 되기 전에 영신이 자리를 떴다. 비틀거리는 모양이 심상치가 않은데도 정은 그런 뒷모습을 가만히 쳐다보고 있었다. 무슨 생각을 하는지 도통 알 수가 없었다. 답답해진 진경이 그를 불렀다.

"선배."

"왜?"

"무슨 일입니까? 최영신 씨 왜 저러는 건데요?"

"모른다고 했다."

"최영채 연락 받은 거 아닙니까?"

그녀의 말에 정은 아무 말도 없었다. 영신의 통화 기록은 물론이고 이메일까지 확인했다. 연락이 있었더라도 이미 영신이 지운 후일 것이다. 영채의 연락을 어떻게 받은 것일까? 최영채의 휴대폰과 메일은 실시간 감시되고 있었다. 하긴, 최영채 정도의 머리라면 연락할 방법을 어떻게든 찾아냈겠지.

다만, 지금 영신의 태도가 그를 미치게 했다. 왜 그에게 도움을 청하지 않는걸까? 그는 지금 영신에게 연인이 아닌 동생을 잡으려는 형사일 뿐이었다.

어젯밤 일부러 늦게 들어가 잠이 든 그녀를 지켜봤다. 낮 동안 추위에 떨어서인지 밤에 미열이 났다. 그가 깜빡 잠이 든 사이에 영신이 욕실에서 격하게 토했다. 그 바람에 잠에서 깬 그는 그저 아무 말

없이 등만 두드려 주었다. 토한 후에는 떨리는 몸을 그에게 기대 왔지만 그는 어떤 위로의 말도 할 수가 없었다. 입을 열면 뭘 참는 거냐고 소리를 버럭 지를 것 같아서였다.

그는 소름이 돋을 정도로 차가워진 그녀를 말없이 품 안으로 당겨 안아 주었을 뿐이다. 영신도 안아 주는 그를 피하지 않았지만 가슴에 닿은 그녀의 뺨은 눈물에 흠뻑 젖어 있었다. 밤새 두 사람은 위태로운 칼날 위에 서 있었다. 그도, 그녀도 싸늘하게 식은 그런 밤이었다.

영신은 결국, 해열제를 먹었다. 어제 오른 열이 오늘은 더 높이 올라가 정신을 차릴 수가 없었다. 오늘도 정은 늦게 들어올 모양인지 전화가 없었다. 어젯밤 안아 주던 그의 체온은 따뜻했는데 영신은 몸이 떨리는 걸 느꼈다. 어떻게 해야 할지 몰라 다시 그 집에 갔지만 방법이 떠오르지 않았다. 덫에 걸린 것처럼 옴짝달싹할 수가 없다. 지옥처럼 혼란스러웠다.

약 때문인지 까무룩 잠이 들었다가 찰칵하는 소리에 눈을 떴다. 정이 다가와 그녀를 내려다보는 게 느껴졌다. 눈을 떠야 한다고 생각했지만 무거운 눈꺼풀이 말을 듣지 않았다. 갑자기 낮은 욕설이 들려왔다.

"젠장, 영신아, 눈 좀 떠 봐. 괜찮아?"

오늘도 잠이 들었겠거니 했는데 영신이 식은땀을 줄줄 흘리면서 거친 숨소리를 냈다. 괴로운지 낮은 신음 소리가 흘러나왔다. 제기랄, 진경의 말을 들어야 했나. 하지만 자신이 영신을 의심하고, 감시하고 있다는 사실을 그녀가 알게 하고 싶지 않았다.

그의 이기심과 솔직하지 못한 그녀에 대한 배신감이 그를 미치게 만들었다. 동시에 끙끙 앓는 그녀를 보니 죄책감이 들었다. 그는 수건을 적셔 와 영신의 얼굴을 닦아 주었다.

"영신아, 눈 좀 떠 봐."

"괜찮아요. 약 먹었어. 자고 나면 괜찮아져."

눈도 못 뜨면서 웅얼웅얼 잘도 내뱉는다. 망할 여자 같으니. 그는 영신의 몸을 미지근한 수건으로 닦고 땀에 젖은 옷을 마른 옷으로 갈아입혔다. 거칠었던 그녀의 숨소리가 차츰 잦아들었다. 다시 침대에 눕히는데 정신이 드는지 그제야 눈을 뜬다.

"왔어요?"

꽉 잠긴 목소리가 걸걸하게 나왔다. 겨우 그를 알아본 모양인지 바싹 마른 입술로 억지로 미소를 만들어 냈다. 울컥, 화가 올라왔다. 순간 참지 못한 그는 방을 나와 버렸다. 그녀의 얼굴을 보는 게 처음으로 괴로웠다. 아무리 힘들고 아파도 곁에만 있으면 상관없다고 생각했는데 지금은 얼굴을 보는 것조차 힘들었다.

삭여지지 않는 화를 겨우 억눌렀다. 미지근한 물을 한 잔 들고 들어가니 어느새 영신이 일어나 앉아 있었다. 아파서 움푹 들어간 눈에 걱정의 빛이 어린다. 그게 그를 더 견딜 수 없게 만들었다. 말이 퉁명스럽게 나왔다.

"마셔. 땀을 많이 흘렸어. 좀 있다 병원 가자."

"괜찮아요. 그냥 감기예요. 아까 약 먹었어요."

"웬 감기야? 집 안에만 있는 사람이? 어디 갔었어?"

움찔 놀라는 모습을 모른 척했다. 정은 물 잔을 그녀의 입에 대 주었다. 억지로 반컵을 마시게 하고 다시 그녀를 눕혔다.

지금이라도 말해, 제발.

하지만 영신은 말없이 침대에 누웠다.

"병원 정말 안 갈 거야?"

"정말 괜찮아요. 몇 시예요?"

"1시."

"언제 왔어요?"

"좀 됐어."

"나 때문에 쉬지도 못하고 미안해요."

그가 원하는 말은 미안하다는 말이 아니었다. 그녀가 솔직해지길 바랐다. 그 남자의 그림자를 걷어 내자 이번에는 영채의 그림자가 그들을 가로막았다. 처음으로 정은 자신이 이 일에서 출구를 발견하지 못할지도 모른다는 막막함을 느꼈다. 아무리 빠져나오려 해도 빠져나올 수 없는 지옥 같은 늪이었다.

"이제 자. 쓸데없는 걱정 말고."

왠지 차갑다. 그녀의 거부로 그의 온기가 전해지지는 않았지만 항상 따뜻했는데 오늘 정은 차갑게 느껴졌다. 영신은 저도 모르게 손을 내밀어 그 손을 잡았다. 여전히 따뜻한데 지금 자신에게는 그 따뜻함이 전해지지 않는다. 눈물이 고이자 그녀는 손을 놓았다.

"옆방에 있을게. 필요하면 불러."

정이 방을 그대로 나가 버리자 영신은 두 손으로 얼굴을 가렸다. 몸이 부서질 것처럼 아팠다. 그를 속이는 자신이 미웠다.

영신이 흐느끼는 소리를 들으며 정은 문 앞에 주저앉았다. 옹졸한 자신이 싫었지만 솔직하지 못한 그녀에게 다가가 위로해 줄 자신이 없었다.

그녀의 선택이 자신이 아니라는 사실이 그를 흔들어 놓았다. 그래서 괴로워하는 걸 알면서도 손을 내밀 수가 없었다. 처음부터 이길 수 있는 상대가 아니라는 걸 알았는데 막상 당하고 보니 속이 쓰렸다. 문 하나 사이지만 몇 광년 떨어진 것처럼 멀게 느껴졌다.

처음으로 정은 자신이 이 모든 일을 감당할 수 있을지 자신이 없어졌다. 확신이 사라졌다. 그녀의 울음소리가 그치고도 한참 동안 정은 문에 기댄 채 멍하니 어둠을 노려보았다.

영신은 이틀간 심하게 앓았다. 아픈 그녀를 어떻게 대해야 할지, 정 또한 풀리지 않는 답답한 속을 다스리지 못했다. 밤새 앓은 영신 때문에 출근을 늦춘 그는 안절부절못했다. 도우미 아주머니가 올 때까지 기다리는데 초인종이 울렸다. 도우미 아주머니와 함께 지연이 문 앞에 서 있었다.

"아침부터 뭐야?"

"아프다며?"

그사이에 쪼르르 일렀는지 지연의 뒤에 서 있던 도우미 아주머니가 미안한 듯 그를 향해 웃었다.

"출근 안 해?"

"가야지."

"혼자 두고 가려니 발걸음이 안 떨어져 그렇게 똥 마려운 강아지마냥 안절부절못하고 있는 거야? 어지간히 해라. 애인 없는 사람 서러워서 살겠니?"

비웃는 지연이지만 어쨌든 와 준 것이 고마웠다.

"누나는 출근 안 해?"

"오늘은 쉬어도 돼."

"고마워."

정의 말에 지연이 놀란 눈으로 쳐다보았다. 그러더니 신경질을 내며 거실로 들어간다.

"뭔 소리야? 심심해서 온 건데. 그 좋다는 일 하러 안 가? 그러다 잘린다."

"부탁 좀 할게."

정은 영신이 누워 있는 방으로 들어갔다. 열이 계속 오락가락하는 데도 영신은 끝까지 병원 가기를 거부했다. 결국 그가 화를 내고 나서야 아파트 앞 내과에서 진료를 받았다. 그나마 처방받은 약이 효과가 있었는지 어젯밤부터 열은 떨어진 상태였다.

눈을 감고 있던 영신이 그의 기척에 눈을 떴다. 열이 많이 났던 그 밤 이후로 영신은 그에게 손을 내밀지 않았다. 정신이 없는데도 그가 괴로워한다는 걸 알았다. 자신이 그를 속이고 있다는 걸 정도 알고 있음을 영신은 알았다. 하지만 그에게는 아무 말도 해 줄 수가 없었다. 그녀는 억지로 무거운 몸을 일으켰다.

"몇 시예요?"

"열 시."

"출근 늦었네요. 어서 가요."

영신이 놀라서 그를 재촉했다. 자신에게 이렇게 무방비이면서도 왜 도움을 청하지 않는지 화가 났다. 영채를 상대로 알 수 없는 질투를 하는 자신이 한심했다. 그냥 사이좋은 자매였다면, 어쩌면 기분 좋게 샘을 내고 말았겠지만 상황이 이렇다 보니 기분이 복잡했다. 그는 침대에 앉아 영신의 이마를 짚었다. 열은 완전히 떨어져 있었다.

"아주머니가 죽 챙겨 주면 남기지 말고 다 먹어."

영신은 고개를 끄덕였다. 죄책감 때문에 그를 가까이 할 수 없는데도 몸은 여전히 그의 온기를 그리워했다. 정이 가볍게 그녀를 당겨 안았다.

"미안해요."

아파서 미안하다는 것인지, 속여서 미안하다는 것인지 구별이 되지 않았다. 아마도 둘 다일 거라고 정은 생각했다.

"미안하면 아프지 마."

속이지도 말고.

영신이 대답 없이 그의 몸에 팔을 둘렀다. 한참을 그렇게 안고 있
는데 노크 소리가 들렸다. 정은 정신을 퍼뜩 차렸다.

"갔다 올게."

"조심해요."

아침마다 듣는 소린데 오늘은 왠지 가슴이 찡했다. 정은 웃으며 그
녀의 입술에 키스를 한 후 방을 나갔다. 문 앞에서 지연이 비웃듯 그
를 바라보았다.

"애절해서 못 봐 주겠다, 정말."

"갈 거야. 밥이나 잘 챙겨 줘. 아픈 사람 구박하지 말고."

"간병인 취급하지 마."

화를 내는 지연에게 정은 손을 흔들었다. 그가 나가는 모습을 지연
이 고개를 저으며 쳐다보았다. 어제 도우미 아주머니로부터 영신이
아프다는 말을 들었을 때는 그냥 몸만 아픈 거라고 생각했는데 정의
얼굴을 보자 그게 아닌 걸 알았다. 뭐가 그리 복잡한지 옆에서 지켜
보는 자신도 골치가 아팠다.

방으로 들어가니 영신이 초췌한 얼굴로 앉아 있었다. 원래가 작은
몸인데 지금은 아이처럼 보였다. 까무잡잡하고 건강해 보이던 피부도
윤기 없이 창백하기만 했다. 영신이 지연을 보고 깜짝 놀랐다.

"어, 왔어요?"

"응. 아프다며? 꾀병인 줄 알았는데 아닌가 봐."

"죄송해요."

"나한테 죄송할 건 없고. 어쨌든 몸부터 추슬러."

톡톡 쏘는 말투지만 그녀에 대한 걱정이 느껴져 영신은 웃음이 났다. 거침없는 말 뒤에 지연의 진심이 보였다.

"고맙습니다."

그녀의 말에 지연이 돌아섰다. 지연이 얼굴을 붉힌 것 같아 영신은 다시 웃고 말았다.

"꾀병이지? 아픈 사람이 왜 이렇게 실실대?"

무안한지 지연이 톡 쏘아 댔다.

"좀 더 누워 있어. 죽 준비되면 갖다 주라고 할 테니까."

"이젠 괜찮아요. 일어날 수 있어요."

"잔말 말고 누워 있어."

부드럽진 않지만 정이 생각났다. 이렇게 자신을 걱정해 주는 사람들이 있다는 것이 좋으면서도 서글퍼졌다. 지연이 나가자 영신은 욕실로 들어갔다. 거울에 비친 그녀는 영락없는 환자였다.

넌, 아플 자격도 없어.

혈색이 돌아오도록 델 정도로 뜨거운 물로 샤워를 했다. 어서 기운을 차려야 했다. 이 모든 일들을 견디려면.

"뭐야, 아픈 사람이 샤워는 왜 해?"

머리가 조금 젖은 그녀를 향해 지연이 잔소리를 해 댔다. 마침 도우미가 식사 준비가 됐다는 말을 하러 나오지 않았다면 지연의 잔소리를 계속 들어야 했을 것이다. 그 잔소리가 싫진 않지만 지금은 조용히 있고 싶었다. 식욕은 없지만 영신은 숟가락을 들어 죽을 먹었다. 뒤따라 주방으로 들어온 지연이 도우미를 내보내고 맞은편에 앉았다.

"얼른 먹고 빨리 나아. 정이 녀석까지 비실비실하게 하지 말고."

지연이 감시하듯 그녀가 먹는 모습을 지켜보았다. 그 날카로운 시선에 죽을 삼키기가 어려웠다. 간신히 반 정도를 먹고 숟가락을 놓는데 지연이 불쑥 입을 열었다.

"어쩔 셈이야?"

"네?"

표정이 진지했다. 다 안다는 듯 쳐다보는 시선이 불편해 영신은 헛기침을 했다.

"아픈 건 그냥 감기……."

"아닌 거 알아. 그 녀석 표정도 그렇고, 지금 당신도 죽을상을 하고 있는데 그걸 믿으라는 거야? 다른 건 몰라도 정이 상처받는 건 안 된다고 했잖아."

갑자기 눈물이 핑 돌았다. 정과 영채 사이에서 갈팡질팡하는 마음은 이미 너덜너덜할 정도로 찢어진 상태였다. 지연의 말이 더 아픈 것도 그것 때문이다.

"복잡한 거 질색이야, 난. 뭐가 문젠지는 모르겠지만 별로 알고 싶지도 않아. 언제나 정이 일순위지만 지금은 당신도 안 다쳤으면 좋겠어. 그걸 풀 수 있는 사람은 당신과 그 녀석뿐이지."

영신은 놀란 눈으로 지연을 바라보았다. 저도 모르게 눈물이 또르르 흘러내렸다. 지연이 쯧 하고 혀를 찬다. 자신이 다 망치고 있는 걸 아는데 더 이상 영채를 배신할 수는 없었다. 가슴이 쪼개지듯 아팠다.

"울지 마. 정이 녀석 알면 나만 욕먹어. 다 먹었으면 약 먹고 쉬도록 해."

지연이 당황한 듯 벌떡 일어나 주방을 나갔다. 영신은 두 손에 얼굴을 묻었다. 정도, 영채도 상처를 주면 안 되는데 자꾸만 그렇게 된다. 이 모든 걸 끝내기 위해서는 그녀가 빨리 결단을 내려야 했다. 영신은 나오려는 눈물을 거칠게 닦았다. 이런 약한 마음으로는 아무 결정도 할 수 없다. 그녀는 나오는 눈물을 막기 위해 눈을 꽉 감아 버렸다.

영채가 일러 준 날이 하루밖에 남지 않았다. 이틀 내내 지연이 나타나서 그녀를 지켜보는 통에 바깥으로 나갈 수가 없었다. 정과 멀어진 지금 툭툭 쏘는 지연의 잔소리가 뜻밖의 위로가 되어 주었다. 정은 여전히 밤이 늦어서야 들어왔다. 그녀를 쳐다보는 시선에 수많은 질문이 가득하지만 영신은 모른 척했다. 그 역시도 묻지는 않았다.

미안해요.

그를 볼 때마다 영신은 속으로 그렇게 말했다.

아침에 그가 출근을 한 후 영신은 외출을 서둘렀다. 지연이 오기 전에 나가고 싶었다. 그리고 자신의 결심이 무너지기 전에.

"어, 어디 가세요?"

엘리베이터 앞에서 영신은 도우미와 마주쳤다. 다행히 지연은 없었다. 그녀는 놀란 마음을 숨기고 웃음을 지었다.

"잠깐 볼일이 있어서요."

"그래도 아직 아픈데 이렇게 돌아다녀도 되나? 형사님하고 실장님이 싫어하실 텐데. 심부름이면 내가 할게요."

"아니에요. 금방 갔다 와요. 이젠 다 나았는데요, 뭐. 다녀올게요."

"조심해요."

걱정스런 눈으로 자신을 보는 아주머니를 뒤로하고 영신은 아파트를 나왔다.

매번 와도 익숙해지지 않는 감정들로 넘쳐 난다. 다시 초록색 문 앞에 선 그녀는 그런 생각이 들었다.

절대 이 고통은 익숙해지지 않을 거야. 아니 익숙해질 수가 없어.

이번에는 망설이지 않고 그녀는 초인종을 눌렀다. 지난번과 같은 목소리가 대답했다.

— 누구세요?

"최영신이에요."

— 아, 자, 잠깐만요.

옷을 많이 껴입었는데도 영신은 추워서 몸을 웅크린 채 기다렸다. 지난번과 달리 이번엔 그때의 여자가 직접 나와서 문을 열어 주었다. 당황한 기색이 역력했다. 난동을 부린 기억 때문인지 조금 겁먹은 표정이었다.

"어, 저기. 지금 사장님 안 계시는데요."

"알아요."

영신은 아침 일찍 준비한 편지를 꺼내 들었다. 하얀 봉투는 깔끔하게 봉인되어 있었다.

"이것만 전해 주세요."

"뭐, 뭔데요?"

"전해 주면 알 거예요."

그래, 알아주길 바랐다. 자신의 죄를 인정한다면.

영신은 의심스런 눈으로 자신을 쳐다보는 여자를 두고 돌아섰다. 고민은 깊었지만 선택의 순간은 짧았다.

이렇게 쉽구나, 한순간 나락으로 떨어지는 건.

눈이 올 것 같은 하늘처럼 가슴이 묵직하고 답답했다. 쨍한 추위에 눈물이 맺히자 그녀는 서둘러 언덕을 내려가기 시작했다.

정은 차에서 내려 초인종을 눌렀다.

— 누구세요?

"경찰입니다."

— 아, 아. 네.

당황한 여자가 문을 철컥하고 열자 그는 집 안으로 들어갔다. 영신이 언덕을 내려가는 걸 확인한 후에야 그는 이곳으로 왔다. 현관 앞에 여자가 기다리고 있었다. 최정훈의 현재 처였는데 마치 가정부처럼 보였다. 영신은 이 여자가 자신의 새어머니라는 사실도 몰랐다. 그리고 정도 그녀가 그 사실을 아는 것을 원치 않았다. 왠지 그녀가 그걸 알면 괴로워할 것 같았다.

"무슨 일이죠?"

"최영신 씨 왔었죠?"

"아, 네."

"뭣 때문입니까?"

"아, 전해 줄 게 있다고. 바깥양반 주라고 편지 봉투를 주고 갔어요."

"볼 수 있습니까?"

"하지만 바깥양반 거라 마음대로……."

"수사에 필요해서 그렇습니다."

"네, 네."

겁에 질린 것처럼 허둥대며 여자가 안으로 뛰어 들어가 봉투를 들고 나왔다. 아무것도 쓰여 있지 않은 하얀 종이봉투였다. 꼼꼼하게 붙인 봉투를 정은 망설이지 않고 쭉 찢었다. 단정하고 귀여운 글씨를 보자 그는 움찔했다. 영신과 꼭 닮아 있었다.

[성북구 성북동 ○○아파트 202동 702호. 내일 오후 1시. 용서를 빌고 싶다면 오세요.]

예상은 했지만 막상 확인하니 가슴이 덜컥했다. 내일 최영채가 나

426

타난다. 그 사실을 깨닫자 심장이 미친 듯이 뛰기 시작했다. 영신의 동생, 그리고 그가 꼭 잡아야 하는 피의자.

실제의 영채는 어떤 얼굴일까? 그동안이 너무 고통스러워 정은 영채의 이미지조차 그려지지 않았다. 아름다운 외모에 뛰어난 머리. 하지만 상처투성이인 여자.

그 상처가 영신과 자신까지도 태워 버릴 정도로 너무 크고 아파서 정은 영채를 대하게 된다는 사실이 두려웠다. 지금까지와는 상대도 안 될 그런 깊은 상처를 줄 것 같았다. 자신과 영신에게. 그런 마음을 숨기고 정은 다시 봉투를 여자에게 내밀었다.

"전해 주십시오."

"네? 가지고 가시는 거 아닌가요?"

"아닙니다. 분명히 전해 주세요. 협조 감사드립니다."

그리고 그는 집을 나왔다. 입김이 연기처럼 나올 정도로 추웠다. 눈이 올 것처럼 하늘이 바로 머리 위까지 내려앉은 느낌이 들었다. 잠복 중인 차로 돌아오니 진경이 그를 바라보았다.

"뭐랍니까?"

"내일 최영채 나타난다."

"네? 무슨 소립니까?"

놀라는 진경의 말에도 정은 어둑해진 하늘을 멍하니 바라보았다. 잠시 뒤 그 무거움을 견디지 못한 하늘이 파르르 떨리며 온 천지에 하얀 눈이 내려앉았다.

평소와 달리 정이 일찍 퇴근을 했다. 초췌해진 그의 얼굴에 영신은 마음이 무거웠다. 과중한 업무에 아픈 그녀까지 간호하느라 생긴 눈 밑의 그늘이 오늘은 더 진해져 있었다. 하지만 여전히 그녀의 가슴이 아릴 정도로 잘생긴 얼굴이었다.

　꽃무늬의 여성스런 원피스 차림으로 그를 맞이하는 영신의 모습에
그가 놀란 표정을 지었다. 하지만 별다른 말 없이 곧장 방으로 들어
가자 영신은 아무 말도 못하고 그를 뒤따라갔다.

　"오늘 눈 왔어요."

　"알아."

　"아주머니가 눈 온다고 따뜻한 해물탕 해 줬어요."

　"알았어."

　"씻어요. 저녁 준비해 놓을게요."

　무뚝뚝한 정의 태도에 영신은 방을 나갔다. 내일이면 다시 그를 볼
수 없을지도 모른다는 생각이 들었다. 그녀는 영채에게 꼭 갚아야 할
빚이 있었다. 그녀가 죽어서도 갚지 못할 빚. 정을 사랑하지만 그녀에
게 허락된 건 여기까지였다. 마지막 밤을 고통 속에서 보내고 싶지는
않았다.

　잠시 뒤 정이 샤워를 했는지 버릇처럼 상체를 벗은 채 나타났다.
처음 그녀를 두근거리게 했던 그 모습 그대로였다. 웃는 그녀의 얼굴
에 이상한 표정을 지었다.

　"배 안 고파요?"

　"조금."

　"먹어요. 내가 한 건 아니지만 맛있어요. 요리도 재능이 있어야 하
나 봐. 내가 만들면 항상 이상한 맛이 나던데. 이건 맛있어요."

　억지로 만들어 낸 미소지만 영신은 진짜 즐거운 듯 웃었다. 정이
이를 악무는 모습이 보였지만 그녀는 일부러 시선을 돌렸다. 말없이
정이 밥을 먹기 시작하자 영신도 마주 앉아 먹었다. 마지막 식사니까.
영신은 맛있게 밥을 푹푹 퍼 먹었다.

그녀의 행동이 불안했다. 무슨 생각인지 알고 싶어 몸이 근질근질했다. 정은 모른 척 밥을 먹고 수저를 놨다. 영신답지 않게 지나치게 명랑하고 가벼웠다. 모르는 사람이 봤다면 참 밝고 귀엽다고 했을 행동들이었지만 그것이 정에게는 불길했다.

오늘 그녀가 남긴 그 쪽지를 읽은 순간부터 그는 쭉 이런 상태였다. 마치 그녀가 흔적도 없이 어디론가 사라져 버릴 것 같은 그런 불길함.

"다 먹었어요?"

"응. 배불러."

"차 줄까요?"

"아니. 피곤해서 쉬고 싶어."

"그래요, 그럼. 난 설거지하고 갈게요."

주방을 나가는데 손까지 흔들어 준다. 그 손짓에 그의 마음이 흔들렸다. 돌아서서 무슨 짓이냐고 버럭 소리를 지르고 싶었다. 정신 차리라고 해 주고 싶은데 그럴 수가 없었다. 영채 때문에 매일 울던 그녀를 알기 때문에 더 그랬다. 그녀의 상처가 어떤 건지 알기 때문에.

그 망할 인간이 그녀를 실망시키지 않기를 바랐다. 정말 용서를 빌기 위해 그곳에 나타났으면 싶었다. 그럴 리는 없겠지만.

정이 나가자 영신의 얼굴에서 미소가 사라졌다. 억지로 지은 미소 때문에 뺨에 경련이 일 것만 같았다. 느릿하게 일어나 설거지를 하고 주방을 치우는 동안에도 그녀는 제정신이 아니었다. 하지만 주방을 나와 방으로 들어가는 그녀의 얼굴에는 다시 그 가증스런 미소가 돌아와 있었다.

정이 팔로 얼굴을 가린 채 침대 한가운데에 누워 있었다. 그녀의 기척에도 미동이 없다. 한동안 그를 내려다보던 영신은 욕실로 들어가 씻고 나왔다. 여전히 정은 그 자세로 있었다.

"감기 걸려요."

그녀의 말에도 대답이 없던 정이 한참이 지나서야 팔을 치우고 영신을 바라봤다.

"영신아."

오랜만에 불러 주는 이름에 영신은 저도 모르게 움찔했다. 왠지 그 다정한 말이 상처가 된다. 그런 마음을 숨기려 영신은 그의 입술에 입을 맞췄다.

"감기 걸려요. 이불 덮고 자."

"최영신."

정말 피가 날 것 같다. 영신은 그의 입을 막기 위해 깊이 키스했다. 정이 그런 그녀를 받아 준다. 따뜻했지만 그의 다정한 말처럼 그마저도 그녀에겐 아팠다.

"넌 나 없이 살 수 있어?"

역시 상처가 된다. 영신은 울컥 올라오는 눈물을 삼켰다.

"사랑해, 영신아. 사랑해."

결국 왈칵 눈물이 쏟아졌다. 영신은 화가 난 사람처럼 거칠게 그에게 돌진했다. 서툰 그 몸짓을 정이 두 팔로 안아 받아 준다. 정신이 아득해질 정도로 키스를 해 주며 그녀의 온몸에 따뜻하게 불을 지핀다. 그녀의 몸 안 가득 자신을 채우고 자신의 온기를 전해 주었다.

"사랑해요. 당신이 행복했으면 좋겠어요. 나는."

영신은 그 말을 하고는 그의 가슴에 얼굴을 묻었다. 영채가 어떤 심정으로 자신에게 그 말을 했는지 이제야 알게 되었다. 정말, 그가 행복했으면 좋겠다. 영채가 자신에게 그랬던 것처럼 영신도 그런 마음이었다.

"정말 당신이 행복해졌으면 좋겠어."

정은 그 말을 들으며 눈을 감고 말았다. 자신에게 부딪쳐 온 육체는 거짓이 없었다. 그리고 그녀의 말도. 하지만 그 속에 영신은 없었다. 그것을 깨닫자 그는 영신을 놓치지 않기 위해 아플 정도로 꽉 안았다. 영신이 여전히 자신의 품 안에 있는데도 그는 밤새 허전함을 느끼며 깨어 있었다. 아침이 두려웠다. 날이 밝는 것이, 내일이 오는 것이.

11

심장 뛰는 소리가 귀에 들리는 것 같은 착각이 들 정도로 거세게 울렸다. 온몸의 피가 빠르게 돌면서 현기증이 생긴다. 영신은 두 손으로 가슴을 꾹 눌러 보았다. 통증이 느껴질 정도로 강한 힘에도 여전히 그녀의 심장은 미친 듯이 경종을 울려 댔다.

영채는 어떤 모습이 되어 있을까? 아름다웠던 그 모습을 떠올리려 했지만 왠지 희미하게 느껴진다. 내가 이제라도 널 지킬 수 있을까? 이 모든 것들을 끊어 낼 수 있는 방법은 도대체 뭘까? 영신은 외출 준비를 하는 내내 혼란의 소용돌이 속에 있었다.

아침 일찍 정은 전에 없이 강한 키스를 해 주었다. 절박한 그녀의 심정을 아는 사람처럼. 영신 역시 마지막처럼 그를 안아 주었다. 어쩌면 그녀가 느끼게 될 마지막 온기. 영신은 그것을 놓치기 싫어 오랫동안 그가 주는 그 온기를 허겁지겁 받아들였다.

잘 있어요. 미안해요. 행복해요.

그 마음을 가득 담은 키스였다.

그가 나간 후 영신은 두꺼운 패딩 점퍼를 입었지만 다시 시작된 한기는 더 심해질 뿐이었다. 집으로 돌아가는 그 길이 아득하게만 느껴진다.

지하철에서 내린 그녀는 느릿느릿 아파트 입구로 걸어갔다. 집이 가까워질수록 발에 모래주머니를 찬 것처럼 무거워졌다. 그 때문에 조금 튀어나온 보도블록에 발이 걸려 비틀거리고 말았다. 젊은 여자가 친절하게 팔을 잡아 부축해 주었다. 고맙다는 말을 하려는 순간 여자가 빠르게 말을 했다.

"102동으로 오세요."

그 말을 이해한 순간 온몸에 피가 빠져나가며 식은땀이 흘러내렸다. 순식간에 여자가 사라져 영채인지 누군지 구분할 수가 없었다. 그녀는 무작정 뛰기 시작했다. 숨을 헐떡이며 102동 입구에 뛰어드는데 누군가 팔을 잡아챘다. 어느새 엘리베이터 안이었다.

문이 닫히자 영신은 자신을 잡아챈 사람을 돌아보았다. 언뜻 보기엔 고등학생처럼 보이는 남자아이였다. 짧은 머리에 야구모자, 굵은 안경테와 검은색 야구점퍼 차림의 낯선 사람이 그녀를 쳐다본다.

"아무 말 마."

영채! 주변이 빙글빙글 돌기 시작했다. 영신은 떨리는 손으로 동생의 어깨를 잡았다. 뼈만 남은 딱딱하고 가느다란 어깨가 한 줌도 되지 않았다. 영채는 눈빛만 형형하게 살아 있는 해골처럼 보였다. 왈칵 쏟아지는 눈물을 간신히 참으며 자매는 침묵 속의 재회를 했다.

영신에게 아무 말 없이 영채는 꼭대기 층의 버튼을 눌렀다. 이미 경찰들이 그들의 아파트 동에 진을 치고 있다는 걸 알았다. 어젯밤 꼬박 이곳에서 밤을 새며 형사들이 몰려드는 걸 보고 있었다.

이 세상은 이미 그녀에게 출구 없는 감옥이었다. 더 이상 탈출구 따위는 없다. 그녀 자신 역시 도망칠 여력 따윈 남아 있지 않았다. 지금 그녀가 끝내지 않으면 자신뿐 아니라 영신까지 그 감옥 속에 영원히 갇힐 거라는 걸 영채는 깨달았다. 이 일을 시작한 후 후회가 됐던 건 영신의 얼굴을 볼 때뿐이었다. 적어도 영신만은 이곳에서 풀어 줘야 했다. 마지막으로 그녀가 할 수 있는 일.

그 남자를 죽이든 말든 더 이상 의미는 없다. 다른 사람을 죽여도 자신의 마음에 후련함은 없었다. 오히려 더 깊이 어둠 속으로 끌려가고 있었다.

이대로 죽어 버릴까? 흔적도 없이, 사라져 버릴까?

하지만 끈덕진 악몽의 그림자는 그녀의 무의식까지 따라왔다. 그녀의 화살은 이미 과녁을 향해 세차게 날아간 후였다.

마지막으로 영신을 만나고 싶었다. 이미 결심한 일인데 막상 영신의 모습을 보자 영채는 자신이 동요했다는 걸 깨달았다. 유일하게 자신이 누군가의 가족이라는 걸 느끼게 하는 사람. 10년 전 그녀를 버리면서 그 감정도 버렸어야 하는데 영신은 바보처럼 그 끈을 놓지 않았다. 이제 그녀가 그 끈을 놓아야 할 때였다.

엘리베이터는 중간에 멈추지 않고 꼭대기 층에 다다랐다. 영채는 가슴에 품은 총을 살짝 만져 보았다. 그 짐승에게, 그리고 자신에게 어울리는 처형. 그녀는 그걸 품고 있었다.

"내가 먼저 나가 볼까요?"

같이 엘리베이터에 올랐던 여자를 영신은 그제야 깨달았다. 아까 그녀를 잡아 주었던 여자다. 그녀와 비슷한 또래의 여자의 얼굴은 긴장한 기색이 역력했다. 어쩌면 저 여자도 피해자들의 가족과 같은 사람이 아닐까 하는 생각이 문득 들었다. 여자의 질문에 영채가 고개를 저었다.

"아니, 됐어요. 내리죠."

세 사람은 짧은 계단을 올라 옥상으로 향하는 문을 열고 나갔다. 무거운 하늘이 옥상에 닿을 듯 내려와 있었다. 영채는 옥상 문에 미리 준비해 둔 자물쇠를 걸었다. 문이 닫히자마자 영신이 영채에게 다가섰다. 그제야 영채가 모자와 안경을 벗었다.

움푹 파인 눈엔 깊은 그늘이 져 있었다. 홀쭉해진 작은 얼굴은 칼처럼 날카롭게 각이 잡혔다. 길고 아름다웠던 머리는 밤송이처럼 까칠하게 깎여 있다.

"머리, 왜 그랬어?"

괜찮냐는 말보다 그 말이 먼저 나왔다. 울먹이는 그녀의 말에 영채가 희미하게 웃었다. 영신은 저도 모르게 다가서 삐죽삐죽 선 머리를 쓰다듬었다. 작고 마른 어깨. 영채는 허수아비처럼 말라 있었다. 머뭇거리던 영채가 그녀의 품 안으로 들어온다. 영신은 울지 않으려 애쓰며 방황하던 동생을 안아 주었다. 지켜 줄게. 내가, 지켜 줄게.

"이제 어떻게 할 건가요?"

긴장 어린 목소리에 두 자매는 잠시의 휴식에서 벗어났다. 영채가 여자를 돌아보았다.

"기다려야죠. 곧 사람들이 올라올 거예요. 당신은 저수조 뒤쪽에 가 있어요. 그리고 내가 부탁한 대로 해 주세요, 꼭. 당신이 본 대로, 느낀 대로, 있는 그대로 쓰기만 하면 돼요."

영신은 알아들을 수 없는 말이지만 여자는 알아들은 듯 고개를 끄덕이고는 옥상 가운데 있는 저수조 뒤쪽으로 사라졌다.

"어떻게 지냈어?"

"그냥저냥. 언니는? 아팠니? 얼굴이 나보다 못해."

영채가 웃음을 보인다.

"그 사람 안 올지도 몰라. 아마 안 올 거야."

영신은 그 말을 하면서 그게 사실일 거라는 걸 알았다. 정말 마지막으로 그 남자가 영채와 자신에게 잘못을 빌기를 바랐다. 어차피 용서 못 하겠지만 그렇게라도 하면 조금은 영채의 마음이 풀리지 않을까 했다.

하지만 지금 영채의 얼굴을 보니 그런 게 아무 소용이 없다는 걸 깨달았다. 그 남자가 자신의 아버지라는 건 더 이상 중요하지 않았다. 다만, 그런 말도 안 되는 남자 때문에 영채가 더 죄를 짓는 건 싫었다.

"알아."

"미안해. 그때 너 혼자 두고 나오는 게 아니었는데. 영채야, 미안해. 언니가 다 잘못했어."

"내가 말했지. 난 언니 미워할 수 없다고. 그 남자한테 한 가지 고마운 게 있다면 언니라는 사람을 이 세상에 있게 해 준 거야. 나야말로 미안해."

"영채야."

"언니가 도망쳤을 땐 그 남자만큼 언니도 미웠어. 다시 언니를 만났을 때 욕을 해 줄까 생각했었는데 그럴 수가 없더라. 나한테 지옥이었던 그 시간이 언니한테도 똑같았다는 걸 알았으니까. 그래서 난 언니 미워할 수 없어. 도망치긴 했어도 나하고 같이 지옥에 있는 사람이라."

담담한 그 어조에 영신은 무너지듯 바닥에 주저앉았다. 영채가 희미하게 웃으며 팔을 잡아 준다.

"미안해. 내가 나빴어. 넌 그저 작은 아이였는데. 무슨 일이 있어도 널 지켜야 했는데."

"그만해. 지금 와서 후회해도 소용없어. 언니도 그때는 어렸어, 나처럼. 갈피를 못 잡은 것뿐이야. 그걸 깨닫는 데 너무 오래 걸린 것뿐이지. 잘못은 우리가 아니라 그 남자가 한 거야. 나한테 진실은 그거하나야."

영신이 다시 돌아오지 않는다는 걸 깨닫는 데는 오래 걸리지 않았다. 밤마다 영신의 침대에 웅크리고 있으면서 영채는 그 괴물이 자신을 건드리는 것보다 영신이 다시 오지 않는다는 사실에 더 절망했었다.

밤마다 영신이 짠 하고 나타나서 그 괴물을 죽이고 자신을 구해 주는 꿈을 꾸었다. 중학생이 되었을 때 영채는 더 이상 그 꿈이 아무런 의미가 없다는 걸 깨달았다. 스스로를 지킬 사람은 오로지 자신뿐이라는 걸.

그 괴물이 찾아온 밤에 그녀는 날카로운 커터 칼로 손목을 그어 버렸다. 그냥 주르륵 흘러내릴 줄 알았던 피가 솟구치며 나오면서 온몸을 적셨을 땐 이상하게 웃음이 나왔다. 그런 영채를 보고 기겁을 한 괴물의 표정이 아직도 우스웠다. 비겁한 인간. 피를 보고 벌벌 떨던 그 모습이 아직도 선하다.

그 뒤로 그 괴물은 영채의 곁에 얼씬도 하지 않았고 다시 재혼을 했다. 고등학교를 졸업할 때까지 그곳에서 견딘 건 그 괴물보다 강해지기 위해서였다. 그 괴물이 다시는 자신을 지배하지 못하도록.

대학 입시가 끝나자마자 그녀는 영신을 찾아갔다. 영신과 살면서 영채는 그 괴물이 다시는 자신을 지배하지 못할 거라고 생각했다. 하지만 괴물은 끈덕지게 그 모습을 바꾼 채 그녀에게 따라붙었다. 지성과 이성이라는 가면을 쓴 교수의 얼굴로.

그제야 영채는 자신이 벗어나고자 했던 과거가 여전히 자신의 머리 위에 먹구름처럼 따라다니고 있다는 걸 알았다. 그것이 그녀를 돌게 만들었다. 영신이 영채의 손을 잡아당기자 그녀는 정신을 차렸다.

"우리 도망가자. 아무도 우리 모르는 곳으로, 응?"

영신의 말에 영채는 피식 웃었다. 이미 경찰이 쫙 깔린 마당에 도망칠 곳은 어디에도 없었다. 그렇다고 해도 체포될 생각 역시 없었다. 언니만은 지켜 주고 싶었는데. 내가 미안해.

"도망 안 가, 난."

"영채야. 내가 다 할게. 넌 그냥 나만 따라와. 그런 인간 때문에 네가 이렇게 망가진다는 건 말이 안 돼. 너무 억울해."

"알아. 그런데 이미 너무 멀리 왔어. 더 이상 갈 데가 없어."

"도망가자. 언니가 지켜 줄게. 이번엔 무슨 일이 있어도 너 안 버려. 그러니까 제발……."

"언니, 하나만 약속하자. 내가 무슨 짓을 해도 언니는 앞으로 나가는 거야. 여기에 머무르지 말고."

"무슨 말이야? 같이 가. 어디든 네가 가자고만 하면 갈게."

"언니는 올 수 없는 곳이라니까. 약속하는 거다. 언니가 앞으로 살아가는 건 언니만의 것이 아니야. 내 몫도 있다는 거 있지 마. 지금 언니가 해 줘야 하는 건 그것뿐이야."

"안 돼. 제발!"

"약속해!"

영신의 울먹임을 무시하고 영채가 약속을 강요했다. 한동안 두 사람은 서로를 바라보았다. 순간 영신은 눈앞에 있는 영채가 그대로 사라져 버릴 것 같아 눈을 감았다. 바로 앞에 선 영채가 너무나 희미하게 보였다. 바닥에 닿자마자 녹아 버리는 눈송이처럼 보였다.

"약속해. 부탁이야, 언니."

"알았어."

"고마워. 휴대폰 좀 줘 봐."

아무 말도 할 수 없었다. 영신은 휴대폰을 내밀었다. 가슴이 불길함으로 들끓었다. 영채를 잡아 주고 싶었는데 그러지 못할 것 같았다. 영채의 얼굴이 이런 일을 꾸미고 있는 것과 다르게 너무 편안해 보이는 게 그랬다. 모든 걸 끝낸 사람처럼.

"최영신 왜 안 와?"

답답해진 정 반장의 말에 저쪽에서 다급한 목소리가 대답했다.

"반장님, 102동입니다."

"뭐?"

"갑자기 진로를 바꿨습니다. 바로 쫓겠습니다."

"시야에서 놓치지 마. 우리도 바로 갈 테니까."

정 반장이 중얼중얼 욕설을 내뱉었다. 옆에 서 있던 정은 조바심에 그런 반장을 바라보았다.

"102동으로 간다."

"네?"

"최영신이 그쪽으로 움직였어."

누군가 엘리베이터를 잡고 있는지 15층에 선 엘리베이터가 움직일 생각을 안 했다. 정은 생각할 겨를도 없이 계단을 내달려 내려가기 시작했다. 그를 따라 우르르 형사들이 계단을 뛰자 건물 전체가 소란스러워졌다. 정은 아침에 본 영신의 얼굴만 떠올랐다. 102동 입구엔 이미 다른 경찰과 사복형사들이 먼저 도착해 있었다.

"어디로 간 거야?"

"옥상으로 올라간 것 같습니다."

"왜 못 잡았어?"

"갑자기 방향을 바꾸는 바람에. 금방 뒤따라왔는데 이미 올라간 후더라고요."

"세 개 조로 나눠서 움직이자. 한 팀은 계단, 한 팀은 엘리베이터, 나머지는 여기서 대기한다."

옥상이라는 말을 듣자마자 정이 뛰어 나갔다. 뒤에서 욕하는 소리가 들렸다.

"김진경, 뒤쫓아 가. 저 녀석 헛짓 못하게 잘 막아."

"네."

정의 뒤를 진경과 순천이 재빨리 따라갔다. 정 반장은 나머지 사람들의 팀을 나눈 후 엘리베이터에 올랐다.

"반장님!"

"왜?"

"최영채 전화입니다."

"뭐?"

"최정훈한테 지금 연결됐습니다."

혹시 몰라 최정훈을 아파트 앞에 대기시킨 상태였다. 최영채를 설득하기 위한 도구로 말이다. 가장 좋은 시나리오는 언니인 최영신이 최영채를 자수시키는 것이었다. 하지만 지금까지 최영신의 태도로 봐서 그게 가능할 것 같지는 않았다. 이러다간 자매 둘 다 비명횡사하게 생겼다.

정 반장은 황급히 최정훈을 태운 차 앞으로 갔다. 야비한 남자. 딱 첫 느낌이 그랬다. 이번 사건 자체가 그리 유쾌하지 않았지만 그중에 가장 기분 나쁜 존재가 바로 최정훈이었다. 하얗게 질린 채 차 안에서 안절부절못하는 그를 보고도 정 반장의 얼굴은 얼음처럼 차가웠다.

"나더러 어떡하라는 거요?"

"뭐라고 합니까?"

"옥상으로 오랍디다. 이런 미친년을 그대로 내버려 둘 거요? 설마 나를 보낼 생각은……."

"입 다무시죠."

정 반장은 한 대 때리고 싶은 충동을 꾹 참고 몸을 돌렸다.

"관리실 가서 옥상 열쇠 가져와."

대석도 짜증이 났는지 최정훈을 한껏 노려보고는 관리실로 걸어갔다.

"일단 내리시죠."

"뭐, 뭘 하려고?"

겁먹은 목소리가 안으로 기어들어 간다. 이런 인간이 어떻게 그런 짓은 했는지 생각할수록 분통이 터졌다. 생각 같아서는 최영채에게 그대로 던져 주고 모른 척하고 싶었다. 강한 자에게 약하고, 약한 자 위에 군림하는 자. 정 반장은 경멸의 시선을 보냈다.

"진심으로 용서를 구해 볼 생각 없습니까?"

"내가, 내가 뭘 잘못했다고! 설마 저런 미친년의 말을 믿는 건 아니겠지?"

억눌린 목소리로 잘도 변명을 늘어놓는다. 정 반장은 더 짜증이 솟구쳐 오르기 전에 시선을 돌려 버렸다.

"걱정 안 해도 됩니다. 최영채를 설득하는 데 도움만 주시면 됩니다. 일단 저희랑 같이 올라가시죠."

정 반장의 말에도 최정훈이 미적거리자 그사이 다가온 대석이 손을 내밀어 팔을 거칠게 잡았다. 워낙 괄괄한 성격의 사내였다. 평소라면 말렸겠지만 별로 그러고 싶은 생각이 없어 정 반장은 일부러 뒤로 물러섰다.

"잘못한 기 없다면 겁 묵을 일이 없을긴데. 와 이라십니까?"

대석의 말에 정훈의 얼굴이 벌겋게 달아올랐다.

"그쪽 딸들 아입니까? 맨발로 뛰어 나서도 모자랄 판에 무슨 추태요?"

거친 대석의 행동을 제지하는 사람은 아무도 없었다. 한편으로는 최영채가 영영 안 나타났으면 싶기도 했다. 잔인한 범죄였지만 그 속에는 그들이 알고 싶지 않은 진실들이 있었다. 죽어도 되는 인간들이 있다면 바로 그들이었으니까. 정 반장은 피곤이 몰려오는 걸 느끼고는 손을 들어 이마를 문질렀다. 더 이상 지체할 시간이 없었다.

"아무 일 없을 겁니다. 이런 경우 가족이 설득하면 훨씬 도움이 되니 협조 좀 부탁하죠."

그리고는 성큼 102동의 엘리베이터 쪽으로 걸어갔다. 뒤에서 투덜대는 대석의 목소리가 들리고 낑낑거림 같은 최정훈의 기죽은 대꾸가 들려왔다. 정의 심정이 이해가 간다. 사랑하는 여자의 상처를 끌어안아야 하는 그의 심정이 지금 어떨지.

최정훈과 함께 엘리베이터를 타며 정 반장은 오늘 하루는 정말 형사로서 보람된 날이 되기를 빌어 봤지만 한 층 한 층 올라갈 때마다 마음이 무거워지는 건 어쩔 수 없었다. 20층이 마치 하늘 끝에 있는 것처럼 멀게 느껴졌다.

숨이 찬 줄도 모르고 정은 한달음에 옥상까지 뛰어 올라갔다. 뒤에서 부지런히 따라오던 진경과 순천은 뒤처져 이젠 저 아래에서 탁탁거리는 소리만 들려왔다.

화재에 대비해 항상 열려 있어야 할 옥상 문이 굳게 닫혀 있었다. 그 문을 열고 들어서면 그는 보고 싶지 않은 걸 보게 될 것 같아 잠시 망설였다. 바로 이 문 뒤에 최영채가 있다. 그리고 그가 사랑하는 여자, 최영신도. 문고리를 잡고 돌려 보니 이미 잠겨 있었다. 잠시 망설이던 그는 문을 쾅 하고 쳤다.

"어쩔 생각이야? 설마 너 이상한 생각 하는 거 아니지?"

불안한 영신의 물음에 영채는 굳은 얼굴로 허공을 응시했다.

"왜? 내가 그 인간 죽일까 봐?"

재회의 기쁨이 사라지자 영채는 다시 낯선 사람이 되어 있었다. 그런 생각은 해 본 적이 없었다. 그 남자가 자신에게 피와 살을 주긴 했지만 영채 못지않게 그녀도 그를 증오했다. 다만, 그런 인간 때문에 영채가 더 깊은 나락으로 떨어져 내리는 것이 견딜 수가 없었다.

"더 이상 하지 말자. 이러면 너만 더 힘들어져. 일단 여기서 나가. 다음 일은 그 뒤에 생각하자. 응, 영채야."

"도망 못 가. 좀 있으면 경찰들 올라올 거야."

영채의 말에 영신은 깜짝 놀랐다. 오는 내내 그런 생각은 못 했다. 자신의 바보 같은 행동이 가져온 결과에 영신은 움찔했다.

"미안해. 난 생각도 못 하고……."

"언니 탓 아니야. 언니한테 연락한 순간부터 어차피 경찰들이 올 거 알고 있었어."

"영채야, 우리 그냥 자수하자. 언니가 뭐든 다 할게. 그런 사람 때문에 네가 나락으로 떨어지는 건 더 이상 못 보겠어. 억울해. 화가 나."

갑자기 영채가 픽 하고 웃었다. 부들거리는 영신의 손을 잡더니 가만히 쳐다본다.

"나도 알아. 그런데 언니야, 난 다시 못 돌아가."

"영채야!"

"자수할 생각이었으면 여기까지 오지도 않았어. 그러니까 언니는 약속만 꼭 지켜. 무슨 일이 있어도. 그게 날 위한 거라는 거 잊지 말고."

영신은 절망감에 눈을 감았다. 머리가 어지럽다. 하늘이 바로 위까지 낮게 내려와 있어 더 그런 느낌이 강해진다. 영채의 말에서 읽고 싶지 않은 의지가 느껴진다. 도저히 두고 볼 수 없는 그런 의지. 혼자만 행복해지는 게 무슨 의미가 있을까? 영채의 말에 흔들림이 없어 영신은 말도 못 하고 동생을 안타깝게 바라보았다.

쾅 하는 소리가 들리자 놀란 사람은 영신이었다. 영채의 전화를 받고 그 사람이 온 걸까? 진심 어린 사과 한 마디면, 그거라도 해 주면 오래 묵힌 이 감정이 허무해지기라도 할 텐데. 아무래도 풀리지 않을 그런 일이겠지만 적어도 그런 시늉이라도 해 줬으면. 영채의 얼굴 역시 하얗게 질려 있었다.

"뒤로 물러서 있어."

영신은 영채를 가로막으려 했다. 그녀가 막아선다고 해서 영채를 보호할 수는 없겠지만 그래도 다른 사람으로부터 상처받게 하고 싶지 않았다. 하지만 영채가 그런 그녀를 뒤로 밀어냈다. 다시 쾅 하는 소리가 천둥처럼 울렸다. 문이 부서지기를 기다리는 사람처럼 두 사람은 그 문을 뚫어지게 쳐다보았다.

"잠겨 있어."

"반장님이 열쇠 가지고 오신답니다. 조금만 기다리죠."

헉헉대며 진경이 힘겹게 말을 이었다. 정은 절망감에 몸을 떨며 이를 악물었다. 뒤이어 죽을 것 같은 표정으로 순천이 난간을 잡고 겨우겨우 올라와 그를 노려보았다. 하지만 숨이 찬 탓에 아무 말도 못 하고 허리를 숙여 숨을 골랐다.

잠시 후 엘리베이터가 열리고 정 반장이 나타났다. 그의 뒤에 대석과 최정훈이 서 있었다. 영신의 아버지를 보는 정의 눈이 차가워졌다.

"상황이 어때?"

"잠겨 있습니다. 두드렸는데 반응도 없고요."

정의 말에 정 반장이 고개를 들었다.

"섣불리 진입하다 다치는 일 없도록 주의해."

"열쇠 주십시오."

"서정!"

"압니다. 어쨌든 문을 열어야 얘기를 해 볼 것 아닙니까?"

정의 말에 정 반장이 열쇠를 내밀었다. 잠시 열쇠를 보는 정의 눈빛이 흔들렸다. 마치 받아서는 안 될 그런 물건을 본 것처럼 노려보더니 낚아채듯 들고는 문에 꽂았다.

이 순간 정은 32년을 통틀어 가장 두려워졌다. 힘을 주어 버티지 않으면 부들부들 떨며 그대로 주저앉을 것만 같았다. 하지만 열쇠를 돌리는 그의 손놀림은 단호하고 힘이 있었다. 그의 뒤에 서 있는 누구도 그런 그의 마음을 알지 못한 채 숨을 죽이고 서 있었다.

철컥하는 소리가 심장을 툭 하고 쳤다. 영신은 저도 모르게 뒤로 물러섰다. 문이 빠끔히 열리며 키가 큰 남자가 들어섰다. 그녀와 정통으로 시선이 마주친 사람은 정이었다. 놀란 영신은 저도 모르게 그를 향해 다가가다가 철컥하는 소리에 움찔하고 멈춰 섰다. 문 옆에 서 있던 영채가 정의 관자놀이에 총을 겨누고 있었다.

"움직이지 마."

이마에 와 닿은 그 차가운 느낌에도 정은 영신에게서 시선을 떼지 않았다. 그의 뒤를 따라 들어오려던 정 반장이 멈칫했다. 반쯤 열린 문 사이로 형사들이 굳어진 채로 정의 뒷모습을 바라보았다. 문의 안

쪽에 선 영채가 정의 이마를 권총으로 툭 쳤다.

"그 남자만 들여보내."

"우리가 왜 그래야 하지? 어차피 넌 도망 못 갈 텐데. 이미 이 주변은 다 포위된 상태야."

정의 말에 영신이 움찔했다. 그제야 그녀는 자신이 쭉 감시당하고 있었다는 걸 깨달았다. 바보 같은 자신이 영채를 함정에 빠뜨린 것이다. 그녀는 저도 모르게 영채에게 다가섰다. 그 모습을 보고 정이 소리를 질렀다.

"그대로 있어! 당신은 이쪽으로 오지 마."

영채의 얼굴에 순간 이상한 표정이 떠올랐다. 정의 그 말에도 불구하고 영신은 동생에게 다가섰다. 영채의 손을 잡았다. 너무 차가워 머리끝이 쭈뼛 설 정도였다. 정은 영채의 옆에 선 영신을 보자 가슴에 통증이 느껴졌다. 지금 영신은 낯선 사람처럼 보였다. 언젠가의 꿈처럼 마치 그대로 사라져 버릴 것 같은 낯선 얼굴로 서 있었다.

"그 남자만 보내. 당신은 뒤로 빠져."

영채가 다시 총을 똑바로 들어 정을 겨누었다. 그제야 정은 정신을 차리고 영채를 돌아보았다. 전혀 닮지 않은 두 사람이지만 지금은 위태한 그 모습이 마치 쌍둥이 같았다. 완전히 얼어붙은 날씨처럼 두 여자 모두 차가워져 있었다. 무방비한 대치 상태를 깨 보려는 듯 갑자기 누군가 뒤에서 그를 밀었다.

순간, 귀청을 찢을 듯한 천둥 같은 소리가 들렸다. 정은 반사적으로 몸을 숙이며 영신을 눈으로 좇았다. 영채의 바로 옆에 서 있던 영신은 총알이 발사된 순간 눈을 질끈 감고 귀를 막았다. 그녀도 눈을 뜨자마자 정의 안전을 확인하려 했다.

그 눈짓을 확인한 정은 안심이 되었다. 이 순간 그녀가 이대로 사라쳐 버리지 않을 거라는 작은 확신을 가지고 싶었다. 하지만 그런 안도감을 느끼기도 전에 영채가 그를 밀어붙였다.

"뒤로 물러서! 꼼짝만 해 봐. 이번엔 당신 머리통이야."

"영, 영채야."

"조용히 해!"

영신의 애원에 영채가 고함을 쳤다. 영신은 정을 바라보았다.

가요, 제발. 나를 위해서.

그런 눈빛을 보고도 정은 물러서지 않았다.

"진정해. 이런다고 해결되는 건 없어. 그 남자를 보내지. 대신 나도 여기 남게 해 줘. 아무 짓도 하지 않을 테니."

"말 같잖은 소리 하지 마. 당신의 뭘 믿고?"

"당신 언니, 최영신. 이 여자가 무사한지 내 눈으로 확인해야겠어. 네가 최정훈에게 어떤 짓을 해도 상관 안 해, 난. 영신이만 무사한지 지켜보게 해 줘."

정의 말에 놀란 영채가 두 사람을 번갈아 보았다. 영신이 고개를 저었다.

"아니야. 저 사람 상관없는 사람이야. 그냥 보내 줘. 그 남자만 만나자."

"내가 대신 있을게. 당신 언니는 보내 줘. 당신만큼 고통받았다는 거 더 잘 알잖아."

정의 말에 영채가 잠시 멍한 표정을 지었다. 영채의 입가에 큰 미소가 걸린다. 하지만 영신은 영채의 눈가에 눈물이 맺힌 걸 보고 말았다.

"됐어. 그 남자 들여보내. 그리고 당신도 남아. 그리고 문은 잠가. 뒤에서 괜한 짓 말라고 해."

영채의 말에 정이 돌아서자 문 바로 앞에 서 있던 정 반장이 눈짓을 했다.

"맡겨 주세요. 아무 일 없게 하겠습니다."

"알았다."

정 반장이 뒤를 돌아보자 잠시 후에 최정훈이 겁에 질린 얼굴로 나타났다.

"내, 내가 왜 여길 가야 하는 거요? 저, 저애가 날 죽이기라도 하면⋯⋯."

"그럴 일 없으니 안으로 들어가기나 해요."

"만, 만약 무슨 일 생기면 당신들 경찰 가만 안 둘 거야."

자꾸만 뒤로 빠지려는 최정훈을 정이 확 잡아당겼다. 그를 본 영신과 영채 자매가 움찔했다.

"다른 사람들은 뒤로 빠져. 허튼 짓 말고 문 잠가."

정은 영채의 말대로 옥상 문을 잠갔다. 시늉만 해서 속을 여자는 아니었다. 그가 돌아서자 영채가 총을 들어 앞으로 오라는 손짓을 했다.

"그 남자도 끌고 와."

정이 벌벌 떠는 최정훈을 앞으로 데리고 걸어가자 영채가 최정훈을 보고 피식 웃었다. 겁에 질린 얼굴이 새파랗게 변해 있었다.

"오랜만이네요, 아버지. 당신이 아버지 자격이 있나 모르겠지만."

영채의 말에 최정훈의 얼굴이 붉어지더니 덜덜 떨며 뒤로 주춤주춤 물러섰다.

"잘, 잘못했다. 그때는 내가 미쳤었어."

"이제 와서 당신 사과 듣자고 내가 불렀을까 봐? 후회가 너무 늦어. 당신 때문에 난 지옥 속에서 살았어. 매일매일 당신을 어떻게 죽일까 그 생각만 하면서. 가슴이 타들어 갈 정도로 증오를 느끼면서 사는 게 어떤 건지 알아? 차라리 죽는 게 나을 정도로 고통스러운 그 심정을."

영채의 말에 영신은 울음을 터뜨리고 말았다. 그녀가 도망친 사이에 영채는 그녀보다 더한 지옥 속에서 비명을 지르고 있었다는 걸 이제야 확연히 깨달았다.

얼마나 무서웠을까? 얼마나 아팠을까?

이건 10년 전과 변한 게 하나도 없었다. 일이 이렇게 된 건 모두 그녀의 탓이었다. 영채를 막다른 골목으로 몰아넣은 사람은 바로 그녀였다.

"미안해. 나 때문에. 내가 생각을 못 하고……."

"언니 잘못 아니야. 언제까지 도망만 다닐 수는 없잖아. 이젠 끝내야 돼. 안 그러면 언니도, 나도 거기서 못 벗어나."

"영채야."

"언니까지 이용해서 미안해. 그럴 생각은 없었는데 어쩔 수 없었어."

영채가 영신을 뒤로 밀었다. 정에게 총을 겨누고는 손짓을 하자 그가 뒤로 물러섰다.

"손 들고 뒤로 빠져."

"무슨 짓을 할 생각이야? 당신 언니 앞에서 아버지를 죽이겠다는 건가?"

"그럼 안 될 이유라도 있어? 이 작자는 나도, 언니도 다 망친 인간인데."

"그러고 나서는? 어차피 도망 못 가. 당신 언니한테 어떤 모습을 더 보여 줄 생각이지? 지금 자수하면 정상참작은 될 거야. 그러니까……."

"닥쳐!"

"네가 하는 짓이 이 남자가 한 짓과 뭐가 달라? 너에게 정상적인 삶을 못 살도록 한 이 남자와 영신일 여기에 묶어 두려는 너와 무슨 차이가 있지?"

"닥치라고 했어! 당신이 뭘 알아? 10년 동안 난 지옥 속에 있었어. 눈만 감으면 그때의 기억이 머릿속에서 자동으로 재생돼. 의지력? 웃기지 마. 그런 걸로 되는 거였으면 벌써 이겨 냈을 거야. 거의 이겼다고 생각했는데 그게 아니더라고. 도망쳐도 결국 난 그때 그 자리에 머물고 있었던 거야."

"이상협 교수 말인가?"

"그런 위선적인 인간은 죽어도 싸. 후회 안 해."

"그럼 다른 피해자들은?"

"피해자? 누가 피해잔데? 그 인간들도 다 마찬가지야."

"그 가족들은 어쩔 건가? 당신을 도와서 살인자가 되게 만들었어. 얼마나 많은 사람이 더 다쳐야 끝낼 생각이지?"

"그 사람들은 상관없어. 아무것도 몰라. 처음부터 내가 벌인 일이야. 괜한 사람들 끌어들이지 마."

"혼자 그 짐을 지겠다고? 그럼 당신 언니는, 영신인 왜 불렀어? 복수야? 당신을 버리고 도망간 것에 대한."

"아니야!"

영채가 갑자기 흥분해서 소리를 질렀다. 가슴이 칼에 찔린 것처럼 아팠다. 영채가 정의 말대로 자신에게 복수한대도 상관없었다. 그걸로 영채의 마음이 후련해지면 그걸로 되는 거라고 영신은 생각했다.

"그게 아니라면 지금이라도 자수해. 그럼……."

"알지도 못하면서 함부로 지껄이지 마. 자수하고 끝낼 생각이었으면 여기까지 오지도 않았어. 이젠 그런다고 끝날 일도 아니고."

"그럼 최정훈을 결국 죽이겠다는 건가?"

"어쩌면. 매일 잠들기 전 머릿속으로 저 작자를 죽였어. 10년간 수천 가지의 방법으로 죽여 왔는데 여전히 생생하게 살아서 날 괴롭히더군. 오늘 그걸 끝낼 생각이야."

"그런다고 끝날 일이 아니야. 네가 최정훈을 죽이면 난 널 잡을 거야. 내가 널 그렇게 잡게 만들지 마."

"왜? 당신은 경찰인데 당연한 일 아니야? 날 잡는 게 싫어?"

"아니. 네 언니에게 상처 주는 게 싫어. 난 최영신을 사랑해."

정의 말에 영채가 멈칫했다. 영신은 놀란 표정으로 정을 바라보았다. 정의 말이 상처가 된다. 그를 속이고 상황을 이렇게 만들어 버린 자신이 한심했다. 하지만 지금에 와서 영채를 포기할 수는 없었다. 그가 주었던 그 행복감을 추억으로 가지게 된 걸 감사하리라 여겼다. 여기서 무슨 일이 생겨도.

"그래? 그럼 당신은 언니를 지켜. 여기서 무슨 일이 생기든."

"영채야, 무슨 소리야?"

"내가 그랬잖아. 언니는 행복했으면 좋겠다고. 내 마음은 항상 그거 하나였어. 돌아가기엔 너무 멀리 왔어. 저 작자가 언니 아버지라는 것도, 내가 언니 동생이라는 것도, 또 내가 저 남자를 죽일 거라는 것도 부정할 수 없는 현실이야. 하지만 언니는 오늘 이후로 과거 따위다 털고 행복했으면 좋겠어. 나도, 저 남자도 다 잊고."

"싫어. 왜 그런 말을 해? 내가 같이 있을게. 영채야, 나하고 같이 가자."

"아니. 언니는 너무 멀어서 못 오는 곳이야. 앞으로는 언니 혼자가 아니라 내 몫까지 같이 살아야 하는 것만 잊지 않으면 돼. 언니 옆에 내가 아닌 다른 사람이 있어서 안심이야."

"안 돼. 그런 말 마!"

영신의 비명이 공허하게 울렸다. 영채가 최정훈에게 성큼 다가섰다. 철컥 소리가 나며 총이 이마에 닿자 최정훈이 벌벌 떨면서 몸을 움츠렸다. 기온이 영하로 내려가 있는데도 식은땀을 줄줄 흘렸다.

"잘못했다. 내가 잘못했어."

"당신한텐 어떤 죽음이 어울릴까? 숨을 쉬는 매 순간, 그 생각만 했어. 아무리 난도질을 해도 속이 시원하지가 않더라고. 그런데 내가 사람을 죽여 보니까 알겠더라고. 너 같은 괴물, 나 같은 괴물한테는 처형이 가장 어울려. 후회의 순간 따위, 참회의 기회 따윈 가질 생각도 하지 마. 넌 그럴 자격도 없는 인간이니까."

영채가 총을 쏠 것처럼 정훈에게서 한 걸음 물러섰다. 흐린 날씨에도 불구하고 검은 총구가 반짝였다. 정훈이 고개를 조아린 채 비명을 질러 댔다.

"그런데 그렇게 죽여 주면 너무 후련하잖아. 참회도 없지만 고통도 없지. 그러니까 넌 더 살아. 진짜 지옥이 뭔지 그 속에서 한번 살아 보라고."

알 수 없는 영채의 말에 영신의 몸이 굳어졌다. 그녀는 동생에게 다가서려 했다.

"영채야."

"잘 있어. 언니가 있어서 좋았어. 앞으로 무슨 일이 있어도 여기서 멈추지 마. 언니가 나 대신 앞으로 나갔으면 좋겠어. 지옥은 내가 갈게. 그러니까 언니는 여기서만큼은 천국을 살아, 내 몫까지."

"싫어! 가지 마. 응, 가지 마. 영채야."

"약속한 거다."

"안 돼!"

손을 잡을 듯이 내밀던 영채가 갑자기 옥상 가장자리를 향해 뛰기 시작했다. 비명을 지르며 영신이 영채의 뒤를 쫓았다. 영신이 영채의 옷자락을 잡을 찰나에 영채가 몸을 날려 옥상 난간 위로 뛰어올랐다. 마치 나비처럼 가벼운 몸짓이었다.

"안 돼. 가지 마, 영채야. 언니가 같이 있을게, 응? 제발 하지 마, 제발. 이렇게 빌게. 언니 옆에 있어 줘, 제발."

"언니는 정말 미워할 수가 없다고 했잖아. 항상 이러니까 마음이 약해져. 잘 있어. 행복해져야 돼, 내 몫까지."

"영채야!"

"나, 바다에 가고 싶어. 언니가 데려가 줄 거지?"

영채의 몸이 기우뚱하며 뒤로 넘어가자 영신은 비명을 지르며 앞으로 내달렸다. 짧은 순간 영신의 몸이 난간을 뛰어넘을 것처럼 스윽 나가 영채와 손이 맞닿았다. 차가워진 체온인데 뜨겁게 느껴진다. 그녀를 향해 영채가 희미하게 미소를 지었다. 그 미소에 영신도 마주 웃어 주었다. 어느샌가 무겁던 하늘이 열리며 두 사람 주변으로 하얀 꽃가루가 흩날렸다.

고통이 사라진다. 절망감도. 이젠 다 끝난 거야. 내 아름다운 동생, 우리의 고통이 끝나기를.

영신이 그 손을 잡으려는 순간 누군가 허리를 꽉 껴안았다. 눈앞에 있던 영채가 순식간에 멀어졌다. 영신은 손에 닿았던 그 느낌을 놓치기 싫어 발버둥을 쳤다.

"영신아, 영신아! 하지 마!"

"놔! 영채야!"

버둥대는 그녀를 정이 간신히 잡아챘다. 영신의 몸이 난간을 넘어가기 전 그는 재빨리 당겨 안았다. 정은 그녀를 품 안에 안는 순간 부들부들 몸을 떨었다. 이대로 그녀를 놓치는 줄 알았다. 이 일이 시작됐을 때 이미 영채의 선택을 알고 있었던 듯한 느낌이 들었다. 그 선택을 영신까지 하게 둘 수는 없었다. 그의 팔을 풀려고 발버둥 치며 영신이 비명을 질렀다.

"놔! 나만 두고 가지 마! 영채야, 언니도 데리고 가!"

정은 몸이 굳을 정도로 힘을 주었다. 영신이 자신을 보도록 뺨을 잡아 시선을 맞추려 애를 썼다. 발악을 하던 영신이 겨우 정신을 차리고 그를 올려다본다.

"당신이 찾아 준다고 했잖아! 무사히 찾아 준다고. 그러니까 잡아 줘, 우리 영채 잡아 줘!"

"영신아. 미안해, 영신아."

정은 울고 있는 영신을 안고 눈물을 흘리고 말았다. 영신의 비명 소리가 점점 더 커져 갔다. 그의 품 안에서 영신이 갑자기 정신을 놓았다. 정은 차가워진 그녀를 안고 일어섰다. 쾅 하는 소리와 함께 우지끈, 옥상 문이 열렸다. 우르르 몰려들어 온 형사들이 우뚝 멈춰 섰다. 어디선가 긴 비명이 들려왔다. 누구도 입을 열지 못하는 사이에 눈발이 굵어져 사람들의 얼굴이며 머리에 눈이 쌓이기 시작했다.

정은 이를 악물고 영신을 안은 채로 그들의 사이를 뚫고 옥상을 걸어 나갔다. 싸늘한 눈처럼 그의 팔에 안긴 여자의 체온이 차갑게 식어 있었다. 그런 두 사람을 보고도 뒤에 남은 사람들은 한참을 멍하니 하늘만 바라보며 눈을 맞고 있었다.

12

소민의 얼굴은 많이 밝아져 있었다. 다만, 예전의 철없는 표정이 아니라 뭔가 부쩍 자란 듯한 그런 얼굴이었다. 쉼터에서의 생활도 잘 따라오고 있다고 복지사의 얘기를 들었다. 정을 보자 웃는 얼굴이 예전보다 안정되어 보였다.

"잘 지냈니?"

"네. 그럭저럭. 오빠는요?"

소민이 정을 돌아본다. 3월의 찬 바람이 정의 머리를 살짝 흔들자 살이 빠져 날카로워진 얼굴선이 드러났다. 안쓰러울 정도로 초췌한 얼굴이지만 뚜렷한 얼굴선과 날카로운 눈매가 숨이 막힐 정도로 아름다운 선을 그렸다. 하지만 정작 본인은 그런 것에는 무관심한 듯 소민을 마주 보는 시선은 무심했다. 소민에게 항상 친절했지만 요 몇 달 간 정은 텅 비어 있었다. 영신이 떠난 후로.

비극으로 끝나고 말았지만 영채의 복수는 충분히 성공적이었다. 영채와 그날 같이 나타났던 여자는 TV 방송국의 사회부 기자였다. 영채는 그동안의 사건에 대한 진술서와 간단한 인터뷰를 남겼다. 더 이상의 조사가 필요 없을 만큼 세세하고 완벽한 진술서였다. 경찰의 만류에도 불구하고 영채의 과거와 그동안 사건의 전말은 모든 뉴스와 시사 프로그램에 앞다퉈 나가게 되었다.

'피의 복수'

여론을 들끓었고, 아동 성폭행에 대한 공소시효가 없어진 지금 최정훈의 기소를 바라는 전국민적 서명이 이루어졌다. 검찰은 최영채 성폭행에 대해 철저한 수사를 공표했고, 정치권 역시 정당한 법의 복수라는 말로 최정훈의 기소를 약속했다.

확실히 그걸로 최정훈은 고통 속에 살게 되겠지만 과연 그 고통이 최영채가 살았던 그 지옥과 같을지 정으로서는 의문이었다. 어쨌든 영채가 원했던 것이 그거라는 것만은 확실했다.

영채의 진술서 덕분에 피해자들의 가족과 소민은 무혐의 처분으로 풀려나게 되었고 근근이 버티던 한창희는 결국 일주일 후에 사망하고 말았다.

영신은 조사가 진행되는 내내 기자와 사람들을 피해서 그의 집에서 머물렀다. 영신은 정의 곁에는 있었지만 그가 가까이 오는 건 거부했다. 밤마다 그녀의 침실 앞에 앉아서 정은 그 울음소리를 들었다. 영채의 선택이 어쩔 수 없었다 해도 원망스러운 마음만은 쉽게 접어지지가 않았다.

영신에게 도움을 못 주는 대신 그는 소민을 도와주기로 했다. 고의든, 우발적이든 간에 영채의 일로 소민이 더 상처받지 않기를 바랐다. 영채가 소민을 돌봐 준 것처럼 대신 그 일이라도 제대로 해 주고 싶었다. 하지만 소민은 그의 도움을 단칼에 거절했다. 며칠 사이 아이는 어른이 되어 있었다.

사건 종결 전 정 반장이 피해자의 가족들과 소민을 불러 영채의 소식을 전해 주었다. 그 소식을 들은 가족들은 침묵을 지켰다. 그 속에서 느껴지는 비통함에 정 반장이 고개를 숙였다. 사건은 종결됐지만 상처는 여전히 남아 있었고 사람들은 어쩔 줄 모르며 시선을 피했다.

그들이 느끼는 것이 아직도 풀 길 없는 억울한 분노인지, 죄책감인지 알 수는 없지만 모든 건 그대로 덮였다. 다만, 소민만이 자신의 감정을 드러내 침묵이 드리워진 그곳에서 흐느껴 울었다. 아직은 그런 마음을 가진 소민이 정은 점점 마음에 들었다.

쉼터에 들어간 후 2주 만에 보는 얼굴이었다. 자신을 걱정하는 소민의 마음에 정은 피식 웃고 말았다.

"쉼터는 어때? 견딜 만하니?"

"네. 다 잘해 줘요. 애들하고 말도 잘 통하고. 나보다 더 힘든 애들도 있더라고요."

"그래?"

"네. 전요, 세상에서 제가 제일 불행한 줄 알았어요. 그런데 여기 있는 애들이 다 그렇더라고요. 그래서 그렇게 안 살기로 했어요."

"잘 생각했네."

"그렇죠? 영채 언니도 그랬거든요. 법대 갔던 것도 이 말도 안 되는 세상 바꾸고 싶어서 그랬던 거라고. 그 교수만 아니었으면 그 언니는 진짜 그렇게 됐을 거예요."

"그래, 그랬을 거야."

"상처를 받으면 꼭 돌려줄 필요는 없다고 생각해요. 잘 치료하는 게 더 중요한 것 같아요."

정이 놀란 눈으로 쳐다보자 소민이 피식 웃는다.

"내가 생각한 말은 아니에요. 상담하시는 선생님이 그렇게 얘기해 주셨어요. 언니가 그걸 먼저 알았으면 좋았을걸, 그런 생각이 들어서."

"그래."

정은 한숨을 쉬며 대답했다. 그랬다면 영채도, 영신도, 그도 이렇게 아프지 않았을까? 확실한 답이 없는 그런 만약이지만 영신이 이 말을 꼭 들었으면 싶었다.

"전 영채 언니처럼 머리가 좋지는 않지만 그 언니처럼 저 같은 사람들을 위해 일해 보고 싶어요."

"어떤 일? 법대에 가고 싶어?"

"아, 아니요. 그 정도로 쫓아가기엔 제 머리를 너무 잘 알죠. 진경이 언니처럼 형사가 되거나, 상담을 공부하고 싶어요. 여전히 고민 중이지만."

"필요한 건 언제든 말해. 그리고 여기서 계속 지낼 거니? 나하고 같이 있는 게 불편하면 다른 곳을 알아봐 줄게."

안 그래도 지연이 적극적으로 나서 소민을 도와주겠다고 해서 정은 얼마나 고마웠는지 몰랐다. 하지만 소민이 웃으며 거절한다.

"됐어요. 여기가 좋아요."

"그래."

"그 언니는 찾았어요?"

경찰서에서 영채의 언니라고 지나가며 본 영신을 소민이 기억했다. 조사가 끝난 일주일 후 영신은 그대로 사라졌다. 그게 바로 석 달 전이었다. 영채에 대한 기억 때문인지 소민은 유난히 영신에 대해 궁금해했다.

"아직."

"오빠 애인, 그 언니예요?"

정은 놀라서 소민을 돌아보았다. 자신이 그런 티를 낸 적이 없었는데 어떻게 알았는지 모르겠다.

"경찰서에서 그 언니 봤을 때 오빠 표정 봤어요. 그 언니 표정도."

"맞아. 내 애인이야."

"그 언니, 영채 언니만큼은 아니지만 예뻤어요. 오빠하고 잘 어울려요. 빨리 찾았으면 좋겠어요."

"고맙다. 가 봐야겠다. 필요한 게 있으면 바로 연락해."

"네."

소민을 두고 쉼터를 나왔다. 금방 영신에 대한 생각으로 가슴이 답답해졌다.

❋

조사가 끝나기까지 이 주일이 넘게 걸렸다. 그동안 영신은 한마디 말도 없이 견뎌 냈다. 그의 앞에선 울지도 않았다. 영채의 사체까지 확인했고 부검이 끝나고 사체 인도를 받자마자 장례를 치렀다. 그동안 내내 정이 옆에서 지키고 있었지만 영신은 거부하지도, 받아들이지도 않았다.

밤마다 그녀의 방에서 들리는 울음소리에도 달래 주러 들어가지 못했던 건 텅 빈 그녀의 눈동자 때문이었다. 영신에게 시간이 필요하다고 생각했다. 그사이 영신이 아파트를 내놓고 모든 것을 정리하고 있었다는 걸 그녀가 사라지고 나서야 알았다.

영신이 사라지기 전날 밤에 그의 방으로 찾아왔다. 영채의 죽음 이후 처음으로 그녀를 마주하는 느낌이었다. 놀란 그에게 영신이 가까이 다가왔었다.

"자요?"

"아니. 잠이 안 와?"

"오늘 여기서 자도 돼요? 추워."

그 말만 하고는 차가워진 몸을 그에게 안긴 채 미동도 없이 아침까지 누워 있던 그녀였다. 팔 안에 안긴 육체는 그의 온기에도 따뜻해지지 않았다. 정은 그 찬바람 때문에 자신까지도 몸이 얼 것 같았지만 아침까지 안은 팔을 풀지 않았다.

시간이 얼마나 걸려도 상관없다고 생각했다. 그녀가 이렇게 무사히만 곁에 있어 준다면. 하지만 그날 영신은 그를 떠났다. 시간이 필요하다는 쪽지가 전부였다. 그래도 작별을 고하는 말이 아니라 한시름 놓았지만 그녀를 보지 않는 시간이 길어질수록 그의 정신은 반쯤 나간 상태였다. 미친 듯이 서울 시내를 뒤지고 심지어는 실종으로 처리해서 수배까지 했는데도 찾을 수가 없었다.

그녀가 떠난 지 두 달이 넘어가도 영신은 여전히 감감무소식이었다. 지연까지 나서서 사람을 풀었지만 소용없었다. 정은 매일 자신이 죽어 간다고 느꼈다. 그녀가 남긴 그 냉기가 그의 속에 그대로 남아 그를 서서히 얼려 가고 있었다. 그녀를 찾기 전에는 결코 없어지지 않을 그런 냉기였다.

❊

신기했다. 화란은 까무잡잡하고 비쩍 마른 저 여자가 신기하기만 했다. 한참 눈이 내려 사람들의 왕래가 끊긴 날이었는데 그녀의 카페를 찾아왔다. 강원도로 내려온 후 그 좋던 눈이 시도 때도 없이 내리니 이제는 지겨워진 때였다.

어쨌든 그날도 카페 문을 열까 말까 망설이다가 그냥 문만 열어 놓은 거였다. 어차피 성수기가 아니면 사람도 다니지 않는 관광지의 작은 커피숍이었다. 게다가 눈 때문에 바다를 찾을 사람도 없을 거라고 여겼다.

참, 끝도 없이 쏟아지네, 하며 창밖을 보는데 작은 여자가 들어섰다. 무표정한 얼굴이지만 귀엽게 생긴 여자였다. 커피 한 잔을 시켜 놓고는 하루 종일 바다만 보았다. 저녁 무렵 말없이 나간 그녀는 다음 날 또 나타났다. 그렇게 며칠이 지나고 손님이 없는 날 화란이 서툰 기타 솜씨로 로망스를 치는데 그 여자의 시선이 처음으로 바다를 떠나 그녀에게 향했다.

"기타 칠 줄 알아요?"

"조금요."

"와, 진짜요? 난 이제 배우는데 손이 굳어서 그런지 안 되더라구요. 한번 쳐 볼래요?"

화란은 여자의 대답은 듣지도 않고 그대로 기타를 건넸다. 잠시 망설이던 여자가 기타를 받아 들었다. 작은 몸에 커다란 기타가 묘하게 어울린다. 탁자에서 몸을 돌려 앉는다 했더니 곧 조용한 기타 소리가 커피숍을 채웠다.

잠시 뒤 들린 여자의 목소리에 화란은 화들짝 놀라고 말았다. 그녀도 좋아하는 안치환의 소금인형이라는 노래였다. 익숙한 노래였는데 여자의 노래가 끝난 순간 화란은 자신이 눈물을 흘리고 있다는 걸 깨달았다. 여자의 목소리가 주는 그 느낌이 가슴을 후벼 팠다. 눈이 온 쓸쓸한 바닷가와 너무나 잘 어울렸다.

그 후로 화란은 매일 그녀를 기다렸다. 노래를 부르고 간 후로 일주일이나 나타나지 않아 떠났구나 했는데 그녀가 나타났다. 손님도 없어 화란은 커피를 내려놓으며 그녀 앞에 앉았다. 그런데도 여자는 바다만 볼 뿐 반응이 없었다.

"이사 왔어요? 아니면 여행?"

그녀의 질문에도 대답이 없더니 한참이 지나서 고개를 돌렸다.

"그냥요."

"저, 나 기타 좀 가르쳐 주면 안 돼요? 공짜는 아니고. 강습비 낼 게요."

"잘 못 쳐요."

"괜찮아요, 그 정도 실력이면. 언제까지 여기 있을 거예요?"

"글쎄요."

"그럼 있는 동안이라도. 커피는 무조건 공짜로 줄게요."

그녀의 말에 여자가 희미하게 웃었다. 처음 보는 미소였지만 화란은 그게 마음에 쏙 들었다. 그렇게 영신은 매일 이곳을 드나들게 되었다. 여전히 말은 없었다. 화란도 기타를 배우는 것보다는 영신이 기타를 치면서 노래 부르는 모습이 좋아서 때로는 그녀가 멍하니 있어도 내버려 두었다. 이름을 알게 된 것도 그렇게 만난 지 일주일이 넘어서였다.

석 달이 넘었지만 여전히 영신은 인사만 할 뿐이었다. 가끔 그녀의 성화에 못 이겨 노래를 불러 주는 것 이외에 두 사람 사이에 대화는 없었다. 3월인데도 여전히 바람이 싸늘했다. 그런데도 꽃이 싹을 틔우는 걸 보면 너무 신기했다. 화란의 그 말에 영신은 그냥 웃기만 했다. 여전히 그녀는 추웠다. 냉기가 올라오던 가슴이 이제는 그냥 얼어 버려 아무것도 느낄 수가 없었다.

영채의 장례식을 끝내고 그녀는 바다로 왔다. 영채를 바다로 데려가기 위해. 영채의 유골을 혼자 바다에 뿌리면서 그녀는 울지도 못했다. 울면 영채가 자신을 욕할 것 같았다. 자신의 비겁함을. 여전히 그녀는 도망치고 있다는 걸 동생이 알면 뭐라고 할까? 영채가 그 사실을 알기를 바라지 않았다.

밤이 되면 영채와 정의 생각으로 머리가 터질 것 같았다. 차라리 잠이라도 들면 나을 줄 알았는데 꿈은 그날 일을 고장난 비디오처럼 반복적으로 재생하고 있었다. 그럴 때면 자리에서 벌떡 일어나 저도 모르게 정의 온기를 찾곤 했지만 방 안엔 자신뿐이라는 걸 깨닫고 절망에 빠지고 마는 그런 생활이었다.

행복하라고? 아무 죄책감 없이 정과 함께 그녀만 행복해지라는 건 그녀에게 더 큰 형벌이었다. 그런데도 여전히 영채만큼 그도 그리웠다. 그를 떠난 지 석 달이 넘었는데도 마지막 밤에 주었던 그 온기를 잊을 수가 없었다. 어쩌면 영영 다시 느끼지 못할 그런 온기지만.

처음엔 잠시만 떠나 있자 했었다. 시간이 지나면 괜찮아지겠지, 하고. 하지만 그녀는 여전히 악몽 속에 있었고 혼자였다. 이 기분으로 정의 옆에 있는다면 그에게 상처만 주고 말 것 같았다. 영신은 3월인데도 싸늘한 바닷바람이 몸을 관통하는 걸 느꼈다.

추워. 여전히 시리고 아파.

그가 보고 싶었다. 죽도록. 그런데도 그를 찾을 수 없는 건 아직 그녀의 가슴속에 남은 그 냉기를 스스로 녹이지 못한 까닭이었다. 영채가 있는 이 바다를 떠날 수 없기 때문이었다.

화준은 누나의 호들갑에 짜증이 났다. 서울서 운전을 해서 이곳까지 다섯 시간이 넘게 걸렸다. 도대체 얼마나 대단한 여자이기에 그 호들갑인지. 지난 겨울부터 내내 최영신이라는 여자 얘기였다. 잘 나가던 직장을 떡하니 때려치우더니 아무 연고도 없는 이곳으로 내려온 것부터 마음에 안 들었다. 게다가 손님도 하나 없는 커피숍이라니.

그런데 얼마 전부터 대단한 스타라도 나타난 듯 계속 그에게 한번 내려오라고 재촉이었다. 겨울 내내 일 때문에 바빠 움직일 수 없었고 3월이 되어서야 겨우 시간을 낼 수 있었다.

바닷가라 바람이 많이 불어 가지런했던 머리가 금방 헝클어지는 게 싫었다. 그의 성격과 바다는 맞지 않았다. 하필이면 이런 곳에 있 다니. 화준은 풍경 소리를 요란하게 울리며 커피숍 안으로 들어갔다.

진짜 대단한 여자 아니면 누난 오늘 내 손에 죽었어.

이런 기분이었다.

"뭐야, 사람 불러 놓고. 나 한가한 사람 아니다."

"조금만 더 기다려. 오늘은 좀 늦네. 금방 올 거야."

그가 도착하고 두 시간이 지나도록 그 잘난 여자는 나타나지 않았 다. 황금 같은 주말 오후에 손님 하나 없는 커피숍에서 시간을 죽이 고 있으니 화준은 죽을 맛이었다. 화를 내는 것도 귀찮아 그는 의자 에 반쯤 누운 상태였다. 운전을 오래 한 데다 전날의 과음으로 피곤 해 꾸벅 조는데 사르릉 풍경 소리가 들렸다.

"어서 와요."

앞에 앉아 있던 화란이 쪼르르 쫓아가는 소리에 화준은 화들짝 잠 에서 깼다. 화란에게 가려져 여자의 모습은 보이지도 않았다. 아, 좀 비키지. 짜증이 나려는데 화란이 몸을 돌려 그에게 윙크를 했다. 커피 를 가지러 가는지 주방 쪽으로 화란이 사라지자 화준은 이제 들어온 여자를 자세히 훑어보았다.

작고 말랐다. 까무잡잡한 피부에 오목조목한 얼굴이 귀엽긴 했다. 표정이 없는 것만 빼면 그럭저럭 봐 줄 만한 외모였다. 뭐 대단한 미인인 줄 알았더니 우울할 정도로 어두운 표정의 보통 여자다.

화준을 보더니 흠칫하고는 그의 모습이 최대한 보이지 않는 구석 자리로 가서 앉자 은근히 자존심이 상했다. 어차피 워낙 작은 공간이라 숨는다고 안 보일 것도 아닌데 말이다.

그는 흥미를 잃고 다시 의자에 몸을 기댔다. 화란이 지나가면서 어깨를 툭 쳐도 눈을 뜨지 않았다. 저런 작은 여자 때문에 하루를 낭비한 것이 억울했다. 좀 더 화끈하게 섹시한 여자였으면 좋았을걸 하는데 갑자기 기타 소리가 들려왔다. 솜씨로 봐서는 절대 누나는 아니었다.

화준은 부드러운 기타 전주를 듣고 있다가 갑자기 눈을 번쩍 떴다. 여자가 노래를 부르기 시작했기 때문이었다. 낮고 허스키한 목소리. 애타는 바람이 가슴을 툭 치고 지나가는 것 같았다.

> 그대는 나의 깊은 어둠을 흔들어 깨워
> 밝은 곳으로 나를 데리고 가 줘.
> 그대는 나의 짙은 슬픔을 흔들어 깨워
> 환한 빛으로 나를 데리고 가 줘.
> 부탁해, 부탁해.
>
> 어린 횃불이 되고픈 나를
> 마음속의 고향에서 잠자는 나를
> 천진난만하게 사는 나를
> 맥 빠진 눈을 가진 나를
> 부탁해 부탁해 부탁해 부탁해.

시인과 촌장의 '비둘기에게' 라는 노래였다. 화란과 화준은 애절한 목소리에 취해 막 들어온 남자 손님을 알아채지 못했다.

들어온 남자가 노랫소리에 우뚝 멈춰 섰다. 작고 귀여운 인상과는 완전히 다른 울림이 느껴졌다. 천천히 노래를 부르는 여자 앞으로 다가갔다.

부탁해 하는 가사가 갑자기 중간에 뚝 멈추자 화란과 화준이 정신을 차렸다. 그제야 두 사람은 안으로 들어온 남자를 발견했다. 키가 크고 호리호리한 엄청나게 잘생긴 남자였다.

화준은 처음에 그 남자가 배우일 거라고 생각했다. 어디선가 본 것 같기도 하고, 너무 잘생겨서 부담스러울 정도의 외모였다. 무릎 위까지 오는 길고 검은 재킷 차림의 남자는 어딘지 모르게 초췌했지만 오히려 그런 모습이 고혹적으로 보였다.

여자를 보는 남자의 표정이 아픈 것처럼 보일 정도로 창백하다. 하지만 그 눈엔 열기가 가득해 보는 사람이 뒤로 물러설 정도로 강렬했다. 노래를 하다 멈춘 여자가 놀라서 눈을 동그랗게 뜨고 남자를 바라보았다. 두 사람 중 누구도 움직이지 않았다. 여자의 눈에서 눈물이 또르르 떨어지자 그때서야 남자가 성큼 다가가 여자 앞에 무릎을 꿇었다.

젠장, 남자가 있는 여자였다. 그것도 엄청 잘난 남자. 여자의 목소리만으로도 이미 반은 그녀에게 빠졌는데. 화준은 순간 질투가 났지만 아무 말도 할 수 없었다. 마주 보는 두 사람의 표정이 그녀의 노래만큼이나 애절해서 가슴이 아린 느낌이 들었다.

돌아보니 화란이 영문도 모르면서 울고 있었다. 그 모습을 보니 화준 자신도 찔끔 눈물이 나올 것 같았다. 남자가 손을 내밀자 잠시 멈칫하던 여자가 그 손을 잡았다.

"이제 갈 거지?"

좋은 목소리를 가진 남자다. 부러울 것 없는 외모에 목소리까지. 세상은 참 불공평해. 화준이 눈에 힘을 주고 있는 사이 여자의 눈에는 눈물이 가득해졌다.

"그래도 될까요? 내가."

낮고 허스키한 목소리. 노래처럼 화준의 가슴을 울렸다.

"약속했잖아. 당신이 행복해지는 게 영채를 다시 살게 하는 거야."

마치 비처럼 후두둑 눈물이 쏟아져 내린다. 남자의 커다란 손이 부드럽게 그 눈물을 닦아 준다. 그 몸짓이 너무 간절하다. 멀쩡한 얼굴로 저런 짓을 잘도 하는구나, 속으로 욕을 하면서도 화준은 눈물을 글썽이고 말았다.

"영신아, 가자. 내가 옆에서 들어 줄게. 받아 줄게. 안아 줄게. 네가 견딜 수 있도록. 그렇게만 하도록 해 줘."

결국 여자가 몸을 숙여 남자의 어깨에 기댄다. 그 흐느낌을 말없이 받아 내는 남자의 얼굴도 우는 여자만큼이나 아파 보였다. 한참을 남자의 품에 있던 여자가 느릿하게 일어섰다. 남자가 안도의 한숨을 내쉬는 게 멀리서도 느껴졌다. 행여라도 쓰러질까 여자를 잡는 손이 조심스럽다. 마치 세상에서 가장 소중한 보물이라도 다루는 듯한 그런 손길이었다.

잠시 뒤 여자가 남자의 손을 잡은 채로 기타를 건네주기 위해 멍하니 서 있던 화란과 화준 앞으로 다가왔다.

"그동안 고마웠습니다. 갈게요."

"잠깐만요. 이제 안 오는 거예요?"

급해진 화란의 목소리가 갈라져 나오자 여자가 희미하게 웃었다. 그 모습을 보는 화준은 가슴이 툭 하고 떨어졌다. 망할, 지난 겨울에 왔어야 했다. 평범해 보이던 외모가 사라지고 눈물 맺힌 눈으로 미소 짓는 여자가 아름다워 보였다. 누군가 가슴을 쥐어짜는 듯한 느낌이 들 정도로.

"네. 안녕히 계세요."

여자가 돌아서는데 남자가 덮치듯 그녀의 어깨를 감싸 안는다. 여자의 손이 어깨를 넘어온 그 손에 깍지를 꼈다. 두 사람인데 마치 한 사람 같다. 서로를 위해 태어난 사람처럼, 온전히 하나가 된 것처럼.

"영신아."

낮은 속삭임에 영신이 퍼뜩 눈을 떴다. 수염이 거뭇하게 자란 잘생긴 얼굴이 걱정스럽게 어둠 속에서 자신을 내려다보고 있었다.

"왜 여기서 자. 기다리지 말랬잖아."

조금은 비난하는 투지만 그녀를 안아 드는 그 몸짓은 여전히 너무 다정했다. 영신은 자신을 꽉 껴안은 팔을 잡았다. 단단하고 안전하다. 그녀가 문득문득 놀랄 때마다 힘이 되어 준다. 그녀를 침대에 조심스럽게 내려놓고 정이 입술을 가까이 가져왔다. 항상 설레는 그 몸짓. 영신은 저도 모르게 손을 내밀어 까칠해진 얼굴을 쓰다듬었다.

"반가워요."

맡은 사건 때문에 잠복 중이라 이틀 만에 들어온 정이었다. 영신의 그 말에 정이 피식 웃었다. 오늘은 들어갈 수 있겠다는 말을 하지 않았어야 했는데. 이렇게 기다릴 걸 알면서도 정은 보고 싶은 마음을 참지 못했던 것이다. 하지만 자신을 기다린 그녀가 대견해 그는 기쁘면서도 미안했다. 지난 이 년간은 힘든 시간이었다. 하지만 서로의 체온을 나누는 것만으로도 두 사람은 그 고통을 차츰 이겨 내고 있는 중이었다.

키스가 깊어지며 정의 숨소리가 거칠어졌다. 이틀간 한숨도 못 잤는데도 그의 몸은 영신을 안은 순간부터 생기를 띠며 깨어났다. 영신의 혀가 그의 입술을 가볍게 쓸어 준다. 늘 가슴이 두근거리는 그 행위. 순식간에 그를 하늘로 올려놓는다.

정은 그녀의 입을 열어 그녀가 주는 따스함을 마음껏 마셨다. 촉촉한 입술과 부드러운 속살이 닿을 때마다 감동이 느껴진다. 그는 입술을 내려 그녀의 맥박이 뛰는 곳을 꾹 눌렀다.

"고마워, 영신아. 이렇게 살아 있어 줘서."

그의 말에 그녀의 눈에 눈물이 잠시 고이더니 다시는 떨어지지 않을 것처럼 안아 준다. 그의 옷을 벗겨 준다. 맨살에 와 닿은 그녀의 체온은 더 이상 차갑지 않았다. 그녀의 보드라운 가슴에 얼굴을 묻고 그는 그 느낌을 마음껏 즐겼다.

가슴을 핥는 느낌이 들자 영신은 숨을 들이쉬었다. 이 남자는 그 존재만으로도 그녀에게 위로가 된다. 아플 정도로 강하게 그녀의 가슴을 희롱하는 그의 행위가 그녀를 살아 있게 해 준다. 영신은 손을 내밀어 정의 가슴에 가만히 댔다. 쿵쿵 하고 빠르게 뛰는 그 맥박이 좋다.

"나도 고마워요. 이렇게 당신이 내 옆에 있어서."

순간 그의 눈이 붉어졌다고 느꼈다. 영신은 웃으며 그의 입술에 다시 입을 맞추었다. 다정한 손길이 그녀의 온몸 구석구석 만져 주고, 입술이 부드럽게 쓸어 준다.

영신은 그가 자신에게 들어온 순간 자신의 모든 것을 열었다. 자신의 몸 안에서 맥박 치는 그가 좋았다. 두 사람 모두 뜨거운 열기 속에 있는 그 순간이 너무나 마음에 들었다. 미치도록 우울해지고, 영채가 그리워지는 그 순간을 견딜 수 있게 해 준다.

영신은 그가 움직이기 쉽도록 자신을 열고 꼭 안아 주었다. 살이 부딪치는 소리, 그와 그녀가 내는 신음 소리, 방 안을 가득 메운 열기가 녹아든다. 영신은 자신의 품속으로 무너져 내리는 그를 안아 주며 살아 있어서 다행이라고 생각했다. 그를 위해서, 영채를 위해서, 그리고 자신을 위해서. 바로 이 남자 때문에 그런 생각이 행복했다.

눈이 내렸다. 영신은 그 차가움에 놀라서 하늘을 바라보았다. 하얀 꽃들 사이로 뭔가가 보인다. 아름다운 여자. 날개가 달린 여자가 가까이 올수록 영신은 더 추워졌다. 하얀 눈만큼 가볍게 그녀를 향해 다가온다. 눈이 마주친 순간 그녀는 얼어붙고 말았다.

영채, 아름다운 내 동생. 영채의 하얀 옷자락이 열리며 그녀를 포근히 안아 준다. 이렇게 잡았구나. 내 동생을. 영신이 그 포근함을 느끼려 손을 내밀어 잡자 그만 영채가 눈처럼 흩어지고 만다. 안 돼! 가지 마!

"괜찮아. 영신아, 꿈이야."

영신은 숨을 헐떡이며 잠에서 깼다. 몸이 부들부들 떨려 왔다. 정이 그런 그녀를 안쓰러운 듯 안아 주는데도 그녀의 떨림은 한참 동안 가시지 않았다. 눈물이 흐른 얼굴을 정이 따뜻한 손으로 비벼 주었다.

"또 꿈꿨어?"

영신은 고개를 저으며 그의 품속으로 안겨 들었다. 처음 일 년은 매일 영채의 꿈을 꾸었다. 잡아도 잡아도 잡히지 않는 영채의 꿈이었다. 그녀 앞에서 항상 하얀 눈처럼 흩어져 버리는 영채였다. 정이 그녀를 찾아낸 후로 매일 밤 영신을 달래 주었지만 악몽은 없어지지 않았다. 지칠 법도 한데 정은 한 번도 불평하지 않고 그녀를 안아서 악몽의 기운을 떨치게 해 주었다. 한동안 꿈을 꾸지 않았는데 오늘은 어쩐 일인지 다시 꾸고 말았다.

"괜찮아. 이젠."

"미안해요. 나 때문에 쉬지도 못하고."

"됐네요. 오늘은 어차피 쉴 건데, 뭐."

아직 여섯 시도 안 된 시간이었다. 며칠간이나 계속된 잠복근무에다 새벽녘에나 들어온 그였는데 사랑을 나누느라 쉴 시간도 없었다. 그 생각을 하니 미안한 마음이 든다. 영신은 떨림이 가시자 자리에서 일어났다.

"어디 가려고?"

"더 자요. 난 나가 있을게."

"당신이 옆에 없으면 못 잔다는 거 알면서 일부러 그러는 거지?"

투정을 부리는 말에 영신은 저도 모르게 피식 웃었다. 오늘은 영채의 기일이었다. 두 번째 기일. 그날의 일은 여전히 생생한데도 가슴의 통증은 둔해지고 상처가 아물고 있다는 것이 믿기지가 않았다. 이렇게 악몽이라도 꾸지 않는 날이면 마치 모든 것이 꿈이 아니었나 생각될 정도로.

"다시 침대로 안 들어오면 확 덮친다."

정의 고집에 영신은 어쩔 수 없이 그의 곁에 다시 눕고 말았다.

"어떤 꿈이었어?"

"응?"

"지금 꾼 꿈."

"영채가 날개옷을 입고 나왔어요. 하얀 눈하고 같이. 날 따뜻하게 안아 줬는데 잡으려니까 눈처럼 흩어져 버렸어요."

울먹이는 그녀의 말에 정이 한숨을 내쉬었다. 악몽을 꿀 때마다 이렇게 물어 주고 들어 준다.

"좋은 거네. 당신 동생이 천사가 된 거 아냐? 천사는 원래 사람한테 안 잡혀."

그녀를 위해 마음대로 해석한 말이지만 영신은 편안함을 느꼈다. 천사가 된 영채는 잘 어울릴 것 같다.

"오늘이 기일이라 꿈에 보인 것 같아."

"당신이 약속 잘 지키고 있나 확인하러 온 걸 수도 있고. 약속 잘 지킬 거지?"

행복하겠다는 약속. 영신은 고개를 끄덕였다.

"조금만 더 자요. 운전하려면 힘들어."

영신의 속삭임에 정이 말없이 눈을 감았다. 여전히 그녀의 몸을 감싼 채로. 영신은 고른 숨소리를 내고 잠든 정을 한참을 쳐다보았다. 이렇게 행복하면 되는 거니? 영채야.

정의 채근에 영신은 억지로 아침을 먹었다. 요 며칠 영채의 기일이 다가올수록 식욕이 떨어져 옆에서 정의 잔소리가 이만저만이 아니었다. 식사 후 옷을 갈아입고 정의 옷을 챙겨 준 후에 거실로 나가는데 초인종이 울렸다.

"누구세요?"

"저예요, 언니."

소민이었다. 문을 열자 이제는 제법 성숙하게 보이는 여자애가 서 있었다. 처음 만났을 때의 자신 없는 표정은 사라진 대신 호기심에 찬 강한 눈빛이 자리 잡았다. 영신은 그런 소민의 모습에 저도 모르게 웃고 말았다.

"오빠는요?"

"옷 갈아입어. 왜 왔어? 우리가 데리러 갈 건데."

"에이, 내가 오는 게 빨라요. 뭐하러 불편하게 왔다 갔다 해요?"

"아침은?"

"잘 챙겨 먹고 왔습니다. 무슨 잔소리 들으려고 굶고 와요?"

"알긴 아네."

갑작스레 들린 음성에 돌아보니 정이 넥타이를 매면서 방에서 나왔다. 영신이 다가서 비뚤어진 넥타이를 고쳐 주자 정이 순한 양처럼 그녀가 하는 대로 가만히 서 있었다. 그 모습을 보던 소민이 킥킥대고 웃는다.

"왜 웃어?"

"오빠는 언니 앞에만 있으면 표정이 바보 같애. 순둥이처럼 변해서는."

"너, 아침부터 놀릴래?"

"그렇다고요."

"학원은 쉬어도 되는 거야?"

소민은 경찰대에 가기 위해서 재수 중이었다. 현재는 정의 본가에서 지내고 있었다. 처음 본가로 들어가기 전에는 부담스러워하던 소민이 이제는 오히려 지연과 아버지에게 없어서는 안 될 그런 존재가 되어 있었다.

어쨌든 소민의 학비와 생활비를 지원해 주는 아버지와 지연은 경찰이라는 말만 들어도 질색을 했지만 정의 전폭적인 지지로 그 결정은 받아들여졌다.

영신의 입장에서는 조금은 걱정이 되었다. 소민의 내면에 있는 상처가 또다시 그런 일들을 겪으면서 건드려지기를 원치 않았다. 영채처럼 폭발해 버릴까 무서웠다. 하지만 소민은 그런 영신의 걱정에도 영채를 위해서 그 일을 꼭 하고 싶다고 했다. 거기다 정의 동료인 진경도 소민의 그런 결정에 어느 정도 동의를 해 주었다.

처음에 진경과 사이가 좋지 못했던 소민은 이제 누구보다 진경을 따랐다. 오히려 진경이 귀찮아할 정도로 말이다. 진경을 선배님이라고 부를 때의 진경의 표정을 보면 웃고 있을 수만은 없겠지만 어쨌든 영신은 그런 두 사람이 부럽기도 했다.

약한 자신과 달리 상처에 정면으로 맞서는 사람들. 진경을 자주 만나면서 진경 역시 내면의 상처가 깊다는 걸 알았다. 그런데도 그녀는 그걸 그대로 마주하고 있다는 것이 대단해 보였다. 그 길을 소민이 따라간다고 생각하니 조금은 걱정이 되지만 진경이 있어서 다행이라는 생각이 들었다.

"네. 지금 벼락치기 할 것도 아니고. 준비는 끝났습니다."

"자세 좋고. 너 이번에 떨어지면 누나가 마음대로 과 정할지도 몰라. 그러니까 정신 바짝 차려."

경찰이라는 직업을 싫어하는 지연은 여전히 소민을 포기하지 못하고 들볶고 있었지만 지연의 스타일에 금방 익숙해졌는지 소민은 영신보다 더 지연을 잘 다루었다.

"그만 나가자. 오늘 눈 올지도 모른다고 했으니 서둘러 출발해야지."

세 사람은 영채의 유골을 뿌린 그 바다에 가기로 했다. 작년에도 세 사람이 동행을 했던 행사였다. 그곳에서 다시 화란을 만났을 때 눈물까지 보이던 그녀를 보고 영신은 너무 고마웠다. 미친 듯이 괴로워하던 그녀에게 잠시 숨 쉴 공간을 내주었던 여자였다. 또 그녀를 만날 생각을 하니 웃음이 났다.

"그 아줌마, 언니 보고 또 우는 거 아니에요?"

소민도 그 생각이 났는지 영신을 향해 물었다.

"그 아줌마 동생이 언니 좋아했다면서요?"

"뭐? 그런 건 언제 들었어?"

정이 도끼눈을 뜨고 노려보자 소민이 시치미를 뗐다.

"지난번에 갔을 때 너무 추워서 나 혼자 먼저 거기 들어가 있었잖아요. 그때 그 얘기 해 주더라고요. 정말 자기 동생하고 잘됐으면 했대요. 그 아줌마 동생이 엄청 잘나가는 펀드 매니저래요. 그 아저씨하고 결혼했으면 언니는 팔자 피는 건데. 아깝네."

"너, 무슨 말이 그래? 내가 어디가 어때서! 이 배신자야! 다른 사람은 몰라도 네가 그런 소리 하면 나 진짜 서운하다. 그리고 당신 진짜야? 그 동생하고 언제 만났어?"

"무슨 소리예요? 얼굴도 모르는 사람인데."

"그 동생은 언니 첫눈에 보고 반했다던데요. 언니 노래 부르는 모습 보고."

"뭐? 노래까지 불러 줬다고?"

정의 목소리 톤이 올라가자 영신과 소민은 키득거리며 웃고 말았다.

"언제 만났어? 노래는 또 언제 불러 준 거야?"

"그런 적 없어요. 왜 이래요? 지금 바보 같아."

"그런데 그 자식이 당신 노래를 들었다잖아?"

"어디서 들었나 보죠, 뭐. 소민이 너도 장난 그만 쳐. 빨리 가요. 정말 늦겠어."

영신의 웃음에도 정은 마음이 풀리지 않는지 가자미눈으로 웃고 있는 두 여자를 노려보았다. 영신이 다른 사람들 앞에서 노래를 부르는 게 싫었다. 그녀의 목소리가 주는 그 두근거림은 그의 것이었다.

소금인형에서 노래를 부르는 그녀를 본 그 순간부터 그 노래가 자신을 위한 것이기를 바랐다.

지금은 노래를 부르지 않지만 가끔씩 피곤한 날에 영신이 기타를 치면서 자신에게 노래를 불러 주면 여전히 가슴이 두근거렸다. 그 화란인지 하는 여자의 동생이 그 두근거림을 느꼈다는 것만으로도 불쾌해졌다.

"삐쳐 있지 말고 운전에 집중해요. 갔다 와서 노래 불러 줄게."

"정말?"

영신의 말에 정이 기대감에 차서 덥석 달려들 듯 묻자 그녀는 저도 모르게 큰 소리로 웃고 말았다.

"약속해요."

"오케이. 그럼 운전은 이 달인에게 맡겨 두고 두 분은 편히 계시도록."

두 사람의 행동에 소민이 뒤에서 고개를 절레절레 흔드는 것도 모르고 정은 영신의 어깨를 잡으며 함박웃음을 지었다.

바닷가에 도착하자 눈이 내리기 시작했다. 영신은 찬 바람 속에서 하얀 포말이 이는 바다를 멍하니 바라보았다. 옆에서 정이 바람을 막으며 그녀를 감싸 안고 있어 그다지 춥게 느껴지지 않는다.

답답한 기분이 뻥 뚫리는 기분이 들었다. 새벽녘의 꿈에서 본 영채처럼 눈이 나풀거리며 얼굴로 날아든다. 차가워야 하는데 그 느낌이 너무 포근해 영신은 눈물을 흘리고 말았다.

얼굴을 쓰다듬는 정의 손길에 올려다보니 걱정스런 눈빛이 자신을 향해 있었다. 늘 그녀만을 바라보고, 안아 준다. 너무도 편해서 이제는 곁에 없는 것이 상상이 되지 않을 정도로.

이렇게 행복해도 되는 걸까? 영채야. 그냥 너하고의 약속을 지킨다
고 생각하면 그걸로 되는 걸까? 마치 영채의 손길처럼 눈이 두 사람
주위를 휘감아 돈다. 영신은 정의 허리에 팔을 감았다. 그런 그녀의
행동에 정도 어깨를 감싸 안아 주었다.

"추워요! 먼저 들어가요, 난."

소민이 빽 소리를 지르더니 커피숍 쪽으로 뛰어갔다.

"나 이렇게 행복해도 되는 걸까요?"

"영채가 그랬잖아. 당신은 행복했으면 좋겠다고. 자기 몫까지. 그
럼 된 거야."

"고마워요."

"또 그런다."

"당신은 너무 따뜻해. 그래서 좋아요."

"그냥 좋기만 해?"

"사랑해요."

"영신아, 나도 사랑해. 네가 옆에 있어서 얼마나 좋은지 몰라."

친절한 사람. 역시 따뜻하다. 영신은 웃으며 안은 팔에 힘을 주었다.

두 사람이 커피숍으로 들어오자 화란이 반가운 마음에 벌떡 일어
나 달려왔다.

"어서 와요. 얼마나 기다렸는데. 따뜻한 차 줄까요?"

"아, 네. 잘 지내셨어요?"

"나야 늘 그렇지. 영신 씨도 좋아 보이네요."

"감사합니다."

"오늘 노래 불러 줄 거죠?"

화란의 말에 영신과 정은 피식 웃고 말았다. 작년에도 영신을 보자

마자 노래부터 불러 달라는 통에 혼쭐이 났었다. 영신은 웃으며 고개를 끄덕였다.

"나, 신청곡."

정이 기타를 잡은 영신을 보며 손을 들었다.

"뭔데요?"

"소금인형."

두 사람이 시선이 마주쳤다. 그대로 두 사람이 하나가 된다. 영신은 웃으며 고개를 끄덕였다. 시선이 엉키면서 자신과 정만이 남아 있는 느낌이 들었다. 마치 세상에 그와 그녀만 존재하는 것처럼. 처음 그와 키스를 한 그때처럼 말이다.

영신은 그런 게 좋았다. 떨어져 있어도 손에 잡힐 듯 그의 모든 것이 다 느껴졌다. 진짜 자신이 소금인형처럼 그의 속에 완벽하게 녹아 흡수된 느낌. 자신의 상처마저도 그 속에서 완전히 녹아 감싸 안아 주는 그런 느낌. 정도 그런 기분이라는 걸 알기에 더 따뜻함이 느껴졌다. 두 사람은 옆에 있는 화란과 소민을 잊고 서로의 눈을 보며 싱긋 웃고 말았다.

그런 두 사람을 보고 소민이 투덜대자 화란이 쉿 하고 입술에 손가락을 댔다. 처음 영신을 데리러 왔던 그 순간처럼 완벽하게 하나가 된 두 사람이었다. 화란은 영신의 노래를 들으며 그런 사랑이 있으면 한 번쯤 이렇게 꿈꾸고 싶다고 생각했다. 영신의 노래가 끝날 때까지 바깥에서는 끊임없이 눈이 내렸다. 하얀 바다가 그들을 보고 있었다.

—The end

아름다운 너에게

1판 1쇄 찍음 2014년 4월 18일
1판 1쇄 펴냄 2014년 4월 24일

지은이 | 신양범재
펴낸이 | 정 필
펴낸곳 | 도서출판 뿔미디어

편집장 | 이재권
기획 · 편집 | 주종숙, 이은정

출판등록 | 2002년 9월 11일 (제1081-1-132호)
주소 | 경기도 부천시 원미구 상동로 117번길 49(상동) 503호
전화 | 032)651-6513 / 팩스 032)651-6094
E-mail | scarlets2012@hanmail.net
블로그 | http://blog.naver.com/dahyangs
홈페이지 | http://bbulmedia.com

값 9,000원

ISBN 979-11-315-0010-1 03810

※파본은 구입하신 서점에서 교환하여 드립니다.